INSTINCT

Les Voies de l'ombre, 3

Jérôme Camut et Nathalie Hug, respectivement nés en 1968 et 1970, se rencontrent fin 2004 à travers « Malhorne » de J. Camut, la série culte qui a renouvelé le fantastique. La magie opère immédiatement. Depuis, ils se sont mariés et consacrent leur vie à l'écriture à quatre mains.

Jérôme Camut et Nathalie Hug
dans Le Livre de Poche :

LES ÉVEILLÉS

LES VOIES DE L'OMBRE

1. Prédation

2. Stigmate

3 FOIS PLUS LOIN

Jérôme Camut dans Le Livre de Poche :

MALHORNE

1. Le Trait d'union des mondes
2. Les Eaux d'Aratta
3. Anasdahala
4. La Matière des songes

JÉRÔME CAMUT et NATHALIE HUG

Instinct

Les Voies de l'ombre, 3

ÉDITIONS SW-TÉLÉMAQUE

ISBN : 978-2-253-12722-2 – 1re publication LGF

À Louis.

« Instinct est un mot abstrait dont on ne connaît rien... »

Conrad Lorenz,
Trois essais sur le comportement humain.

Prologue

Une ombre se déplace à l'orée du bois. Silencieuse et furtive.

À une vingtaine de mètres, trois jeunes gens montent la garde, camouflés par deux énormes souches déracinées. Ils sont armés de fusils à air comprimé et aussi discrets que l'ombre dissimulée de l'autre côté de la clairière. Manifestement, ils s'attendent à voir leur proie approcher par le versant qui leur fait face. Là se trouvent les ruines d'un village abandonné depuis des décennies. C'est l'endroit idéal pour se cacher.

L'ombre se tapit derrière le tronc d'un mélèze. La lumière rasante du soleil tire un rayon oblique sur ses joues.

L'ombre a un visage, mais il est couvert de boue. Elle a collé des feuilles et des brindilles pour en casser l'ovale. Sur ses habits aussi traîne une parure végétale. La sclérotique de ses yeux ressemble à deux opales suspendues dans les airs.

Elle demeure immobile quelques secondes, les ailes de son nez palpitent. Puis un mouvement sur la droite attire son regard. Le trio de guetteurs l'imite aussitôt. Un chevreuil insouciant s'aventure hors de la forêt. Il dévale la colline en quelques bonds, jusqu'aux premières ruines.

L'ombre remercie silencieusement l'animal. Grâce à lui, elle vient de repérer ses ennemis. Elle retourne lentement sous le couvert des grands chênes. Le soleil se couchera bientôt. Elle pourra alors se mouvoir plus librement. Après trois jours de fuite éperdue et d'attente inquiète, elle a faim, une sensation dévorante plus intense que toutes celles qu'elle a connues jusqu'alors.

Pourtant, l'ombre vient de fêter ses dix ans. C'est même pour cette raison qu'elle se trouve à présent dans l'immense forêt du domaine du maître, seule, pourchassée par deux douzaines de silhouettes aussi sombres qu'elle.

Dès la fin du jour, l'ombre quitte le rocher qui l'a abritée des heures et s'approche de l'enceinte de la propriété. La franchir est interdit. Elle le sait, mais le démon de l'échec la titille depuis la veille. Et le désir de gagner dépasse en cet instant tous les interdits de son monde. Elle sera celle qui aura tenu le plus longtemps.

Et elle vaincra. Après tout, peu importe la façon dont elle s'y prend.

Elle s'accorde une dernière seconde de réflexion, puis s'élance et grimpe par-dessus la haute clôture. Franchir les barbelés n'est pas un problème. L'ombre maîtrise cet exercice depuis des années. Malgré son jeune âge, l'ombre sait faire beaucoup de choses.

Lorsqu'elle se laisse choir en terre étrangère, l'ombre ne peut retenir un sourire. C'est la première fois de sa vie qu'elle se trouve ainsi livrée à elle-même en dehors des limites du domaine.

Alors elle s'élance. Sa course est souple. Son corps entraîné rebondit sur l'ancien chemin de ronde. Le périmètre du domaine mesure près de quatre-vingts kilomètres. Pour atteindre son objectif, elle devra en parcourir un peu plus de la moitié. Mais personne ne l'attendra de ce côté. Les falaises sont trop dangereuses, le jeu n'en vaut sans doute pas la chandelle.

Le cellulaire enfoui dans sa poche va décider à sa place.

L'ombre s'arrête et décroche sans même regarder l'écran.

La voix du maître résonne dans l'écouteur. L'ombre sent son sang refluer d'un coup.

– Tu as triché, dit la voix très calmement. Tu es allée dans l'autre monde et tu n'es pas prête pour ça ! Reviens au centre tout de suite.

L'ombre reste muette. Avec le maître, toute tentative d'explication est vaine. Le maître a toujours raison. L'ombre l'a déjà maintes fois expérimenté.

Lorsqu'elle parvient, des heures plus tard, au centre d'apprentissage, elle n'a pas été inquiétée une seule fois. Le jeu s'est arrêté au moment même où le maître a deviné sa traîtrise.

Elle a perdu et s'est couverte de honte.

Assis sur la terrasse, le maître la regarde avancer. Les autres ombres sont regroupées à une centaine de mètres de là, sur les terrains d'entraînement.

Plus loin, l'immense chaîne des Carpates étend déjà un voile gris sur la forêt voisine.

L'ombre approche du maître, l'esprit inquiet. Elle ignore totalement le sort qu'il lui réserve mais elle marche malgré tout vers son destin. On n'échappe pas au maître. En aurait-elle envie, c'est là un rêve qu'elle ne pourrait s'offrir.

Elle s'immobilise à quelques mètres de l'homme assis. Elle a déjà repéré le fusil à lunette posé contre le fauteuil. Sa gorge se serre.

– Tu as triché.

Elle ne baisse pas la tête. Elle la garde au contraire bien droite, les yeux dans ceux du maître, comme elle l'a appris.

– Qu'arrive-t-il aux tricheurs ?

– Ils sont punis.

La voix de l'ombre est claire. Pourtant, son cœur bat à tout rompre. Et dans son regard se mêlent l'exaltation et la peur. Comme tous ses pairs, elle porte une admiration et une loyauté sans borne à celui qui les a sortis du néant.

– Ils sont punis, en effet, répète le maître en se levant. Y a-t-il ici une personne que tu préfères aux autres ?

L'ombre acquiesce d'un bref mouvement de tête.

– Bien, apprécie-t-il. Prends ce fusil, éloigne-toi et tue cette personne.

Elle marche alors sans broncher en direction du groupe.

Puis elle fait volte-face et vise le maître. Dans la lunette, sa figure ronde et chevelue occupe tout l'espace. Et sur son visage, l'ombre voit planer un doute.

La déflagration rebondit un long moment sur les falaises toutes proches.

Le maître n'a pas cillé. La balle a effleuré son crâne de quelques millimètres, et une mèche de cheveux s'accroche sur la toile rugueuse de sa veste.

L'ombre a aussitôt retourné le fusil vers le groupe, cherché son préféré et tiré.

Son doigt n'a pas hésité quand elle a appuyé sur la gâchette.

Un petit trou est apparu au centre du front du plus grand. Son corps s'est écroulé sur l'herbe du terrain de lutte. Il n'y a même pas eu un cri.

Le maître se redresse et se lève. Un léger tremblement agace ses jambes. Alors il s'approche pour ne pas se laisser trahir par l'émoi qui le gagne et pose une main sur les cheveux de l'enfant.

– Tu apprends, susurre-t-il d'une voix enjôleuse. Quand bien même c'est au détriment de la vie d'un autre, tu apprends, et c'est tout ce qui compte.

I

Les proies

1

Un mercredi, treize ans plus tard.

Émerger.

D'abord, il faut émerger.

Quitter cette gangue chimique où le cerveau atteint le renoncement, l'oubli de soi, la capitulation.

Émerger et appréhender de nouveau l'univers, même s'il n'y a plus de lumière, pas même un rai sous une porte.

Si toutefois il y a bien une porte et un rai de lumière dessous.

Il sait qu'on l'observe, sinon, à quoi bon ?

Des minutes s'égrènent. Aucun changement n'intervient dans son univers. On n'entend pas un bruit. S'il y avait quelqu'un, il percevrait sa présence, l'entendrait respirer.

Après un bon moment de cette attente fébrile, il se décide. Il va ouvrir les paupières. Tant pis si, momentanément, il perd la partie. Le ou les observateurs doivent être postés derrière une vitre ou un écran d'ordinateur.

Mais il a une telle envie d'uriner qu'il est prêt à faire profil bas, pour une fois.

Ses paupières ne s'ouvrent pas.

Il sent aussitôt une panique sans nom l'envahir. Ses paupières refusant de lui obéir, il a aussitôt tenté de remuer.

À commencer par un doigt.

Mais rien ne bouge.

Il concentre toute son énergie et ne contrôle plus le moindre de ses muscles.

Il voudrait hurler et ne peut que se lamenter en silence.

Le claquement d'une porte le terrorise. Lui qui a inventé pour d'autres d'implacables techniques de dressage est prêt à pleurer toutes les larmes de son corps. Pour peu qu'on lui en laisse la possibilité.

Et cette porte qui claque encore est un véritable supplice.

Il espère autre chose, des pas, une voix. Il souhaite tout cela et l'exigerait même, si seulement il en était capable.

Mais ceux qui le manipulent ainsi s'entendent parfaitement à briser la volonté.

Un autre claquement de porte, plus proche, vient le troubler. Il aimerait se recroqueviller, pour échapper aux coups qui pourraient soudain pleuvoir sur lui.

Un court instant, il frôle la panique, la régression, mais son orgueil et son habitude des expériences sordides lui viennent en aide.

Il se décide à faire front.

Qu'on le violente ! Il en a vu d'autres ! hurle-t-il crânement dans le silence de son cerveau.

Des pas approchent. Des pas qui s'arrêtent à moins d'un mètre de lui.

Il entend un bruit qu'il ne comprend pas. On dirait que son visiteur passe bruyamment sa langue sur ses lèvres. Il ne ressent rien quand deux doigts viennent soulever l'une de ses paupières et la colle à l'arcade sourcilière à l'aide d'un ruban adhésif.

Un flot de lumière inonde la pupille, incapable de se rétrécir davantage. C'est douloureux, mais, là non plus, il n'a aucune possibilité de l'exprimer. Pas plus pour cet œil que pour le second, qui subit le même sort.

Le plus pénible n'est pas d'endurer ces outrages mais d'ignorer leur sens. Car celui qui le maltraite ainsi vient se placer dans son champ de vision pour plonger son regard dans le sien.

Un autre visage rejoint le premier.

Le prisonnier fait alors un rapide point de la situation : il est surveillé par au moins deux hommes, totalement paralysé ; il peut distinguer un plafond à la peinture verte défraîchie et un luminaire hors d'âge. C'est mince.

Les mains de l'un des deux types passent devant ses yeux. Elles décollent sèchement l'adhésif et referment les paupières. La douleur est cuisante.

– Fin de la représentation pour aujourd'hui, Olivier Lavergne ! dit une voix profonde dénuée d'intention.

Un long frisson court le long de son échine. Ses kidnappeurs lui ont dévoilé leur visage. Ce signe est clair.

On veut lui faire comprendre qu'il n'y a pas de fuite possible, ni de possibilité de négociation. Que jamais il ne se sortira de cet ultime piège.

2

Berlin. Allemagne. Premier jour.

– *Heaven, I'm in heaven, and my heart beats so that I can hardly speak. And I seem to find the happiness I seek, when we're out together dancing cheek to cheek.*

La voix éraillée par la douleur s'éteint d'un coup.

Pourtant, l'air est entêtant. Il tournoie dans sa tête, sans cesse, *Heaven, I'm in heaven*, et elle n'en comprend pas le sens. Pas plus qu'elle ne comprend ce qu'elle fait là, branchée à un moniteur cardiaque, couverte de pansements, le crâne prêt à exploser. Ce qui est sûr, c'est que cette ritournelle lui tape sur les nerfs.

Dehors, dans le couloir, ça baragouine dans une langue inconnue. D'ailleurs, sait-elle vraiment dans quelle langue elle pense ?

Où est-elle ? Que lui est-il arrivé ? Qui est-elle ? Et surtout, pour quelle raison cela ne l'effraye-t-il pas plus que ça ?

Si elle joue aux devinettes, elle perd.

Son inconscient lui chuchote qu'elle devrait paniquer. Que nul n'aime être un inconnu pour lui-même. Mais, bizarrement, elle s'en fiche. Ce qui est important, c'est cette chanson. Et quand elle ne fredonne pas, elle compte. Les chiffres la rassurent. Elle connaît déjà le nombre exact de pas nécessaires à l'infirmière pour rallier l'office et sa chambre, elle sait le nombre de gouttes d'eau par heure que libère la fuite de la salle de bains. Elle a aussi déjà calculé une estimation du gaspillage annuel en plaquettes de beurre rance par la cantine. Et puis elle passe des heures à se répéter une succession de chiffres et de lettres qui lui viennent en tête, depuis qu'elle a aperçu l'immense flèche avec la boule, dehors, au-dessus des toits.

52D311413D243452D311413D243452.

Elle regarde ses mains, longues et fines, ses ongles ras, le duvet blond qui couvre ses bras halés. Elle les trouve jolis, quoique un peu bleuis par les coups.

Quels coups ? Pourquoi sa peau est-elle écorchée ? Pourquoi son corps est-il si douloureux ?

Elle n'ose pas regarder sous les couvertures. Peut-être est-ce encore pire, qui sait ? Peut-être…

Vaguement inquiète, elle redresse la tête.

Ses dix orteils remuent sous l'horrible plaid orangé estampillé St-Hedwig Krankenhaus.

Dix. Tous là. « Crancanos ». C'est quoi ?

Elle observe attentivement les lettres, attrape la couverture et la tire à elle. Du bout des doigts, elle suit les contours de chaque mot, incapable d'en deviner le sens. Quelqu'un lui expliquera bien tout ça. Tôt ou tard.

Au bout de cinq minutes, elle se lasse. La pulpe de ses doigts est agacée par la laine rêche.

Elle hausse les épaules, avale le verre d'eau posé sur la table à roulettes, retape ses oreillers et se retourne sur le ventre.

Elle ferme les yeux pour chantonner, les lèvres écrasées sur le duvet.

– *Heaven, I'm in heaven, and my heart beats so that I can hardly speak…*

3

Chaque instant, finalement, a préparé celui-ci.

Aussi insensé que cela puisse paraître, Kurtz envisage sa captivité comme une sorte de repos, persuadé qu'il trouvera le moyen de reprendre son destin en main.

D'abord, résoudre cette épineuse question.

Qui l'a ainsi réduit à rien ?

Dans la nébuleuse relationnelle de Kurtz, les hommes et les rares femmes qui l'ont côtoyé peuvent tous avoir une dette à lui faire payer.

Grâce à lui, des tonnes de drogues ont transité en toute discrétion aux quatre coins de l'Europe. Son Système a permis à diverses mafias de faire fructifier leur commerce.

Dans ces milieux, chacun conserve précieusement sur ses alliés le maximum de preuves compromettantes. Cet usage force la loyauté, et Kurtz n'a pas dérogé à la règle.

Mais comme personne n'est venu lui arracher le moindre aveu sur l'emplacement forcément tenu secret où se trouveraient ces preuves, Kurtz n'a aucune indication sur ses tortionnaires.

Alors qui ?

Qui tente de détruire sa volonté en l'emprisonnant ainsi dans son propre corps ?

Qui ?

Pourquoi importe peu. Connaître l'identité de son geôlier suffira à tout expliquer.

Kurtz a dormi. Il est, au réveil, toujours aussi impatient de découvrir qui l'a kidnappé. Mais il n'a rien de neuf à se mettre sous la dent.

Cette fois, il commence à douter. La Mafia peut finalement très bien être impliquée dans ce coup. Et Kurtz commence à se faire du souci.

Son Grand Œuvre risque d'être compromis.

Du fond de sa geôle de muscles et de chair, Kurtz enrage.

Le temps passe sans se montrer, sans rien indiquer de la quantité de matière qu'il arrache au vivant, sans faire état du flétrissement de toutes choses.

Kurtz a réussi à se calmer.

Comme il ne peut découvrir qui le retient provisoirement, Kurtz cherche comment on s'y est pris.

Le pourquoi ne l'intéresse pas plus qu'auparavant, en revanche, le comment reste une énigme.

Car tout de même, remonter jusqu'à lui n'a pas dû être facile.

Le monde est vaste, et Kurtz était censé se trouver dans le plus inaccessible des continents : celui des morts.

La mise en scène de sa propre disparition lui a valu des sacrifices, du temps, des moyens, de l'ingéniosité.

Alors, comment ?

Le savoir survivant, passe encore.

Mais le débusquer dans son repaire, au milieu du massif des Carpates, voilà qui le trouble. D'autant plus qu'il n'aura sans doute jamais la réponse à cette question.

À moins que…

Avec l'habitude, Kurtz perçoit des bruits, de temps à autre. Des bruits légers, infimes. Il comprend qu'on tente de lui cacher ces présences, mais il est malin. Il ne se laissera pas aller à la panique, au désespoir.

Il tiendra.

Jusqu'à ce que les cerbères montrent leur vrai visage.

Mais il fait noir, il fait si noir dans ce lieu inconnu, derrière ses paupières maintenues closes par la chimie.

Kurtz attend son heure, car rien ne dure jamais.

Pour en avoir fait les frais, il sait qu'il n'existe pas de système parfait. Aussi minuscule soit-elle, une faille doit exister. Il ne peut en être autrement.

À lui de la découvrir.

Pas un instant, Kurtz ne doute de son succès futur.

C'est normal, après tout, c'est lui l'inventeur du Système.

4

Berlin. Allemagne. Deuxième jour.

– *Fräulein ! Fräulein, bitte ?*

Elle remue dans son lit en râlant. Ça fait une éternité qu'elle songe, perdue entre deux eaux. Elle s'accroche aux dernières bribes de son rêve. L'odeur de la mousse et des champignons, les essences persistantes et les feuilles pourries, elle voudrait s'y vautrer, les respirer à pleins poumons, retrouver les sensations de son enfance.

Mais la lumière et les voix la privent de ces premiers vrais souvenirs.

Sa bouche est sèche, ses tempes, douloureuses.

– *Fräulein !*

Elle ouvre les yeux pour fixer le grand type blond planté au pied de son lit. Il a l'air ridicule, avec sa casquette vissée de travers sur son crâne. Et son uniforme est d'un vert très laid, couleur caca d'oie.

Elle n'a pas envie de parler, elle a mal partout et, de toute façon, elle ne sait pas comment parler. Elle pense dans une langue qui n'est pas celle de tous ces gens qui s'agitent autour d'elle depuis des jours. Des semaines, peut-être. Alors, à quoi bon ?

Il y a huit boutons sur son uniforme. Quatre trous par bouton. Trente-deux moins celui qui manque à la manchette gauche.

Elle finit par s'asseoir. Visiblement, l'intrus n'a pas l'intention de la laisser tranquille. Il brandit sous son nez un carnet de notes et un vieux crayon rongé. Puis il s'installe au bout du lit, ce qui a le don de l'agacer. Elle tend les jambes, fronce les sourcils, lui signifiant qu'elle ne veut pas de lui dans son entourage immédiat.

L'homme aux sept boutons s'éloigne aussitôt du côté de la porte, visiblement gêné. Il tourne la tête, lance quelques syllabes alambiquées vers le couloir et s'efface devant un obèse déguisé comme lui, mais à la mine moins avenante et avec tous ses boutons.

– *Sprechen Sie Deutsch ?* lance le nouveau venu d'un ton sec.

Elle secoue la tête d'un air idiot.

– *Do you speak English ?*

Elle fronce les sourcils. *Speak*, ça lui dit quelque chose. Elle leur adresse un joli sourire et se met à chanter à tue-tête :

– *Heaven, I'm in heaven, and my heart beats so that I can hardly speak. Speak ! Speak !*

Et elle claque des mains.

Les deux hommes se regardent, interdits.

– *Do you understand ? Verstehen Sie English ?*

Elle rit, n'entend rien ou presque à leur charabia, mais acquiesce quand même avec un geste de réserve, puis leur montre ses blessures d'un air interrogateur.

– *Haben Sie was gesehen ?* dit le gros en pointant ses yeux de ses index.

Elle secoue la tête encore et hausse les épaules. La mobilité de son visage, l'expression habile de ses traits sont autant de signes faciles à décrypter. Les deux types en vert semblent s'en accommoder. Pour le moment.

– *Do you remember anything?* Vous vous souvenez ?

L'accent est rude mais, cette fois, elle a reconnu les intonations de ses pensées.

Est-ce que je me rappelle quelque chose ? Je devrais me souvenir de quoi ?

Pourtant, un violent sentiment d'urgence la pousse à jouer les imbéciles, encore un peu. Elle soupire profondément et fait la moue. Les deux hommes discutent entre eux, puis le plus jeune s'approche et lui répète plusieurs fois en se frappant la poitrine :

– Heinz, Heinz Schuber.

Il pointe ensuite son index vers la jeune femme.

– *What's your name?*

Elle le fixe d'un regard si bleu qu'il semble transparent. L'homme rougit. La peau de ses joues piquées de taches de rousseur devient cramoisie.

– *Heaven, I'm in heaven*..., chantonne-t-elle sans le quitter des yeux.

Elle ne peut pas s'en empêcher, cette chanson franchit la barrière de ses lèvres presque malgré elle. Elle ne fait aucun effort pour tenter de décrypter le langage de ses interlocuteurs. Encore moins pour leur répondre.

La situation l'amuserait si elle n'était pas aussi bizarre. Mais elle semble agacer les flics. Alors elle se tait subitement et mime l'épuisement, le découragement.

Le gros se déplace en crabe vers la salle de bains et revient avec le miroir qu'il a décroché. Il le tend devant elle.

Soudain, elle voit une lèvre fendue, une paupière noire et enflée, une estafilade qui court de la tempe au menton.

Elle serre les dents en secouant la tête.

Non, je ne la reconnais pas, celle-là.

Elle pose la tête sur l'oreiller, ferme les yeux et tourne le dos à ses visiteurs. L'angoisse forme une grosse boule au fond de sa gorge.

Heaven, I'm in Heaven.

Elle pressent de plus en plus clairement qu'elle ne doit pas rester là. Il y a quelque part une menace qu'elle n'appréhende pas encore. Ici, dans ses souvenirs, ou ailleurs. Peut-être dans les paroles de ces deux types, dans les couloirs de cet endroit. Elle perçoit le danger, comme si sa peau se hérissait de petites antennes vibrantes.

Lorsque, plus tard, elle jette un coup d'œil vers la porte, elle distingue un petit morceau d'uniforme, un genou peut-être, qui appartient à un type planté là pour l'empêcher de s'en aller.

5

Pour avoir fait subir tant de sévices à un si grand nombre d'êtres humains, mâles et femelles, jeunes et vieux, Kurtz sait ce que l'esprit traverse dans ce dénuement intégral.

Livré à la solde de probables soudards, abandonné à un sort méprisable, l'envie d'être s'étiolera. Ce n'est qu'une question de temps. Minutes, heures ou jours, le seuil est à la discrétion de chacun.

Il sait qu'au bout de ces journées sans lumière et sans bruit il n'aura rendez-vous qu'avec le désespoir, la folie et l'abandon.

Et le point de bascule atteint, plus rien ne pourra le relever.

Kurtz ne veut pas basculer. Kurtz ne veut pas prendre le chemin des autres. Il sait qu'il en existe un, infiniment moins fréquenté, qui consiste à ne subsister qu'à l'aide de ses seuls souvenirs. Ce chemin est tortueux, il ne se laisse pas aisément dompter, mais Kurtz a passé son enfance et son adolescence sur ce sentier-là.

Il connaît la cartographie de ces lieux irréels et pourtant apparemment si tangibles. Il a appris à en maîtriser les escarpements, à en éviter les pièges. Il évolue à merveille dans ce monde où il suffit de respecter certaines évidences.

D'abord, repartir vers le dernier souvenir, l'image qui précède ce néant où il nage aujourd'hui.

Pour ne jamais basculer dans la folie.

Où était-ce ?

Le portail de la propriété des Carpates s'est refermé. Kurtz attend sa voiture. Il a tenu à quitter l'enceinte à pied pour respirer librement cet air sain. Ensuite, ce sera la France, cette chère France et sa nation de couards, ses citoyens par dizaines de millions, tous plus individualistes les uns que les autres, tous prêts à marcher sur leur voisin pour grignoter une plus grande part de gâteau.

Alors, respirer l'air de l'immense massif forestier a du bon.

Kurtz se sent déterminé à quitter cette région du monde, même s'il regrette de le faire.

La Roumanie.

C'est sur cette terre-là, loin des regards indiscrets, que son Grand Œuvre s'est élaboré, patiemment, lentement, année après année.

Chaque élément constituant a été scrupuleusement choisi par ses soins. Chacun a pu fixer l'image de Kurtz, l'image de la rectitude, de la droiture, de la règle et de la loi, la nouvelle loi. Ce dogme dont il a édicté les règles.

Dans ce monde laxiste où toute valeur partait à vau-l'eau, Kurtz a tranché. Les siens connaîtront la passion dévorante de la chasse pendant que la multitude se tournera vers la peur.

Quand était-ce ?

Il vient de sortir, hume l'air, s'en remplit les poumons avec bonheur. Et il y a eu ce petit picotement sur la nuque. Pour une fois qu'il n'était pas sur ses gardes…

Un sifflement feutré.

Un fusil manœuvré à distance, une fléchette qui se plante à la base de son cou.

Et puis le noir.

Trop soudain pour qu'il ait eu le temps d'imprimer les derniers instants qui précèdent la perte de conscience.

D'abord, l'esprit, c'est par lui qu'il faut commencer.

Maîtriser la conscience. La projeter mentalement pour en définir les limites. Créer cette boule qui l'englobe, cette sphère perdue au milieu des ténèbres, ces ténèbres qui l'ont entouré de tout temps, et la faire rétrécir. Il sera toujours là, la taille de la sphère n'a pas d'importance, mais il pourra ainsi l'enfouir, loin, très loin des atermoiements du vivant.

Ensuite, le corps.

Se ramasser, s'enfoncer en soi, laisser refluer le sang pour ne plus irriguer que ce qui compte vraiment.

Bientôt, il sera trop tard pour les tortionnaires.

Surtout, ne pas perdre le contrôle.

Le maître mot !

Cerveau, reins, cœur, foie, l'essentiel.

Les couches superficielles se refroidissent, les muscles se durcissent.

Il restera toujours assez de sang en circulation pour que la machine reparte. Mais plus tard, quand il aura récupéré la maîtrise du jeu.

Cerveau, reins, cœur, foie, l'intérieur n'a pas perdu un dixième de degré.

Si bien qu'après une demi-journée de ce jeu de concentration sa peau s'est déjà ternie. L'épiderme de Kurtz est devenu gris, d'un gris de cadavre frais, strié de veinules plus sombres.

Il aurait souhaité une chambre mortuaire pour parfaire le tableau. Ou mieux : une table de dissection. Mais il doit se contenter de ce qu'il a. Une geôle pas si inconfortable, sans même une trappe au plafond. Un travail privé de goût, dénué de ce petit plus artistique qui sort le génie de l'ombre.

À présent, Kurtz s'en moque.

Sa physiologie s'est modifiée.

Lentement, il est entré en transe, utilisant des techniques d'autohypnose acquises lorsqu'il était adolescent, enfermé par la justice des hommes dans un hôpital psychiatrique.

Si ce bon docteur avait su à quel élève virtuose il avait affaire…

6

Berlin. Allemagne. Soir du quatrième jour.

Elle n'a rien trouvé dans les placards. Un tee-shirt et un jean noir maculés de sang. Pas d'argent, de bijou, ni de papiers d'identité. Seulement deux billets carrés couverts de chiffres qu'elle a aussitôt glissés dans la poche arrière de son pantalon. Rien que la blondeur de ses cheveux courts et ses yeux clairs comme de l'eau. Son visage en ruine ne lui rappelle rien. Elle n'est personne. Ici, l'infirmière qui distribue les lecteurs de CD aux malades l'appelle Ginger. Elle ne sait même pas pourquoi. Peut-être à cause de la chanson, justement. Peut-être. Ce qui est certain, c'est que chaque minute qui passe fait grandir la certitude que, si elle reste ici, elle va mourir.

Il y a cet homme devant la porte, cet homme qui surveille ses faits et gestes, qui la suit lorsqu'elle déambule dans les couloirs. Il n'a pas l'air vraiment méchant. Mais son regard est soupçonneux, curieux et parfois salace, elle le déteste.

Ils lui ont apporté des journaux. Un psychologue aux ongles rongés est resté à ses côtés pendant qu'elle regardait l'horreur.

Des scènes de panique, des corps disloqués par dizaines, éparpillés autour d'une affreuse statue de Neptune.

Les chiffres affolants, quarante-sept morts et deux cent trente-huit blessés dont cinquante-six graves, tous déchiquetés par des balles de petit calibre.

56 Schwerverletzen. Cinquante-six blessés graves. Elle commence peu à peu à distinguer certains mots de cette langue si étrange et si éloignée de la sienne.

47 Toten. Quarante-sept morts. Rien à voir.

Bonjour, *guten Morgen.* Rien à voir non plus.

Néonazis…

Ça, ça lui parle… Ces gens-là sont mauvais, elle en est sûre.

Berlin. Berlin. *Deutschland.* Allemagne. Ces mots lui semblent familiers, mais elle ne se rappelle même pas où est ce pays. Elle sait qu'elle n'est pas chez elle, c'est tout.

Elle a été rouée de coups par des terroristes néonazis lors d'une manifestation, une balle lui a percé le flanc.

Terroristen. Terroristes. Ça, elle comprend.

C'est à cause d'eux qu'un type est devant sa porte. Pour la protéger. Enfin, c'est ce qu'ils ont tenté de lui expliquer.

Elle n'est pas certaine d'avoir bien interprété le texte et les images, mais ils ont réveillé des souvenirs flous, lointains. De vagues silhouettes encapuchonnées de noir. Des fantômes glissant dans la foule, arrivant de nulle part et s'évaporant, laissant derrière eux des dizaines de cadavres.

Ces premiers reliquats lui ont laissé un goût amer. Une main puissante lui a serré la poitrine. Elle a alors appréhendé le vide de son esprit. Un gouffre vertigineux.

Pas de passé, pas de nom, pas de vie.

De violents spasmes ont secoué son estomac, et des larmes ont piqué ses yeux. Pour la première fois, elle s'est sentie seule.

Devant ses paupières closes, des chiffres ont dansé. Toujours les mêmes. *52D311413D243452D311413D2 43452.*

Et puis, comme dans un flash, elle a retrouvé les derniers instants qui ont précédé l'abîme. Elle a jeté une clé dans la fontaine du Neptune, juste avant de s'évanouir. Juste avant les étoiles et les arcs rouges devant ses yeux.

Alors, elle a tranché pour la fuite.

Elle ne veut pas de la protection de ces guignols en vert. Ils ne lui inspirent pas du tout confiance, surtout celui aux sept boutons, il a un regard fourbe. Elle préfère compter sur elle-même, rentrer à la maison. Retrouver sa vie d'avant, même si, pour l'instant, c'est un grand trou noir.

Elle a décidé de s'éclipser cette nuit.

Maintenant, elle est debout sur la corniche, entre le mur de brique de l'immeuble et le vide. Trois étages plus bas, il y a le parc et ses grands arbres, plus loin, des courts de tennis et des jardins privés. Encore quelques mètres et elle pourra s'accrocher à la gouttière. Elle n'aura plus qu'à se laisser glisser.

Elle s'est enveloppée dans le plaid, a enfilé le jean durci de sang et a ouvert la fenêtre. L'autre type en vert ronflait devant sa porte.

Elle s'enfuit à cause des silhouettes sombres dans le couloir.

Menaçantes. Terrifiantes.

Les mêmes qui rôdaient dans la foule, les mêmes qui l'ont brisée à coups de barre de fer, alors qu'elle avait déjà pris une balle. Comme si ça ne suffisait pas…

Elle rejette ces pensées parasites et se concentre sur la gouttière. Elle doit s'élancer pour l'attraper. De la fenêtre, ça paraissait plus simple.

Entre elle et le long tube de cuivre, il y a le vide et les arbres qui se balancent. Sans en être certaine, elle estime le plongeon vers le gazon, en cas d'échec, à presque dix mètres.

Son cœur s'affole dans sa poitrine.

Elle se penche en avant, fixe ses prunelles claires sur l'objectif et s'élance.

La douleur dans son flanc se réveille et lui arrache un cri.

Mais elle s'accroche comme un singe, dévale les trois étages et bondit avec souplesse sur l'herbe humide.

Un regard vers la fenêtre d'où elle vient lui donne le vertige. La nausée la plie en deux, son estomac se retourne, et elle vomit sur ses pieds.

7

Ici, pas de médecin.

Ici, seuls les geôliers officient. Et encore le font-ils mal.

Tout d'abord préoccupés par l'état de leur unique pensionnaire, les deux gardiens ont vite été en partie rassurés. Le pouls a été plus délicat à trouver que d'habitude, son rythme est devenu plus lent. Loin de la chamade habituelle, il s'est stabilisé aux alentours de trente pulsations minute.

À Paris, on entrevoit les capacités exceptionnelles de Kurtz. Et quand on les ignore véritablement, on extrapole. On se doute bien qu'il ne va pas simplement mourir, qu'il est capable du pire, seulement du pire.

Mais là, son état est trop préoccupant.

Alors, on a décidé la fin provisoire du traitement, pour ne pas le tuer tout de suite. Dans quelques jours, quand il aura récupéré toutes ses facultés, il sera transféré dans une cellule spéciale, douillette et capitonnée.

En attendant, les sbires n'ont qu'à surveiller ses constantes biologiques, prendre sa température et contrôler le moniteur cardiaque.

Vérifier de temps à autre la bonne position des sondes urinaire et anale, changer la poche de liquide nutritif.

Kurtz est à leur merci.

Qui se soucierait d'un nourrisson ?

Pas eux.

Ce job est simple pour des types de leur trempe, rompus à de plus dangereuses besognes.

Et si tout va bien, il ne durera pas plus de trois mois. C'est ce qu'on leur a certifié.

De toute façon, avec un traitement pareil, on devient fou en quelques jours. Celui-là est peut-être plus coriace qu'un autre mais qu'importe, il finira par craquer lui aussi.

Il n'y a qu'à patienter. La télévision est branchée à longueur de temps sur le satellite. De leur planque perdue au fond des bois, en pleine nuit permanente, ils ont ainsi une fenêtre ouverte sur le monde.

Celle de Kurtz, pour sa part, s'est réduite aux souvenirs d'un seul homme. La mémoire s'ouvre, les images affluent. Les sensations reviennent, pas moins tangibles finalement que s'il les vivait pour la première fois.

Mais elles sont trop nombreuses.

Aussi chasse-t-il les pensées parasites.

Pour se concentrer sur l'essentiel.

L'essentiel, le Grand Œuvre qui le fait vibrer depuis tant d'années.

Alors, dans le secret de sa boîte crânienne, il se raconte l'histoire, comme si elle s'offrait à lui, pure et vierge, comme s'il la découvrait.

Il retourne sur le lieu où il a posé la première pierre.

Là-bas, à des milliers de kilomètres de l'endroit où il gît.

Près de quinze années le séparent de ces instants cruciaux.

Kurtz repart vers la source de sa joie.

Vers l'origine de l'univers qu'il projeta un jour et qui est sur le point de se réaliser, sans lui.

8

Berlin. Allemagne. Soir du quatrième jour.

Il n'y a pas de temps à perdre.

Elle se met à courir à travers le parc et les jardins. Très vite, elle rejoint les rues bordées de marronniers. Les réverbères lancent une drôle de lueur orangée. L'asphalte, encore humide des dernières pluies, brille comme un miroir.

La flèche lumineuse éclaire le ciel de Berlin.

Son instinct la guide vers cet endroit. Vers le sud.

52D311413D243452D311413D243452.

En courant, elle régurgite malgré elle le nom des rues.

Grosse Hamburgerstrasse. Spandauerstrasse. Le pont. Die Spandauerbrücke. La voie ferrée. Eisenbahn.

Son cœur bat la chamade.

La flèche lumineuse se rapproche. Sa grosse boule clignote dans le ciel sans étoile. Elle trouve ça hideux.

Fernsehturm.

Elle regarde autour d'elle. Ce nom, il lui vient de nulle part. Il a giclé du fond de ses souvenirs. Elle suppose que c'est ainsi que les gens d'ici appellent la « chose ».

Elle accélère le pas. Elle a un drôle d'air avec son jean ensanglanté et le plaid orange sur ses épaules. Ses yeux perçants veillent sur les alentours comme des sonars. Elle presse encore l'allure. Les rues désertes résonnent de ses longues enjambées.

Soudain, elle débouche sur une place circulaire, Alexanderplatz, à une centaine de mètres du pied de la tour. Là, au milieu, Neptune chevauche un énorme coquillage. Il porte haut le trident et toise avec insolence les hommes en vert qui tournent sur la place.

Hors d'haleine, elle s'accroupit et s'abrite sous le couvert des arbres. Elle aperçoit de l'autre côté le bâtiment rouge de la mairie.

Rathaus.

Ici, ils aiment les habits verts et les briques rouges.

Au sol, des taches plus sombres, rouges aussi.

Elle entend les hurlements de la foule, elle est bousculée par le ressac de la marée humaine. La panique enfle, les corps s'entrechoquent, le canon noir lance un éclair. Le sommet de la Fernsehturm luit dans la lumière de fin du monde d'un orage imminent. Les nuages inondent déjà le quartier.

Une foule innombrable s'amasse au pied du Neptune orgueilleux. Cette multitude est si amalgamée qu'elle étouffe, ballottée par le ressac humain. La masse se meut, sans intention visible, ses bords ondulent en permanence et viennent lécher les espaces restés libres de l'Alexanderplatz.

Pliée en deux, elle vomit encore.

Elle s'essuie la bouche sur le plaid qu'elle jette à terre. Puis elle lève les yeux vers la statue de Neptune, et dans son cœur émerge une certitude.

Un objet lance un éclat doré sous le clapotis de l'eau froide.

Sa clé se trouve dans la fontaine. Et elle doit la récupérer pour se rendre dans cet endroit où elle pourra manger, prendre soin d'elle et trouver assez d'argent pour quitter la ville.

Ici, il y a trop d'hommes en vert et, surtout, il y a les capuches noires, les silhouettes de la mort, ceux qui ont perpétré le massacre, ici même.

Elle doit fuir Berlin. Ce n'est pas son pays, ce n'est pas sa maison.

Son regard aiguisé observe soigneusement la ronde des sentinelles. Son cerveau décompte le temps dont elle dispose pour faire l'aller-retour entre le parc et la fontaine sans être vue.

1, 2, 3, 4, 5, 6, 7, 8, 9, 10.

Elle se ramasse, respire profondément. Un seul but, la clé.

Quand elle est prête, elle bondit. En quelques secondes, elle est derrière une femme-statue. Il y en a quatre, assises au bord de l'eau. La première est au sud. Elle doit aller à l'est. Encore un quart de tour. Elle dispose de cinq secondes. Elle agit, vite, plonge son bras dans l'eau glacée, tâtonne un instant. Et ses doigts se referment sur la fameuse clé. Finalement, elle a bien fait de suivre son instinct.

Elle glisse le sésame dans sa poche et s'allonge sur les marches, le poids du corps sur les bras.

Encore dix secondes et elle pourra s'élancer vers les arbres.

1, 2, 3, 4, 5, 6, 7, 8, 9, 10.

Elle replie les jambes, regarde autour d'elle.

Puis elle jaillit de la fontaine comme une flèche, rejoint les arbres et court droit devant elle.

Elle longe la Spandauerstrasse, puis la Stralauerstrasse sur cinq cents mètres et bifurque à droite. Là, le pâté de maisons est coincé entre la route et l'Elbe.

Autour d'elle, il n'y a ni porte, ni porche familier. Perdue, elle s'assied sur les marches d'une demeure ancienne aux volets clos. Elle ne perçoit aucun bruit, tout juste le ronronnement du périphérique à quelques encablures.

Elle se maudirait presque de ne pas être restée sagement à l'hôpital. Au moins, là-bas, elle n'avait pas froid.

Mais les ombres surgissent à nouveau dans son esprit ébranlé.

Sept silhouettes anonymes, vêtues de sombre, cagoulées, sweat-shirt à capuche et lunettes de soleil, convergent vers un même point, taillant à travers la foule des sillages aussitôt refermés. Elles se faufilent avec une aisance peu commune. On dirait des ombres parmi les ombres, de simples silhouettes en deux dimensions qui se moquent des perspectives. Elles portent chacune un sac à dos aussi sombre que le reste de leur tenue. Et elles progressent rapidement.

La jeune femme frissonne. Ses plaies semblent se réveiller.

Les petits papiers dans son jean. Il doit bien y avoir un indice, quelque chose qui la rapprochera de sa maison. Elle extirpe les deux carrés de papier bleu, délavés et polis à force d'être collés contre l'étoffe.

Elle doit s'approcher d'un lampadaire pour déchiffrer une écriture saccadée.

5A6B7.

Sur l'autre carré, encore des chiffres maculés de sang séché.

52D305313D2451.

Étrangement, elle sent qu'elle est près du but.

Elle se concentre, ferme les yeux. Le plan de Berlin passe devant ses paupières. Elle se trouve dans la partie nord-est de la ville. Les chiffres prennent soudain tout leur sens.

52 degrés nord 30 minutes et des brouettes, 13 degrés est 24 minutes et des miettes. Les quais de l'Elbe. Rolandufe.

C'est ici.

Elle longe le fleuve. Ses mains, ses pieds et le bout de son nez sont gelés.

Dans cette rue, de nombreux immeubles sont protégés par des entrées à digicode.

5A6B7.

Faute d'avoir un GPS sous la main, elle les essaie tous.

Le bâtiment qu'elle recherche est en brique rouge.

Ses doigts composent les chiffres du code. Cette fois, elle entend le déclic de la gâche avec soulagement.

Elle va enfin comprendre. Retrouver un endroit familier, ça va certainement aider sa mémoire défaillante.

Elle entre en hâte et grimpe les marches quatre à quatre jusqu'au dernier étage. Sur le palier, il y a deux portes. Elle hésite à peine, choisit celle de gauche. La serrure se laisse faire et le vantail s'ouvre sur une entrée sombre.

Elle referme derrière elle à double tour.

L'interrupteur est à sa place.

La lumière est crue.

Elle cligne des yeux.

Elle ne reconnaît rien.

9

Revenir.

Prendre l'exact chemin inverse.

Il suffit de le décider, et de ne pas s'être aventuré trop loin.

Depuis combien de temps Kurtz erre-t-il ainsi dans les vapeurs doucereuses de ses souvenirs ?

Assez pour avoir risqué de s'y perdre.

Revenir.

L'envie est là. La température de son corps remonte peu à peu. Les muscles retrouvent leur élasticité. La peau abandonne sa grisaille de cadavre pour de plus joyeuses teintes.

Revenir.

Maintenant, Kurtz en a la furieuse intention. Il ne souffre plus d'attendre, même si c'est pour recouvrer la même incapacité du corps.

Il suffit de le vouloir. Le mental pour le mental, le corps pour le corps, l'esprit pour l'esprit. Chaque élément reprend sa place. Le mammifère trouve le chemin vers la lumière.

En quelques minutes, la conscience affleure.

Kurtz est seul. La lumière inonde la pièce et traverse ses paupières. Il en est heureux.

Les paupières glissent doucement sur les sclérotiques humides.

Heureusement, même diminué par des procédés externes, un corps continue à fonctionner, pour être prêt ensuite.

S'il y a bien un « ensuite ».

Et prêt à faire quoi ?

Mais ces paupières sur le point de s'ouvrir n'appartiennent pas à n'importe qui.

Ce cerveau, cette masse de neurones enchevêtrés où aboutissent ces nerfs optiques nouvellement stimulés bouillonne déjà de plans pervers.

À défaut de connaître son sort, il ressasse des projets passés, il examine des techniques de dressage, il vérifie les dosages qu'il administrait jadis à ses chiens.

Les paupières se figent à mi-parcours. L'étincelle s'est produite et le raisonnement est reparti. Même s'il est considéré par la plupart comme un monstre, cet être qui cille à peine possède une intelligence rare.

C'est précisément ce qui l'a toujours rendu dangereux pour ses ennemis, ses amis ou ses simples relations. Quiconque l'a approché d'un peu trop près n'a pu respirer assez longtemps pour s'en plaindre.

Cet homme est une bête pensante, consciente. Et, de retour des contrées illisibles produites par les barbituriques, il n'a pas changé.

Les paupières s'ouvrent tout à fait.

Kurtz a deviné que personne ne l'observait, pas encore. Et puis, en dresseur expérimenté, il sait que s'il se réveille là, en cet instant privé de limite, en ce lieu inconnu, c'est qu'on l'a décidé pour lui.

Alors, à quoi bon se cacher ?

Au contraire, puisqu'une sensation fait son apparition, mieux vaut s'en repaître en épicurien, pleinement, sans faux-semblant.

Ensemble, les yeux s'arrondissent sur un plafonnier blafard.

La bouche s'agite alors. La langue est encore épaisse, le palais et les joues un peu secs. Mais Kurtz n'en a cure. Pour que les canaux salivaires retrouvent leur fonction, il suffit de les stimuler un peu.

Une poignée de minutes supplémentaires et il est assez chaud pour tenter de bouger un doigt. Son auriculaire droit répond sans problème à l'injonction de son cerveau.

À présent, Kurtz peut remuer la tête. Il l'agite en tous sens, forçant chaque vaisseau à retrouver sa fonction. Cet exercice lui permet de distinguer la pièce où il est étendu. Elle ressemble à un bloc sanitaire, peut-être a-t-elle servi de remise car une forte odeur de sel et de saumure y traîne encore. En dehors du sol et des murs recouverts de petits carrelages bleu pâle, il n'y a pas grand-chose. À côté du lit sur lequel il est étendu, un trépied supporte un système de goutte-à-goutte. Kurtz s'étonne de ne pas sentir le cathlon dans son avant-bras. Mais il élude aussitôt. Peu importe, il tient là une opportunité.

Des électrodes sont collées sur son poitrail. Quelque part, un moniteur doit émettre des bips dont le rythme augmente depuis quelques minutes. C'est peut-être son unique chance.

Progressivement, Kurtz parvient à se redresser et à s'asseoir.

Il n'a sans doute pas beaucoup de temps.

Ses geôliers ont baissé la garde, il n'est plus entravé.

L'urgence et l'intuition guident ses pas. Surtout, ne pas surestimer sa force physique.

En un instant, un plan se dessine dans son esprit.

Alors, il retire les électrodes. Sans contact avec sa peau, l'appareil émettra un son trompeur. Puis il arrache le cathlon et comprime la plaie quelques secondes.

On ne se méfie jamais assez de Kurtz.

Ils vont l'apprendre à leurs dépens.

10

Berlin. Allemagne. Soir du quatrième jour.

Comment exactement elle est arrivée ici, dans ce studio, elle l'ignore et s'en moque. C'est plus pratique et, surtout, moins angoissant. Pour l'instant.

Elle est attablée, torse nu et en culotte, devant une énorme platée de spaghettis, si énorme que son estomac malmené ces dernières heures va exploser.

Elle sourit en imaginant ses tripes fumantes sur la table, mélangées aux pâtes grasses de beurre frais. Le frigo était plein, elle ne se savait pas si pragmatique. Elle n'y a trouvé que des aliments qui se gardent assez longtemps pour être utiles et un placard rempli de tomates en conserve, de café, de chocolat et d'une dizaine de sortes de pâtes différentes. Toutes de la meilleure des marques, les alsaciennes aux œufs. *Alsacienne, alsacien.* Ça lui dit quelque chose. Ce doit être du côté de chez elle. Ça sonne comme un mot de sa langue. C'est déjà ça.

Tout en se goinfrant, elle observe attentivement un atlas et repère la situation géographique de Berlin sur la carte. D'un coup d'œil, elle voit la distance jusqu'à Paris. Finalement, elle a de la veine. Elle aurait pu s'être échouée beaucoup plus loin.

Demain, elle va prendre le train. Comme ça, pas de fatigue, elle pourra dormir tout son saoul. Arrivée en France, elle avisera.

Elle débarrasse sommairement et fait un rapide passage sous la douche avant de s'installer devant l'ordinateur portable branché dans un coin de la pièce. Elle n'a pas eu beaucoup de mal à se repérer. Ici, tout tient dans une dizaine de mètres carrés. La cuisine est dans le placard, la douche-W.-C. dans un autre coin, heureusement, pas dans le couloir, et le lit, un futon roulé par terre à côté du radiateur. Dans une valise, elle n'a trouvé que des affaires à sa taille.

Pas de doute, c'est bien ici qu'elle s'était installée avant les événements de la place du Neptune. Mais que faisait-elle si loin de chez elle ? Dans un pays inconnu, dont elle ne maîtrise pas du tout la langue ? Et pourquoi connaît-elle toutes les rues de la ville et une foule de coordonnées géographiques par cœur ?

– Je suis peut-être une espionne ?

Comme pour lui répondre, dans la soirée, certaines images s'imposent à elle. Alors qu'elle réserve son billet de train, elle voit sa silhouette androgyne dans l'éclat de l'écran, vêtue d'une blouse blanche. Elle se représente hilare en train de laver de drôles d'instruments en métal. Puis elle croit entendre des aboiements au loin.

– Infirmière ? Médecin ? Vétérinaire ? Chercheur ?

Elle doit bien avoir un travail, tout le monde travaille.

– J'ai un chien, peut-être. Un bon gros chien !

Ses doigts volent au-dessus du clavier. Elle ne soupçonnait pas cette maîtrise, ni celle de l'informatique et d'Internet. Finalement, se redécouvrir a du bon. Elle a tout l'air d'une vraie débrouillarde, pleine de ressources.

Et puis elle n'a pas une nature triste ou inquiète. Elle a reçu un coup sur la tête, elle a un peu oublié. Mais rien de grave.

Quand elle sera rentrée, elle retrouvera ses affaires, sa maison, ses collègues, elle doit bien en avoir, et ses amis…

Elle relève le nez et secoue la tête.

Et si je n'étais pas seule ? Et si quelqu'un que je connais avait été tué dans... l'attaque ?

Elle hausse les épaules. Finalement, elle croit bien qu'elle se fiche de ça aussi. Enfin, non. Pas tout à fait. Mais comme elle ne ressent pas de manque ni de chagrin, juste cette fichue angoisse, elle se dit qu'elle devait être seule.

Sinon, elle était accompagnée par un fantôme. Un fantôme comme ces silhouettes noires qui se glissent partout et lui flanqueraient presque la trouille. Ses petites antennes lui répètent qu'il ne faut vraiment pas qu'elle traîne ici. Ça lui tourbillonne en tête, comme la chanson.

Mais qu'est-ce que j'ai vu, qu'est-ce que j'ai fait ?

Elle rêvasse quelques minutes, incapable de répondre à ses interrogations, évolue dans la pièce, fouille encore les affaires. Rien.

Juste un passeport français tout neuf avec sa photo, une adresse à Paris, et un nom qui ne lui dit rien. Shan Guenarec, née à Ouessant vingt-trois ans plus tôt.

Ouessant…

J'ai un nom, une date de naissance et une maison. C'est déjà ça.

En un clic, elle affiche sur l'écran des récifs et des vagues, une immense étendue d'eau. Cette fois, pas de réminiscence, pas de raz-de-marée, seulement le vide de son esprit.

Elle passe de la glace sur son œil enflé, se tartine de crème hydratante et se brosse les dents. Son reflet ne lui rappelle toujours rien. Elle observe une étrangère, assez jolie malgré les blessures et les cheveux épais bourrés d'épis. Ses seins sont petits et haut perchés, ses épaules larges, ses muscles longs et fins.

Heaven, I'm in heaven, and my heart beats so that I can hardly speak. And I seem to find the happiness I seek, when we're out together dancing cheek to cheek.

Elle tourne sur elle-même, fait mine de danser avec un cavalier.

Heaven, I'm in heaven...

Elle regarde ses fesses, rondes et fermes.

Des fesses de serin.

Quelqu'un lui disait ça, mais qui ?

Elle ne cherche pas vraiment.

– Ça reviendra bien un jour ou l'autre.

Elle enfile des vêtements chauds, prépare un sac de voyage et déroule le futon. Elle a besoin de dormir. Le train part à six heures le lendemain matin.

Mais avant ça, elle veut retrouver sa chanson. Ça doit représenter quelque chose pour elle, sinon ça ne fredonnerait pas sans cesse sous son crâne.

Elle attrape l'ordinateur, s'allonge sur le ventre et tape les paroles de sa rengaine. Internet, c'est magique. Presque immédiatement, l'écran affiche « Cheek to cheek ». *Joue contre joue*...

Elle se gave des images de Fred Astaire et de Ginger Rogers. Lui a un drôle d'air de fouine, et elle, vaporeuse dans sa robe à plumes d'autruche, joue la timide... Ils virevoltent à lui donner le tournis, les yeux dans les yeux, comme reliés par un fil invisible.

Le côté désuet du film en noir et blanc lui serre le cœur. Elle ressent quelque chose d'inconnu, comme si des souvenirs longtemps enfouis voulaient refaire surface.

– Moi aussi je suis reliée à un fil. Comme eux ! affirme-t-elle au silence.

Elle plisse les paupières, la tête entre les mains. Elle veut retrouver *l'autre*, celui qui est à l'extrémité de son fil.

L'odeur des chênes et de la mousse.

Un sourire. Elle retrouve un sourire.

Heaven, I'm in heaven...

Elle cherche encore, désespérée. Là-bas, au bout de ce fil, il y a sa vraie maison.

Heaven, I'm in heaven,
And my heart beats so that I can hardly speak.
And I seem to find the happiness I seek
When we're out together dancing cheek to cheek.

Heaven, I'm in heaven,
And the cares that hung around me through the week,
Seem to vanish like a gambler's lucky streak,
When we're out together dancing cheek to cheek.

La chanson jouée en boucle lui arrache une larme. Elle se pelotonne sous son manteau et s'endort ainsi, lovée comme un chat.

11

– Du lapin, c'est mieux, ricane Simon dans le micro de son talkie-walkie. Deux ou trois même, qu'on ne se fatigue pas à cuisiner pour un seul repas.

L'appareil grésille un instant, puis la voix de Bölger s'élève, presque aussi claire que s'il était présent :

– Je me ferais bien un caribou, mais je suis sûr que c'est infect.

– Et puis, on n'est que deux, ajoute Simon pour calmer les ardeurs chasseresses de son équipier. Des lapins, je te dis !

– Je vais voir ce que je peux faire, conclut Bölger, putain de soleil.

Simon repose son talkie sur le bureau de la salle de permanence.

– C'est ça, marmonne-t-il entre ses dents.

Puis il retombe dans l'unique fauteuil de la pièce, une antiquité des années soixante, un mastodonte recouvert de skaï d'une laideur incomparable, mais terriblement confortable. L'armature couine sous le poids de l'homme. On dirait qu'elle livre une plainte contre l'humanité tout entière.

Simon soupire en même temps que l'objet. Il jette un coup d'œil par la fenêtre et ne s'attarde pas. La vue est toujours la même. Il fait nuit. Plus ou moins nuit selon que le soleil rase ou non l'horizon. Et la glace recouvre tout, nivelle les creux et les bosses sur des kilomètres en un à-plat insipide et grisâtre. Plus loin, une ligne plus sombre que le reste manifeste qu'il existe une forêt, là-bas.

Ici, on dirait que rien ne peut changer.

Sur le côté droit de la fenêtre, un bâtiment s'étire sous une couche de neige d'environ deux mètres, si bien que de l'infrastructure on ne voit que le pignon car le toit disparaît lui aussi sous cette pesante matière uniformisante.

Simon soupire de nouveau. L'ennui est épais, l'absence de lumière solaire pesante. Seuls les bips lents et réguliers de l'électrocardiographe relié à son prisonnier résonnent tout bas dans la pièce.

Sa mission est simple, encore plus simple que ce qu'il avait imaginé. Mais quel ennui ! Il n'y a rien à faire, rien d'autre qu'attendre la fonte des neiges et l'arrivée de son employeur.

– La fonte des neiges, maugrée Simon tout haut. Pays de cons, tiens !

Une antenne parabolique lui permet de recevoir les chaînes de télévision du monde entier, mais il commence à en avoir assez de se gaver de programmes aussi insipides que répétitifs.

Simon a toujours été un homme d'action. Cet état quasi végétatif lui pèse chaque jour davantage.

En trois semaines, les contacts avec l'extérieur se sont résumés à des coups de fil quotidiens. Et encore ne les provoquent-ils pas. L'unique appareil dont ils disposent dans l'ancienne base de météorologie est un récepteur.

Au début, Simon a jugé ce dispositif excessif et possiblement dangereux pour sa propre personne, mais en étudiant le cas de leur hôte, il en a compris l'intérêt.

Kurtz a été isolé comme on isole un virus mortel.

Quoi qu'il puisse se passer, il ne pourra pas s'en sortir. À Paris, on a veillé à ce que, cette fois, la bête soit habilement phagocytée en attendant que le patron puisse lui rendre visite.

Au fil des jours, la monotonie s'est installée. Conformément aux directives qu'ils avaient reçues, Kurtz a été drogué, puis paralysé à l'aide de la chimie ad hoc.

Ce qui n'était pas prévu, c'est qu'après quelque temps il tombe dans une sorte de catatonie à laquelle Simon n'a pas compris grand-chose. Alors, il a suivi les consignes de Paris. Il a retiré l'intraveineuse qui maintenait Kurtz paralysé, pour ne plus lui administrer qu'un liquide nourricier.

Le redoutable prédateur rendu à l'état de légume ! Cette image a déçu Simon. Il n'imaginait pas un psychopathe comme ça.

– Bof, ça finira bien par nous arriver à tous un jour ou l'autre !

Simon ouvre le tiroir du bureau qui lui fait face et en sort un journal de mots croisés.

– Marre de la téloche, grommelle-t-il en plongeant le nez sur les grilles vierges.

Après dix minutes de gymnastique intellectuelle, Simon est si concentré qu'il ne perçoit pas le changement dans le rythme cardiaque de Kurtz. Le son du moniteur est baissé à son minimum audible.

C'est un bip continu qui lui fait lever la tête, un bip alarmant, même pour un néophyte.

Simon n'en revient pas.

Il se lève d'un bond, vérifie d'un geste réflexe que son arme se trouve correctement logée dans son holster et file à travers le bâtiment.

Une salle, un long couloir, puis la réserve de matériel, la chaufferie et enfin les anciennes salles de vie des scientifiques. C'est là que se trouve Kurtz, au plus profond de l'ancienne station de météorologie, au plus loin du froid de l'hiver.

Une porte vitrée le sépare à présent de Kurtz. Simon stoppe sa course et pénètre dans la salle vivement éclairée. Le corps n'a pas bougé.

Sans réfléchir, Simon se précipite vers le prisonnier et pose deux doigts sur sa carotide gauche.

Il n'aura pas le temps de s'étonner des battements rapides qui pulsent dans le cou de l'homme allongé, l'index et le majeur de Kurtz ont jailli, formant ensemble le V de la victoire. Il a mis beaucoup d'énergie dans ce geste, et le plaisir d'infliger la douleur est une vieille manie profondément ancrée en lui. Aussi les doigts trouvent-ils sans peine le chemin des yeux de Simon pour s'y enfoncer sans retenue.

Simon s'est écarté d'un bond en portant ses mains à ses paupières. Il hurle sa douleur, cherche un appui et se retrouve bientôt collé contre un mur.

Kurtz en a profité pour quitter son lit et avance vers Simon. Mais il ne tient pas encore très bien sur ses jambes. Il a besoin d'une aide, qu'il trouve dans le support du goutte-à-goutte.

Une main de Simon s'est refermée sur son revolver tandis que l'autre continue de frotter ses yeux endoloris.

Son hurlement a cessé. À présent, il grogne de douleur et de colère, un filet de bave au coin de la bouche.

– Je vais te tuer, beugle-t-il en braquant le canon de l'arme en tous sens. Je vais te faire la peau.

Simon ne peut se fier qu'au son pour le localiser, mais Kurtz reste muet et se déplace lentement, tentant de rester parfaitement silencieux.

Puis il jette la poche de solution de l'autre côté de la pièce. Simon réagit dans la seconde et tire dans la direction du bruit.

– Petite salope ! hurle-t-il. Tu vas me le payer !

Aussitôt, Kurtz assène un violent coup sur le crâne de Simon avec la base du trépied.

Simon est sonné. Ses genoux ne le portent plus et il commence à glisser le long du mur. Ses doigts se crispent sur son automatique. Une balle se fiche dans le matelas avec un bruit étouffé.

Kurtz abat de nouveau le trépied, plusieurs fois de suite.

Du sang s'écoule du crâne de Simon qui gît à présent sur le sol carrelé. Un dernier influx nerveux fait trembler l'un de ses pieds.

Kurtz s'empare de l'arme de sa victime. D'ordinaire, il n'apprécie pas le contact froid de ces objets si particuliers, mais cette fois il ressent une bouffée d'allégresse.

Il ne doit pourtant pas s'attarder. Simon n'était pas seul à venir le narguer quand il se trouvait totalement vulnérable, alors il va se hâter.

Avant de quitter la pièce, il ne peut s'empêcher de se pencher sur Simon, au cas où celui-ci pourrait encore l'entendre.

– Un Kurtz vaut mieux que deux tu l'auras, susurre-t-il en riant.

12

Berlin. Allemagne. Nuit du quatrième jour.

Elle aurait dû parier. Sûr qu'elle aurait gagné un gros paquet de fric. Elle les a sentis tout de suite. Ils devaient être au bas de l'immeuble quand elle s'est réveillée en nage. Elle a trouvé le pistolet sans peine. En fait, elle n'a pas eu à chercher. Elle a attrapé son sac et arraché le scotch qui maintenait l'arme sous la table. Elle a vissé le silencieux et s'est glissée sur le balcon.

– Mais qu'est-ce qu'ils veulent ?

Elle observe à présent les silhouettes furtives se faufiler entre les voitures et s'approcher de l'entrée. Deux d'entre elles s'engouffrent dans l'immeuble, les deux autres attaquent les étages par les balcons.

Elle doit agir vite, leurs intentions ne semblent pas vraiment pacifiques.

Elle râle, elle déteste jouer les monte-en-l'air, ça la fait vomir.

Les bretelles du sac déjà sur les épaules, elle glisse le flingue dans sa ceinture et enjambe la balustrade. Cette fois, c'est un peu plus risqué. Il y a deux mètres entre les balcons et, même en s'étirant, elle doit sauter dans le vide.

Néanmoins elle n'hésite pas. D'une main, elle tient la balustrade et se penche en avant. Les genoux sont fléchis, les yeux toujours sur l'objectif.

Elle s'élance. Ses doigts s'accrochent à la rambarde, ses jambes battent le vide. D'un coup de reins, elle bascule de l'autre côté et se redresse.

Elle s'immobilise un court instant, le visage collé à la vitre.

Son cerveau analyse les environs, repère les issues, calcule le temps qui lui reste avant d'être rattrapée.

Dans l'appartement enténébré, elle ne distingue aucun mouvement.

Elle brise le carreau d'un coup de crosse, ouvre la baie vitrée, traverse le salon et se précipite dans la salle de bains. Tout ça en quelques secondes. C'est là que sont les vasistas. Elle grimpe sur le rebord de la baignoire pour se hisser sur le toit pentu.

Puis elle s'avance rapidement sur le faîtage, les bras écartés en funambule.

Ne pas regarder en bas…

À sa droite, le béton de la cour intérieure, à sa gauche, les frênes qui bordent l'Elbe – une eau saumâtre et puante.

Elle parcourt une vingtaine de mètres jusqu'à l'immeuble voisin. La pente abrupte du toit la dépose sur une mansarde. Elle se courbe et trottine jusqu'à la cheminée.

Les ombres ont repéré son manège et tentent de la suivre d'en bas. Elle peut les distinguer, presque les entendre.

Les battements de son cœur ont accéléré, juste ce qu'il faut pour la doper d'adrénaline.

Elle respire profondément, envisage toutes les possibilités.

Au bout du toit, le vide. Trop de vide pour sauter sans se blesser. Derrière elle, une autre cour, et les ombres dans la cour. Dans la rue, les ombres. Sur l'immeuble voisin, d'autres ombres encore.

Elle s'approche du bord. Devant elle, les arbres se balancent.

Soudain, les tuiles vibrent sous l'assaut de ses poursuivants.

Pas le choix, je dois le faire.

Les yeux braqués sur le grand frêne, droit devant, elle recule de quelques pas et bondit vers le vide.

Les branches meurtrissent sa poitrine et ses bras mais elle tient bon. Elle se hisse à califourchon sur une grosse ramure et, de cet observatoire idéal, épie les mouvements suspects. Une ombre s'insinue entre les véhicules en stationnement.

Elle note avec intérêt que c'est ainsi qu'elle se déplacerait si elle devait se faire discrète et que c'est une mauvaise méthode. Elle arme son pistolet et vise tranquillement la capuche de la silhouette qui marche vers elle.

Un souvenir l'assaille aussitôt.

Sur un tissu bleu, elle voit une chatte qui dort à côté de minuscules boules sanguinolentes posées dans un bac en aluminium.

Les ovaires.

Casper, c'est le nom de la vipère de la vieille folle qui se balade avec ses serpents dans son soutien-gorge.

Un beau chien de berger.

Je suis vétérinaire ? Qu'est-ce que je fous ici ?

Elle n'a pas tiré. Les encapuchonnés ne sont plus qu'à quelques mètres. Ils ne l'ont pas encore repérée, mais ils sont trop près maintenant pour qu'elle redescende de son perchoir.

– Vas-y, ma fille, s'encourage-t-elle.

Elle a plutôt intérêt à faire vite. Ils ne sont pas venus les mains vides. Leurs bras sont prolongés par des armes automatiques dont la forme lui paraît vaguement familière.

– Des Uzis…

Encore un mot qui fuse.

Elle recule dans le feuillage, ajuste le plus éloigné de ses assaillants et tire, une fois. Et une deuxième fois avant la riposte du second. Elle a visé les pieds. Elle est drôlement douée.

Je dois être un agent secret.

Puis elle se suspend à la branche et lâche. Elle atterrit lourdement sur la terre. Sa blessure lui arrache un gémissement. Elle serre les dents, jette un rapide coup d'œil vers les toits. Les ombres s'agitent là-haut.

Elle s'élance sur les berges de l'Elbe, traverse une passerelle vers un quai flottant, large de quelques mètres. À l'extrémité opposée, elle rejoint une deuxième passerelle vers un autre quai envahi de containers prêts à être chargés.

Là, essoufflée, elle hésite quelques secondes. Elle pourrait traverser au sec en passant sur les péniches amarrées côte à côte. Plus loin, le quai s'allonge et se rétrécit en se courbant, s'avançant vers la rive occidentale.

Elle se décide pour ce côté, l'issue la plus improbable, donc la plus sûre.

Quand elle arrive au bout du quai, les silhouettes noires l'ont localisée. Des coups de feu claquent autour d'elle. Elle se jette à terre, ôte ses chaussures et ses vêtements qu'elle coince dans son sac. Elle se glisse dans l'eau noire et grasse, ses affaires sur la tête.

En quelques minutes à peine, elle traverse. Son corps, furtive tache claire, disparaît dans les taillis.

Elle se sèche rapidement, se rhabille et traverse l'île des pêcheurs, Fischerinsel, d'un pas rapide. L'avantage d'une île, c'est qu'elle ne peut pas être encerclée par quelques hommes. Ses poursuivants sont trop peu nombreux.

Elle souffle enfin et sourit dans la nuit. Elle a gagné.

13

Un couloir, puis une grande salle encombrée de matériels obsolètes.

Kurtz redécouvre le plaisir de se mouvoir, même si son corps n'est pas aussi fiable que dans son souvenir. Ses jambes tremblent, et sa vision semble légèrement floue.

Il avance prudemment, reste sur ses gardes, prêt à voir débouler l'un de ses geôliers. Ses pieds nus se refroidissent sur un sol particulièrement glacial.

Ça caille, ici, songe-t-il en se demandant la raison de cette fraîcheur inattendue. *Il me faudrait des pantoufles et des mitaines*.

Cette dernière pensée le fait glousser. La situation n'est pas si désespérée.

Derrière lui, dans ce qui lui semble être la chaufferie, une citerne de gaz ronronne dans la pénombre. Il la contourne et s'accroupit contre le mur, le cœur battant. Il ne se sent pas de taille à affronter un homme aux aguets. Seul l'effet de surprise pourra le faire triompher.

Alors, Kurtz attend. Sa position et sa vulnérabilité le renvoient à des images de son enfance, lorsqu'il se cachait d'Irma, sa belle-mère, dans la friche du jardin familial. L'évocation de ces souvenirs honnis agace

Kurtz. La journée avait si bien commencé. Mais il ne peut s'y soustraire. Il faudrait pour cela s'extirper de cette cachette, et il ne veut s'y résoudre, pas tout de suite, pas avant qu'il ne soit certain de maîtriser la situation.

Quelques minutes suffisent à le rassurer. L'endroit est calme, parfaitement calme. Alors il quitte son abri et investit la vaste salle.

Un tas de bûchettes encombre tout un pan de mur. Plus loin, un antique poêle ronfle. Kurtz s'y colle un instant. La chaleur diffuse vers son épiderme un plaisir oublié.

Il faut qu'il trouve des habits : il est mal à l'aise dans le pyjama d'hôpital dont il est revêtu. Alors il se remet en mouvement, presque à regret. De l'autre côté de la pièce, sous une grande bâche grise, il découvre une motoneige. Il ne s'attendait pas à trouver un pareil véhicule. Derrière, une quinzaine de jerricans sont alignés dans l'ombre.

Sa gorge se serre. Il accélère le pas, frôle un grand volet roulant. Le métal irradie un froid glacial.

Pour en avoir le cœur net, Kurtz quitte aussitôt cette pièce.

Un nouveau couloir l'expédie dans la salle de permanence occupée quelques minutes plus tôt par Simon.

Il retient son souffle.

Par la fenêtre close, la blancheur d'un hiver rigoureux s'étale à perte de vue sous une nuit aux lueurs étranges.

Il n'y a pas de temps à perdre. Il tente de calmer l'angoisse tapie au creux de son estomac et s'active. La pièce voisine de la salle de permanence est un vestiaire. Des armoires métalliques aux portes ouvertes couvrent les murs. Kurtz y trouve des vêtements et des rangers.

Manifestement, Simon fait à peu près la même taille que lui. Le deuxième homme est bien plus grand.

Chausser des bottes portées par d'autres lui répugne, tout comme enfiler des vêtements de peau, même propres. Kurtz déteste passer après quiconque. Mais il ne peut se mesurer à l'hiver en pyjama. Et son salut se trouve sans doute à l'extérieur.

Puisqu'il n'y a personne dans les bâtiments, c'est que l'autre ou les autres se trouvent dehors. Et le mieux est encore d'aller vérifier par lui-même. Quitte à leur tendre un piège.

Mais un bruit de moteur vient déranger son plan. Kurtz se rue dans la salle de permanence. Par la fenêtre, il aperçoit un point lumineux qui se déplace rapidement sur la glace. Il se cache pour observer la motoneige approcher. Un homme cagoulé la pilote. Dans son dos, il porte un fusil équipé d'une visée à longue portée.

– Tu m'ouvres la porte du garage ? résonne une voix dans la pièce.

Kurtz sursaute. Il n'avait pas remarqué le talkie-walkie posé sur le bureau.

– Simon ! grésille l'appareil. Bölger pour Simon, Bölger pour Simon, tu m'entends ?

Interdit, Kurtz regarde l'émetteur-récepteur.

– Fais chier ! râle Bölger. Simon ! Merde !

Les doigts tremblants, il achève de lacer ses rangers et se précipite dans le couloir. Il veut arriver dans la réserve avant que le volet métallique s'ouvre. Mais il échoue. Bölger a été plus prompt. Kurtz se glisse derrière la porte au moment où le volet claque sur ses butoirs.

Bölger se trouve dans la lumière, il ne peut pas le rater. Mais l'homme quitte son champ de vision avant qu'il ait pu ajuster son tir.

Ce contretemps agace Kurtz, qui peste contre lui-même. Il est obligé de prendre un risque supplémentaire.

Lentement, il pivote, collé contre le vantail.

Occupé à vérifier les bidons d'essence, Bölger lui tourne le dos.

Parfait.

Kurtz appuie sur la détente. La balle atteint Bölger au flanc, perfore le gras et achève sa course dans la citerne de gaz. L'explosion est immédiate. Le corps de Kurtz est projeté dans le couloir par le souffle incandescent.

14

Entre l'Allemagne et la France. Aube du cinquième jour.

Le paysage défile à une vitesse insensée. Elle n'a pas le temps de reconnaître une route ou un village. Pourtant, ça y est, elle est chez elle.

La France.

Strasbourg et bientôt Paris.

– Paris, Paris.

Elle murmure ces mots les yeux dans le vague, et rien ne vient.

– Pas grave.

Les souvenirs de la nuit dernière sont déjà estompés, comme un vilain cauchemar. Elle s'est réveillée, un peu pâteuse, assise sur un banc de la gare, juste avant le départ du train.

Maintenant, elle sourit aux champs qui s'évanouissent sous ses yeux, aux arbres et aux maisons à peine aperçus. Elle est contente de rentrer.

Les croissants sont gras et tellement bons. Elle se lèche les doigts. Elle n'a rien avalé d'autre. D'abord les viennoiseries allemandes, puis, au changement à Francfort, encore des gâteaux. Elle a erré dans la station, les sens aux aguets, prête à courir au moindre signal. Mais rien n'a perturbé son voyage. Aucune cagoule noire, pas un homme en vert mal intentionné. Ces derniers, en faction sur le quai, se sont contentés de lui jeter un regard compatissant.

– *Armes Mädchen ! Noch eine, die von ihren Mann geschlagen wird !*

Elle a deviné les paroles, l'intonation, leur a souri et s'est engouffrée dans le wagon-restaurant. Elle a encore commandé des croissants et du café.

Les pylônes qui supportent les caténaires fuient devant son regard éberlué. Non, décidément, elle ne s'est jamais déplacée aussi vite.

Soudain, le paysage se transforme, les champs cèdent la place à d'immenses forêts, la cadence ralentit, elle sentirait presque l'odeur de la mousse.

Il y avait une forêt, là où elle a grandi.

Là-bas, il y a *l'Autre*, l'autre extrémité du fil.

Et au bout du fil, il y a ce sourire.

Le souvenir est si fugace qu'il lui échappe aussitôt.

Elle chantonne en fermant les yeux : *Heaven, I'm in heaven*.

Mais rien n'y fait.

Elle doit se résoudre à contempler les collines boisées et les vignobles qui la rapprochent de Paris.

Les larmes aux yeux, elle garde le nez sur la vitre sale jusqu'à l'entrée en gare de l'Est. Puis elle observe les voyageurs des deux wagons, coincés devant la porte, s'écraser les uns les autres. Elle attend. Elle descendra en dernier.

Elle longe le quai en louvoyant entre les traînards. Depuis la place du Neptune, ou peut-être avant, mais elle ne sait plus, elle évite le contact des autres peaux. Les corps étrangers la dégoûtent, leur sueur, leur odeur.

Quand elle s'enfonce sous terre vers la station de métro, elle garde une main devant son visage. Paniquée, incapable de respirer calmement. Elle voudrait que les couloirs se vident de tous ces gens qui courent et qui puent. Elle voudrait empêcher les particules de tous ces individus d'entrer dans son corps. Ces morceaux d'épiderme, cet air vicié maintes fois respiré.

Elle suit les couloirs, attend la rame en bout de quai, ne monte que lorsque la voiture de tête est praticable. Ligne 4 jusqu'à Réaumur-Sébastopol. Là, il faut prendre la 3, direction Gallieni, et descendre à Parmentier. Pourquoi, elle n'en sait rien. Mais c'est le chemin. Paris s'étale devant ses yeux comme Berlin. Sauf qu'ici la ville est bâtie sur un véritable gruyère. Des galeries souterraines, dont elle connaît le moindre recoin, le moindre accès.

S'il y a trop de monde, elle sortira à Temple et poursuivra à pied en suivant les stations et en se remplissant les poumons d'air pollué. Arts-et-Métiers, République, jusqu'à chez elle, quelques kilomètres le long des avenues, vers un quartier qu'elle devrait reconnaître.

Arrivée au carrefour Parmentier-Oberkampf, elle traverse et marche encore deux cents mètres jusqu'au numéro 66.

Mais la lourde porte en bois clair ne lui rappelle rien.

Il y a des sonnettes et un code qu'elle ne retrouve pas. Elle appuie sur les touches sans y penser, il y a bien quelqu'un qui finira par ouvrir. Le déclic de la porte lui donne raison.

Elle débouche sur une rue intérieure bordée d'immeubles bas. Les fenêtres sont affublées de jardinières en fleurs. Elle trouve ça joli.

Heureuse d'entendre chanter les oiseaux ici, en pleine ville, elle s'avance lentement. Elle ne reconnaît rien, mais elle est convaincue qu'elle doit poursuivre jusqu'à l'entrée C. Elle y sera en sécurité.

Nassau l'attend là-bas.

Nassau.

15

Quand Kurtz reprend connaissance, un froid intense mord ses chairs et fouette sa volonté. Un poids glacé le cloue au sol, et il suffoque. D'abord désorienté, il panique, persuadé d'être à nouveau paralysé. Mais l'odeur âcre qui titille ses narines lui renvoie les images de l'explosion.

– Oui, parvient-il à articuler en passant la langue sur ses lèvres sèches. Je t'ai fait griller comme une merguez.

L'évocation à double tranchant le galvanise.

Aussi trouve-t-il la force de soulever le panneau de la porte qui l'a sauvé du feu et se remet sur pied. L'univers chancelle devant ses yeux. Des myriades d'étoiles illuminent le couloir noirci de suie. Après quelques secondes, il comprend qu'un câble électrique arraché par l'explosion envoie des éclairs crépitants et illumine la pénombre.

Il fait encore nuit.

Guidé par la lueur blanche et clignotante, Kurtz avance de trois pas, une main posée contre la paroi, et pénètre dans la chaufferie.

Dans ce qui fut la chaufferie.

Il laisse ses yeux s'habituer à la pénombre et fait quelques pas.

Autour de lui, c'est un désastre. Tout a été pulvérisé. De la citerne de gaz, il ne reste rien. Pas plus que du corps de Bölger ou de la motoneige. Il ne subsiste qu'une odeur écœurante de pétrole, de carton et de chairs brûlées.

Kurtz se précipite dans le couloir.

Le gaz a enflammé les bidons d'essence, propageant l'incendie vers la réserve de nourriture. Sous l'action de la chaleur, les boîtes de conserve ont explosé, les céréales ont brûlé, comme le lait en poudre, les barres énergétiques. Du stock qui lui aurait permis de tenir des mois, il ne reste qu'un tas de charbon parcouru de flammèches et un jambon carbonisé.

Affamé par des jours de nourriture parentérale, Kurtz se jette dessus et arrache avec ses doigts la barde noircie. Une viande rosée se trouve en dessous, belle, grillée au gazole, magnifique.

Il mord dedans à pleines dents. Le goût est succulent. Les premiers centimètres sont un peu secs, mais ensuite, c'est un vrai délice. On dirait qu'un chef s'en est personnellement occupé. Les yeux de Kurtz brillent plus que d'ordinaire. Une larme s'échappe de l'un d'eux, laissant une traînée dans la suie qui recouvre partiellement sa joue.

– Doucement, se sermonne-t-il soudain. Ne pas vomir. Ce serait contre-productif !

Pourtant, à peine sa phrase achevée, Kurtz a un violent spasme qui le plie en deux. Son estomac, rétréci par des jours de jeûne, n'apprécie pas du tout cette masse de chair à peine mastiquée.

Alors il lâche le cuissot et sort de la remise en courant. Après s'être brûlé l'œsophage avec un mélange de bile et de morceaux de porc, il reste quelques secondes assis, les yeux humides et la goutte au nez. Il déteste toutes ces contraintes du corps, il peste contre l'irritabilité de son pylore, s'essuie avec sa manche, faute de mouchoir.

Puis une soif intense vient remplacer la faim qui le tenaillait.

C'est dans le bureau, atteint à tâtons, qu'il trouve un placard rempli de bouteilles d'eau.

Là encore, la sensation est délicieuse.

– Qu'est-ce que c'est bon, grogne-t-il en reposant la bouteille.

Il a un nouveau spasme qu'il tente de contrôler, sans succès.

Contrarié, furieux même, il retourne chercher le jambon et s'installe dans le bureau.

Pendant une demi-heure, dans une lueur grésillante, il grignote la chair à peine tiède, se forçant à mastiquer longuement et à boire entre deux bouchées. À sa grande satisfaction, il parvient finalement à dompter les caprices de son estomac.

Rassasié, il entreprend d'éteindre les dernières braises de l'incendie et de couper les accumulateurs encore actifs afin d'éviter une nouvelle catastrophe. Il songe soudain que c'était la première chose à faire avant de se goinfrer mais constate avec satisfaction que son ange gardien a veillé à ce qu'il ne grille pas lui aussi. Rasséréné et rassasié, il entreprend alors de fouiller l'endroit de fond en comble.

Après des heures de recherches fébriles, Kurtz conclut qu'il ne dispose pas d'une grande marge de manœuvre. Tout ce qu'il a pu trouver se résume à une paire de jumelles, des couteaux, des vêtements chauds, une boîte de munitions pour l'automatique de Simon, plusieurs lampes à pétrole au réservoir heureusement plein et un téléphone satellite inutilisable. Et rien qui puisse lui indiquer le jour et l'heure. C'est mince.

Il aimerait partir sur-le-champ repérer les alentours avec une motoneige garée sous un hangar extérieur, mais la luminosité est bien trop faible. Kurtz, épuisé, est incapable de se repérer dans le nycthémère. Cette lueur faiblarde peut être celle de l'aube comme celle du crépuscule. Il ne veut pas prendre le risque de sortir et décide donc de se reposer dans l'une des chambres. En explosant, la citerne l'a privé du chauffage central. Il suffira de bien se couvrir.

Quand Kurtz ouvre l'œil, le ciel est nuageux, les rayons du soleil rasent l'horizon, et le froid a gagné l'intérieur des bâtiments. Dans la chambre, son haleine se matérialise dans l'air. Il ne doit pas faire plus de quelques degrés au-dessus de zéro. Ravi d'être sur pied dès l'aube, il s'attelle aussitôt à son projet de la veille.

Mais la motoneige lui réserve une surprise désagréable. La jauge de niveau de carburant indique un quart de plein. Kurtz enrage. Il semblerait que les éléments se liguent contre lui, cette fois. Son petit tour de reconnaissance va se muer en départ.

Alors il se hâte. Kurtz ne peut imaginer que les donneurs d'ordres ne l'aient placé qu'entre les mains de ces deux imbéciles inaptes.

Très vite, il enfourche la motoneige.

Il a rempli un sac à dos de quelques vêtements chauds, son précieux jambon et une bouteille d'eau. Si nécessaire, il se débrouillera avec la neige. Et avec un peu de chance, il trouvera une implantation humaine sur son chemin ou de l'autre côté de l'éminence recouverte de forêt.

Le moteur démarre au quart de tour.

Kurtz retrouve aussitôt ses réflexes et s'en félicite. Récupérer un semblant de maîtrise a du bon.

Le véhicule file sur une neige dure et compacte. Protégé du vent glacial par une combinaison chauffante branchée sur la batterie de la moto, Kurtz est aux anges.

Après quelques minutes de cette course effrénée, il doit réduire sa vitesse. La forêt toute proche dresse ses premiers sapins, l'ombre des troncs s'allonge sur la neige et des racines invisibles peuvent se transformer en de redoutables obstacles.

La conduite devient plus technique. En l'absence de sentier, Kurtz est obligé de sinuer entre les arbres tout en attaquant la déclivité de face pour ne pas verser. Mais il s'y entend. Pendant des années, il a parcouru des régions bien plus montagneuses. Ce n'est pas cette colline d'une centaine de mètres qui va l'effrayer.

Et cette fois, il doit avancer. Ce n'est plus une promenade d'agrément. De virage en virage, Kurtz parvient ainsi au sommet. Là, des blocs de roches forment une petite clairière, juste assez vaste pour que le visiteur ait un aperçu des merveilles de la région.

Kurtz coupe le moteur. La moto n'escaladera pas les rochers.

La splendeur naturelle le saisit quand il pose le pied sur le bloc faîtier. À perte de vue, la ligne d'horizon est couverte d'une nappe vert-gris. Pas une cassure, pas une brisure dans cet à-plat écrasé de neige ne lui laisse le moindre espoir.

Isolé du monde par des dizaines de kilomètres de forêt glacée, Kurtz est seul. De l'autre côté, dans la direction de la bâtisse où il était retenu prisonnier, il n'y a que du gris pâle, vision encore plus angoissante. D'ailleurs, il distingue le bâtiment éventré par l'explosion. Il crée un point noir sur la nappe bleutée de l'hiver. Et plus loin, au-delà, dans une luminosité curieuse, l'uniformité se poursuit sans un accroc. Impossible d'en deviner l'importance, la superficie, la longueur. Un ciel tourmenté tombe sur le gris, très loin de là, pour fermer sur Kurtz le couvercle de son dénuement.

Il fixe les pâles rayons d'un soleil encore absent. La grosse baudruche orange et paresseuse se traîne encore sous la ligne d'horizon. Il comprend alors qu'ici, en hiver, le jour ne se lève jamais.

16

XIe arrondissement. Paris. France. Matinée du cinquième jour.

Elle tourne sur elle-même, fouille dans sa mémoire, étonnée d'être là, si près du but et si lointaine. Le passage est calme, le soleil fait briller les pavés polis par le temps. Elle lève les yeux vers des fenêtres aux volets blancs.

Elle se revoit instantanément, penchée au-dessus des fleurs, l'arrosoir à la main.

Heaven, I'm in heaven.

Elle retrouve les odeurs et les bruits de la rue.

Je suis enfin rentrée chez moi.

Mais soudain, devant elle, une cagoule noire. Une haute silhouette imposante, terrifiante.

Elle vacille, la foule gronde tout autour, les bouches lâchent des cris d'horreur, les corps tombent sous les projectiles.

Elle voit le sang gicler, elle sent la balle ouvrir son flanc.

Elle hurle.

– Nassau !

En quelques secondes à peine, il est là, haletant, les babines découvertes sur des crocs d'une blancheur presque artificielle. Son grognement sourd fait reculer l'homme en noir.

– C'est moi. C'est Five. Calme-toi.

Mais la voix de l'inconnu ne la rassure pas, pire, elle fait enfler la panique.

Des images violentes envahissent sa mémoire et maltraitent son esprit. Son sang-froid l'abandonne.

Elle regarde autour d'elle, ici, il n'y a pas d'arme scotchée sous la table.

Elle hurle encore.

– Nassau, fais-le sortir !

Des fenêtres s'ouvrent sur des têtes curieuses et se referment aussitôt.

Le berger allemand oblige l'homme à reculer, pas à pas. La bave de l'animal couvre les poils de sa gueule ouverte.

Elle a le temps d'apercevoir le canon d'un automatique, mais Nassau l'a vu lui aussi. Il désarme le type d'un coup de dents. L'arme tournoie sur les pavés, et l'homme disparaît dans le brouhaha de la rue.

La lourde porte claque.

Elle respire profondément.

Le chien s'est couché à ses pieds. Il pousse l'arme du bout de son museau.

Elle la ramasse et la fourre dans son sac. Ses mains tremblent.

À travers la porte vitrée de l'entrée C, elle distingue un chaton, puis un deuxième, qui s'étire. Le battant s'ouvre. Les lamelles du store gris claquent contre le carreau.

Un visage souriant l'accueille. Un visage dont le plaisir se mue aussitôt en étonnement.

– Shan ! C'est quoi ce cirque ?

Shan Guenarec se penche et câline longuement les petits chats qui se sont précipités entre ses jambes.

– Shan ?

Un rapide coup d'œil sur les lettres blanches collées sur la porte lui donne la réponse.

Shan Guenarec

Stéphanie Bocarre – *Fanny !*

Vétérinaires diplômés de l'école de Maisons-Alfort.

La carrière en anneau.

Maisons-Alfort. 48483079225...

– Salut, Fanny, quoi de neuf, ce matin ? demande Shan en se redressant. La jeune femme dont elle avait oublié le nom s'écarte pour la laisser passer.

Elle porte ses lunettes sur le bout du nez, comme une institutrice, et elle ne lace jamais ses chaussures montantes jusqu'en haut, ce qui fait bouffer son jean.

– Mais qu'est-ce qui t'est arrivé, Shan ? Ton visage ?

– Je te raconterai, réplique-t-elle d'une voix mal assurée. Dis-moi ce qu'il y a à faire.

– Une ablation de l'utérus et des glandes anales.

Casper, c'est le nom de la vipère de la vieille folle qui se balade avec ses serpents dans son soutien-gorge.

– Casper est guéri ? s'inquiète Shan.

Sans attendre la réponse de Fanny, elle pose son sac derrière le comptoir d'accueil et traverse la salle d'attente du dispensaire en saluant les clients d'un bref signe de tête. Sous son crâne, c'est l'ébullition, son estomac se retourne.

Surtout pas de panique. Tu es vétérinaire. Ces gestes-là ne s'oublient pas.

La jeune femme s'arrête aux toilettes. Elle s'asperge le visage et se lave soigneusement les mains.

– Nassau ?

Le berger allemand est assis derrière elle.

Shan s'accroupit et pose sa joue sur la tête de l'animal.

– N'aie pas peur, toi, je ne t'ai pas oublié. Je ne peux pas t'oublier.

Comme s'il avait compris ses paroles, le chien lui lance un regard empreint de reconnaissance. La jeune femme caresse longuement l'animal, puis se redresse.

– Allons-y, c'est l'heure.

Shan avale un grand verre d'eau et se dirige d'un pas lent vers la salle d'opération. Nassau la suit, nonchalamment.

17

Kurtz marche depuis ce qui lui semble être une éternité dans la nuit claire. Sa conduite trop nerveuse a eu raison du peu de carburant restant.

Pendant ce temps, il a tout le loisir de confectionner mentalement le traîneau qui va lui permettre de survivre dans sa traversée. Et c'est efficace pour étouffer l'angoisse.

Avec une ou plusieurs plaques de tôle ondulée qu'il a aperçues à l'extérieur, il fabriquera le support de son esquif des neiges. Il suffira d'en recourber une extrémité, de la percer pour l'attacher avec des cordes, et le tour sera joué.

Incapable d'assembler une tente qui supportera des montages et des démontages répétés, il en fabriquera une destinée à demeurer dressée tout au long de son voyage. Il utilisera pour cela les tringles de suspension en aluminium des placards. Il en a repéré au moins trois, le minimum requis.

Pour la toile, il utilisera une bâche en plastique et se promet même d'en confectionner deux, au cas où la première s'abîmerait.

Dans son projet, Kurtz envisage une traversée de plusieurs jours, quelques semaines, pourquoi pas des mois.

Au sol de sa tente, pour ne pas avoir à dormir sur du métal glacé, il déposera de l'isolant récupéré sur les murs ou les plafonds.

D'abord incertain de sa propre survie, Kurtz prend de plus en plus de plaisir et d'assurance à projeter son expédition et se considère à présent comme un Robinson des neiges.

Il énumère ensuite le nécessaire pour ne pas mourir de froid ou de faim. Des armes pour se défendre des animaux sauvages qui ne manqueront pas de sentir sa présence, de quoi faire du feu pour faire cuire la viande et repousser les animaux, de quoi se vêtir, chauffer de l'eau, etc.

Au final, il va devoir tout trouver ou inventer à partir de la matière première disponible sur place. Il décide qu'il emportera aussi cette petite caméra numérique aperçue le matin même. Il pourra ainsi constituer un formidable carnet de voyage qui complétera idéalement son roman, *Les Voies de l'ombre*. Il pense aux générations futures, à tous ceux qui se nourriront un jour de son enseignement et de sa vision du monde. À tous ceux qui l'admireront d'avoir survécu, seul, dans un tel enfer.

Enfin, il reste la question de la nourriture. Kurtz a tourné et retourné la situation dans tous les sens, il ne lui reste qu'une solution, à laquelle il préfère ne pas trop réfléchir.

– Chaque chose en son temps. Une place pour chaque chose et chaque chose à sa place.

Il répète là une maxime sempiternellement ressassée par l'un de ses éducateurs alors qu'il purgeait la sentence prononcée par le juge pour enfants.

Sitôt arrivé, il se restaure en puisant dans le jambon déjà entamé, puis se met à l'ouvrage. Pendant des heures, il empile dans le bureau, à la lueur des lampes à pétrole, tout ce qui lui sera nécessaire.

Le téléphone satellite sonne à trois reprises. Kurtz est tenté d'enfoncer la touche Répondre, mais il préfère s'abstenir. Au mieux pensera-t-on, dans ce quelque part où l'on a cru décider pour lui, qu'une tempête empêche les communications, ou tout simplement que les deux abrutis sont occupés. Quoi qu'il en soit, il sera parti dans quelques heures, et le diable seul saura le retrouver.

À grand renfort de rage et de cris, Kurtz poursuit la confection de son traîneau. Il parvient à recourber la grande plaque de tôle ondulée et à pratiquer un trou de chaque côté, mais il ne déniche pas un centimètre de corde. Aussi doit-il sectionner un câble métallique prélevé sur un vieux moteur de tractage. Cet effort particulier lui demande plusieurs heures d'acharnement.

Il se couche juste après, épuisé et heureux.

Dès son réveil, il se consacre à la construction de la tente, dont il fixe la structure directement sur la tôle ondulée. Puis il isole le plancher avec de la laine de verre extirpée d'un faux plafond. Pour la toile, il utilise la bâche d'un vieux camion militaire dont il devine la forme sous le manteau de neige, derrière le bâtiment principal. Avec la découverte de ce camion a rejailli l'espoir d'une fuite beaucoup plus confortable et rapide, mais il n'y a plus de clé, et Kurtz comprend rapidement qu'il n'y a même plus de moteur. Il en est pour un coup de sang de trop : il est temps de partir.

Pourtant, son instinct lui commande de fouiller dans les vide-poches et sous les sièges. Là, il trouve des dizaines de bâtons fluorescents et une Maglite qu'il caresse avec bonheur. Avec ça, les piles trouvées dans le bureau et les lampes à pétrole, il devrait s'en sortir.

Tout au long de ses fouilles, il a cherché en vain à localiser sa prison ; aucun papier, aucune inscription pour lui indiquer quoi que ce soit de probant. Et pourtant, Kurtz a grand besoin d'informations.

– Chaque chose en son temps, répète-t-il pour s'absoudre de son échec. Il faut réfléchir. Ces imbéciles m'ont enlevé en hiver, nous sommes en hiver… il fait tout le temps nuit.

Il a un sourire radieux.

– Le manque de bouffe me cuit les neurones, ricane-t-il tout haut. C'est évident. Où est-ce qu'il fait nuit tout l'hiver ? Au nord, quelque part très au nord !

Arrive alors le moment fatidique, celui qu'on ne repousse pas, celui du départ. Un moment qui arrive juste après que Kurtz a réglé la question de la nourriture en découpant les jambes de Simon, déjà congelé dans le bâtiment privé de chauffage.

Il emballe son butin dans des torchons en coton, comme il ferait d'une salaison. Puis il s'empare de la caméra numérique et fait un plan panoramique des lieux.

– La dernière trace de civilisation ! déclare-t-il avec emphase. C'est ici que tout commence, ici que tout s'achève. Vois, Willard, et apprécie. Kurtz, faiseur de surhommes, maître de la meute, chien parmi les chiens, part sur-le-champ à la rencontre de son destin.

Il détaille ensuite le traîneau, exhibe devant la caméra le matériel qui va lui servir à survivre à l'aventure, puis il retourne l'objectif vers son visage.

– Je t'aime, Willard. N'oublie jamais ça.

Sur quoi, il éteint l'appareil et le range soigneusement dans le sac à dos sanglé sur son traîneau. Il attache à ses rangers les raquettes trouvées sur place et vérifie le positionnement du cran de sûreté sur son pistolet.

Il agrippe alors les câbles, qu'il a pris soin d'entourer de torchons et de tee-shirts, et fait un premier pas. Puis un deuxième. La période de nuit claire dure quelques heures à peine, et il compte bien être arrivé au cœur de la forêt avant l'obscurité complète. Là, il ne manquera pas de combustible pour se réchauffer et faire cuire sa viande.

– Le sud, indique-t-il en marchant droit devant lui. C'est au sud que se trouvent les réponses à tes questions, Willard. Au sud !

18

XIe arrondissement. Paris. France. Cinquième jour.

Shan Guenarec suture soigneusement le plan musculaire de la paroi abdominale. La chienne endormie respire lentement. Elle laisse passer une grande langue rose entre ses dents.

Fanny s'apprête à parachever l'intervention. Elle a toujours ses lunettes sur le bout du nez.

– Tu devrais peut-être prendre quelques jours, suggère-t-elle d'une voix hésitante.

– Pourquoi ? rétorque la vétérinaire. Parce qu'un type vient de me braquer avec un flingue d'opérette ? J'en ai vu d'autres.

Shan voudrait son ton léger, il est sinistre. Elle passe les mains sous l'eau et se savonne vigoureusement. Elle a un air buté.

– Mais qu'est-ce qu'il voulait ? insiste Fanny.

– Je ne sais pas. Mon fric, certainement.

Fanny secoue la tête.

– Tu as vu ta tête ?

– Je suis fatiguée, c'est tout. Laisse-moi le temps de digérer tout ça.

– Digérer quoi ?

Shan ne veut pas répondre. Que répondrait-elle, d'ailleurs ?

Elle ne sait plus rien. Tout lui semble si familier, et pourtant les hautes fenêtres sur la cour, le débarras qui croule sous les sacs de croquettes spéciales, son petit bureau bordélique, tout était caché au fond de sa mémoire. La salle d'attente vaste et confortable, l'aquarium à tortues et même Fanny. Elle connaît tout, mais ne reconnaît rien. Elle est certaine d'évoluer dans son univers, pourtant elle a la terrible sensation d'être ici pour la première fois.

Alors, elle ne réfléchit pas, et c'est ce qui lui permet de travailler. Chacun de ses gestes, impeccable mécanique, s'anime. Il suffit qu'elle respire avec le ventre, qu'elle se concentre, et c'est fait. L'utérus gît dans la coupelle en aluminium, et les pertes sanguines sont minimes. Elle en serait presque épatée.

– *Heaven, I'm in heaven.*

– Décidément, tu n'as toujours pas changé de disque !

– Je me suis réveillée un matin avec ce truc dans la tête. Depuis, ça ne me quitte plus. Il faudra bien que tu t'y fasses ! Tu as fait du bon boulot, merci, ajoute-t-elle en se tournant vers Fanny.

– C'est pas la première fois que tu disparais pendant dix jours sans donner de nouvelles. Si je ne te connaissais pas aussi bien, je t'enverrais promener !

Sans répondre, Shan plisse les yeux.

– Alors, raconte ! ajoute Fanny. Comment il est ?

En un clin d'œil, Shan devine. Sa collègue n'a apparemment aucune idée de ce qu'elle a fabriqué pendant tout ce temps. Elle semble si… insouciante, naïve presque.

Shan se dirige vers les lavabos en souriant.

– Il est toujours aussi sexy ! lance-t-elle au jugé.

Elle imagine le sourire de Fanny dans son dos et sait qu'elle a fait mouche.

– Veinarde… Alors, c'est pas lui qui…

Shan se retourne. Elle affiche un air courroucé. Finalement, elle doit être douée pour la comédie, elle sait même adapter le ton à l'expression de son visage.

– Qui m'a tabassée ? Tu rigoles ? Une soirée dans un bar avec des connards de supporters ! Je me suis battue comme un mec, t'aurais dû voir ça !

Puis elle brandit ses poings serrés et sautille sur place devant une Fanny hilare.

J'en fais un peu trop, là…

– Non, je blague, un accident de voiture, reprend-elle en stoppant son manège. Dans un taxi, j'ai pas mis la ceinture.

Fanny arrondit des yeux étonnés. Elle commence à trier les instruments laissés dans le bac d'aluminium, hésite et lance :

– Tu étais où, exactement ?

Shan sent ses petites antennes frémir.

– Je sais plus, lance-t-elle. Tu sais, j'ai pris un coup sur la tête.

– Tu racontes toujours autant d'âneries.

Depuis son retour, Fanny semble contrariée, mais Shan s'en moque. Elle n'a de comptes à rendre à personne. Personne.

Es-tu bien sûre de ça ?

– C'est pas ma faute. Si tu ne m'aimes pas comme je suis, alors tant pis, rétorque-t-elle en sortant de la salle.

– Je t'ai préparé des lasagnes. Tu rentres à quelle heure ?

– Comme d'habitude, répond la jeune femme sans se retourner.

Les lasagnes, c'est bon.

Les mots jaillissent, les souvenirs aussi.

Au-dessus du cabinet. L'appartement du premier étage. Les clés sont dans la boîte à crayons.

Elle retourne à son bureau en chantonnant, Nassau sur les talons. Elle se débarrasse de sa blouse en papier et s'enferme à double tour. Fanny prendra les derniers clients en charge.

– Ça ne planque pas des flingues sous la table, un vétérinaire, murmure-t-elle en ouvrant le tiroir de son petit bureau. Alors, services secrets, terrorisme ?

La jeune femme secoue la tête.

Terrorisme…

Elle a un vague frisson.

Amnésique, poursuivie par des encagoulés armés jusqu'aux dents, pour une raison qu'elle ignore, elle est loin d'être sans ressources, elle l'a déjà prouvé. Mais elle préfère tenter la désinvolture, voire la dérision. C'est plus simple et, surtout, ça tue l'angoisse.

C'est pas ma faute, il fallait bien que je me défende.

Elle chasse ses idées noires et continue à fouiller son bureau. Elle doit retrouver ses marques, reprendre le cours de sa vie.

Dans le tiroir, les papiers du cabinet et des relevés de compte sont soigneusement rangés. Apparemment, Shan travaille ici depuis près d'un an, et les affaires sont florissantes.

Un agenda presque vierge lui indique qu'elle s'absente régulièrement. Londres, Madrid, puis Berlin.

Son cœur se serre. Elle ferme les yeux. Ça suffit pour faire défiler devant ses paupières closes la carte du métro londonien.

Shan frissonne encore.

Je fonctionne comme un robot. Je pense à un endroit, je vois le plan.

Elle ouvre les yeux pour échapper aux lignes de couleur et reprend sa chanson.

– *Heaven…*

Son cœur bat vite, elle est au bord de la nausée. Shan doit respirer lentement pour ne pas céder à la panique.

Dans l'agenda, elle trouve de petites cartes publicitaires qu'elle glisse d'une main tremblante dans ses poches. Et une feuille pliée en quatre. Il s'agit de la facture du tatouage de Nassau, effectuée à l'école de Maisons-Alfort quelques années plus tôt.

Shan tique, mais se fait violence pour ne pas vérifier et poursuit l'exploration du bureau. Si elle veut avoir la paix, elle doit mener sa petite vie tranquillement et oublier Berlin, les cagoules noires et les flingues scotchés sous la table.

L'oubli aura du bon, c'est certain. Si elle efface le passé, peut-être pourra-t-elle vivre normalement, sans ces images et ces chiffres qui lui tournent dans la tête.

Et peut-être qu'*ils* l'oublieront.

Les ombres s'approchent d'elle. Elle gît au pied du Neptune, terrassée par une balle. Pourtant, ils lui tournent autour.

Il y a des cris. Tellement de cris.

Et son épaule semble exploser, puis son dos et sa tête.

Et le trou noir, sans fond.

Incapable de se contenir plus longtemps, elle se penche sur le côté et appelle doucement son chien. Nassau somnole devant la porte. Il ouvre un œil paresseux, se lève et se traîne jusqu'à la jeune femme.

– Gros feignant ! dit-elle en forçant son sourire.

Le berger allemand s'assied. Sa queue joyeuse balaie le parquet.

Shan déplie délicatement son oreille gauche.

Des numéros et des lettres bleus apparaissent entre les poils.

Des chiffres et des lettres. Elle adore ça.

*G57*7G75*.

Immédiatement, elle compulse les dossiers classés dans l'armoire. Cela ne correspond pas au tatouage habituel d'un animal. Elle sent qu'elle est sur une piste. Oui, mais quelle piste ?

– Étoile, G, cinquante-sept, étoile, sept, G, soixante-quinze, étoile ? Qu'est-ce que c'est ?

La fouille complète de la petite pièce ne donnera rien de plus, mais elle est déjà convaincue qu'elle a découvert quelque chose d'essentiel. Il ne lui reste plus qu'à le déchiffrer. L'excitation la gagne, elle oublie aussitôt ses bonnes résolutions, admet qu'elle ne pourra jamais refouler le retour de ses souvenirs et, surtout, qu'il lui faudra bien vivre avec.

Pendant un court instant, Shan s'étonne d'accepter si facilement son sort. Mais une nouvelle certitude la gagne, elle est tout sauf une femme ordinaire.

Elle range les papiers éparpillés sur le bureau, déverrouille la porte et traverse le dispensaire. La salle d'attente s'est vidée, Fanny est sûrement à l'étage.

Shan récupère son sac derrière le comptoir et enfile un pull.

Elle n'a pas besoin d'appeler son chien. Nassau est déjà devant la porte, visiblement ravi de partir en balade.

19

Un pied devant l'autre, sempiternellement.

Dans cette lueur bizarre, sous ce ciel parsemé de nuages aux couleurs étranges, beige, vert et jaune. Bizarre.

La glace est dure et bleue. Les raquettes ne s'y enfoncent pas beaucoup, et Kurtz progresse rapidement.

Dans les ascensions, le poids du traîneau devient un obstacle, comme un boulet qui s'alourdirait. Mais il ne peut rien rejeter du trésor de survie qu'il a constitué. Chaque objet, chaque morceau de tôle aura son importance, tôt ou tard.

Pas après pas, sa volonté se tend, son corps se plie à la détermination de son cerveau. Et Kurtz aime ça. Toute son existence, il n'a été que cela : un esprit modeleur de matière.

Aujourd'hui, il pense qu'il peut survivre et il est impatient d'en découdre avec les éléments. Mais il devine que, face à cette immensité glacée, il vaut mieux demeurer humble. Alors il s'interdit de crier victoire, de penser plus haut que ses forces et de pérorer dans le vide de l'hiver.

La ligne sombre de la forêt se rapproche imperceptiblement. Kurtz laisse la colline sur sa droite. De son sommet, la veille, il a vu que la plaine s'étendait de ce côté-là et, maintenant qu'il peine sur le terrain, il se félicite de son choix.

Lorsqu'il atteint les premiers arbres, il s'accorde enfin une pause.

Le jambon reconstitue ses forces.

– À force de manger du cochon, je vais en devenir un, grogne-t-il entre deux bouchées, les fesses posées sur son traîneau.

Il pense aussitôt à son prochain repas, quand il découpera une tranche dans la cuisse ou le mollet de Simon. Il a un haut-le-cœur.

– Si je suis ce que je mange…, hésite-t-il.

Il penche la tête sur le côté, comme le ferait un chien aux ordres, un vague air débile sur les traits.

Il se remet sur pieds, range le jambon et harnache les câbles autour de ses épaules. Les liens mordent ses chairs. Cette souffrance lui fait pincer les lèvres et, en même temps, elle raffermit sa volonté.

Kurtz songe aux combattants vietnamiens qui ont passé des années enterrés, se nourrissant de racines ou de rien, ombres parmi les ombres et pourtant tellement supérieurs à leurs ennemis. Il attrape un bâton fluorescent, le tord et le secoue. Il apprécie le vert tendre qui émane de sa lampe.

– Plus je m'enfonce dans cette forêt, plus je me renforce, dit-il en plissant les yeux. Tu vois, Willard, tu commences à comprendre.

La forêt referme ses branches sur Kurtz et l'engloutit dans une pénombre inquiétante. Quelques oiseaux timides pépient sur son passage. Sinon, hormis le crissement de ses pas sur la neige, il n'y a pas un bruit.

De son passage dans la plaine, il ne subsiste plus qu'une longue traînée dans la glace. Une trace qui bientôt disparaîtra, elle aussi. Kurtz la regarde un long moment, une drôle de nostalgie au cœur. Cette fois, c'est le ciel qui va se charger de le faire disparaître.

Dès les prochains flocons.

Après une heure ou deux de marche, il a décidé d'établir son premier bivouac. Il a trouvé une clairière et rangé son traîneau contre un rocher. Ainsi, il pense que la pierre emmagasinera un peu de la chaleur du feu qu'il prépare.

Il a gratté la neige sur deux mètres carrés pour que le foyer repose directement sur la terre gelée. À défaut, les braises se noieraient dans l'eau de ruissellement. Sur la terre, il a disposé une plaque de tôle ondulée pour séparer le feu de la boue.

À côté de ce dispositif, il a fait un tas de brindilles, un autre de branches et un troisième de bûches. Ce bois mort, dégradé par des années d'alternance de gel et de réchauffement, se consumera vite. C'est pourquoi il en entasse plus que nécessaire.

Kurtz se méfie des traces d'animaux qu'il a croisées dans l'après-midi. Pour certaines, il pense avoir à faire à des cervidés, mais pour d'autres, la taille des dents risque d'être plus longue.

Le feu dégage aussitôt une fumée très épaisse, Kurtz la hume avec délices. Cette fumée est la preuve de sa survie. Elle est sa création. Patiemment, avec des gestes précautionneux, il entasse les brindilles en forme de tipi, puis de petites branches et enfin des morceaux de bois de plus grande section. Bientôt, de belles flammes s'élèvent dans la nuit épaisse.

Pendant un long moment, Kurtz regarde benoîtement ce feu, émerveillé et triste. Il doit avouer que la lumière du soleil lui manque.

Alors, pour chasser ses idées noires et fêter sa première victoire sur le gel, il installe sa caméra sur le sommet de la tente, objectif face à lui, et déclenche la mise en route.

– C'est l'instant idéal, Willard, clame-t-il haut dans le silence de la forêt. Première journée sans incident. J'ai pensé à toi et à ce que nous allions faire quand nous nous retrouverons. Figure-toi que j'ai de grands projets te concernant. La meute et les nations seront notre champ de bataille. Ah, Willard, si tu pouvais être là ! Si tu voyais comme ce monde est beau ! Et pourquoi l'est-il, d'ailleurs ? T'es-tu posé la question, Willard ? Parce qu'il n'y a que moi pour y marquer mes empreintes ! C'est la question ! C'est la réponse ! Cette vieille salope d'Irma n'en reviendrait pas de me voir ici. Voilà, Willard, c'est mon premier témoignage pour toi et la multitude, et pour les siècles des siècles. Je vais maintenant honorer notre ami Simon, la braise est belle.

Kurtz coupe la caméra. À l'heure où les loups et les chiens sont comme des frères, il semble heureux.

Lorsqu'il sort la jambe droite de Simon de son linge de protection, le bonheur s'est mué en dégoût. Toute la journée, il a tenté de se convaincre qu'il mangerait Simon sans plus de difficulté que s'il s'agissait d'un morceau de bœuf. Mais à présent, alors qu'il est sur le point d'entailler cette chair si comparable à la sienne, Kurtz doute d'en être capable. Toucher cette peau est pour lui un acte difficilement surmontable.

Alors il la remballe. Il reste du jambon cuit pour deux ou trois repas, en se rationnant. Tant qu'il peut l'éviter, il préfère laisser Simon tranquille dans son torchon.

Après son repas, Kurtz reste plusieurs heures auprès de son feu, les pensées tournées vers de curieuses contrées.

Puis il décide de dormir. La journée dans la pénombre du lendemain sera tout aussi éprouvante que celle qui vient de s'écouler.

Son court repos est entremêlé de brefs cauchemars où la forêt s'anime d'une vie propre et d'un appétit sans limite. D'énormes branches noueuses se tordent vers lui, armées de griffes noires. Elles poussent de sinistres grognements.

Kurtz se réveille en hurlant. En une fraction de seconde, la panique de l'enfant se commute en compréhension de l'adulte, tout aussi effrayé.

Des loups ont senti les jambes de Simon. Ce ne peut être que ça.

Des pattes fouillent et foulent la glace autour du traîneau. Et, dans la nuit silencieuse, Kurtz a le sentiment qu'ils sont des centaines.

Alors il arme l'automatique et défait le cran de sûreté. Puis il entrouvre la toile.

Ses yeux habitués à l'obscurité repèrent immédiatement l'ombre des loups dans la nuit. Les mouvements sont vifs, imprévisibles.

Kurtz tire au jugé. La déflagration déchire la forêt. L'embrasement de la poudre éclaire un bref instant la clairière. Quand ses oreilles choquées réapprennent le silence, elles ne discernent plus un grattement. Les loups ont fui.

Mais Kurtz ne refermera plus les yeux avant les premières lueurs rasantes et chiches d'un jour qui, dans ce lieu sans nom, n'existe pas.

20

XIe arrondissement. Paris. Sixième jour.

– Quand l'un des chiens trahit la meute, la meute dévore le chien.

Incapable de répondre à cet appel étrange, Shan raccroche le combiné. Ses yeux demeurent de longues minutes dans le vague, percevant à peine le jaune et le chocolat des chrysanthèmes suspendus au balcon.

Dans la cuisine, Madonna chante à tue-tête, Shan se souvient des paroles. Elle chante avec elle, ça lui évite de trop penser à toutes ces zones d'ombre qui resurgissent.

Quelle meute, quels chiens ?

Elle apprécie ce qu'elle a trouvé ici. Une gentille petite vie tranquille, un appartement et un lit douillet, une colocataire surdouée en cuisine et un bon gros toutou bien sympathique. Ce matin, elle s'est réveillée avec le soleil. Des croissants et un café chaud au pied du lit narguaient un Nassau aux babines baveuses.

Mais Shan entrevoit aussi son autre versant. Celui qui connaît par cœur le plan des capitales européennes. Celui qui court sur les toits avec l'agilité d'un chat, manipule les armes avec dextérité et encaisse les coups sans broncher.

Pourquoi ? Pourquoi ? Pourquoi ?

La carcasse se fissure, le mental s'effrite. La barre à mine a creusé un profond sillon dans la mécanique bien huilée. Une faille où l'amnésie s'engouffre, où le doute s'installe.

Est-ce que je peux échapper à mon passé ?

Il semble à la jeune femme qu'*avant* elle maîtrisait la peur. Peu à peu, elle appréhende l'envergure de son propre personnage, dissimulé dans les méandres de son cerveau.

Qui suis-je ?

– *Heaven, I'm in heaven.*

Le paradis, je suis au paradis. Et pourquoi j'ai toujours cet air en tête ?

– *G57*7G75*. Et ça, qu'est-ce que ça veut dire ?

Lentement, Shan retourne vers la cuisine où Fanny égraine de la semoule en remuant sur sa chaise au rythme de la musique.

Que sait-elle exactement ? Fait-elle partie de la meute dont parlait cette voix au téléphone ?

Les yeux fixés sur les petits grains blonds qui roulent sous la fourchette, Shan s'installe en face de sa collègue et se dit que, si elle devait les compter, elle serait clouée ici pour des années.

**G57*7G75*, il y en a dix. Qu'est-ce qui a dix caractères ?*

– Depuis quand ça dure, nous deux, exactement ?

– Pourquoi ? réplique Fanny. Tu veux m'épouser ?

Elle rit, couvre la semoule chaude d'un torchon propre et met la table.

Shan l'observe avec un mélange de tendresse et d'agacement. Quelque chose a changé depuis son retour de Berlin, c'est vrai. Les petites lumières se sont allumées.

Ses antennes, exacerbées par l'attentat, la mettent en garde.

Maintenant, elle doit retrouver sa place dans la meute. Sinon, elle va mourir. Mais le veut-elle vraiment ?

Shan pressent qu'elle fait partie d'un ensemble, d'un tout. D'une entreprise qui la dépasse, dont elle n'est qu'un pion parmi tant d'autres.

Un pion, ou le ciment...

– Réponds, s'il te plaît, insiste Shan.

Fanny hausse les épaules.

– Toi et moi, ça fait un bail, déjà. Les études, le dispensaire. Trois ans, peut-être quatre. T'as vraiment reçu un coup sur la tête, là-bas ?

Shan soupire.

– Un peu, oui.

Qu'est-ce qui a dix caractères ? Un mot ? Un nombre ?

La sonnette les fait sursauter toutes les deux. Elles se lancent un regard interrogateur. Non, aucune n'attend de la visite.

Nassau se lève et se poste devant la porte, les babines retroussées sur un rictus muet. Il n'aboie jamais, c'est ce qui en fait un chasseur et un gardien redoutable.

Shan se dirige vers l'entrée et jette un rapide coup d'œil dans l'œilleton. Le visage déformé d'un jeune homme la fixe. Il agite une carte frappée d'une bande tricolore. Shan ne bouge pas. Elle a déjà vu ces lèvres pleines quelque part. Un filet de sueur glisse le long de sa colonne vertébrale. Elle garde la main crispée sur la poignée.

L'homme sonne une deuxième fois.

– Qu'est-ce que tu attends ? s'écrie Fanny depuis la cuisine.

Shan serre les dents et tire le vantail vers elle, un sourire figé aux lèvres.

– Shan Guenarec ? Officier Delafosse, brigade criminelle. Je peux entrer ?

La jeune femme étudie attentivement la carte. Elle ne se souvient pas en avoir déjà vu de semblable.

Fanny s'est précipitée sur ses talons.

– C'est la police ! explique-t-elle à sa collègue. C'est moi qui vous ai téléphoné, entrez, monsieur, c'est de toute façon pas cet énergumène qui vous aurait prévenus ! ajoute-t-elle en désignant Shan dont le visage s'est subitement assombri.

Le flic reste immobile. Nassau le fixe devant la porte, les crocs peu engageants.

Il porte sa montre à droite. L'ongle de son pouce fait des vagues, il le gratte sans cesse avec son index.

– Nassau, souffle Shan. Laisse.

Le berger allemand recule, comme à regret.

– Nous allions passer à table, explique Fanny. Souhaitez-vous boire quelque chose ?

L'homme secoue la tête.

– Non, merci, mademoiselle.

De retour dans la cuisine, Shan se jette sur sa chaise, fronce les sourcils et mélange un peu de semoule avec une côtelette d'agneau et des légumes.

– Vous n'allez pas me couper l'appétit, dit-elle sèchement au policier installé face à elle, n'est-ce pas ?

Shan est sur la défensive, mal à l'aise. Elle tente sans succès de donner le change, mais sa voix tremble un peu.

– Je ne pense pas. Je voudrais vous poser quelques questions sur ce qui s'est passé hier matin dans la cour.

L'homme gratte l'ongle de son pouce, et Shan engouffre une cuillerée de couscous.

– Tu devrais manger, Fan', dit-elle la bouche pleine. Ça va refroidir.

– T'inquiète pas, je me fais une assiette et je descends au dispensaire. Vous serez plus tranquilles.

À peine deux minutes plus tard, Fanny disparaît dans la cage d'escalier, les mains chargées d'un plateau-repas.

Un lourd silence s'installe dans la pièce.

Shan se goinfre sous l'œil ahuri du policier. Elle avale sa semoule avec délices, se lèche les doigts et lance les os à Nassau qui se régale aussi. Ça la calme, les grains dorés qui roulent sur la langue.

Elle relève la tête. Ses doigts effleurent l'automatique récupéré dans la cour. Elle n'a pas pu s'empêcher de le scotcher sous la table.

L'homme n'a pas l'air dans son assiette.

– Qui êtes-vous ? lance-t-elle subitement.

L'expression de béatitude qui baignait son visage a disparu.

Il ne reste que ses yeux clairs. Si clairs.

– Seven, tu dois venir avec moi, grommelle l'inconnu. Le patron veut que tu rentres.

21

La neige a recommencé à tomber.

Le vent absent la rend lourde. Les flocons s'écrasent sans un bruit sur la surface glacée.

Pourtant, Kurtz est certain d'entendre les plus gros. Malgré le désagrément de ces intempéries, il ne peut s'empêcher de ressentir au fond du cœur une joie d'enfant. C'est comme si cette scène l'éloignait du temps présent et des conséquences de ses actes. Un moment particulier, une lumière particulière, un silence profond.

Et puis, cette neige l'oblige à camper là. Il en avait assez de tirer sur les câbles. Malgré les protections enroulées autour des filins, ses épaules et ses mains le font souffrir.

Après quelques minutes de féerie hivernale, un vent se lève, glacé, vif et tourbillonnant. Kurtz se réfugie dans la tente et se pelotonne sous les couvertures, certain qu'avec le changement de température apporté par l'obscurité la tourmente faiblira.

Mais lorsque le soleil avare retourne loin sous l'horizon, le vent se renforce encore.

À présent, un air tumultueux hurle autour de lui.

Le tronc du sapin, qu'il sent contre la toile de la tente, vibre des à-coups brutaux des éléments déchaînés.

Même dans les pires conditions, les Carpates ne lui ont jamais montré pareille violence. Il écoute la nature gronder, priant un hypothétique responsable d'abréger sa colère.

Puis il chasse d'apocalyptiques visions d'une tornade glacée qui déracinerait les grands épicéas, les soulèverait comme des fétus de paille et le condamnerait sans doute à finir écrasé sous un tronc trop lourd. Membres arrachés, agonisant et dévoré vivant par les loups.

Pour échapper à ces images délétères, il décide de focaliser ses pensées sur le reste de jambon. C'est encore lui, le prédateur, et une douleur tenace tiraille déjà son estomac. Est-ce la peur ou la faim, il l'ignore.

Parce que le cuissot s'amenuise vite, il doit l'économiser autant que possible, toujours aussi peu impatient de manger Simon. D'autant plus qu'à présent, sous la tempête, il lui faudrait ingérer de la chair humaine crue.

Et ça, il s'y refuse.

Alors Kurtz attend, rêve le goût du jambon et serre les dents.

Il triomphera des éléments comme il a triomphé des hommes. Ce n'est qu'une question de temps.

Les yeux fermés, pelotonné sous les couvertures, il laisse son esprit errer au-dessus des collines boisées de Roumanie, les grandes plaines de son domaine, et vers cette merveilleuse voûte céleste piquée des plus belles étoiles. Ici, il y a trop de nuages, trop de lumière changeante, trop de tempête pour contempler le ciel. Là-bas, il pouvait admirer, à s'en mouiller les yeux, Cassiopée, la Petite et la Grande Ourse, sa préférée. Sublime casserole aux sept astres. Sept, sept, sept, son chiffre préféré.

De temps à autre, quand le froid le mord trop fort, il s'extirpe de ses rêveries. Alors il allume la lampe à pétrole et la laisse brûler un peu. Quelques minutes suffisent à faire grimper la température à l'intérieur de la tente.

Puis, pour dompter l'angoisse et l'écœurement, il s'imagine en train de manger un steak… de viande humaine.

Finalement, il décide que ce sera plus simple s'il n'en voit pas la forme. Aussi se promet-il de découper la chair en tranches, dès l'accalmie. En attendant, il lui reste toujours du bon cochon, et il n'a qu'à se reposer.

Kurtz dort par courtes périodes, guette les tressautements du sapin et les hurlements du vent, se demandant quand son horrible tourment prendra fin.

Il traverse ainsi la tempête, l'esprit tourné tantôt vers les étoiles, tantôt vers une cuisse humaine et les différentes façons de la débiter en tranches.

22

XIe arrondissement. Paris. Sixième jour.

Shan ferme les yeux. Ses doigts se crispent sur le chien de l'arme braquée vers l'entrejambe du type assis en face. Elle baisse la tête et tente de faire le vide.

– Qui est Seven ? articule-t-elle.

– *Tu* es Seven.

– Je m'appelle Shan.

Elle se redresse et arrache l'arme de sous la table. Le scotch se déchire bruyamment.

L'homme tend une main apaisante.

– Lâche ça, Seven. Les autres sont dehors. Ils t'ont en ligne de mire.

Un petit point rouge danse sur sa poitrine. Elle devine le deuxième entre ses yeux. Alors, très lentement, elle pose le pistolet sur la table.

Nassau s'est levé, les crocs luisants.

– Calme-le ou je le descends.

– Nassau, souffle la jeune femme. Laisse.

Le berger allemand se couche immédiatement aux pieds de sa maîtresse avec un gémissement.

– Qui êtes-vous ? reprend-elle. Que voulez-vous ?

– Je suis Five. Nous travaillons ensemble.

– Five ? Qu'est-ce que c'est ?

Shan est inquiète. Sa poitrine se serre. Elle se souvient de la forêt, du fusil, du sourire, du cri. Elle se souvient qu'elle a des frères.

Five, Six, Seven.

– Tu dois être opérationnelle dans trois jours, Seven. Sinon…

L'homme ne finit pas sa phrase. C'est inutile.

– Pourquoi Seven ? lâche-t-elle. Qu'est-ce que ça veut dire ?

Il lui lance un regard de biais. Elle croit lire de l'envie dans ce regard. De l'envie et de la haine.

– C'est le maître…

– Quoi ?

Elle passe son pied nu sur le pelage du chien et appuie sur sa tête. Légèrement. Elle sent l'animal contracter ses muscles, prêt à bondir.

– Le maître t'appelait comme ça.

– Qui est le maître ? demande Shan d'une voix tremblante. Où est-il ?

Où est l'autre, celui qui l'attend au bout du fil ?

– Je n'ai pas la réponse.

Les points rouges semblent moins vifs, moins précis.

Je ne suis pas une victime. Je suis un bourreau.

Elle donne alors un coup sur la tête de Nassau. Au signal, le berger bondit vers l'homme qui racle ses pouces et broie d'un coup de gueule ses parties génitales. Il n'a pas le temps de crier. Shan a déjà récupéré le pistolet et tiré sur lui avant de se jeter à terre.

Des bris de verre et de bois éclaté volent dans l'appartement, attestant de la rapidité de l'attaque des snipers.

Dans un vacarme épouvantable, Shan rampe vers l'entrée et se précipite dans les escaliers, le chien sur les talons.

– Fanny ! Planque-toi ! hurle-t-elle.

Dissimulée dans la pénombre de la salle d'attente déserte, Shan peut entendre les animaux affolés s'agiter dans les cages.

– Fanny ?

Le canon de son arme pointé devant elle, Shan avance prudemment. La porte de son bureau entrouverte laisse passer un rai de lumière.

– Putain, Fanny. Réponds !

Le cœur de la jeune femme s'affole. Elle inspire profondément.

Nassau progresse à ses côtés sans faire le moindre bruit.

Des coups de feu claquent dans le silence.

– Fanny !

Shan plonge en avant et se réfugie derrière le comptoir de l'accueil. De là, elle a une vue dégagée. Elle comprend alors rapidement son erreur. Des projectiles se sont fichés dans le mur de l'entrée.

Les tirs viennent donc de son bureau.

Les réflexes refont surface.

Ce n'est pas elle, la victime. Non. Elle ne sera jamais une victime.

Quand l'un des chiens trahit la meute, la meute dévore le chien. Si un chien trahit le chef de meute, le chef de meute égorge le chien.

L'arme toujours braquée devant elle, Shan rampe rapidement jusqu'à la porte. Elle devine une silhouette embusquée juste derrière.

Je vais t'avoir, saleté.

Elle vise soigneusement et tire à travers le panneau de bois, blessant son agresseur à la jambe. Le corps s'écroule aussitôt.

Nassau s'élance pour désarmer le tireur. Lorsque la voie est libre, il jappe une fois pour appeler sa maîtresse.

Tout en prenant soin d'éviter les fenêtres, Shan avance dans la pièce à quatre pattes. Elle découvre Fanny baignant dans une flaque de sang, occupée à fabriquer un garrot autour de sa cuisse. Elle a déchiré un morceau de son chemisier avec ses dents.

– Dis-moi pourquoi je ne suis pas vraiment surprise de te trouver là ?

Avec un geste brutal, Shan lui colle le canon de son arme sur la tempe. Ses yeux reflètent une froideur nouvelle.

– Qui es-tu ?

– Seven, répond Fanny, ironique. Comme toi.

Interloquée, Shan met quelques secondes avant de demander :

– Combien êtes-vous ?

– T'as aucune chance, lui lance Fanny avec un sourire mauvais.

D'un geste rapide, Shan tire dans la cuisse valide et replace l'arme sur le front de Fanny qui hurle de douleur.

– Combien ?

Nassau se met à grogner.

Des ombres se meuvent du côté de la cour.

Aussitôt, Shan se redresse. Elle semble différente, lointaine. Dure.

– T'aurais peut-être dû faire le travail toi-même, lâche-t-elle avec mépris.

Son doigt s'arrondit sans hésiter. Le coup claque.

La tête de Fanny rebondit sur le mur et éclabousse la peinture claire.

Pendant un instant, Shan observe avec une certaine curiosité la matière cérébrale dégouliner sur le mur. Puis elle sort de cette contemplation macabre, la poitrine vide. Détachée de tout sentiment.

Comme un automate, elle attrape dans le placard le sac qu'elle n'a pu s'empêcher de préparer au cas où, ouvre la porte à Nassau et se dirige vers l'escalier pour s'échapper par les toits.

23

Dehors, le vent tourbillonne.

Les nuances du jour et de la nuit se fondent dans la tempête qui semble ne jamais vouloir faiblir. Avec ces heures interminables, impossibles à estimer dans cette obscurité sans fin, le moral de Kurtz s'effrite peu à peu.

Il n'a pas l'intention de braver la mort. Il a déjà apprécié ses limites. Elles sont atteintes. Et puis, même un homme entraîné à résister dans des conditions extrêmes ne saurait se diriger dans cette tourmente.

Alors il patiente.

La tempête a effacé ses traces dans la neige. Dorénavant, il est entièrement livré à lui-même et craint qu'on ne le retrouve jamais. Des chiens en seraient incapables. Même un système de détection de chaleur ne parviendrait pas à déceler ses trente-sept degrés. L'épaisse couche de neige qui recouvre la tente l'isole du reste du monde.

Il n'y a pas un bruit. Le timide pépiement des oiseaux qui l'avait accueilli à son arrivée s'est tu. Il les imagine couverts de neige ou gelés sur leur branche, immobiles, jusqu'à ce que le printemps les libère et les transforme en un amas de chair pourrie.

Sa gorge est sèche et douloureuse, alors il lape un peu de neige et grignote de tout petits morceaux de jambon. À ce rythme, il lui reste deux repas et, même s'il lui en coûte, les jambes de Simon lui permettent de se projeter sur des semaines.

Alors, il s'en occupe.

Dépecer, désosser et découper en steaks l'une des jambes de Simon lui prend des heures. Le travail est difficile, la viande gelée requiert beaucoup d'efforts. Mais Kurtz s'en félicite. Il n'y a pas de fluides corporels, aucune odeur, et l'exercice active sa circulation et réchauffe ses muscles meurtris.

De temps à autre, il sort la tête de sa tente dans un cri de rage pour vérifier l'état du ciel. Mais la grisaille hurlante ne lui apprend rien et se moque de ses interrogations.

Après son travail de boucher, Kurtz s'écroule, à bout de force.

Cette fois, il ne fait pas de cauchemars, il rêve d'un ailleurs plus clément.

Kurtz bat la mesure du bout du pied.

Et un, deux, trois, quatre et cinq.

Les uns après les autres, les jeunes gens font le grand saut. Dans un même mouvement, les corps sculptés à force de persévérance et de combats basculent dans le vide.

Dessous, trente mètres séparent le bord de la falaise du lac d'altitude.

Sur la grève, assis dans un fauteuil apporté pour lui, Kurtz se délecte du spectacle donné pour lui seul.

Cinq, six, sept. Le pied de Kurtz bat la mesure.

Au-dessus de la tente, la couche de neige se craquelle.

Régulièrement, sa conscience affleure la surface de l'éveil, mais jamais elle ne parvient à la crever.

Kurtz replonge.

Le froid qui envahit son corps emporte loin son esprit. Les souvenirs réapparaissent, un continent de plaisirs beaucoup plus tentant que le réel.

Cette décennie d'efforts répétés pour la réalisation de son Grand Œuvre est sur le point d'aboutir. Le sacrifice de dizaines de vies n'a servi qu'à générer suffisamment de fonds pour animer son univers. Un monde qu'il a fabriqué de toutes pièces.

Tandis que, progressivement, son corps se refroidit, Kurtz est devant la porte de son paradis personnel. Lui qui n'a jamais cru en Dieu est sur le point de vérifier son existence.

Attiré par l'odeur de Kurtz et des jambes de Simon, un carcajou a glissé sa tête sous la tente recouverte de neige. Les dents coupantes de l'animal ont déjà entamé les couvertures et fouissent en direction des chairs.

– Irma ? bredouille Kurtz, les yeux encore fermés. Tu n'es qu'une putain…

Le grognement qui succède à ses mots ne lui convient pas, alors il ouvre les yeux.

La femme décatie du souvenir s'est dissipée. À sa place, une silhouette trapue barre le chemin à une pâle lumière.

La main refermée sur son automatique, cartouche enclenchée, cran de sûreté retiré, Kurtz a un mouvement de recul. L'index blanc de froid trouve la force. La gâchette s'enfonce. Le chien percute, et le carcajou fait un bond en arrière dans un cri déchirant.

La tente s'arrache avec l'animal. Kurtz se retrouve exposé au froid. Mais le désir d'être est revenu avec les belles lueurs lâchées par les lointains rayons d'un soleil trop timide.

Grelottant et raidi, il parvient à allumer un feu juste sous l'arbre qui lui a servi de refuge. Les flammes le réchauffent rapidement, et avec la chaleur déferlent des douleurs atroces.

La vie ne revient pas sans stigmates.

Les sensations sont extrêmes, et Kurtz se prend à prier. Pour un peu, il se mettrait à genoux. L'image fugace de sa mère, morte alors qu'il allait avoir cinq ans, traverse son esprit. Kurtz tente de s'y accrocher sans se rendre compte qu'il l'amalgame à une autre mère, travestie comme une madone. Il tend une main tremblante vers elle, certain qu'il va pouvoir la toucher. Mais l'illusion disparaît, et Kurtz est secoué par un sanglot.

Bientôt, le feu se propage aux branches basses du sapin. Il est à présent irradié d'énergie. Et c'est le moment qu'il choisit pour déclencher la caméra numérique.

– J'ai survécu, Willard. Plus rien ne pourra m'atteindre, désormais. Tu vois, même la tempête ne peut me mater. L'arbre de vie s'est allumé, c'est le signe ! Cette terre vient même de me faire présent de ma subsistance. Je vais bouffer à m'en faire péter la sous-ventrière, et ensuite, je me reposerai. Tu verras.

Kurtz coupe la caméra et sort du couvert de l'arbre en feu.

Il s'approche du carcajou, un couteau dans chaque main. L'animal, d'une vingtaine de kilos environ, est marron. Il porte une rayure de poils blancs sur chaque flanc, et sa gueule triangulaire lui donne l'air féroce. À mi-chemin entre l'ours et le putois, il dégage une odeur pestilentielle qui n'arrête pourtant pas Kurtz.

– Toi, ma salope, je vais te triturer jusqu'à l'os, tu peux me croire !

Une heure a passé, et Kurtz a fait tout ce qu'il a dit.

Il a mangé, s'est même goinfré de la chair de l'animal, grillée aux braises de sapin. Puis il a réparé la tente et l'a renforcée. Après quoi, il a confectionné un gros tas de bois mort.

Il a décidé de rester encore un peu sur place, pour se requinquer.

L'arbre n'est plus qu'un tronc noirci de suie aux branches squelettiques. Tout autour, la neige a fondu.

– C'est ça, les hommes, dit-il avec un ricanement. Ça fout la merde là où ça se pose. C'est comme ça !

Fier de son résumé de la situation, Kurtz retourne sous la tente. Maintenant que son ventre est plein et que le danger est écarté, il veut dormir.

Dès qu'il se sera reposé, il marchera deux fois plus vite.

La meute l'attendra, c'est sûr, mais il doit tout de même se hâter.

24

XIe arrondissement. Paris. Sixième jour.

Accroupie dans une ruelle à deux pâtés de maisons de chez elle, Shan vomit. Les spasmes de son estomac sont si violents qu'ils lui arrachent des cris de douleur.

Une langue chaude et rassurante lui caresse la joue. Nassau vient tout juste de la rejoindre.

Ils m'ont tabassée en Allemagne pour que je passe entre les mailles du filet. Pour que j'évite les contrôles. Maintenant, ils veulent me récupérer alors qu'ils m'ont abandonnée là-bas.

Shan est accablée. Apparemment, elle est douée pour viser, tirer et tuer des gens qu'elle aime.

J'aimais Fanny ?

Qui était Fanny ? Combien de Fanny sont à mes trousses ?

Five, Six, Seven…

Pourtant, elle ne devrait pas avoir de peine. Elle n'a pas été élevée comme ça. Elle se rappelle peu à peu le visage de celui qui est à l'autre bout de son fil. Et celui-là ne lui a pas appris le chagrin.

Dis-moi lequel est ton préféré ?

– Nassau, combien y a-t-il de Seven ?

Shan scrute les yeux jaunes du berger allemand. Elle le revoit petit, tout pataud. C'est *lui* qui lui a offert Nassau.

– En tout cas, ajoute-t-elle, maintenant, c'est certain, je ne suis pas plus flic que l'autre pourri.

Et avec deux cadavres au dispensaire, ses empreintes partout, elle va devoir rapidement trouver une solution de repli.

La jeune femme se redresse, nauséeuse et vaguement déçue.

Qu'est-ce que je dois faire maintenant ?

Five, Six, Seven... Cinq, six, sept.

Elle observe à nouveau le tatouage de Nassau qui se laisse faire sans protester.

– *G57*7G75*. Il y a 5 et 7. Qu'est-ce que j'ai voulu cacher ? murmure Shan les sourcils froncés. Logiquement, il devrait y avoir le 6.

Elle fouille son sac à la recherche d'un stylo, sans succès. Elle plisse alors les yeux, appuyée contre le mur d'un bâtiment désaffecté, et cherche à se concentrer.

– À la place de l'étoile, peut-être ? Ça donnerait 6G5767G756. Non, c'est pas ça.

Elle hausse les épaules.

– Et si je remplace le G par le 6... j'obtiens : *657*7675*.

D'un pas lent, Shan se remet à marcher. Elle garde la tête baissée, son attention fixée sur le bout de ses chaussures.

– Étoile, 6, 57... Mais !

La jeune femme se précipite vers une cabine téléphonique et obtient sans difficulté le numéro composé, 0657076750. Une boîte vocale s'enclenche automatiquement. Shan entend alors sa propre voix résonner dans l'écouteur.

– Récupère la gamine d'abord, va chez le patron ensuite. 4-25 nord, et Nassau te conduira.

Shan répète les directives deux fois et sort de la cabine. Ses pas l'emmènent vers la première station de métro du quartier. Elle est soulagée.

Récupérer la gamine. Quelle gamine ? Où ça ? Pour quoi faire ?

– Contente-toi d'obéir, c'est ton job.

Les mots fusent, encore. Ne pas se poser de question, trouver les indications nécessaires et accomplir la mission. Voilà ce pour quoi elle a été formée, formatée, modelée.

Une gamine, ça va à l'école. Je dois aller la chercher là-bas. Où est l'école ?

Dans son sac, il y a une laisse pour Nassau, une muselière en cas de contrôle et des tickets.

Je dois me fier à mon instinct. L'endroit est dans ma tête. Je dois trouver l'école.

Debout devant un plan du métro, elle laisse ses doigts parcourir les courbes et les traits de couleur.

– 4-25. C'est pas les coordonnées de Paris, ça. Alors c'est quoi ? Ligne 4, ligne 25 ? Il n'y a pas autant de lignes. Les stations ? Ligne 4, vingt-cinquième station en direction du nord ? Pourquoi en direction du nord ? Une boussole indique le nord, non ? Allez, je tente ça !

Shan s'élance dans les escaliers, poussée par un inconscient plus fort qu'elle.

Obéir, sans discuter.

Le train arrive presque aussitôt. Il est peu fréquenté, elle respire.

Quelques stations plus tard, elle débouche porte de Clignancourt et remonte la rue de Leibniz jusqu'à un carrefour. Nassau la précède de quelques mètres, se retournant régulièrement pour voir si sa maîtresse le suit. Au carrefour, l'animal traverse deux rues, puis file dans la suivante et s'arrête cent mètres plus loin devant un bâtiment public. Shan se poste devant la grille d'une cour de récréation.

– *Heaven, I'm in heaven, and my heart beats so that I can hardly speak. And I seem to find the happiness I seek, when we're out together dancing cheek to cheek.*

Elle fredonne sa chanson, les yeux rivés sur une gamine en anorak dont le visage lui est vaguement familier. Une blondinette âgée d'une douzaine d'années. Elle est assise dans un coin de la cour, toute seule. Elle semble garder les autres à distance, un air buté sur les traits. Shan a la drôle d'impression de se regarder dans un miroir à remonter le temps.

Elle enroule sans cesse une mèche entre ses doigts. À force, ça lui fait une anglaise.

Shan ne saurait dire pourquoi, mais elle est certaine que c'est la cible.

Elle s'installe sur un banc, un peu plus loin, Nassau à ses pieds, comme à l'accoutumée.

La jeune femme laisse son esprit vagabonder, loin des rues puantes de la capitale. Elle se souvient de l'odeur des chênes et de la mousse, du bruissement des arbres sous le vent. Et des rafales d'armes automatiques.

La silhouette des hommes en noir se mêle aux troncs centenaires. Les corps se bousculent, les hurlements résonnent encore dans son crâne. Shan est une ombre noire, elle court. Les hommes et les femmes défilent en rangs. Ils ont la main droite levée, le bras tendu. Ils arborent des signes de guerre.

Shan relève la tête et dessine du bout du doigt l'insigne fixé dans son souvenir. Une croix qui tourne comme une roue de moulin.

Une marque terrible. Celle d'un monstre.

Elle frissonne.

Elle court dans la foule, une capuche noire sur la tête. Elle tire sur tous ces corps gesticulants et hurlants.

Elle court.

Et c'est le noir.

Shan laisse échapper un profond soupir. Elle fait partie d'une meute dont elle a oublié les règles.

– Ce sont tous des monstres, murmure-t-elle comme pour se rassurer. Je tue les monstres. Je tue seulement les monstres.

Fanny était-elle un monstre ?

Avant, elle se fichait du bien et du mal. Et c'était mieux comme ça. Enfin, elle suppose.

Blanc ou noir ? Ce n'est pas la question.

Les écoliers sont retournés en classe.

Certaines petites têtes remuent derrière les fenêtres, mais la cible n'est pas là. Elle est de l'autre côté du bâtiment.

La jeune femme attend alors, les yeux perdus sur les façades grises de l'avenue. Toujours à ses pieds, Nassau veille, calme et attentif.

Quelques heures plus tard, les enfants ont quitté l'école dans un joyeux brouhaha, et le calme est revenu.

Soudain, Shan sort de ses rêveries. Elle vient de se souvenir d'un détail.

Au fond de son sac, il y a les petites cartes publicitaires retrouvées dans son bureau. Elle choisit celle de l'hôtel. Derrière, elle a inscrit un numéro. Celui d'une chambre.

Et ce détail entraîne l'émergence d'autres souvenirs.

Dans cette chambre, caché derrière l'affreux tableau abstrait, le nom de l'homme et de la fillette.

Andréas, oui, c'est ça. Andréas Darblay et Clara !

Demain, la gamine sortira par le grand porche.

Demain, c'est une dame avec un turban qui l'attendra. Une dame un peu ronde, un peu gauche. La nounou la tiendra par une main tandis qu'elle poussera un landau de l'autre. Un obstacle tout simple à franchir, en somme. Rien de bien compliqué.

Après, elle expliquera juste à la petite qui enroule ses mèches blondes qu'elles doivent prendre le métro et marcher jusque dans le quartier chinois. Là, quelque part derrière la place d'Italie, il y a quelqu'un qu'elle n'a pas vu depuis des mois.

Là-bas, quelque part en haut d'une tour, il y a son papa.

25

L'obscurité totale surprend Kurtz.

Il se sent reposé, mais une faim terrible tiraille son estomac. Ses entrailles douloureuses semblent l'aspirer vers l'intérieur et creuser un puits sans fond pour l'engloutir tout entier.

Kurtz en frémit d'horreur.

Dehors, le feu s'est éteint. Son sommeil a dû être très long. Alors il s'extirpe de la couverture et entreprend de rallumer des brindilles. Dans ces contrées sauvages où règne en maître le froid, il sait ne devoir sa survie qu'à la prudence.

L'air est surchargé de cristaux de glace, la température a dégringolé en dessous du point de gel.

Dans la nuit qui le recouvre, des milliers d'étoiles brillent enfin. Magnifiquement. Pour un peu, Kurtz se croirait revenu en Roumanie, au cœur de son domaine. Mais les Carpates sont bien loin de ces forêts immenses, et les étoiles, différentes.

Cette pensée troublante lui fait relever les yeux vers le ciel.

Là-haut, sa chère Grande Ourse vole au-dessus du monde.

Et pour la première fois de sa vie, il se situe à la verticale de la Petite Ourse. Un long frisson d'excitation court le long de son échine.

– Le sud, Willard, dit-il, très content de lui-même. Je l'avais bien dit, c'est au sud que se trouvent les réponses.

Cette nouvelle le comble de joie. Attentif, il explore la voûte céleste à la recherche d'un trésor inestimable. Une perle suspendue quelque part au-dessus de lui, spécialement créée pour lui indiquer la bonne direction.

Après quelques secondes seulement, il la débusque, bien haut dans le ciel, bien plus haut qu'il ne l'avait jamais observée.

Un spasme violent lui secoue l'estomac.

– C'est pire que je ne le pensais…, murmure-t-il, bouleversé.

L'étoile Polaire brille aux deux tiers de la distance entre l'horizon et le zénith.

Kurtz avale sa salive avec difficulté.

Si l'estimation de sa position s'avère, il erre aux environs de 65 degrés de latitude nord. Alaska, Groenland, Canada, Sibérie, Norvège ou peut-être Finlande, le choix est grand, les possibilités multiples.

Et à moins qu'on ne l'ait abandonné sur une île, il n'a vraiment rien à attendre du nord, maintenant, c'est certain. Pour fêter sa clairvoyance et étouffer une angoisse naissante, il jette au feu quelques bûches et découpe un épais morceau de viande dans le cuissot du carcajou.

Cette fois, c'est moi, le glouton ! Je t'ai volé ton nom, ma petite salope !

Très vite, Kurtz est repu. Mais il a le cœur au bord des lèvres.

Il regrette de ne pas avoir une pipe sous la main. Il n'a jamais fumé mais se dit que ce doit être bien agréable, par ces froids polaires, de serrer entre ses doigts un fourreau brûlant.

La nuit est devenue plus claire, le silence oppressant. Nulle part ailleurs la vie ne se retranche aussi pleinement. Nulle part, en dehors des caves qu'il a lui-même bâties, au plus profond des villes, le silence ne peut atteindre cette perfection quasi palpable.

Cet aspect surnaturel du lieu le fascine tant qu'il néglige le danger en approche. L'air est si pur. Le monde semble tout neuf. Kurtz s'imagine seul sur une Terre vierge et rêve d'un peuple à ses pieds.

Mais de longues griffes crochètent la neige glacée, des dizaines de pattes se déplacent, et de menaçantes silhouettes encerclent la clairière illuminée.

Les exhalaisons du gibier dépecé sont trop alléchantes pour avoir échappé à la meute affamée par la tempête. Et l'odeur inédite des jambes de Simon renforce bien des appétits.

Kurtz remarque leur présence au dernier moment, quand les museaux carnassiers s'aventurent à la limite de la lumière. Il saisit son pistolet d'une main tandis que la deuxième fouille le sac à dos à la recherche des munitions, qu'il fourre aussitôt dans son blouson.

– Faut pas me faire chier, gronde-t-il à son tour. Y a pas assez de place ici ?

Il conclut sa phrase par un tir au jugé.

Avec un peu de chance, les loups se contenteront d'une décharge d'adrénaline.

Pas cette fois.

Les points qui luisent dans la nuit ne sont pas de bon augure. Les loups n'ont pas déguerpi, ils ont à peine reculé, le temps que l'humain se passe les nerfs. Alors, Kurtz vide son chargeur, espérant toucher au moins une bête. Mais les mouvements sont toujours aussi nombreux autour de lui. Prudent, il attrape les steaks de Simon emballés dans un torchon et se hisse dans les branches carbonisées du sapin.

– Tu couines comme un clébard, pauvre merde ! hurle-t-il lorsqu'il s'est enfin stabilisé sur son perchoir. C'est ça, les loups ?

Il enclenche huit cartouches dans le chargeur de son automatique.

– Putain de merde, ajoute-t-il d'un ton plaintif. Je vais me les geler, ici. Ils vont quand même pas me faire passer la nuit là-haut comme un con !

Ulcéré, Kurtz crible la clairière d'impacts. Puis il s'arrête, le chargeur vide, alarmé par l'amenuisement de son stock.

Les loups flairent immédiatement que leur proie renonce à les chasser.

Un museau d'abord franchit la zone de clarté du feu, puis un autre. En quelques minutes, Kurtz dénombre dans sa clairière dix-sept loups. Il assiste, impuissant, au saccage de ses réserves de nourriture.

Fou de rage, il hésite d'abord à tirer, puis renonce. Il ne lui reste qu'une quinzaine de cartouches.

Après une demi-heure de bombance, les loups repus s'installent autour du feu moribond. Il ne reste bientôt plus que des braises rougeoyantes.

Alors commence pour Kurtz une longue attente.

Perché sur sa branche, il s'énerve, manque perdre l'équilibre tant il hurle et enrage. Puis ses pensées l'expédient vers Thomas Davron, sa première victime…

Le pardon.

Cet homme lui a pardonné. Et le subconscient de Kurtz lui demande d'en faire autant. Alors, dans un moment de grandiloquence solitaire, Kurtz pardonne aux loups et finit par s'apaiser.

Lorsque le soleil lui accorde enfin quelques lueurs orange, il découvre sa clairière vide. La cuisse de Simon n'est plus qu'un souvenir rogné, le corps du carcajou des traces rouges sur la neige. Seule sa tête est restée, inclinée de trois quarts, les paupières entrouvertes sur des yeux vitreux.

Kurtz s'en méfie aussitôt.

Cette tête a une drôle d'allure.

Kurtz a l'impression qu'elle se moque de lui, les babines retroussées dans un rictus abominable.

26

XVIIIe arrondissement. Paris. Septième jour.

Clara Darblay baisse les yeux vers la gueule ouverte de Nassau et se tétanise. Le chien s'est assis devant elle et lui bloque le passage. Face aux crocs luisants de bave, la fillette tremble de tous ses membres.

À quelques pas, Shan est en grande conversation avec la nourrice. Cette dernière est blême sous son voile multicolore.

– Ne discute pas. Tu rentres chez toi et tu la boucles. Sinon, je reviendrai te faire un joli trou à la place du tatouage que tu as sur le front.

Shan a parlé d'une voix rapide et sèche, et la femme debout devant elle n'a pas du tout l'intention de protester. Elle pose les yeux sur l'asphalte tandis que Shan attrape le poignet de la fillette et l'emmène à l'écart.

– Clara, tu vas me suivre gentiment.

– Pourquoi ?

Shan se penche vers elle et fronce les sourcils. Dans un même élan, Nassau grogne et pousse la gamine du museau.

– Parce que si tu n'obéis pas, il va te croquer.

– T'es qu'une sale putain, glisse Clara en baissant le nez, une mèche enroulée autour de son index.

Shan ignore la remarque et entraîne la petite fille vers le métro. Elle ne dispose pas d'une grande marge de manœuvre avant que l'alerte soit donnée. Elle coiffe Clara d'un bonnet bleu et enfile le même sur ses cheveux blonds. Puis elle s'accroupit devant le chien et approche sa bouche de son oreille.

– Nassau, montre-moi où est le patron. Andréas, cherche Andréas.

L'animal frotte son museau sur les genoux de sa maîtresse. Puis il s'élance sur le trottoir. Shan le suit des yeux un long moment, et Clara en profite pour s'éloigner de quelques pas.

– Si tu ne me laisses pas, je vais hurler ! ânonne la fillette en arrachant son bonnet.

Agacée, Shan enfonce brutalement le couvre-chef sur les yeux de Clara, qui le relève aussitôt.

– Tu veux retourner au château ?

La petite chancelle, l'horreur se reflète soudain dans ses prunelles, et une larme roule sur sa joue. Elle secoue la tête avec véhémence.

– Non, pas là-bas, pas le château, supplie-t-elle en tordant ses mains l'une contre l'autre.

– Tiens-toi tranquille, alors. Je vais te ramener à ton père.

Éberluée, Clara lance un regard pitoyable à Shan.

La jeune femme lui tend les bras et l'emporte contre elle. La fillette s'agrippe à son cou et à ses hanches sans hésiter, et enfouit sa tête dans la nuque de Shan.

Quand elle avait cet âge, Shan tentait souvent de s'accrocher à *lui*, comme ça. Invariablement, elle se faisait envoyer sur les roses. Et plus *il* la sermonnait, plus elle rêvait d'enfouir sa tête dans le creux de son épaule.

– Tu m'emmènes vraiment voir mon papa ? glisse Clara.

Sans répondre, Shan avance vers Nassau qui est revenu sur ses pas. L'animal se trémousse en la voyant approcher, puis il repart. Shan dépose alors Clara.

– On va loin, jeune fille, déclare-t-elle. Alors, serre les poings et en avant. On goûtera en route.

La traversée de Paris du nord au sud leur prend un peu moins de trois heures. Clara a beaucoup geint, puis elle s'est arrêtée, lassée de ses propres plaintes. Pendant ce temps, Shan a réussi à lui soutirer des informations la concernant, elle et son père. Et puis les deux piétonnes se sont tues. C'est dans un silence méditatif qu'elles arrivent devant la porte d'un immeuble de l'avenue de Choisy. Nassau ne veut plus bouger d'un millimètre. Des caméras mobiles balayent le macadam du parking et de l'esplanade.

Shan sonne deux fois et attend, la gamine serrée contre elle.

Personne ne répond.

Incapable de patienter, elle s'approche de la loge du gardien installée à gauche du sas d'entrée, dans un cube de verre. Un jeune Asiatique aux sourcils froncés lui fait signe d'entrer et actionne la gâche.

Il a le caleçon jusqu'à la taille et le pantalon sur les hanches. On dirait qu'il porte des couches.

Vaguement agacée, Shan pousse le large vantail vitré du plat de la main, le chien sur ses talons.

– Un renseignement, mesdemoiselles ? lance avec un fort accent le jeune au pantalon tombant.

– Non, merci, rétorque Shan.

Elle s'éloigne avec Clara vers la cage d'escalier sous le regard intrigué du concierge. La gamine se précipite pour actionner l'interrupteur. Des néons diffusent aussitôt leur lumière blafarde.

– Il est là, tu es sûre ?

– Allez, monte.

Shan pousse doucement la gamine qui rechigne devant elle. Nassau a déjà disparu dans les niveaux supérieurs.

Dix-sept étages plus haut, le chien gratte sous la porte d'accès au palier.

– Doucement, chuchote Shan en poussant la porte.

Des lampes à détecteurs de mouvement accompagnent leur lente progression, feutrée par une moquette épaisse. Shan attrape Clara par le bras et la maintient derrière elle, puis elle recharge son arme.

Appartement 17F. Tout droit au fond du couloir à droite.

17F, comme l'inscription figurant sur la clé trouvée derrière le cadre, juste à côté des deux noms, sous la bande de papier kraft encollée, dans cette chambre d'hôtel qu'elle a visitée la nuit dernière.

17F, c'est parfait. Tout s'imbrique à la perfection !

– On y est presque, tiens-toi tranquille.

Elle s'approche prudemment de la porte, l'automatique toujours braqué devant elle. Elle colle son oreille contre le vantail. Il n'y a pas un bruit.

Shan sort la précieuse clé de son sac et l'introduit dans la serrure. Elle pose son index sur ses lèvres, intimant à la fillette l'ordre de ne pas faire de bruit. Clara écarquille les yeux mais obéit. Le regard de Shan ne souffre aucune discussion.

La porte s'ouvre sans un grincement. L'appartement est plongé dans le noir, et le son assourdi d'une musique rock parvient jusqu'à elles. Shan entraîne la fillette dans l'entrée et referme doucement la porte derrière elle.

Nassau ouvre la marche. L'étrange trio traverse un vaste bureau suréquipé en matériel informatique et emprunte un couloir jusqu'à la pièce d'où provient la musique.

« Riders on the storm ».

Jim Morrison chante, accompagné des grésillements d'un disque en vinyle.

Shan frissonne. C'est l'un de *ses* disques préférés.

Durant un bref instant, elle se souvient de *sa* silhouette, debout devant elle, les mains croisées derrière le dos. Et elle voit *son* sourire.

Nassau s'est arrêté.

Clara serre les doigts de Shan de toutes ses forces.

La jeune femme jette un coup d'œil dans la chambre. Le rayon de la lune éclaire à peine le visage d'un homme endormi.

Les articulations de ses genoux émettent un drôle de craquement quand elle s'accroupit face à Clara.

– Il se repose. Tu vas en faire autant.

– Mais ! Je…

– Cela fait des mois que tu attends ce moment. Tu n'es plus à quelques heures près.

Cette fois encore, le ton de Shan suffit à convaincre la fillette.

– Viens.

D'un bond, Shan se redresse et attrape la fillette dans ses bras pour retraverser l'appartement. Après le bureau, une grande pièce fait office de salon. Un canapé d'angle est installé devant des baies vitrées ouvertes sur une magnifique vue de Paris.

– Tu vas dormir là. Demain, on installera ta chambre.

Clara s'allonge et serre un des coussins contre sa poitrine naissante.

– Nassau va rester près de toi. Tu ne bouges pas, c'est compris ?

Inquiète, déçue et excitée à la fois, Clara est incapable de répondre. Elle se contente de hocher la tête et se pelotonne sous le gilet que Shan a déposé sur elle.

Elle ne sait pas qui est cette étrange femme, ni pourquoi elle l'a amenée ici. Ce dont elle est sûre, c'est que la forme allongée entrevue dans la chambre appartient bien à son père. Et que son visage ressemblait à celui d'un vieillard.

27

La Terre a fait une rotation sur elle-même. L'ombre de ses rondeurs équatoriales s'est à peine levée pour laisser poindre une pâle lumière. Vingt-quatre heures d'obscurité, de nuages changeants, de teintes irréelles que seule une interminable nuit d'hiver boréal peut afficher. Cela fait vingt-quatre heures que Kurtz a quitté la clairière aux loups.

Persuadé que les prédateurs ne dépasseront pas les limites de leur territoire, il a parcouru une distance considérable en peu de temps. Et il s'en félicite. Après les jours passés immobile sur une table de dissection, il ne s'en croyait pas capable.

Bouger lui a fait du bien, il s'en rend compte et fourbit avec enthousiasme les projets de son retour dans les Carpates. Dorénavant, marcher fera partie de sa vie. Il s'imagine déjà en randonnée dans ses vastes forêts, pique-niquant au bord des rivières ou sur un versant ensoleillé. Kurtz rêve aussi d'une grande et vieille psyché pour s'admirer tant qu'il lui plaira.

L'espoir renaît enfin. Tout au long de son périple, il a tendu sa volonté vers le sud, certain d'y trouver le salut. Tout au long de son itinéraire, il a aussi plié sous le poids du renoncement. Ainsi livré à lui-même, Kurtz est autant son meilleur allié que son pire ennemi. Ce serait si facile de s'endormir sous la tente. Si tentant même, presque indolore. Mais il garde en lui la force nécessaire pour repousser les avances de sa veulerie. Pour combien de temps ?

Kurtz l'ignore, et cette incertitude l'a encouragé à allonger ses enjambées, à précipiter sa fuite en avant aussi longtemps que possible.

Et puis de nouveaux éléments sont apparus.

Des formes entr'aperçues au hasard des arbres, des silhouettes qui le frôlent parfois si près qu'il peut en respirer le sillage olfactif. Aujourd'hui, Kurtz distingue encore le vrai de l'irréel.

Mais demain, qui sait, il suivra peut-être cet enfant qui ne cesse de l'inviter. Ou cette femme aux formes généreuses qui ressemble tant à sa mère.

Alors Kurtz avance, pas après pas, têtu, opiniâtre, obtus.

Cette course quasi désespérée l'expédie sans qu'il le sache vers les formes parallélépipédiques d'une fuste recouverte de neige.

Après la stupéfaction, Kurtz ne saurait dire ce qu'il ressent. De la joie ou la simple satisfaction d'avoir enfin retrouvé une trace de civilisation ? Il est incapable de trancher, d'autant plus que la suspicion, plus familière, a décidé d'interférer dans son esprit malmené.

Il se méfie, alors qu'il aimerait se ruer vers la demeure. La bosse sur le toit enneigé atteste l'existence d'une cheminée inemployée.

Kurtz se détache de son traîneau. Avant de lui tourner le dos, il adresse un clin d'œil à la tête du carcajou qu'il n'a pu se résoudre à abandonner dans la clairière. Pendant son voyage, elle l'a distrait. Il a même fini par s'y attacher.

Prudent, il contourne la maison pour l'aborder par l'arrière.

La bâtisse rustique en rondins compte deux fenêtres, mais plus de vitres. À l'intérieur, Kurtz distingue les vestiges d'une occupation ancienne.

Il n'y a pas âme qui vive, ici.

Soulagement ou déception ? Il aurait aimé échanger quelques mots avec un être humain. Même s'il aurait tôt ou tard fallu « trancher » sur le sort de l'individu.

Il entre, toujours aux aguets, un bâton lumineux tendu devant lui. Un prédateur pourrait se cacher dans l'obscurité d'une des pièces.

Mais Kurtz ne trouve qu'une maison vide.

La salle principale, où trône la cheminée, est jonchée d'objets rouillés, de feuilles séchées et d'ustensiles de cuisine cabossés. Avant de poursuivre son petit tour du propriétaire, il jette quelques branches dans le foyer et allume une flambée. Les couleurs de l'âtre dansent sur les murs et allongent les ombres. L'air qui s'engouffre par les fenêtres attise le feu.

Dans les deux autres pièces, six lits superposés indiquent qu'une douzaine de personnes pouvaient se réfugier là. Une forte odeur de pourriture végétale assaille ses narines, mais les matelas, si minces soient-ils, seront bien plus douillets que le sol gelé. Il en attrape un et le traîne jusqu'à la cheminée pour le faire sécher. Puis il utilise les autres pour calfeutrer les fenêtres de la pièce principale, coupant ainsi l'accès aux vents glacés et aux animaux sauvages.

Satisfait, Kurtz nettoie ensuite le plancher vermoulu à l'aide d'un balai de fortune fabriqué avec trois branches de sapin et décrasse la lourde table avec de vieux torchons. Il trie les ustensiles de cuisine, les nettoie. Puis il aiguise sur une pierre à eau un coupe-chou qu'il a déniché dans un placard. Frotté avec soin, il révèle un manche en ivoire ciselé.

Excité comme un enfant, Kurtz admire son trophée pendant quelques minutes et joue avec le reflet du feu sur la lame.

Le hululement d'une chouette toute proche le fait tressaillir.

Il achève de se débarrasser de l'inutile, jette de la neige dans un vieux seau qu'il recouvre d'une planche en bois et le dépose dans l'une des chambres. Avec ces latrines de fortune, il pourra enfin se soulager dignement.

Lorsque la grande pièce réchauffée et rangée lui semble suffisamment accueillante, il s'emmitoufle et ressort pour rapprocher le traîneau de la cabane et récupérer ses biens. Sa couverture, son jambon, sa caméra et ses lampes. Toutes ses lampes. Il ne prendra pas le risque de se les faire voler.

Alors qu'il s'active entre la cabane et le traîneau, chargé de ses trésors, cette pensée le fait soudain hurler de rire.

Un rire sinistre et désespéré.

Qui donc viendrait me dépouiller ? Les rennes ?

Toujours hilare, il rapatrie le reste de ses affaires et arrange son coin douillet.

Enfin, il achève son inspection des lieux.

Sur l'unique étagère d'un placard mural, il met la main sur une belle cocotte en aluminium qu'il remplit de neige et dispose dans la cheminée. Il pourra enfin se laver et peut-être même se raser. Satisfait, il se dirige vers ce qui était sans doute le garde-manger. Mais les rayonnages sont défoncés et vidés de toute nourriture. À terre, dans un coin, il reste un vieux coffre en ferraille rouillée rempli d'un fatras de gamelles défoncées.

Kurtz le vide méthodiquement, bien décidé à garder espoir jusqu'au bout. Son cœur a juste le temps de faire un bond avant de se calmer. Deux boîtes de conserve luisent soudain. Il les saisit, ses doigts tremblent. Une des deux ressemble fort à une boîte de corned-beef. Kurtz sent la salive affluer dans sa bouche. Il s'approche lentement du feu pour déchiffrer les étiquettes.

Les dates de péremption sont dépassées depuis trente et un ans.

Avec un cri de rage, il les rejette. Elles roulent sur le plancher avec fracas.

Ce soir-là, il terminera de grignoter ce qui reste du jambon cuit.

28

XIIIe arrondissement. Paris. Septième jour.

– Darblay, réveille-toi et rappelle tes clébards !

Shan secoue l'homme endormi. Elle a allumé le chauffage dans l'appartement, fait couler un café fort et décongelé du pain.

– Darblay !

Au bout de quelques instants, Andréas ouvre les yeux, difficilement. Ses paupières sont gonflées par le sommeil et les médicaments ingérés la veille. La lumière crue le fait grimacer.

– Mmm…

– Darblay, debout !

Il grogne et se tourne. À bout de patience, Shan pose brusquement le canon de son arme sur la nuque de l'homme allongé, sans succès. Il enfouit la tête sous les couvertures. Ses doigts se crispent sur le drap.

L'extrémité de ses doigts est rouge vif. Il ronge ses peaux.

– Tu vas te lever le temps de passer un coup de fil ou deux, articule Shan. C'est clair, Andy ?

Andréas se redresse brutalement. Ses yeux hagards fouillent la chambre.

– Il est là ? Kurtz est là ? s'écrie Andréas.

Doux comme un gentil toutou à son papa Kurtz.

Papa Kurtz.

Shan a reçu comme un coup de poing en pleine âme.

Kurtz.

– Il est rentré ?

Elle inspire profondément. Les contours de la silhouette aimée et admirée se dessinent de plus en plus précisément. Et le manque l'assaille, tord ses tripes, remplit sa gorge.

– Rappelle tes chiens, dit-elle d'une voix étranglée. Et dis-leur de faire le ménage chez moi si c'est pas déjà fait.

Andréas Darblay saisit le téléphone que lui tend Shan et compose un message, les doigts crispés. Il hésite une seconde avant de l'envoyer.

Elle est assise à côté de lui. Tout en elle est menaçant.

– C'est bien. Maintenant, appelle Druidi et dis-lui que ta fille est avec toi. Grouille.

– Clara ? Clara ? bredouille-t-il.

– Andy, tu n'es qu'une merde complètement shootée, lâche Shan en se levant.

Elle garde Andréas en joue pendant qu'il téléphone. D'une voix pâteuse, il annonce à son ami que Clara est avec lui, que tout va rentrer dans l'ordre. Ses mains tremblent tellement qu'il peine à allumer une cigarette.

À l'autre bout de la ligne, l'homme hausse le ton, et Andréas bafouille.

– C'est une copine. Tout va bien. Quoi, demain ? Tu veux passer demain ?

Affolé, Andréas lance un regard désespéré à Shan. Elle secoue la tête, lentement.

– Non. Tu ne passes pas demain. Mais on t'appellera tous les deux.

La voix d'Andréas chevrote.

– Demain matin, c'est promis, Sami.

– Éteins-moi cette merde, ça pue, ordonne Shan en agitant son arme en direction de la fumée âcre qui envahit la pièce.

– Merci, vieux frère.

Obéissant, Andréas raccroche, écrase sa cigarette et se recroqueville sur le lit.

– Où est-il ? demande Shan, l'arme toujours braquée sur le front d'Andréas.

Celui-ci lui offre un visage fatigué et le regard d'un animal traqué.

– Qu'est-ce qui te prend, Andy ? T'es plus capable d'assurer, c'est ça ?

Tant bien que mal, Darblay se redresse.

D'un geste de la tête, Shan lui indique un comprimé et une tasse de café chaud posés sur une table.

– Réponds. Et tu pourras dormir.

– Je ne sais pas, balbutie-t-il. Je ne sais pas où il est passé.

– Ça fait combien de temps ?

– Des jours, des semaines. Je… je sais pas.

Incapable de se contenir, Shan s'approche et lui assène un violent coup de crosse sur le crâne. Andréas couine et se réfugie par terre, entre le lit et la table de chevet.

– Tu n'es vraiment pas un bon soldat, Andy.

Les mots ont fusé. Encore. Comme si tout en elle était déjà écrit. Appris. Programmé.

Il faut le mettre sur la touche. La première des Seven dirigera les opérations.

– Prend ça et profites-en, dit-elle en désignant le somnifère. Demain, les petites pilules, c'est terminé. Lève-toi, maintenant !

Andréas remue à peine. Il garde un bras relevé sur la tête.

– Lève-toi !

Elle a dit ça d'une voix rendue blanche par la colère.

À genoux, Andréas récupère la tasse et le comprimé puis il retourne se coucher, penaud.

Shan le regarde avaler son cachet. Ensuite, elle éteint la lumière, verrouille la porte et retourne dans le bureau.

Un silence de plomb s'abat sur l'appartement.

En passant, la jeune femme connecte le disque dur et les écrans puis elle jette un rapide coup d'œil dans le salon. Clara ne dort pas. Son visage grave est tourné vers les lumières de la ville qu'elle fixe sans ciller.

– Qu'est-ce qu'il a ? Pourquoi il n'est pas venu m'embrasser ? articule la petite, immobile.

Shan hausse les épaules.

– Dors.

– Tu es méchante.

– Je sais.

Shan envoie un baiser à Nassau allongé le long du canapé et referme la porte doucement. Puis elle s'installe devant les ordinateurs et un café chaud.

Contacter les Seven. Les mettre au pas. Retrouver Kurtz.

La connexion Internet est rapidement établie.

– Lancer les chiens, murmure-t-elle. Je dois lancer les chiens.

Dans les méandres de sa mémoire défaillante, Shan sait qu'il y a quelque part un serveur sur lequel elle trouvera des instructions. Un site protégé par de nombreux mots de passe. Mais après de longues minutes devant l'écran, rien ne vient. C'est comme si, subitement, tous ses réflexes, tous les automatismes qui l'ont conduite jusqu'ici s'étaient évanouis.

Elle avale son café d'un trait et entre le lien vers sa chanson.

Fred Astaire et Ginger Rogers reprennent leur folle danse devant ses yeux émerveillés.

Heaven, I'm in heaven…

Shan programme la mélodie en boucle et se pelotonne dans un fauteuil club en cuir rouge. Sur l'écran noir de ses paupières closes, elle enfile la robe en plumes d'autruche et se lance dans une farandole effrénée. Au moment choisi par le sommeil pour l'emporter, elle tourbillonne encore dans les bras de l'homme de ses rêves.

29

Le ventre vide, les yeux hagards, la bouche entrouverte sur une plainte continue et muette, Kurtz se réveille avec douleur.

Il a dormi, pourtant, mieux que d'habitude. Un bon feu dans une cheminée, une vieille chaise et, luxe des luxes, une marmite d'eau chaude : un confort auquel il ne croyait plus.

Pourtant, il est tracassé. La perspective d'avoir à manger Simon continue de le hanter, même s'il s'en défend.

L'os du cuissot de cochon est carbonisé dans l'âtre. Il ne reste plus rien à grignoter, en dehors des quinze à vingt kilos de viande humaine emballés dans le torchon et gardés à l'abri sous une bonne couche de neige.

Mais Kurtz continue de résister, guettant l'idée qui empêchera Simon de devenir une partie de lui-même.

Il décide de se laver et de se raser les joues. Il hésite pour le crâne, mais il doit bien admettre que ce serait de la folie. Ses cheveux constituent un rempart naturel contre le froid et, même s'il se trouve plus séduisant chauve, il faudra bien qu'il soit raisonnable. En revanche, la barbe, c'est impossible. Les poils drus s'incarnent et irritent sa peau, accrochent le gel et la neige et, surtout, lui provoquent des démangeaisons épouvantables depuis quelques heures déjà. En fait, depuis que son corps s'est réacclimaté à une température plus décente, depuis que les capillaires de ses joues se sont dilatés, laissant le sang affluer vers son visage.

Kurtz découpe un morceau de tee-shirt pour se confectionner une serviette, attise le feu, patiente de longues minutes, jusqu'à ce que l'eau frémisse. Puis, avec un long morceau de bois, il attrape la cocotte par l'anse et la pose à côté de lui. Il alimente le foyer, s'assure une forte chaleur et se dévêt avec un plaisir certain. Ses affaires sont si sales que leur odeur lui donne la nausée. Mortifié, il évite de regarder le fond de son caleçon et s'attelle à frotter chaque centimètre carré de son corps avec un soin méthodique et obsessionnel.

Lorsqu'il se sent net, il s'enroule dans la couverture et frotte son linge de corps qu'il met à sécher près de la cheminée. Puis, avec des gémissements de bien-être, il enfile les vêtements de rechange empruntés à la station. Ils sont un peu trop grands mais sentent le propre, et ces relents de lessive sont délicieux. Une fois rhabillé, il attrape le coupe-chou et s'apprête à se raser.

Dehors, des bruits étranges et des grognements suspendent son geste. Armé du rasoir, il se glisse vers la fenêtre et décale le matelas, se laissant un mince espace d'observation.

Une énorme lune frôle la cime des sapins et pose une lueur scintillante sur la neige. La nuit est si claire, ses yeux si habitués à l'obscurité qu'il distingue un mouvement entre les arbres, à la lisière du bois. Le cœur battant, il retient son souffle. Deux rennes aux bois de belle envergure émergent lentement du couvert des arbres, suivis de deux individus plus jeunes. Ils frôlent la cabane, le museau humant l'air et le sol. Puis ils s'arrêtent plus loin et grattent la terre gelée de leurs sabots. Ce manège dure de longues minutes. Kurtz, toujours immobile, sent ses muscles s'ankyloser et un fourmillement monter jusqu'au haut de ses cuisses. Son effort pour se mouvoir discrètement se solde par une fuite affolée des animaux qui disparaissent dans la nuit.

Kurtz pressent qu'il vient de vivre un instant primordial.

Mais, de l'image à l'idée, il se passe un temps considérable. Kurtz demeure là, indécis, les bras ballants et l'esprit vagabond.

Son ventre se met à gargouiller, la faim le tenaille, il n'a plus qu'une envie : remplir sa bouche, mastiquer et avaler. Se bourrer le ventre de n'importe quoi et dormir au coin du feu.

Alors il comprend. Ces animaux cherchaient de la nourriture. Il doit les imiter. Pendant plus d'une heure, il parcourt la forêt autour de la fuste, une barre de métal à la main, la Maglite dans l'autre et les yeux rivés au sol. Dans son entêtement, il devient méthodique et trace des cercles concentriques autour de la cabane.

Et puis soudain, il crie victoire.

Un seul cri. Il s'agenouille dans la neige pour creuser le sol, là où, d'après les traces, des carcajous ont déjà farfouillé. Rapidement, il extirpe de la terre gelée de longues racines filandreuses et des bulbes.

Avec cette précieuse marchandise, il retourne enfin près du feu.

Les végétaux sont rapidement nettoyés, épluchés et coupés en tranches. Kurtz surveille très attentivement leur cuisson. Il y goûte de temps en temps, le visage déformé par une grimace d'écœurement.

Après une heure de préparation, il doit se faire une raison : la mixture est terriblement amère, et les bulbes, insipides. Kurtz tente un mélange des deux et se décide finalement pour les bulbes, dont il ingurgite une petite quantité.

Au bout d'un long moment, ne sentant aucun effet indésirable, il se jette sur la casserole et la vide entièrement. Ce n'est ni bon ni mauvais, mais l'effet apaisant sur son estomac est immédiat et formidablement agréable.

Tant et si bien qu'au lieu de dormir il repart à la cueillette pour préparer son prochain repas. Mieux vaut profiter de cette belle clarté lunaire. Qui sait, dans quelques heures, la tempête peut à nouveau faire rage.

La découverte de cette source de nourriture l'apaise. Il parviendra à traverser cette fichue nuit. Ce fichu hiver. Ce fichu désert de glace. Peut-être.

L'idée qu'il erre au Canada ou en Alaska, à des centaines ou des milliers de kilomètres de la première habitation, ne le quitte plus. Il se hait de ne pas connaître les essences endémiques. Ainsi, il pourrait mieux se nourrir et se situer. 70° nord, c'est presque le cercle polaire. Oui, mais où ? Il lui a semblé repérer des épicéas, des pins et quelques rares bouleaux. Mais était-ce vraiment ça ?

Déterminé à ne pas flancher, Kurtz déniche dans les bois alentour de quoi s'assurer trois ou quatre repas. Cette fois, la perspective de manger Simon s'éloigne durablement.

30

XIIIe arrondissement. Paris. Huitième jour.

– Laisse-moi sortir ! hurle Andréas, laisse-moi sortir !

Il tambourine sur la porte. Le vantail tremble sous les coups mais reste fixé au chambranle. Ici, chaque issue est renforcée, chaque porte blindée, chaque baie vitrée à l'abri des balles. Darblay s'est acheté un appartement qu'il a transformé en bunker, préparant sans le savoir sa future cellule de désintoxication.

Debout derrière lui, Shan reste immobile.

– Tu ne sortiras pas d'ici tant que tu seras accro, crie-t-elle à son prisonnier.

Mais ses paroles se perdent dans le vacarme qu'il fait.

Elle patiente encore quelques minutes puis se décide à agir.

– Stop !

Shan enfonce le canon de son arme dans les reins d'Andréas. Il se retourne, le poing levé. Mais son geste est stoppé en pleine course par un coup de pied qui le jette à terre.

– Putain ! hurle-t-il en se tenant les parties génitales des deux mains.

– Calme-toi, Andy. J'ai quelques questions à te poser.

Avec des gestes fermes, Shan l'aide à se redresser.

– Assieds-toi.

Plié en deux, Andréas se laisse tomber sur le lit alors que Shan s'installe à califourchon sur une chaise, les bras sur le dossier.

– Arrête de me parler comme ça, lâche-t-il.

– Arrête de bouffer ces merdes.

Andréas fixe son regard bleu sur le visage impassible de la jeune femme qui lui fait face. Sa vue est encore troublée par la chimie. Il se frotte les yeux, saisit la bouteille d'eau posée sur la table de nuit et se désaltère longuement.

– Dis-moi ce que tu sais sur moi.

– Dis-moi comment va ma fille.

D'abord tentée de se taire, Shan se contente de lâcher un soupir. Mais, au regard que lui lance Andréas, elle comprend qu'il vaut mieux le rassurer.

– Elle est à côté. Elle joue sur l'ordinateur. Elle adore ça.

– Je veux la voir.

– Non.

– Tout de suite.

Irritée, Shan se lève et s'approche d'Andréas.

– D'abord tu réponds à mes questions, après tu la vois, articule-t-elle à quelques centimètres de son visage. Et tu n'as pas le choix. Que sais-tu sur moi ? ajoute-t-elle en se rasseyant.

– Presque rien. Tu le prends vraiment pour un idiot ?

– Je ne te permets pas, enrage-t-elle.

Méthodiquement, soigneusement, Andréas arrache les cuticules autour de ses ongles.

– Tu as grandi en Roumanie. Il s'est occupé de toi pendant des années. Il vous a adoptés, il a fait de vous ses chiens d'attaque. Moi, je transmets les ordres. Je dispatche les messages, je m'occupe de la logistique. C'est tout.

Déçue par ces explications, Shan laisse errer son regard dans la pièce. Elle doit avouer qu'elle attendait autre chose. Des informations plus précises. Un récit de ce qu'était sa vie avec Kurtz. Avec *lui*.

Je suis à Kurtz, je dois le retrouver. Comment ?

– Où sont les autres ?

– Je l'ignore. Je ne traite qu'avec une partie du groupe, les Seven, et seulement par mail ou texto.

– Five, Six, Seven, qu'est-ce que cela signifie ?

– Je n'en sais rien.

– Qu'est-ce que je faisais en Allemagne ?

– Une répétition générale, répond Andréas, une répétition générale avant le grand lâcher.

Soudain, Shan frémit d'horreur. Les images du massacre de Berlin la heurtent de plein fouet. Les cagoules noires, les corps affalés par terre, les hurlements, les hurlements et la foule qui gronde…

Puis, la minute suivante, elle s'étonne presque d'être traumatisée par ces souvenirs, elle qui disperse des morceaux de cervelle sur les murs.

Je suis une machine complètement déréglée. Je suis une espèce de monstre schizophrène. Un monstre qui tue les monstres.

Un long silence s'abat sur la pièce. Shan regarde ses mains, Andréas épluche inlassablement ses doigts.

– Une répétition ? répète la jeune femme. Quelle répétition ?

– La cible était facile à atteindre. Vous avez fait un vrai carnage. Il aurait adoré ça. Moi, j'ai dépassé les limites.

– Fasciné par le pire, n'est-ce pas ? Il t'a choisi pour quoi ?

– J'étais son Willard…, souffle-t-il avec un petit sourire triste.

– Willard ?

L'air interrogateur, Shan secoue la tête.

– C'est qui ?

Andréas grimace. Il tremble légèrement, ses doigts s'activent plus vite dans leur manie autodestructrice.

– Tu devrais regarder *Apocalypse Now*. Ou comment succomber à ses penchants les plus barbares.

Devant la moue d'incompréhension de Shan, Andréas se prend à rire.

– Il vous a bien dressés. Vous obéissez au doigt et à l'œil, vous êtes prêts à mourir, à tuer frères et sœurs. Vous apprenez ses règles depuis votre plus jeune âge. Sa façon d'agir est la vôtre. Sa façon amorale d'appréhender le monde est votre normalité. Tu n'as même pas de mérite…

Shan ignore le sarcasme. Une bouffée de joie inonde sa poitrine.

Elle appartient à une famille. Elle a des frères et des sœurs. Kurtz a pris soin d'elle depuis son enfance. Ni blanc, ni noir, ni flic, ni voyou. Elle est juste quelqu'un, pour *lui*.

– Pourquoi ? demande-t-elle. Pourquoi nous ?

– Je ne sais pas, tu m'en demandes beaucoup trop. Je te l'ai dit, je ne suis qu'un instrument, pas un confident. Je me suis cru à la hauteur, mais c'est faux. Lui disparu, je suis incapable d'agir. Je n'aurai jamais en moi sa démesure, ajoute Andréas dans un souffle.

Le visage et les yeux de Shan brillent d'un éclat particulier pendant qu'elle boit ses paroles.

– Il a changé, continue Andréas avec un mélange d'admiration et de répulsion. Il est devenu beau. Mais son âme est toujours aussi noire. Il me fascinait, je voulais lui plaire, c'est pourquoi je suis responsable d'un massacre. Si je pouvais tout effacer, tout arrêter…

– Je ne peux pas te laisser faire ça, murmure-t-elle, glaciale.

– Tu ne sais même pas qui tu es, Seven. Tu n'es qu'un numéro.

– Non ! s'écrie-t-elle.

– Mais si, il y a plusieurs Seven.

– Combien sommes-nous ?

J'ai dit nous. Je. Tu. Nous. La meute.

– Personne ne le sait, sauf lui, grince Andréas. Vous travaillez par groupe de trois, c'est tout ce que je peux te dire.

– Où est-il ?

– Tu es sourde ? s'énerve Andréas. Il a disparu.

– Mort ?

La voix de Shan a une fêlure, Andréas est surpris.

– Un chien doté d'une âme ? lance-t-il en grimaçant.

– J'ai pris un sale coup sur la tête à Berlin.

– Si l'un de vous est blessé ou repéré, il faut l'éliminer. Ce sont les ordres.

– J'ai la tête dure, faut croire.

– Et vide. Tu as besoin de moi, Seven. Baisse donc ton arme.

– Je ne suis pas Seven. Je suis Shan.

Shan a pâli, elle a le cœur au bord des lèvres.

– Quelle différence ? demande Andréas en haussant les épaules.

– Ma différence, répond-elle, énigmatique.

Ses mains tendues devant lui, doigts écartés, Andréas examine le pourtour de ses ongles. Il est en sang.

– Je ne pourrai pas dormir si j'arrête tout d'un coup.

– Plus de pilules, Andréas. Tu me remercieras plus tard. J'ai besoin de toi en pleine possession de tes moyens, après ça, tu seras libre.

– Libre ? Tu crois vraiment qu'un jour je serai libre ?

– Je n'en sais rien. Mais tu peux tenter ta chance, loin d'ici. Avec ta fille.

Andréas est surpris. Les paroles de Shan sont empreintes de sagesse. En tout cas, elles ne sont pas dénuées d'une certaine logique. Elle lui offre une porte de sortie, et c'est inattendu.

– Pourquoi pas, en effet. De ton côté, reprend-il après un temps d'arrêt, tu devrais en profiter pour réfléchir. Tu as un avantage sur tes semblables, tu ne te souviens pas de tout. Tu es… différente.

Visiblement perturbée, Shan secoue plusieurs fois la tête.

– Penses-tu vraiment que le maître est mort ?

Cette fois, Andréas Darblay se retient de rire. Il trouverait la situation presque grotesque si la jeune femme en face de lui n'avait pas, outre sa sagesse et sa douceur, des yeux de tueur et un automatique armé.

– Personne, en dehors de moi, ne connaît son nouveau visage. Il a encore changé d'identité et je n'ai plus aucune liaison avec lui. Impossible de le localiser. S'il est mort, je n'ai aucun moyen de le savoir. Et s'il est vivant, prisonnier quelque part, je n'ai aucun moyen de le sauver.

– Il y en a un, pourtant.

– Lequel ? demande Andréas.

– C'est pour ça que tu ne l'as pas cherché ? Parce que tu le crois mort ?

Andréas détourne les yeux. Il fixe à présent le mur derrière Shan, les mâchoires crispées.

– C'est pour ça ? Mais réponds !

– Lequel ? annone Andréas.

– Quoi ? Quoi ! hurle la jeune femme visiblement hors d'elle.

– Quel moyen ?

– Qui a dirigé l'enquête, ici ?

– Daza, lâche Andréas dans un souffle. Le commissaire Eliah Daza.

– Alors nous allons donner à M. Daza tout ce qu'il faut pour le retrouver, crache Shan. Après, seulement, tu seras libre.

31

De terribles crampes intestinales réveillent Kurtz.

À présent, c'est l'heure de l'addition.

Il n'a pas eu le temps de sortir de la maison. Écœuré, pleurant comme un môme, il se déshabille à nouveau et jette ses vêtements souillés dans la neige. Puis il ravive le feu et s'emmitoufle sous les couvertures, épuisé, les yeux gonflés de larmes.

Jamais il n'a eu si mal, si faim.

Jamais il ne s'est senti aussi faible, presque incapable de se tenir debout.

Des bulbes, il n'a pu conserver aucun bienfait nourricier.

Il sait que ce qu'il redoute doit arriver ce jour. Il peut encore décider de ne pas le faire. Il peut choisir d'abandonner la partie et de laisser son corps se rigidifier sous les assauts de l'hiver.

Mais Kurtz n'est pas fait de ce bois-là.

Au-delà de lui-même, au-delà de sa propre personne et de sa survie, il y a l'Œuvre, son Œuvre, qui réclame sa présence. Pour cela, il doit manger Simon, que cela lui plaise ou non.

Après un somme émaillé de cauchemars où il tranchait la gorge à des hommes suspendus à des crocs de boucher qui défilaient devant lui, il garnit le feu pour obtenir une belle braise et commence à préparer la viande.

Les steaks, qu'il a découpés quelques jours plus tôt, sont collés les uns aux autres. La première opération consiste à les séparer, puis à les passer un par un dans les flammes. Lors de la découpe sous la tente, Kurtz n'a pu voir distinctement la pilosité qui frange les morceaux de chair blanchie par le gel.

Avec un effort de persuasion, l'idée de manger de la chair humaine peut devenir acceptable. L'ingestion de tout poil est en revanche rédhibitoire.

– Dégueulasse, grommelle Kurtz en observant les poils se torsader dans la chaleur avant de disparaître.

Après quoi, il incise la peau dans le sens de l'épaisseur et l'arrache.

Privé de sa pilosité et de son épiderme aux pores dilatés, le steak a enfin une allure banale. On dirait le cœur d'une côte de porc.

Pendant un bon moment, Kurtz demeure inerte devant le feu, le steak entre les mains et les yeux errant à la surface des chairs blanches teintées de rose.

Il doit encore se persuader que Simon était en bonne santé.

Lorsqu'il y parvient enfin, il jette sur la braise le morceau encore raide.

À ses narines monte aussitôt un fumet délicieux.

Kurtz est attentif à chaque détail. Maintenant qu'il est au pied du mur, incapable de reculer, il se doit de transformer cette expérience en un moment de plaisir.

De nouveau, il pense à Thomas Davron.

Au pardon. De qui ?

– Le salut, Willard, ricane-t-il pour se donner du courage. Le salut est dans Simon !

Kurtz éclate d'un rire franc qui se perd dans le conduit de la cheminée. Avec cette odeur de grillade, son optimisme habituel revient. Et, manifestement, il est fier de sa trouvaille.

– Le salut est dans Simon, répète-t-il plusieurs fois. Simon salut, salut Simon.

Il s'en donne à cœur joie. C'est de loin le meilleur moyen d'oublier sa peur et son dégoût. Et il finit par s'apercevoir que ce petit jeu n'a d'autre but que de repousser le moment fatidique.

– Trouillard !

La tranche semble grillée comme il faut.

– Je ne sais même pas comment ça se mange, se plaint-il. Rosé, à point, saignant ?

Un petit rire nerveux secoue sa carcasse.

– Tu n'es qu'une mauviette, Olivier, grogne-t-il méchamment. Tu n'es pas digne de moi !

Cette fois, il a poussé le bouchon un peu trop loin.

C'est plus que n'en peut supporter Kurtz.

Il pique son couteau dans la viande et la retire du feu. Puis il la porte à son nez, doucement, pour ne rien brusquer ou pervertir par un excès de rapidité.

L'odeur est savoureuse, quoique un peu forte.

Du bout de la langue, il goûte le jus qui perle sur le bord, là où la couleur fait penser à du lard.

– Mmm ! apprécie-t-il, le cœur au bord des lèvres.

Sa bouche s'entrouvre.

Les incisives tranchent un morceau de viande, puis les molaires entrent en action. Ses papilles s'imprègnent du goût de l'homme. Qu'il ait été un ennemi ou pas n'a plus d’importance. Kurtz sait maintenant que l’homme peut avoir du bon.

Alors il répète l’opération à trois reprises et se remplit l’estomac.

La jambe pèse environ vingt kilos. Il a de la viande pour des jours et des jours.

II

Les chasseurs

32

Région de Mombasa. Afrique orientale. Neuvième jour.

Dans le vent matinal, les voilages beiges s'enroulent autour des piliers en teck de la pergola. C'est ainsi que Malia voulait sa maison. Simple, fonctionnelle, ouverte sur l'extérieur. Avec des rideaux en lin comme dans les magazines.

Lovés l'un contre l'autre sur une vieille balancelle, M. et Mme Daza profitent, comme tous les matins depuis près d'un an, des premières lueurs de l'aube sur l'océan Indien. Le rouge du soleil levant donne à la peau ébène de la jeune femme un éclat particulier, mais c'est son ventre rond qui remplit son visage d'un bonheur sans tache.

– Regarde…, murmure Eliah.

À moins d'une centaine de mètres de la façade sud, un couple de girafes s'attaque à la cime d'un arbre. Malia retient son souffle quelques secondes et se détache de l'étreinte de son mari. Elle se glisse dans la cuisine, gracieuse malgré ses hanches alourdies, et revient presque aussitôt, armée d'un appareil photo équipé d'un téléobjectif. Elle s'approche à pas de loup de la balustrade et prend quelques clichés. Sa croupe rebondie se devine sous la soie multicolore de sa robe légère. Eliah ne peut s'empêcher de la dévorer des yeux.

Il y a quelques mois encore, le commissaire Daza traquait Kurtz sur les falaises d'Étretat. Malia Zende, jeune Libérienne réfugiée, faisait des ménages dans les hôtels de Normandie pour payer ses études.

Aujourd'hui, sur les terres brûlantes de l'Afrique orientale, ils sont les gardiens d'une réserve naturelle, payés pour veiller sur l'inestimable patrimoine africain. Et être heureux.

Derrière les girafes, un troupeau d'antilopes soulève la poussière blanche de la savane. Les volutes grisâtres s'élèvent jusqu'au point d'eau situé à une demi-douzaine de kilomètres à vol d'oiseau. Plus loin encore, Malia peut distinguer des nuées de flamants roses.

– Je t'aime, dit-elle en riant. J'aime cette terre et tout ce qu'elle porte, ce ciel rouge et tout ce qu'il cache. Je t'aime, Eliah. Jamais tu ne sauras à quel point.

Elle s'est retournée en parlant, et son souffle se perd sur le torse de son homme déjà là, prêt à l'enlacer.

Soudain, les oiseaux semblent gazouiller plus fort. Le nuage de flamants roses se déchire et abandonne les eaux vertes du plan d'eau. D'un même mouvement, les antilopes s'éloignent au galop, puis les girafes, au prix d'une cavalcade un peu gauche.

– Viens, murmure Daza.

Un silence de plomb est tombé sur la plaine.

Eliah déteste ce calme soudain.

Il entraîne Malia à l'intérieur de la maison, puis extirpe un 45 Magnum d'une grande jarre colorée, le charge et le glisse sous sa ceinture.

– C'est eux, j'en suis sûr, dit-il en caressant les cheveux noirs de sa femme. Attends-moi ici, j'en ai pour deux minutes.

Dehors, un bourdonnement d'abord ténu, puis de plus en plus fort envahit le silence inquiétant. Le responsable de cette disgrâce vient du nord, sans doute en provenance de la capitale. Sous le regard furieux de Daza, l'hélicoptère militaire amorce une manœuvre d'atterrissage dans le jardin, à quelques mètres à peine de la maison. Les palmiers ploient, le sable vole en tous sens, arraché au sol aride en tourbillons opaques.

Courbé en deux, Daza avance vers la tornade de poussière, une main devant les yeux, l'autre sur la crosse de son arme. Après quelques instants, les hélices du Super Frelon cessent de trancher l'air et s'immobilisent en vibrant. Un type chauve en costume s'extirpe du cockpit.

– Commissaire Daza, crie-t-il pour couvrir le bruit des turbines, je ne vous aurais pas reconnu ! Barbe, cheveux longs, bronzé comme un moricaud ! Ça vous change de la gomina !

Daza s'avance vers son ancien divisionnaire qu'il dépasse de deux bonnes têtes.

– Dégagez, vous n'avez rien à faire ici, s'emporte-t-il aussitôt.

– Kurtz est vivant.

– Je sais qu'il est vivant, rétorque Eliah Daza. Il n'y a que vos tronches de connards pour avoir gobé la mise en scène de ce malade.

Daza crache par terre avec une moue dégoûtée, tourne les talons et remonte le chemin jusqu'à sa maison.

– Vous devez terminer votre boulot, commandant Daza, avance Chopelle en lui emboîtant le pas. La cible est dans la nature.

– Vous ne savez pas lire ? grince Eliah, cynique. Cela fait pourtant plus d'un an que je vous ai filé ma dem'.

– On a besoin de vous.

Eliah s'immobilise.

– Qui ça, on ?

Yann Chopelle semble gêné. Et cette gêne fait agréablement frémir Eliah Daza.

– Si vous acceptez de nous aider, on vous donne carte blanche.

– C'est qui, on ? répète Daza en se retournant, un léger sourire aux lèvres.

– Les ordres viennent directement de… d'en haut.

Cette fois, Eliah Daza éclate de rire. Il chasse de son front bronzé quelques mèches rebelles et rassemble rapidement ses cheveux en catogan.

– Je vois… Carte blanche, c'est bien ça ?

Yann Chopelle acquiesce. Il n'a jamais aimé parler. Là, c'est pire que d'habitude. On croirait que les mots sortent d'entre ses lèvres avec un chausse-pied.

– Êtes-vous prêt à entendre mes conditions ?

Inquiète, Malia les observe depuis la terrasse, les doigts serrés sur la rambarde. Son visage radieux s'est subitement assombri.

D'un signe, Daza l'invite à les rejoindre.

– Je veux un appartement sécurisé, avec une infirmière et des gars de confiance pour veiller sur ma femme. Elle m'accompagne, bien sûr.

Visiblement embarrassé, Chopelle secoue énergiquement la tête.

– Mais c'est impossible.

– Malia, lance Eliah Daza sans prendre garde aux protestations de Chopelle, l'instant dont je t'ai parlé est arrivé. Prépare ce qu'il faut, nous partons dans moins d'une heure.

La jeune femme lance un regard lumineux à son mari, pose un baiser sur ses lèvres et s'élance vers la maison.

– Elle est bouleversante de beauté, vous ne trouvez pas ? Carte blanche ! ajoute-t-il aussitôt, la mine réjouie. Eh bien, c'est un beau cadeau ! Depuis le temps que j'ai envie de me payer votre sale gueule de roquet ! Et prévoyez la première classe pour ma femme, elle attend des jumelles !

33

XIIIe arrondissement. Paris. Neuvième jour.

Clara et Andréas n'osent pas se toucher. Ils sont debout, face à face, à quelques centimètres seulement l'un de l'autre, incapables du moindre geste. Ils se jaugent, s'observent avec un mélange de bonheur et d'appréhension.

La gorge nouée par le stress, Andréas dévore sa fille des yeux. Elle a grandi. Séparé d'elle par une errance de près de vingt mois, il a failli manquer la métamorphose. Clara a gagné une dizaine de centimètres et s'est affinée. De petites boules pointent sous ses mamelons et ses yeux bleus se sont assombris, ses cheveux blonds aussi. Une mèche en tire-bouchon passe devant ses yeux, Clara la tripote avec fébrilité.

Lui a pris quelques rides. Ses traits sont durs, son regard différent. Clara ne saurait le formuler, mais elle a l'impression que son papa a traversé un pays rempli de monstres. L'horreur s'est irrémédiablement imprimée sur ses traits.

Elle ne se voit plus dans les bras de cet homme sombre, elle refuse le quotidien avec cet étranger. Celui qu'elle a bâti, à force de patience et de renoncement, est douillet et sécurisant. L'école, les autres, et surtout oncle Sami. Il rit tout le temps, pourtant il ne voulait pas d'enfant. Mais il l'a apprivoisée, petit à petit, et elle l'a rendu père, responsable, droit et fier d'elle.

L'homme devant elle, celui qu'elle a tant de fois rêvé de retrouver, n'est pas le papa de ses souvenirs. Ce père, drôle et solide, lui avait enseigné la hargne, la volonté, tout ce qui lui avait permis de se sortir du cauchemar, ce château en Allemagne où Kurtz les retenait prisonniers, elle et d'autres enfants.

Celui-là, maigre et hagard, ne pourra jamais prendre soin d'elle.

Jamais.

Elle tourne les talons et se précipite dans le salon, submergée par une terrible angoisse.

Shan et Nassau sont vautrés sur le canapé. Les doigts de la jeune femme palpent tendrement le pelage noir et fauve de l'animal.

– Je ne peux pas, s'écrie Clara en se jetant à ses côtés. Ce n'est plus mon père.

– C'est toi qui vois, lâche Shan, indifférente.

Elle se lève et rejoint tranquillement Andréas. Il est pétrifié au milieu de la chambre. De grosses larmes roulent sur ses joues.

Comme un vieillard sénile, il se laisse conduire jusqu'au fauteuil où Shan l'installe.

– Je suis né dans les entrepôts Lavergne, murmure-t-il. Je ne sais pas si c'est mieux que la Roumanie ou pire.

Shan prend place sur le lit.

– Là-bas, c'était la formation accélérée, reprend-il. Avec la vie de Clara en ligne de mire.

Les sourcils haussés, Shan regarde Andréas pleurer sans vraiment comprendre ce qui lui arrive. Le chagrin lui paraît si étranger, et pourtant… Depuis les événements de Berlin, il semblerait qu'elle ait gagné un peu de conscience, un peu d'humanité, parfois.

– Tu vas bientôt rentrer chez toi, avec ta fille.

Peu à peu, Shan se souvient des baraquements et de la forêt. Les années d'entraînement, de conditionnement. Tout pour *lui*, lui, son maître, sa famille…

Andréas renifle.

– J'ai cru que je serais un homme avec lui, que ma place était à ses côtés. Aujourd'hui, je sais que je me suis fourvoyé.

– Pourquoi ?

Pour Shan, la vie sans Kurtz n'existe pas. Il est son créateur, son chef, son mentor. Elle est reliée à lui, à vie.

– Organiser les tueries… les opérations me terrifie. Je suis incapable d'aller sur le terrain, et ici je n'existe pas.

Un léger sourire glisse sur les lèvres desséchées de Shan.

– Ma fille me manque. Je veux la voir grandir. Kurtz ne fera jamais de moi un assassin.

– Tu en as l'air convaincu, c'est ce qui compte…

– Pourquoi ça n'a pas marché ? Quelle différence y a-t-il entre nous ?

– J'ai grandi avec ses idées, explique Shan. Pas toi. Tu dis que tu es né dans les entrepôts, moi je dirais plutôt que tu y es mort.

Shan paraît si jeune, si vulnérable. Pourtant, ses mots sont plus blessants que ses coups.

– J'ai récupéré les disques durs, reprend-elle. Tu vas me donner les mots de passe, l'adresse des planques, et je m'en irai. Je te suggère de rester tranquillement ici en attendant les flics et surtout de réclamer leur protection.

– Tu ne peux pas me laisser ici, seul avec Clara, proteste mollement Andréas, les larmes aux yeux. Tu vois bien qu'elle ne veut plus de moi.

– C'est ton problème, Andréas. Ils ont déjà reçu ta lettre. Tu n'auras pas à poireauter longtemps.

En se levant, Shan porte la main à l'automatique glissé entre sa peau et son jean.

– De toute façon, je ne te laisse pas le choix. Tu auras besoin d'eux pour t'en sortir. Ils vont *le* retrouver, j'en suis sûre. Et ce jour-là, il faudra que tu aies disparu.

34

Entre Mombasa et Genève. Neuvième jour.

« Les méandres du Mékong sont plus nombreux qu'on ne le croit.

Virgile Craven n'a pas terminé sa mission.

Vous non plus.

Kurtz est porté manquant.

Cherchez du côté de Jacob Konrad et de Charles Marleau. Nous exigeons la présence du commandant Daza pour mener à bien cette enquête.

De nouvelles instructions suivront, dès que Kurtz sera retrouvé.

Le compte à rebours a déjà commencé.

N'oubliez pas : près du Mékong se cachent les soldats de l'ombre. »

– Les soldats de l'ombre, marmonne Daza, les yeux fixés sur la lettre glissée dans une poche en plastique transparent. Kurtz a toujours travaillé en solo, ou alors il s'entourait d'abrutis qu'il manipulait facilement. Les soldats de l'ombre, un compte à rebours… Et c'est avec ça qu'ils sont venus me chercher ! Celui qui a écrit ce tas d'âneries doit fumer la moquette !

Eliah Daza ne peut retenir un sourire. Ce message est étrange, étonnamment décalé, presque ubuesque par rapport aux activités de Kurtz.

Et pourtant, c'est ce même message qui vient de bouleverser le cours de son existence pour le renvoyer sur le terrain, lui qui avait juré ne plus jamais y revenir. Quoique… Il avait déjà envisagé l'éventualité d'un retour de Kurtz. Et la perspective de traquer le monstre avec des moyens illimités est assez excitante.

Cette pensée le rapproche aussitôt de Malia. Aussi lève-t-il les yeux vers les courbes gracieuses de sa femme. Elle s'est assoupie sur un fauteuil, à quelques rangées de lui. L'avion mis à disposition par les autorités françaises est vaste et confortable.

Daza apprécie. Malia aussi, apparemment.

Elle est belle, pleine et ronde. Magnifique. Remplie de vie.

L'idée de s'approcher d'un centre hospitalier français l'a rassurée. Dans quelques jours, deux semaines au plus, elle mettra leurs enfants au monde.

Malia vient de soupirer dans son sommeil. Ses mains ne quittent plus que rarement l'arrondi extrême de son ventre. Elle semble si sereine.

Daza sourit à sa femme endormie et se replonge dans la lecture du message.

Ils sont gonflés, tout de même, songe-t-il en relisant pour la centième fois le papier. *De nouvelles instructions suivront ! Balancer ça au ministère, faut le faire !*

À présent, le long-courrier survole le Sahara et remonte vers la Méditerranée. Par le hublot, Daza aperçoit les circonvolutions de sable. Elles s'étendent à perte de vue, même à cette altitude.

Toute la question est : qui a bien pu écrire cette lettre ? Et sur ce point, l'autre branleur doit ramer. Sinon, je ne serais pas là.

Pendant la première heure de vol, Yann Chopelle lui a expliqué comment, à partir de cette missive anonyme reçue la veille, place Beauvau, les services de renseignements avaient enfin acquis la certitude qu'en effet Kurtz n'était pas mort dans cet accident de voiture en Normandie.

À partir des patronymes mentionnés dans le message, ils sont d'abord remontés à un homicide : Jacob Konrad, principal suspect du meurtre d'un chirurgien plasticien genevois un an plus tôt.

Là encore, Daza ne peut réprimer un sourire. Pour lui, il n'y a pas de doute. Les noms issus de l'univers d'*Apocalypse Now* sentent évidemment la piste Kurtz à plein nez.

Ensuite, le nom de Charles Marleau a tout simplement été isolé dans l'annuaire. Cette personne réside depuis près de trois ans à Thollon-les-Mémises, une station de sports d'hiver perchée au-dessus du Léman.

Il aurait donc habité dans le coin...

Daza reste dubitatif. Il connaît le profil de Kurtz. Son intelligence redoutable.

Pourquoi aurait-il fait ça ? La France n'est pas le meilleur endroit pour se cacher. Il avait des moyens et semblait avoir préparé tout le reste. Alors pourquoi ?

La perquisition de la maison de Thollon-les-Mémises a été confiée à une équipe de la police scientifique de Paris qui sera sur les lieux en fin de journée.

– À moins que..., commence-t-il.

Il se lève et se dirige vers le poste de pilotage.

C'est le moment que choisit Yann Chopelle pour réapparaître.

– Vous me cherchiez ?

– Déroutez l'avion sur Genève, se contente de lâcher Daza.

– Nous sommes attendus à Paris, explique Chopelle. Et je vous l'ai dit, nous avons dépêché nos meilleurs enquêteurs sur place.

– C'est à prendre ou à laisser, mon vieux, gronde-t-il en s'éloignant pour rejoindre Malia. Soit vous faites poser cet appareil sur l'aéroport de Cornavin, soit on rentre à Mombasa.

35

Kurtz a vite repris goût au confort d'un toit, d'une chaise, d'une cheminée et d'un minimum d'hygiène. Même sans savon, le contact de l'eau a été un délice, à chaque fois. D'ailleurs, il s'est lavé à plusieurs reprises, se moquant de lui-même, incapable de résister à la caresse de l'eau chaude.

Mais après des heures de repos, Kurtz comprend qu'il ne doit plus traîner là. Il a bien envisagé d'attendre le printemps sur place. Il pourrait réparer la cabane, l'isoler plus efficacement. Mais comment se nourrir ? La chasse avec un 9 mm ? La cueillette sous la glace ? Il ne tiendra pas un mois avec la viande de Simon et ne digère pas les végétaux, sans compter les graves carences alimentaires qu'il accumulerait forcément.

Kurtz juge préférable de concentrer son énergie sur sa fuite en avant.

Alors, il rassemble soigneusement ses affaires, emporte le coupe-chou et la casserole en souvenir et sort, soigneusement emmitouflé de la tête aux pieds.

Le froid mord immédiatement au-delà des chairs. Il laisse une empreinte profonde dans l'inconscient. Kurtz commence à admettre que ce blanc-gris glacé qui s'étend partout à l'extérieur l'effraye.

Pourtant, il doit l'affronter.

On l'attend à Paris. C'est aussi pour ça qu'il doit partir.

Il reprend les rênes de son traîneau. Devant l'abri abandonné, il y a un sentier. L'écartement régulier entre les arbres le laisse penser. Ceux qui ont habité cette cabane rustique devaient aller et venir. Si c'est bien un chemin, il va le mener à d'autres habitations.

Kurtz s'y précipite aussitôt.

Il a déjà oublié son abri douillet et l'odeur piquante du bois qui fume encore dans la cheminée. Peu à peu, l'idée que personne n'a rien tenté pour le retrouver s'insinue en lui, comme un poison mortel.

Il pose un pied devant l'autre, se concentre sur le tracé du sentier, happé par la pénombre dense de la frondaison. Ses bâtons lumineux projettent de drôles d'ombres sur le sol. La forêt semble prendre vie et vouloir l'engloutir.

Hâtant le pas autant qu'il peut, Kurtz lutte contre la terrible sensation d'être poursuivi par ses frayeurs d'enfant, quand Irma, sa belle-mère, le punissait en l'enfermant dans la cave.

Des heures après avoir quitté sa tanière, Kurtz installe un nouveau bivouac. Bientôt, l'habitude aidant, un beau feu s'élève au milieu d'un cercle formé par quelques feuillus dénudés. Les pins et les épicéas abandonnent progressivement le terrain aux bouleaux. La terre change, les essences se diversifient. Il a le sentiment que plus il avance, plus il dérobe à cette nuit permanente des lueurs plus claires.

Et le chemin qu'il a appelé de ses vœux en quittant la fuste s'est dessiné un peu plus tard, envahi de buissons et d'arbustes. Kurtz est heureux. Rien ne pourrait le distraire de cette certitude : un sentier mène obligatoirement à un chemin, puis à une route et donc aux hommes.

D'autres sentiments le tranquillisent, alors qu'il ferait mieux de s'en alarmer. Tout au long du trajet qu'il vient d'effectuer, comme les autres jours, les fantômes de son passé ont cheminé à ses côtés. Il a pu leur faire la conversation, s'est parfois surpris à rire ou à baisser le ton, lorsqu'il s'agissait de dangereuses confidences sur ses anciens agissements. Mais pas une fois il ne s'est demandé quelle serait l'étape suivante. Sans doute a-t-il déjà franchi un cap au-delà duquel aucune cartographie n'a jamais été réalisée. Un monde bien trop irréel pour s'opposer aux simples dangers d'un hiver rigoureux.

Pendant qu'un steak de Simon grille sur le feu, dans une fumée épaisse d'aiguilles de pin, Kurtz dispose la caméra numérique sur la tête du carcajou toujours fixée à l'avant de son traîneau. Bizarrement, parler à ce morceau de chairs gelées le réconforte un peu.

– On tient le bon bout, camarade, dit-il en levant un morceau de viande grillée vers l'objectif. Demain, nous arriverons en vue d'Avalon.

Lorsque ses dents mordent le muscle juteux, Kurtz doit lutter contre un brutal haut-le-cœur. L'image des poils de la jambe de Simon qui se tordent dans les flammes l'assaille à nouveau.

– En direct du producteur au consommateur, et rien que du naturel ! lance-t-il sous forme de bravade. J'ai vérifié, je n'ai pas trouvé de médicaments là-bas. Il ne buvait pas et ne fumait pas non plus, je crois.

Cette nouvelle idée lui arrache un ricanement.

– La traçabilité, Willard, la traçabilité ! Je n'en avais pas bien compris l'intérêt jusqu'à aujourd'hui !

Kurtz mastique encore une petite bouchée de viande rosée.

Il tremble de tout son corps.

– Tu vois, mon vieil ami, souffle-t-il en avalant, finalement, on s'habitue à tout !

36

Thollon-les-Mémises. France. Neuvième jour.

Daza est soulagé. Malia sera conduite à Paris où il la retrouvera dans la soirée.

Au volant du 4 × 4 de location, Chopelle ne s'est toujours pas déridé. Manifestement, il n'apprécie guère la situation. Il n'a pas desserré les dents depuis l'aéroport de Cornavin et, à présent qu'ils longent le lac Léman dans un flot ininterrompu de circulation, il peste sans quitter la route des yeux.

Les bras croisés, Daza observe le panorama. Ici, la neige est sale partout aux alentours. Sans doute ne fait-il pas assez froid. En revanche, les balcons du Léman sont immaculés et se confondent avec le ciel. Après une année passée sur la côte kenyane, il trouve aux paysages français un goût bien fade.

– On arrête les hostilités ? demande Eliah Daza, brisant un long silence. On ne va pas continuer à se bouffer le nez, ajoute-t-il devant l'absence de réaction de Chopelle. Ça risque d'être lassant.

– Pourquoi n'avez-vous pas demandé de nouvelles de Baudenuit ?

Conscient du malaise de son ancien supérieur, Daza sourit.

– On n'est pas obligé de s'apprécier. Par contre, on est obligé de partager cet habitacle. Alors détendez-vous et dites-moi ce qui vous tracasse.

– Ça ne vous a pas réussi, les antilopes et les girafes, lâche Chopelle en se tournant cette fois vers Daza. Depuis que vous vous faites des chignons, vous devenez complètement con.

Daza tend les bras et fait craquer ses articulations.

– Eh ben voilà, s'extasie-t-il faussement. Vous y arrivez, finalement. Figurez-vous que la compagnie des antilopes et des girafes, comme vous dites, est bien plus intéressante que les connards dont vous supportez la présence à longueur d'année. Que ce soit au bureau ou dans la rue. Alors, ne venez pas me faire chier avec vos piques à deux balles et allez-y. Pourquoi voudriez-vous que je vous parle de Baudenuit ?

– Parce qu'il était flic comme vous et que vous avez travaillé ensemble sur l'affaire Kurtz. Voilà pourquoi !

Chopelle s'énerve, et Daza s'en réjouit.

– Une question de courtoisie, en somme ?

– Foutaises, aboie Chopelle. Vous savez très bien de quoi je parle !

– Je suis resté en contact avec Thomas Davron, dit Daza pour calmer le jeu. Ceci explique pourquoi je n'ai pas demandé de nouvelles de Rufus.

Après avoir vérifié dans le rétroviseur que personne ne le suivait de trop près, Chopelle se range sur le bas-côté.

– Vous comptiez me le dire quand ? crache-t-il entre ses dents serrées.

– Mais dès que vous me direz exactement ce que je fais ici !

– Vous avez attendu que votre femme soit en route pour Paris pour me briser les noix, c'est ça ?

Manifestement, Daza ne s'attendait pas à cette réaction.

– Vous n'y êtes pas du tout, Malia n'a rien à voir avec ça, s'insurge-t-il. Mais vous avez toujours été politique à gerber. Je ne vous ai jamais supporté.

Cette fois, c'est au tour de Chopelle d'arrondir les yeux.

– Ça n'aurait tenu qu'à moi, vous ne seriez pas ici, lâche-t-il avec amertume.

– Il y a plus d'un an, Davron, Baudenuit et Darblay sont allés se mettre au vert du côté du Touquet, pendant un temps. Puis Davron les a laissés au bout de quelques semaines pour s'engager dans l'humanitaire. Il voulait passer à autre chose. Les deux autres s'étaient mis en tête de retrouver Kurtz pour le tuer et, malgré ses efforts, il n'avait pu les convaincre de suivre une autre voie.

– Donc, eux non plus ne croyaient pas à sa mort, murmure Chopelle.

– Abandonnez l'idée que je cherche à vous planter. Si on y retournait ?

Yann Chopelle acquiesce d'un signe de tête. Sur ses traits fleurit une expression de soulagement. Dix minutes plus tard, les deux hommes bifurquent en direction de Bernex. La route déneigée luit dans la lumière des phares. Sur le tableau de bord, le thermomètre indique moins quatre degrés.

Le silence persiste dans l'habitacle. Les deux hommes ont besoin de se concentrer avant d'arriver.

Après avoir traversé la station de Thollon-les-Mémises, ils s'engagent sur une route secondaire. Peu à peu, leur véhicule s'élève au-dessus de la petite ville. L'asphalte disparaît bientôt sous une couche de neige tassée par le passage d'une dameuse. Les premiers sapins font leur apparition et, bientôt, ils pénètrent sous la frondaison d'une forêt d'altitude.

Six cents mètres plus loin, des enfants se lancent des boules de neige dans la cour d'une colonie de vacances. Daza frémit. Si Kurtz a séjourné dans les parages, il se trouvait à proximité d'enfants comme ceux-là.

La route s'achève derrière le centre de loisirs. À présent, ils roulent sur un chemin non déneigé. En contrebas, le vide commence à devenir impressionnant. Les toits de Thollon ressemblent à des miniatures posées sur du coton.

– C'est encore loin ? demande Daza, vaguement inquiet, les mains agrippées à la poignée du tableau de bord.

– Nous y sommes, précise Chopelle. La maison est à cinq cents mètres d'ici au plus. Regardez !

Un pan de mur en ruine apparaît au loin, dans une zone dégagée d'arbres.

– Bon endroit pour se planquer, observe Eliah Daza en plissant le nez.

L'habitacle est peu à peu envahi d'une odeur aigrelette. Apparemment, Yann Chopelle ne supporte pas bien le stress. Ses traits sont tirés, de grosses gouttes de sueur perlent à son front. Il se gare devant l'entrée et se tourne vers Daza.

– À votre place, j'aurais refusé de tout quitter pour me remettre sur la piste de Kurtz.

– Ç'aurait été le plus raisonnable, en effet.

– Dans ce cas, pourquoi ne pas l'avoir fait ?

– Je vais avoir deux filles. Et je ne supporte pas l'idée qu'elles partagent notre planète avec ce salopard. Venez.

La maison semble déserte. La couche de neige qui recouvre la cour est immaculée. Daza et Chopelle quittent l'habitacle climatisé du 4 × 4 et s'équipent de bombers.

– Le propriétaire a reçu un an de loyer et n'est pas monté ici depuis le début de l'été, explique Chopelle à voix basse. Il n'y a pas de ligne téléphonique. Pas de distribution de courrier non plus. Charles Marleau dispose d'une boîte postale à Thollon. Vide, bien entendu.

Le chemin qui monte dans la forêt n'a pas été utilisé depuis au moins les dernières chutes de neige. Sur la façade, il n'y a aucun signe de vie. Les volets sont clos et la cheminée ne fume pas.

– Allons-y, propose Daza. Si Kurtz est passé par ici, il ne s'y trouve plus.

Il traverse la cour et, d'un coup d'épaule, fait sauter la serrure.

– Vous venez ou vous prenez le frais ? lance-t-il en se retournant.

– Vous ne suivez pas la procédure, râle Yann Chopelle. Et il faut que je vous félicite !

Eliah Daza ne répond pas. Il vient d'entrer dans la demeure enténébrée et respire l'atmosphère. La couche de poussière qui voile la table de la cuisine le soulage aussitôt.

Mais quelque chose cloche. C'est trop propre. La cuisine est impeccable, il n'y traîne rien. Il s'attendait à autre chose. Est-ce de ne pas avoir perquisitionné depuis longtemps ou de l'avoir fait trop souvent au cours de sa carrière, il ne saurait le dire, mais, en cet instant, l'ancien commissaire est persuadé qu'il ne trouvera rien dans cette maison. Pourtant, il avance jusqu'au tableau électrique, remonte le disjoncteur et allume le plafonnier.

– Il a même payé ses factures EDF, apprécie-t-il en constatant que les néons clignotent.

– On a tout vérifié et…

Soudain, Daza pose un doigt sur ses lèvres et son autre main sur la bouche de Chopelle. Quelque part, des notes étouffées résonnent.

Les deux hommes longent le couloir jusqu'à une pièce où un escalier s'enfonce dans la cave.

Kurtz est une taupe.

À chaque pas, la musique se fait plus forte. Eliah Daza peut maintenant reconnaître l'artiste et même le morceau. Une fois encore, Jim Morrison chante les cavaliers de l'orage.

Il débouche dans une salle aveugle illuminée par un plafonnier très puissant. Une vague odeur putride flotte dans l'air.

– Ça sent la mort, s'inquiète Chopelle à voix basse en coupant la chaîne stéréo qui avait été activée par la reconnexion du disjoncteur.

– C'est à cause de moments comme celui-ci que je suis parti.

À l'aplomb d'une chaîne en métal accrochée à une poulie, des traces noires maculent le sol.

– Je ne crois pas que ce soit un cochon qu'on ait mis à mort ici, grommelle Daza. Regardez, il a recommencé, murmure-t-il en soulevant une trappe qui ferme un gros caisson posé au sol.

Il est obligé de se rejeter en arrière tant la pestilence est forte. Les souvenirs de la cave du pavillon Craven l'assaillent. Le corps de Béranger, Rufus comme un fantôme, assis au milieu d'autres cadavres, et l'odeur, cette même puanteur, cette horreur olfactive. Anna, gonflée par les gaz, la langue, noire, pointant entre les lèvres, les seins racornis. La beauté et la douceur massacrées.

L'estomac de Daza se soulève.

– Ça pue la mort, oui, reprend-il d'une voix mal assurée. Il y a quelqu'un là-dessous. Je vais descendre, et vous, vous me couvrez, OK ?

Daza empoigne la chaîne et la laisse tomber par la trappe jusqu'à une surface de terre qu'il aperçoit en contrebas.

– Passez-moi une torche, ordonne-t-il en montant sur le caisson.

Eliah Daza allume la Maglite et la coince entre ses dents. Puis il se laisse glisser par la trappe. Trois mètres plus bas, il touche le sol. L'odeur de pourriture est si écœurante qu'il ravale un flot de bile. Son cœur bat déjà plus vite que dans ses souvenirs. Aujourd'hui, il a beaucoup à perdre. Daza tente de se concentrer et d'oublier un temps Malia et les jumelles.

Sur la dalle gît un cadavre desséché. Cela doit faire longtemps qu'il est là, plusieurs mois peut-être. Des coquilles Saint-Jacques vides et des bris de bouteilles de toutes les couleurs sont disposés tout autour de la dépouille dont les doigts sont entrelacés sur le ventre, dans un rituel païen.

Du faisceau de sa torche, Eliah éclaire le mur au-dessus de la victime. De belles lettres rouges sont tracées sur un grand carton blanc.

« Ici repose ma petite cerise, Rufus Baudenuit, l'homme qui tourna le dos à ses fantasmes. »

37

XIIe arrondissement. Paris. Neuvième jour.

Shan s'est réveillée à l'aube.

Elle est installée sur le pont couvert d'une péniche Freycinet amarrée à l'est de Paris, au port de la Bastille, du côté des jardins de l'Arsenal. Entièrement aménagée, elle est décorée avec simplicité. Et surtout, elle constitue une formidable réserve de matériel en tout genre – tenues de plongée, informatique, armes de différents calibres, outillages divers. Lors d'une fouille en règle des cales et des roofs, Shan a trouvé tout ce qu'il lui fallait pour mener à bien sa prochaine mission.

Enveloppée dans un long gilet de laine, la jeune femme tient une tasse de café brûlant entre les mains. Un petit nuage de vapeur d'eau glisse d'entre ses lèvres et se dissipe aussitôt dans le matin gelé. De grands cernes noirs marquent ses joues pâles.

Shan a mal dormi.

Les cauchemars se sont succédé en vagues ininterrompues.

Elle se souvient d'un des hommes qui s'est occupé d'elle. Elle l'a revu, cette nuit, dans une série d'images traumatisantes.

D'abord, il est de dos, il regarde un cadavre pendu. Celui de sa propre mère. Ensuite, il se masturbe, allongé au bord d'un lac, en observant de jeunes enfants. Enfin, il gît, le crâne fracassé, la cervelle suintante.

Alors, Shan a crié dans le silence de son bateau.

Puis elle s'est rendormie, quelques minutes plus tard, pour plonger dans d'autres visions de massacres sanglants et d'exécutions sommaires.

Elle s'est levée avec une violente nausée et la sensation d'être une autre.

Son café avalé, elle traverse la cabine pour s'installer dans le petit bureau aménagé dans le peak. Là, elle pose devant elle un sachet en plastique retrouvé dans le roof avant, contenant quelques babioles.

Shan dénoue la poche et en extrait deux billes ébréchées en agate, une mèche de longs cheveux blond clair, un crayon à papier mordillé et un petit cahier.

Longtemps, elle joue avec les billes, les roule entre l'une de ses paumes et la table en merisier, cherchant au fond d'elle-même quelques souvenirs d'enfance. Mais rien ne vient, ce temps-là doit être trop éloigné. Alors elle saisit le cahier. Ses doigts deviennent gourds, les battements de son cœur s'accélèrent quand elle découvre la première page. Celle-ci est couverte d'une écriture encore enfantine et appliquée.

Je m'appelle Seven, j'ai dix ans.
Je vais devoir réussir le jeu de mon anniversaire.
Je vais gagner.

Puis des gribouillis et le dessin maladroit d'une maison devant laquelle trois enfants se tiennent par la main. Les petits sont à côté d'un arbre majestueux. L'un d'entre eux a un point rouge sur le front. L'enfant a tellement appuyé sur son crayon de couleur que le papier est déchiré à cet endroit.

Puis des pages de *K* se succèdent. Des petits *K*, des grands *K*, des longs, des courts, des majuscules et des minuscules.

Je ne suis pas une victime. Je suis un bourreau. Je n'ai jamais peur, jamais mal. Je veux être sa préférée. Préférée. Préférée.

Et des pages de calcul, des équations compliquées.

Aucune date pour ces quelques mots, pas un nom, mais Shan sait que c'est elle qui a écrit tout ça. Elle se revoit griffonner ces pages, installée à son pupitre d'écolier, dans une immense salle de classe vide.

Je suis prête à remplir ma mission.

Je ne demande rien d'autre à la vie que la satisfaction d'avoir accompli ce pour quoi j'ai été élevée.

Qui suis-je ?

Qu'importe.

Je suis un fantôme, une ombre parmi les ombres.

Je n'ai rien demandé à personne, Il m'a choisie.

Je,

Tu,

Nous,

Sommes la meute.

Seule la meute compte,

Tout ce qui n'est pas nous doit ignorer notre existence,

Tout ce qui s'oppose à nous doit être éliminé, par tous les moyens.

Jusqu'à ce que notre destin s'accomplisse.
Et que le Maître vienne.
Nous sommes la meute,
Nous,
Tu,
Je.

Cette fois, le cahier se couvre de plans de villes jetés pêle-mêle.

Et quelques notes, encore.

Chaque jour un peu plus, je sais qui je suis.

Et je déteste les autres dans leur petite vie de merde. Je voudrais les écraser tous.

Je hais ce que je sais du monde, seule notre meute trouve grâce à mes yeux.

Souvent, je me demande ce que je serais devenue s'il n'était pas venu me chercher. Sans doute l'image de ce que je déteste, comme ces gens, tous ces gens qui se croient libres et qui fonctionnent comme des automates. Il nous a montré.

Je hais les profiteurs et les incapables. Je les émasculerai.

Je conchie les feignasses qui vivent aux crochets de la société. Je les mutilerai.

Je suis Seven.

En cas de pépin, la première des Seven prend la direction des opérations.

Puis l'écriture s'affirme, les *K* noircissent les pages, s'enlaçant avec quelques *E* encore timides. Plusieurs croquis représentent encore un trio d'enfants.

Je suis née en Roumanie probablement, en Hongrie ou en Tchétchénie, je n'ai pas de racines. Pas de père, ni de mère. Ni de frère, ni de sœur.

Pourtant, je viens de quelque part. Une femme a écarté les jambes pour me concevoir et me donner la vie.

Saloperie.

Je voudrais ressentir de la nostalgie, comprendre qui je suis. Mais cela ne passe pas par ma généalogie et je n'éprouve aucun chagrin. Ceux à qui je dois la vie m'ont abandonnée, vendue, bradée. Ils ne valent pas plus cher que les quelques roupies gagnées lors de la transaction.

Je cracherais bien sur leur carcasse.

Au début j'ai eu peur.

Plus maintenant.

Ma raison d'être est plus claire chaque jour.

Je suis un soldat. Et j'obéis à mon maître.

Je suis.

Bientôt.

Bientôt, nous accomplirons le Grand Œuvre. Celui pour lequel Il nous a choisis.

Bientôt, ils ne pourront rien Lui refuser.

Par nous, avec nous, Il aura enfin le véritable pouvoir.

Incapable de poursuivre la lecture, Shan relève la tête.

Ses yeux sont remplis de larmes.

Elle jette le cahier dans la poubelle et craque une allumette. Instantanément, les pages flambent puis se tordent et noircissent entre les parois de métal.

Quelques clapotis perturbent le silence.

La lumière du jour naissant pointe à travers les hublots du peak.

– Eh bien voilà, murmure-t-elle. Maintenant, au moins, je sais quel genre d'ordure je suis.

38

Quand Kurtz ouvre les yeux, une lumière timide et glaciale l'accueille.

Il ne peut même pas ranimer le feu pour chauffer de l'eau tant le vent souffle fort. Il doit se nourrir de hargne en attendant mieux.

Alors il replie la tente comme il peut et se lance à l'assaut de la tempête. Il ne veut plus rester immobile. Jamais.

Bizarrement, il n'y a aucune précipitation. Le blizzard emporte dans sa course de petites particules de neige compacte qui giflent tout sur leur passage. Kurtz a beau refermer la capuche de son anorak, la neige entre par tous les interstices et se solidifie autour de son cou, dans ses oreilles, ses narines et irrite ses yeux.

Kurtz compte sur sa bonne étoile pour ne pas se laisser piéger par ces nouvelles intempéries. Il n'a jamais rien laissé au hasard, mais cette fois, il doit admettre qu'il espère bien bénéficier d'un petit coup de pouce de la providence.

Alors il avance, pas après pas, maudissant ce froid absolu et ce vent qui se transforme en mur. Rapidement vaincu par la violence de la tempête, il doit trouver refuge sous un long monolithe posé en équilibre sur des rochers. Là, le vent se contente de tourbillonner, l'empêchant d'allumer un feu.

Alors Kurtz se voit contraint d'outrepasser l'un de ses récents principes. S'il ne mange pas, il mourra de froid sous peu, la lutte est trop épuisante.

À la lueur des bâtons fluorescents, il déballe un morceau de Simon. Le steak prend une couleur verdâtre et répugnante.

Avec son coupe-chou, Kurtz détache de fines lamelles de chair congelée qu'il ramollit sous sa langue et mastique, le cœur au bord des lèvres. Heureusement, Simon cru n'a presque aucun goût.

Kurtz s'acharne ainsi à engloutir assez de viande pour tenir le coup. D'ailleurs, il retrouve assez vite les forces qui lui manquaient pour repartir à l'assaut de l'hiver.

Il remballe soigneusement son stock de nourriture et frictionne ses bras et ses jambes pour se réchauffer un peu. La morsure du froid est telle que depuis des heures déjà il ne sent plus ses pieds. Ses mains sont blanches et gercées au point de saigner aux pliures. La peau de son visage subit les outrages du gel en certains endroits. L'épiderme s'insensibilise, preuve qu'il est en train de mourir.

Le vent n'a toujours pas faibli quand il décide de se relever. Kurtz a compris qu'il ne pouvait plus compter sur la clémence des éléments.

Personne ne lui viendra en aide.

Aucun Dieu, ni aucun homme.

Alors, il se harnache à son traîneau et s'élance dans la nuit, contre le vent. L'une de ses raquettes se brise aussitôt.

La marche devient plus difficile, l'effort plus gourmand en calories.

Pourtant, Kurtz progresse.

Pas après pas, en avant, sans regret ni remords, comme il l'a toujours fait.

Il suit le petit garçon dont il n'a pas reconnu les traits. Sa mère s'est évanouie entre les arbres depuis longtemps.

Le garçonnet tient une lanterne à bout de bras et, pour Kurtz, cette petite lumière qui brille entre les troncs est inespérée.

Il sent son cœur se serrer, puis s'affoler. D'abord, il pense être victime d'une nouvelle hallucination. Mais la lueur persiste alors que le petit garçon a disparu. Finalement, la nuit permanente est une aubaine. Sans elle, il n'aurait sans doute pas repéré cette manifestation lumineuse du génie technologique humain. De fait, c'est la première fois qu'il remercie le ciel d'avoir permis aux hommes d'inventer l'électricité.

Affamé, au bord de la folie, Kurtz accélère le pas, s'agace et se désespère de ne pas avancer plus vite mais ne songe même pas à se délester de son traîneau.

Après de longues minutes d'efforts, il est en nage. Il bénit d'abord cette chaleur nouvelle, puis la maudit quand elle le glace de la tête aux pieds.

Mais il persévère. Cette fois, il vient de poser les pieds sur un véritable chemin. Dans l'obscurité envahissante, il distingue des traces récentes de pneus.

L'image d'un véhicule se dessine et, avec elle, la fin de ses tourments.

Il n'est pas encore parvenu sur le perron que la porte d'entrée s'ouvre sur une force de la nature flanquée de deux molosses. L'homme qui hurle dans une langue inconnue braque devant lui un fusil à pompe et le faisceau d'une lampe torche.

Kurtz essaie d'ouvrir la bouche.

Il aimerait répondre, mais le froid le paralyse. Il s'immobilise. Jamais il ne s'est senti aussi stupide et désemparé.

Le rayon inquisiteur tombe sur son visage encapuchonné.

L'individu détaille son étrange visiteur d'un regard inquiet. Puis, de soupçonneuse, son expression devient franchement hostile quand le rayon de sa lampe tombe sur la tête du carcajou et le traîneau.

Une première décharge de chevrotine se perd dans la neige, à un mètre des pieds de Kurtz.

Puis l'homme hurle encore. Ses gestes brusques sont éloquents. Kurtz doit sortir de son terrain.

Mais Kurtz ne bouge pas, et les chiens grondent.

L'homme en profite pour recharger son arme et tire une deuxième fois, plus près encore des orteils de Kurtz.

Dans un bel ensemble, les molosses descendent une marche, puis une deuxième. À en croire la salive qui s'écoule de leurs babines, ils rêvent d'en découdre avec cette proie pitoyable et muette.

Kurtz fait enfin un mouvement. Sa main droite descend vers la poche de son anorak où il range son arme.

Mais l'homme ne l'entend pas de cette oreille.

En deux enjambées, il rejoint Kurtz. Il pose la gueule de son canon sur le front du fuyard et lui ordonne dans un anglais massacré de sortir immédiatement de son terrain.

39

Aux abords de Paris. Aube du dixième jour.

Après la découverte du corps de Rufus, Daza s'est muré dans un silence empli de souvenirs pénibles.

À ses côtés, Chopelle est dans son élément. Pour lui, le silence est plus familier qu'une compagne. Il a lui aussi été heurté par la vision du cadavre de Rufus. Même si Yann Chopelle n'aime personne.

La base aérienne 105 est déjà loin derrière eux. Évreux a gardé pour elle ses airs de ville morte, et la nuit les a happés.

À présent, ils filent à près de 180 kilomètres/heure sur l'autoroute A13.

Le gyrophare posé sur la plage avant tourne sans un bruit. La lumière bleue passe sur leurs visages avant de couler sur la glissière de sécurité.

Paris se rapproche si vite. Daza pensait ne jamais y revenir.

Sa seule consolation est qu'il va y retrouver sa femme. Malia, si douce, si charmante, si naïve. Si elle ne sait pas grand-chose de sa vie de flic, c'est qu'il a préféré garder pour lui ce qu'elle contenait de pire. Les scènes de crimes, les cadavres, les femmes et les enfants massacrés, les trafics d'humains, l'esclavage contemporain. Toutes ces images, il a voulu les enfouir sous la terre africaine. S'il avait pu, il aurait emporté avec lui toute cette misère. Pour la laisser cuire au soleil ou dévorer par les hyènes. Mais il reste trop peu de hyènes pour digérer autant de souffrance, de rancœur, d'égoïsme aveugle.

Et finalement, rien n'a disparu. Il a suffi de fouler à nouveau le sol de cette France tant chérie, tant honnie, pour que resurgissent les visages et les maux. Celui de Rufus Baudenuit, tanné par le lent travail de la putréfaction, puis de la dessiccation, le hante comme un masque vénitien en cuir fripé.

Découvrir comment Rufus a débusqué Kurtz est essentiel. Si un particulier, fût-il un vieil enquêteur de brigade criminelle, y est arrivé, Daza et l'OCPRF[1] devraient s'en tirer haut la main.

Pourtant, Kurtz n'a pas laissé beaucoup d'indices derrière lui, Daza s'en souvient très bien. L'enquête a conclu sans l'ombre d'un doute à la mort du psychopathe. L'ADN du cadavre carbonisé correspondait aux relevés pratiqués à son domicile. La science ne se trompe pas.

À moins qu'on ne l'y aide.

Il a séquestré un homme de sa taille et de sa corpulence, a récupéré son ADN. Après quoi, il a fait le ménage avant de parsemer sa baraque des cheveux, de la peau, des serviettes, des draps... de l'autre. C'est immonde.

Daza ne peut réprimer un frisson.

– Vous avez trouvé qui est mort à la place de Kurtz ? demande-t-il subitement à Chopelle.

---

1. Office central des personnes recherchées ou en fuite.

L'ancien divisionnaire s'étonne, hésite et finit par répondre sans grande conviction que la priorité est de retrouver Kurtz, non de le confondre.

– Logique.

Après avoir assené ce dernier mot, Daza retourne vers ce silence que les deux hommes affectionnent autant l'un que l'autre.

Il y a une famille quelque part qui attend cet homme, l'espère en vie. Et tout le monde s'en fout.

Au triangle de Rocquencourt, le chauffeur lève le pied.

Ici, l'ancien policier retrouve des souvenirs. En quinze ans de carrière sur le terrain, il a enquêté un peu partout. Perquisitions, planques interminables, filatures, ceux qui n'ont cessé de crier leur innocence lui ont fait arpenter les quatre coins de l'Île-de-France. Les hauts de Chambourcy, la forêt de Marly, il a suivi sous ces frondaisons les traces macabres d'un tueur en série. Il y a même des souvenirs d'enfance. Une partie de sa famille a vécu dans les parages.

Les flashes crépitent dans la nuit. Un au kilomètre douze, l'autre sous le tunnel de Saint-Cloud. Le chauffeur s'en moque, Chopelle aussi.

Maintenant, il y a presque autant de luminosité qu'en plein jour.

Rien n'a changé. Le pont qui enjambe la Seine passe par-dessus les toits de Boulogne. Sous le tunnel qui déverse l'A13 dans le périphérique sud, les lampes murales diffusent une lumière orangée.

Rien ne changera jamais, semble-t-il.

Sauf les hommes.

Cette fois, le chauffeur a nettement réduit sa vitesse.

Les accès au périphérique défilent. Sortie porte de Gentilly, puis trois cents mètres dans les rues désertes, et la voiture se gare dans la cour d'une des annexes de l'OCPRF réservée aux opérations spéciales.

Il est 3 h 05.

Le chauffeur a avalé une centaine de kilomètres en quarante minutes.

Daza ignorait l'existence de cet endroit. Il a pourtant fréquenté le coin. Le stade Charléty se trouve à un jet de pierre, le parc Montsouris à moins de quatre cents mètres. Un quartier anciennement populaire qui s'est embourgeoisé, comme la quasi-totalité de la capitale.

Le bâtiment en vieilles briques mesure deux cents mètres de long et ne paye pas de mine. L'OCPRF doit demeurer discret. Les hommes qui y travaillent proviennent de différentes polices européennes et restent anonymes. Le hangar a d'ailleurs conservé le grand panneau de son ancien propriétaire. D'après ce qu'on peut y lire, il faut s'attendre à y trouver une société de déménagement. Comme pour donner le change, des véhicules de tailles diverses stationnent le long de l'enceinte.

Mais la réalité est tout autre.

À l'extrémité est du bâtiment, au bout d'une rampe, un hayon se lève et la voiture se glisse dans les sous-sols, direction les services techniques.

Yann Chopelle s'extirpe le premier de la voiture.

Il s'étire longuement avant d'inviter Daza à le suivre.

– Nous vous avons alloué un appartement au premier étage, indique-t-il en appliquant son pouce sur un lecteur mural. Vous n'aurez même pas à bouger d'ici.

Un monte-charge leur permet d'accéder à un deuxième sas.

– Je vous donnerai les codes demain matin, explique Chopelle en déverrouillant les fermetures magnétiques. D'ici là, vous ne devriez pas en avoir besoin.

– Pour sortir Médor, peut-être, grince Eliah Daza malgré lui.

Le directeur de l'entrepôt soupire. À en croire les cernes qui ombrent son visage, pour lui, ce n'est plus l'heure de plaisanter.

Le nouveau sas ouvre sur une plate-forme de mille mètres carrés. Une quinzaine de bureaux sans cloison occupent l'espace, articulés autour d'une salle centrale entièrement faite de verre. D'autres salles plus petites se devinent, au fond.

– L'entrepôt, tente Chopelle sans y croire. On l'appelle aussi le hangar.

– Laissez tomber, répond Daza. Vous avez l'air crevé.

– Je n'ai pas la forme agaçante de vos quarante ans, ni goûté aux joies de l'Afrique et du farniente pendant les douze derniers mois. Alors, il y a un peu de ça.

Yann Chopelle lance un regard vaguement envieux vers Daza. Il faut dire que leurs physiques contrastent fort. Eliah Daza est bronzé, porte à merveille les cheveux longs et n'a plus touché un rasoir depuis des mois. Il a le charme d'un aventurier, tandis que Chopelle, celui du petit rond-de-cuir chauve.

– Tant mieux pour vous, d'ailleurs, poursuit-il. Mais tâchez de vous souvenir des ravages de notre boulot. Venez, je vous fais visiter le bateau. La salle centrale, appelée aussi l'aquarium, est destinée à certains interrogatoires ou réunions qui concernent l'ensemble du personnel. Les bureaux sont ceux des membres de l'unité. Nous sommes vingt-cinq au total, mais il est rare qu'il y ait ici plus d'une dizaine d'agents en même temps. Ça reviendrait à dire que nous n'allons jamais sur le terrain. À l'étage où vous irez tout à l'heure se trouvent deux appartements et des bureaux desservis par une passerelle, les piaules des gars sont au deuxième. Quant aux cellules des malfaisants, elles sont au sous-sol. Mais il n'y a personne en ce moment. Vous pourrez rassurer votre femme, si nécessaire. Quant aux quatre pièces du fond, vous y trouverez deux cellules VIP, la réserve d'armes et celle de munitions. En face, de l'autre côté, la cafétéria et, là-bas, l'infirmerie.

– Je ne vous ai jamais entendu dire autant de mots à la suite, s'étonne Daza en riant.

– La fatigue, soyez-en sûr. Ça ne se reproduira pas.

L'un des bureaux est allumé, occupé par l'officier de quart.

– Content de vous revoir, patron, lance un homme au visage fin et à l'accent prononcé. Et vous devez être le commissaire Daza. Stefano Tomazello, enchanté.

– Eliah Daza, répond celui-ci en tendant la main. Je ne suis plus commissaire.

– Flic un jour, flic toujours, rétorque l'Italien avec un sourire amusé.

Daza le déteste aussitôt. Quelque chose dans ses traits, sa voix, un indéfinissable détail, lui rappelle Anthony Rinaldi, traître à la solde de Kurtz. Pourtant, Tomazello est loin d'avoir la beauté et la classe de cet homme au charme vénéneux qui avait tant fasciné Daza. Et puis il sent le vieux cendrier.

– Je n'en suis pas si sûr. À votre accent, je suppose que vous remplacez Rinaldi, je me trompe ?

– Si c'est un mot d'amour pour vous faire adopter, c'est plutôt raté, observe Tomazello avec amertume. Notez bien que tous les Italiens ne se ressemblent pas.

– J'ai bien du sang juif.

– Stefano est notre spécialiste ès-interrogatoires, commente Chopelle. Il a longtemps travaillé en Grande-Bretagne avec les services spéciaux.

– Vous êtes notre bourreau, en quelque sorte, glisse Eliah Daza avec une moue dégoûtée. Je n'aime pas trop employer ces méthodes…

Il a encore à l'esprit le martyre qu'ont vécu les victimes de Kurtz. Les techniques d'interrogatoires, il les connaît. Il a toujours refusé de les mettre en pratique.

– Vous ne touchez personne sans mon accord, c'est clair ?

– On a les premiers résultats de l'Identité judiciaire sur votre macchabée des Alpes, dit Stefano Tomazello, indifférent aux états d'âme de l'ancien commissaire. La mort remonte à plusieurs mois. L'entomologiste de l'IJ est formel. Les bébêtes qui farfouillaient encore dans la cave le prouvent. Coléoptères Dermestidae. Pour l'ADN, il faudra attendre, mais en ce qui concerne les empreintes, on a celles de Baudenuit, de Darblay et une troisième identité non référencée. Peut-être les empreintes de Kurtz.

– C'est déjà ça, approuve Chopelle, l'air satisfait. Et le sang ?

– Ce n'est ni celui de Baudenuit, ni celui de Darblay. Ce qui semble assez surprenant.

– Je donnerais cher pour savoir ce qui s'est passé là-haut, lâche Daza en s'asseyant.

– Dites-moi, annonce Chopelle, je vais rentrer me reposer un peu. Mais avant, j'aimerais que vous me donniez vos premières impressions sur cette affaire.

– Andréas Darblay, répond aussitôt Daza. Il faut chercher Darblay. Ils étaient trois à Thollon. Kurtz, Rufus et Darblay. On sait ce qu'il est advenu de Rufus, on croit savoir que Kurtz est manquant à l'appel. Quid du troisième larron ?

– Logique.

– Pire que ça, même, renchérit Daza. À moi de vous en poser une.

– Je vous écoute, attend Chopelle en croisant les bras.

– Je suis là pour quoi, exactement ? Maintenant, vous pouvez bien me le dire.

– Il n'y a pas d'entourloupe, mon vieux. Vous êtes là parce que le message exigeait votre présence. Rien de plus. Mais je ne sais pas si j'aimerais être à votre place. Dieu seul sait où tout ça nous entraînera. Vous le premier.

40

L'entrepôt. XIIIe arrondissement. Paris. Aube du dixième jour.

Le temps a passé sans qu'il s'en rende compte.

Après le départ de Yann Chopelle, Daza a compulsé le volumineux dossier des affaires liées à Kurtz. De page en page, les minutes ont filé, les souvenirs ont resurgi.

Lui qui pensait avoir un peu oublié s'est aperçu que tout était gravé dans sa mémoire. On n'enterre jamais vraiment ce genre de chose.

Kurtz et ses fours transformés en geôles, ses sous-sols en oubliettes pour femmes inutiles, ses listes de gamins expatriés pour on ne sait trop quelle abomination, tout est là, photos à l'appui.

Kurtz et ses expériences, ses dosages, ses notes et sa démence qui transpire à chaque ligne. Kurtz et son ordre du monde, amoral, dépourvu de la moindre once de compassion.

C'est pour retrouver cet homme qu'il est à Paris. La fatigue aidant, Eliah Daza comprend de moins en moins son choix de la veille. Sa vie avec Malia, l'Afrique, les cieux déployés par-dessus la terre, sans entrave, presque purs, s'étiolent peu à peu.

Et il ne reste que ce bureau sombre, cet ancien bâtiment industriel du XIIIe arrondissement, ce dossier, ces photos et ce désespoir qui s'expose au fil des pages.

Il a bu plusieurs cafés pour tenir – renouant avec une vieille habitude qu'il essaie de perdre et qui lui donne envie de fumer – même s'il sait que le sommeil ne viendra pas, de toute façon.

Dehors, l'aube tarde. L'équateur est bien loin, et Daza doit se souvenir qu'en hiver, à Paris, la lumière est chiche et le lever du soleil très paresseux.

Il y a tant de choses à réapprendre.

À commencer par ces visages, ces noms, ces lieux. Daza sait qu'au cours d'une enquête chaque détail peut avoir son importance. Alors, il potasse. Il bachote même, se gavant jusqu'à l'écœurement pour ne pas faillir le moment venu.

Pour ensuite remonter vers le point de départ, comprendre ce qui s'est passé dans cette maison de Thollon-les-Mémises et retrouver la seule personne qui connaisse la nouvelle apparence de Kurtz : Andréas Darblay.

Daza se prend la tête entre les mains.

Il faut définir qui a fait quoi.

Une chose est certaine. Darblay et Baudenuit sont arrivés dans cet endroit vivants. Mais ensuite ? Quels étaient leurs projets ? Kurtz les attendait-il ou a-t-il été surpris ? Qui a tué Rufus ? Se peut-il qu'Andréas Darblay soit passé de l'autre côté ? Qui était le bourreau, qui était la victime ?

Quoi qu'il en soit, retrouver Andréas Darblay est la priorité. Le sang qui maculait les sous-sols de la maison est un indice troublant. Il n'appartient ni à Darblay ni à Baudenuit et serait alors le sang de Kurtz ou d'une quatrième personne. Les possibilités sont nombreuses et les issues tragiques. À tel point que Daza décide de se reposer avant de rencontrer les autres agents de l'entrepôt. La journée entamée risque d'être longue, et il n'aura sans doute pas souvent l'occasion d'embrasser Malia.

D'un geste rapide, Eliah Daza glisse la carte magnétique dans le lecteur mural. La porte s'écarte du chambranle avec un bruit de succion.

Le patron vous a gâtés, votre femme et vous.

Cette phrase, que Tomazello a prononcée d'un ton mielleux, sentait le reproche, il en est certain. Ce type n'est pas clair. Un flic spécialisé dans les interrogatoires ne peut pas être clair, c'est une évidence pour Daza. L'Italien est imberbe, ses cheveux noirs sont courts, son nez aquilin et ses doigts délicats. Daza l'imagine, penché sur un prisonnier, une seringue à la main, un sourire pervers aux lèvres. Un long frisson parcourt son échine.

L'intérieur du petit appartement est plongé dans l'obscurité relative des nuits parisiennes. La décoration est sommaire. Une table, quatre chaises, un plan de travail avec plaques de cuisson incorporées, un évier et un petit frigo. Par terre, les sacs de voyage attendent ses bras pour être rangés dans l'un des placards.

Eliah referme la porte derrière lui. L'air est chargé du parfum capiteux de Malia. Il traverse rapidement le couloir jusqu'à la salle de bains où il se dévêt aussitôt pour se glisser sous la douche. L'eau tiède fait courir des frissons de bien-être sur sa peau. Il ferme les yeux et tend son visage vers le jet puissant. Quelques minutes passent ainsi. La sensation est délicieuse. Il se frictionne ensuite vigoureusement avant de s'essuyer.

Son reflet apparaît dans le miroir embué, pâle et marqué. Ses cheveux mouillés sont plaqués en arrière sur son crâne. Il n'aime pas ce visage décomposé. Il lui rappelle trop cet Eliah solitaire et mal dans sa peau qui n'avait pour seule fuite en avant que la chasse aux criminels. C'était avant Malia. Avant les enfants.

Le cours de ses pensées l'entraîne vers Clara Darblay, croisée rapidement alors que son père sortait de l'enfer des caves de Kurtz. À l'époque, il avait juste remarqué que la gamine commençait mal dans la vie. Une mère morte en couches, des semaines de séquestration, un père devenu paranoïaque et instable… Avant, il n'avait fait que constater.

Aujourd'hui, c'est différent. Bientôt, il sera père…

Les yeux dans le vague, Eliah se brosse les dents énergiquement puis enfile un peignoir et entre dans la chambre.

Les yeux noirs de sa femme luisent dans la pénombre. Elle lui ouvre les bras. Eliah s'allonge auprès d'elle et pose sa tête sur sa poitrine. Du bout des doigts, elle caresse lentement son front.

– Les petites gesticulent, glisse-t-elle. Tu veux toucher ?

Daza grogne et la pousse délicatement sur le côté pour se coller contre elle. Il enfouit son visage dans ses cheveux bouclés. Ses paumes, posées sur le ventre tendu, cherchent les petits pieds qui repoussent la paroi par à-coups.

– Tu pleures ? demande Malia en serrant les mains de son mari.

Eliah avale sa salive avec difficulté.

– Aujourd'hui, j'ai retrouvé le corps d'un vieil ami desséché au fond d'une cave.

41

XIIIe arrondissement. Paris. Matin du dixième jour.

Clara Darblay est affalée depuis plus de trois heures devant la télévision. Le petit écran crache sans discontinuer des niaiseries pour gamins, depuis l'aube.

La jeune fille a les yeux gonflés de l'enfant qui a mal dormi et pleuré au réveil. Un léger mal de tête la fait grimacer. Elle a faim.

Elle bondit sur ses pieds, enfile un sweat-shirt et avance dans le couloir enténébré. Il y a toujours la même musique, la même voix qui chante. Elle en a marre. Elle a eu du mal à dormir à cause de ça, et maintenant elle aimerait quand même que son père s'occupe un peu d'elle. Elle ne prendra pas son petit déjeuner toute seule dans la cuisine. Pas envie.

La porte de la chambre d'Andréas est entrouverte. Le matin gris traverse péniblement les baies fumées. L'air de la pièce est vicié, empuanti par l'haleine chargée de son occupant et une écœurante odeur de tabac froid et d'herbe séchée.

Ça y est, il a recommencé. Il ne devait plus jamais, il avait promis.

Andréas se redresse. Il a entendu Clara râler dans le corridor.

Ses joues sont encore froissées par le sommeil. Il regarde, immobile, sa fille éteindre le lecteur de CD puis il lui tend des bras maladroits qu'elle refuse d'un geste brusque.

– J'ai faim.

Le ton de Clara est plaintif. Ce n'est pas celui qu'elle utilisait avant pour demander une faveur. Ce ton-là semble avoir disparu à jamais. Les minauderies, les yeux de poupée, tout cela s'est envolé. Dans la voix de la petite, il y a des reproches, beaucoup de reproches et un peu de colère, peut-être même du ressentiment.

Elle me déteste. Je suis détestable, songe Andréas en baissant les yeux. *Je suis une putain de loque*.

– Bouge-toi au lieu de te lamenter.

L'homme est interdit, le père abasourdi, incapable de réagir.

L'ombre de la fillette semble grandir dans la pièce et s'étendre sur le lit, jusqu'à recouvrir Andréas qui se frotte les yeux pour oublier le mirage.

– J'arrive, mâche-t-il.

Il repousse les couvertures, découvrant un corps malingre et gris. Mal à l'aise, Clara détourne les yeux.

Andréas s'habille rapidement, s'approche de sa fille et tente encore vainement une caresse gauche. Sa sueur répand une odeur rance qui fait grimacer Clara.

– Va prendre une douche.

– Clara ! proteste Andréas.

– Mais tu ne sens pas bon ! proteste Clara en s'élançant vers la cuisine.

Elle s'attable et enfouit son visage entre ses bras. Andréas la rejoint. Ses traits tirés trahissent l'inquiétude qui le ronge.

– Je suis désolé, Clara. Je vais te préparer un chocolat, faire couler le café et couper du pain. Pendant que ça chauffe, j'irai me laver. Après, on discutera un peu de ce qu'on va faire dans la journée, d'accord ?

Tremblant, Andréas cherche ses boîtes de comprimés du regard, certain de ne pas les trouver. Shan a fait du bon boulot. Elle a jeté tout ce qui parvenait à le calmer. Sans ça, il se sent mal, son esprit est confus, et il sent mauvais, c'est vrai.

Pendant quelques minutes, Andréas s'affaire sous l'œil amer de sa fille qui ne fait rien pour lui venir en aide.

– Je veux partir d'ici. Tu ne sais pas t'occuper de moi.

Andréas s'accroche au rebord de la table. Ses phalanges blanchissent. Les battements de son cœur s'accélèrent. Il sent monter l'agacement, d'un coup.

– Ce n'est pas moi qui suis venu te chercher.

Brusquement, Clara se lève, renversant sa chaise qui tombe en arrière avec fracas.

– Sale con.

La porte claque.

Andréas regrette déjà. Sa phrase était d'une bêtise absolue, c'est vrai. Mais il ne se sent pas capable de s'occuper d'une gosse. Clara est trop exigeante. Elle lui rappelle sa propre mère, et Andréas déteste ça.

Et puis, une idée très douce vient laver son orgueil bafoué.

Il lui reste encore quelques grammes de résine de cannabis. Pas de quoi s'expatrier au pays abstrait où l'on ne pense plus et où la pesanteur est abolie. Mais c'est déjà quelque chose.

42

Kurtz a mis rapidement de la distance entre les chiens, l'homme au fusil à pompe et lui.

Il n'oubliera pas les yeux de cet homme. Son regard disait qu'il allait tirer. Rares sont ceux qui peuvent le faire, tuer un homme n'est pas un acte aisé. Celui-là aurait appuyé sur la détente. Kurtz ne se trompe jamais sur ce genre de chose.

La distance et le froid. Le froid, le gel qui s'intensifie avec le vent, un froid qui devient compact, présent, épais. Un froid qui enveloppe et pénètre toutes les couches de vêtements avant de s'attaquer aux chairs.

Le traîneau lui paraît tellement lourd, et la nuit, si noire.

À présent, le moindre effort se transforme en supplice.

À tel point qu'il finit par s'asseoir dans la neige.

– Olivier, tu n'es qu'une petite merde ! Une truie ! Un fennec !

Kurtz sent monter les larmes du dépit et du désarroi.

Le but était pourtant si proche. C'est sans doute justement ce qui le malmène tant. Et là, isolé dans cette forêt sans nom qui s'épaissit de nouveau, abruti par l'absence de nourriture, de lumière et la morsure permanente du gel, l'espoir se réduit à la portion congrue.

La vision de l'enfant monte des tréfonds de son inconscient.

Trente ans plus tôt, Olivier a affronté l'existence à travers la cruauté et la perversion des hommes. Il a réussi à s'en sortir, à se forger une personnalité sur ce vide moral.

Il pensait vaincre toujours.

Une image de Thollon-les-Mémises s'impose à son esprit.

Kurtz revoit la porte de la maison, entend le bruit du moteur, la portière qui claque. Et puis les pas dans cette neige bien plus aérienne que celle qu'il foule à présent.

Il avait entrouvert la fenêtre, des oiseaux chantaient haut dans l'air ensoleillé. Il demeurait encore une incertitude. Qui allait entrer ? Ce pouvait tout aussi bien être des renforts appelés par Andréas. Kurtz avait alors fermé les yeux, puis il les avait rouverts sur son assiette garnie de confit de canard fumant.

Surtout, ne pas montrer que je sais, que j'ai encore une fois tout prévu.

Pourtant, il avait réussi à douter, les jours qui avaient précédé le dénouement de l'histoire. Qui, de Rufus ou d'Andréas, allait devenir son Willard ? Kurtz n'avait sur ce point aucune certitude. Il ne pouvait se douter que Rufus lui était indéfectiblement opposé. Seule la haine avait tenu cet homme, jusqu'à ce qu'une balle vienne se loger au milieu de son front.

Ce fut Andréas.

Kurtz l'avait deviné au moment où la porte s'ouvrait. Un sillage olfactif avait trahi son meilleur chien d'attaque.

Quels allaient être les premiers mots de cette nouvelle alliance ?

Kurtz avait goûté ces instants, seconde après seconde. C'était sa victoire, l'absolue limite de ce qu'il est possible de prévoir à partir de données humaines, donc variables.

« Je n'ai pas pu… »

Kurtz avait été déçu.

À cet instant, il avait compris qu'Andréas resterait son vassal.

Il n'aurait jamais d'égal.

Jamais personne à qui confier sa vie. Sa mort, si un jour il le décidait.

Jamais.

Il serait éternellement seul.

Kurtz grogne une plainte. Il se sent si loin de ces instants uniques où tout était possible. Enfin. L'hiver l'a poussé aux limites de son endurance.

Lui qui se croyait invincible va se rompre les reins sur un mur de températures négatives.

Si près.

Sa main gauche a ôté le gant de la droite.

Il reste une solution.

L'automatique sort de la poche de l'anorak et fait corps avec cette peau dénudée. Le cran de sûreté saute.

Une solution encore impensable quelques heures plus tôt.

Il n'y a plus qu'à appuyer sur la gâchette.

L'enfant à la lanterne sourit. Puis la lanterne devient arme, et le sourire s'épanouit.

– Olivier, tu n'as aucune volonté. Tu es le petit souffre-douleur de la vieille pute. C'est tout ce que tu es !

Le canon glacé colle sur le menton de Kurtz, malgré les poils de sa barbe.

C'est l'ultime moyen de garder les rênes de sa destinée.

Il ferme les yeux et crispe tous les muscles de son visage.

Même si c'est un renoncement.

Une seconde encore. Juste une seconde.

Sa mère joue à cache-cache entre les arbres.

L'index appuie lentement, le chien émet un clic.

L'arme ne veut pas. L'automatique s'est enrayé.

– C'est un message, Olivier, articule Kurtz dans un sanglot. Achever ta vie comme ça, c'est encore plus contraire à tes principes que manger de la viande humaine crue. Ce serait un crime contre Dieu lui-même.

Alors, en larmes, il se lève et range son pistolet.

De petits cristaux de glace se forment sur ses joues.

Il va retourner là-bas et, cette fois, il laissera son traîneau.

S'il triomphe, il n'en aura plus besoin. Dans le cas contraire, il n'aura plus besoin de rien.

Une seconde a suffi pour que tout bascule.

Il déteste s'être fait éconduire comme un malpropre. Il voudrait oublier cet homme ou comprendre pourquoi il ne lui a pas ouvert sa porte. Mais c'est impossible.

Pourtant, Kurtz aurait été gentil, il en est certain. On ne fait pas de mal à son sauveur.

43

XIIIe arrondissement. Paris. Dixième jour.

Pour retrouver Andréas Darblay, il suffisait de localiser Clara. Effectivement, la fillette, scolarisée dans le XVIIIe arrondissement de Paris, était hébergée chez Sami Druidi, un ami de son père. Jusqu'il y a peu.

Loin d'être irrité par le contretemps, Eliah Daza apprécie cette concordance des mouvements. Quand tout le monde bouge simultanément, c'est qu'il va bientôt se passer quelque chose.

Il a immédiatement contacté Druidi et insisté pour se faire établir une description plus précise de la jeune personne qui a intercepté Clara sur le chemin de l'école. Mais la nourrice, encore sous le choc, était incapable de rassembler ses souvenirs.

En revanche, la liste des appels entrant chez Druidi a immédiatement permis de localiser Andréas, planqué dans un appartement du XIIIe loué au nom de sa femme disparue, Sarah Engelhard.

C'est ainsi qu'Eliah Daza se retrouve dans l'un des endroits les plus étonnants de cette ville cosmopolite. Autour de la *dalle*, les immeubles dépassent les trente étages. Dessous, un centre commercial, fermé depuis belle lurette, offre à la délinquance locale un magnifique terrain de jeu. Les appartements qui occupent les immeubles sont pour certains de véritables manufactures de textiles. Il y en a pour tous et pour tous les goûts. Mais rien ne passe en TVA. C'est l'unique certitude. D'autres servent de laboratoires pour la vente de pâtés impériaux à emporter. Le XIIIe réunit la plus importante communauté chinoise de France. Et la dalle est le centre de cette extension de l'Empire du Milieu.

En foulant l'immense esplanade, Daza ne peut s'empêcher de songer à Rufus Baudenuit. C'est ici qu'il a commencé sa carrière. Ici qu'il a fait son expérience et s'est heurté à la banale violence des hommes parqués dans des quartiers surpeuplés.

L'immeuble où aboutit la ligne téléphonique d'Andréas Darblay est juste devant, au-dessus de lui. Un village de mille cinq cents habitants, répartis sur trente-cinq étages.

Sans hésiter, Daza sonne directement chez le gardien. Pas question de tenter Engelhard. Ça fait longtemps que, dans ces quartiers, on n'ouvre plus qu'à des connaissances.

Une Asiatique d'une quarantaine d'années vient lui ouvrir au bout de vingt secondes. Elle a l'air méfiant d'une vieille paysanne et la peau lisse d'une gamine.

Un quart d'heure de palabres plus tard, Eliah Daza accède au dix-septième étage avec des informations réjouissantes. La veille, une jeune femme a demandé à entrer. Elle était accompagnée d'une fillette et d'un chien-loup. C'est Y'Tien, le fils de la concierge, qui a ouvert la porte. Daza trouve cela presque trop facile mais, pour une fois, il va éviter de s'inquiéter. La chance lui sourit, il en profite.

Finalement, plus vite il aura mis la main sur Kurtz, moins il aura à lutter contre une envie de fumer grandissante et plus vite il retournera à sa vie avec Malia.

Dix-septième étage, porte F, il appuie sur la sonnette.

Des bruits de cavalcade résonnent derrière la porte, puis plus rien. Alors il pose son doigt sur la sonnette et l'y laisse. Le vantail s'entrouvre bientôt sur un visage connu et méconnaissable en même temps, bouffi et défait.

– Ouvrez, Andréas. C'est Eliah Daza.

Dans l'entrebâillement, les yeux sont incapables de s'étonner. Le vantail pivote lentement et Daza pénètre dans l'appartement.

– Bonjour, monsieur Darblay. Vous ne me demandez pas ce qui m'amène ? commence l'ancien commissaire qui retrouve ses vieux réflexes, les phrases et les questions maintes fois ressassées.

– Je..., bredouille Andréas, hagard. Non. Vous voulez quoi ?

– Votre version des événements de Thollon-les-Mémises.

Les yeux fixés sur le visage de son interlocuteur, Daza n'en dit pas davantage.

– Je croyais que vous aviez quitté la police, lâche enfin Andréas.

L'une de ses mains s'agrippe à l'autre. Les doigts attaquent leur travail fébrile d'épluchage.

– Vous croyez mal, provoque Daza. Vous êtes nerveux ?

– J'ai mes problèmes.

– Et pour Thollon, vous me racontez ça ici, dans le couloir ?

Andréas tourne les talons, Daza dans son sillage. L'appartement est dans un état de désordre avancé, et une odeur aigre rôde un peu partout, mêlée à celle du cannabis. Avec des gestes mal assurés, Andréas éteint la télévision et débarrasse le sofa des journaux qui y traînent.

– Vous carburez au shit ? interroge Daza.

Un sourire gêné enlaidit les traits tirés d'Andréas Darblay qui s'immobilise.

– Je me fais du bien, commissaire. Personne d'autre que moi n'y arrive.

– Je n'en doute pas, le rassure Daza. De toute façon, je ne suis pas là pour ça. Alors, que s'est-il passé à Thollon ?

Au même moment, l'irruption de Clara efface le mot qui se formait sur les lèvres d'Andréas.

– Bonjour, Clara, claironne le policier d'un ton qui se veut léger.

La jeune fille répond d'un signe de tête un peu hésitant.

– Je suis un ami de ton père, explique Daza. Et pour le moment, nous avons besoin d'être seuls.

– Vous n'êtes pas un ami, il n'a pas d'ami, assène la fillette. Vous êtes flic.

Daza fronce les sourcils, Andréas aboie :

– Clara, sors d'ici…

La gamine obtempère, ses lèvres boudeuses s'arrondissent.

– Fais chier.

Les deux hommes ignorent la remarque et la porte qui vient de claquer.

– Vous disiez ? lance Eliah Daza.

– Elle… j'ai bousillé sa vie.

Incapable de mentir à Andréas ou de lui faire la morale, Daza élude. Bientôt, il aura lui-même la charge d'éduquer deux fillettes métisses dans un environnement parfois plus hostile encore que celui dans lequel évoluent Andréas et sa fille.

– J'ai besoin de ces informations, Andréas. C'est primordial. C'est urgent, même.

Andréas se frotte le visage et sèche les larmes suspendues à ses cils.

– Ça s'est mal passé, commence-t-il, les yeux braqués sur la moquette crasseuse. On a réussi à retrouver Kurtz, Rufus et moi. Et ça ne s'est pas déroulé comme on l'espérait.

– Ça, je l'ai remarqué.

– Vous… vous y êtes allé ?

– Où est Kurtz ? demande Daza sans répondre.

Un étrange sourire passe sur le visage d'Andréas Darblay.

– Je ne sais pas. Ça s'est mal passé, je vous l'ai dit. Et j'ai réussi à m'enfuir.

– Comment avez-vous retrouvé la trace de Kurtz ?

– Pas nous, lui.

Terriblement mécontent, Daza grogne. Les réponses énigmatiques d'Andréas ne l'éclairent pas assez vite.

– Kurtz m'a adressé un colis par la poste.

– Où ça ? Chez vous ? Vous n'y étiez pas…

– Non, à la pension des sœurs Debusschère, au Touquet, le coupe Andréas. C'est lui qui m'a retrouvé, j'ignore comment.

– Il vous disait comment le rejoindre ?

– Le cachet de la poste, explique Andréas. C'est Rufus qui s'est occupé de tout.

– Évidemment, soupire Daza. Évidemment, Rufus s'est occupé de tout. Donc, vous retrouvez la trace de Kurtz à Thollon, vous y allez et…

– Et ça a foiré.

– D'accord, mais quoi ? insiste Daza, un brin agacé.

– On ne peut pas surprendre Kurtz, c'est impossible.

Les genoux d'Andréas se heurtent en cadence. Il tremble.

– Kurtz sait tout, ajoute-t-il sèchement.

– Vous m'exposerez les détails plus tard, si vous le voulez bien, tente Daza. Mais dites-moi au moins une chose : pourquoi n'êtes-vous pas venu raconter tout ça à la police ?

Andréas se rejette en arrière dans son fauteuil et accompagne son geste d'une sorte d'aboiement dément.

– Vous me faites marrer avec votre flicaille ! couine-t-il. Mais je les attends encore, moi, les sauveurs du monde. Qui va me protéger de Kurtz, si je ne m'en occupe pas moi-même ? Hein ! Qui ?

– Calmez-vous, mon vieux. Je sais par quoi vous êtes passé, vous et votre fille.

– Non, vous ne savez rien ! poursuit Andréas sur le même ton. Rien. Vous n'avez jamais eu idée de ce qui s'est passé ! Sinon, vous ne nous auriez pas abandonnés, Rufus, Thomas et moi.

Déstabilisé par les dernières paroles d'Andréas, Eliah Daza s'interrompt un instant. Il n'est pas question de refaire l'histoire ni de se laisser culpabiliser. Il lui faut la vérité, pourtant les mots sont durs à entendre.

Alors il fixe Andréas, les lèvres pincées, et il attend. La méthode a déjà fait ses preuves et il en abusera tant qu'elle fonctionnera.

– Quoi ? Quoi ? s'énerve soudain Andréas, incapable de soutenir le regard du policier.

– Vous avez loué cet appartement sous le nom de votre défunte femme, reprend Daza très calmement. Comment payez-vous tout ça ?

D'un geste circulaire, Daza désigne l'appartement.

– Je veux l'immunité, s'écrie Andréas. J'ai droit à un avocat, je…

– Mais je ne vous reproche rien, l'interrompt Daza, toujours aussi calme. Pourquoi diable me parlez-vous d'immunité ? Avez-vous des raisons de craindre personnellement les résultats de l'enquête en cours ?

Andréas s'est refermé comme une huître. Ses lèvres tremblent et ses mains s'agitent. Daza comprend alors qu'il s'est planté. L'homme n'est pas mûr et risque d'exploser à tout moment.

– OK, concède-t-il en se levant. Vous allez m'accompagner tous les deux. Ce n'est de toute façon pas moi qui vous signerai l'immunité. J'ai beaucoup de pouvoir, mais pas celui-là.

44

XIIe arrondissement. Paris. Dixième jour.

L'ombre se glisse sur le Freycinet pendant que Shan dort devant la cheminée. La jeune femme est recroquevillée sous son gros gilet beige. Elle ronfle légèrement.

L'ombre n'a pas remarqué le chien posté devant la cabine du marinier. Et lorsqu'elle tente de forcer l'entrée, c'est à des crocs luisants qu'elle doit faire face. Nassau n'a pas seulement l'air féroce.

Le bruit des pattes du gros animal sur le plancher a réveillé Shan.

Elle bondit, son arme à la main.

Mais devant le spectacle qui l'attend à l'extérieur, elle éclate de rire. Le type encagoulé de noir est pâle à faire peur.

– Nassau, laisse.

Le berger allemand recule à regret, avec un grognement plaintif, alors que Shan invite le jeune homme à entrer. Quand elle referme la porte, son sourire se mue en grimace.

– Qu'est-ce que tu fabriques ici ? Tu veux nous perdre ou quoi ?

C'est Luka, celui du dessin. Elle se souvient maintenant. Luka, son frère, toujours plus fort qu'elle aux échecs. Luka plus rapide à la nage, mais pas sur les toits. Luka qui dit « ui », pas oui.

Le jeune homme enlace Shan avec force.

Elle ne ressent rien. Qu'une vague sensation de dégoût. Pourtant, cet homme-là a partagé avec elle beaucoup plus que n'importe qui ne le pourra jamais. Ils ont dormi côte à côte pendant de longues années. Il lui a parfois serré la main ou séché une larme.

Jusqu'à ce que, ce fameux jour d'anniversaire, elle n'ait plus envie d'être touchée ou consolée.

– Tu m'as manqué, sœurette.

Nassau gronde encore, Shan l'apaise d'un geste.

– Il te quitte jamais d'une semelle, celui-là.

– Jamais, lâche la jeune femme en se détachant de l'étreinte. Et tu devrais prendre garde, il adore bouffer les couilles des emmerdeurs.

Avec un petit rire, Luka se jette sur le canapé.

– T'es cinglée, Seven. T'as fait des dégâts dans les rangs.

La jeune femme attrape deux tasses qu'elle remplit de café frais. Elle renonce à lui demander de l'appeler autrement que Seven. Il en est incapable.

– Tu as vu ? dit-elle en montrant la cicatrice qui lui barre le visage. Ils m'ont fait ça à Berlin.

– C'étaient les ordres.

– Oui, bien sûr, murmure-t-elle d'un ton sinistre.

Un long silence s'installe entre les deux jeunes gens. Shan invite Nassau à la rejoindre sur le canapé. Elle lui prodigue de longues caresses sous l'œil attentif de son frère.

– Comment tu vas ? demande brusquement Luka.

Les petites antennes de Shan se mettent à vibrer. Elle se redresse, les doigts crispés dans le pelage de Nassau.

– Bien.

– Je dois vérifier.

Shan serre les dents. Cette fois, le badinage s'est terminé avec le café. Le visage de Luka s'est fermé, son regard est devenu presque noir. La jeune femme connaît cette expression. C'est l'heure de rendre des comptes.

– C'est pour ça que tu es là ?

– C'est pas ta planque, Seven. T'as rien à foutre ici. J'aurais pu te descendre. Quelle est ta prochaine mission ? demande Luka.

Il a posé la main sur la crosse de son arme et fixe Shan avec insistance.

Ignorant le canon du pistolet dirigé vers elle, elle se lève, s'approche du hublot et laisse errer son regard sur les lumières du parc de l'Arsenal. Un filet de sueur coule le long de sa colonne vertébrale.

Andréas est le donneur d'ordre. Il fait exécuter les plans. Il choisit les groupes les plus aptes. Trois membres par groupe, voire moins, après les pertes.

Trois à Berlin, soit neuf individus dont deux morts laissés sur place. Tous élevés dans les Carpates. Des ombres.

– Seven, quelle est ta prochaine mission ? répète Luka.

Il s'est approché, il est à quelques centimètres de sa sœur. Le canon de son arme flirte avec les cheveux blonds de Shan. Nassau s'est levé. Il grogne, menaçant.

– Laisse, Nassau, ordonne Shan.

Quelle est leur mission ? Quelle est notre mission ? Si je ne réponds pas, il va me tuer. Ce sont les ordres. Éliminer les brebis galeuses ou dangereuses pour la meute. Je suis dangereuse.

– Obéir, lâche Shan.

Je dois me sortir de là.

Pour eux, je suis une menace.

La pression sur son crâne est encore plus forte. Elle entend Luka armer l'automatique.

– Sœurette, je ne peux pas te laisser faire. Tu as tué Five, tu n'as pas reconnu ton propre frère.

Bonjour, mademoiselle, je suis l'inspecteur Delafosse.

Je suis Five, je travaille avec toi... Tu dois être opérationnelle dans trois jours.

Qu'est-ce que je dois faire ? Qu'est-ce que je dois dire ?

– Attends !

Brusquement, Shan se retourne. Elle tend une main tremblante et s'agenouille devant son chien.

– Tu me promets de prendre soin de lui ?

Quelle est la mission ? Mais trouve, vite !

Luka recule de quelques mètres en secouant la tête.

– Je ne peux pas. S'il t'arrive quelque chose, il me bouffera, la carne.

Accrochée au cou de Nassau, Shan secoue la tête.

Gagner du temps, quelques secondes. Sinon, il va tirer. Il a été programmé pour ça. Il ne va pas hésiter.

Méfiant, Luka déverrouille le cran de sûreté.

Quel est ton préféré ? Quel est celui que tu aimes le plus ?

– Je te laisse dix secondes, sœurette. Parce que c'est toi.

10, 9... Ma mission.

Devant ses paupières crispées, Shan voit défiler des visages, elle retrouve l'odeur de la chair brûlée par la poudre. Devant, sur le front de Five, il y a un petit trou. Derrière, l'os a éclaté et libéré une matière gélatineuse et sanglante. Elle sent la présence du maître derrière elle.

C'est bien, tu apprends et c'est tout ce qui compte.

Après, elle a dû rouler le corps dans un sac et nettoyer. Le sang s'est mêlé à la terre. À la place, elle a planté des herbes aromatiques. Maintenant, la mort a le goût de la menthe et du romarin.

6, 5... Je vais sentir bon.

– Stop !

Shan a crié. Elle n'a pas le choix. Elle va se lancer, réciter un truc. Si c'est inexact, elle prendra une balle dans la tête. Sa seule consolation, c'est que son cher Nassau ne laissera pas partir ce Five – ou ce Six, qu'importe son nom – vivant non plus.

Est-ce qu'il va lui bouffer les couilles ?

Quand elle se redresse, elle semble sûre d'elle. Luka ne peut pas deviner qu'elle a le cœur au bord des lèvres et la poitrine prête à exploser.

– Je vais te dire ce qu'est la mission. Et après, tu arrêteras tout ce cirque, c'est clair ?

– Vas-y.

Shan prend une grande inspiration. Elle est douée pour jouer la comédie.

Ça ne peut être que ça.

– Je, tu, nous, sommes la meute, récite-t-elle lentement, seule la meute compte, tout ce qui n'est pas nous doit ignorer notre existence, tout ce qui s'oppose à nous doit être éliminé, par tous les moyens. Jusqu'à ce que notre destin s'accomplisse.

Abasourdi, Luka abaisse son arme. Shan retient un profond soupir de soulagement. Un nouveau silence s'abat sur la cabine du bateau.

En cas de pépin, la première des Seven prendra la direction des opérations.

Après un long moment, Shan se décide à bouger. Elle enfile son gros gilet et sort sur le pont. Elle est rejointe par Luka quelques secondes plus tard.

– Le patron est hors service, lance-t-elle subitement. Je deviens le patron.

Les règles sont claires en cas de problème. Seules les Seven sont habilitées à diriger la meute. Et malgré ses doutes et sa défiance à l'égard de cette Seven-*là*, Luka n'a pas le choix. De toute façon, il n'a rien à opposer. Sinon, il prendra une balle dans la tête. Tout simplement.

– Justement, dit-il, j'ai besoin du matériel. J'ai des listes à distribuer aux autres. Pourquoi tu n'as rien dit ?

– Va te mettre au boulot, et n'en parlons plus, dit-elle en haussant les épaules. Tout est en bas.

Alors qu'il se penche vers elle pour l'embrasser, Shan recule précipitamment et s'accroche au bastingage.

– Qu'est-ce qu'il y a ?

– Ne me touche pas, ne me touche plus. C'est tout.

Luka s'éloigne vers les cales.

– C'est pour quand ? lance-t-il sans se retourner.

– Bientôt.

45

L'entrepôt. XIIIe arrondissement. Paris. Dixième jour.

Le hangar grouille d'activité. Une quinzaine d'agents sont présents, effectif beaucoup plus important que la normale.

Depuis quelques minutes, Andréas Darblay et sa fille Clara sont assis dans le bureau en verre situé au centre de l'espace de travail. Ils se sont installés à deux mètres l'un de l'autre, la gamine boude ostensiblement son père.

Eliah Daza et Yann Chopelle s'apprêtent à les rejoindre.

– Je ne sais pas trop quoi en penser, dit Daza en tournant le dos à la paroi vitrée. Je me souviens d'un type au bout du rouleau. Mais c'était normal, il était passé par les geôles de Kurtz. Là, il est…

– Toxico, achève Chopelle, qui a compris où voulait en venir son interlocuteur. Il a foutu le camp de l'HP et se soigne tout seul, à mon avis. Remarquez, les victimes n'ont pas d'obligation de soins, et les toubibs, aucune obligation de suivi. Marieck et sa femme, Darblay, Baudenuit… Combien de victimes de Kurtz ne s'en remettront jamais ?

– Là, vous versez dans la sensiblerie.

– Décidément, lâche Chopelle, vous êtes vraiment devenu con.

– Peut-être, répond Daza avec un sourire triste. Plus sérieusement, ce type pue le coup fourré. Regardez, même sa fille ne peut plus le voir en peinture.

– On va le faire mijoter un peu et il crachera ce qu'il sait. Croyez-moi, Darblay n'est pas un criminel et lorsqu'il aura passé quelques heures dans le bocal à poissons…

– L'aquarium !

– Quoi ?

– On dit l'aquarium.

– Putain, Daza ! se fâche Chopelle.

– Oui !

– On n'a pas le temps de déconner.

– Je sais. Mais vous voulez que je vous dise ? Ça me fait du bien de vous chambrer de temps en temps. Vous m'avez tellement pourri la vie !

– Trouvez les infos nécessaires et sortez-moi ce pauvre type de là ! râle Chopelle.

– Vous faites dans le délit de bonne gueule, maintenant ? Tout ça parce que Darblay a la tête du parfait shooté ! Moi, je vous dis qu'il est passé de l'autre côté. Je le sens. Vous ne me ferez pas changer d'avis.

– On vous a donné carte blanche, c'est le moment de vous en servir, rétorque Chopelle avec amertume. Prouvez-le d'abord, on en discutera ensuite.

Au moment d'entrer dans la salle d'interrogatoire, Daza se ravise et se tourne vers son ancien divisionnaire.

– Ôtez-moi un doute…

– Pas de détail, pas de dentelle, réplique aussitôt Yann Chopelle. Il veut qu'on le lave des crimes hypothétiques qu'il a commis ? Eh bien, lançons le programme lavage forcé et immunisons. Ce que je veux, c'est Kurtz.

– Je n'engagerai pas ma parole pour que vous reveniez dessus plus tard, gronde Daza.

– Personne ne vous le demande.

– Le papier que vous venez de signer est officiel ?

– Pour qui me prenez-vous ? s'offense faussement Chopelle. Ma parole vaut bien la vôtre.

– Ce n'est pas ce que j'insinuais, recule Daza. Je faisais plutôt référence à celle de la République.

– Et vous savez ce qu'elle vous dit, la République ?

– Vous marquez un point. Finalement, vous avez raison, j'ai dû me ramollir en Afrique. J'espère qu'il n'est pas signé à l'encre magique, votre papelard, parce que moi, j'ai des girafes à soigner !

Sur ce, Eliah Daza pivote sur lui-même et entre dans la salle.

Seule Clara se retourne à l'arrivée des deux policiers. Andréas demeure prostré sur sa chaise.

– Qu'est-ce qu'on va faire ici ? demande la fillette aussitôt. Je ne veux pas rester, moi.

– Alors, ça tombe on ne peut mieux, s'écrie Yann Chopelle avec un enthousiasme un peu forcé. Parce que, pour le moment, tu vas t'installer au bureau qui est libre là-bas. Tu peux te servir de l'ordinateur. Il y a des tas de jeux. Allez, ouste !

Clara ne se fait pas prier et quitte la compagnie des trois hommes sans même un regard pour son père.

Après avoir verrouillé la porte, Daza s'installe face à Darblay. Chopelle, lui, reste debout, raide et emprunté.

– Qui est-ce ? demande Andréas.

– L'artisan de votre sésame, rétorque Daza sèchement. Je vous présente Yann Chopelle. Ici, c'est lui la plus haute autorité.

Le directeur de l'entrepôt répond au regard curieux d'Andréas par un bref hochement de tête.

– Alors, c'est à lui que je veux parler, souffle Andréas. À lui seul.

Un sourire cynique court sur ses lèvres.

Chopelle a tressailli. Il ouvre brusquement la porte et sort sans un mot, enveloppé de son odeur aigrelette.

– Ici, ce n'est pas le prévenu qui choisit, désolé.

– Alors, je ne parle pas.

Daza émet un petit rire. Il se sent de bonne humeur, la tête défaite de Darblay et ses mains tremblantes sont autant de signes favorables. L'interrogatoire sera facile à mener. L'homme est au bout du rouleau, il ne manque pas grand-chose pour le faire craquer.

– Ce que j'aimerais comprendre, lâche Eliah Daza, c'est pourquoi vous vous butez comme ça. Vous voulez que je vous dise, Andréas ? On dirait que vous protégez Kurtz !

Les doigts dans la bouche, Andréas se ramasse sur lui-même. Un peu plus et il cracherait ses peaux sur la table.

– Vous voulez un café ?

Sans attendre la réponse, Daza lève une main, l'index et le majeur tendus vers le haut. Quelques minutes plus tard, Tomazello entre et pose deux gobelets fumants sur la table.

– Vous parlez et j'adoucirai votre prochaine nuit. Ici, on a une grande pharmacie et tout ce qu'il faut pour avoir un sommeil agréable. Ça vous dit ?

Andréas attrape son gobelet et trempe ses lèvres dans le breuvage brûlant. Un lourd silence s'installe dans l'aquarium.

Soudain, les yeux habitués de Daza remarquent une activité fébrile dans les bureaux adjacents. Il hésite quelques secondes, se lève brusquement et quitte la pièce sans un mot.

Il retrouve Chopelle devant un ordinateur, en grande conversation avec un officier étranger. L'homme, un Allemand, parle un français à peine haché. Il salue brièvement Daza et se présente avec une rigueur toute germanique.

– Peter Seipel, bonjour.

Sans attendre de réponse, il se retourne vers le clavier du PC, tape rapidement quelques ordres. Presque aussitôt, la photo d'une jeune femme blonde s'affiche sur le moniteur. Un avis de recherche a été diffusé depuis l'Allemagne et circule dans tous les services de l'anti-terrorisme.

Puis d'autres images, capturées celles-ci sur la bande-vidéo de surveillance de l'immeuble de Darblay, la montrent flanquée d'un énorme chien-loup.

– Elle était sur place lors des événements du début du mois. Elle s'est volatilisée de l'hôpital berlinois où elle était prise en charge avec d'autres victimes. Ce qui a alerté la police, c'est qu'elle s'est enfuie par les toits. Ce qui n'est pas courant, vous l'admettrez !

– Quels événements ? demande Daza.

– Visiblement, vous n'aviez pas la télé dans votre case africaine ! lance l'officier Seipel avec malice.

En quelques phrases, il expose à son collègue français les données disponibles sur l'attentat meurtrier de l'Alexanderplatz : l'identité des leaders néonazis morts, le nom des groupuscules armés capables d'un tel carnage et la liste des victimes civiles.

– Pourquoi, d'après vous ? interroge Daza. Pourquoi dégommer ces types ?

– Les groupes néonazis sont très actifs en Allemagne. Berlin et la région du Brandebourg sont particulièrement touchés. Là-bas, dans certaines petites villes, il y a des quartiers interdits aux non-Blancs.

Daza sent un frisson de colère le submerger.

– Que voulez-vous dire exactement ?

– Qu'un homme ou une femme de couleur a de fortes chances d'être tué si il ou elle s'aventure dans cette zone. En 2006, un petit Éthiopien de douze ans a été battu à mort à Potsdam. La même année, c'est un membre du gouvernement, Turc d'origine, qui s'est fait tabasser.

Eliah Daza cherche aussitôt Malia des yeux.

Elle n'est pas là.

Il ne veut pas qu'elle entende ce genre d'horreur, même s'il sait qu'il ne pourra pas la protéger toujours. Ce qui est dingue, c'est qu'en Afrique c'est lui qu'on regarde de travers, souvent. Qu'en sera-t-il de ses enfants ?

– Nous avons émis plusieurs hypothèses, dont celle d'un groupe de citoyens excédés par des exactions commises par les néonazis, reprend Peter. Mais rien ne tient la route. L'analyse des bandes de vidéosurveillance montre que les meurtriers sont très habiles, extrêmement rapides et coordonnés. Nous avons affaire à des virtuoses du crime, des bouchers. Et nous n'avons eu à ce jour aucune revendication.

– Vous avez pu interroger cette jeune femme ?

– Elle était incapable de nous répondre, trop sous le choc. Amnésie, selon le toubib. Elle a pris une balle et un sale coup sur la tête.

– Et vous voulez me faire croire qu'elle s'est barrée par les toits ? demande Daza, sceptique.

Peter Seipel opine.

– Passez-moi le dossier, j'y retourne, lance l'ex-commissaire.

Il attrape la chemise cartonnée et fait volte-face. Moins d'une minute plus tard, il est face à Darblay qui sirote toujours son café, les yeux dans le vague.

Eliah s'aperçoit qu'il lui a chipé le sien.

– Darblay, faudrait peut-être pas déconner, le café, c'est sacré, ronchonne-t-il, contrarié.

Il balance son pouce en l'air, le regard rivé sur le visage d'Andréas. Mais il ne parvient pas à accrocher ses yeux fuyants.

– Qui est-ce ?

Lorsque Daza pose la photo de la blonde devant Darblay, ce dernier y jette un rapide coup d'œil et repousse le cliché loin de lui.

– Je ne la connais pas. Je veux parler au chef.

– C'est à moi que vous avez à faire, à personne d'autre.

– C'est pas vous qui pouvez me protéger. Je ne dirai rien.

– Où est-il ? Où est Kurtz ? demande Daza en posant la lettre à côté de la photo de la jeune femme.

Puis il étale plusieurs clichés pris juste après l'attentat de Berlin. Des corps, des visages grimaçants, des membres ensanglantés.

– Vous voulez compter les morts avec moi ? demande-t-il en plaçant une boîte d'allumettes sur la table. Vous allez voir, c'est facile. On commence par Rufus, d'accord ?

Andréas se met à trembler.

Excédé, Daza étale quelques allumettes puis il en dépose une juste devant son interlocuteur.

– Une pour Rufus. Voilà. Voulez-vous disposer vous-même celles des victimes de Berlin ? On fait un carré barré pour cinq personnes, c'est très simple.

Puis il renverse le contenu de la boîte devant Andréas.

– Pensez-vous que ça va suffire ?

– Arrêtez, s'il vous plaît !

Daza fixe longuement Andréas, repousse les allumettes par terre et rapproche les photos du plat de la main.

– Où est Kurtz ? Qu'en avez-vous fait ? Qui est cette femme ? Que faisait-elle à Berlin ? Que faisait-elle hier en bas de votre immeuble ?

– Je ne sais pas, bredouille Andréas. Je ne sais pas.

Mais il pressent qu'une chose peut le sauver, peut-être. Daza ne semble rien savoir. Il ne connaît pas la nature de ses activités et pense simplement qu'il a fait du mal à Kurtz.

– Faire du mal à Kurtz, couine Andréas en verbalisant ses pensées, moi, faire du mal à Kurtz !

– Que s'est-il passé à Thollon ? Comment vous en êtes-vous sorti ?

– Je ne dirai rien sans la protection de la police.

– Si vous ne parlez pas tout de suite, menace Daza, vous allez prendre pour le meurtre de Rufus : non-assistance à personne en danger, complicité de crime, non-dénonciation d'un assassinat. Je n'ai pas de temps à perdre. L'heure tourne, Darblay. J'ai déjà été assez patient.

– Kurtz est vivant.

– Vous vous foutez de ma gueule ! s'exclame Daza. Je le sais, qu'il est vivant, bon Dieu ! C'est écrit là !

Il agite la lettre enfermée dans la poche plastique sous le nez d'Andréas.

– C'est vous qui l'avez envoyée ! Pourquoi ?

– Non, non, c'est pas moi, c'est elle !

– Vous voyez bien que vous la connaissez ! triomphe Daza. De plus, votre ami Druidi a confirmé que vous l'avez envoyée chercher votre fille.

– C'est faux ! Je ne l'avais jamais vue ! Avant !

– Avant quoi ?

Eliah Daza se lève et tourne autour d'Andréas. Il attrape au vol le café que Tomazello lui passe en râlant par la porte entrebâillée.

– Avant quoi, Andréas ? Répondez !

Le ton de Daza est devenu menaçant. Il doit s'avouer que cette histoire de groupes néonazis qui se massacrent entre eux, ça le rend nerveux. Il n'a qu'une envie, retrouver Kurtz, le boucler une bonne fois pour toutes et se tirer de là. Conduire sa femme à l'abri, sa femme et ses bébés.

– Vie de merde, mâche Daza.

Il fixe Andréas qui reste muet.

Soudain, il envoie violemment son pied sur la table qui se renverse avec fracas. Andréas s'est levé par réflexe. Il se colle à la paroi en verre comme un enfant terrorisé.

– Qui est cette femme ? articule Eliah Daza avec une subite froideur.

Il s'approche du suspect jusqu'à sentir son haleine chargée.

– Ne me faites pas de mal ! hurle Andréas.

Il agite les mains en direction des membres du bureau. Certains, attentifs et curieux, suivent le déroulement de l'interrogatoire. Yann Chopelle s'est assis sur un coin de table. Il observe Andréas et Daza, un portable coincé entre l'oreille et l'épaule.

– Ils peuvent vous voir, ajoute-t-il.

– J'ai carte blanche, mon vieux. Ça peut être tout bon ou tout mauvais. C'est à vous de choisir.

– Je ne connais pas son nom, murmure Andréas, les yeux accrochés aux silhouettes de l'autre côté des parois blindées.

Des silhouettes soudain indifférentes qui ont repris leur train-train habituel. Seul Chopelle le fixe encore, mais Andréas comprend qu'il n'y a rien à espérer de ce côté, ni d'ailleurs.

– Elle a ramené ma fille, lâche-t-il enfin. Elle a dit que…

Andréas avale sa salive avec difficulté.

– … elle a dit qu'il était en danger.

– Kurtz en danger ! Vous vous foutez de ma gueule et je déteste ça. Qui est-elle ? Quels sont ses rapports avec lui ?

– Je l'ignore. Tout ce que je peux vous dire, c'est que j'ai vu Kurtz après son opération, poursuit Andréas. Je sais à quoi il ressemble. Je peux vous aider à le retrouver. Mais je ne parlerai qu'avec la promesse d'une protection policière et d'une nouvelle identité pour moi et pour ma fille.

Daza se met à rire. C'est un rire jaune, désabusé, nerveux.

– Mais vous vous croyez où ? Dans un film ? Si vous parlez, on lui mettra la main dessus, et ce sera ça, votre passeport pour la liberté.

La voix de Daza a tremblé sur la fin de la phrase. Décidément, il regrette à chaque seconde d'avoir accepté cette mission. Il n'a plus la volonté, l'expérience, les nerfs pour se confronter à des types comme Darblay. Là, il n'a qu'une envie, le massacrer à coups de poing jusqu'à ce qu'il parle. Trop de tension d'un coup, trop de fatigue accumulée, trop d'émotions. Le corps de Rufus, pourri dans la cave de la maison de Thollon, après Cécile et Béranger, c'était trop. Trop pour un seul homme qui, un an auparavant, avait décidé de tout plaquer pour revenir à une vie plus calme, plus sereine.

Il pose ses mains sur les accoudoirs et approche son visage à quelques centimètres de celui du suspect qui s'est raidi sur sa chaise.

– Sauf si vous avez participé de près ou de loin au meurtre de l'inspecteur Baudenuit, articule-t-il avec froideur. Là, c'est à moi que vous aurez à faire. Je déteste les types qui retournent leur veste. Baudenuit était votre ami, il me semble, et quand on trahit ses amis, ici, il n'y a pas d'amnistie.

46

La lune jette son voile brillant sur la forêt. Kurtz avance.

Maintenant qu'il a fait demi-tour, il sait que plus rien ne le détournera de son objectif. Finalement, l'envie de vengeance sublime l'homme sur le point de capituler. Et puis, maintenant, elle est presque tout le temps là. Elle le précède, louvoie entre les arbres et lui rend de merveilleux sourires éclairés par le petit garçon à la lanterne. Si elle n'avait pas été là, l'arme ne se serait pas enrayée. Et il aurait déjà disparu de la surface de la terre.

Finalement, le fil qui le relie à la vie est si ténu.

Combien de fois s'est-il imaginé ce qui serait arrivé si l'enfant avait tiré sur lui, il y a treize ans ? Quel aurait été le visage de ce monde sans lui…

Fade, ridicule. Inintéressant.

Son désespoir est loin, à présent. Il a réussi à oublier le goût immonde du renoncement. Plus jamais il n'y déposera le début d'une idée. Il sait à présent que sa destinée ne trouvera son chemin que dans le triomphe.

Les lumières de la maison si convoitée apparaissent entre les branches. Cette fois, l'homme aux chiens a tout allumé. La grange, les abords et les communs brillent a giorno.

Kurtz est attendu.

Mais il s'en moque. Il fait le tour, en conservant une distance convenable entre son objectif et lui pour demeurer hors de portée de l'ouïe des chiens.

L'air est à ce point surchargé de cristaux en suspension qu'il brille dans la lumière artificielle. Cette féerie anime le cœur de Kurtz comme celui d'un enfant. Il s'attend presque à voir apparaître un père Noël, quelques rennes et pourquoi pas une hotte remplie de mets délicieux.

Mais il n'est pas là pour ça.

Ses pieds sont devenus insensibles, ses jambes se sont transformées en deux poteaux qu'il projette l'un après l'autre, jamais il n'a eu si froid au visage et il n'est pas certain de pouvoir saisir la crosse de son automatique, dans un instant, quand il aura pénétré dans cette maison où on ne veut pas de lui.

Mais il n'en a cure. Kurtz avance. Sur ce point, il est imperturbable. Le père Noël peut toujours aller secouer sa cloche ailleurs.

À présent qu'il est sur le point d'entrer, son obsession s'est déplacée. Il ne souhaite plus abattre cet homme pour lui voler sa chaleur, sa lumière et sa voiture. Il veut comprendre pourquoi il lui a refusé l'hospitalité, dans une contrée désertique où l'accueil doit faire partie des traditions.

Pourquoi ?

Cette question l'obsède, tandis qu'il contourne la masse éclairée comme pour une fête. Elle l'obsède et le taraude. Kurtz veut comprendre. Alors, surtout, quand il aura son hôte à sa merci, il ne faudra pas qu'il le tue. De sa réponse dépendent peut-être de grandes choses.

Lorsque la bâtisse se présente enfin de dos, il s'arrête et observe. De ce côté, la lumière est beaucoup plus faible, mais le petit garçon dont il a oublié le nom tient bien haut sa lanterne. Kurtz a de la chance. Une porte basse, en partie cachée par la neige, semble avoir été percée pour lui. Il s'approche et s'arrête de nouveau, à trente mètres, cette fois. Malgré le froid qui le mord, malgré ses obsessions, Kurtz garde une part de lucidité. Un instant, il est même tenté de quitter cet endroit où l'attend peut-être sa dernière heure, mais ce court moment de sagesse passe et ne revient pas.

Kurtz est résolu et commence à déblayer lentement la neige qui obstrue l'ouverture. Ses mains lancent de douloureux signaux. Il sait qu'il va flirter avec l'insoutenable dès qu'il aura rejoint cet endroit chaud d'où provient la lumière.

Il entend son cœur cogner, ses tempes vibrer. Un sentiment de peur se mêle à son inaltérable besoin de triompher. Kurtz redevient animal. Il ne raisonne plus, il fonce.

En quelques minutes, la porte est dégagée. Il dégaine son pistolet. Il n'est pas question de se faire prendre de vitesse. Kurtz n'aime pas perdre. Deux fois de suite seraient deux fois de trop.

Le chargeur contient encore six cartouches. C'est juste suffisant.

Kurtz pousse prudemment le lourd vantail de bois brut et s'introduit subrepticement dans la pièce. La porte refermée, le vent s'est tu. La sensation de chaleur est immédiate alors que la température est encore négative. Pourtant, Kurtz a le sentiment que ses mains brûlent.

Il s'appuie un court instant contre le mur et respire profondément. Il resterait là des heures, des jours, des années, tant cette douceur est bienfaisante. Elle enveloppe autant que le froid quelques instants plus tôt. Dans l'esprit de Kurtz, cette chaleur toute relative prend une aura maternelle. Il se revoit enfant, dans la maison familiale. Il retrouve en pensée le placard où il allait se réfugier d'abord, où on l'enfermait ensuite. Et, comme tout souvenir issu de l'enfance, celui-ci est teinté d'affect, d'une odeur connue autant aimée que détestée.

Kurtz s'encourage. Il aura tout loisir de se remémorer sa vie entière s'il le souhaite, mais plus tard, une fois qu'il aura achevé sa besogne.

C'est à ce moment qu'une porte s'ouvre si violemment qu'elle rebondit sur le mur avec fracas. La lumière qui apparaît en haut d'un escalier d'une demi-douzaine de marches est si crue que tout ce que peut faire Kurtz, c'est protéger ses yeux du revers d'une main, tandis que l'autre agite nerveusement le pistolet.

Il n'a pas le temps de réagir plus que ça. Trop épuisé. Trop faible.

Un coup violent porté sur sa tempe interrompt le cours de ses pensées.

Son corps roule au bas de l'escalier où il demeure sans mouvement.

47

L'entrepôt. XIIIe arrondissement. Paris. Onzième jour.

Malia s'active dans le petit appartement depuis le début de la matinée. En fait, depuis le moment où Eliah est descendu dans le hangar avec les autres officiers payés pour traquer les criminels les plus dangereux. Parce que ça, elle l'a bien compris, même s'il ne lui a pas raconté grand-chose sur son travail. Elle sait bien que, chaque jour de sa vie passée, il risquait de se faire tirer dessus ou de prendre un coup de couteau, d'exploser avec une bombe ou de se retrouver enfermé pendant des jours dans une cave. Les risques du métier.

Pourtant, même si elle est inquiète, Malia ne croit pas qu'Eliah coure un véritable danger. Ce n'est pas dans son karma. Elle l'a vu dans les cartes. Lorsqu'elle a des doutes sur l'avenir, elle sort l'oracle de Belline de son étui sombre et fait un tirage ou deux. De bonnes cartes la rassurent. Depuis Eliah, elles sont toujours positives. Avant lui, elles avaient annoncé un grand changement dans sa vie.

Le feu dévore la terre séchée, il ronronne, lèche le toit, crépite vers le ciel. La poussière soulevée par les milliers de pieds affolés, les hurlements et l'odeur de la chair brûlée. Inaya et Lisha, deux petites filles recroquevillées derrière les branches sèches du buisson d'euphorbes sur le côté de leur maison en flammes. Malia les tient serrées contre elle, ses mains sur leurs oreilles pour les protéger des cris de leur mère tombée aux mains des rebelles. Elle sent encore la morsure de l'incendie et la peur qui couve dans son ventre. Et le choix, le terrible choix qu'elle devra faire plus tard. Car la folie des hommes est ainsi faite. Pour survivre et sauver une de ses sœurs, Malia devra trancher.

Quand elle et sa famille ont trouvé refuge dans la brousse et qu'ils ne comptaient que sur les ignames et le manioc sauvage pour survivre, elle lisait l'avenir en jetant des cailloux. Et puis ses frères ont été arrêtés à la frontière de la Sierra Leone et enrôlés par les armées rebelles. Elle n'a rien vu, les cailloux ne prédisaient que du bonheur. Pourtant, la mort seule s'est présentée.

Depuis, elle n'a plus jamais tenté de regarder l'avenir. Jusqu'à ce qu'elle trouve cette boîte noire remplie de cartes multicolores, abandonnée dans une chambre d'hôtel, et que, soudain, d'une seule main, le futur lui apparaisse radieux.

Il est vrai qu'à vingt-cinq ans elle n'avait toujours pas trouvé de travail et devait faire des ménages pour payer ses factures et le loyer d'un minuscule appartement. Elle n'avait jamais connu l'amour, mais l'horreur de la dictature au Liberia et les camps de réfugiés. Son rêve, c'était d'avoir un tas d'enfants et de vivre sur les terres de l'Afrique orientale, là où la guerre n'avait pas encore tout ravagé.

Quand elle a vu Eliah dans le bar de cet hôtel d'Étretat, elle a tout de suite su que ses rêves se réaliseraient avec ce grand type maigre aux cheveux gominés. Et lui aussi, d'ailleurs. C'est pour ça qu'elle est là. Eliah, jamais plus sans Malia.

Et même si elle a remarqué les regards en coin du personnel de l'entrepôt, elle va descendre cinq minutes pour embrasser son mari. Ça va faire des heures qu'il est parti. Elle a tout briqué dans l'appartement, elle a vidé les valises, posé le sac sur la dernière étagère du placard – pour ça, elle est montée sur un tabouret –, fait le lit et les carreaux. Elle a aussi trié ses photos et bouquiné un peu.

Maintenant, elle veut juste un sourire. Et à manger. Elle a un appétit de femme enceinte, rien de plus normal, et ce n'est pas avec les deux boîtes de conserve trouvées dans le placard de la cuisine qu'elle sera rassasiée.

Elle verrouille soigneusement la porte de l'appartement et s'engouffre dans l'ascenseur. Elle déteste ces affreuses machines, regrette de ne pas avoir emprunté les escaliers, c'est vrai, ce serait meilleur pour sa circulation. Elle a les jambes et les doigts un peu boudinés. À part ça, elle n'a pris que sept kilos. C'est mieux pour les petites, elle le sait. Eliah a beau être rassuré par leur présence à Paris, à côté des plus grandes maternités, elle sait qu'elle devra se débrouiller seule. L'oracle a été clair. À chaque fois, elle a retourné le crapaud sur la colombe. Un verdict sans appel. Aucun médecin ne l'assistera.

La double porte de l'ascenseur s'ouvre sur une fillette prépubère à la moue boudeuse. Malia est surprise de se trouver nez à nez avec une gamine de cet âge. Et apparemment, c'est aussi le cas pour la petite.

– Mais qu'est-ce qu'une meuf enceinte peut bien faire ici ? lance-t-elle avec insolence. Vous êtes flic, vous aussi ?

Malia sort de l'ascenseur, les mains toujours posées sur le ventre. Elle lance un regard bienveillant à Clara et lui sourit.

La fillette hausse les épaules et fait demi-tour en râlant.

– Mais elle comprend rien ! siffle-t-elle entre ses dents.

Les lèvres de Malia se crispent, son cœur s'est serré. Elle s'élance pourtant à la suite de la gamine, persuadée qu'elle n'est pas responsable de ses paroles. Elle ne fait qu'imiter, reproduire.

– Attends !

Clara pivote, interdite. Les pas de Malia résonnent sur la passerelle.

– Vous êtes qui ?

– Je m'appelle Malia, j'habite ici. Provisoirement. Et toi ?

Trop surprise par la réaction de l'adulte qu'elle vient d'agresser, Clara lâche son prénom, sans y penser.

– Bonjour, Clara. Qu'est-ce qu'une jeune fille comme toi fait ici ?

– Je m'emmer… Je m'ennuie. Y'a pas les jeux que j'aime.

Elle hausse encore les épaules, visiblement agacée.

– Vous êtes qui ?

– Une femme de flic, répond doucement Malia.

– Depuis quand est-ce que les flics travaillent avec leur femme ?

Partagée entre l'envie de la gifler et celle de lui venir en aide, Malia serre les dents.

– Veux-tu boire un chocolat ?

Clara secoue la tête en pointant du doigt le ventre de Malia.

– C'est pour quand ?

– Quelques jours au plus. Il y en a deux, tu veux toucher ?

La jeune femme s'approche de Clara avec l'espoir de l'apprivoiser, mais celle-ci recule en fronçant les sourcils. On dirait un jeune animal sauvage et blessé.

– Pourquoi vous faites des gamins ? Y'en a plein qui n'ont plus de parents. En plus, des Noirs, y'en a des tas qui crèvent de faim ou du sida. Je ne comprends pas. C'est dégoûtant.

La fillette lance un regard lassé à la jeune femme debout devant elle et disparaît dans un bureau voisin. Une larme roule sur la joue ébène de Malia.

Quelque part au bout du couloir, une porte claque.

48

L'entrepôt. XIIIe arrondissement. Paris. Onzième jour.

– Malia ?

Eliah Daza entre silencieusement dans l'appartement plongé dans la pénombre. Une odeur de propre flotte dans l'air. D'un coup d'œil, il voit tout le travail que sa femme a abattu en quelques heures. Elle est presque parvenue à transformer le logement de fonction triste à souhait en un petit nid douillet. Un plaid multicolore jeté sur le canapé, quelques bougies par-ci par-là, ses livres rangés sur une étagère et, dans un coin, le bureau déjà investi par l'atelier photo.

Il traverse le salon jusqu'à la chambre.

Sa femme est là, allongée sur le lit, les yeux grands ouverts. Ses mains entourent son ventre rond.

Eliah s'assied à ses côtés.

– Tu n'as pas faim ?

Elle secoue la tête.

– Je pensais te voir un peu, ce matin.

Le cœur lourd et la gorge serrée, Malia se redresse et pose la tête sur l'épaule de son homme. Choquée par les propos de cette petite fille croisée dans le couloir, elle est restée longtemps prostrée, l'esprit tourné vers la brousse africaine, perdu au milieu des coups de fusil.

Puis elle est remontée à l'appartement sans même un regard pour le hangar, les yeux remplis d'images terrifiantes, le crâne résonnant de cris de haine.

Elle a abandonné Inaya dont le prénom signifie chance, la plus robuste, la plus grande aussi, pour fuir avec Lisha, cinq ans. Mais Lisha est morte, emportée par une vague de fièvre typhoïde, Malia a été rattrapée par les rebelles et violée des dizaines de fois avant d'être jetée sur la route avec les cadavres de sa mère et de ses sœurs.

– Tu es là-bas, murmure Eliah. Reviens ici, mon amour, reviens près de moi. Veux-tu me parler ?

Un pauvre sourire sur le visage, Malia se contente de secouer la tête.

– Tu veux rentrer ?

– Pas sans toi, dit-elle de sa belle voix rauque. Malia jamais sans Eliah.

– Je peux tout laisser tomber, rien ne me force à rester ici.

C'est un regard lumineux que Malia lève vers son mari.

– Tu dois achever ta mission, c'est mieux pour toi, pour nous. Ce n'est rien, juste un coup de blues. Nous allons bientôt avoir des enfants, et…

Elle retient un sanglot.

– Je ne voudrais pas avoir à faire un autre choix, tu comprends ? Je… j'ai peur, parfois. Peur de te perdre, de les perdre. Ma mère, ma famille me manquent tant.

Eliah entoure sa femme de ses grands bras et la câline longuement. Jamais il ne se serait cru capable d'une telle tendresse.

– Que s'est-il passé ?

– Va, mon amour, dit-elle sans répondre. Tu as du travail.

Avec Malia, inutile d'insister. Elle est belle, brillante et têtue.

– Tu n'as rien mangé. Je te fais monter un sandwich ?

Les envies de fruits frais de Malia se sont envolées avec la haine que cette fillette a déversée sur elle. Comment est-il possible qu'une enfant ait tant d'amertume en elle ?

– D'où vient cette petite ? demande subitement Malia.

– Tu es descendue ?

– Réponds, Eliah, insiste-t-elle en souriant.

– C'est la fille d'un suspect. Elle s'appelle Clara. Tu peux lui parler, si tu veux. C'est une pauvre gamine.

– Elle a eu son compte de brousse, elle aussi ?

– On peut dire ça, Malia. On peut dire ça.

L'ascenseur met un temps fou à arriver à l'étage. Agacé, Eliah s'engouffre dans la cage d'escalier et dévale les marches quatre à quatre. Assise sur le béton du dernier palier, Clara dessine sur les murs avec un feutre trouvé dans l'un des bureaux.

– Tu refais la déco ? demande Daza, cynique. Viens avec moi, j'ai à te parler.

Il attrape la gamine par le bras. Ses gestes sont doux mais fermes. D'un pas rapide, il l'entraîne dans un petit bureau vide. Il installe Clara devant la vitre et s'assied à ses côtés.

– Vous allez me frapper ?

Eliah ne répond pas. Il observe la gamine attentivement. Elle ronge ses ongles depuis son arrivée à l'entrepôt. D'après la psychologue chargée de veiller de loin sur elle, elle n'a quasiment rien avalé. Là, elle examine ses mains comme si elles recelaient un trésor.

– Comment ça se passait chez M. Druidi ?

Les yeux rivés sur l'aquarium, Clara hausse les épaules. Elle peut y voir Andréas, laissé seul depuis plus d'une heure. Il gigote sur sa chaise, visiblement agité, épluche toujours aussi consciencieusement ses doigts et se lève de temps à autre pour tourner la clenche de la porte verrouillée.

– Depuis combien de temps n'avais-tu pas revu ton père ?

Clara quitte l'aquarium des yeux.

– Elle est à vous, la femme enceinte, hein ?

Il a aussitôt deviné, à la question de Malia sur la petite fille, que celle-ci était à l'origine du malaise de sa femme. Mais il n'est pas ici pour régler ce genre de question, c'est à la psychologue de comprendre pourquoi, à son âge, cette petite a déjà tant de haine en elle.

Il respire profondément, combat une folle envie de gifler l'insolente et désigne Andréas d'un geste bref, en se disant que, de toute façon, on ne frappe pas un enfant. Des coups, il en a pris étant jeune, il n'a pas envie de reproduire ces vieux schémas. Que ce soit avec ses mômes ou ceux d'un autre.

– Veux-tu rester avec lui ?

La petite lui lance un regard surpris.

– Je peux choisir où je vais ?

Jamais, jamais nous ne ballotterons les enfants comme des paquets de linge sale. Malia, les bébés et moi resterons unis, pour toujours.

– Réponds à mes questions. On décidera de ton avenir juste après, articule Daza. Qui est cette femme qui t'a accompagnée chez ton père ? Que sais-tu sur elle ?

– Je pourrai vraiment choisir ? répète Clara.

– Je te l'ai dit, nous en discuterons quand tu auras répondu à mes questions.

L'attention de Clara se pose à nouveau sur la silhouette d'Andréas, raide, immobile dans un coin de la pièce.

– Son nom ?

– Je ne sais pas. Mais elle a un gros chien qui s'appelle Nassau.

– Quoi d'autre ?

Clara hausse encore les épaules et tripote ses cheveux.

– De quoi parlaient-ils avec ton père ?

– Je n'ai pas entendu.

– Tu avais l'impression qu'ils se connaissaient déjà ?

– Aucune idée. Je ne pouvais pas écouter aux portes à cause du chien. Il me gardait près du canapé. Si je bougeais, il montrait les dents. Bon, maintenant, tu m'emmènes dans un foyer ?

Estomaqué, Daza déglutit difficilement. Les rares fois qu'un enfant lui a demandé ça, c'est qu'il subissait de graves violences.

– Pourquoi ne pas rester avec ton père ou Sami ?

– Je veux retrouver Louis Cholet.

– Pourquoi ?

– C'est lui, ma seule famille.

49

XIIe arrondissement. Paris. Onzième jour.

Luka travaille depuis près de douze heures.

Tout ce temps, Shan est restée dans la grande cabine, avec l'air un peu hagard de l'oiseau tombé du nid. Allongée sur le divan en skaï couleur chocolat, son chien lové contre elle, elle s'est félicitée de son instinct et de son excellente mémoire visuelle, deux atouts devenus salvateurs, quelques heures plus tôt.

Après l'angoisse, la colère et l'incompréhension, elle a fini par admettre que le système mis au point par Kurtz ne souffrait aucun défaut et que, par conséquent, un rouage de ce système devenu amnésique et éliminant ses pairs devait forcément terminer sa carrière entre quatre planches.

À présent, elle se demande comment échapper à la meute. Certes, elle en a pris momentanément le contrôle, elle a bien compris le système, enfantin par ailleurs. Le travail d'Andréas consiste à compiler les ordres, former les équipes et les dispatcher sur le terrain en fonction des besoins et selon un tableau des charges préétabli – aucune liberté d'expression pour celui que la meute appelle le patron.

Un serveur hébergé à l'autre bout du monde, plusieurs sites à entrées cryptées donnent accès à des informations basiques réparties ensuite sur des ordinateurs robots programmés pour renvoyer les ordres de mission aux différents groupes. Apparemment, aucun contact entre les membres de deux unités différentes, élimination systématique des sujets suspects, et cela, même au prix d'une diminution des effectifs.

Pas de ver dans la pomme.

Et Shan est le ver dans la pomme.

Alors, combien de temps lui reste-t-il exactement avant que son frère s'en aperçoive et la sacrifie ? Comment va-t-elle se sortir de ce guêpier ?

Shan reste immobile, incapable de se mouvoir.

Elle a déjà fait sa part du travail, l'opération est sur les rails. Il ne reste plus à Luka qu'à réaliser et distribuer les fameuses listes. Shan déclenchera le compte à rebours grâce à son téléphone.

Ses bagages sont eux aussi déjà prêts. Il va bien falloir qu'elle quitte la planque de Luka. Jamais deux au même endroit. C'est habituellement la règle. Trop risqué. Beaucoup trop risqué.

Elle a récupéré ses deux agates, sa mèche de cheveux et un peu de matériel, ce qu'il lui faut pour démarrer une nouvelle vie, mais ça, Luka n'a pas besoin de le savoir.

Une fois partie, elle devra trouver un nouvel emploi, une maison et attendre. Attendre le moment où le téléphone sonnera, où le mail arrivera sur son ordinateur pour lui donner un simple rendez-vous. Quelle que soit l'heure, elle devra s'habiller sur-le-champ, suspendre ses activités en cours, trouver une excuse pour embrouiller les autres, puis elle prendra le métro, les cheveux dissimulés sous une capuche noire, elle ira là où elle doit aller, et elle tuera comme on lui a appris à le faire. Une balle, un coup de couteau, du poison, tout sera déterminé à l'avance. Elle n'aura qu'à obéir, tout faire pour protéger la meute et se fondre dans la foule une fois son forfait commis. Elle rentrera, se douchera, reprendra ses activités, comme une brave petite jeune femme ordinaire. Et, le soir venu, elle s'endormira, sans faire de cauchemar, avec la satisfaction d'avoir parfaitement accompli sa mission.

Voilà.

Mais ça, c'était avant.

Avant qu'elle reçoive un coup sur la tête.

Maintenant, l'idée de se lever pour attendre les ordres et partir à la boucherie, cette succession de gestes, cette mécanique bien huilée lui donnent la nausée. Elle ne veut plus de cette existence-là. Même si les souvenirs de sa vie passée sont encore trop flous pour qu'elle les rejette en bloc, Shan a compris qu'elle ne pourra plus jamais se contenter d'être une machine à tuer.

Quelque part à Berlin, entre les lèvres de cette plaie qui lui a ouvert le crâne, un filet de conscience est entré. Conscience ou désir de liberté.

Il faudra encore tuer peut-être, mais seulement si elle le décide. Tuer pour s'enfuir, pour vivre, pour disparaître.

Shan se lève enfin.

Le jour décline. Les nuages s'amoncellent au-dessus de Paris, la nuit risque d'être pluvieuse. Nassau a aussitôt bondi sur ses pattes. Excité, il tourne en rond. Ses griffes cliquettent sur le parquet. Il n'est pas sorti depuis des heures.

Luka remonte de la cale au même moment, son arme à la main.

Shan a tout juste le temps d'éviter la balle qui brise le hublot derrière elle.

– Nassau !

Aussitôt, le berger allemand bondit et plante ses crocs dans le bras de Luka qui hurle de douleur.

Shan se précipite sur l'arme, ôte le chargeur et le jette à terre.

Paniqué, Luka tente de se soustraire aux mâchoires du molosse, mais Nassau n'a pas pour habitude de lâcher ses proies. Il attend les ordres de sa maîtresse, les babines poisseuses de sang.

Le visage de Shan est livide. La colère lui déforme les traits. Elle fait un pas vers la cuisine, choisit avec soin un large couteau et vient s'accroupir dans le dos de son frère.

D'un geste rapide, elle lui tranche la gorge d'une oreille à l'autre.

Puis elle observe de son air un peu étrange, les lèvres pincées, les bouillons carmin se déverser sur le torse et les épaules de Luka. Quand l'hémorragie s'est tarie, elle jette un torchon de cuisine sur le visage du mort et ouvre la porte de la cabine à Nassau.

La mort a un parfum de menthe et de romarin.

– Va, mon gros.

Puis elle dévale les escaliers qui mènent à la cale et s'installe devant les ordinateurs de Luka. Elle vérifie rapidement le travail effectué et se connecte sur les derniers fichiers ouverts.

Là, elle comprend instantanément pourquoi son frère a décidé si subitement sa mise à mort. Un avis de recherche diffusé sur Internet affiche sa photo et son nom. Il s'agit d'un cliché pris par les caméras de surveillance alors qu'elle se trouvait au pied de l'immeuble d'Andréas.

Sous le choc, la jeune femme éteint le moniteur et récupère le disque dur qu'elle jette à la Seine en quittant le bateau. Puis elle s'allonge sur un banc du parc, son sac sur le ventre, les bras repliés derrière la tête. De temps en temps, elle interrompt sa contemplation des nuages pour observer Nassau.

Enfin, Shan se redresse et remonte tranquillement l'allée centrale des jardins, en passant devant le Freycinet. Elle remarque alors que la péniche avait un nom.

Heaven, le paradis.

Elle détourne la tête et accélère le pas, le cœur lourd. Elle rejoint l'avenue Daumesnil, longe l'artère sur plusieurs centaines de mètres jusqu'à la bifurcation avec la rue de Rambouillet. Un drôle de bâtiment rond y occupe l'angle. C'est le commissariat central du XIIe.

Sur le perron, Shan arrange ses cheveux, donne une dernière caresse à Nassau et gravit les quelques marches. Avant de s'engouffrer dans le vaste hall, elle lance un coup d'œil derrière elle. Son chien s'est installé au pied des escaliers. Il penche légèrement la tête sur le côté. Shan lui sourit.

De grosses gouttes de pluie viennent mouiller l'asphalte. Le vent se lève.

Les ampoules du panneau bleu, blanc, rouge accroché à la façade clignotent un peu.

50

L'entrepôt. XIIIe arrondissement. Paris. Onzième jour.

Andréas pleure, la tête posée sur ses avant-bras. Cela fait presque deux heures qu'il attend le retour de Daza, seul dans cette cage de verre, exposé au regard de tous les flics qui s'agitent. Il commence à regretter la tournure des événements. Finalement, si Kurtz ne s'était pas volatilisé, tout aurait été beaucoup plus simple. Il n'aurait pas eu à prendre ces décisions difficiles pour déclencher Berlin et préparer la suite. Il n'avait qu'à obéir, appuyer sur le bouton, recevoir le sourire satisfait de son mentor, la tape sur le dos, le « c'est bien, ça, mon Willard, tu apprends » et la montagne de billets sur son compte en banque. D'ailleurs, il possède largement de quoi prendre le large, justement. Quelque part du côté de Jersey l'attend sa récompense, dans un coffre de banque, bien au chaud entre quatre murs blindés. Il passe un coup de fil, ordonne une transaction, débloque les fonds et disparaît. Alors, pourquoi collaborer ? Pourquoi leur donner Kurtz ? Ce n'était pas son idée, ça.

Oui, mais ne pas le dénoncer, c'est risquer d'être traqué à vie. Si Kurtz s'aperçoit de son manque soudain de motivation, s'il apprend qu'il est shooté, il risque de le punir sévèrement. Kurtz déteste les lâches.

Que faire ? S'il ne collabore pas, ils vont le garder là, le cuisiner jusqu'à ce qu'il craque. Et il finira par craquer. Pour raconter quoi ?

Il a laissé Kurtz assassiner froidement Rufus, il s'est enfui, les mains collées sur les oreilles pour ne pas entendre la détonation. Puis il a erré, des heures durant, incapable de trancher, irrésistiblement attiré par l'homme qui l'a dressé à rentrer au bercail comme un gentil toutou.

Et après ?

Des mois durant, ils ont vécu côte à côte, parlant peu, dans une espèce de complicité des gestes malsaine. C'est ensemble qu'ils ont concocté la sépulture de Rufus, ensemble qu'ils ont rangé la maison de Thollon. Ils se sont partagé le volant, traversant les frontières sans peur, déroulant des kilomètres d'asphalte sous leurs roues, communiquant comme un vieux couple qui ne se parle plus mais dont les gestes se coordonnent harmonieusement.

Ils ont passé des mois à gérer le domaine, organiser les cours, prévoir les activités. Ils ont passé des heures, assis côte à côte, face à la splendeur des Carpates étalées à leurs pieds.

Ensemble.

« C'est à nous, Andréas. À nous. »

C'est à cet instant que le vertige a étourdi Andréas. Trop de grandeur, trop de folie. Le poids de la démesure de Kurtz s'est subitement révélé trop lourd à porter.

« Je voudrais rentrer, Olivier. Laissez-moi travailler en France, auprès de ma fille. »

Kurtz avait alors proposé de rapatrier Clara en Roumanie, pour que la famille soit au complet. Mais Andréas avait le mal du pays. Le mal du pays… Foutaises.

À des dizaines de mètres au-dessus de la dalle du XIIIe, enfin libéré de ce drôle de cauchemar, il avait eu un autre vertige. Celui de la solitude et de la mort.

Il avait abandonné l'homme qui le rendait fort.

Seul dans cette cage de verre, à présent, il se prend à regretter les cachots où il restait des heures et des jours à l'abri des regards, pelotonné sous le matelas pourri pour éviter les douches glacées. Là-bas, il y avait un espoir, escalader les murs, sortir, gagner, prouver à son geôlier sa valeur et son courage.

Sauver Clara.

Ici, pas de brique, pas de Kurtz penché au-dessus de la lucarne du puits. Rien que des silhouettes anonymes, ignorantes de son désespoir, ignorantes de sa folie. Et Clara ne le respecte même plus.

Sans le vouloir vraiment, Andréas a plaqué ses paumes sur la paroi de verre et frappe la vitre avec son front.

– Pourquoi le donner, pourquoi l'épargner ?

D'abord de petits coups, puis de plus en plus forts.

Et cette litanie au bord des lèvres…

Le donner ? L'épargner ?

Dans le hangar, le silence s'est fait.

Les hommes se tournent vers le prisonnier dont le regard halluciné balaie la salle. Chopelle esquisse un geste, Daza le stoppe. Un brouhaha de protestation monte derrière lui.

Bong ! Bong !

L'arcade sourcilière d'Andréas vient d'éclater, le sang macule la vitre.

– Commissaire Daza ! s'écrie Stefano Tomazello. Vous ne pouvez pas !

– Quoi ? Ne me dites pas que ça vous choque ! Reprenez le travail, articule Eliah en s'approchant de l'aquarium, et ne venez pas m'apprendre le mien.

Il se positionne face à Andréas. Celui-ci, déstabilisé, suspend son geste. Il essuie son visage avec la manche de son pull et retourne s'asseoir sans un mot.

Furieux, Daza entre pour le rejoindre et claque la porte derrière lui.

– J'ai besoin d'une compresse, gémit Andréas.

Eliah Daza l'observe un long moment. Il lui tourne autour, lentement, les mains derrière le dos, les phalanges blanches de colère contenue.

– Monsieur Darblay, commence-t-il. Vous vous en êtes sorti il y a deux ans grâce à votre ténacité, à votre courage, parce que vous vouliez sauver la vie de votre fille et faire cesser les agissements de Kurtz. Vous avez réussi. En vous enfuyant, vous avez sauvé des hommes et des femmes qui, aujourd'hui, reconstruisent leur vie, petit à petit, grâce à vous. Qu'avez-vous fait de cet homme qui n'avait qu'un but : oublier le cauchemar et tout recommencer ?

– Où est ma fille ?

Le sang coule encore sur la paupière d'Andréas qui comprime la blessure comme il peut avec un mouchoir sale récupéré au fond de sa poche. Une traînée rouge macule son cou et son col. Daza ne fait aucun geste pour lui venir en aide.

– Votre fille se comporte mal, monsieur Darblay. Cette gosse a besoin d'une aide urgente. Elle bout de l'intérieur. Si vous voulez mon avis…

– Je ne vous le demande pas ! s'exclame Andréas, visiblement excédé.

– C'est une bombe à retardement ! assène calmement Daza. Je l'ai donc confiée aux bons soins d'une psychologue.

– De quoi vous mêlez-vous ? C'est ma fille, c'est à moi de prendre ce genre de décision.

Eliah Daza plante son regard sombre dans celui d'Andréas.

– Ne croyez pas ça. Vous en garde à vue, votre fille ira dans un foyer. Il est hors de question qu'elle retourne chez M. Druidi, alors que cette femme que nous recherchons est encore dans la nature. Je ne prendrai pas le risque qu'elle se fasse enlever une deuxième fois.

Daza lâche un profond soupir.

– Vous avez donc tout intérêt à m'expliquer ce qui s'est passé à Thollon-les-Mémises. Plus vite nous aurons mis la main sur Kurtz, plus vite vous serez libre.

– Je n'ai rien à vous dire de plus.

Comment pourrait-il savoir ? Il n'y avait que Kurtz, Rufus et moi. Ce n'est pas Kurtz qui parlera. Alors...

– Vous semblez bien mal à l'aise, Darblay. Êtes-vous vraiment sûr de ne pas vouloir compter les morts avec moi ? demande Daza en secouant sa boîte d'allumettes sous son nez. C'est si amusant.

Andréas lui lance un regard paniqué. Il danse d'un pied sur l'autre, incapable de répondre.

– Ne vous êtes-vous jamais demandé pourquoi nous sommes ici ? reprend Eliah Daza. Pourquoi, sur une simple lettre, plus d'une dizaine d'agents européens sont à pied d'œuvre pour coincer Kurtz ? S'il est en danger, pourquoi diable ne pas le laisser crever ? Après tout, la peine de mort est abolie en France, pourquoi ne laissons-nous pas ce fumier se faire dézinguer par ses ennemis ? Le savez-vous ?

Andréas secoue la tête, misérable.

– Tout simplement parce qu'il est responsable, d'une part, d'actes de terrorisme et qu'Israël veut le nom des coupables de l'attentat du stade de France[1], qu'il est res-

1. Voir *Prédation*, Le Livre de Poche n° 37255.

ponsable d'actes de barbarie et de séquestration et que, d'autre part, c'est un tueur de flics. Et nous ne laisserons jamais un tueur de flics s'en tirer à si bon compte.

Pendant qu'il parle, Daza tente de se convaincre lui-même de ce qu'il avance. Mais la question n'est pas aussi saugrenue que ça. Pourquoi retrouver un criminel dont la tête a été mise à prix par d'autres criminels ? La loi, la justice, la morale ? Daza a bien peur que la raison soit différente. Kurtz, l'homme, le dresseur d'hommes, trafiquait avec la mafia russe, des hommes d'affaires de tous horizons et différents milieux politiques. Ne détiendrait-il pas plutôt quelque chose de si précieux que tous les moyens seraient mis en œuvre pour le retrouver vivant ?

– J'ai dit que je vous aiderais à faire un portrait-robot, lâche Andréas.

Et quid de cette jeune femme blonde, recherchée à présent par toutes les polices, soupçonnée d'être ou d'avoir été en relation avec lui ? Qui est-elle ? Que vient-elle faire dans cette histoire et, surtout, quel est le rapport entre Andréas, Kurtz et le massacre de Berlin ?

– Je vous ai dit que j'allais vous aider, répète Andréas.

Daza interrompt le cours de ses pensées. Il se lève et, sans un regard pour Andréas, quitte l'aquarium. Dans le hall, Peter Seipel est en grande conversation avec Yann Chopelle. Daza les ignore tout autant, traverse le hangar et s'engouffre dans l'ascenseur.

Son portable sonne aussitôt, Chopelle le rappelle à l'ordre.

– Berlin veut des réponses, le Quai des Orfèvres veut des réponses. Je veux des réponses.

Eliah Daza raccroche sans un mot et entre dans l'appartement de fonction. Malia a transformé le petit bureau en labo photo. Elle est en train de travailler sur différents bains. Une lueur rouge glisse sous la porte.

– Tu as mis un masque ? s'écrie Eliah dont la poitrine se serre d'inquiétude. C'est pas bon pour les bébés, ça !

La porte s'entrouvre, Malia se glisse à l'extérieur. Elle porte un masque et des lunettes de protection qui mangent son visage.

– Malia, ma belle femme, lance Daza en souriant, dis-moi : le suspect ne parle pas, sa fille ne veut plus le voir. Tout à l'heure, la psy m'a dit que la petite voulait aller en foyer. À moi, elle a déclaré vouloir retrouver un camarade. Que faire ?

– Ce qu'il y a de mieux pour Clara, répond Malia en retirant son masque. Éloigne-la de son père s'il n'est pas en mesure de prendre soin d'elle. Elle a besoin d'être aimée, cette petite, comme tous les marmots de cette planète.

– Ce n'est pas si simple.

– Pourquoi viens-tu me demander mon avis, dans ce cas ? Tu ne m'as pas dit que tu avais carte blanche ?

Avant de retourner son regard sur Malia, Daza se frotte les yeux.

– Tu as raison, soupire-t-il.

– Tu avances ?

– Je pense savoir qui est capable de neutraliser Kurtz, mais il est si puissant que le seul fait de demander un entretien avec lui peut me mettre au rancart.

51

L'obscurité est impeccable, impensable.

Kurtz ouvre un œil. Une douleur sous son crâne le lance violemment. Il est immobilisé de la tête aux pieds dans une matière épaisse et rugueuse qui irrite ses joues et son nez. Une forte odeur de poussière et de chien lui donne la nausée.

Mais cette douleur n'est rien, comparée à celle qui pulse dans ses mains et dans ses pieds. Il a l'impression qu'on cogne sur ses extrémités avec un marteau.

Un moteur résonne, tout près de lui. Il ressent des secousses et des heurts.

La porte enneigée, l'espace obscur, les marches et puis la lumière éblouissante, insupportable. Quelque chose l'a frappé et il a perdu connaissance. C'est tout ce dont il se souvient. Il a beau solliciter son imagination, rien ne le relie à ce bruit de moteur, à ces mouvements. Rien.

L'homme aux chiens a été plus malin que lui. Bien sûr, il est sous-alimenté, déshydraté et crevait presque de froid et de fatigue au moment de s'introduire dans cette maison, mais rien ne peut soulager Kurtz. Il a le sentiment de faiblir intellectuellement.

Alors qu'il se lamente sur son sort, il sent que le véhicule décélère, puis s'arrête. Une portière claque.

Des chiens grondent à côté de lui. Il entend un bruit de matière plastique froissée, et le froid revient chatouiller son visage. Quelque chose le soulève puis l'expédie au sol. Le tapis de neige amortit sa chute.

De nouveau, un bruit de portière qui claque. Un moteur démarre et s'éloigne rapidement.

Après quelques minutes d'attente anxieuse, Kurtz comprend qu'il ne lui arrivera rien de tragique. Pas du fait de cet homme, en tout cas. La balle qu'il redoutait ne le transpercera pas.

Alors, il se débat et finit par rouler dans la neige.

Seule la forêt l'attend, toujours aussi froide et silencieuse.

Malgré la nuit, Kurtz parvient à distinguer des traces de roues qui s'éloignent sur un chemin forestier, tandis que, de l'autre côté, d'autres traces disparaissent sur une plaine enténébrée. Le long de ce chemin enfoui sous la neige, des poteaux en bois soutiennent des fils électriques.

Kurtz découvre ces poteaux comme s'il s'agissait de divinités incarnées.

L'électricité provient de zones à forte densité humaine. Il suffit de les suivre. Et puisqu'il ne dispose plus de son traîneau ni de l'abri douillet de sa tente, il marchera sans répit. Si on l'a déposé là, c'est sans doute que la ville n'est pas loin. Il lui reste plus d'une dizaine de bâtons fluorescents dans les poches. Il va s'en sortir. Dans son esprit, le poison de l'espoir distille ses molécules trompeuses, et ses deux compagnons de route éclairent son chemin de leurs étranges lueurs.

Le froid revenant, ses membres s'engourdissent déjà et repoussent la douleur à des lendemains plus chauds.

52

XIIe arrondissement. Paris. Onzième jour.

Debout dans le hall grouillant du commissariat, Shan se laisse ballotter par la foule. Une masse hétéroclite et bruyante, des corps étrangers aux odeurs tenaces qu'elle balayerait volontiers d'un revers de la main.

Une pluie violente et glacée martèle les trottoirs de Paris.

Quelque part à l'étage, une fenêtre claque dans le brouhaha. Shan pense à son chien assis dehors. Il doit avoir l'air d'une peluche toute triste.

Le comptoir est pris d'assaut, les deux gardiens de la paix semblent débordés, Shan a le cœur au bord des lèvres. Elle chancelle et se raccroche à un grand type en civil dont les effluves corporels dégagent des relents de ferraille. Ses doigts glissent sur le goretex trempé. Son estomac se retourne. Elle vomit.

Aussitôt, les gens s'écartent, d'autres crient.

L'air affolé, Shan regarde autour d'elle, les mains devant la bouche.

L'homme au blouson mouillé l'entraîne vers les toilettes dont l'accès est caché derrière les escaliers.

Le remugle est insupportable. Elle a un nouveau haut-le-cœur.

Le lavabo était peut-être blanc, avant. Là, il est jaunasse, couvert de tartre et de vomi. Shan arrache un morceau de papier hygiénique rêche et essuie la faïence avant de faire couler un peu d'eau. Elle se rince le visage, avale quelques gorgées et retourne dans le couloir.

L'homme a ôté son blouson, il discute avec un gardien de la paix en faction près de la porte. Ils parlent d'un chien assis sur le trottoir. D'un molosse qui n'a pas de muselière.

– C'est mon chien, explique Shan d'une voix qui chevrote. Il ne bougera pas.

– Désolé, madame, mais nous avons appelé la fourrière.

– Non !

Shan se jette dans la marée humaine et se précipite vers la porte, Nassau n'est plus là. Elle le cherche du regard, aperçoit quelques mètres plus loin une tache claire entre deux voitures, mais elle n'est pas sûre.

– Pourquoi ?

À bout de nerfs, elle se met à pleurer.

Le type à l'odeur de fer l'accompagne à travers la houle de corps bruyants. Il l'installe à l'étage, dans un petit bureau impersonnel. Quand il referme la porte, le silence envahit la pièce. On n'entend que le fracas de la pluie sur les carreaux.

– Je suis le lieutenant Éric Boisset. Dites-moi donc ce qui vous arrive.

L'œil averti du flic a déjà repéré les éclaboussures rouges sur le menton de la jeune femme. Et, vu la balafre qui lui barre la joue, il pense aussitôt à de graves violences conjugales ou à une agression sexuelle.

Shan déglutit difficilement.

– Nous avons une femme inspecteur dans nos murs, le capitaine Morano, préférez-vous lui parler ?

– Non, non, ça ira. Je m'appelle Shan Guenarec et…

Devant le silence soudain de la jeune femme, Boisset sort un bloc sur lequel il griffonne quelques mots.

– Qui vous a agressée ?

– Vous ne comprenez pas, murmure Shan, incrédule, c'est moi, l'agresseur.

Le lieutenant ne se démonte pas. Pourtant, il vient de commettre une erreur de taille en orientant la conversation. Ce n'est pourtant pas dans ses habitudes.

– Expliquez-moi, mâche-t-il, légèrement gêné.

Elle fouille dans son sac et lui tend son passeport.

– J'ai eu un accident, en Allemagne, depuis, je souffre d'amnésie. C'est presque tout ce que je sais de moi. Je suis née à Ouessant, c'est une île, j'étais vétérinaire dans le XIe, je suis poursuivie par des tueurs, j'en ai descendu un et…

– Descendu ? Vous n'y allez pas de main morte, vous.

– C'est le terme qui vous dérange ? Je crois que vous ne comprenez pas. Je suis une espèce de machine à tuer. Il faut m'aider, il faut absolument m'aider.

Dans la même phrase, Shan passe du cynisme au désespoir, et dans ses yeux se lit le même panel d'émotions. Un instant, elle est frondeuse et calculatrice, une seconde plus tard, elle se noie dans les larmes.

– Je vais vous demander de patienter quelques minutes.

Le passeport de Shan ouvert devant lui, Boisset entre une requête sur son ordinateur concernant les personnes recherchées. La photographie de la jeune femme qui se tient devant lui s'affiche aussitôt. Shan Guenarec est activement recherchée par une section de l'OCPRF. Il a eu raison de vérifier. Bien qu'il aimerait en savoir plus sur ce joli brin de fille au pull couvert de sang, ce n'est pas de son ressort. Les instructions sont claires. Il doit immédiatement prévenir les collègues en charge de l'affaire. Cette jeune personne pourrait très bien être liée à l'ennemi public numéro un de ces dernières années.

– Nous allons vous transférer, dit-il d'un air qu'il voudrait désinvolte.

– Mais je ne vous ai encore rien dit ! Attendez !

– Désolé, je ne peux rien faire pour vous.

Les yeux pleins de larmes, Shan bondit sur ses pieds.

– Mais vous ne pouvez pas me laisser tomber comme ça ! Je suis menacée, je viens de tuer un homme ! Ils vont me faire du mal ! Aidez-moi !

Elle s'accroche à lui, minable, misérable.

– Mademoiselle Guenarec, ordonne-t-il en la forçant à se rasseoir, veuillez vous calmer. Cette affaire dépasse peut-être le cadre de mes compétences, mais je ne vais pas vous relâcher dans la nature.

Shan renifle. Le lieutenant lui tend une boîte de mouchoirs et décroche le téléphone. La conversation dure moins d'une minute.

– Veuillez, s'il vous plaît, me laisser votre sac, afin que je procède à une fouille de vos effets personnels.

La jeune femme lui tend son sac et se mouche bruyamment.

– Qui c'est ? demande-t-elle. Qui vient me chercher ?

– Le commissaire Daza vous envoie quelqu'un. Il va vous aider, ne vous inquiétez pas.

– Qui ça ? demande Shan. Où ça ? Qui est-ce… Daza ?

– C'est un service spécialisé dans le…

Elle ne l'entend déjà plus.

Son plan est en marche.

Elle observe ses traits brouillés dans le noir de la vitre ruisselante. Les lumières de la ville se déforment en glissant le long de la fenêtre. C'est si triste.

Alors elle ferme les yeux, retient un sourire.

Et Paris-Sud s'étale devant ses paupières closes.

48D4917972D203976…

53

L'entrepôt. XIIIe arrondissement. Paris. Onzième jour.

– Déposez votre ceinture, vos lacets et votre chaîne dans ce bac, ordonne Daza en entrant dans l'aquarium. Et videz-y vos poches, par la même occasion.

Le front d'Andréas Darblay est boursouflé par les coups. Matthieu Pellegrin, le médecin du centre, a fermé les lèvres de la plaie de son arcade avec des agrafes.

– Mais, balbutie-t-il, je vous ai donné le portrait de Kurtz…

Ses traits tirés ne mentent pas, il ne comprend pas ce qui lui arrive.

– Je vous conseille de vous dépêcher si vous souhaitez collaborer. Chaque élément nouveau que nous découvrons seuls est un atout de moins pour vous.

Andréas ne pipe mot. Il conserve ce regard interdit.

– Ce qui nous manque, maintenant, c'est la nouvelle identité de Kurtz.

Cette fois, le visage d'Andréas se décompose. Il secoue la tête sans un bruit.

– Je peux peut-être vous donner le nom de la fille ?

– Trop tard, elle vient de se livrer à la police. Je crois bien que je n'ai pas besoin de vous, et c'est bien dommage, conclut Daza. Allez, videz vos poches là-dedans. Vous allez réfléchir quelques heures en cellule. Quand je reviendrai, je vous conseille d'avoir choisi votre camp, définitivement.

Sans broncher, Andréas s'exécute. Ses mains tremblent tant qu'il ne parvient pas à détacher la chaîne qui pend à son cou.

– Vous pouvez avoir été attiré par le mal, une fois, je peux le comprendre, poursuit Daza en aidant le malheureux à se défaire du bijou. Je peux même fermer les yeux sur bien des choses, si ça peut vous donner une chance, à vous et votre fille. Mais vous devez d'abord choisir. Nous aider ou aider Kurtz. C'est à vous de voir.

– Ça semble si simple avec vous…

– Mais c'est simple, Andréas ! La vie est faite de choix et celui-ci est crucial. Pour vous et pour Clara.

Andréas achève de retirer sa ceinture et dépose le tout dans le bac qu'a posé Daza sur le bureau.

– Et maintenant, je fais quoi ?

– Vous allez réfléchir en cellule d'isolement, le temps que je rende visite à une vieille connaissance.

Daza ramasse le bac contenant les effets d'Andréas et ouvre la porte de l'aquarium.

– Commissaire…, commence Andréas sans oser achever sa phrase.

La main encore sur la poignée, Daza hésite puis referme la porte et se retourne vers lui.

– Qu'y a-t-il ?

– Vous… vous m'aviez promis un petit quelque chose…, lâche Andréas sans regarder le policier.

Ses prunelles sont rivées sur ses chaussures. Il se tient de guingois comme une vieille marionnette aux fils arrachés.

– Plus tard. Vous allez me prendre pour un sadique, mais la récompense, c'est après l'effort, et pour le moment, vous n'avez pas suffisamment montré patte blanche.

Tandis qu'Andréas baisse la tête pour cacher ses larmes, Daza culpabilise. Peu enclin à révéler cet instant de faiblesse, il entraîne fermement Andréas hors de la salle d'interrogatoire, traverse l'espace de bureaux et le fait entrer dans une minuscule cellule capitonnée.

– Voilà, vous serez au chaud, ici. Ah, au fait, Clara a été transférée vers un centre de la DDASS. Désolé, mon vieux, mais ici, ce n'est vraiment pas une place pour une gosse.

Sans attendre, Daza referme la cellule. Les yeux embués d'Andréas sont plus qu'il ne saurait supporter.

Il se dirige vers le bureau que Chopelle lui a attribué. Un mot l'y attend, de la main de Céline Roussin, la psychologue assermentée rattachée au service. C'est une jeune grue effacée, choisie par Chopelle pour sa disponibilité et son expérience des affaires difficiles. Mais Daza préfère l'ignorer plutôt que se forcer à faire la conversation avec elle. Ce qui n'arrange pas sa cote auprès du personnel de l'entrepôt.

Il déchiffre les trois lignes manuscrites et soupire, mais cette fois, c'est de soulagement. La famille d'accueil de Louis Cholet est d'accord pour héberger Clara pendant deux ou trois jours, le temps qu'elle retrouve quelques repères.

– C'est bien, dit-il à voix haute. Ils ont déjà réussi à s'en sortir une fois ensemble. Peut-être que ça marchera encore.

Puis il se tourne vers Chopelle, assis à trois bureaux de là, en grande conversation avec Stefano Tomazello et Peter Seipel.

– On a l'accord du juge pour Dorléans ? demande-t-il à brûle-pourpoint.

Sans interrompre son entretien, Chopelle fait un signe affirmatif de la tête puis lève la main vers Daza, paume tournée vers lui.

– Parfait, rétorque celui-ci. Je redescends dans cinq minutes.

Et il s'éclipse par le sas.

À mi-étage, Daza se rend compte qu'il va être père avant la fin de l'enquête. Rattraper Kurtz en moins d'une semaine est impensable. Et le ventre de Malia ne pourra pas se tendre beaucoup plus. Bien sûr, sa femme sera suivie par d'excellents médecins, mais il ne pourra pas être très présent. Et, selon la tournure que prendront les événements, il n'est pas certain d'assister à l'accouchement non plus.

– Merde, râle-t-il en atteignant le palier. Quel con !

Ce sera la première et la dernière fois que Daza se dérobera à ses responsabilités de père, il se le promet tandis qu'il compose le code d'accès sur le clavier mural. C'est aussi la dernière fois qu'il rendosse la panoplie du super flic. Ce métier est définitivement incompatible avec la vie de famille.

Daza enchaîne les promesses, puis ouvre la porte de l'appartement. Il y trouve Malia affairée à laver les sols et les murs de fond en comble.

Il se contente de l'enlacer, sans un mot. Tous les livres sur la maternité parlent de cette période dite de couvade où les futures mères préparent leur nid. Cela signifie que la délivrance est proche. Eliah l'a lu à plusieurs reprises.

Lorsqu'il ressort de la chambre, Daza se demande combien de temps il va tenir, à jouer ainsi les schizophrènes, ballotté entre des images de crimes, des drogués, des criminels et l'incroyable continent affectif où Malia l'accueille dès qu'il la retrouve.

Mais il sait déjà vers quel clan il basculera sans l'ombre d'une hésitation, si c'était nécessaire.

54

Kurtz a marché.

Sur la route, la couche de neige écrasée par le passage récent d'une voiture lui a permis une progression lente, mais aisée.

Kurtz a marché. Et il a demandé à sa mère pourquoi elle était partie si vite. Pourquoi elle avait abandonné le petit garçon, alors qu'ils s'étaient promis de passer l'après-midi à faire des câlins. Et pourquoi elle n'avait rien fait, de là-haut, quand la grosse Irma l'enfermait dans le placard ou lui frottait l'entrejambe jusqu'au sang.

Il a marché et attendu les réponses.

Mais seul le petit garçon a agité sa lampe. Comme toujours.

Lorsque le soleil se présente à l'horizon, à peine plus gros qu'un ballon rougeoyant posé sur la neige, la forêt dans son dos a disparu. Kurtz est épuisé, et pourtant il est heureux de constater qu'il peut arriver quelque chose de nouveau dans ces contrées désespérantes.

Avec ce changement dans son environnement et ce soleil rabougri viennent des couleurs apocalyptiques qui mettent du baume à son cœur bouleversé. Pour un peu, Kurtz verserait une larme, de bonheur mièvre, cette fois. Le spectacle est si beau.

Des volutes d'air se torsadent dans le ciel, juste au-dessus de la route enneigée sur laquelle aucun trafic ne semble jamais vouloir se présenter. Des couleurs inimaginables virevoltent dans l'azur bleu profond. C'est sa première aurore boréale, et Kurtz ne saurait la nommer. Il se contente de l'admirer, bouche bée. Et en cet instant de pure féerie, regarder, admirer, c'est aussi exister.

Encore.

Le soleil peine à s'élever de quelques centimètres au-dessus de l'horizon, puis il bascule de nouveau, rendant Kurtz aux ténèbres.

La « journée » se passe ainsi. Kurtz tend sa volonté vers le bout de ses chaussures, sur l'alternance régulière des mouvements de ses pieds. Dans son esprit vide, il ne se passe rien de plus. Kurtz a senti qu'il ne fallait plus réfléchir. Son ventre crie famine. Repousser ses assauts est presque surhumain.

De temps à autre, il s'accorde une pause, qu'il consacre à faire fondre de la neige dans sa bouche. Il a essayé de mâchonner des herbes trouvées sous la couche de neige, mais leur goût très amer l'a définitivement fâché avec toute velléité végétarienne. Alors il se contente de boire à petites gorgées cette eau glaciale.

Une heure plus tard, de terribles spasmes abdominaux le plient en deux et une diarrhée carabinée survient sans crier gare. Kurtz a tout juste le temps de se déculotter et de trouver le soutien d'un arbuste sur le bas-côté. La douleur est si vive qu'elle lui arrache hurlements et larmes.

Kurtz pleure sur son sort.

Il n'a pas de quoi essuyer ses fesses maculées. Lui, si maniaque d'ordinaire, est obligé de remonter slip et pantalon, sachant très bien que tout n'est pas resté dans la neige.

Les crises de diarrhée vont revenir régulièrement.

Tant et si bien qu'en traversant un bosquet Kurtz décide d'y faire halte et d'allumer un feu.

À ce rythme, il se déshydratera et ne tiendra plus très longtemps.

55

Maison d'arrêt de la Santé. Paris. Onzième jour.

Même en prison, dans le quartier VIP de la Santé, Jean Dorléans conserve l'allure qui convient à son rang. En direction des parloirs privés, il marche la tête haute, le dos bien droit, et effectue l'enjambée des seigneurs. Pas après pas. D'ailleurs, les deux gardiens qui l'accompagnent lui ouvrent la route, alors qu'ils sont censés le surveiller. Il est vrai que, dans ce quartier particulier, la discipline est plus laxiste que dans le bloc des droits communs. Ici, les problèmes sont rares et les pattes des gardiens convenablement graissées. Dorléans ne déroge pas à cette règle. L'argent passe sans vergogne de sa banque, où tous ses comptes ont pourtant été bloqués, à la mallette de ses avocats, puis à sa poche, pour finir dans celle des matons ou d'autres détenus.

Ici aussi règne la loi du plus fort.

Surtout ici.

Les grilles claquent les unes après les autres. Ce long couloir n'en compte pas moins de huit. Huit portes pour changer de décor et s'approcher du monde extérieur entre les murs délabrés du plus vieux bâtiment de la prison.

Malgré sa haute influence sur les gardiens, Jean Dorléans ne décide pas de tout. Et lorsqu'on le demande au parloir, il n'a pas à protester, même s'il préfère éviter les visites. Alors il avance, le regard droit, des projets plein la tête et de la morgue au coin des lèvres. Ici, le business continue. Les détenus du bloc A ont facilement accès au téléphone et au fax pendant les heures ouvrées. Il suffit d'un petit billet glissé à la bonne personne, et l'affaire est entendue. Aux heures non ouvrées, ce n'est pas plus compliqué, mais le nombre de billets est multiplié par deux, voire trois. Depuis son incarcération, Dorléans n'a cessé de travailler comme s'il était dehors et d'œuvrer à l'essor de ses entreprises.

C'est sans doute pour cela qu'il affiche ce sourire satisfait.

D'autant plus qu'on lui a garanti une surprise.

– C'est pas vot' baveux habituel, l'a renseigné Lucien, l'un de ses gardiens, c'est un duo de flics.

Dorléans a tiqué. Lucien massacre la langue française si souvent qu'on dirait qu'il s'en fait un point d'honneur. L'homme d'affaires aimerait le corriger à chaque fois, mais Lucien lui est précieux, et il serait fâcheux de le vexer. L'accès au centre de télécommunication de la prison vaut bien ce petit sacrifice.

La présence de deux agents en civil l'intrigue au plus haut point. Vient-on le solliciter pour un complément d'informations en relation avec son procès ou devient-il précieux pour une affaire infiniment plus sulfureuse ?

La clé résonne dans le métal de la serrure, la dernière porte s'ouvre.

Lucien dirige Jean Dorléans vers la salle numéro 2, la plus grande des trois.

– C'est pas des gars de la crim', monsieur Dorléans. Y'a rien à craindre.

Dorléans remercie ce soutien maladroit d'un signe de tête et pénètre dans la salle. En une fraction de seconde, il comprend que la seconde hypothèse était la bonne.

– Si je m'attendais à vous revoir, messieurs ! dit-il d'un ton courtois. Vous m'avez envoyé ici, allez-vous m'en sortir ?

Décidés à ne pas tergiverser, Eliah Daza et Yann Chopelle se lancent un regard entendu. Dorléans est un gros poisson, il voudra de gros avantages. Sur ce point, il n'y a aucun doute.

– Que me vaut le plaisir ? les relance Dorléans en s'asseyant.

– N'en faites pas trop, le prévient Daza, c'est inutile.

– Commissaire Daza ! Comme le chignon vous va bien ! Et la barbe ! Un vrai baroudeur ! J'ai cru comprendre que vous vous étiez retiré dans la brousse en charmante compagnie, poursuit Dorléans. M'aurait-on livré de fausses informations ?

Eliah Daza ne cille pas.

– Nous sommes à la recherche de Lavergne, intervient Yann Chopelle.

– Est-il ici, à la Santé ? glousse Dorléans. Pas dans le quartier VIP, en tout cas…

Il rit, et son ventre, boudiné dans une chemise en soie, frémit comme un tas de pudding.

– Si vous arrêtez immédiatement votre cirque, vous pourrez peut-être tirer quelque chose de notre entretien, articule Daza.

– Cela dépend aussi de vous, je suppose, glisse l'homme d'affaires. Jusqu'où êtes-vous prêt à miser ? Êtes-vous joueur, commissaire ?

– Vous savez où est Kurtz, affirme Daza en fixant le détenu.

Le regard de Dorléans s'illumine. Pour un peu, il se frotterait les mains.

– Voyons, répond-il pourtant, vous perdez le sens commun ! Ce cher Olivier est mort. Vous le savez mieux que moi puisque vous étiez chargé de l'enquête…

– Je recommence, gronde Daza. Soit vous tirez parti de notre présence, soit nous rentrons bredouilles, mais vous croupirez ici les deux prochaines décennies.

– Alors, répondez à ma question, jusqu'où êtes-vous prêts à miser ?

– Il y a parfois des vices de procédure. C'est fâcheux, mais ça arrive, lâche Chopelle sans une hésitation.

– Vraiment ! s'offense faussement Dorléans. Mais c'est de la compromission de détenu ! Faire disparaître des preuves en utilisant la procédure que vous appliquez comme de braves toutous ! C'est d'une perfidie aboutie !

– Des preuves pour lesquelles votre propre fille est morte, ne peut s'empêcher de siffler Daza.

– Fille illégitime, mon cher, pérore l'homme d'affaires avec un petit geste de la main, fille illégitime !

À présent, Jean Dorléans sait qu'il sera sorti de prison dans quelques heures et que son procès va s'achever sur un non-lieu. Et cela, avec le concours des personnes qui l'ont fait incarcérer. La morale de l'histoire est trop belle pour qu'il hésite plus longtemps.

– Il va falloir me coucher cette proposition sur le papier, exige-t-il en regardant sa montre. Et prévoir la présence de mon avocat, disons demain matin.

– Maintenant, le corrige Daza. C'est tout de suite que nous avons besoin de vos lumières.

Dorléans semble apprécier la situation. Mais en homme éduqué, il n'en abuse pas.

– Maître Tournier dîne tôt. Il se fait vieux. Mais il fera bien une exception, n'est-ce pas !

Jean Dorléans tend une main vers Daza, sans un mot d'explication.

Ce dernier fait mine de ne pas comprendre, obligeant Yann Chopelle à dégainer son téléphone portable.

– Vous êtes une forte tête, lance Dorléans. Je suis certain que ce comportement vous a joué des tours, je me trompe ?

L'ex-commissaire quitte brutalement la pièce, le cœur au bord des lèvres.

Maître Tournier a une soixantaine d'années. Son apparence insignifiante a dû compter dans nombre de procès gagnés pour des clients influents. Show-biz, politique, terrorisme, grand banditisme, monde de l'industrie ou du sport, depuis près de trente-cinq ans, Tournier est un gagneur. L'avocat idéal pour représenter Jean Dorléans.

C'est donc lui qui reçoit Yann Chopelle et Eliah Daza après s'être entretenu quelques instants avec son client. Et non le contraire.

– M. Dorléans est parti préparer ses valises, précise-t-il d'emblée. C'est presque vexant, si près de l'échéance du procès.

– Voici l'engagement de mes services, dit Chopelle en tendant une feuille à l'en-tête du ministère de l'Intérieur.

Tournier la lit lentement, puis opine du chef plusieurs fois.

– C'est parfait, dit-il. Bien sûr, monsieur le ministre ne peut pas s'engager en son nom, mais cette lettre vaut blanc-seing. C'est parfait.

Il déverrouille alors son attaché-case, y dépose délicatement le document et en sort une pochette d'allumettes qu'il pose sur la table.

– Voici la contribution de M. Dorléans dans la lutte contre la grande criminalité. Nous sommes quittes.

– Votre client sera libéré si cette information est concrète, précise Chopelle en tendant à Daza la pochette sur laquelle figure une série de chiffres.

– Je ne plaisante jamais, commissaire, conclut l'avocat de l'homme d'affaires en quittant le parloir.

56

XIXe arrondissement. Paris. Onzième jour.

Clara Darblay sent son cœur s'emballer, petit à petit, comme s'il hésitait, comme s'il attendait l'instant propice pour exploser. Dans quelques minutes à peine, elle retrouvera enfin Louis.

Ballottée dans la voiture aux vitres teintées secouée par de vieilles suspensions fatiguées, Clara regarde le paysage qui défile. Paris moche, Paris gris. Elle n'a pas un mot pour Mlle Roussin, la psychologue qui l'accompagne. Elle déteste ces gens mielleux, trop dégoulinants de bonnes intentions, à son goût. Elle ne veut pas qu'on décortique sa tête pour traquer ce qui s'y cache. Clara hait ses semblables et se nourrit de chaque occasion de les détester. Celui-là est vieux, il est sénile, celle-là a les yeux bridés, elle pige rien, celui-là a une cravate et un attaché-case, c'est un connard de bourgeois. Rien ni personne ne trouve plus grâce à ses yeux, son propre père en tête. D'ailleurs, elle n'a plus envie de l'appeler papa. Elle va faire comme la blonde, elle dira pauvre merde ou pauvre loque shootée.

Il ne vaut pas plus.

Elle essuie une toute petite larme – il ne vaut pas plus parce qu'il l'a abandonnée. C'était bien la peine de jouer au héros et de s'en sortir, si c'était pour replonger après. Il l'a laissée chez Sami sans un mot. Quelques pleurs, et puis plus de nouvelles. Une carte postale de temps à autre, bien convenue, avec du soleil et des fichus arbres moches. Et c'est tout.

Elle a tenté de survivre, mais cette fois, seule, elle n'a trouvé que le ressentiment et la haine pour se défendre. L'amour des autres, elle n'en voulait pas. Et son père ne voulait pas d'elle. Pourtant, elle aussi a été héroïque. Elle aussi, avec Louis.

À la vie, à la mort, ils ont dit. Ils se sont échappés du château où Kurtz les retenait prisonniers, ils ont erré dans les bois au péril de leur vie, ont essuyé des tirs de carabines, ont failli mourir enfumés dans une grotte. Mourir, comme Timon, le pauvre petit, Timon, le pull-over rouge qui flotte au fil de l'eau. Qui flottera toute la vie, dans la tête de Clara.

La voiture s'arrête, effectue une manœuvre de stationnement.

La jeune fille ne voit pas le chauffeur, la vitre qui les sépare est teintée. Donc, pour elle, il n'y a pas de chauffeur. Avant, ça lui aurait plu de se balader dans ce genre de grande voiture, large et confortable. Une voiture de princesse, aurait dit… Andréas, la loque.

– Un carrosse, une citrouille, plutôt, lâche-t-elle malgré elle.

– Clara ?

Céline Roussin lui enjoint de la suivre. Clara s'emmitoufle dans son blouson et bondit hors de la voiture.

La famille d'accueil de son camarade d'infortune habite une jolie maison de ville au Pré-Saint-Gervais, à quelques encablures de l'hôpital Robert-Debré.

Le nez en l'air, Clara observe les façades agréables couvertes de vigne vierge. Elle n'imaginait pas qu'il puisse y avoir des jardins et des petites rues fleuries derrière les hautes grilles aveugles en fer forgé. Dans son immeuble du XVIIIe, en dehors de la verdure du parc en bas et des quelques balcons dépotoirs, il n'y avait pas ce souci de faire joli. Sa voisine, elle s'en souvient bien, une espèce de bécasse – c'est Andréas qui disait ça en riant –, avait laissé crever un joli papyrus sur son balcon. Ça lui gâchait la vue.

En revanche, ici, elle aimerait bien vivre.

Clara arrête brusquement de marcher.

Cette fois, son cœur est remonté dans sa gorge. Elle a peur de ne pouvoir dire un mot. Et elle ne veut pas, après tout ce temps, passer pour une bécasse, elle aussi, devant Louis. Elle a tant de choses à lui demander, tant de projets. Cette famille dans laquelle il vit depuis quelques mois pourrait l'accueillir, elle aussi. Peut-être qu'avec un peu de chance elle plaira à ces gens-là. Ce serait idéal !

Céline lui fait un gentil sourire. Elle attend, quelques mètres plus loin. Mais la gamine est toujours tétanisée. Une autre idée inquiétante vient de lui traverser l'esprit.

Louis a grandi. Et s'il était beau à tomber par terre ? Et s'il ne la trouvait pas jolie ? Il pourrait très bien se moquer d'elle, d'autant plus que son sein droit pousse plus vite que le gauche. À l'école, une fois, un idiot l'a traitée d'« uninichonaire ». Elle s'est jetée sur lui, toutes griffes dehors, et ça lui a valu quatre heures de colle.

Mais l'idiot ne lui a plus jamais adressé la parole.

– Clara ?

Elle lève les yeux et rougit jusqu'à la racine des cheveux. Non, Céline ne l'attendait pas. Elle était déjà devant la maison en train de parler avec les parents d'accueil de Louis, ou peut-être avec lui ou… oh ! qu'il est grand, qu'il est beau.

– Clara ?

La jeune fille lève les yeux vers son interlocuteur. Louis la dépasse maintenant d'une bonne tête. Ses cheveux ont foncé et… sa voix !

– Je croyais que les garçons grandissaient moins vite que les filles, ronchonne-t-elle bêtement.

– Viens, y'a une cabane dans le jardin.

Elle le suit, se laisse conduire, folle de joie, émue, bouleversée. Elle remarque à peine le corridor simple et chaleureux, salue de loin la « mère », croise deux autres adolescents et se retrouve assise face à Louis, entre quatre panneaux de bois lovés dans les branches d'un grand frêne.

– Tu as de la moustache, glousse-t-elle. Et tu parles bizarre.

Louis esquisse un petit sourire.

– T'es pas mal non plus.

Il jette un rapide coup d'œil à l'extérieur.

– T'es heureux, ici ?

L'adolescent ne répond pas tout de suite. Il promène son regard gris-bleu sur la silhouette de la « presque » jeune fille assise à côté de lui.

D'un geste brusque, il l'attrape par le cou et l'attire contre lui. Clara se laisse couler dans ses bras, le cœur battant et la gorge serrée.

– T'as déjà embrassé un garçon ? lui souffle-t-il à l'oreille.

Elle secoue la tête. Aussitôt, elle sent l'haleine mentholée de son camarade, ses lèvres effleurent les siennes, sa langue tente une intrusion.

– Laisse-toi faire.

Clara se tortille, ouvre la bouche, des dizaines de questions se bousculent dans son esprit en ébullition.

Je fais comment ? Je tourne la langue ? Je ferme les yeux ? Je respire par le nez ? Là, il ferme les yeux, c'est bizarre avec la langue, ça veut dire qu'on sort ensemble ?

Le baiser dure une éternité. Il les laisse tous deux la salive aux coins des lèvres et les yeux brillants.

– T'es ma meuf, maintenant, clame Louis.

Au pied de l'arbre, les autres gamins se moquent.

– Tu es malheureux, c'est ça ?

– Ils ne me supportent pas. Les parents sont cool, mais Rachida me colle, et Kevin est un fils de… Dès qu'il le peut, il me chope et me tabasse.

– On est deux, maintenant, chuchote Clara. La psy va demander à ta mère si je peux rester un peu, le temps qu'ils s'occupent de l'autre loque.

– Qui ça ?

– Mon père. Tu vas voir, maintenant, t'es plus tout seul.

– À la vie, à la mort ?

– C'est ça, glisse Clara. À la vie. À la mort.

57

L'entrepôt. XIIIe arrondissement. Paris. Soirée du onzième jour.

La pluie, toujours aussi violente, a trempé ses cheveux quand elle est montée dans le fourgon blindé, encadrée par deux officiers vêtus de noir, le visage masqué par une cagoule.

En les voyant arriver, Shan a eu un violent mouvement de recul. Le lieutenant Boisset l'a rattrapée alors qu'elle allait tomber et l'a soutenue jusque sur le trottoir.

– Mais qu'est-ce qui vous fait peur comme ça, mademoiselle ? Ces hommes ne vous feront aucun mal.

Les cagoules, les hommes en noir, les coups de feu, les coups de couteau et la foule qui gronde. Ce type à l'odeur de fer ne peut pas savoir.

Shan a remué la tête et s'est recroquevillée sur le banc, entravée par des menottes aux chevilles et aux poignets. Lorsque les portes de la camionnette se sont refermées sur elle, elle a cru apercevoir le pelage brillant de Nassau, en partie caché par une colonne Morris, et cette vision lui a mis du baume au cœur.

Pendant tout le voyage, elle n'a cessé de scruter le plancher, évitant de croiser le regard de son escorte silencieuse.

Il y a un homme et une femme. Elle est gauchère et a une jambe plus courte que l'autre. Ils sont amants. La femme est discrète mais l'homme a des gestes qui ne trompent pas. De tout petits gestes qui trahissent l'instinct de propriété.

Les gouttes de pluie accrochées dans ses cheveux ont roulé sur ses joues, elle les a essuyées avec sa manche, puis a fermé les yeux pour suivre l'itinéraire dans sa tête.

À présent, le fourgon roule à faible allure dans une circulation à peu près fluide.

Rue du Charolais. Coriolis. Place Lachambaudie. Rue Kessel. Pont de Tolbiac. Tolbiac. Tolbiac... Bobillot. Place de Rungis... Ça y est.

Shan peut entendre le clignotant, ils sont bientôt arrivés. Encore quelques minutes et ils parviendront sur le vaste terrain de l'entrepôt.

Les graviers crissent un court instant, le véhicule s'engage sur une rampe bétonnée et s'engouffre dans l'obscurité de ce qui semble être un garage.

L'homme saute presque immédiatement du véhicule et la femme s'approche de Shan pour libérer ses chevilles.

Puis ils l'accompagnent jusqu'à l'étage supérieur où ils l'enferment dans une sorte de cage de verre, plantée au milieu d'une immense salle parsemée de bureaux.

Shan pose son sac à ses pieds et jette un rapide coup d'œil autour d'elle.

Le sas d'entrée du côté opposé à la rampe du parking. Un autre sas donne accès aux étages.

La haute silhouette d'un officier en civil s'approche de la cage, un gobelet fumant à la main. Il entre, verrouille la porte derrière lui et pose le breuvage chaud devant Shan avec un grand sourire.

– Bonjour, je m'appelle Peter Seipel. Je vous ai apporté un thé. Mettez-vous à l'aise, nous allons en avoir pour un moment.

Shan lève les yeux vers le nouveau venu. Son visage parsemé de taches de rousseur et ses traits taillés à la serpe lui donnent un charme indéniable.

C'est un Allemand, son accent est léger mais reconnaissable. Il a le regard franc et le col du tee-shirt élimé.

– Comment savez-vous ?

– Berlin, à l'hôpital, vous avez cassé les pieds à tout le personnel pour avoir du thé vert. Vous ne vous souvenez plus ?

– Cette période est encore assez floue, je dois dire.

Shan trempe ses lèvres sèches dans le thé. Elle déglutit difficilement.

Peter Seipel lui semble très correct, beaucoup plus que l'officier au visage glabre et au teint olivâtre qui l'observe bizarrement depuis son arrivée. Mais elle est angoissée d'être ainsi exposée au milieu du hangar.

– Pourquoi cet endroit ?

– Pourquoi pas ? rétorque Peter Seipel. Ça s'appelle l'aquarium. Donnez-moi votre sac, je dois vérifier vos effets personnels.

– Ça a déjà été fait au commissariat, proteste mollement la jeune femme.

Sans attendre, l'officier allemand attrape le sac de Shan et sort de l'aquarium pour le donner à Tomazello. Ce dernier a enfilé des gants en latex. Il s'éloigne et s'installe à son bureau pour procéder à la fouille.

Avant de revenir, Peter Seipel compulse quelques dossiers et récupère un ordinateur portable sur un des bureaux.

Une vingtaine de postes de travail. Les chefs face au mur ouest. L'Italien le glabre et Seipel le gentil, côté nord, face à l'infirmerie. Pas grand monde pour le moment.

– Bien, nous allons commencer, voulez-vous ?

– Pouvez-vous m'expliquer où nous sommes ? Pourquoi ne suis-je pas restée au commissariat avec M. Boisset ?

Peter Seipel prend place face à Shan et ouvre son portable. Ses doigts tapent quelques mots sur le clavier et il relève la tête vers la jeune femme, tout sourire.

– Vous êtes dans une des annexes de la police. Ici, nous collaborons avec des collègues du monde entier pour retrouver les criminels les plus dangereux de la planète. Vous êtes reliée à l'un d'entre eux, c'est pourquoi vous êtes ici.

Shan hoche la tête. Elle semble perdue. Elle saisit les bords de son gilet et le reboutonne en frissonnant.

– L'individu qui nous intéresse s'appelle Olivier Lavergne. Quand l'avez-vous vu pour la dernière fois ?

La jeune femme fronce les sourcils.

– Je ne sais pas. Je ne connais pas ce nom. Lavergne ? Non. Je ne me souviens pas. C'est…

– Kurtz ? Ou Charles Marleau ou…

– Oui, Kurtz. Ça me dit quelque chose. Mais… en fait c'est Darblay, l'homme à qui j'ai ramené sa fille, qui m'en a parlé le premier.

– OK. C'est intéressant. Comment êtes-vous entrée en contact avec Darblay ?

En quelques mots, Shan explique à Peter Seipel qu'elle a obéi à des ordres qui arrivaient dans sa tête, comme ça, après l'accident à Berlin. Des flashs, des chiffres ou des itinéraires qui lui donnaient les instructions à suivre.

Peter Seipel lui demande de préciser, mais Shan se met à bafouiller. Le stress l'envahit soudain. Elle est incapable de donner plus de détails.

Coursive sur les côtés nord, est, sud. Bureaux et appartements sur la longueur est. Deuxième étage invisible depuis le rez-de-chaussée.

– J'ai agi de façon quasi automatique. Je crois que j'étais parmi les terroristes à Berlin, parce qu'ils tentent de m'éliminer. J'ai pris un coup sur la tête, je suis devenue dangereuse pour eux. C'est ce que m'a dit l'homme sur la péniche. Il devait me tuer. Mais je me suis défendue. Je ne savais pas que j'étais si rapide, si…

Un sanglot monte dans sa gorge et s'étouffe aussitôt.

Peter Seipel a tout noté scrupuleusement.

– Nous allons tenter d'éclaircir ça. Progressivement. Les choses vont vous revenir, j'en suis sûr. Et chaque détail compte. Expliquez-moi ce qui vous persuade d'avoir vraiment participé à la tuerie de Berlin.

Les larmes aux yeux, Shan décrit sa folle course pour fuir l'hôpital, l'attaque de son studio, les souvenirs qui remontent par images, brutales et terrifiantes.

– Je vous l'ai dit, cet homme sur la péniche. Et puis je vois des corps, j'entends des hurlements, la foule m'emporte. C'est…

Shan a un haut-le-cœur.

– Je crois que je vais vomir.

Peter se précipite au-dehors pour lui trouver des mouchoirs. Il attrape au passage la corbeille à papiers de Tomazello qui râle.

Quelques secondes plus tard, Shan, à genoux, hoquette au-dessus du panier.

Mur est. Sas d'arrivée. Deux cellules, des réserves armes et munitions. Total des quatre pièces : environ cent mètres carrés.

Peter est debout à ses côtés, vaguement gêné.

– Vous voulez quelque chose ?

Shan hoche la tête en se redressant. Elle s'essuie la bouche avec les mouchoirs en papier.

– De l'eau, s'il vous plaît.

Elle suit Peter Seipel du regard jusqu'à ce qu'il entre à la cafétéria.

Mur ouest, à gauche de l'entrée et du sas vers les étages. Distributeur de boissons chaudes, froides et sandwiches, salades. Télévision, trois tables, trente mètres carrés.

Lorsqu'il revient, une bouteille d'eau minérale à la main, un homme chauve de petite taille, en costume cravate, l'attend devant l'entrée de l'aquarium. Shan n'a aucun doute, c'est lui le chef.

Yann Chopelle, le voilà. Où donc est Daza ?

Les deux policiers s'entretiennent un long moment.

Stefano Tomazello s'est posté tout près de la porte de l'aquarium. De temps à autre, il jette un rapide coup d'œil vers la jeune femme avachie sur sa chaise.

Derrière ses paupières mi-closes, Shan observe attentivement Yann Chopelle donner de nouvelles instructions aux quelques hommes présents dans le hangar. Puis elle le voit s'asseoir à son bureau placé face à la porte de l'aquarium, sans un regard pour elle.

Mur nord, façade en verre opaque. L'infirmerie, peut-être ? Occupée par une personne. Le médecin ?

Soudain, la silhouette de Peter Seipel s'encadre dans la porte.

Shan relève la tête, feint la surprise et l'épuisement.

– Tenez, dit-il en lui tendant une petite bouteille d'eau minérale. J'espère que ça ira. Allez vous reposer un peu en cellule. Sur place, il y a des toilettes et un lavabo, mais n'hésitez pas. Si vous avez besoin d'aide, nous avons un médecin et une psychologue sur place. D'accord ?

Shan acquiesce.

Elle suit Peter Seipel docilement. Au passage, elle frôle Yann Chopelle qui la salue d'un geste bref.

Brusquement, Shan s'arrête et s'accroche à la manche du directeur de l'entrepôt. De nouvelles larmes jaillissent de ses paupières.

– Aidez-moi, s'il vous plaît. Protégez-moi. Ils vont me trouver, ils vont me tuer ! Surtout, ne me laissez pas partir !

58

La route s'étire à perte de vue, de part et d'autre de ce bosquet rabougri où Kurtz a trouvé refuge. La nuit claire permet de distinguer les poteaux en bois sur une très longue distance. Le vent s'est calmé, et l'air surchargé de cristaux reflète la lueur d'une lune étonnamment grosse.

Le bois crépite, des traînées d'étincelles s'élèvent au-dessus du feu. Le corps de Kurtz se réchauffe peu à peu. Avec ce sentiment de vie nouvellement insufflé arrive un contingent de complications. Pas de vie sans douleurs, et celles qui déferlent le long des nerfs de Kurtz sont de premier ordre. Son pied gauche et ses mains ne sont bientôt plus que puits de souffrances. Même son visage, et particulièrement ses oreilles se rappellent à son souvenir par de violents signaux. Pourtant, il a bien tenté de se réchauffer.

Kurtz ne s'en aperçoit pas aussitôt et s'en trouverait plutôt soulagé, mais son pied droit ne semble pas vouloir imiter le reste de son anatomie. Quand l'absence de souffrance devient évidente, il s'en réjouit d'abord. Qu'une partie de sa chère personne le soutienne encore est une aubaine qu'il accepte, œillères fermement fixées sur son raisonnement. Et peu à peu, parce qu'il ne peut se leurrer bien longtemps, une alarme résonne en lui.

Son pied est en train de mourir de froid.

Kurtz retire prudemment sa rangers et les deux paires de chaussettes censées le protéger du gel. Son pied n'a pas fière allure. L'épiderme est blanc, la lunule noire comme le jais et les veines striées de marbrures inquiétantes. Et encore ne peut-il qu'estimer ces couleurs à la lueur tremblante des flammes.

Pendant une dizaine de minutes, il masse son mollet et son pied, essayant de faire affluer le sang vers son gros orteil, sans résultat. Alors, il se rechausse, les lèvres tremblantes de peur à l'idée que la mort vienne par ce biais.

Kurtz a conscience que le gel est en train de faire souffrir sa chair, que tenter de la réchauffer ne fera que l'expédier vers les affres de la gangrène et de la septicémie. Seul au monde comme il l'est, cette cascade de conséquences aura raison de lui en quelques jours. Quelques dizaines de minutes seulement, s'il décide de s'allonger dans la neige. Par moins quarante degrés, le froid endort comme un somnifère. La descente doit être délicieusement apaisante, et Kurtz se demande si ce n'est pas la meilleure solution. Car enfin, hurle une voix dans sa tête, qui va venir à son secours ? Puisqu'il a tué les deux seules personnes des environs à le savoir en vie et que les rares habitants du coin ne semblent pas animés d'une franche tradition d'accueil !

Et les siens ne l'ont pas suivi.

Le mot « abandon » arrive difficilement à se fixer sur son écran mental. Kurtz a toujours cru pouvoir et devoir s'en sortir seul. Mais, en cet instant, il comprend son égarement. Sa mère d'abord, et le petit garçon dont il a oublié le nom. Maintenant ses soldats, ceux qu'il a lui-même choisis quinze ans plus tôt, ceux à qui il a consacré l'essentiel de sa fortune, ceux qu'il considère comme ses enfants, ne se sont pas manifestés. Pourtant, Andréas Darblay avait tout en main pour les mettre sur sa piste.

Abandonné.

Le constat est déchirant. Entre deux façons de mourir, il choisit la plus éloignée. On ne sait jamais. Depuis qu'il s'est émancipé, Kurtz a toujours eu une bonne étoile.

Alors il s'occupe comme il peut, en alimentant ce feu qui le condamne et en tournant ses pensées vers des souvenirs heureux.

Son domaine des Carpates, le lac et les forêts à perte de vue.

Il revoit cette contrée couverte de fleurs au mois de juin et retrouve les sensations olfactives qui l'ont ravi toutes ces années. Kurtz est un esthète, un être raffiné. Il s'attache à de petites choses, des moments ineffables qu'aucune photographie ne peut retenir.

Alors que sa fin s'envisage à très court terme, il refuse de laisser sa vie s'achever ainsi. Pas si près de cet ultime projet imaginé des années plus tôt dans le jardin de la maison familiale où tout est né. Dans cette friche puante où il se cachait des excès de sa belle-mère, il s'est inventé un rang parmi les prédateurs, un but pour ne plus jamais avoir peur.

Ils l'ont abandonné.

À la nuit éternelle, à la mort dont il aperçoit l'ébauche d'un sourire carnassier, et surtout à cette solitude dont il pensait s'être définitivement affranchi en les créant, eux, de toutes pièces, à son image et à sa ressemblance.

Ses enfants, ses choses, ses chiens.

59

Finlande. Douzième jour.

Parti la veille de Roissy-Charles-de-Gaulle, l'avion de Daza s'est posé à quatre heures du matin à Helsinki-Vantaan. Là, il a été accueilli par Kjell Vastaranta, l'officier de liaison finlandais qui possède l'énorme avantage de parler un français très correct. Ils se sont contentés de passer dans l'aérogare nationale, séparée du centre de vols internationaux par une simple passerelle couverte. De là, ils ont utilisé une jeep pour gagner un entrepôt de fret et ont attendu que les pistes soient préparées pour permettre un décollage en toute quiétude. Ils ont alors pris place dans un bimoteur de reconnaissance militaire. Direction la petite ville d'Ivalo, dans le nord du pays, à quelques dizaines de kilomètres du cercle polaire.

Daza a essayé de dormir, mais le hurlement des réacteurs et les trous d'air se sont chargés de le maintenir éveillé. C'est vers la fin du vol que Daza a vu le soleil se lever par le hublot. La lumière est montée quelques minutes, inondant de rose des dizaines de kilomètres carrés de terre gelée, soulevant depuis le sol des volutes de vapeur d'eau cristallisée. Et puis il est redescendu sur la ligne d'horizon, comme s'il avait eu un moment de faiblesse. Daza a assisté au coucher de l'astre, après une journée d'à peine un quart d'heure, en se demandant comment des humains pouvaient endurer de telles conditions de vie. Ces paysages frigorifiques l'ont mentalement expédié en Afrique, ravivant des images qui ont fait naître une grosse boule d'angoisse au fond de sa gorge.

À dix heures trente, les skis de l'appareil tracent une paire de lignes droites sur la piste enneigée d'Ivalo. Le petit avion vrombit jusqu'à se ranger au plus près d'un alignement de baraquements plongés dans la nuit.

– L'accueil est rude, plaisante Daza.

– Il n'y a pas de vol prévu en cette saison. D'ailleurs, qu'est-ce qui vous amène ici, exactement ? s'enquiert Vastaranta.

– Des numéros sur une boîte d'allumettes.

– Vous plaisantez ?

Pendant la nuit, le militaire finlandais a expliqué à Daza quantité de choses. Celui-ci est certain d'en avoir oublié la quasi-totalité. L'officier lui a offert un café de machine automatique accompagné d'une madeleine sous cellophane, et ils ont ensuite embarqué dans un NH 90 de l'armée finlandaise, une version blanche du fleuron d'Eurocopter pour le transport de troupes.

Les autorités d'Helsinki ont bien fait les choses. Daza a rejoint une équipe médicale dans l'hélicoptère et quatre soldats d'élite. Avec le binôme de pilotage, cela fait une équipe de douze personnes.

Le gros appareil s'est élevé étonnamment rapidement au-dessus de la petite ville endormie, l'a contournée par le nord, puis le pilote a mis les gaz plein ouest, avec pour objectif les coordonnées géographiques divulguées par Jean Dorléans.

– On a des hommes sur place, explique alors Vastaranta, qui vient d'avoir une conversation avec le pilote. Ils ont trouvé deux cadavres dans les ruines de l'ancienne station météo. Mais il n'y a plus personne, pas en vie. Vous êtes sûr de vouloir y aller quand même ?

Le casque de communication sur les oreilles, Daza confirme en levant le pouce.

– C'est mieux comme ça. Oui, je veux voir cet endroit.

C'est sur ces paroles que s'ouvre la fin du voyage. Sans discuter, Vastaranta fait un signe au pilote. Après tout, le Français a ses raisons, et ce n'est pas son enquête.

Après quarante-cinq minutes de vol au-dessus d'une région aux forêts très denses et aux cieux bizarrement lumineux malgré la nuit, le NH 90 amorce sa descente près d'un bâtiment puissamment éclairé par des projecteurs.

Malgré une demi-heure d'inspection minutieuse des locaux et des abords, Daza reste bredouille. Kurtz, s'il a bien séjourné là, a ajouté deux cadavres supplémentaires à son actif. L'amputation quasi chirurgicale des jambes de l'un d'eux indique clairement que le coupable s'est constitué une réserve de nourriture pour rallier la communauté humaine la plus proche. Tout concorde. L'explosion de la citerne de gaz a détruit les stocks d'aliments et interdit toute production de chauffage. Kurtz est quelque part dans cette immensité glacée, seul, mort peut-être. S'il reste une chance de le retrouver, c'est par la voie des airs, avec les équipements infrarouges de vision nocturne.

Les pales tranchent déjà l'air glacé.

Afin de s'isoler pour entrer en contact avec Chopelle, Daza retourne dans les baraquements.

Le téléphone satellite se connecte aussitôt.

– Vous l'avez ? grogne la voix pâteuse de Chopelle sans autre préambule.

– Euh, non, répond laconiquement Daza.

– Putain, Daza, quoi ? J'ai pas encore pris mon café !

Un silence de quelques secondes remplace la mélopée grossière, puis Chopelle reprend la parole.

– Vous en êtes où ?

– Il fait moins quarante degrés, annonce Daza en se raclant la gorge, et Kurtz est dans la nature depuis plusieurs jours. Il a massacré deux hommes et emporté les jambes de l'un d'entre eux pour les bouffer.

Comme il entend son directeur s'étouffer à l'autre bout de la ligne, Eliah Daza fait un effort pour lui donner quelques détails supplémentaires :

– J'ignore encore ce qui s'est passé exactement, mais je pense qu'il était retenu là en otage et qu'il s'est débrouillé pour se tirer. Le problème, c'est qu'il a fait cramer les réserves de nourriture.

– Trouvez-le. Vivant.

– Les autorités du coin ont contacté les résidences isolées par radio. Personne n'a rien vu, mais nous avons des hommes sur le terrain. Et deux hélicos. Et vous ?

– Pendant que vous chassez le loup, commence Chopelle, on a hérité du petit chaperon rouge.

– Quel humour ! Faites vite, mon vieux, ça pèle, ici !

– Shan Guenarec est dans nos murs, ça y est.

– Elle a expliqué pourquoi elle s'est livrée ?

– Elle n'a pas les idées très claires, et je gage que c'est une manipulatrice hors pair. Elle s'accuse du meurtre d'un type et, tenez-vous bien, elle aurait participé à la tuerie de Berlin !

– Vous la croyez ?

– Possible, mais ce n'est pas l'important. Cette fille pourrait nous en apprendre beaucoup. Le problème, c'est qu'elle est un peu amnésique, vous voyez ?

– Elle est cinglée ? suggère Daza.

– Peut-être pas. En tout cas, elle est trempée dans cette histoire jusqu'au cou et joue les traumatisées. Elle m'a supplié de ne pas la laisser repartir !

– Roussin lui a parlé ?

– Impossible d'en tirer quoi que ce soit. Elle se bloque dès qu'un psy s'approche. Mlle Céline pense que c'est une protection. Quelque chose qu'on lui aurait appris.

– Faut voir. Pourquoi est-elle allée chercher Clara Darblay ?

– Là aussi, c'est un peu tiré par les cheveux, répond Chopelle. Elle aurait entendu une voix dans sa tête qui lui aurait ordonné de le faire. Bon, je ne vous retiens pas, on en saura plus dans la journée. Filez vous mettre au chaud.

– Merci, répond Eliah Daza. Dorléans ?

– Il est prêt à sortir. En fait, dès que vous avez Kurtz, nous le libérons, c'est le marché.

– J'ai du mal avec ça.

– Je sais.

Le silence s'installe entre les deux hommes. Les yeux de Daza se perdent sur les murs sales des baraquements. Il avale difficilement sa salive.

– Vous voulez bien dire à ma femme que tout va bien pour moi ?

Chopelle retient un petit rire.

– Ramenez-nous vite Kurtz et vous pourrez jouer au papa gâteau.

La connexion s'interrompt brutalement.

Sans attendre, Daza sort en courant de l'abri relatif de la station et grimpe dans le ventre ouvert du NH 90 qui décolle aussitôt.

60

Le feu brûle toujours, mais il est en sursis. Le petit bois commence à manquer et les branches vivaces dégagent une épaisse fumée.

Puisqu'il veut vivre, Kurtz sait qu'il ne doit pas s'endormir, mais la lutte est de plus en plus difficile.

Lorsque le soleil refait enfin une apparition furtive, Kurtz n'a plus d'énergie. De la glace a commencé à se former sur son nez. Il ne sent plus ses doigts ni ses pieds. Mais il dispose de suffisamment de hargne pour se lever. Alors, pour ne pas regretter de s'en éloigner, il pisse sur le feu. Son sexe paraît minuscule et peine à sortir un mince filet d'urine. Le froid est si intense que la vapeur qui s'en dégage n'a presque aucune odeur.

– Ça sent le sapin, Willard, dit-il en s'éloignant du bosquet. Va falloir trouver une solution de repli.

Il n'ajoute pas un mot. Sa voix rauque et chevrotante lui a semblé si incongrue.

Bientôt, songe-t-il, *je ne serai même plus capable de pisser*.

Sa marche est devenue lente.

Kurtz est à bout.

Ils m'ont abandonné.

Déjà, son cerveau se tourne vers l'intérieur, le passé, les moments importants et une si grande quantité de détails anodins.

Qui semblaient anodins.

Deux heures durant, Kurtz réussit l'exploit de poser un pied devant l'autre. Deux heures durant, il parvient à se convaincre que la capitulation n'est pas pour tout de suite.

Mais à l'impossible nul n'est tenu.

Kurtz approche d'une déclivité lorsqu'une splendide aurore boréale apparaît.

Il tente de parler mais ses mâchoires ne se desserrent plus.

Là ! C'est là.

La route déroule son tracé en contrebas.

L'étrange lumière céleste semble se déployer avec une grâce infinie. Kurtz peut voir les fils électriques danser sur les poteaux de guingois qui longent la route.

Cette imperfection l'agace.

Bleue, l'aurore se teinte de vert, illuminant de curieuses nuances fluorescentes les yeux trop froids du voyageur solitaire.

– Even ? dit-il entre ses dents serrées. Pourquoi, pourquoi ?

L'effort est devenu trop difficile.

– Pourquoi, Even ? Pourquoi ?

Kurtz devine qu'il est trop tard pour ce genre de révélation.

Tu m'as abandonné.

Il ferme les yeux, puis les ouvre. Une larme glisse le long de sa joue et gèle à mi-parcours.

– Adieu, mes chiens. Adieu, Willard.

Il s'imagine au printemps, délivré de sa gangue glacée, livré aux horreurs de la putréfaction. Il aurait aimé finir incinéré.

Et puis un dernier soubresaut de volonté l'agite.

Cette situation est imparfaite. Même s'il s'agit de sa mort, il ne peut admettre de crever comme n'importe quel clochard. Il doit y apporter une touche personnelle.

Alors, avec des gestes lents, il sort ses derniers bâtons fluorescents et les allume un par un. Puis il les dispose autour de lui, à même la neige, en un cercle de lumière.

Voilà, pense-t-il en se couchant, bras écartés. *Quand on me retrouvera, on saura que je n'étais pas n'importe qui*.

Peu à peu, il perd la conscience de son corps.

Le froid l'engourdit, étreint sa poitrine et chasse ses dernières angoisses.

L'aurore boréale paraît descendre sur lui, elle a une forme féerique.

Quand la mort se présente ainsi et qu'elle a pris les traits d'un ange fluorescent aux ailes si grandes et si diaphanes qu'elles en paraissent transparentes, il n'est pas question de la faire attendre.

Ni de se montrer cavalier.

61

XIXe arrondissement. Paris. Soirée du douzième jour.

Le repas, dans cette famille d'accueil, c'est un peu comme à la maison, le bruit en plus. Chacun a l'autorisation de parler et de rire, à condition d'utiliser un vocabulaire convenable et d'avoir des choses intéressantes à dire. Le seul qui reste un peu à l'écart c'est Frédo, le père. Il préfère regarder la télévision.

Sur la table, c'est un joyeux capharnaüm. Frites, purée, jambon pour les uns, poulet pour les musulmans, steak pour les autres. Il y a du ketchup, de la moutarde et de la mayonnaise au citron, une énorme bouteille de soda et des chips.

Rose, la mère, répète en levant son verre qu'en cette soirée exceptionnelle la famille fait bombance pour fêter le premier vrai dîner avec Clara. Habituellement, on mange équilibré et sans regarder la télévision.

Mais le clin d'œil de Louis à Clara est sans équivoque. Ici, c'est tous les jours comme ça.

Frédo est sympathique, peu bavard. Il accepte de recevoir des orphelins pour faire plaisir à sa femme. Mais il préfère passer son temps à assembler et peindre des maquettes dans le garage. D'ailleurs, son assiette engloutie, il se lève et prend congé du reste de la famille.

– De toute façon, dit-il, il n'y a rien d'intéressant aux infos.

Les doigts entremêlés, Clara et Louis sont assis côte à côte.

Ils ne se sont guère lâchés depuis leurs retrouvailles. Ils ont passé des heures dans le frêne, hésitant entre confidences et câlins, se remémorant les aventures partagées, les terreurs d'enfants trop tôt lancés dans un monde d'adultes. Ils ont échafaudé des plans pour l'avenir, des projets où, seuls, ils seront maîtres de leur vie.

C'est à contrecœur que Clara est redescendue de son abri pour faire la connaissance de Rose, dite Rosie, Frédo et les autres. Mais elle n'a pas beaucoup parlé, préférant rester discrète sur les raisons de sa présence dans cette jolie maison.

Pour aider la petite à s'acclimater, Rosie a passé la première soirée avec elle. Elles ont partagé le dîner en tête à tête, au grand désespoir de Clara qui aurait préféré la compagnie de Louis. Rose l'a conduite à sa chambre, l'a bordée avec beaucoup de tendresse et l'a veillée jusqu'à ce qu'elle s'endorme malgré ses protestations.

– Je sais que tu n'es plus un bébé, jeune fille, a-t-elle dit. Mais cela ne m'empêchera pas de te donner un peu d'affection, je crois que tu n'en as pas de trop…

Clara n'a pas eu le cœur de protester. Elle s'est endormie bien avant que Louis vienne la retrouver.

La journée s'est déroulée dans le frêne, tranquillement. Les deux grands partis à l'école, Louis s'est fait porter pâle. Il ne voulait pas perdre une seule minute avec Clara, Rose se l'étant déjà assez accaparée comme ça.

– Elle est gentille, Rosie. Mais les deux…

Malgré les efforts de Clara, pourtant peu coutumière du fait mais décidée à s'intégrer rapidement, le courant n'est pas du tout passé avec les autres pensionnaires. Rachida a vainement tenté d'attirer l'attention de Louis. Depuis, vexée, elle se retranche dans la moquerie et le cynisme permanents. Du côté de son « frère », ce n'est pas mieux.

Clara a tout de suite plu à Kevin, dix-sept ans, boutonneux et perturbé par son nouveau taux de testostérone. Il n'a cessé de reluquer ses petits seins, ses grands yeux bleus intelligents, ses lèvres et ses fesses rondes.

Enragé par son indifférence, il lui envoie régulièrement des coups de pied, sous le regard amusé de Rachida qui suçote ses os de poulet d'un air goguenard.

Et malheureusement, Rosie, toute à sa joie d'accueillir Clara, déverse une joyeuse logorrhée sur l'organisation de la vie de famille, les règles à respecter, les corvées de lessive, de vaisselle et ne remarque pas le drame sur le point de se nouer sous ses yeux.

Clara ne supporte plus de sentir ces coups marteler ses tibias. Elle voit bien l'irritation de Louis, son envie de réagir mêlée à la peur de passer de l'autre côté, commettre l'erreur qui le privera à jamais d'une famille et l'enverra dans un foyer.

Qu'a-t-elle à perdre, de son côté ? Une loque à moitié droguée pour père, une affreuse nourrice puante qui venait la chercher à l'école et la frappait quand elle n'était pas sage ? Sami, trop gentil mais jamais là, trop intéressé par sa poitrine naissante, trop troublé lorsqu'elle lui a annoncé la pousse de ses premiers duvets de jeune fille ?

– Veux-tu du dessert, Clara ?

Rien à perdre, encore faut-il réfléchir tranquillement. Une famille, Louis auprès d'elle, c'est le rêve. Le problème, c'est cette vilaine Rachida qui se lèche les doigts en se moquant d'elle et Kevin et ses coups de pied jaloux. Il va falloir très vite trouver un moyen de se débarrasser de ces deux-là.

– Je veux bien, merci, Rosie, minaude Clara. Est-ce que je peux m'asseoir à côté de Kevin, s'il te plaît, je voudrais regarder la télévision ?

Elle laisse Louis pâlir et se décale vers Kevin, les fesses collées sur sa chaise. Les pieds en fer grincent horriblement sur le carrelage.

– Fais moins de bruit, ma chérie ! lance gentiment Rose.

– Excuse-moi, je ne le ferai plus.

Clara attrape son assiette et entame tranquillement la glace au chocolat que vient de lui servir Rose. D'un geste provocateur, Kevin trempe son index dans la matière tendre et glacée et l'enfourne dans sa bouche.

– Kevin, c'est un nom de naze, lâche Clara. C'est comme Sullivan, Brandon et compagnie.

– Oh ! Ta gueule, toi !

L'adolescent bondit sur ses pieds et se poste derrière la fillette, le poing levé, menaçant. Les joues de Rose sont rubicondes et ses yeux exorbités par la colère.

– Assieds-toi, Kevin. Reste tranquille. Je n'ai pas l'intention de me laisser pourrir la vie par un petit merdeux comme toi.

– Rosie ! proteste-t-il.

Mais Rose a l'habitude d'élever des gamins difficiles. C'est même son lot quotidien depuis vingt ans. Ses propres enfants mariés et heureux, elle a souhaité prodiguer son trop-plein d'amour à tous ces orphelins dont personne ne voulait parce que trop grands, trop mal élevés ou trop typés.

– Je t'ai vu faire, alors tais-toi et laisse cette gamine tranquille !

Rose a beaucoup donné, dans sa vie de maman de substitution. Elle en a vécu, des jours de stress et des jours de peine. Les fausses accusations d'inceste par l'une de ses filles adoptives incriminant son Frédo, les coups et les blessures entre gamins, le vol, les insultes. Le viol, même. D'ailleurs, le responsable de ce crime vient de se pendre en prison. L'affaire a été étouffée parce que le gamin était incarcéré dans le quartier des adultes, et ça, elle sait bien que ce n'est pas légal.

Alors Rose pense simplement que lorsqu'on a tout vu et tout vécu, le bon comme le mauvais, c'est bien plus simple de relativiser.

Les enfants, et surtout les adolescents, ont vite fait de vous faire tourner en bourrique.

– Et vlan ! ricane Clara.

Kevin soupire et lui lance un regard furieux. La jeune fille engloutit sa glace, le nez dans son assiette, pendant que Rachida débarrasse ses couverts et s'affale dans le canapé, la télécommande à la main.

– Va faire tes devoirs, lance Rose excédée, dépêche-toi. Louis, même chose pour toi. Allez, file !

Louis se lève à contrecœur et embrasse Rose. Lorsqu'il est dans le couloir, Clara le rejoint, lui chuchote quelques mots et retourne s'asseoir à côté de Kevin.

Le calme s'installe dans la cuisine, interrompu de temps à autre par l'adolescent qui claque la langue en mangeant ses biscuits.

Rose s'affaire autour de l'évier. Clara déguste son dessert, impassible. Pourtant, elle ressent comme une injure les yeux de Kevin rouler sur ses seins et sur ses épaules. Elle en frissonne de dégoût.

Malgré la gentillesse de Rose, elle a déjà compris qu'elle ne restera pas vivre ici. L'animosité de Rachida à son égard, la concupiscence de Kevin, elle ne pourra pas les supporter davantage. C'est pourquoi elle a donné rendez-vous à Louis devant le portail du jardin. Pour les quelques heures restantes, Louis et elle ont d'autres désirs que rester dans cette famille de dégénérés.

Clara profite de l'instant que Rose a choisi pour étendre le linge, en attendant que les traînards achèvent leur dîner. Elle a posé sa main droite sur la cuisse de Kevin et la gauche sur le manche de sa fourchette.

Une fourchette, c'est bien. Ça fait moins coup monté qu'un couteau.

Elle a dû voir ça à la télé. De toute façon, ce n'est pas sorcier. Il suffit de poser ses doigts sur la cuisse d'un garçon, plutôt du côté de son slip, et il réagit aussitôt. Soit il vous balance une gifle, soit il vous saute dessus. Et dans ce cas précis, Kevin apprécie l'aubaine et attrape la main de Clara pour la presser sur sa braguette.

La fourchette ne se plante pas dans son bras, mais lui laisse quatre sillons sanglants.

– Ça, c'est pour avoir tabassé Louis, grogne-t-elle.

Il hurle de douleur. Clara bondit, casse une assiette sur la tête de Kevin et sort de la maison en courant. Elle retrouve Louis devant le portail, hors d'haleine.

– Aide-moi à grimper, vite !

Les deux enfants escaladent sans mal la grille en fer forgé, puis ils disparaissent dans la nuit. Leurs pas résonnent quelques instants avant d'être étouffés par le ronronnement de la rue.

62

Finlande. Douzième jour.

Pendant trois heures, les deux hélicoptères de l'armée finlandaise se sont partagé l'espace au sol sur des dizaines de kilomètres carrés. Les yeux rivés sur le moniteur, Eliah Daza a scruté chaque bosquet. La moindre parcelle de neige a été scannée par les détecteurs automatiques embarqués, mais, hormis de gros animaux sauvages, personne n'a aperçu la moindre silhouette humaine.

Si bien que l'ex-commissaire s'est peu à peu préparé à l'échec, jusqu'à ce qu'enfin de bonnes nouvelles leur soient communiquées par les hommes au sol.

– On a l'examen des photos d'Eumetsat sur les six derniers jours, annonce fièrement Kjell Vastaranta. En infrarouge.

Daza hoche la tête. Il se doute que l'objet cité doit être un satellite d'observation, mais il est trop pressé pour se le faire expliquer.

– Et alors ? se contente-t-il de demander.

– Les feux que votre criminel laisse derrière lui. Ils descendent vers le sud sur plus de quatre-vingts kilomètres.

Le cœur de Daza s'affole. Cette fois, à moins que le froid n'ait eu raison de lui, il est peut-être sur le point de mettre la main sur Kurtz.

– Vous savez où est le dernier feu ?

– Justement ! s'exclame Vastaranta. Quelque part sur la route 79. Il date de quelques heures.

– C'est loin ?

– Non, nous serons sur zone très vite.

Les poings serrés dans ses poches, Eliah Daza se concentre sur le moniteur. Pas question de manquer Kurtz.

Très vite, une zone rouge apparaît sur l'écran. Dans la nuit, Daza ne voit rien de particulier.

Mais une fois l'hélicoptère posé, l'évidence parle d'elle-même : un feu de belle taille a brûlé dans ce bosquet. En y regardant de plus près, Eliah Daza y relève même des empreintes de pas. Finalement, pister cet errant polaire ne sera pas difficile. Pour une fois, la météo est du côté de la loi. Aucune neige n'est venue recouvrir les traces qui s'éloignent dans la nuit, le long d'une route balisée par d'antiques poteaux télégraphiques.

Aussitôt, Daza remonte dans l'hélicoptère qui reprend son vol à basse altitude. Pendant une demi-heure, le gros appareil survole la route, tous phares allumés, à moins de cinquante mètres du sommet des poteaux. Et c'est là, à la limite du halo de lumière, que Daza et le personnel finlandais découvrent le spectacle le plus inattendu qui soit.

Un homme est allongé dans la neige. Il a placé ses bras en croix et disposé des bâtons lumineux autour de son corps, de telle sorte que, vu du ciel, il se trouve au centre d'un cercle.

Sur l'écran du moniteur, le corps apparaît, mais sa silhouette est orangée, signe qu'elle refroidit.

– Il faut faire vite ! s'écrie Kjell.

Eliah Daza se trouve soudain en proie à un doute : pour la première fois depuis qu'il a quitté le sol africain, il envisage l'échec de sa mission.

Alors, avant même que le NH 90 ait atterri, il saute sur le sol glacé, manquant se faire décapiter. Puis il se rue vers le cercle de lumière, son automatique à la main.

Kurtz ne peut être inoffensif, même inconscient.

Eliah Daza a oublié que Kurtz n'était qu'un homme.

Quand il pénètre à l'intérieur du cercle de lumière verte, il braque son arme sur le corps inerte. La poudreuse soulevée par les pales de l'hélicoptère entre dans sa bouche et ses narines.

– Kurtz ! aboie-t-il pour couvrir le bruit des turbines. Kurtz, levez-vous !

Les yeux de l'homme sont ouverts et d'une fixité étrange.

Mais le commissaire ne veut pas capituler. Kurtz ne peut pas être mort, pas maintenant, pas si lui, Eliah Daza, ne l'a pas décidé.

– Kurtz !

Si c'est bien Olivier Lavergne qui se trouve devant lui, alors il a changé, et beaucoup. Ses joues sont couvertes d'une barbe gelée. Des stalactites de poils et d'eau glacée contrarient l'attraction terrestre et tiennent à l'horizontale, au-dessus de son cou.

Le cœur balayé par la colère, le désespoir et la haine, Daza se laisse tomber à genoux près du corps, approche une main des yeux fixes et l'agite.

Le regard ne bouge pas mais un mince filet d'air s'échappe des lèvres bleues.

Rufus dans la cave, Rufus pourri, entouré de coquilles Saint-Jacques.

Le poinçon qui glisse entre les vertèbres d'Adrien Béranger avec un bruit écœurant.

Michèle Marieck exsangue, allongée dans la baignoire, une eau rouge débordant sur le plancher. Un drôle de sourire aux lèvres.

Et toutes ces femmes retrouvées dans les caves, privées de lumière, de liberté et de nourriture, plus squelettes vivants qu'êtres humains véritables.

Squelettes vivants, chair décharnée, plus morte que vive.

Anna !

Dorléans ricanant, assis sur une montagne de cadavres déchiquetés par une bombe.

– Si je le ramène à Paris, murmure Daza bouleversé, Dorléans sortira.

– Je sais ce que vous ressentez, dit Vastaranta en l'aidant à se redresser, j'ai déjà eu à faire ce choix.

Tremblant, Eliah Daza rengaine son arme et recule, laissant le champ libre aux médecins.

Le corps est alors enveloppé, délicatement glissé sur un brancard et chargé dans l'hélicoptère qui décolle aussitôt.

– Il est en état d'hypothermie avancée, explique Kjell Vastaranta après quelques minutes de vol. Le moindre choc peut causer un arrêt cardiaque. Il faut l'hospitaliser ici, à Ivalo. Son pronostic vital est compromis. Je suis désolé, commissaire.

– Je n'aurais pas tiré, articule Daza avec difficulté.

Les doigts de Kjell Vastaranta écrasent son épaule avec vigueur. Ce Finlandais possède une force impressionnante, malgré sa relative petite taille.

Le regard errant sur la forme allongée près de lui, Daza est soudain pris d'un doute terrible. Il retire les couvertures qui réchauffent lentement le corps et soulève les vêtements raidis par le froid. Là, sur l'abdomen grisé de crasse, les beaux arrondis d'un idéogramme chinois noircissent l'épiderme découvert.

Kurtz s'est fait refaire le visage, il a changé ses empreintes digitales, il a dû aussi modifier sa silhouette par de fréquents exercices physiques, mais il y a une chose à laquelle il n'a pu renoncer : ce tatouage.

Celui qui représente le dragon, le maître des animaux.

– Merci, dit Daza aux urgentistes, en s'apercevant qu'ils considèrent son geste d'un très mauvais œil. Mais il rentre directement à Paris, ajoute-t-il en se tournant vers Kjell Vastaranta.

Le bip continu de l'électrocardiographe met un terme immédiat aux protestations du Finlandais.

Le cœur de Kurtz vient de cesser de battre.

– Dites-leur de le ramener ! souffle Daza. Ce salopard ne me baisera pas une fois de plus !

Les urgentistes ôtent la couverture de survie et découpent les couches de vêtements gelés qui couvrent Kurtz. Puis l'un d'entre eux commence un massage cardiaque en comptant à voix haute.

– *Yksi, kaksi, kolma, neljä…*

– Tu ne vas pas me faire ça ! hurle Daza.

Fou de rage, il tombe à genoux près du corps allongé, les mains crispées sur le bras de Kjell Vastaranta qui se détache de son étreinte avec douceur.

– … *kaksitoista, kolmatoista…*

– Ils vont refaire quinze compressions, explique Kjell en préparant le défibrillateur, après on tente les électrodes.

– Vite, il nous lâche, supplie Eliah, submergé par l'angoisse de perdre son prisonnier.

Pendant que les urgentistes se relaient au-dessus du moribond, Kjell lui injecte un milligramme d'adrénaline IV, puis écarte d'un geste ses collègues, les électrodes en main.

– Première série !

Il applique les électrodes sur la poitrine de Kurtz et envoie le premier choc. Le corps se soulève, le spasme est violent, le bip reste continu.

– Qu'est-ce qui se passe ! hurle Daza. Augmente la charge !

– Tais-toi ! s'écrie Kjell, alors qu'il administre un deuxième choc.

Le corps se soulève encore et retombe, inerte. Les électrodes laissent une marque violacée sur la peau brûlée par le froid.

– C'est pas vrai ! s'écrie Daza au bord des larmes.

Perdre Kurtz en cours de route est tout simplement inimaginable. Il a trop de choses à dire. Il ne doit pas mourir, pas maintenant.

La deuxième série de chocs est en cours. Le corps de Kurtz se cabre et s'écroule.

– Il faut lui appliquer le régime spécial enfoiré, murmure soudain Daza en se jetant sur la trousse des urgentistes.

Il fouille la mallette quelques secondes et en extirpe une grosse seringue d'adrénaline préremplie.

– Poussez-vous, c'est à moi maintenant !

– Arrêtez, ça ne se fait plus, c'est trop dangereux ! hurle Vastaranta en tentant de s'interposer.

Mais Daza a braqué son arme vers les deux médecins qui se réfugient contre la paroi vibrante de l'hélicoptère.

– Laissez-moi faire !

Le regard sombre, Daza s'assied à califourchon sur les hanches de Kurtz.

– De toute façon, il est déjà mort ! lâche-t-il en plantant sans une hésitation la seringue dans le cœur du mourant.

Quand il la retire, il repose son arme, joint les mains et envoie brutalement ses poings serrés sur le sternum de Kurtz.

– Et une, scande-t-il sous les yeux effarés des médecins, et deux, et trois, reviens ! Reviens !

Déterminé à réanimer Kurtz lui-même, l'ex-commissaire refuse l'aide de Vastaranta. Il continue le massage cardiaque en cadence.

– Et une et deux et trois !

Plusieurs côtes craquent tandis que les phalanges de Daza blanchissent sous l'effort. Soudain, les bips attendus de la machine résonnent dans l'habitacle.

– C'est moi qui te baiserai, salopard ! lâche Daza en s'effondrant sur une banquette, abandonnant Kurtz aux médecins.

Puis il se met à sourire, le regard perdu dans les méandres d'une grandiose aurore boréale.

Ses yeux se mouillent de larmes.

Il ne dira plus un mot du voyage.

63

Paris. La Plaine Saint-Denis. Soirée du douzième jour.

– On va où ?

– Tais-toi et cours.

Clara lance un coup d'œil rageur à Louis, ferme son blouson et s'élance derrière lui en sprintant de toutes ses forces. Bientôt, ils débouchent sur le boulevard Serrurier, qu'ils longent jusqu'à la porte de la Chapelle. Au bout d'une demi-heure de course, Clara stoppe net et se met à hurler à pleins poumons.

Louis fait volte-face et rejoint sa camarade. Elle est hors d'haleine et tremble de la tête aux pieds. Il frictionne ses épaules et son dos, puis couvre son front glacé de baisers.

– Courage, Clara. On doit y aller, tu ne regretteras pas, tu verras.

– Mais où on va ? Dis-le-moi !

– Viens, ordonne Louis en la tirant par la main.

La gamine tente vainement de résister, essaie la moue boudeuse, puis les menaces, mais Louis ne cède pas. Il avance, s'éloigne peu à peu, et soudain Clara se rend compte qu'elle pourrait très bien se retrouver toute seule sur ce boulevard glauque. Elle a beau ne pas avoir douze ans, elle sait quand même qu'une fillette de son âge, toute seule la nuit, risque gros. Très gros, même. Les pédophiles, les salopards, elle connaît. Ils les avaient enlevés, elle, Timon, Louis et les autres. Enlevés et séquestrés. Chaque jour, des enfants disparaissaient du château, et les autres disaient qu'ils étaient vendus à des adultes qui leur faisaient des choses dégoûtantes.

Apeurée, elle se remet à courir. Les rues défilent, la lumière des réverbères rythme leur course effrénée.

Là-bas, tout au bout de l'avenue, il y a son ancien quartier, avec son immeuble, le square et toutes ses copines d'école. Louis bifurque vers le nord, direction la Plaine Saint-Denis. L'ambiance s'assombrit, les lumières de la ville se font plus rares, l'odeur d'urine plus tenace.

– Il est là ! s'écrie soudain Louis. Il est là !

Clara s'arrête, tombe presque à genoux, de la buée s'échappe par petits nuages de ses poumons exténués.

De grands bras chauds la soulèvent et la font tournoyer. Incrédule, elle fixe le visage buriné et sombre de l'homme qui l'enlace ainsi, ses moustaches noires forment un drôle d'angle avec ses joues, et ses yeux brillants pétillent de malice.

– Diego ! s'exclame la fillette. Diego !

Elle s'accroche au cou du gitan, des larmes jaillissent de ses paupières avec les souvenirs du convoi, les caravanes, le feu de camp. Diego dans la forêt, le fusil à la main, et le méchant Phalangé, et l'horrible Globulus, tous les deux morts pour avoir voulu leur faire du mal.

– Venez !

Le gitan pose la gamine à terre et leur indique une grosse voiture grise garée un peu plus loin. Les deux enfants s'engouffrent à l'arrière du véhicule, ils grelottent de froid. Diego leur envoie une épaisse couverture de déménageur dans laquelle ils s'emmitouflent avec bonheur.

Quelques minutes plus tard, la guimbarde de Diego débouche sur un camp de fortune établi derrière les studios de télévision de la Plaine Saint-Denis. Un terrain vague, un véritable coupe-gorge, une de ces zones de non-droit en lisière de Paris où le plus fort fait la loi, jusqu'à ce qu'il croise le chemin d'un plus fort que lui.

Une dizaine de caravanes sont garées en rond et, au milieu, des fûts de tôle flamboient et crépitent joyeusement. Les frères et la femme de Diego s'avancent pour accueillir Clara.

De son côté, Louis semble en terrain conquis.

– Luigi !

– Philomène !

Il se jette dans les bras de la gitane, serre la main des hommes, salue les jeunes filles qui pointent leur nez hors des caravanes.

– Rentrez tous ! ordonne Diego. Venez avec moi. Clara ?

Pétrifiée de bonheur, Clara se laisse balancer par l'étreinte de tous ces gens heureux de la retrouver. Eux qui avaient une place particulière au fond de son cœur et de sa mémoire. Celle des gens qu'on croise une seule fois dans sa vie et qui, pourtant, ont beaucoup compté. Elle a un vague souvenir de la soupe de Philomène et du bon pain croustillant. C'est Diego, seul, qui veillait sur eux. Les autres restaient en retrait, fourmis discrètes et nécessaires, ouvriers de l'ombre, de ceux qui ne laissent pas de traces après leur passage.

La main de Clara dans la sienne, Diego conduit les enfants dans la grande caravane et les installe à table devant un chocolat chaud. Ils trempent aussitôt leurs lèvres gourmandes dans le breuvage fumant. Ils soufflent avec des rires complices sur la mousse onctueuse, s'amusent des vaguelettes qui se forment dans le bol.

C'est le regard plein de tendresse que Diego les observe.

Son chocolat avalé, Clara lève enfin la tête. Elle retrouve l'ambiance chaleureuse de la caravane où elle et Louis ont dormi pendant des jours, secoués par les nids-de-poule des routes de Bavière.

– Tu te souviens de Knuddel ? demande-t-elle subitement à Louis.

Le chien trouvé près d'un chalet, compagnon de route de quelques jours, était mort tout près des enfants, la tête broyée par une balle de 9 mm.

– Que sont devenus les méchants ? lance-t-elle à l'intention de Diego, cette fois.

Le gitan esquisse une grimace. Ses grandes mains brunes attrapent celles de Clara et les serrent fort.

– Je ne crois pas qu'il soit bon pour toi de le savoir…

– Découpés, enterrés, brûlés ? s'écrie Louis.

Le gitan lance un regard faussement courroucé vers l'adolescent qui se tortille sur sa chaise, visiblement excité par ses propos.

– Tu regardes trop la télé, mon garçon.

– Comment vous êtes-vous retrouvés ? dit Clara en se collant à son camarade.

Diego recule sa chaise pour saisir la guitare posée sur la banquette du coin salon et gratte quelques accords. Puis il entonne un air doux dans une langue étrange et mélodieuse.

– Il raconte l'histoire de deux enfants perdus, recueillis par des gens du voyage, chuchote Louis. Ils étaient heureux, tous ensemble sur les routes. Mais un jour, le chef des gitans a rendu les enfants à leurs vraies familles. Pourtant, il les aimait profondément. Alors il s'est juré qu'il veillerait toujours sur eux. Et que s'ils avaient besoin de lui, il serait là, comme par magie. Parce que le chef des gitans voit les gens qui sont dans son cœur même quand ils sont loin. Il peut les regarder comme s'ils étaient debout, tout petits, dans sa main.

Clara sent son cœur se serrer.

Les longs doigts de Diego semblent voler sur les cordes tendues de l'instrument. Sa voix est envoûtante, chaude et rassurante.

Chacune des notes traverse sa peau jusqu'à son cœur et, peu à peu, elle sent la peur s'envoler, le froid disparaître, toute cette haine rester à la porte de la caravane et se dissoudre dans la nuit hivernale.

Dans un même mouvement, Clara et Louis s'enlacent et ferment les yeux. Cette nuit, ils vont enfin dormir sans faire de cauchemars. Peut-être parce que, enfin, ils sont rentrés chez eux.

III

Les maîtres

64

L'entrepôt. XIIIe arrondissement. Paris. Treizième jour.

Quand Eliah Daza quitte le Val-de-Grâce, le jour est sur le point de se lever. Il a refusé de monter dans la voiture envoyée par Chopelle et a hélé un taxi sur le boulevard du Port-Royal. Il a besoin de solitude. L'absence de sommeil lui pèse et la tension du retour agit sur ses nerfs comme un jus de citron sur une huître.

Daza doit se calmer avant de retourner vers son groupe de travail, sans quoi il perdra les maigres bénéfices relationnels qu'il a récoltés ces derniers jours. Ses collègues n'ont pas tous apprécié la façon dont il a laissé Andréas Darblay s'ouvrir le front sur les parois de l'aquarium. Certains ont même murmuré qu'il avait des méthodes de voyou. D'autres ont jasé parce qu'il habite avec sa femme sur place. Et quand ils sauront ce qu'il a fait dans l'hélicoptère…

Hypocrites…

C'est contre la volonté des médecins que Daza a fait rapatrier son prisonnier, par vol spécial, directement de la petite ville d'Ivalo à Paris. Des urgentistes finlandais, embarqués pour l'occasion, ont lentement réchauffé Kurtz pendant le vol, lui offrant le maximum de chances de s'en tirer sans séquelles.

Eliah Daza aura besoin de Kurtz très vite. Il s'est juré de coincer Andréas Darblay pour complicité de meurtre et de résoudre l'affaire allemande avant de rentrer chez lui. Alors, il ne le laissera pas gagner du temps sous prétexte de convalescence post-opératoire.

Retrouver la lumière du jour a du bon.

Daza la savoure enfin à sa juste valeur, même si le soleil, terni par une couche de nuages grisés de pollution, n'est pas visible.

En arrivant à l'entrepôt, il aperçoit un berger allemand sagement assis dans la cour, à côté des camions. L'image de la blonde et de son gros chien devant l'immeuble d'Andréas s'impose immédiatement à lui.

Il le siffle, tente de l'amadouer. La friche est remplie de morceaux de ferraille et l'animal pourrait se blesser. Mais le chien le considère un instant, puis s'éclipse derrière le bâtiment.

Épuisé, Daza n'insiste pas et regagne directement l'appartement. Il ressent un besoin vital de la présence de sa femme. Un sentiment fusionnel qu'il ne pensait pas vivre un jour, lui, le type coincé qui repoussait, par peur du vide, toute idée de proximité affective.

Malia va bien.

Son ventre s'est encore tendu, même si cela paraissait impossible. D'après le gynécologue consulté la veille, ce n'est pas pour tout de suite. Le col n'a pas bougé et les bébés vont bien. Mais il faudra prévoir de déclencher l'accouchement si rien ne se passe d'ici dix jours.

À part ça, Malia a achevé de remplir un premier album de photos et va s'attaquer aux agrandissements. Daza ne se lasse pas de l'écouter. Sa voix grave est agréable, sa peau, douce comme de la soie.

C'est elle qui l'encourage à redescendre au hangar après qu'il a avalé un copieux petit déjeuner. Il doit vite mettre un terme à son enquête.

Daza s'exécute docilement. Malia a raison.

C'est les traits tirés mais le calme au cœur qu'il pénètre dans l'arène. Au premier coup d'œil, il constate que les bureaux ont été nouvellement organisés pour deux agents étrangers venus en renfort.

– Venez par ici, Eliah, l'invite Chopelle.

S'il me donne du Eliah, on va bientôt se faire des petites tapes sur les fesses! ne peut-il s'empêcher de ricaner.

– Antonnella Esperanza et Akis Mitsotakis sont rentrés de Colombie pour nous épauler.

Les deux officiers sont grands, bruns et bien bâtis. Le Grec porte le bouc, ses joues rondes lui donnent un air sympathique. L'Espagnole a les traits fins, le crâne rasé et des épaules de nageuse.

Daza se contente de leur adresser un signe de la main.

– On a cinq crimes dans cinq départements, poursuit Chopelle. En dehors de la façon dont elles ont été tuées, les victimes n'ont aucun lien entre elles. Nous ne sommes pas chargés de cette enquête, mais…

– Une minute, l'interrompt Daza. Vous êtes en train de me parler de quoi?

– Comment ça? interroge Chopelle, interloqué. Vous n'avez pas lu les dépêches?

– J'ai pris un petit déjeuner en rentrant, c'est trop?

Yann Chopelle toussote dans sa paume et s'assied sur le rebord d'un bureau.

– Félicitations pour votre boulot. Vous n'avez pas perdu la main.

D'un geste brusque, Daza élude la flatterie.

– Comme je vous le disais, reprend le directeur de l'entrepôt, cinq hommes entre 19 et 61 ans ont été assassinés cette nuit. Les brigades locales sont déjà sur le coup, reliées par une super cellule parisienne. Nous ne sommes pas de la partie, mais le Quai des Orfèvres nous tient au courant en temps réel, ou presque.

– Pourquoi ? articule Daza.

– Nous sommes certains que c'est lié à Kurtz. Même si actuellement rien ne le prouve…

– Cinq victimes issues de milieux totalement différents, ajoute Antonnella Esperanza d'une voix étonnamment douce, qui ne se connaissaient sans doute pas, dont certaines étaient des voisins appréciés, un enseignant, deux employés sans histoire, un militaire de carrière récemment rentré du Liban et… un dealer connu des services. Lui fait un peu tache, c'est peut-être sans rapport, même si c'est difficile à avaler. Ils ont tous les cinq été salement égorgés par des pros. Le même type de boucherie que celui de la péniche.

– Espérons que ce sera réglé au plus vite, précise Yann Chopelle. Nos cinq macchabées s'étaleront dans la presse dès demain. Là-dessus, on ne peut rien faire. Mais tout est bon pour échauffer les esprits, tout et n'importe quoi. Je ne vais pas vous l'apprendre.

– C'est quoi ces conneries, s'étonne Daza, d'où ça sort ? Quelle péniche ?

– Je vous expliquerai. Mais sachez que la situation peut devenir critique à tout instant, surtout si, comme je le pense, Kurtz est impliqué.

– « De nouvelles instructions suivront dès que Kurtz sera retrouvé, récite Daza. Le compte à rebours a déjà commencé. » Maintenant, il est là. Qu'est-ce qu'il va encore nous inventer, ce taré ?

Le directeur de l'entrepôt hausse les épaules et poursuit :

– Justement, nous attendons les instructions mentionnées par la première lettre. Le retour de Kurtz devrait accélérer les choses.

– Encore faut-il que ses complices en soient informés, lance l'officier Esperanza.

– Et ce serait une mauvaise nouvelle en soi, ajoute Mitsotakis. Si les complices de Kurtz apprennent qu'il est à l'hosto, c'est que la presse en aura parlé. Et si tout est lié, on va se retrouver dans de beaux draps !

– Ils ont peut-être d'autres moyens de s'informer, hasarde Eliah Daza.

– Je serais curieux de savoir lesquels ! s'interroge Chopelle. Nous sommes les seuls, avec des initiés du ministère, à être au courant. Kurtz est soigné comme un prisonnier lambda et, comme il a changé de visage, il ne devrait pas être reconnu. Je ne vois vraiment pas…

– Avec Kurtz, il ne faut jurer de rien, lâche Daza.

Antonnella Esperanza s'avance vers l'ex-commissaire et plante son regard vert dans le sien.

– Êtes-vous certain de tenir la bonne personne ?

– Je n'ai aucun doute sur l'identité d'Hibernatus. C'est Kurtz. Les analyses ADN le confirmeront. Malheureusement…

– À quoi pensez-vous ?

Daza lève les yeux au ciel et grimace un sourire triste.

– Si je vous disais réellement ce que moi, je ferais de Kurtz…

Furieux, Yann Chopelle l'interrompt :

– N'aggravez pas votre cas. Mon équipe n'apprécie pas vraiment vos méthodes. Et le rapport de l'officier

Vastaranta sur votre comportement en Finlande est édifiant.

– Vous m'emmerdez…, gronde Daza. Kurtz est vivant, non ?

– Confrontons-le à Darblay ! intervient Akis Mitsotakis, resté attentif, c'est ce qu'il y a de mieux à faire.

– Il n'est pas sorti du bloc, rétorque Daza très agacé, mais nous le ferons dès que possible, en effet. À propos de Darblay, qu'en avez-vous fait ?

– Il vous attend, la fille aussi, répond Chopelle en se levant. On vous les a mis au chaud dans les salles du bas.

– Vous voulez bien me rejoindre dans l'aquarium, seul, dit simplement Eliah Daza en en prenant la direction.

Yann Chopelle ramasse un dossier sur le bureau et traverse la salle derrière lui.

– Qu'y a-t-il ? demande-t-il en refermant la porte.

– J'ai rempli ma part du contrat. Je vous ai ramené Kurtz. Alors qu'est-ce que vous attendez de moi ?

Le directeur de l'entrepôt, d'un air embarrassé, se frotte les mains. L'odeur de sa sueur flotte déjà dans l'aquarium.

– Je dois vous persuader de rester jusqu'à la fin de cette affaire…

– Pourquoi moi ?

Yann Chopelle fronce les sourcils et regarde Daza comme s'il était devenu fou.

– Ça vous arrache la gueule ? ironise Daza en se tournant vers les vitres.

Dans le hangar, tous vaquent à leurs occupations, indifférents. Il y a quelques secondes, pourtant, Daza aurait juré sentir une demi-douzaine de paires d'yeux sur sa nuque.

– Vous courez après les compliments ? C'est si important pour vous ?

– C'est quand, la fin ? reprend Eliah Daza après un long silence. Kurtz est neutralisé, non ?

– Exact, mais ces cinq meurtres ne présagent rien de bon. Il faut retrouver les responsables et les arrêter. De toute façon, vous êtes sur place. Si j'ai bien compris, vous préférez voir votre femme accoucher en France.

– N'instrumentalisez pas Malia. Et encore moins nos enfants. C'est…

– Voyez la fille et ce qu'elle a fait sur la péniche, le coupe Chopelle en abandonnant sur le bureau le dossier qu'il a emporté. C'est tout ce que je vous demande. Après, vous déciderez.

65

L'entrepôt. XIIIe arrondissement. Paris. Treizième jour.

Chopelle s'est tourné vers ses hommes et a fait un signe de la main.

Aussitôt, la grande silhouette d'Akis a décroché son téléphone et composé deux chiffres. Il a articulé un mot, puis reposé le combiné sans un regard pour Daza, toujours planté au milieu de l'aquarium.

Quelques secondes plus tard, la porte blindée du sas est s'est ouverte sur Shan Guenarec flanquée d'Antonnella Esperanza.

Eliah Daza la regarde approcher avec une curiosité grandissante. Pas parce qu'elle a un corps élancé, musclé et un joli minois, mais parce qu'elle a été formée pour assassiner, sans scrupules. C'est beaucoup plus qu'un début de piste. Sa présence ici est une aubaine dont il doit absolument profiter.

Et puis il a d'autres raisons de rester. Outre son envie de comprendre la mort de Rufus Baudenuit, la libération de Dorléans lui donne toujours envie de vomir. D'autant plus qu'à peine libéré, l'homme d'affaires a déjà repris ses activités douteuses.

Alors il va faire son boulot, jusqu'au bout.

Avec un long soupir, Daza choisit la seule chaise qui lui permet de tourner le dos aux officiers présents dans le hangar et ouvre les pages du procès-verbal relatant le témoignage spontané de Shan Guenarec.

Celle-ci entre dans l'aquarium.

– Asseyez-vous, lui ordonne Chopelle.

La jeune femme s'empresse d'obéir. Elle offre un visage ingénu, encore froissé par le sommeil. Son expression candide frappe Daza. Shan Guenarec ne semble pas éprouvée par sa longue garde à vue. Pourtant, d'après les rapports, elle aurait déjà subi près de dix heures d'interrogatoire.

Chopelle attrape une chaise, la recule jusqu'à la vitre et s'assied à la façon des militaires, les bras sur le dossier. D'un signe, il invite Eliah Daza à entamer l'entretien.

– Je viens de jeter un coup d'œil sur votre déposition. Mais je n'ai pas compris grand-chose. Alors, vous allez me faire plaisir et tout recommencer pour moi.

– Qui êtes-vous ? se contente de répliquer Shan, absolument pas déstabilisée par le ton glacial de son interlocuteur.

Un sourire passe dans les yeux de Daza.

– Je lis que vous vous appelez Shan Guenarec et que vous êtes née sur l'île d'Ouessant, poursuit-il, imperturbable. Or il n'est né personne de ce nom à la date que vous avez indiquée. Il n'y a pas de Guenarec sur cette île, ni même en Bretagne. Qu'est-ce que vous dites de ça ?

La lèvre inférieure de Shan tremble légèrement.

Les deux officiers qui sont venus me chercher au commissariat nous observent. Celle qui a la jambe plus courte que l'autre et son amoureux.

Mais Daza ne saurait dire si ce tressaillement est motivé par une émotion ou de l'excitation.

– À vrai dire, reprend-il, ce n'est pas ce qui m'intéresse le plus. Ce que j'aimerais comprendre, c'est votre rôle exact dans tout ce bordel.

Les mains à la hauteur de ses épaules, paumes tournées vers le plafond, Eliah Daza désigne ce qui l'entoure.

– Vous voyez ce que je veux dire ?

Les murs sont humides, couverts de salpêtre. Les poutrelles métalliques suspendues, rouillées. Ce bâtiment pue le vieux champignon.

– J'ai perdu la mémoire à Berlin, monsieur je ne sais pas qui, murmure Shan la voix cassée. Après avoir probablement participé à une tuerie. Aidez-moi, c'est tout ce que je vous demande.

Shan termine sa phrase dans un sanglot.

Perplexe, Daza sort un mouchoir de sa poche et le tend à la jeune femme. Il est incapable de dire si elle feint ou non. Il tente de masquer ses doutes sous un regard indifférent.

– Merci, dit-elle en s'essuyant les joues.

– Vous dites que vous vous êtes découvert des talents de machine à tuer, continue Daza en parcourant le PV des yeux. Pouvez-vous être plus précise ?

Shan secoue la tête de dépit.

– Tout a été si rapide. J'ai… j'agis sans y penser.

– Pourquoi ne répondez-vous pas aux questions des médecins ? Pour quelle raison avez-vous refusé l'hypnose ? Ça pourrait vous aider !

La jeune femme a subitement l'air terrifié. Son corps se recroqueville sur la chaise comme si elle voulait disparaître.

– Je… les images, je ne veux pas voir les images…

Devant la panique de la jeune femme, Daza tente un geste d'apaisement.

– Nous allons poursuivre sur ce qui vous a amené ici, suggère-t-il alors. Un homme a été retrouvé sur une péniche du port de la Bastille, égorgé, ce qui tend à corroborer vos dires. Mais l'amnésie, c'est pratique. Et rien ne prouve que vous soyez l'auteur de ce crime.

– Pourquoi voudriez-vous que… ?

– Vous refusez de vous laisser évaluer par les psychiatres ou de rencontrer un neurologue. J'ai entendu bien des choses curieuses au cours de ma carrière, mademoiselle Guenarec. Des gens s'accusent de crimes pour attirer l'attention sur eux, tout simplement. Savez-vous que des collègues ont perquisitionné à votre domicile et n'ont rien trouvé ? Pas de corps, pas plus que dans le cabinet vétérinaire où personne ne connaît cette Fanny. Ça pousse à la méfiance, vous en conviendrez.

– Personne ne connaît Fanny ? Mais c'est impossible ! Nous travaillons ensemble depuis des années ! Les clients, les fournisseurs, les avez-vous interrogés ?

– Il y a bien une Stéphanie, affirme Daza, mais elle est vivante et nous a confirmé que, ces derniers temps, vous abusiez de substances, disons, illicites !

Impuissante à prouver sa bonne foi, Shan éclate en sanglots. De longs sanglots qui secouent son corps amaigri.

Les deux hommes la regardent attentivement. Si elle joue la comédie, alors elle est très douée, parce que le désespoir qui brille dans ses yeux est presque palpable.

Plus calme, Shan essuie ses joues, respire profondément et passe plusieurs fois ses mains dans ses cheveux. Elle semble recouvrer des forces et la volonté de les convaincre.

Eliah Daza, le chignon sur la nuque et la boîte d'allumettes en poche. Fiable. Colérique, mais fiable.

– Je me suis réveillée dans un pays étranger, sans souvenir, à l'hôpital, mue par ces réflexes incroyables qui me dépassent complètement. Je suis rentrée chez moi et, à peine arrivée, j'ai dû fuir. Je voudrais juste retrouver une vie normale. Si tant est que j'en ai eu une, un jour, ajoute-t-elle d'un ton sinistre.

– Trop facile… Vous tentez de fuir vos responsabilités en nous faisant gober votre histoire de machine à tuer.

Cette fois, Shan sent qu'elle n'a plus le choix. Ces hommes ont besoin de preuves, elle va donc partager avec eux une partie de son savoir-faire.

– Démontez votre pistolet et posez les pièces sur la table ! Je vais vous prouver ce que je dis ! déclare-t-elle tout à coup.

– Pardon ?

– Ôtez les balles et faites-le, s'il vous plaît !

Intrigué et surpris, Daza se retourne vers le directeur de l'entrepôt.

– Je l'ai à l'œil, dit ce dernier en déboutonnant son holster. Allez-y.

Daza s'exécute et démonte son arme.

Shan ferme aussitôt les yeux et pose ses mains sur la table.

– Mélangez-les, demande-t-elle.

De plus en plus curieux, Daza obéit.

Lorsqu'il achève de faire glisser les pièces de son arme sur la table, les mains de Shan virevoltent déjà.

– Impressionnant, mademoiselle Guenarec, siffle Eliah Daza une seconde après que l'arme remontée a claqué sèchement sur le bureau. Mais cela ne prouve rien. Il va falloir me montrer mieux que ça, maintenant.

66

La Plaine Saint-Denis. Département 93. Treizième jeur.

– Raconte-nous encore une histoire, s'il te plaît, Diego, supplie Clara, les mains jointes devant son visage.

Depuis qu'elle et Louis sont arrivés au camp des gitans, la jeune fille rebelle a tout naturellement cédé la place à la fillette en quête d'amour et de tendresse. Ici, au milieu de ces hommes et de ces femmes si chaleureux, aux côtés de Louis qui lui a tant manqué, elle semble s'épanouir d'heure en heure. Signe qui ne trompe pas, elle a cessé de tripoter sa mèche.

Les deux enfants ont passé la nuit dans la caravane de Diego, enroulés dans une couverture multicolore cousue par Philomène. Ils se sont endormis vite, au son de la guitare du gitan.

Au petit matin, ils ont été réveillés par l'odeur du pain chaud.

– Il faut y aller, les enfants. Rose va s'inquiéter.

Louis hoche la tête.

– S'il te plaît, garde-nous ici. Clara n'est là que pour quelques jours. S'il te plaît !

Diego se met à rire.

– Alors, j'enverrai Aram la prévenir.

– Qui est Aram ? demande Clara en s'essuyant les lèvres.

– Mon jeune frère.

– Je croyais qu'il s'appelait Petro ? interroge Louis.

Diego a encore un rire franc et joyeux. Il remplit un grand bol de café noir et s'installe à côté des enfants.

– Il y a tant de choses que vous ignorez, jeunes gens. Mon vrai nom est Laszlo. Celui de ma femme est Auralia. Nous sommes des Rroms, des fils du vent. Et notre langue est le romani.

– Comme les romanichels ? s'exclame Clara.

– Clara, c'est un gros mot ! proteste Louis.

– Non ! explique Diego. Le mot romanichel vient de Rrom. Cela signifie tzigane, en langue germanique. Il y a des années de cela, nous avons dû fuir notre pays. Jusqu'à la fin du XIXe siècle, nos ancêtres ont été les esclaves de riches familles roumaines et moldaves. Puis ils ont été déportés par Hitler et sont morts par centaines de milliers.

Clara écarquille les yeux et se pelotonne contre Louis.

– Pourquoi ?

– Sais-tu ce que sont les camps, jeune fille ?

Louis ouvre la bouche pour répondre, mais il doit admettre qu'il ne connaît pas grand-chose sur la question.

Diego « Laszlo » pousse un profond soupir.

– Ce sont des zones de non-droit. Des lieux où l'homme perd son statut d'être humain. Il n'est plus qu'un tas de viande, mis à la disposition d'hommes et de femmes devenus des monstres. Que Sara la Noire leur pardonne.

– C'est dégueulasse, s'écrie Clara. Ça me donne envie de…

– Croyez-moi, reprend Diego, rester honnête n'est pas facile tous les jours. Il m'arrive de voler un peu de nourriture, de me battre, de faire des choses pas très avouables. Et certains d'entre nous ont définitivement basculé de l'autre côté, c'est pourquoi les gens nous haïssent tant.

– Si t'étais pas quelqu'un de bien, pourquoi est-ce que Rose nous laisserait rester avec toi ?

Diego lâche un petit sourire. Il attrape Clara et la serre contre lui.

– Louis est un malin. Il lui a raconté votre histoire, et Rose en a vu tellement au cours de sa vie qu'elle a compris. Alors, elle a tenté de nous localiser. Mais elle n'a pas eu besoin de chercher longtemps. Nous étions là, tout près. Nous avons toujours été tout près. Lorsque nous vous avons retrouvés, Louis et toi, affamés et traumatisés, errant dans les bois, nous avons fait de vous nos enfants. Depuis, Sara la Noire veille sur votre destinée, et moi, je peux vous voir, je sais où vous êtes. Seule la mort pourra nous séparer. Peux-tu comprendre ça ?

Clara hoche la tête, subitement si bouleversée qu'elle ne parvient pas à formuler de réponse. Elle se contente d'enfouir sa tête dans les cheveux longs de Diego. Des cheveux qui sentent bon le citron et les herbes. À cet instant, elle souhaite plus fort que tout être la fille de cet homme-là. Un père idéal, qui ne l'aurait jamais abandonnée. Un père fort comme un roc, un peu magicien, un peu poète. Quelqu'un sur qui elle pourra compter, toujours.

– Je veux rester avec toi. Je veux que tu sois mon père, murmure Clara.

– Tu en as déjà un. Et moi, que pourrais-je t'offrir ? Une vie de privation et d'errance ? Toujours changer de place, ne jamais savoir où tu dormiras le lendemain ?

Louis enfile son blouson et sort de la caravane, son sac d'écolier sur le dos. Il fait signe à Diego que c'est l'heure, puis s'éclipse discrètement. Quelques secondes plus tard, le bruit du moteur de la voiture d'Aram s'éloigne.

– Tu veilleras sur moi, tu me protégeras, tu m'empêcheras de devenir mauvaise, murmure Clara.

Et Diego peut lire une telle volonté, une telle détermination sur son visage, qu'il prend ses paroles pour ce qu'elles sont : un avertissement. Livrée à elle-même, sans un être de confiance à ses côtés, Clara deviendra un danger pour elle et pour les autres. Toute la souffrance accumulée n'attend qu'un signe pour se muer en violence et en haine.

– Tant que je serai vivant, déclare Diego, je prendrai soin de toi. Tu seras ma fille de cœur. Tu veux ?

Clara voudrait crier que ça ne suffit pas, qu'elle se fiche de vivre dans une caravane, que pour elle, ce qui compte, c'est l'attention qu'il lui porte et non l'espace qu'il pourrait lui offrir.

Mais elle acquiesce, incapable de protester et trop heureuse de l'avoir retrouvé pour gâcher ces courts instants de bonheur.

– Tu peux rester encore un peu, mais lorsqu'il sera temps, tu devras rentrer chez toi.

67

L'entrepôt. XIIIe arrondissement. Paris. Treizième jour.

Le visage de Shan émet des signaux contradictoires. Daza a beau l'observer avec soin, il ne parvient pas à décrypter son langage facial. Est-elle perturbée, mal à l'aise, triste ou essaie-t-elle de cacher au contraire une vive excitation ? Il ne saurait le dire. Aussi, pour se donner du temps et lui laisser l'opportunité de se déclarer ouvertement, il replonge son attention sur le PV.

Une minute silencieuse s'écoule.

Cette fille a appris à ouvrir des gorges d'une oreille à l'autre. Le légiste vient de confirmer que la méthode employée sur le cadavre de la péniche et les victimes de la nuit est bien la même. La police scientifique atteste sa présence sur les lieux et il semble effectivement que Shan Guenarec ait été formée à certaines techniques militaires. La question est où, quand, par qui et pourquoi ?

La main de Daza s'empare d'une photocopie de la lettre responsable de son retour d'Afrique et la fait glisser sur la table.

– C'est vous qui l'avez écrite, affirme-t-il. Comment connaissiez-vous mon nom ? Pourquoi m'envoyer sur les traces de Kurtz ?

Shan secoue la tête énergiquement.

– Je ne suis pas responsable de ça.

– Andréas Darblay vous désigne, pourtant.

– Il ment, se défend Shan. Je ne connaissais pas votre nom avant de me rendre.

– Que savez-vous de Kurtz ? poursuit-il aussitôt. Où et quand l'avez-vous rencontré ?

Shan ferme la bouche, les lèvres pincées sur une profonde frustration.

– Seule une personne connaissant bien Kurtz a pu envoyer ce message au Quai des Orfèvres. On vous désigne comme étant cette personne. De plus, vous vous êtes accusée de plusieurs meurtres. Alors, franchement, je ne vois pas ce qui vous retient de parler.

– J'ai été agressée, corrige Shan, et je me suis défendue. J'ignore comment et pourquoi j'ai appris à tuer. Je suis ici pour trouver des réponses, pas à cause de cette fichue lettre. Sinon, pourquoi ?

– C'est vrai, convient Daza. Je me suis posé cette question. Pourquoi ? Et je dois admettre que cela n'a pas de sens.

Shan tente un sourire timide. Eliah Daza semble venir à elle, et cette idée la soulage un peu. Elle se sent acculée et ce n'est jamais bon, lorsqu'elle est acculée. Elle se sait capable du pire.

– Pour bénéficier de notre aide, il faudra nous répondre. Dites-moi pourquoi vous avez envoyé ce message au Quai des Orfèvres.

– Vous êtes lourd, s'énerve subitement Shan. Je ne l'ai pas écrit, ce truc !

– Vous l'avez envoyé, n'est-ce pas ?

– Je l'ai déposé dans une boîte à lettres, cède Shan, les poings serrés. Mais c'est Darblay qui me l'a demandé.

– Un revirement, persifle Daza en se tournant vers Chopelle.

Silencieux et sombre depuis plusieurs minutes, il garde prudemment ses distances et ne paraît pas décidé à tendre la main à la prévenue.

– Dans quelques instants, la demoiselle admettra qu'elle entretient un lien privilégié avec Kurtz !

Le directeur de l'entrepôt lâche un sourire entendu, puis son visage se fige avant de se crisper. Daza n'a pas le temps de réagir.

Le pied droit de Shan vient de traverser son champ de vision. Chopelle le reçoit en plein estomac. Il tombe au sol en émettant un râle.

Eliah Daza s'est jeté en arrière, mais une main ferme l'a retenu.

La table s'écrase contre la vitre.

Les mains de Daza tentent d'écarter les doigts de la jeune femme de son cou, mais sa vision se trouble déjà. Son corps s'affaisse lentement sur le sol.

Il est inconscient. Shan se trouve à califourchon sur lui, un pied posé contre la porte pour la bloquer.

L'action a duré quelques secondes.

De l'autre côté de l'aquarium, les officiers se sont rués sur la porte blindée, arme au poing. Mais ils ne peuvent l'ouvrir, pas tant que Shan menacera la vie d'Eliah Daza.

Yann Chopelle se redresse avec difficulté. Il agite une main vers Peter Seipel, Mitsotakis et Esperanza, leur demandant de rester calmes.

– Arrêtez, mademoiselle Guenarec. On va recommencer autrement.

Il parvient à s'asseoir et lui indique son holster.

– Je vous crois, ajoute-t-il. Vous voyez, je ne prends pas mon arme.

Quand Shan lâche le cou de Daza, son visage a changé. Yann Chopelle ne saurait dire en quoi, mais la jeune femme affiche un détachement total, presque effrayant.

Il s'approche très lentement d'elle pour ne pas l'alarmer. Son cœur s'est affolé dans sa poitrine, il est trempé de sueur. Il s'aperçoit qu'il a peur. Peur d'une gamine de vingt ans.

– Je dois m'occuper de mon collègue. Allez vous asseoir dans le fond de la salle. Vous comprenez ? Je dois vérifier qu'il va bien, ensuite je reviens m'occuper de vous.

Sans protester, Shan se lève et part sagement s'asseoir dans un coin de l'aquarium, à l'opposé de la porte.

– Putain, jure Eliah Daza lorsqu'il revient à lui. Je me suis pris une tannée par cette… fille, devant tout le monde. J'en suis malade.

– Elle voulait nous prouver qu'elle ne bluffait pas, tempère Chopelle. C'est assez réussi. J'ai rarement vu une femme se battre comme ça !

– C'est le monde à l'envers ! Nous sommes dans la cellule, et elle se pavane dans le bureau !

– Elle est… étonnante.

– C'est ça, râle Daza.

– Il y a eu du neuf pendant que vous roucouliez avec les anges…

Chopelle n'insiste pas, le regard noir de Daza l'en dissuade.

– Le Quai des Orfèvres nous transmet un nouveau message. Cette fois, il a transité par l'AFP, et son origine n'a pas été authentifiée. Je pense que c'est celui qu'on attendait.

– Cessez de tourner autour du pot, grogne Daza en se redressant, une main sur le crâne. Putain, qu'est-ce qu'elle m'a mis… C'est quoi, cette fois ?

Yann Chopelle sort une feuille dactylographiée de la poche de sa veste.

– Lisez vous-même, propose-t-il en la dépliant.

– « À chaque soir suffit sa peine. Les massacreurs d'enfants en premier punira. Les malhonnêtes et les fourbes n'ont qu'à bien se tenir. Le soldat de l'ombre à l'œil les gardera. Pour que personne ne puisse se croire à l'abri. Toutes les catégories de parasites bientôt ciblera. Patience et longueur de temps… » C'est quoi ces conneries ? Quels massacreurs d'enfants ? Quel est le rapport avec les meurtres ?

– Ça vient de tomber, précise Chopelle. Mais je gage que les recoupements se feront très vite. Cette affaire prend une sale tournure, ça commence à chauffer dans les quartiers sensibles…

– Je ne vois pas vraiment le rapport, l'interrompt Daza. Qu'est-ce qu'ils ont, vos quartiers ?

– Le dealer égorgé cette nuit sur la commune de la Plaine Saint-Denis venait de Stains, et la nouvelle a fait le tour de sa cité, avant d'être relayée un peu partout. Ça ressemble à un pavé dans la mare, des cercles concentriques, avec une fâcheuse tendance à s'amplifier. Vous connaissez la musique, non ! Ces petits cons vont en profiter pour allumer la mèche.

– Qu'est-ce qu'en dit le ministère ?

– On nous envoie un conseiller spécial !

– Un conseiller ?

– Notre sauveur arrive demain et prendra ses fonctions ici même, le temps de l'enquête. Vous en saurez alors autant que moi.

– C'est vous le politique, Chopelle. Pas moi.

– Alors vous feriez bien de le devenir. Ce n’est pas en vous faisant latter par nos suspects que vous ferez avancer le barnum.

Furieux mais conscient du bon sens de ces paroles, Daza ravale une insulte.

– On a toujours Darblay ? se contente-t-il de demander.

– Évidemment.

– Alors faites-le monter dans l’aquarium. On va voir ce qu’ils donnent face à face.

68

Hôpital du Val-de-Grâce. Paris. Treizième jour.

Depuis un quart d'heure déjà, les pics sur le tracé de l'électrocardiogramme se rapprochent. Le cœur de Kurtz sort de la léthargie provoquée par le curare. Il reste de son intervention une lourdeur dans ses perceptions. L'hypnotique et l'amnésiant conjuguent leurs efforts pour lui octroyer un retour cotonneux.

Mais il est conscient, déjà. Et ses pensées tourbillonnent.

Elles ont eu pour commencer un aspect chaotique. L'opération n'a pas duré très longtemps mais son mental a été malmené par des produits puissants.

Il se souvient, à présent. Le froid, ce froid si intense qu'il en paraissait épais. Ce froid si omniprésent qu'il semblait ne jamais parvenir à lui fausser compagnie. Plus jamais.

Et ces lumières féeriques dans le ciel.

Kurtz sait déjà qu'il retournera dans ces contrées inhospitalières. Là-bas, il a vu Dieu, ses anges et son cortège de beautés incarnées en ce monde.

Kurtz a vu Dieu.

Une larme glisse sous sa paupière et coule de sa joue jusqu'au traversin blanc. Elle tombe à côté d'un tatouage à l'encre. « AP-HP Val-de-Grâce ».

Kurtz est loin d'imaginer l'endroit où il est allongé.

Sa conscience rôde encore en Finlande, sous les volutes délicates d'une immense aurore boréale.

La dernière enregistrée par son cerveau.

Je fais un rêve si beau. Si beau. Si réel.

Mais après tout, n'est-ce pas ça la réalité, cette réalité ? Un beau rêve ? Ou un cauchemar ?

Pardon, mes chiens, j'ai douté de vous. Pardon.

Vous m'avez envoyé les seuls qui pouvaient me retrouver.

Et toi, Willard, tu as bien travaillé...

Rien n'arrive par hasard. Tout était programmé. Tout est dans l'un, et je suis cela, l'un et le programmateur.

Pardon, ma proie et mon ombre.

Je vais changer, je crois.

Un à un, Kurtz teste ses membres en les bougeant imperceptiblement. Après autant de jours passés à une température n'excédant pas moins quarante degrés, il craint de ne pas s'en être sorti à si bon compte.

Le pied droit pour commencer. Il bouge.

Le gauche... bouge aussi, bien que les sensations soient plus sourdes.

La tête. Tout va bien.

Le nez est là. Il peut le plisser sans problème.

La main droite est intacte. Kurtz soupire, c'est ce qu'il craignait le plus.

La gauche, en revanche, est bandée. Il ne peut qu'ignorer son état. Et pour le moment, il ne se risquera pas à jeter un œil sous le drap qu'il sent sur sa peau. Il doit y avoir des tas de policiers qui furètent non loin de lui.

Tôt ou tard, il devra les accueillir, mais il préfère repousser ce moment le plus longtemps possible.

Un détail le rassure. Il parvient à bouger le pouce de cette main. À ses yeux, un homme sans pouce ne serait plus un homme.

Réconforté par sa rapide inspection, Kurtz laisse son esprit vagabonder sur son avenir proche.

Mes chiens viendront me faire la fête. Mes chiens et Willard, aussi. Ah, qu'il est doux de posséder une meute de choix et des exécutants qui connaissent vos désirs. Dieu est grand, comme ils disent !

Pourtant, un fourmillement parasite ne cesse d'agacer ce moment de repos et de confiance en l'avenir. Cette sensation sourde n'est pas normale. Il doit vérifier l'état de son pied gauche. Après tout, c'est celui qui était devenu tout blanc et vaguement noir à son extrémité.

Kurtz tente de se raisonner. Un sentiment de panique est en train de naître sous son crâne et il ne doit pas se laisser glisser sur sa pente dangereuse.

Mais la pensée est là, entière, détestable, putride.

Incapable de se contenir plus de cinq minutes, Kurtz ouvre les yeux sur une chambre plongée dans la pénombre. Le plafond est terne, tout comme le rideau qu'il aperçoit en marge de son champ de vision. Ce qu'il cherche n'est pas là. Il n'y a aucune caméra de surveillance, pas plus que de policier en faction. En revanche, la fenêtre a été cadenassée et son triple vitrage augure une solide structure. Quoi qu'il en soit, Kurtz se sent fatigué, plus qu'il ne l'a jamais été, sans doute. Et comme il ne parvient pas à établir de pont entre ses derniers souvenirs glacés et cet endroit qui ressemble trop à une chambre d'hôpital pour ne pas en être une, il se doute qu'il a dû être opéré.

La pensée insidieuse revient à la charge.

Kurtz monte sa main gauche jusqu'à ses yeux.

La forme du bandage ne lui laisse aucun doute. Il doit lui manquer deux doigts, peut-être même trois.

Son cœur manque un battement.

Comment... ?

Il ne peut même pas exprimer ses pensées. Et le pire reste à venir.

De cette main blessée, Kurtz soulève le drap tout en redressant la tête.

Son rythme cardiaque et sa respiration s'accélèrent encore.

Il repousse comme il peut l'assaut de cette panique délétère, mais elle s'engouffre en lui. Il n'a jamais connu une chose pareille, ou plutôt si, mais il a refoulé très profondément ces instants de noir absolu qui ont jalonné son enfance.

Sous le drap, il reste un genou sans jambe, un moignon de chair masqué par un bandage, une ignominie impensable.

Kurtz ne respire plus, il halète.

Jamais il n'avait envisagé une pareille disgrâce, une telle infamie.

Les portes de son effroi se sont ouvertes à double battant. Il ne peut plus rien contenir. Sa main retombe sur son entrejambe, sa bouche s'ouvre.

Et de cette gorge béante sort un hurlement d'horreur indicible.

69

L'entrepôt. XIIIe arrondissement. Paris. Treizième jour.

Andréas Darblay n'a pas fermé l'œil de la nuit. Ses yeux vont et viennent à la surface de la table. Ses mains agitées tentent de se calmer en faisant pression sur ses cuisses. Mais c'est peine perdue. La nervosité liée au sevrage doit s'exprimer et, pour le moment, c'est par les membres qu'elle le fait.

De l'autre côté de la table, Shan paraît lointaine et sereine. Son air de petit animal apeuré a disparu. À présent, elle semble affirmer ce qu'elle est, ce qu'elle prétend être : une machine à tuer fabriquée de toutes pièces.

Rompus aux techniques de combat, Esperanza et Mitsotakis l'encadrent.

Les ordres sont clairs. Le directeur de l'entrepôt ne veut plus voir Guenarec se déchaîner. Une fois suffit dans toute une carrière de flic.

Lorsqu'il entre dans l'aquarium, Daza a une certitude. Il veut en finir vite.

Il n'a quasiment pas dormi depuis que Chopelle est venu le chercher en Afrique, et les événements prennent une très mauvaise tournure.

– L'un de vous deux nous a mis sur la piste de Kurtz. Reste à savoir ce qui vous fera parler.

Il regarde tour à tour Shan et Andréas.

– Monsieur Darblay, nous ne nous sommes vus qu'en de sombres jours, poursuit Daza. Mais quelque chose me dit que vous pouvez inverser cette tendance, n'est-ce pas ?

Andréas garde les yeux rivés sur la surface du bureau en matériau stratifié.

– C'est passionnant, il faut croire, commente Daza d'un air navré.

Puis il se tourne vers Shan.

– Mademoiselle Guenarec, vous avez la possibilité de parler la première et d'emporter l'affaire. C'est à vous de voir. Vous n'avez pas vingt-cinq ans. C'est long, la prison, à votre âge. Avec les lois françaises et les périodes incompressibles, vous pouvez espérer ressortir à quarante-cinq ans.

– Je vous ai dit tout ce que je sais, affirme Shan en regardant Daza droit dans les yeux. Je me suis livrée à vous pour que vous m'aidiez…

Daza n'a pas perdu une miette du coup d'œil lancé par Andréas à la jeune femme.

– Monsieur Darblay vous a demandé de poster une lettre et vous l'avez fait. C'est bien ça ?

– Faux ! hurle soudain Andréas. Ne la croyez pas. Avec sa petite gueule d'ange, elle va vous faire avaler que j'ai tout organisé…

Il s'interrompt et regarde les visages des policiers qui l'entourent.

– Je veux voir ma fille, dit-il alors d'un ton lamentable en arrachant avec soin les peaux autour de ses ongles.

– Vous auriez organisé quoi ? le relance Daza. C'est le moment de vous confier. Qu'avez-vous organisé ? Les cinq meurtres de la nuit dernière, c'est ça ? Un chantage pour obtenir la libération de Kurtz ? Bravo ! Vous êtes donc bien en relation avec les cinglés qui sévissent dehors ! Kurtz est votre nouveau trip ?

Andréas regarde ses doigts rougis, et Daza s'agace déjà.

– Je me trompe ? beugle-t-il à quelques centimètres de l'oreille du prisonnier. Oui ou non ? Les meurtres ont bien un rapport avec Kurtz, n'est-ce pas ? Vous connaissiez mon nom, vous saviez que j'avais repris l'enquête après l'inspecteur Baudenuit ! D'ailleurs, qu'avez-vous fait de lui ? Et quelles sont vos relations avec Kurtz, monsieur Darblay ? ! Vous baisez ou quoi ?

Le visage rouge de Daza manifeste sa colère et son impuissance face au mutisme d'Andréas. Il n'a qu'une envie, les réduire en bouillie, lui et l'espèce de machine à tuer.

– Je vous les laisse, dit-il à Chopelle en sortant. C'est pas mon boulot, ça.

Il regagne précipitamment son appartement. Il a besoin d'être un peu seul, et surtout, il meurt d'envie de serrer Malia dans ses bras. Elle a été si proche tout au long de la journée, et inaccessible en même temps.

Mais Malia s'est absentée. Elle lui a laissé un mot dans lequel elle parle d'envies subites de femme enceinte.

Dépité, Daza se laisse tomber sur le canapé. Malia ne risque sans doute rien, et puis, cette femme incarne la liberté. Il trouve déjà inespéré qu'elle ait tenu quarante-huit heures enfermée dans ce studio de vingt-cinq mètres carrés.

Le visage de Shan s'impose alors à son esprit. Daza fronce les sourcils et lisse sa barbe d'une main. Il n'arrive toujours pas à cerner la jeune femme. Si elle ment, alors elle doit en savoir long sur Kurtz et, pourquoi pas, sur les meurtres de la nuit passée. Si elle dit la vérité, qu'elle a perdu la mémoire et ignore pourquoi elle sait se battre, remonter une arme ou dominer deux hommes, alors il la plaint. Sa situation n'est vraiment pas enviable.

Avant de retourner dans le hangar, Daza se délasse un long moment sous un jet d'eau chaude. Il a besoin de se détendre. Maintenant, c'est certain, personne ne le laissera rentrer chez lui tant que cette affaire ne sera pas terminée.

Putain de guet-apens. Jamais je n'aurais dû revenir.

Il retrouve Chopelle en compagnie de Shan Guenarec et d'Andréas Darblay. Peter Seipel tient ouverts devant lui plusieurs grands plans de ville, des capitales européennes, d'après ce que Daza peut en voir.

D'un geste, le directeur de l'entrepôt lui ordonne de ne pas intervenir.

– Voyons, dit Seipel, le nez sur un plan de Berlin. Pour aller de la Mehringplatz au point 52 degrés 30' 43" nord et 13 degrés 24' 62" est ?

Shan fronce à peine les sourcils et se lance dans une énumération de rues, d'avenues, de passages :

– AlteJakobstrasse, croiser la Koranden et à gauche, cinquante mètres plus loin, prendre la Saydes. Longer la Gertraudenstrasse et… sauter ! Il est sur l'Elbe, votre point !

– Sans faute, apprécie Seipel. À présent, Paris : itinéraire rue Buffon-rue de la Bidassoa ?

– Buffon, pont d'Austerlitz, Ledru-Rollin, Roquette, Ménilmontant, Gambetta, Nadaud, Bidassoa.

– Fichtre ! C'est impressionnant. Mademoiselle peut fournir un itinéraire par cœur dans n'importe quelle capitale européenne, explique Chopelle au nouveau venu.

– Ça sert à quoi ? demande Daza sans grand enthousiasme.

– Justement, c'est ce qu'on essaie de comprendre. Mais ça explique comment elle a pu se diriger aussi facilement dans Berlin.

– Est-ce que les crimes de la nuit passée ont un lien avec l'attentat de la place de Neptune ? lance Daza à Shan. Vous avez passé la nuit ici, alors vous ne serez pas inquiétée pour ça.

– Tout est lié, ricane Andréas, qui sort pour quelques secondes de son isolement. L'autre robot est au courant de tout, vous voyez bien. Demandez-le-lui, il n'y a pas d'autre solution avec Kurtz. Tout est lié !

Andréas émet alors un rire dément qui secoue son corps tout entier.

Daza l'ignore et exhibe sous les yeux de Shan une copie du message reçu le jour même.

– Et ça ? gronde-t-il. Puisque vous étiez l'un et l'autre en isolement ici, qui l'a expédié, celui-là ? C'est le même style de conneries, alors qui l'a expédié ? Qui a fait le ménage derrière vous ? Qui vous a appris ce que vous savez ?

Shan observe la feuille un instant, la lit à voix haute et murmure :

– C'est étrange. « Patience et longueur de temps… »

– … valent mieux que force ni que rage, termine Andréas en hurlant presque. Je la connais la suite, je la connais ! Vous voyez ? Je la connais ! Je vous l'avais dit, que c'était elle.

Ses yeux, qui se sont allumés l'espace de quelques secondes, s'éteignent aussi soudainement.

– Allez, enrage Daza. Guenarec en cellule et Darblay au sous-sol, avec Tomazello, ajoute-t-il à contrecœur. On va leur apprendre à se foutre de notre gueule !

70

La Plaine Saint-Denis. Département 93. Soir du treizième jour.

Philomène s'enveloppe dans son grand châle mauve et noir. Sa robe en coton teint dans la même nuance, tombe jusqu'à ses chevilles.

– Pourquoi tu mets toujours des robes longues ? demande Clara, une pointe d'envie dans la voix.

– Ma chérie, une Rrom ne montre jamais ses jambes, même lorsqu'elle danse.

– Et pourquoi tu portes toujours tous tes bijoux ?

La gitane emmitoufle soigneusement Clara dans la couverture multicolore, puis elle se redresse et passe ses doigts dans les lourdes chaînes en or qui ornent son cou et sa poitrine. Les amulettes et les pendentifs tintinnabulent dans l'air froid.

– Si la mort me prend, je serai parée.

Clara trouve les réponses de la belle gitane trop obscures pour elle. Elle enfile ses bottines et son bonnet en faisant la moue.

– Tu es prête ?

– Où on va ?

– Écouter les hommes chanter pour les morts.

– Les morts ?

Au milieu du cercle formé par les caravanes brûle un grand feu que les gitans ont allumé en fin d'après-midi. En regardant s'envoler les brindilles et les étincelles, Clara se dit qu'il ne faudrait pas grand-chose pour que le camp entier se mette à flamber.

– Ça ne risque rien, murmure Philomène à son oreille.

Interloquée, la fillette écarquille les yeux. Elle comprend peu à peu qu'avec ces gens étranges elle doit s'attendre à tout.

Les hommes sont assis en demi-cercle, certains tiennent une guitare, les autres une mandoline. Les femmes et les enfants leur font face, les mains jointes et la tête baissée. Clara et Philomène s'installent dans un silence vibrant, puis les premières voix s'élèvent, suivies des premiers accords.

La musique envahit l'espace, triste et grave.

Elle semble tourbillonner dans la poitrine des musiciens avant de s'élancer vers le ciel, rythmée par le crépitement du feu.

Malgré elle, Clara sent perler les larmes au creux de ses paupières. Elle cherche Louis des yeux et ne le trouve pas. Alors, son cœur se met à battre plus fort. Après un long moment d'hésitation, elle se glisse subrepticement hors du groupe des femmes. Celles-ci paraissent littéralement communier avec le chant, leurs mains gracieuses s'élèvent et leurs lèvres psalmodient une prière muette.

Clara retrouve Louis assis sur les marches de la caravane de Diego.

– Je crois que Diego va nous demander de partir, dit-il d'un ton sinistre.

– Qu'est-ce que tu racontes ? Philomène m'a dit à midi que Rosie était fâchée, mais qu'elle avait fini par céder parce qu'elle a l'habitude avec toi. On peut rester, tant que Diego veille sur nous.

– Elle risque gros, Clara. Si la DDASS apprend ça, elle ne pourra plus jamais être famille d'accueil.

– Mais elle a dit oui, se bute la fillette qui n'a aucune envie de retourner chez Rose.

– Tu ne comprends rien. Le problème n'est pas là. Il y a des bruits qui courent.

Clara sent l'agacement poindre, elle secoue le bras de Louis.

– Sois plus clair.

Louis se dégage de l'étreinte de Clara et se lève, prenant l'air important.

– J'ai écouté Diego et le vieux. Il y avait aussi son frère et les hommes du camp. Ils ont dit qu'il y avait eu un massacre. Et qu'on allait certainement les accuser.

– Mais pourquoi ?

– J'ai pas tout compris. Mais c'est à cause d'un homme qui…

Soudain, la voix de Diego interrompt Louis. Les enfants se redressent, droits comme des piquets, prêts à subir la sentence. Le gitan les entraîne vers la caravane et referme la porte.

Louis et Clara s'installent sagement à table.

– Vous ne devez pas traîner dehors, c'est dangereux.

– Mais, Diego, proteste Clara.

– Des événements ont eu lieu la nuit dernière. Et pour une raison que j'ignore, ou que je connais trop bien, certaines personnes du quartier cherchent des boucs émissaires.

– C'est quoi, des bouts commissaires ? demande Clara.

– Les boucs émissaires, répète Louis, ça veut dire des responsables.

Diego tripote ses cheveux longs.

Son visage s'est assombri et de grands cernes courent sur ses joues.

– Lorsqu'il y a des problèmes dans un endroit et que nous sommes dans les parages, alors les gens nous regardent d'un sale œil. Et là, les enfants, je crois qu'il se prépare quelque chose de grave. C'est pourquoi je vais vous raccompagner.

– Que s'est-il passé ? Dis-le-nous, Diego. Dis-nous pourquoi on doit partir.

– Je ne peux pas. Ce ne sont pas des histoires d'enfants, justement.

La voix de Diego est ferme, son ton ne souffre aucune discussion.

Louis tente de rassurer Clara avec des gestes tendres.

– Rentrons chez Rose, nous reviendrons quand les choses se seront calmées. Il faut obéir, Clara, c'est la meilleure chose à faire.

– Non ! On vient juste d'arriver !

Les larmes jaillissent des yeux de la fillette qui se lève et s'accroche au cou de Diego.

– Je t'aime, Diego, je t'aime.

Le gitan sent sa gorge se serrer. Il prend Clara contre son cœur, un long moment. Trop long, peut-être.

Les parois de la caravane subissent les assauts de canettes de bière vides et de morceaux de ferraille. Et dehors résonnent déjà les premiers cris.

71

L'entrepôt. XIIIe arrondissement. Paris. Soir du treizième jour.

Il est vingt et une heures. Andréas Darblay est toujours interrogé – en douceur, selon les ordres de Daza – par l'Italien, tandis que Shan est retournée en cellule depuis assez longtemps déjà pour avoir réfléchi et infléchi sa position. C'est en tout cas ce qu'en pensent Eliah Daza et Yann Chopelle, qui décident de poursuivre leur travail de sape sur les suspects, après une légère collation à la cafétéria.

– Le plus inquiétant, confie Chopelle, c'est cette phrase : « à chaque soir suffit sa peine ». Ça laisse penser qu'il va y avoir encore des morts, cette nuit.

– Possible, admet Daza. Mais pourquoi ? Nous n'avons pas reçu d'ultimatum pour libérer Kurtz.

– Du moins pas encore. Mais si tel était le cas et que la chose était rendue publique, alors là, on se retrouverait aussitôt avec la France dans la rue.

– Me faites pas rigoler. La France dans la rue ! Vous parlez d'un miracle, alors qu'il ne s'agira, comme d'habitude, que d'une bande d'agitateurs prêts à en découdre. Bon, on y va ?

– Allez-y, je vous retrouve dans deux minutes.

Pendant que Daza traverse le hangar pour gagner la cellule de Shan Guenarec, Chopelle se faufile dans l'infirmerie déserte à cette heure. Il s'accroupit devant l'armoire à médicaments et récupère une chemise propre dissimulée derrière les boîtes de compresses. Il y en a quatre, toujours disponibles, grâce à la complicité de la femme de ménage du centre.

Avant de se changer, il s'asperge de déodorant et avale un grand verre d'eau. Il ne supporte plus cette odeur aigrelette qui accompagne ses journées difficiles. D'autant plus qu'en vieillissant le phénomène a tendance à s'accentuer.

D'un coup d'œil dans un petit miroir mural, il s'inspecte, se lance trois sourires complaisants puis rejoint Daza devant la porte de la cellule déverrouillée.

– Debout ! beugle-t-il avec une certaine jubilation.

Shan sursaute, puis se frotte longuement les yeux, bâille et finit par se lever.

Voilà le bel Africain. Il n'a toujours pas dormi. Il sera plus facile à convaincre.

Toujours docile, elle suit les policiers, le visage mâché, les cheveux en bataille et les mains entravées par des menottes qui cliquettent à chacun de ses pas.

– Vous les garderez tant que nous le jugerons utile, précise Daza en accompagnant la jeune femme dans l'aquarium. Asseyez-vous.

Shan s'affale sur la chaise et se met à scruter le hangar à travers les parois de verre, tout en marmonnant des mots inaudibles. On dirait qu'elle chantonne.

– Il faudrait me rafraîchir la mémoire, expose Daza en prenant place face à la jeune femme. J'ai trouvé de trop nombreuses zones d'ombre dans votre récit.

La jeune femme observe son interlocuteur. Il a sorti une boîte d'allumettes de sa poche et dispose les bâtonnets sur la table en formant des triangles et des carrés.

Il compte les morts. Il compte les morts. Bientôt, il n'aura plus assez d'allumettes.

Les lèvres de Shan remuent toujours, elle réprime un nouveau bâillement et se balance lentement, les yeux fixés sur les mains de Daza.

– Admettons que vous soyez vraiment amnésique, poursuit le policier. Expliquez-moi pourquoi vous vous êtes enfuie de l'hôpital à Berlin.

– Je me suis sentie en danger, explique Shan après une courte hésitation. Quelque chose me disait que je ne devais pas rester… que les hommes en vert et les ombres me voulaient du mal.

– Qui sont les hommes en vert ? Les Martiens ? se moque Chopelle.

– Les flics teutons ! lance Peter Seipel depuis le hangar.

Devant la mine étonnée de Daza, Chopelle précise que l'Allemand sait lire sur les lèvres.

– Et les ombres ?

Peter Seipel entre dans l'aquarium et se place derrière Daza.

– Je pense qu'il s'agit des terroristes, avance-t-il. Tous les témoignages et les images de vidéosurveillance concordent. Ils étaient vêtus de noir, cagoules, gants et chaussures.

– C'est ça, murmure Shan en frissonnant. Je suis un monstre, comme eux, comme les hommes en noir.

– Et maintenant, vous vous livrez, dit Chopelle. Quelque chose m'échappe dans votre logique.

– Ma vie n'est pas… logique.

– Alors, reprend Daza en rangeant ses allumettes, vous quittez l'hôpital pour fuir la police et vos complices, c'est ça ?

– Je ne sais plus…

– Que faites-vous ensuite ?

– J'avais jeté une clé dans la fontaine de Neptune, sur l'Alexanderplatz, là où a eu lieu l'attaque.

– Une clé ne donne pas une adresse, objecte Peter Seipel qui s'incruste, malgré le regard noir de Daza.

Mais il en faut plus à l'Allemand pour se laisser impressionner. Il met d'ailleurs la mauvaise humeur permanente du Français sur le compte du stress et ne se sent pas du tout atteint par ses coups d'œil assassins.

– Non, mais je connais Berlin par cœur, se défend Shan. J'avais des numéros dans la poche de mon jean.

– Il était noir, votre jean ? demande Chopelle.

– Quels numéros ? renchérit Daza.

Shan ne sait plus très bien à qui elle doit répondre. Elle baisse les yeux, visiblement intimidée par les trois hommes qui lui font face.

Voilà trois atouts. Fiables. Il faut les amadouer, collaborer, se faire oublier. Et attaquer.

– Expliquez-moi, l'encourage Eliah Daza. Je ne comprends pas.

– Moi non plus, s'excuse presque Shan. Vous l'avez vu, j'ai des tas de choses en tête. Des noms de rues, des plans de villes, des coordonnées géographiques.

– Vous n'avez donc pas tout oublié, murmure Peter.

– Je sais toujours parler, lire, compter. Je peux me déplacer dans Paris sans aucune difficulté. Mais je ne sais plus d'où je viens.

– En clair, tout ce que vous avez appris par cœur est resté. Ce sont les souvenirs de votre vécu qui se sont envolés.

Daza se tourne vers Chopelle.

– Il faut vraiment qu'elle voie la psychologue. Je crains que son amnésie ne relève du blocage.

– J'avais les coordonnées sur moi, dit-elle subitement. Les coordonnées d'une planque.

– Sa description de l'appartement a été confirmée par mes collègues allemands, précise Peter avant de se préparer à sortir pour répondre à un appel.

– Attendez ! lui lance Daza. Dites-moi ce qu'elle chantait tout à l'heure.

– Une chanson de Fred Astaire, *Cheek to cheek*. Très célèbre. *Heaven, I'm in heaven*, fredonne l'officier allemand.

Il pivote sur lui-même en esquissant un pas de danse et quitte l'aquarium, son mobile à l'oreille.

Shan sourit.

– C'est quoi, cet air ? s'étonne Daza.

– Je me suis réveillée un matin avec ça dans la tête. Depuis, ça ne me quitte plus.

– Et ensuite ? Vous êtes rentrée à Paris ? attaque Chopelle qui n'a pas l'intention de verser dans la mélomanie.

– J'ai été agressée à Berlin, je vous l'ai déjà dit, et j'ai dû m'enfuir de nouveau.

– Vous fuyez beaucoup de gens, on dirait, se moque Daza. Pour quelqu'un qui a oublié son passé, je trouve que vous vous souvenez de détails bien arrangeants. Vous ne m'enlèverez pas ça de l'esprit.

– J'ai obtenu des informations, confie alors Shan.

– Qui vous les a données ?

– Personne, enfin, je veux dire, mon chien, le tatouage de mon chien.

– Vous ne m'avez jamais parlé de ça ! dit Chopelle en haussant le ton.

– Expliquez-vous, Shan, intervient Daza qui ne veut pas perdre le fil des aveux de la jeune femme. Qu'est-ce que vous indiquait le tatouage de votre chien ?

– Un numéro de téléphone.

– Vous ne vous en souveniez pas, de celui-là ?

Shan secoue la tête. Elle paraît ennuyée par la question de Daza.

Ne jamais laisser de témoins. Pas de témoins. Pas de témoins. Plus d'allumettes.

– C'est pratique, ces amnésies, répète-t-il. Vraiment très pratique.

Il soupire, puis fait glisser un bloc de papier sur le bureau.

– Vous pouvez nous l'écrire ?

Shan s'exécute sans discuter.

– Des directives m'attendaient sur un répondeur. Après, je n'ai eu qu'à tirer sur ce premier fil pour en savoir un peu plus. Comme l'adresse de cette péniche dans le port de la Bastille.

– Quelles directives ?

– Récupérer la petite Clara.

– Je vais vérifier ça. Oh, à propos de clébard, qu'est-ce qu'il mange, le vôtre ?

Les yeux de Shan s'illuminent.

– Pourquoi ?

– Parce qu'il vous attend en bas. J'ai essayé de l'approcher mais… enfin, bref. Je ne vais pas le laisser crever de faim. Alors ?

– Il ne mangera pas si ça ne vient pas de moi.

– Bien sûr…

Daza sourit à Shan en levant les yeux au ciel, puis il se lève et sort de la salle d'interrogatoire.

Le numéro indiqué par la jeune femme sonne dans le vide. Mais une vérification de routine fournit une adresse en banlieue parisienne.

– Pas de répondeur, mais un gentil pavillon à Livry-Gargan, informe-t-il Chopelle en retournant dans l'aquarium. On va aller vérifier ça. Une dernière chose, mademoiselle Guenarec. Pourquoi avez-vous obéi aux ordres dictés par le répondeur ?

– Je ne sais pas, répond-elle.

Sa voix est redevenue fragile. On dirait une petite fille en train de se faire sermonner.

– Qui est Andréas pour vous ? À quoi sert-il dans le vaste plan que vous servez vous-même ?

Agacé, Yann Chopelle attrape Daza par le bras et l'entraîne à l'écart de l'aquarium.

– J'ai le sentiment qu'elle nous a donné une info et qu'elle ne dira rien de plus, dit-il. Comme si tout était prévu.

– Je vois ce que vous voulez dire. Il va falloir…

Le retour de Peter Seipel interrompt Daza.

– J'ai deux news, expose l'officier allemand. Les cinq meurtres de la nuit dernière ont un point commun : trois des victimes ont été inquiétées dans des affaires de pédophilie. Plus exactement, elles faisaient partie d'une liste de personnes dont les agissements sur Internet sont surveillés.

– Ça ne sent pas bon, s'inquiète Daza. Qui était en possession de cette liste ?

– Nos services, l'éclaire Peter Seipel. Et c'est ce qui alerte le Quai des Orfèvres. Mais il y a plus. Quatre nouveaux cadavres égorgés ont été retrouvés en fin de journée. Deux d'entre eux appartenaient à cette même liste. Pour ce qui est de la victime de la Croix-Rousse, à Lyon, l'individu est fiché pour viol sur mineur, et le plus jeune, celui de la Plaine Saint-Denis, est connu des stups pour trafic de crack et d'héroïne. Mais ça, vous le saviez déjà.

– Ils sont tous fichés, alors, s'étonne Daza. C'est le retour du justicier dans la ville ou quoi ?

– Si c'est ça, ajoute Seipel, un brin de cynisme dans la voix, alors ils n'ont que ce qu'ils méritent et…

– Je ne peux pas vous laisser dire ça !

– Il vaudrait mieux que la nouvelle ne s'ébruite pas, ajoute Daza.

– Trop tard, c'est d'ailleurs ce type d'idée fasciste qui a déclenché les émeutes, s'énerve Chopelle. Nous avons apparemment affaire à une bande organisée qui agit sur tout le territoire. C'est la BAT qui est sur le coup maintenant, et les services secrets.

– Vous parliez de deux infos, quelle est la deuxième ?

– Kurtz s'est réveillé. Le Val-de-Grâce a prévenu le Quai des Orfèvres il y a une demi-heure.

– Il a de la ressource, ce salopard, se réjouit Daza. Que diriez-vous de perquisitionner ce pavillon de banlieue et de rendre ensuite une petite visite à notre ami Kurtz pour lui demander quelques explications ?

– Vous allez vite en besogne ! s'exclame le directeur de l'entrepôt. Rien ne prouve encore qu'il est lié à tout ce merdier.

– C'est suffisamment sordide pour être signé Kurtz.

72

Hôpital du Val-de-Grâce. Paris. Soir du treizième jour.

Des cris ont suivi les hurlements.

Puis le personnel soignant est intervenu.

Les gémissements ont étouffé les cris.

De souffle en souffle, la voix de Kurtz est devenue rauque. La source des plaintes a fini par se tarir d'elle-même. La chimie charriée par ses artères a fait le tour de son corps, et son cerveau a capitulé, trouvant dans cette substance artificielle l'unique voie de son salut.

Alors, de vaporeuses volutes ont remplacé les images d'aurores boréales. Les recherches de solutions se sont transformées en délires mégalomaniaques.

Et Kurtz s'est vu porté par la foule, héraut d'une société exsangue, prêt au sacrifice ultime pour lui donner une seconde chance. Il s'est imaginé en athlète presque nu remontant une allée imaginaire où le flot des gens s'écarte pour le laisser passer, lui, la bête qui lave la nation des maux dont elle souffre, vers un panthéon du mal.

Un panthéon en friche, un palais du souvenir à bâtir.

Chose que Kurtz mentalement se charge de faire sans aucune hésitation.

Son panthéon à lui est fait de glace et d'ors. Mais c'est un bâtiment inversé. Si dôme il possède, c'est un dôme concave, qui pénètre profondément sous terre pour se prolonger en une multitude de protubérances enfouies plus loin encore de la surface. Et Kurtz devient le maître de cet étrange royaume souterrain. Il marche sur un sol constitué de trappes où la seule mélodie que l'on puisse entendre est faite des gémissements de ses prisonniers, de ses chiens d'attaque, de ses choses.

Jusqu'à ce qu'une voix prenne le pas sur les autres et articule des mots, puis les paroles d'un chant de salle de gardes.

Le petit Olivier rêve de son papa.

Il revoit le pathétique Maximilien Lavergne une nuit de beuverie, le nez planté entre les seins énormes d'Irma, juste avant la fellation rapide du samedi soir.

Moment de fête.

Et la petite voix de son géniteur se fait plus grosse, à mesure que la testostérone se répand dans ses artères.

– Traîne tes couilles par terre ! reprend Kurtz en chœur. Prends ta bite à la main, mon cousin ! Nous partons en guerre, la bite à la main !

Kurtz bat la mesure, arrache inconsciemment ses électrodes et le cathéter en plastique qui l'hydrate.

L'irruption de deux infirmiers robustes ne tarde pas.

La voix de Kurtz s'étouffe bientôt, renvoyée vers son origine par un nouveau cocktail de chimie.

Interruption momentanée des programmes.

73

Livry-Gargan. Banlieue parisienne. Soir du treizième jour.

L'adresse se trouve à la limite de Livry-Gargan et de Sevran, dans un secteur résidentiel calme, chichement pourvu en décorations de fin d'année. Deux pères Noël se disputent un réverbère, de petites étoiles clignotent sur une façade. Une succession de pavillons d'après-guerre, bâtis sur de petits terrains délimités par des murs ou des haies de thuyas, d'où personne n'est sorti ou entré depuis un bon moment. À cette heure, les familles sont probablement devant le film du soir.

Yann Chopelle et Eliah Daza sont garés à deux maisons du pavillon cible.

– Il manque le bon vieux café sur le tableau de bord, comme dans les polars, plaisante Chopelle pour qui cette planque est un événement.

Après des années passées dans les bureaux, il a aujourd'hui la possibilité de se glisser dans la peau d'un homme de terrain, et il est excité. Un peu d'exercice ou une petite poussée d'adrénaline ne lui feront pas de mal. Ces derniers temps, il a plutôt tendance à s'empâter. Et ce n'est pas une bonne nouvelle. Déjà petit et chauve, s'il devient bedonnant, il risque de griller ses chances auprès de celle qu'il rêve de reconquérir.

– Ils font de la buée, les mastodontes, critique Daza en désignant la voiture d'Antonnella Esperanza et Akis Mitsotakis. Regardez !

Les deux officiers planquent une dizaine de voitures plus loin, stationnés à contresens et de l'autre côté de la rue. Ce que Daza ne peut pas voir, c'est que leurs doigts sont entremêlés. Cela fait plus de dix ans qu'ils traquent les criminels pour les polices européennes et couchent ensemble dans le plus grand secret. Leur complicité dans la vie et dans le travail est étonnante. Ils sont à la fois amis comme deux hommes, amants et collègues. Sous ses airs de camionneur, Antonnella est une femme douce et raffinée qui peint admirablement et raffole de la moussaka d'Akis.

– Il n'y a personne là-dedans, affirme-t-elle en essuyant la vitre de sa manche. On ferait mieux d'y aller.

Les volets du premier étage rabattus sur les murs montrent que l'endroit est habité, mais aucune lumière n'éclaire l'intérieur. Du courrier dépasse d'une antique boîte aux lettres. Sans doute le ou les occupants se sont-ils absentés depuis plusieurs jours.

Le locataire de ce pavillon, Ernst Eichmann, un Allemand né en ex-RDA, apparaît sur les listings de la Sécurité sociale cinq ans plus tôt, à la même période que Shan Guenarec. La similitude est trop belle pour être écartée, les risques trop importants pour être négligés.

Dix voitures plus loin, Daza bout d'impatience.

– Il n'y a pas trente-six solutions ! dit-il dans l'intercom en ouvrant sa portière.

Il est aussitôt imité par son passager, puis par Esperanza et Mitsotakis qui s'approchent au pas de course.

– Ça fait longtemps que vous n'avez pas perquisitionné ? interroge Daza en se tournant vers Chopelle. Ça peut être musclé. Faites le tour par-derrière.

– J'apprécie. Prenez Mitsotakis avec vous.

Les quatre policiers se séparent. Eliah Daza et Akis Mitsotakis gravissent les marches du perron, lampes et armes braquées devant eux, tandis que les deux autres ouvrent une petite barrière et contournent le pavillon par le jardin, longeant les hauts murs en pierre meulière.

La sonnette résonne dans la maison sombre.

Une vingtaine de secondes silencieuses s'écoulent.

Quelque part dans la nuit, des chats se battent à grand renfort de cris perçants.

Personne ne vient ouvrir.

Daza tente alors de tourner la poignée. Le grincement des gonds qui s'ensuit est sinistre.

– Police ! prévient-il en s'introduisant le premier.

Il pénètre dans un couloir aux papiers peints vieillots. Une odeur de cuisine à l'huile et d'urine flotte dans l'air.

– Nous sommes entrés, personne ne se manifeste, annonce-t-il dans son intercom. Soyez prudents, ça sent le coup fourré.

Pendant qu'il sécurise un petit local sur sa gauche servant apparemment de débarras, Mitsotakis entre à son tour. Il file d'un trait au fond du corridor sombre. Là, une deuxième porte donne sur la cuisine. Un néon palpitant jette sur la pièce une lueur blafarde. Une table de camping, une caisse contenant de la vaisselle et quelques aliments secs, et un réchaud à gaz constituent l'unique mobilier de la pièce. Comme dans le reste de la demeure, l'ambiance de la cuisine est triste. La décoration d'après-guerre semble avoir été soigneusement entretenue en l'état, les carrelages sont jaunis de crasse, et le linoléum brique est zébré de marques noires.

– Personne n'habite là-dedans, lance Mitsotakis, c'est une planque et…

Un couinement soudain s'élève dans le couloir. Daza a tout juste le temps de se retourner pour voir la porte d'entrée se refermer et un système de verrous multiples s'activer automatiquement.

– C'est un piège !

Aussitôt rejoint par l'officier grec, Eliah Daza se rue sur la porte, mais son blindage, invisible depuis l'extérieur, est trop résistant. Il vibre à peine sous l'impact des coups de pied que les deux hommes en colère balancent en son centre.

– Esperanza, Chopelle, tirez-vous ! hurle Daza dans son intercom. Dégagez et appelez les démineurs !

– Localisez-vous ! crache la voix du directeur de l'entrepôt dans le récepteur. Localisez-vous immédiatement !

– Couloir, nous dirigeons vers la pièce principale.

D'un signe de tête, Daza propose à Mitsotakis de le suivre. Les deux hommes progressent en silence, à l'affût du moindre détail sur le sol, les murs et les plafonds. Pourtant, rien ne semble anormal. Ils ne trouvent aucune cellule à infrarouge, pas un détecteur de mouvements susceptible de trahir leur présence sur les lieux.

– Il y a quelqu'un, articule lentement Daza en posant son index sur ses lèvres. Il y a forcément quelqu'un.

Akis Mitsotakis hoche la tête et arme son automatique. Les deux hommes avancent progressivement, dos à dos, couvrant tous les angles du corridor.

Ils pénètrent ainsi dans une vaste pièce avec cheminée, où trône un canapé en cuir craquelé. Le grincement du vieux parquet est à peine étouffé par un tapis usé jusqu'à la corde. Les lamelles défoncées des volets laissent passer la lumière des réverbères, jetant sur le papier peint fané quelques taches de couleur et révélant ce qui semble être un message écrit avec une bombe de peinture noire.

– Voilà ce que…, murmure Daza dans son émetteur.

Il n'achève pas sa phrase.

De puissants jets de gaz sortent en sifflant par les conduits de ventilation et les bouches de chauffage.

La porte claque.

Assaillis à la gorge, les policiers titubent aussitôt.

Mitsotakis s'écroule lourdement sur le parquet alors que Daza parvient à atteindre le canapé en deux enjambées chaotiques.

Il entend encore la voix de Chopelle tonitruer dans son oreillette.

Puis il perd connaissance au moment où une silhouette masquée traverse son champ de vision.

74

La Plaine Saint-Denis. Département 93. Soir du treizième jour.

Le visage contre la vitre, Clara ne peut s'empêcher de regarder dehors, malgré les recommandations de Diego. La joue de Louis est collée à la sienne. Leurs doigts s'entremêlent et leurs yeux s'emplissent des ombres qui entourent le camp.

Effrayés par ce soudain déferlement de violence, ils tentent de se dissimuler derrière les rideaux en dentelle. Les projectiles visent plus particulièrement les carreaux des véhicules et des caravanes jusqu'à ce qu'un enjoliveur de pneu brise la fenêtre, manquant les rendre aveugles tous les deux.

Terrorisés, Louis et Clara se terrent sous la table.

Des cris de haine leur parviennent : « Assassins ! Salopards de romanichels ! Pourritures ! » Les gitans répliquent, excédés.

Diego est sorti de la caravane le fusil à la main, blanc de colère.

Les canettes volent encore, les hommes se réfugient derrière leurs voitures.

Mais les assaillants avancent, ils sont une vingtaine, brandissent des cocktails Molotov ou des barres à mine.

Ils ont le visage dissimulé par des foulards. Certains sont très jeunes, d'autres beaucoup moins. Ils habitent le quartier ou les communes voisines et sont tous réunis pour la même raison : la vengeance.

Leurs motivations appartiennent à leur logique. On n'égorge pas dans tous les milieux, or l'un des leurs vient d'être saigné comme un porc. Puis il y a eu ces deux viols, la semaine de l'arrivée des gitans. Et personne pour arrêter les coupables. Ici, la police patrouille – brûle du sans-plomb, comme ils disent dans le coin – , contrôle, et c'est tout.

Dans la nuit, les enfants pleurent, des chats miaulent et feulent. Ces chats faméliques qui parcourent le camp de long en large, tentant de trouver le peu de nourriture qu'on leur laisse. Des chats transformés en projectiles vivants. L'un d'eux atterrit toutes griffes dehors dans les cheveux de Philomène.

Clara qui ne peut s'empêcher de regarder dehors, voit la belle gitane se débattre, puis s'enfuir.

Une première voiture s'enflamme, c'est celle d'Aram.

Furieux, il s'élance vers les responsables.

Les hommes se déchirent, s'affrontent, roulent à terre, mais bientôt les assaillants surpassent en nombre les agressés. Les gitans sont acculés contre le grillage qui borde le campement.

La porte de la caravane claque.

– Allez vous réfugier aux studios ! hurle Philomène.

Ses joues sont pâles, ses cheveux poisseux, son visage défait.

Elle repart en courant, ouvre les autres caravanes, prend soin des plus jeunes qu'elle éloigne de la fureur des hommes.

La clameur gronde dans les rangs des attaquants.

Le visage entre les mains, les doigts écartés pour voir au travers, Clara pense aux chiens, quand ils mordent au sang une fois et qu'ils ne parviennent plus à s'arrêter.

Aram est à terre, le visage ensanglanté, une silhouette massive penchée sur lui. Les coups tombent, encore et encore.

Le cœur de Clara se révolte.

Elle arme Louis d'un couteau de cuisine et prend pour elle la grande fourchette à barbecue. Puis ils sortent, inconscients, dans la folie ambiante.

La lumière des réverbères trop lointains jette un éclairage incertain sur la scène. Clara et Louis ne peuvent que deviner des mouvements. Des silhouettes courent en tous sens, si bien qu'ils restent collés à la tôle de la caravane pour ne pas se faire renverser. Certaines femmes affolées se font attraper par les agresseurs et battre sans autre forme de procès. Les plus jeunes enfants sont serrés dans un coin. Les autres se mêlent à la bagarre. La haine de ces hommes venus en découdre est palpable. Le goût du sang brille dans leurs yeux.

Clara et Louis parviennent enfin à se frayer un chemin jusqu'au grillage. Diego les rejoint avec deux petits dans les bras. Son visage est tuméfié, une colère noire déforme ses traits. À l'aide d'une tenaille, il découpe les mailles en acier et leur ouvre un passage.

– Filez par là, vite ! Prenez les petits avec vous !

Les quatre enfants s'élancent dans les hautes herbes, puis débouchent sur une aire de stationnement déserte. De larges bâtiments s'étalent devant eux. De vastes entrepôts désaffectés qui servent de temps à autre à des tournages.

Un endroit où le vent s'engouffre le soir et siffle dans les longs couloirs vides, où l'ombre, épaisse et palpable, semble prendre vie et gémir.

Clara frémit. Mais elle suit les garçons. Elle doit obéir à Diego.

Derrière eux, le vacarme se poursuit, d'autres feux s'allument.

Les enfants se précipitent vers l'entrée. Louis tente vainement d'ouvrir la porte. Ils envoient alors des pierres dans une vitre, escaladent la fenêtre et grimpent les escaliers quatre à quatre pour se réfugier dans une grande salle vide parcourue de courants d'air.

Clara et Louis installent les petits en les enroulant dans leurs blousons, puis ils se postent chacun à une issue, armés de leur ustensile de cuisine.

Ils sont effrayés et furieux, décontenancés par ce déferlement de violence sur leur tout nouveau havre.

– Pourquoi ils les attaquent comme ça ? Ils n'ont rien fait ! proteste Clara.

Louis s'approche d'elle et passe son bras autour de ses épaules.

– Ça fait déjà un petit moment que les connards des barres en face nous cherchent. D'après ce que Diego m'a raconté, en Italie, c'est pire encore. Son cousin a été assassiné. Là-bas, c'est des racistes purs et durs. Ils ne supportent pas les gitans.

– Ici aussi, faut croire, lâche Clara qui sent la peur disparaître au profit d'une haine pour ces hommes plus grande encore. On ne peut pas rester à rien faire, ajoute-t-elle.

– Ne bouge pas, ordonne Louis. C'est Diego qui l'a dit.

– Il faut aller se battre avec eux, insiste la fillette. Garde les petits.

Joignant le geste à la parole, elle sort de la grande salle en courant, petite ombre gracile, et dévale les escaliers, sa grande fourchette brandie devant elle.

75

Livry-Gargan. Banlieue parisienne. Soir du treizième jour.

Yann Chopelle s'est rué sur les accès arrière du pavillon. Mais les entrées sont obstruées par d'épaisses plaques de tôle scellées dans la maçonnerie des murs porteurs. Inamovibles. Et les fenêtres inaccessibles par le jardin.

La voix d'Eliah Daza résonne encore entre ses oreilles.

– Dégagez et appelez les démineurs !

À présent, son oreillette s'est tue, malgré ses appels répétés.

Il remonte l'allée la peur au ventre, précédé par Esperanza, plus sportive et surtout habituée aux opérations de ce genre. Malgré les avertissements de Daza, ils ont décidé d'entrer sans attendre les renforts prévus dans une quinzaine de minutes.

Pour ça, ils doivent passer par l'entrée principale.

Antonnella Esperanza vide aussitôt son chargeur sur le pourtour de la porte. Puis elle recharge son arme et réitère l'opération. Les balles ouvrent des saillies dans le bois aux points d'impact, révélant un blindage qui peine à se déformer malgré le choc causé par le 9 mm. Le contenu d'un troisième chargeur ébranle suffisamment le cadre pour qu'elle parvienne à l'ouvrir à coups de pied, pendant que Yann Chopelle tempête après les renforts qui tardent trop à son goût.

Quand ils entrent enfin dans le pavillon, le ronronnement d'un extracteur de fumée résonne depuis la pièce principale et une odeur douceâtre flotte dans l'air.

– Il faut ouvrir les fenêtres ! indique Chopelle en alliant le geste à la parole.

Dans le salon, ils découvrent les corps de Daza et de Mitsotakis, avachis l'un par terre, l'autre sur un canapé. Une photo Polaroid a été déposée à côté d'eux. Leur portrait, semble-t-il.

Mais Yann Chopelle ne s'arrête pas, il doit d'abord aérer. Il ne retiendra plus sa respiration très longtemps. Le courant d'air glacé qui se crée bientôt le soulage de cet exercice exténuant.

– Ils ne sont qu'endormis, l'informe Antonnella Esperanza, les doigts sur la carotide de Mitsotakis. Gaz soporifique, rien de grave. Suivez-moi ! S'il y a quelqu'un, il ne peut pas être très loin !

Elle fait volte-face et Chopelle la suit dans le couloir sans discuter.

L'officier Esperanza est bien plus jeune que lui, plus aguerrie aussi. En cet instant, la hiérarchie est inversée et il est assez intelligent pour l'accepter sans s'en formaliser.

Un bruit de frottement les attire vers le sous-sol. On dirait que quelqu'un traîne un objet lourd sur un dallage.

Son pistolet braqué vers le bas, Esperanza allume la lumière et s'engouffre dans l'escalier, le dos plaqué au mur. Malgré sa grande taille et son poids, elle se déplace avec aisance.

L'escalier s'achève sur une plate-forme d'une vingtaine de mètres carrés desservant quatre portes, toutes closes.

Yann Chopelle sent son cœur s'emballer. Ce pavillon a été équipé pour les piéger. Et même si Daza et Mitsotakis n'ont pas été tués, leur adversaire a montré sa puissance. Sans doute pour se donner le temps de fuir.

Oui, mais par où ? On a dû rater un soupirail dans le jardin, ou quelque chose dans ce goût-là.

La troisième porte s'ouvre sur une cave méticuleusement rangée. Un étroit corridor a été creusé dans le mur du fond.

– L'enfoiré, commente laconiquement Antonnella Esperanza en stoppant net, il nous a eus. Pas la peine de courir, il est déjà loin !

Mais Yann Chopelle ne l'entend pas de cette oreille.

– Remontez auprès des nôtres, dit-il en s'enfonçant dans le tunnel. Je vais jeter un coup d'œil.

Vingt mètres plus loin, l'excavation tourne à angle droit vers la gauche, se poursuit sur la même distance et s'arrête enfin sur une ouverture béante sur la nuit.

En cet instant de terrible doute quant à son devenir immédiat, Yann Chopelle se souvient du Dieu de sa culture. Alors il prie tout en avançant, pour que, quelque part, Il exauce ses vœux.

La sortie est déserte. Elle aboutit sur un bassin de réception des eaux de pluie. Une trouée dans le grillage d'enceinte a servi d'issue tranquille à l'agresseur.

– J'ai le crâne comme une coucourde, grogne Eliah Daza en plissant les paupières. Vous l'avez chopé ?

– Trop rapide, regrette Chopelle. Il s'est tiré par un passage souterrain.

– C'est vraiment pas ma journée. C'était quoi, cette cochonnerie ?

– Du protoxyde d'azote, le tranquillise Chopelle. C'est facile à utiliser et on en trouve partout. Rien de toxique, en tout cas pas à cette dose-là. Vous avez vu ça ?

Il montre la phrase peinte sur le mur.

LIBÉREZ KURTZ AVANT CE SOIR MINUIT, OU LA NATION PAIERA LE PRIX DE VOTRE DÉSOBÉISSANCE.

– Oui, en entrant, juste avant que cette saleté fasse son effet. Ça veut dire quoi exactement ?

– Ça veut dire ça ! Je l'ai trouvée punaisée à côté.

Yann Chopelle exhibe une feuille dactylographiée sur laquelle figure une liste de noms et de prénoms.

Tout en y jetant un œil, Daza se frictionne vigoureusement les tempes.

– C'est quoi ?

– Les cinq victimes de la nuit dernière figurent sur cette liste, répond aussitôt Chopelle. Plus les quatre découvertes aujourd'hui. Il y a vingt-trois noms sur cette feuille. Je suppose que nous avons là l'identité de quatorze autres victimes.

– Et ça, c'est le lieu où Kurtz devrait être rendu à ses libérateurs, je suppose, ajoute Daza en désignant la dernière ligne de la feuille. Place Denfert-Rochereau.

– L'accès aux catacombes ? suggère Chopelle. Décidément, ces types sont des rats.

– C'est bien possible. En attendant, le rendez-vous est dans deux heures.

– Il va falloir que je me coltine la hiérarchie et que je leur annonce la bonne nouvelle : Kurtz est bien responsable de tout ce bordel ! Ou plutôt, Kurtz a des complices partout, capables de semer un beau bordel.

– Et vous allez aussi leur dire qu'ils se foutent de notre gueule ? gronde Daza en regardant le Polaroid sur lequel il figure endormi. Qu'ils ont trois longueurs d'avance en permanence ?

– Le ministère ne livrera pas Kurtz, regrette Chopelle. Quoi qu'ils fassent.

– Je suis curieux de savoir pourquoi le ministère tient tant à son petit protégé, insinue Daza. Surtout avec une telle épée au-dessus de la tête.

– Vous versez dans le politique, maintenant ? plaisante Chopelle. Ne voyez pas des complots partout. On n'est pas aux States.

– Oh ! lâche Daza, philosophe. Je dis juste qu'on a ici des salopards aussi gros qu'ailleurs. C'est tout.

Le retour d'Antonnella Esperanza, partie fouiller la maison, les interrompt.

– Mitsotakis va bien. Il reprend ses esprits sur le perron. En attendant, j'ai trouvé du lourd à l'étage. De quoi préparer des explosifs et des retardateurs, des armes en pagaille et des ordinateurs. Mais tout a été grillé avant qu'on arrive. Et puis, il y a ça !

L'officier exhibe une série de carnets défraîchis et les tend à Chopelle.

– Signés du colonel Walter E. Kurtz en personne, les informe-t-elle avec sérieux.

Les éclats bleutés d'un gyrophare illuminent le papier peint aux teintes désuètes.

– On voit ça en voiture, dit Chopelle en se levant. La cavalerie est là. En route, Daza, on a du pain sur la planche. Il va falloir organiser la fausse livraison de Kurtz. Le ministère ne voudra pas laisser passer l'occasion d'en appréhender un ou deux.

– C'est la colonie entière qu'il faut attraper, sinon ça ne servira à rien, gronde Daza. Vous allez encore vous faire baiser ! On dirait que vous aimez ça, ma parole !

Le directeur de l'entrepôt lance un regard lassé à Daza, puis il tourne les talons.

– Vous deux, ordonne-t-il à Esperanza et à Mitsotakis, restez dans les parages jusqu'à ce que l'IJ et le déminage arrivent. Pour le moment, je crois malheureusement que les renforts se cantonnent à deux de nos collègues costumés.

76

La Plaine Saint-Denis. Département 93. Soir du treizième jour.

Le cœur de Clara bat à tout rompre. S'il continue comme ça, *ils* vont bientôt l'entendre. Elle s'arrête, perdue au milieu de ces étendues de friche industrielle, ces longues bandes de terre abandonnées où traînent des êtres et des choses peu reluisantes.

Un rapide coup d'œil derrière elle lui indique qu'elle s'est trompée de direction. Elle tourne le dos au camp d'où montent des clameurs et des lueurs d'incendie. Un instant, elle hésite. Dans ces grandes zones vides et venteuses où poussent d'immenses bâtiments creux, il y a forcément des vigiles et des chiens, c'est sûr. Peut-être devrait-elle plutôt donner l'alarme. Il doit même y avoir un poste de garde, pourquoi pas plusieurs. Il suffit de le trouver.

Elle s'élance à sa recherche quand les mots de Diego résonnent à ses oreilles.

Les gitans ne font jamais appel aux flics.

Clara reste interdite parmi les hautes herbes battues par un vent de plus en plus fort. C'est comme si la voix de son ami s'était insinuée dans sa tête.

Reste tranquille, reste à l'abri.

La voix s'infiltre au plus profond d'elle-même.

Mais Clara ne veut pas voir disparaître ceux qu'elle aime. Elle retourne d'un pas décidé vers le camp, excitée et tremblant de peur à la fois. Elle sent monter en elle cette drôle de rage nourrie par l'impuissance et l'injustice, cette haine qui la maltraite parfois et lui donne des envies de meurtre.

Alors, elle se met à courir, le regard fixé sur ces corps qui s'affrontent. Les images sont fascinantes et terrifiantes. Combien de fois les a-t-elle vues sur le petit écran ? Manifestations, nuits agitées du nouvel an, crise dans les banlieues. Tout cela lui donne envie de cogner dans le tas, ce qui ferait d'elle l'égale de tous les autres. Difficile à son âge de s'en rendre compte.

La vision de la caravane de Diego en flammes lui met les larmes aux yeux. Les femmes se sont réfugiées dans le terrain vague avec les plus jeunes, et des pleurs montent du petit groupe.

Clara passe à côté d'elles sans s'arrêter, attirée par une forme sombre qui gît près du grillage.

Le corps de Philomène a été abandonné là, comme celui d'un chien. Son beau visage et ses bijoux reflètent le feu qui lèche la tôle de sa maison roulante, dont les plastiques fondent en libérant une odeur acide.

Ses yeux fixent le ciel dans une prière muette. Des prunelles vides et noires comme un puits sans fond.

Clara s'agenouille auprès de la gitane et tire sur sa jupe pour couvrir ses jambes ensanglantées.

Jamais une gitane ne montre ses jambes.

Un cri monte du fond de sa poitrine. Mais au prix d'un effort violent, elle parvient à le réprimer. Il y a un temps pour tout et celui-ci n'est pas aux pleurs.

Elle se relève aussitôt, franchit le grillage, sa fourchette brandie à deux mains, et se jette avec un cri de guerre sur un groupe de jeunes occupés à molester des gamins de son âge. Cette fois, la hargne est si forte que la fourchette s'enfonce dans le dos d'un des agresseurs qui s'affaisse en gémissant.

Clara se sent soulevée en l'air par des bras puissants.

Un coup de feu explose tout près de ses tympans.

Clara se débat, pleure et crie en même temps.

– Laisse-moi ! hurle-t-elle. Laisse-moi t'aider !

Ce n'est pas la place d'une gosse.

Les yeux du gitan lui ordonnent de se calmer. Mais Clara se tortille de toutes ses forces dans les grands bras de Diego.

Un autre coup de fusil résonne.

C'est Diego qui tire en l'air pour apaiser la bagarre.

Il y a eu suffisamment de dégâts et, si la police s'en mêle, ça ne sera bon pour personne.

Mais les hommes venus les attaquer n'envisagent pas les choses comme lui. Leurs yeux injectés de haine ne voient qu'un immense romanichel aux yeux sombres, assez fort pour tenir un fusil d'une main et maîtriser une gamine de douze ans de l'autre. Une fillette aux yeux affolés, semble-t-il, qui se débat tant elle a peur. Une petite Blanche qui gigote contre lui comme un ver.

Une quinzaine d'hommes armés de barres à mine et de couteaux s'avancent. Alors Diego recule, il sait que cette échauffourée peut se terminer en massacre.

– Lâche-la, beugle l'un des types. Ou on vient la chercher nous-mêmes.

Diego repose Clara et la pousse derrière lui. Sa poigne est si vigoureuse qu'elle ne parvient pas à s'en libérer.

– Arrête ! Calme-toi, lui dit-il. Elle est avec moi ! hurle-t-il à l'intention des hommes qui lui font face.

Mais la haine est plus forte et travestit la réalité.

– Violeur ! Voleur d'enfants !

Ils avancent, leur envie de voir couler le sang grandit. Encore et encore.

Soudain, Clara comprend qu'elle a mis Diego en danger.

– C'est mon père ! s'écrie-t-elle. Laissez-le, c'est mon père !

Mais aucun de ces hommes ne se laisse convaincre par les cris de la fillette, tous décidés à en découdre jusqu'au bout.

Les gitans doivent déguerpir, tout de suite.

Des rires gras et stupides montent dans leurs rangs. Des insultes fusent, les femmes sont encore traitées de putains et les hommes d'assassins et de voleurs.

Face à la menace, Diego attrape Clara et la serre contre lui. Puis il recule encore, lentement.

Peu à peu, il est rejoint par les autres gitans encore debout.

Un silence presque irréel tombe sur le camp. L'incendie monstre qui s'étend à toutes les caravanes illumine le ciel. L'odeur des pneus brûlés est étouffante.

Les deux groupes antagonistes s'affrontent du regard.

Diego tourne lentement la tête pour regarder les femmes. Et ses yeux tombent sur ceux de Philomène, ouverts à jamais.

Son cœur explose.

Au loin, des bruits de sirènes montent dans l'air glacé.

Diego lâche Clara et recharge son fusil.

L'un après l'autre, certains tombent, d'autres s'enfuient.

77

Paris. Nuit du treizième jour.

La voiture slalome dans la circulation à vive allure. Devant elle, deux gendarmes à moto ouvrent la voie, toutes sirènes hurlantes. Le convoi quitte l'autoroute A3 pour s'engager sur le boulevard périphérique, direction le sud de Paris.

Yann Chopelle, au téléphone depuis leur départ du pavillon, a fait son rapport auprès de sa hiérarchie. Après les demandes d'explications, la douche froide incontournable et les menaces de conséquences sur sa propre carrière, il a dû accepter l'idée qu'une souricière allait être organisée avec un groupe de la BAT.

Depuis qu'il s'est assis dans la voiture, Daza n'a pratiquement rien dit. Au début, il a écouté les explications de son collègue, imaginé les ordres assassins qu'il pouvait recevoir. Puis il s'est plongé dans la lecture des carnets de Kurtz en mâchonnant des allumettes. Et peu à peu, une ombre a grandi sur son visage.

– Je vous aurai prévenu ! lâche-t-il quand Chopelle raccroche enfin. On ne pourra pas lutter contre ça.

– Dites-le vous-même aux imbéciles du ministère !

– C'est du suicide ! Cet échange place Denfert est un traquenard ! Annulez tout !

– Impossible, dit Chopelle, navré. C'est déjà en train de se mettre en place.

– Écoutez, Kurtz a dressé une petite armée de jeunes gens et les a lâchés dans la nature. Ce n'est pas noté de cette manière, pas si directement, mais j'extrapole sans risque. De toute façon, cette saleté de Shan Guenarec en est la preuve vivante.

– Il mentionne l'endroit ? Ce n'est pas en France, c'est impossible !

– À moins qu'on n'ait pas intérêt à le voir, persifle Daza, agacé.

– Vous poursuivez dans cette voie, rétorque le directeur de l'entrepôt, partagé entre la moquerie, l'angoisse et le sérieux de la situation.

– Dans un pays où Kurtz dicte ses ordres au ministère et où Dorléans sort de prison pour vice de procédure, alors, oui, je deviens paranoïaque.

Yann Chopelle fronce les sourcils. Il ne parvient pas à se convaincre que Daza a complètement tort.

– Parlez-moi de ces carnets.

– Je n'ai fait que les parcourir, mais c'est édifiant. D'abord, pour répondre à votre question, non, ce n'est pas en France. Si je peux me fier aux indications qui s'y rapportent, ce camp d'élevage, dixit Kurtz lui-même, est basé dans les Carpates. Manifestement, la criminalité a toujours une longueur d'avance sur les politiques.

– Je ne vous suis pas…

– L'Europe de l'Est ! Kurtz a ouvert là-bas son commerce d'élevage humain il y a une quinzaine d'années. Avant même, semble-t-il, qu'il mette au point ses geôles et ses enlèvements ici, en France.

– Mais c'est…

– Peut-être de l'intox, peut-être pas, le coupe froidement Daza. Et c'est précisément ce qui va nous desservir si nous n'en tenons pas compte. Nos adversaires sont particulièrement nombreux et bien organisés. Kurtz parle d'élevage, de dressage. Il décrit, ici par exemple, ajoute-t-il en tendant le carnet à Chopelle, les jeux organisés dans son domaine. C'est éloquent. Partie de chasse à l'homme.

Yann Chopelle pâlit subitement.

– Et ici, je cite : « N'en as-tu pas rêvé, Willard, de posséder, comme on possède une chose, une meute prête au carnage au moindre de tes gestes ? N'en as-tu pas rêvé de pouvoir te débarrasser des malfaisants sans te surcharger de pesantes procédures ? Ose me le dire, que tu n'en as jamais rêvé. »

– Il a probablement enlevé ou acheté des orphelins. En Roumanie, c'est facile. Des centaines de milliers d'enfants vivent dans la rue. C'est un véritable fléau.

– Et il les a élevés à la manière Kurtz, en a fait des soldats.

– Mais comment ? s'exclame Chopelle. Où a-t-il trouvé le temps de se lancer dans un projet pareil ? Sans compter qu'il a dû rameuter du monde pour le seconder, des gens fiables, discrets, payés avec largesse. Ça a dû lui coûter une fortune !

– Je ne sais pas, confie Daza d'un air désolé. De toute façon, cessez de vous voiler la face. Kurtz s'amuse avec nous. Pourquoi voulait-il que nous récupérions ces carnets ? Puisqu'il y a guerre de l'info, alors que faire de celles-là ?

– Il trouve plus amusant de nous dévoiler une partie de son jeu. Si cette histoire de camp d'élevage est vraie, alors imaginez sa force de frappe. C'est…

– Nos erreurs passées doivent nous être utiles, avance Daza en feuilletant les carnets. Kurtz ne ment pas. Je suis à près certain que tout ce qu'il a écrit là-dedans est vrai. Le problème, c'est qu'il s'intéresse plus à la psychologie humaine qu'à renseigner les services de police. C'est dans sa nature, on n'y peut rien.

– Vous allez quand même étudier ça de plus près, demandez le concours de Roussin, s'il le faut, propose Chopelle. En attendant, moi, je vais place Denfert-Rochereau. Notre nouveau boss, choisi par le ministre lui-même, m'attend là-haut.

– Les pleins pouvoirs entre les mains d'un politique. Je ne vois pas bien où ça va nous mener. Enfin, si, au désastre. Il se fera mettre par Kurtz dès qu'il sera de nouveau sur pied.

– Nous n'avons pas le choix. Cette affaire nous dépasse. On a déjà une dizaine de foyers d'émeutes sur les bras. Soixante-dix voitures incendiées à Mulhouse où l'une des victimes était un étudiant bien sous tout rapport. À la Croix-Rousse, la rumeur dit qu'un des jeunes de la cité a été égorgé par des flics ripoux. Le commissariat a été entièrement saccagé et ça n'est pas terminé. Là-bas, on a déjà plus de vingt collègues blessés. Il paraît qu'il y a du grabuge du côté de la Plaine Saint-Denis, en ce moment même, sur un campement de gitans, et à Creil, au centre commercial. Ces événements ne sont pas tous forcément liés, mais on est déjà bien au-delà du seuil de délinquance d'une journée normale. Ça chauffe, si vous voulez mon avis, et on n'arrêtera pas ça avec le JT de 20 heures, bien au contraire. Les casseurs adorent la publicité. Et puis demain, l'information aura transpiré. D'une façon ou d'une autre, qu'il s'agisse de pédophiles ou de trafiquants de drogue n'arrangera pas les choses.

– Les Français sont des gauchistes qui votent à droite, lâche Daza d'un air sombre.

– Peut-être, rétorque Chopelle. Mais nous avons mission de les protéger, vos gauchistes.

Eliah Daza reste songeur.

– Le pire, ce sont les rumeurs. Nous n'avons aucun moyen de les stopper sans avouer à la presse l'ampleur du désastre. Cette nuit, de nouveaux assassinats seront commis. Nous sommes prévenus, et totalement impuissants. Ça aussi, sans doute, la presse le saura demain. À moins que nous n'arrivions à museler les journalistes.

– Allons, se moque Daza. Nous sommes en France, vous n'êtes pas sérieux. Même si notre président s'acoquine avec certains grands patrons, il n'est pas capable de masquer une affaire de cette ampleur ! Je crois même que ça va lui exploser à la gueule !

Le convoi vient de ralentir pour quitter le périphérique et pénétrer dans les rues du XIIIe arrondissement.

– Vous voulez toujours passer l'interroger ce soir ? demande Chopelle.

– Plus que jamais !

– Alors, je vous dépose au Val-de-Grâce.

– Laissez tomber, voulez-vous. Je prendrai une voiture à l'entrepôt.

– J'aimerais venir aussi, mais…

– Votre présence place Denfert est requise, je le sais. Surtout, dites bien aux gars d'être encore plus prudents que d'habitude. Je reste convaincu que cette opération débile est un suicide.

78

La Plaine Saint-Denis. Département 93. Nuit du treizième jour.

Diego n'est plus Diego.

Ses yeux sont aussi fixes que ceux de Philomène. En le regardant, Clara se dit qu'il est mort dedans, et avec lui, un homme qu'elle était prête à aimer par-dessous tout.

À court de munitions, le gitan s'est arrêté de tirer.

Maintenant, il est agenouillé à côté du corps de sa femme, la tête penchée, le visage dissimulé par sa longue chevelure noir corbeau. Quelques mots s'échappent de ses lèvres. Une mystérieuse litanie égrenée dans une langue inconnue. Ses paroles vibrent d'une tristesse infinie.

Clara reste immobile près de lui. Ses bras pendent le long de son corps. Elle lutte contre une terrible envie de hurler, de supplier le ciel de revenir en arrière, de remonter au temps où le chant des gitans ensorcelait son cœur.

Les agresseurs se sont enfuis, laissant derrière eux une terrible pagaille.

Au campement, les hommes tentent de soigner les blessés et d'éteindre l'incendie. Mais les flammes rebelles ne se laissent pas dompter et dévoilent peu à peu la carcasse calcinée des caravanes.

Quelque part au loin, les sirènes hurlent toujours et les gyrophares scintillent dans la nuit. Un camion de pompiers et deux ambulances soulèvent un nuage de poussière blanche en arrivant aux abords du campement.

Des hommes casqués en descendent aussitôt, déroulent leurs lances et pulvérisent une poudre chimique sur les voitures en flammes.

La lumière rougeoyante de l'incendie est en passe de disparaître.

Les médecins accourent auprès des blessés, les soignent sur place quand c'est possible. Les autres sont enveloppés dans des couvertures de survie et emportés sur des civières.

Loin de cette agitation, Diego a longuement caressé le visage de sa belle gitane. Sa prière achevée, il s'est redressé, sans un regard pour les sauveteurs.

Maintenant, il scrute l'obscurité et observe sans cesse les longs bâtiments où les enfants s'étaient réfugiés. Quand il aperçoit un mouvement sur le parking et le halo de lampes torches, il se retourne vers Clara.

– Je vais devoir m'en aller. Toi, tu iras avec eux, dit-il en désignant les pompiers.

– Je peux t'aider, je dirai tout, c'est pas ta faute…

Clara s'accroche à son bras.

– C'est impossible, petite. Cette vie n'est pas faite pour toi.

La voix de Diego semble venir d'outre-tombe. Et Clara pressent qu'elle ne pourra pas négocier ou désobéir. Pas cette fois.

– Emmène-moi, lâche-t-elle presque malgré elle. Ne m'abandonne pas.

Le gitan pose un baiser sur le front de la fillette.

Au loin, d'autres sirènes résonnent. Diego doit partir avant l'arrivée de la police. Sinon, il risque de ne plus jamais revoir la lumière du soleil sur les tournesols, ni ses frères gitans, ni Clara.

– Je te verrai, moi, où que tu sois, dit-il en souriant.

Son sourire est si chaleureux, si empreint d'amour et de tendresse que Clara sent les larmes mouiller ses joues.

Soudain, le regard de Diego s'éloigne. Il vient de repérer Louis.

Il s'est assis contre le grillage, son couteau est tombé entre ses jambes. Du sang macule ses mains et ses habits, il a l'air hagard d'un animal pris au piège.

Clara se précipite vers son camarade, passe des doigts tremblants dans ses cheveux. Mais il ne réagit pas.

Diego les a rejoints. Il murmure quelques mots à l'oreille de l'adolescent.

Peu à peu, Louis sort de sa torpeur. Il prend les mains de Clara, les presse contre ses lèvres. Puis il ramasse son couteau ensanglanté et s'éloigne la tête basse vers un 4 × 4 qui vient de se garer un peu plus loin. Les cousins de Diego l'ont certainement volé sur le parking voisin. Elle peut voir remuer la tête des deux petits sur lesquels ils auraient dû veiller. Finalement, les adultes ont su les retrouver.

Mais pourquoi Louis semble-t-il si perturbé ? Que s'est-il passé là-bas, dans le bâtiment vide et plein de courants d'air ?

Pétrifiée, Clara a peur de comprendre.

Les gyrophares des voitures de police emplissent la nuit.

Le gitan les regarde s'approcher, hypnotisé par les lumières bleutées.

Ses yeux noirs sont brillants de larmes.

Clara regarde Louis monter dans le véhicule tout terrain, puis Diego. Ce dernier pose un genou à terre et emporte le corps de sa femme dans ses bras. La fillette imagine un prince et sa belle endormie. La main blanche de Philomène glisse et se balance au rythme des pas du gitan. Clara la suit du regard, se souvient de ses longs doigts racés et de leur habileté à prodiguer des câlins.

Le temps semble suspendu, les cris se noient dans un bourdonnement sourd, Clara chancelle, Clara tombe à genoux.

La douleur est trop forte. À chaque fois qu'elle aime quelqu'un, c'est le désastre. Elle ne veut plus avancer, plus jamais s'attacher.

Diego allonge sa femme sur la banquette arrière et dépose délicatement sa tête sur les genoux de Louis. Puis il se retourne vers la fillette et lui fait un geste de la main.

– Pourquoi tu m'emmènes pas ? hurle Clara.

Elle se précipite vers lui, s'accroche à son manteau.

– Louis va avoir besoin de moi.

– Je t'aime, Diego, sanglote-t-elle.

Il se retourne, caresse sa joue.

– Moi aussi, je t'aime, ma fille.

Puis le gitan s'installe au volant et démarre lentement. Clara se met à courir, mais elle trébuche dans une ornière et tombe à genoux. Le vent tournoyant projette de la poussière dans ses yeux.

Très vite, les feux arrière du véhicule se noient dans la pénombre et disparaissent d'un coup.

Alors, Clara comprend enfin qu'elle ne les reverra jamais.

79

Hôpital du Val-de-Grâce. Paris. Nuit du treizième jour.

Eliah Daza n'a pas fait le moindre bruit quand il est entré dans la chambre sécurisée. Il n'a pas allumé la lumière et a emprunté une chaise pour s'asseoir à deux mètres du lit. Pas de bruit, pour disposer du moment, le choisir, avoir pris le temps d'y réfléchir et, surtout, pour l'apprécier. Cette présence, tout d'abord, qu'il devine dans la pénombre, cette masse qui barre le drap, légèrement en diagonale. Cette odeur aussi, ces effluves mélangés de désinfectant et de produits d'entretien des sols. Et puis, à l'intérieur de ces parfums, il y en a un autre qu'il faut traquer avec l'intention de le trouver, subtil et délétère, l'odeur de la chair morte.

La chair de Kurtz, morte superficiellement autour de ses moignons.

L'évocation de ces images le ferait presque sourire. Cette fois, le monstre ne leur fera pas faux bond. Kurtz ne pourra plus que claudiquer sur une jambe et une prothèse. Quand il en aura une.

Quand Daza juge qu'il est prêt pour cette première confrontation, il tend une main vers le mur et enclenche le commutateur.

Les néons clignotent au plafond, puis illuminent la chambre.

Un visage sort de l'ombre.

C'est vrai qu'on dirait Brando, songe-t-il. *Un Brando jeune avec la tête qu'il avait plus vieux. Curieux.*

Kurtz n'a pas sursauté. Il semble dormir profondément. Sa poitrine se soulève régulièrement et ses traits sont détendus.

Il doit être shooté comme il faut.

Un instant, Daza pense repartir. Après tout, son prisonnier sera là le lendemain, et lui n'a presque pas dormi ces dernières quarante-huit heures. L'idée de se blottir contre le corps chaud de Malia est extrêmement tentante.

Mais…

Des visages traversent sa mémoire et se présentent à lui. Rufus, d'abord… Son image cadavérique remplace aussitôt les traits animés de ses souvenirs. Et les autres. Les femmes, les malheureuses compagnes libérées des cachots de Kurtz, et les enfants, ces innocents dont personne n'a plus jamais entendu parler. Et Anna, Cécile, et ces ossements dans le dernier four en activité. Ces personnes réduites en cendres parce qu'elles ne servaient plus à rien aux yeux de…

– Vous tergiversez, petit commis, dit la voix de Kurtz d'un ton taquin.

Daza sursaute.

Un point de perdu.

Mais il se ressaisit aussitôt. Il a une longueur d'avance sur Kurtz et doit absolument la conserver.

La bête humaine ouvre les yeux et tourne la tête vers son visiteur.

L'ex-commissaire en a vu d'autres mais, en son for intérieur, il doit bien avouer que le moment est étonnant, atypique. Affaibli, immobilisé dans un lit d'hôpital, il n'en reste pas moins inquiétant, terrifiant même.

– Le collègue de Rufus ! siffle Kurtz. Eliah Daza l'Africain en personne. Mazette, on me gâte. Vous venez vous rincer l'œil ?

– Vous m'avez fait courir sur une longue distance, se contente de rétorquer Daza. Pourquoi ? C'est toute la question.

– Je ne savais pas qui on m'enverrait pour la prise en main. Je dois admettre que je suis ravi de faire enfin votre connaissance. La police française fait des progrès…

Daza comprend alors que personne ne sait précisément pour quelle raison sauver la vie de Kurtz et le rapatrier était si important.

Personne en dehors des hautes instances de l'État et de Kurtz lui-même.

Une fois n'est pas coutume avec un malfaisant, Daza décide de jouer cartes sur table. Et il doit profiter de cette nuit pour le faire, tant qu'il peut rester seul avec lui.

– Monsieur Lavergne, commence-t-il, vaguement inquiet.

– Tut, tut, tut, claque la langue de Kurtz. Si vous voulez que nous fassions connaissance, appelez-moi comme il convient.

– Je vais essayer, grogne Daza en se disant qu'il va plutôt éviter de le nommer.

– Est-ce vous qui avez retrouvé ma trace ?

Daza acquiesce d'un signe de tête.

– Alors je vous dois un service.

– On m'a mis sur votre piste de façon très habile, je dois dire, élude Daza, mal à l'aise.

– Et mon traîneau ? renchérit Kurtz. Vous n'avez pas récupéré mon traîneau ? J'avais une caméra ?…

Daza secoue la tête.

Une ombre traverse le regard de Kurtz, aussitôt chassée par une étincelle de malice.

– Dites-moi, mon cher, n'aviez-vous pas quitté la police pour vivre d'expédients avec une jeune négresse ?

Les poings serrés dans son dos, Daza tente de se contrôler. Kurtz cherche à le faire réagir avec le même genre de procédés que ceux qu'on utilise lors d'interrogatoires. C'est de bonne guerre, même s'il en coûte à Daza de l'admettre. Il décide de poursuivre sans tenir compte de la provocation.

– Nous avons un problème, vous et moi, un problème commun. En ce moment, des policiers procèdent au règlement d'un ultimatum imposé par des gens à votre solde.

Un éclair s'est allumé dans les yeux de Kurtz. Le sujet semble éveiller chez lui une forme de jubilation.

– Vous aurait-on demandé de procéder à une sorte d'échange ? Kurtz contre la paix sociale ?

– En effet. Dites-moi, articule Eliah Daza plus difficilement, pourquoi élever des enfants et les dresser à tuer des assassins ? Vous vous êtes découvert une nouvelle vocation ?

– Vous ne pouvez pas m'aimer, ni me respecter, ni même m'estimer. Mais il y a une chose que vous pouvez faire : envisagez-moi comme un être nuisible parfaitement au fait de sa capacité de nuisance, voulez-vous ? Alors, vous préféreriez que je choisisse des cibles plus… innocentes ?

– Vous n'avez pas répondu à ma question.

– Et ne vous attendez pas à ce que je le fasse. En tout cas, pas maintenant. Que me disiez-vous donc ? Ils procèdent à un échange ? Je ne vois qu'une issue à la scène dont vous me parlez.

Du bout de l'index de sa main droite, Kurtz dessine un petit cercle sur son front.

– Tout naît et finit dans un cercle et, cette fois encore, la scène s'achèvera dans ce cercle. *Failure is not an option !* Mes chiens n'ont pas de faille.

– Vos chiens ! C'est ainsi que vous les appelez. Est-ce que Shan Guenarec en fait partie ?

– Jamais entendu ce nom, mais c'est possible.

– Cela veut-il dire que vous ne connaissez pas leur identité ?

– Vous feriez un excellent Willard, commissaire Daza. Mais c'est assez pour ce soir, n'est-ce pas. Je suis fatigué. Je ne sais pas combien de temps il me faudra pour accepter… ça.

Kurtz désigne son pied manquant, une grimace de dégoût sur le visage. Il sait que les restes de sa chair vont finir dans l'incinérateur de l'hôpital, avec d'autres débris humains. Et cette idée frise l'intolérable.

– La nuit passée a fait vingt-trois morts, tente encore Daza qui ne sait plus très bien comment prendre son interlocuteur. Combien faut-il d'assassins pour tuer vingt-trois personnes ?

– Au plus, vingt-trois, murmure Kurtz qui vient de fermer les yeux.

– Ne jouez pas avec moi, gronde Daza. Vous savez très bien que les autorités ne vous libéreront jamais.

– C'est à voir, rétorque Kurtz. Mais je suis vraiment fatigué, commissaire. Vous n'avez pas l'air très bien non plus. Reprenons cette conversation demain.

Daza sort un carnet de sa poche d'imperméable et le présente à la hauteur des yeux de Kurtz.

– C'est essentiellement pour ça que je suis ici, dit-il en tapotant l'objet contre le montant du lit. Kurtz ouvre les yeux.

– Mes carnets, vous les avez trouvés. Puis-je en avoir un ?

– Je vais laisser l'enquête autour de la mort de Rufus Baudenuit à d'autres, mais ça, je veux comprendre.

Daza secoue le carnet qu'il tient en main, comme un avertissement.

– Ce brave Rufus, s'attriste Kurtz. Il a bien failli réussir. Il s'est même tant approché de la vérité qu'il s'en est brûlé la cervelle.

Satisfait de son commentaire, Kurtz attend en silence une réaction de son interlocuteur qui, manifestement, parvient à se maîtriser.

– Je veux savoir où se trouvent ces camps, lâche Daza sans desserrer les dents. Ensuite, je vous laisserai tranquille.

– La vie ne se déroule pas ainsi, commissaire, rétorque Kurtz. Vous apportez vos questions, et moi, je dispose de certaines réponses. Celle-là ne fait pas partie de mon stock. Donnez-moi un carnet, je vous prie.

– Je vous laisse, dit Daza en se levant.

– Un instant, l'arrête Kurtz. Qui est responsable de mon enlèvement ?

– Bonne nuit, répond Daza sans se retourner. Ce sera donnant-donnant, ou alors vous n'aurez rien.

La porte se referme sur ces mots, plongeant l'alité dans une nuit de réflexion.

80

La Plaine Saint-Denis. Département 93.
Nuit du treizième jour.

La danse des gyrophares est hypnotique.

Les yeux de Clara s'emplissent des lueurs bleutées qui vont et viennent. Sa poitrine est dévastée, son cerveau bloqué sur les flashs lumineux, et ses oreilles emplies d'un bourdonnement obsédant.

Surtout, ne pas penser, ne pas réfléchir, ne pas parler.

Clara se concentre pour oublier l'horreur de cette interminable nuit. L'un des pompiers l'a récupérée alors qu'elle errait dans le terrain vague, le regard fou, la rage et le désespoir au cœur. Elle s'est débattue pour ne pas partir, a hurlé qu'elle voulait mourir ici, près des siens.

Lorsque l'homme l'a soulevée pour l'emporter, elle s'est calmée, a relâché les muscles de son corps, s'est effondrée comme Philomène, sa princesse à la main qui se balance.

Ils ont tenté de la faire réagir, mais elle s'est mise à scruter le ciel, puis ses prunelles bleues ont accroché les gyrophares pour ne plus les lâcher.

– Je m'appelle Fabienne, je suis médecin. Je suis là pour t'aider.

La jeune femme assise à côté d'elle a gardé sur ses vêtements l'odeur du feu éteint. Son habit de pompier paraît trop grand. Clara peut voir les lumières se refléter dans son casque, qu'elle tient encore à la main. Il brille, comme les bijoux de Philomène.

– J'aimerais beaucoup connaître ton prénom.

Je m'en fous, tire-toi, connasse.

Clara ne cille pas. Son regard reste fixe, ses lèvres tremblent à peine. Peu à peu, elle décide de fermer les volets de son cœur et de son esprit. Pour ne plus jamais souffrir.

Après une bonne demi-heure de tentatives infructueuses, la jeune femme sort de la voiture. Clara peut l'observer du coin de l'œil. Elle s'entretient avec un policier, puis elle rejoint les hommes de sa brigade.

Clara reste seule quelques minutes, puis le policier s'installe à ses côtés tandis qu'un de ses collègues démarre en trombe.

– Dis-nous ton nom, jeune fille, ça nous évitera de te coller à la DDASS.

Immobile, la fillette reste tournée vers la vitre.

Je m'en fous, je m'en fous.

Le paysage défile sous ses yeux sans qu'elle y prête la moindre attention.

Elle qui aimait tant regarder les lumières de la ville, la nuit. Elle qui aurait adoré l'idée de se balader dans une voiture de police, sirène hurlante, gyrophare tournoyant sur le pare-brise. Si Louis savait ça, il serait vert…

Louis.

Clara serre les poings, tente de contrôler sa colère.

Qu'a-t-il fait pour se retrouver avec du sang sur les mains ? Pourquoi Diego l'a-t-il emmené et pas elle ? Elle aussi s'est battue, elle aussi a défendu les siens.

Les larmes jaillissent, elle aimerait les ravaler. Elle ne veut pas montrer sa douleur et sa fragilité.

Il suffit de le vouloir très fort. Et tu y arriveras.

Jamais plus elle ne parlera. Jamais plus elle n'aimera.

Je ne veux pas pleurer. Plus pleurer. Je veux être vide dedans pour ne plus avoir mal.

Seul son père pourra la guérir. Quand il viendra la chercher, elle en est certaine, elle ira mieux. En attendant, elle jure de ne jamais plus dire un mot. Elle cultivera les beaux souvenirs, le chant des gitans, les câlins de Philomène, les baisers de Louis, le rire de Diego.

Son père. Diego.

81

L'entrepôt. XIIIe arrondissement. Paris. Aube du quatorzième jour.

« Des enfants élevés pour tuer. Des enfants élevés sans morale et qui ont grandi, sont devenus des adultes. Ils sont plus d'une vingtaine. Dispersés sur tout le territoire, parfaitement organisés. Ils ont des yeux et des oreilles partout. Ils sont hyper entraînés et efficaces. De parfaits soldats de l'ombre. Ils contrôlent tout. L'opération est forcément montée depuis des mois, voire des années. Dans leur troupe, ils ont des tueurs, des hackers, des taupes, des fantômes qui se glissent dans la foule et répandent des rumeurs. Rien ne leur échappe. Rien ne pourra leur résister. En quelques jours, ils sont capables de mettre le pays à feu et à sang. L'opération de la place Denfert-Rochereau a été un terrible échec. Kurtz avait tracé un cercle sur son front, je n'avais pas compris. Maintenant, je sais. Un policier portant une cagoule a été déposé tout à l'heure à l'entrée des catacombes. Il s'appelait Martial Compère. C'était un type super. J'ai bossé avec lui pendant des années. La voiture est pourtant restée dans les parages, un conducteur à sa place, un homme caché à l'arrière, tous deux armés. Les toits des immeubles de la place grouillaient de flics. Un groupe discret, équipé de visée infrarouge, parfaitement entraîné par la République pour ce genre d'opération. Pour la République. C'est l'homme au volant qui a pu témoigner. Les autres étaient trop loin, heureusement pour eux. Il y a eu un bruit mat, et Martial s'est écroulé. Une seconde plus tard, une déflagration a retenti, rebondissant d'immeuble en immeuble, probablement en provenance du boulevard Raspail. Une déflagration lointaine. D'après les experts en balistique, le malheureux policier a été abattu avec un fusil de gros calibre, peut-être un FRF2 modifié. Ou une arme de fabrication artisanale. Le tireur se trouvait à huit cents mètres de là. La perspective du boulevard le permet. Il suffit pour cela de prendre un peu d'altitude. Fin de non-recevoir de la part des terroristes. »

Malia reste figée, belle et tendue comme une statue d'ébène, alors que la voix de son mari résonne encore en elle.

En quelques jours, ils sont capables de mettre le pays à feu et à sang.

C'est comme si son cœur s'était arrêté là où le cauchemar était le plus terrifiant. Des émeutiers hurlants, cagoulés, armés de cocktails Molotov et d'armes de chasse qui affrontent les barrages de CRS, ça lui rappelle tant la brousse et ces hommes embusqués derrière les buissons, machettes et fusils à la main, vociférant des menaces, violant et brûlant tout sur leur passage.

Et lorsqu'elle tend une main tremblante vers le téléviseur, l'horreur est tangible. Les chaînes d'information passent en boucle les images de la nuit. Les voitures et les bâtiments en flammes, les écoles brûlées, des entreprises dévastées et pillées. Daza peut voir la réalité de ses propres yeux. C'est la guerre aux portes de Paris. L'enfer. Quelques casseurs suffisamment retors sont parvenus à instrumentaliser des jeunes gens esseulés, désespérés par une vie grise et morne, sans avenir, guerriers d'une bataille, vedettes du 20 Heures. Pour libérer le trop-plein d'énergie et de désespoir, un soir, passer de l'autre côté, hurler sa rage au nom d'un crime dont ils ignorent tout.

– Éteins.

Malia obéit, sans un mot.

– Je préfère que tu ne regardes pas, explique Daza. C'est mauvais pour les bébés.

– Que se passera-t-il si les rues sont comme ça quand le travail va se déclencher ?

Daza y a déjà pensé, bien sûr. Mais il se refuse à voir le mauvais côté des choses. Malia sera en sécurité tant qu'elle restera à l'entrepôt.

– Si c'est le bordel en ville, on fera venir le docteur.

– Tu es fou. Tu veux vraiment que j'accouche à l'infirmerie, à côté de… du monstre ?

Avant de retrouver Malia, Daza s'est entendu avec Yann Chopelle pour faire rapatrier Kurtz à l'entrepôt dès que possible. Puisqu'ils sont tous au cœur du problème, autant réunir en un seul endroit les protagonistes connus du camp adverse. Shan Guenarec, Andréas Darblay et Kurtz devront ainsi confronter leurs versions.

– Comment sais-tu ? s'étonne Daza.

– Tout le monde en parle, ici. Je sors de temps en temps, tu sais. La nuit, quand tu n'es pas là, je vais discuter avec Peter ou Stefano. Ils sont très gentils, tous les deux.

– Je voudrais me reposer un peu, grogne Daza, contrarié à l'idée que sa femme passe du temps avec ces collègues qui ne l'aiment pas.

– Tu as du travail, c'est ça ?

– Je voudrais jeter un coup d'œil sur les carnets avant que l'autre pingouin du ministère débarque…

La journée déjà entamée promet d'être longue.

D'autant plus que l'envoyé du ministère arrive à la première heure et que Chopelle le connaît pour avoir déjà travaillé avec lui. Il a refusé d'en dresser un portrait, arguant que les hommes devaient se faire leur propre opinion, mais son visage fermé en disait assez long sur la somme d'emmerdements à venir.

– Tu as l'air si fatigué, mon amour. Tu devrais dormir.

– Lors de l'enquête initiale, nous avons eu la preuve que Kurtz avait enlevé des enfants. Nous n'avons jamais su pourquoi ni ce qu'il en avait fait, en dehors de les séquestrer, comme Clara Darblay, dans un château de Bavière. Je pense trouver une partie de la réponse ici, explique-t-il en agitant un carnet orange fermé par un élastique de la même couleur.

– Combien de ces enfants manquent à l'appel ? s'inquiète Malia.

– William, Virginie, Aurore et Sébastien, lâche Daza.

– Je…

– Malia, pourquoi me demandes-tu ça ?

– Pourquoi me réponds-tu ? Tu as besoin de parler, Eliah. Et moi, j'ai envie de partager ton fardeau. C'est tout.

Sa femme lovée contre lui, Daza feuillette quelques pages. Ses paupières lourdes troublent sa vision, la fatigue altère sa capacité de concentration. Pourtant, il sent que quelque chose cloche. Il trouve ça étrange de la part d'un individu méticuleux comme Kurtz. Il aimerait comprendre pourquoi il a abandonné ses carnets-là, juste pour que la police les retrouve.

– Que décrivent-ils ?

– C'est difficile à dire. Ce sont des notes. Des rapports, des croquis qui rappellent Auschwitz. Ça fait froid dans le dos. Ce qui est clair, c'est qu'il dit avoir élevé des orphelins, tous jeunes. Et qu'il les a dressés dans des camps à devenir ses choses. Amoraux, cyniques, comme lui. Je pense que nous en avons un spécimen entre les murs.

La tête de Daza dodeline un peu. Ses doigts lâchent le petit carnet qu'ils emprisonnaient. Son esprit vagabonde entre Malia, l'enquête et le sourire d'Olivier Lavergne. Une peur grandit en lui. Pourquoi a-t-il été désigné par le monstre lui-même pour mener l'enquête ? Ne serait-il pas sa nouvelle petite cerise ?

Le corps de Rufus danse devant ses yeux.

Il tente encore de lutter.

En Afrique, il avait vite oublié cet état de veille à la limite des capacités du corps qui ne permet même plus une réflexion cohérente tant la fatigue est grande. Une fatigue qui tanne la peau comme un vieux cuir, si intense qu'elle donne envie de pleurer comme un gosse. Pas moyen de lire les autres carnets signés du colonel Kurtz, restés dans la poche de son imperméable.

Il s'est affalé de tout son long sur le canapé. Malia a déposé une couverture sur ses épaules.

Eliah Daza a sombré aussitôt, loin, très loin de Paris, de la France et de ses démons. Son esprit, libre, est parti en Afrique, a survolé le domaine dont il avait la charge quelques jours plus tôt et s'en est donné à cœur joie. Il y a croisé Malia et a découvert ses filles, grandes déjà, pas vraiment noires et encore moins blanches, traits d'union de deux mondes qui ne se comprendront jamais.

82

L'entrepôt. XIIIe arrondissement. Paris. Matin du quatorzième jour.

Le réveil a été difficile.

À peine quelques heures de sommeil, une tasse de café en écoutant la radio, deux tartines beurrées, un baiser volé sur les lèvres de Malia, et Daza se retrouve dans le hangar.

Avec de sombres informations qu'il n'a pas le temps d'approfondir.

Le mort de la péniche et le propriétaire du pavillon ne font qu'un. Ernst Eichmann. Encore un fantôme, apprécié de ses voisins, un étudiant en informatique brillant, major de sa promotion à la faculté.

Les quatorze personnes supplémentaires de la liste ont bel et bien été retrouvées, égorgées à leur domicile, pour la plupart. Et de nouveaux cadavres ont fait leur apparition.

Eliah Daza n'en a pas su davantage. Le coordinateur providentiel promis par le ministère les a tous réunis dans le hangar. Il faut toujours un beau discours pour entamer une collaboration entre individus de grades différents. Ainsi va la vie.

C'est une femme qui a endossé le costume de monsieur X. Une certaine Angéla Agripi, la belle quarantaine, inconnue des officiers étrangers, mais manifestement pas de Chopelle. Le chef de l'entrepôt a donné une consigne : « C'est une dure à cuire, ne faites pas de vagues. »

Ce que tous ont traduit par : « On la boucle et on avance. »

Et, alors que Daza, sa boîte d'allumettes en main, se demande combien de morts la nuit a laissés derrière elle, 2A, comme l'appellent déjà entre eux les officiers de l'OCPRF, clame une victoire prochaine :

– Nous allons bénéficier à partir de maintenant des renseignements glanés sur le terrain par l'ensemble du dispositif militaire et policier. Pas de guerre de clans, pas de faux amis. Nous sommes tous réunis pour que cesse le carnage. Vingt et un nouveaux corps ont été découverts au cours de la nuit, ce qui fait un total de quarante-quatre assassinats. Cette fois, le mode opératoire est différent. Certaines victimes ont été abattues d'une balle en pleine tête, calibre 6.35. Le même qu'à Berlin. Elles sont toutes fichées, mais sept d'entre elles ne font pas partie de la liste. Ce qui signifie que nous sommes, en plus, confrontés à des règlements de comptes que j'appellerais « d'opportunité ». Certains profitent de la tension ambiante pour régler leurs petites affaires. Y a-t-il d'autres cadavres ailleurs ? Probablement. Où ? Je l'ignore. Mais les rumeurs persistent, visent soit des minorités itinérantes, soit les forces de l'ordre, soit des bandes rivales. Tout ce qui peut enflammer les esprits est exploité. Cette nuit, quinze nouvelles communes ont été touchées par les émeutes, plus d'une centaine de policiers et de pompiers blessés dont six grièvement, des dizaines de bâtiments publics et privés incendiés. Nous réfléchissons à la possibilité d'instaurer un couvre-feu dans ces zones et de faire intervenir l'armée. Vous aurez toutes les informations nécessaires en temps réel, sur le serveur dédié. Les Français ont peur, il nous appartient d'enrayer cette psychose naissante. Yann Chopelle reste évidemment votre chef. Je ferai office, le temps de cette enquête, de lien entre les services. Voilà, messieurs, je ne crois pas utile de vous recommander la plus grande discrétion sur toutes les informations relatives au dossier Lavergne. Nous avons réussi pour le moment à écarter Kurtz des médias, mais vous savez parfaitement que cela ne pourra durer indéfiniment. C'est pourquoi le ministère préfère contrôler lui-même la diffusion des informations. Moins la population sera terrorisée par une surenchère de détails, mieux nous parviendrons à gérer la situation. Je vous remercie.

Angéla Agripi lance un sourire courtois aux policiers, s'installe devant un bureau et s'empare du téléphone. Puis elle change d'avis et se lève.

C'est une grande et jolie femme. Ses cheveux blonds flottent sur ses épaules. Son tailleur pantalon confectionné sur mesure est ajusté sur ses hanches au millimètre.

– Commissaire Daza, commence-t-elle, je peux vous entretenir un instant ?

– Ma foi, pourquoi pas, répond Eliah Daza, sur le point de partir pour le Val-de-Grâce.

– Restez avec nous jusqu'au bout de l'enquête, lui propose-t-elle avec un sourire franc et direct.

– Qui est ce nous ?

– Madame le ministre et moi-même. Nous estimons votre présence indispensable, puisque les terroristes l'exigent.

– Ça dépendra de vous, rétorque Daza.

– C'est-à-dire ?

Angéla Agripi hausse le sourcil gauche et plisse légèrement les paupières. Son menton se relève et son regard reste planté dans celui d'Eliah Daza.

– Si Yann Chopelle dirige les opérations avec mon concours, je reste.

– Que feriez-vous dans le cas contraire ?

– Évitez de répondre à mes questions par les vôtres, dit Daza en baissant la voix. J'ai l'habitude de bosser avec lui. Vous, je ne vous connais pas.

– Je vois, admet Angéla Agripi. Vous venez de manifester votre force, et moi, j'ai fait la même chose il y a quelques minutes. Arrêtons là, voulez-vous ? Yann Chopelle est le chef de cette équipe. Nos intérêts convergent, même s'il doit avoir du mal à s'en convaincre.

Daza sent bien qu'il y a plus entre Angéla Agripi et Yann Chopelle que des dissensions professionnelles.

Le roquet est tout liquéfié devant la belle.

– Puisque vous êtes là, autant que je vous pose la question directement, lance Daza, préoccupé. Je veux rapatrier Kurtz ici. Pour l'avoir sous la main. Et puis, il s'est déjà échappé une fois d'un hôpital. Le Val-de-Grâce n'est pas une prison. Ici…

– M. Chopelle m'a déjà informée de votre décision commune, le rassure Angéla. Son transfert est organisé pour… (Elle regarde sa montre.)… dans une heure. En attendant, dit-elle en tendant la main vers lui, veuillez me donner les carnets de Kurtz. Je vais les faire décortiquer par le service approprié.

Sans broncher, Eliah Daza lui remet les documents qu'il avait glissés dans sa poche.

– Trouver les camps, c'est localiser et identifier les assassins, j'en suis convaincu, précise-t-il. Il y a forcément quelqu'un, quelque part, qui chapeaute tout ça. Autant d'individus organisés, précis et mobiles, ça se gère. À distance, certainement, mais ça se gère. Il y a forcément des traces, des témoins.

– Où en êtes-vous avec Darblay ? Vous a-t-il livré des informations ?

Eliah Daza cache sa surprise. Cette femme semble connaître parfaitement le dossier. C'est assez rassurant, même s'il doute qu'elle soit à la hauteur pour affronter Kurtz. Tant d'autres déjà ont été brisés…

La fouille de son appartement n'a rien donné.

– Stefano Tomazello et Peter Seipel se sont relayés toute la nuit pour tenter de le faire parler. Il divague, dit qu'il veut récupérer sa fille, clame que le temps de la garde à vue est passé, qu'il veut un avocat et surtout l'immunité.

– À situation exceptionnelle, mesure exceptionnelle. Considérez Darblay comme une prise de guerre. Nous avons l'accord du juge, les gardes à vue de Guenarec et de Darblay sont prolongées. Pas d'avocat. Ici, nous entrons dans une zone de non-droit. Profitez-en, je vous le répète, vous avez carte blanche. Tout ce que je vous demande, c'est de communiquer vos informations. À ce propos, Clara Darblay vient d'être placée dans une clinique spécialisée. Nous l'avons récupérée sur les lieux d'une échauffourée, à la Plaine Saint-Denis. La gamine est choquée, elle refuse de parler. Si vous voulez exploiter cette nouvelle pour faire parler Darblay, allez-y. Il y a deux solutions, commissaire, poursuit Angéla devant la grimace dégoûtée de Daza, la méthode convenue et l'autre, celle qui donne des résultats. Avez-vous déjà oublié de quelle façon vous avez obtenu les aveux de

Myriam Delafosse dans le dossier Dorléans, l'année dernière ? Je suis sûre que non.

Eliah Daza lance un regard noir à son interlocutrice, puis il se tourne vers la vitre de l'aquarium et murmure :

– Les infos de cinq heures ont parlé d'un policier abattu à Paris, rien de plus, et c'est parfait comme ça. Mais admettez quand même que vous vous êtes fait avoir en organisant cette souricière à la con. Maintenant, vous ne prenez plus d'initiative débile sans m'en parler. Carte blanche, pour moi, ça veut dire aussi pas de gratte-papier ni de ronds-de-cuir sur mon chemin. Sinon, je vous laisse, vous et votre copine la ministre, vous démerder avec vos émeutiers, vos soldats de l'ombre, Kurtz et tout le tintouin, et je rentre chez moi.

83

Hôpital du Val-de-Grâce. Paris. Matin du quatorzième jour.

En passant sous le porche principal du Val-de-Grâce, Eliah Daza nourrit de sombres pensées. Le métier qu'il a pratiqué pendant des années prend une triste tournure. Longtemps, il a cru qu'il pourrait endiguer les marées du mal sous toutes ses formes par sa simple présence. Mais certaines affaires se sont empilées dans son esprit, constituant une sorte de banque de données putrides, aux effets délétères. C'est en partie ce qui a précipité son départ. Il ne pouvait concilier l'amour sincère qu'il nourrissait pour Malia avec cette idée grandissante que le mal était sur le point de tout submerger. Ce n'était pas envisageable, l'un devait forcément l'emporter sur l'autre, et lui voulait vivre.

Un sas surchauffé le sort de la nuit hivernale. Daza ouvre le col de son imperméable. Il déteste cette chaleur. En passant devant l'accueil, il ravale ses compliments et ce qu'il pense du je-m'en-foutisme généralisé concernant l'avenir de la planète. Il préfère filer vers l'ascenseur. Kurtz se trouve au dernier étage, à sa demande. Bien sûr, avec une jambe en moins et des doigts raccourcis, il devrait avoir du mal à s'enfuir, mais Daza l'en croit plus capable que quiconque.

Lorsqu'il arrive dans le service, le personnel sert le petit déjeuner.

Il trouve Kurtz confortablement alité, adossé à d'épais oreillers, le nez levé vers le poste de télévision. Eliah Daza se débarrasse aussitôt de son manteau qu'il accroche à une patère et éteint le téléviseur.

– Commissaire Daza, ironise Kurtz, parfaitement éveillé. Vous allez devenir mon confident attitré, si je comprends bien.

Ce dernier se contente de saisir une chaise et de s'asseoir, sans quitter Kurtz des yeux.

– Vous faites le gentil et le méchant flic à vous tout seul ?

Cette fois, Daza doit se forcer à ne pas sourire. Celle-là, on ne la lui avait pas encore faite, et il la trouverait à son goût si son auteur était un autre. Dans son esprit, rire d'une plaisanterie de Kurtz est impensable. Cela reviendrait à partager un trait d'esprit avec Hitler.

– Je n'ai rien vu aux informations qui égaye ma solitude, reprend Kurtz sans se démonter. Pas la moindre petite…

L'ouverture de la porte l'interrompt un quart de seconde.

– La formule *continentale* ! s'exclame-t-il en tentant de se redresser. Commissaire, vous allez m'en dire des nouvelles.

– Qui sont-ils ? demande Daza sans se soucier de l'irruption de l'aide-soignant.

– Oh, c'est ça qui vous amène ? Je suis un peu déçu, commissaire. J'aurais aimé engager une relation, disons, plus suivie, plus amicale.

– Je n'ai pas beaucoup de temps. Ensuite, votre cas passera dans d'autres mains.

– L'Africain retournera dans la brousse !

L'aide-soignant pose un plateau sur la table, qu'il fait ensuite rouler jusqu'au patient allongé.

– Merci, glisse celui-ci. Du fromage, j'aime. N'avez-vous pas quelques viennoiseries ? Ce pain est immangeable.

Puis il se penche vers Daza sans attendre la réponse.

– Qui vous dit que ce monsieur ne fait pas partie des miens ? Auriez-vous oublié Rinaldi ?

Intrigué, Eliah Daza ne peut s'empêcher de fixer l'aide-soignant jusqu'à ce qu'il quitte la chambre, puis il se permet un léger sourire.

– Bravo, vous avez failli m'avoir.

– Nous allons devenir de bons amis.

Un ombre passe subitement dans les yeux de Kurtz. Ses traits se figent, une grande tristesse voile son visage.

– J'ai tendance à déprimer un peu, ces temps-ci, lâche-t-il à voix basse.

– Vous donnez pourtant l'impression de tout vivre pleinement, rétorque Daza. Tout. C'est impressionnant !

Kurtz hoche lentement la tête. Il semble observer un point éloigné de l'horizon. Un silence de plomb s'abat sur les deux hommes.

– J'apprécie, murmure enfin Kurtz. Même si je vois bien que vous pensez le contraire. Mais n'est-ce pas ça, la vie ? Ressentir intensément chaque moment qui passe ? J'ai appris cela. Pas vous ?

Cette conversation prend un tour auquel Daza ne s'attendait pas. Il commence à voir en Kurtz une personne, alors qu'il pensait ne rencontrer que les racines et la fleur de la Bête.

– Où sont-ils ? reprend-il fermement pour garder le contrôle de la situation. Nous ne pouvons pas laisser le pays sombrer dans le chaos.

– Notre chère France n'aurait-elle pas déjà versé dans cette instabilité depuis fort longtemps ?

– Où sont-ils ?

– Je l'ignore, vraiment.

Kurtz a pris un ton navré, avec un réalisme si effrayant que la nuque de Daza se couvre de frissons.

– Vous me prenez pour un con et ça a le don de m'agacer, s'emporte-t-il pour masquer son trouble. J'ai lu vos carnets. Je sais que vous avez monté une sorte de petite armée à votre botte, des commandos entraînés pour satisfaire le moindre de vos caprices.

– Soit vous n'avez pas tout lu, soit vous n'avez pas tout compris.

Tout en parlant, Kurtz avale méthodiquement son petit déjeuner. Tout est décortiqué, coupé, rangé avant d'être avalé. Même les épluchures d'une pomme finissent empilées avec rigueur.

Incapable de quitter ce manège des yeux, Eliah Daza reste silencieux.

– Chaque espion doit ignorer l'identité et le rôle des autres espions, poursuit Kurtz tout en mangeant. Ainsi se font les guerres. Depuis l'aube de l'humanité, ou peu s'en faut. Qu'un général au fait du dispositif soit pris par l'ennemi, et c'en serait fait de l'armée tout entière. Comprenez-vous ?

Même s'il s'en veut, Daza ne peut s'empêcher d'opiner. Le renseignement, l'information, sa divulgation, sa protection sont le cœur des sociétés modernes. Kurtz n'invente rien. Il a compris, pour lui et les siens, ce que des civilisations mettent parfois des millénaires à entériner.

– J'ignore de fait où ils sont, comme vous dites.

Kurtz se débat avec un pot de yaourt. L'opercule résiste. Les bandages le gênent.

– Un beau geste ? demande-t-il en tendant l'objet vers Daza.

Ce dernier hésite, puis il attrape le yaourt, l'ouvre et le repose sur le plateau en évitant soigneusement tout contact avec la main de Kurtz.

– Alors dites-moi où se trouvent ces camps, glisse-t-il, l'air de rien.

Un rictus traverse le visage de Kurtz.

– Je vais y songer, confie-t-il. Oui, je vais y songer. Je crois vraiment que, depuis mon retour ici, quelque chose a changé et que maintenant cela a moins d'importance.

Eliah Daza scrute les traits de son vis-à-vis. En cet instant, il jurerait que Kurtz dit la vérité.

– Ils finiront par vous libérer, affirme Daza à contre-cœur.

– C'est inévitable, à moins qu'ils essaient la torture.

– Vous ne diriez rien.

– Vous, vous le savez, dit Kurtz très calmement. Mais pas les autres. Ils voudront ma tête, tôt ou tard.

– Je ne pense pas qu'on en arrive là. La République ne se couvrira pas…

– Vous allez bientôt me parler de démocratie, et nous allons bien rire. Allons, commissaire, vous savez fort bien que nous n'en sommes plus là. Collectivement.

– Alors pourquoi ne pas collaborer maintenant ? reprend Daza pour ne pas tomber dans le piège sémantique tendu par Kurtz.

– Le jeu, mon ami. Le jeu. Que serais-je sans les règles que j'ai moi-même édictées ?

– Votre jeu s'achèvera tôt ou tard, et j'ai bien peur que ce ne soit dans le sang. Beaucoup de gens vont mourir.

– Beaucoup de gens meurent de toute façon, relativise Kurtz. Le savez-vous ? Statistiquement, trois humains meurent chaque seconde ? Trois ! Alors n'accordez pas trop d'importance à ceux qui sont morts cette nuit.

Daza cache sa surprise par une petite toux de circonstance.

– Que pouvez-vous me dire des victimes de la nuit dernière ?

– N'est-il pas plus intéressant de parler de celles de la nuit à venir ?

Plus la conversation avance, plus Kurtz marque des points. Et Daza ne voit pas comment il pourrait inverser cet ordre des choses. Kurtz possède une ou plusieurs longueurs d'avance, malgré le fait qu'il soit coupé du monde et que les médias n'aient rien divulgué.

– Parce que vous allez m'en dire quelque chose ?

– Le programme est établi depuis des années, déclare Kurtz, l'air satisfait. Chaque pion connaît son rôle, et aucun ne connaît celui de l'autre. J'ai beaucoup réfléchi pour y parvenir, vous savez ? Et je ne pense pas avoir commis d'erreur.

– Aucun système n'est parfait.

– Alors ce sera le premier, rétorque Kurtz, contrarié. Vous verrez. En cours de journée, vos services vont recevoir une liste de noms.

– Des meurtres de la veille, achève Daza. Ça, c'est déjà fait.

– Non, ce n'est pas si simple, poursuit Kurtz avec condescendance. Dans la journée, donc, vous recevrez la liste pour la nuit prochaine. C'est beaucoup plus intéressant, n'est-ce pas ?

Eliah Daza se retourne vers la fenêtre pour fuir le regard inquisiteur de Kurtz. Il doit admettre qu'il n'était pas prêt à se mesurer à lui. Il a le terrible sentiment de n'être qu'un des pions de l'échiquier, la désagréable sensation que les jeux sont faits et que, quelles que soient sa décision ou ses prochaines paroles, la partie basculera irrémédiablement en faveur de son adversaire.

– Vous pensez que je suis le diable, n'est-ce pas ?

Immobile, Daza fixe une fenêtre de l'autre côté de la cour. Il s'accroche à ce point lumineux, prend quelques grandes inspirations et fait volte-face pour s'approcher du pied du lit.

– Ces personnes ont déjà été enlevées par vos hommes de main ?

– Je préfère dire mes chiens, rectifie Kurtz. Ils sont ma meute, comprenez-vous ?

– Est-il possible de conclure un marché ?

– Peut-être, mais il faudra faire amende honorable.

– Qu'entendez-vous par là ?

– Un marché sous-entend que vous me donniez ce que je veux.

– Je n'ai pas ce pouvoir, rétorque Daza, les mains crispées sur le rebord du lit.

– Je ne vous parle pas de ma libération. Comme vous l'avez dit il y a quelques instants, ils n'auront bientôt plus ce choix. Non, je parle d'informations. Voyez-vous, précise Kurtz d'un ton emphatique, j'ai la coquetterie de penser que, justement, je pense à tout, en toutes circonstances et quel que soit le sujet de mes réflexions.

– Vous ignorez qui vous a congelé en Finlande, c'est ça ? devine aussitôt Daza qui retient un soupir de soulagement.

Kurtz ne répond pas. Il n'aime pas se sentir aussi transparent, prévisible.

– Qui ? se contente-t-il de demander.

– C'est le début du marché ?

– Vous devez montrer votre bonne volonté.

Persuadé d'être sur la bonne voie, Daza hésite à peine.

– Votre ami Dorléans.

Sans prendre la peine de commenter le qualificatif utilisé par Daza, Kurtz mange son yaourt, lentement, comme s'il appréciait immodérément chaque cuillerée.

– Vous intégrez l'info ?

Le niveau baisse peu à peu dans le pot de yaourt, tandis que Kurtz suit des yeux les lignes colorées imprimées sur le linoléum.

– Alors c'est à lui qu'il faudra poser la question, murmure-t-il bientôt.

– Quelle question ? Dorléans connaît leur identité ?

– Vous êtes-vous jamais demandé où j'avais été enlevé ? s'agace subitement Kurtz.

– Évidemment, grommelle Daza, vexé. C'est là votre réponse ?

– C'est tout ce que vous aurez pour le moment. Mais n'est-ce pas déjà plus que vous n'espériez ? Il suffit de lui rendre une petite visite du côté de la Santé.

– Dorléans a été libéré hier.

Kurtz siffle, admiratif.

– Cet homme a de la ressource. Sa liberté contre moi, n'est-ce pas ?

Daza opine en silence.

– Et vous en êtes contrarié, je me trompe ?

– Je le mets au même niveau que vous sur l'échelle de la criminalité. Mais ce n'est pas moi qui décide. En revanche, j'essaierai de le faire replonger.

– Méfiez-vous de Dorléans, conseille Kurtz. Lui chercher querelle pourrait vous attirer de gros ennuis. Pour preuve de notre amitié toute nouvelle, que diriez-vous de sa tête ? Sur un plateau, rien que pour vous, avec pomme d'amour et cochonnailles ?

Mi-excédé mi-amusé, Eliah Daza consulte sa montre et attrape son imperméable.

– L'heure de votre transfert est arrivée, dit-il simplement.

84

Paris. Quatorzième jour. 7 heures GMT+1.

Le brancard est encadré de deux groupes de quatre gendarmes spécialisés dans le transport de criminels. Daza se trouve derrière le curieux équipage qui file à travers les couloirs du Val-de-Grâce. Il épie tout et tous.

Qui vous dit que ce monsieur ne fait pas partie des miens ?

Ses soldats peuvent être partout. Daza n'a pas oublié Anthony Rinaldi. Il n'oublie jamais les coups du sort et la vénalité des hommes.

Alors il observe. Son cerveau se transforme en scanner de faciès. Comme s'il pouvait reconnaître un salopard dans une foule. Quelque chose dans son esprit lui souffle qu'il doit au contraire traquer les têtes d'ange. En dehors de l'épisode au cours duquel elle l'a mis KO d'une seule main, Shan Guenarec n'a jamais montré d'agressivité. Elle inspirerait davantage l'envie de la protéger que celle de s'en méfier ou de la fuir.

Alors il scrute.

Sur son brancard, Kurtz paraît au comble du bonheur. Dans les virages, il se penche, comme le ferait un coéquipier de side-car, un sourire ravi aux lèvres.

Au rez-de-chaussée, le groupe tourne à gauche dès sa sortie de l'ascenseur. Deux cars et une fourgonnette du SAMU les attendent dans un angle formé par deux bâtiments.

Pas de faille. Ne pas laisser la possibilité aux agresseurs d'installer un guet-apens.

Les vantaux glissent, les hommes ne parlent pas. Chacun sait ce qu'il a à faire. Pendant que d'autres gendarmes couvrent les nouveaux venus, fusils à pompe braqués vers le ciel, le brancard est glissé dans le véhicule.

À son tour, Daza y grimpe et referme les portes.

En une poignée de secondes, les gendarmes rejoignent leur fourgonnette, et le convoi s'ébranle vers le boulevard du Port-Royal.

Mais il est rapidement stoppé par un groupe de journalistes qui bloque la sortie de l'hôpital. Certains, équipés de caméras, filment déjà leur approche. Des micros se lèvent. Le ton monte.

Dissimulé par les vitres fumées de la camionnette, Daza ne peut que les entendre. Fou de rage, il attrape le talkie-walkie de la cabine.

– Vous êtes contrarié, on dirait, le pique Kurtz avec un petit rire de gorge désagréable.

– Dégagez-moi ça et en avant ! ordonne l'ex-commissaire aux hommes du véhicule de tête.

Quelques secondes s'écoulent, interminables. Puis l'ambulance redémarre au son des sirènes.

– Pas de trajet direct, répète plusieurs fois Daza dans son émetteur. On va balader la presse un moment.

– Que craignez-vous d'eux ? Ces scribouillards feront pipi où vous leur direz de faire. On a la presse qu'on mérite, et ce pays est dans de beaux draps.

Kurtz émet encore ce petit rire de gorge qui irrite et surprend Daza. Le psychopathe après lequel il a tant couru lui fait soudain penser à une midinette qui se rendrait au bal des débutantes. Pour un peu, il en serait choqué. Kurtz se doit d'être à la hauteur de sa réputation.

Et puis une ombre traverse ses pensées. Au cours de leur dernière conversation, il n'a pu s'en apercevoir, mais à présent le recul lui permet de prendre conscience d'un fait notable et particulièrement dérangeant. Il partage des opinions avec cet homme qu'il pensait mépriser, ce meurtrier, ce manipulateur. Pour la première fois de sa vie, Daza est mal à l'aise avec ses propres pensées.

– Il faut croire qu'on a aussi les pervers qu'on mérite ! gronde-t-il enfin.

Le convoi file à travers les rues encore peu fréquentées de Paris. Par la trappe de la porte arrière, Daza peut apercevoir les scooters qui les suivent.

– Je suppose que tout a commencé dans une capitale, n'est-ce pas ? dit soudain Kurtz. Londres, Madrid, peut-être Vienne ou Berlin. Oui, Berlin, c'est ce que j'aurais fait. C'est à Berlin qu'ils ont porté le premier coup !

– Pourquoi Berlin ?

– C'est là que l'Histoire s'est terminée et que nous sommes entrés dans l'ère de la désinformation. Mes chiens savent cela. Ils savaient aussi que j'apprécierais.

Daza s'agrippe à la poignée de la porte et au brancard. Le convoi roule à vive allure et certains virages le déportent sérieusement.

– Je me sens comme dans la peau d'une princesse de Galles ! s'exclame Kurtz, visiblement amusé par la situation. Au fait, vous ne m'avez rien dit d'Andy. Comment se porte mon Willard ? Mon cher petit Willard.

– Vous allez le retrouver dans quelques minutes, l'informe Daza. Dès que nous aurons semé ces empêcheurs.

– Je suis curieux de savoir ce qu'il vous a raconté. Jusqu'où il s'est mouillé pour moi.

– Andréas Darblay n'est plus le même homme, glisse Daza, certain d'attiser la curiosité de Kurtz. Mais vous verrez.

– Vous a-t-il raconté qu'il aurait pu sauver la vie de Rufus ? Non, je suis sûr que non.

La voix de Kurtz se fait tout à coup plus suave, son ton plus mielleux.

– Petit Andy a chargé son maître, poursuit-il. Mais qui croira-t-on, au final ? Celui qui joue les pleutres ou l'être véritable, celui qui assume sa nouvelle vision du monde ?

Le cœur au bord des lèvres, Daza reste muet. Il savait déjà qu'Andréas cachait quelque chose, mais il ne pensait pas que son mensonge était aussi gigantesque. Après la libération de Dorléans, celle de Darblay serait intolérable à ses yeux. Car à présent, il est sûr que Kurtz lui dit la vérité. Le mensonge ne cadre pas avec le personnage. Kurtz agit pour sa gloire personnelle. Tout ce qu'il fait est dicté par son orgueil.

– Pourquoi faites-vous assassiner des meurtriers ?

– Pourquoi les libérez-vous ?

Daza est mouché.

Combien de délinquants, de criminels arrêtés au cours de sa carrière de flic ont-ils été libérés par de talentueux avocats ?

Certaines des règles qui gouvernent le monde de Kurtz sont tentantes. Daza est contraint de l'admettre, même si cette idée lui donne la nausée.

– J'en ai rêvé si souvent, lâche Daza après quelques secondes de silence.

– De quoi parlez-vous précisément ?

– De ce poujadisme à la con que vous et les vôtres êtes en train de faire resurgir. Mais cette société ne tourne pas ainsi ! Kurtz, vous m'écoutez ? En France, on ne punit pas de mort ceux qui ont tué.

– Et c'est pour cette raison que vous échouerez, se moque Kurtz. La démocratie, la République, vous feriez mieux de vous en débarrasser. Ça ne fonctionne pas. Tout simplement. Le peuple n'est pas apte à prendre des décisions sur des sujets qu'il ne comprend pas.

– Bouclez-la, le coupe sèchement Daza. Ou j'applique vos principes et je vous en colle une entre les yeux. Là où vous m'avez dessiné ce joli petit rond, hier !

Puis il s'empare du talkie-walkie.

– Assez joué, messieurs, commande-t-il. Faites entrer le convoi dans une rue étroite et stoppez à mi-parcours. Arrêtez-moi ces nuisibles de façon qu'aucun ne puisse nous suivre.

Daza sent l'allure ralentir, puis son centre de gravité est déporté sur la gauche. Quelques secondes plus tard, le convoi stoppe, comme il l'a ordonné.

Une dizaine de gendarmes descendent précipitamment de la dernière fourgonnette.

Le blocage des journalistes se fait rapidement, malgré les protestations et les menaces de plainte pour entraves à la liberté de la presse.

Lorsque l'ambulance repart, Daza sent immédiatement peser sur lui le regard goguenard de Kurtz, un regard qui en dit long.

85

L'entrepôt. XIIIe arrondissement. Paris. Matin du quatorzième jour.

Shan Guenarec passe le plus clair de son temps le nez collé à la vitre de sa cellule, un carreau sale, masqué par un grillage solide, une fenêtre qui ne s'ouvre pas. Il n'y a jamais d'air frais dans cette pièce, et les murs sont suffisamment épais pour qu'elle soit isolée phoniquement du reste du monde. Seul le ronron de la climatisation perturbe le silence monotone. Le mobilier, de facture récente, est assez confortable, les toilettes séparées. Il y a quelques revues et deux ou trois romans de gare pour seule distraction. Apparemment, ici, c'est le quartier VIP de l'entrepôt, la chambre des gros poissons.

Le terme gros poisson la fait sourire, ça lui fait du bien. Depuis qu'elle est ballottée entre sa cellule et cette espèce de cage de verre où tous les flics l'observent comme une bête curieuse, son moral est souvent au plus bas. Elle ne supporte plus le regard inquisiteur et méfiant des policiers, encore plus pesant depuis qu'elle a retourné Eliah Daza comme une crêpe. Mais il fallait pourtant que le commissaire comprenne qu'elle était bien ce qu'elle disait être, une espèce de robot programmé pour accomplir des actes prévus de longue date par Kurtz, l'homme qui l'a façonnée, l'homme qui l'a élevée. Son maître.

Lorsqu'elle ne guette pas le pelage doré de son chien, qui l'a tout de suite repérée depuis l'extérieur et vient régulièrement lui signifier sa présence, elle observe le hangar et ce qui s'y trame.

Elle a déjà repéré les lieux, connaît le nom des principaux agents. Le gentil Peter Seipel, Tomazello l'olivâtre qui fume en cachette, les amoureux Mitsotakis et Esperanza, 2A la bureaucrate du ministère, parfaite, sans un faux pli, Chopelle qui change de chemise, Daza avec son chignon et ses allumettes, évidemment, Matthieu Pellegrin, le médecin qui se gratte la braguette et boit dix cafés par jour, et Céline Roussin, la psychologue un peu bébête.

Surtout, elle a compris l'effervescence des derniers jours. Kurtz vient d'être rapatrié en France et sera bientôt dans les murs de l'annexe.

Il est vivant.

Depuis qu'elle possède cette information, Shan ne tient plus en place. Elle ne cesse de tourner en rond, impatiente de retrouver l'homme responsable d'une bonne partie de son existence. Elle ignore encore ce qu'elle lui dira lorsqu'ils seront face à face.

En vérité, cela dépendra de son humeur.

Quand elle se sent seule, épuisée par les heures d'interrogatoire, quand elle croit comprendre que jamais plus elle ne sera libre, trop coupable à leurs yeux, elle a envie de lui cracher à la figure, de hurler, de lui arracher les yeux. Après tout, si sa vie est un désastre, c'est à cause de lui. Et si elle est aujourd'hui accusée d'homicide, si son existence est devenue un tel enfer qu'elle a préféré se rendre, c'est bien sa faute à lui.

Quand elle sent l'espoir poindre au fond de son cœur, quand elle observe Nassau gambader dehors, quand elle le regarde dévorer la viande qu'Eliah Daza ou Peter Seipel lui donnent, elle se souvient alors vaguement des jours heureux.

Elle se rappelle les heures de visite, lorsqu'elle l'attendait, petite fille, à l'entrée du domaine, et qu'elle se cachait pour ne pas se faire prendre. Puis lorsqu'il passait les troupes en revue, elle guettait le moindre de ses gestes, voulait toujours être la plus sage et la plus jolie de ses élèves.

Elle se souvient à quel point elle buvait ses paroles, combien tout ce qu'il disait lui semblait juste et remarquable. Cet homme lui a appris la solidarité, la force de l'individu dans le groupe et hors du groupe. Il lui a enseigné comment s'en sortir dans toutes les situations, comment sauver sa vie et faire les pires choix possibles.

– *Heaven, I'm in heaven…*

Les paroles de la chanson maintes fois entendue dans les couloirs de l'hôpital de Berlin s'échappent de ses lèvres sans qu'elle s'en aperçoive.

Shan décolle alors son nez de la vitre et s'approche de la porte.

Ce qu'elle apprécie particulièrement, c'est le point de vue qu'elle a sur le hangar, et là, elle juge qu'il va bientôt être temps de trouver le moyen de sortir de cette cellule pour quelques heures.

Céline Roussin est là, en grande discussion avec le médecin. Ils semblent superviser l'aménagement d'une pièce spéciale. Shan a vu passer un lit médicalisé, divers moniteurs, du matériel de perfusion, un défibrillateur et autres appareils nécessaires à la prise en charge d'un convalescent.

Pour elle, il ne fait aucun doute que tout est destiné à installer Kurtz dans un endroit sécurisé mais suffisamment grand pour y disposer tout ce matériel. Or Shan a déjà fait un état des lieux précis. Les cellules et les pièces réservées aux munitions sont trop exiguës, le garage trop grand et loin des hommes. Restent les bureaux et les appartements des étages supérieurs.

Shan laisse encore fleurir un sourire sur son visage.

Maintenant, elle veut *le* voir, ne serait-ce que quelques secondes. Elle doit plonger son regard dans le sien pour savoir s'il est vraiment celui dont elle se souvient, l'autre extrémité de son fil invisible. Elle veut toucher sa main, lui dire qu'elle était là, qu'elle ne l'a jamais abandonné.

Dans l'absence cruelle d'images récentes, Kurtz est une sorte de fantasme, de rêve éveillé. Les souvenirs de Shan sont trop ténus pour nourrir suffisamment son imaginaire. Elle se le figure comme une orpheline rêverait son père. Elle se représente un homme grand, beau, assez fort pour l'emporter dans ses bras et lui dire combien elle compte pour lui.

Shan soupire. Elle sent alors la tension monter dans le hangar.

Les hommes ont porté la main à leur holster, Agripi et Chopelle se tiennent côte à côte devant le seul accès aux étages inférieurs. La jeune femme sent son cœur bondir dans sa poitrine. Elle se hausse sur la pointe des pieds, geste inutile, comme si elle pouvait regarder encore plus loin.

Garde ton calme, ce n'est pas le moment de perdre ton sang-froid. Ils ne te laisseront jamais sortir, pas maintenant, même si tu menaces de te pendre, même si tu cries. Trouve autre chose.

Shan regarde les panneaux du sas s'ouvrir sur Daza. Il précède un brancard sur lequel repose une forme humaine enveloppée dans une couverture.

Puis l'un des officiers se place devant la lucarne. Stefano Tomazello l'olivâtre a remarqué son manège et décidé de la priver du spectacle.

Folle de rage, Shan se mord le poing pour ne pas hurler.

Lorsque l'officier italien s'éloigne, elle a tout juste le temps d'entrevoir Daza et Agripi se diriger vers la cafétéria. Le commissaire a l'air furieux.

86

L'entrepôt. XIIIe arrondissement. Paris. Quatorzième jour.

– Vos services sont des meules de gruyère, déclare Eliah Daza d'un ton menaçant. Savez-vous ce qui nous attendait à la sortie du Val-de-Grâce ? Une meute de journalistes ! Des JRI[1] de la pire espèce. J'ai dû ordonner aux gendarmes de les braquer.

– Vous avez fait quoi ? s'insurge Agripi qui s'immobilise, tétanisée, devant la machine à café.

– Ces gens n'ont aucune éthique. Ils nous auraient suivis jusqu'ici et, dès ce midi, vous auriez vu des brushings se dandiner en direct devant l'entrepôt. Merde !

L'attachée du ministère se retourne vers Eliah Daza et articule avec force :

– Nous avons le pouvoir de faire taire les rédactions.

– Qu'un seul de ces types comprenne où est Kurtz et…

– Baissez d'un ton, commissaire Daza. Vous n'avez pas…

– Je n'ai pas quoi ? s'emporte-t-il. Pas le droit de vous coller le nez là où ça sent mauvais ? C'est ça ?

1. Journalistes reporters d'images.

Vous savez pourquoi j'ai quitté la police ? Parce que je ne supportais plus vos changements d'attitude au moindre pet dans les sondages. Si l'affaire Lavergne a planté aussi lamentablement, c'est du fait des politiques et de leurs acoquinements avec certains lobbies industriels. Alors, maintenant, jouons cartes sur table ou je me tire !

Daza s'interrompt subitement. Il se rend compte qu'il est en train de dépasser les bornes. Angéla Agripi n'a rien à voir avec ses déboires passés. S'il ne la supporte pas, c'est pour une autre raison : elle lui donne l'impression d'être là pour les houspiller au moindre faux pas. Cette femme est dangereuse parce qu'elle représente un pouvoir qui n'a aucune idée de ce qui peut se passer sur le terrain. Un pouvoir dont les intérêts ne s'accordent pas forcément avec ceux des hommes de la brigade.

– L'indiscrétion ne vient peut-être pas de nos services, propose-t-elle pour rompre le silence. Une information de cette taille peut valoir une belle somme.

– On ne va pas discuter des bas salaires dans la fonction publique, parce que, là encore, je vais m'emporter.

Angéla Agripi observe Daza, les sourcils froncés sur un courroux imminent. Elle se retourne vers les distributeurs de boissons en fouillant les poches de son tailleur, commande deux cafés noirs et s'installe à une table. Son interlocuteur reste debout à quelques mètres. Son expression est butée, ses cheveux lâchés frisent sur ses épaules. Elle l'imagine vêtu d'une blouse, devant une toile, palette à la main. L'image se superpose à celle de Dalí roulant ses moustaches.

« *Jé souis oune grande artiste !* »

Le visage d'Angéla s'ouvre sur une ébauche de sourire.

– Elle vous a déjà épousé, Malia ?

L'ex-commissaire s'approche du distributeur qui crache comme un vieil asthmatique et pose un premier café devant Agripi. Il hésite encore sur la conduite à tenir. Sa connaissance du personnage est trop récente, son appréhension de ses réactions et de son tempérament trop imparfaite…

– Parce que, dans le cas contraire, ajoute-t-elle en trempant ses lèvres dans la mousse de l'expresso, il faut que je la prévienne d'urgence du péril dans lequel elle va se jeter.

Elle sourit à présent à pleines dents. Son œil pétille.

– Vous avez raison, consent Daza. On peut discuter sans se bouffer le nez.

Visiblement soulagée, Angéla Agripi acquiesce. La journée commence à peine, mais elle la pressent lourde et terriblement longue.

– Donc vous avez braqué des journalistes ?

– Je n'ai pas eu le choix, répond Daza en attrapant son gobelet. C'était ça ou ils arrivaient jusqu'ici. Les gendarmes les ont bloqués dans une rue étroite.

– Et comment les ont-ils… neutralisés ?

– Confiscation des clés des scooters. Rien de bien méchant.

– Vous dites ça parce que ce n'est pas vous qui allez vous coltiner ma hiérarchie !

– Vous êtes proche du sommet, temporise Daza en haussant les épaules. Vous saurez quoi faire.

– Plus on est près de Dieu, plus les orages sont violents.

– Admettez que ce ne sera pas grand-chose en comparaison de ce que vous allez entendre si les émeutes, les nuits sanglantes et les ultimatums se poursuivent.

– Kurtz vous a-t-il dit quelque chose ?

– Kurtz m'a dit beaucoup de choses, explique Daza en s'asseyant à son tour. Je suis persuadé qu'il ne me raconte pas tout, évidemment, mais que tout ce qu'il dit est vrai.

– Allons, rétorque Angéla, vous savez très bien que c'est un manipulateur hors pair !

– Dire la vérité peut être une forme de manipulation. Il est fort, malgré l'amputation et le fait qu'il se trouve dorénavant en notre pouvoir. Il ne se départit pas de son personnage. Peut-être qu'au fond c'est ce qu'il est. Enfin, bref, des psys écriront des bouquins entiers sur son cas et on n'en saura toujours pas plus. Il est intimement persuadé que les autorités accéderont tôt ou tard à la demande des terroristes.

– Il pense que nous le libérerons ?

– Précisément ! affirme Daza. Et pour lui, mieux vaut tôt que tard. C'est un conseil qu'il nous donne.

– C'est osé. Vous lui avez fait part de la position du ministère ?

– Il s'en moque éperdument. Il ne respecte aucune forme d'autorité en dehors de la sienne, râle Daza en visant la poubelle avec son gobelet vide.

Le projectile éclabousse le mur grisâtre de la cafétéria et s'écrase au sol. Il lance un juron, se lève pour le ramasser et se plante devant Angéla Agripi.

– Nous n'avons pas épuisé nos moyens, indique-t-elle avec assurance et fermeté.

– Kurtz ne parlera pas, même sous la torture. En revanche, il m'a dit vers qui me tourner pour connaître la réponse.

– De qui s'agit-il ?

– Dorléans.

– Et vous pensez qu'il dit vrai ?

Daza hoche plusieurs fois la tête.

– J'en suis certain, ajoute-t-il. Où se trouve-t-il à l'heure actuelle ?

– Dans son hôtel particulier de Neuilly. D'après les rapports que nous avons reçus, il n'a pas bougé.

– J'y vais.

– Aucun problème, acquiesce Angéla Agripi avec un sourire. Mais vous n'y allez pas seul. Je ne veux plus vous voir sur le terrain sans un témoin digne de foi. C'est clair ?

Angéla Agripi vide son café, se lève et lance son gobelet directement dans la poubelle sous le regard admiratif de Daza qui ne peut s'empêcher de songer qu'elle a dû s'entraîner avec Chopelle. À ce petit jeu, il était toujours le plus fort.

– Je me demandais même quand cette mesure allait tomber. À votre place, ça fait belle lurette que… Remarquez, je ne suis pas à votre place. Et grand bien me fasse ! Je prends Esperanza, dit-il en se dirigeant vers la sortie, je crois que c'est celle qui me déteste le moins.

– Un instant, j'ai une dernière chose à vous dire. J'ai dû faire aménager une salle pour accueillir Lavergne. À l'étage…

Elle n'achève pas sa phrase. Une rougeur est immédiatement apparue sur le visage de Daza. Pour se calmer, il pince l'arête de son nez en soufflant profondément.

– Je suppose que vous n'aviez pas d'alternative, glisse-t-il avant de sortir en claquant la porte.

87

L'entrepôt. XIIIe arrondissement. Paris. Quatorzième jour.

Le regard de Shan reste un long moment fixé sur la porte du sas qui a englouti Eliah Daza et Antonnella Esperanza. Angéla Agripi, elle, est sortie de la cafétéria l'air préoccupé. Elle a glissé quelques mots à Yann Chopelle, puis s'est installée à son bureau pour téléphoner.

Shan peste.

L'attachée du ministère lui tourne le dos et elle n'a aucun moyen de lire sur ses lèvres. Elle aussi est douée pour ça, comme Peter Seipel. D'ailleurs, l'Allemand est dans le hangar, en grande conversation avec Tomazello l'olivâtre. Les autres doivent être occupés à diverses tâches, ou alors ils sont partis se reposer.

Shan a pu observer que tous les officiers qui travaillent ici restent sur place le temps de l'enquête. Elle a également vu la femme de Daza, belle et enceinte jusqu'aux yeux, un véritable point faible.

C'est pourquoi Shan a choisi d'agir pendant l'absence du commissaire.

Elle se positionne face à la porte de sa cellule et se met à cogner du talon contre le chambranle. La tôle vibre et résonne. Aussitôt, Shan voit débouler l'officier italien.

– Oh ! C'est quoi, ce cirque ! dit-il en tapant sa tempe de son index.

– Dites à votre patron que j'ai de nouvelles informations qui pourraient lui être utiles. Vite !

Quelques minutes plus tard, Shan est assise, menottée, dans l'aquarium. De sa position, elle peut voir de la lumière provenant des pièces le long de la coursive. C'est là, elle en est sûre, qu'ils ont installé Kurtz. Deux hommes sont debout dans le couloir, deux autres font les cent pas sur la passerelle.

Plus que quelques mètres à franchir et je pourrai enfin le revoir.

Sur le chemin entre sa cellule et l'aquarium, elle a eu tout le loisir d'apercevoir la figure d'Andréas, collée à la lucarne de sa porte, inquiet de la voir sortir de sa cellule. Lui aussi a compris qu'*il* était arrivé, mais il s'est contenté d'observer le va-et-vient des hommes en se lamentant.

– Je vous écoute, dit Angéla Agripi en entrant dans l'aquarium.

Shan la regarde s'installer en la déshabillant du regard. Elle peut sentir la gêne de cette bureaucrate peu rompue aux interrogatoires.

– Savez-vous que je peux vous briser la nuque ici même en moins d'une seconde ? lance Shan, frondeuse.

Stefano Tomazello, qui est resté, colle son pistolet sur la tempe de la jeune femme et se penche vers elle.

– Je n'aurai pas la faiblesse de Daza, murmure-t-il à son oreille.

Angéla Agripi semble se détendre. Elle gigote sur sa chaise, lisse les plis de sa veste et tente une posture plus assurée.

– Ramenez-la dans sa cellule, dit-elle après un long silence. Cette gamine mal élevée se fiche de moi, et je n'ai pas de temps à perdre.

L'officier italien attrape aussitôt Shan par le bras et la force à se lever. Celle-ci lutte sans conviction, puis obtempère.

– Amenez-moi à Kurtz et je vous dirai où sont les camps, lâche-t-elle, un brin de provocation dans la voix.

Sur le pas de la porte, Agripi fait demi-tour et fixe Shan, les mâchoires serrées. La jeune femme a l'impression de lire sur le visage de l'attachée du ministère la cascade de doutes et de questions que soulève cette petite phrase.

– Savez-vous comment vos hommes vous nomment dans votre dos ?

– Je le sais, oui. Mais vous, comment le savez-vous ?

Shan sourit.

– Savez-vous aussi que l'Italien fume en cachette ? D'ailleurs, il pue.

– Vous allez me dresser le portrait de tous mes hommes ? lance Agripi d'une voix rendue aiguë par le stress.

– Conduisez-moi à lui et je parlerai.

Sans hésiter, l'attachée du ministère intime l'ordre à Stefano Tomazello et à Peter Seipel d'escorter la prisonnière jusqu'à la passerelle. Les officiers se lancent un regard entendu et dirigent la jeune femme jusqu'au monte-charge.

Une minute entière pour monter. Vingt secondes pour l'ouverture et la fermeture des portes.

– 2A fait une connerie, lance l'Allemand, alors qu'ils accompagnent Shan dans le sas.

– Laisse tomber, ça va lui faire plaisir de se rincer un peu l'œil.

– T'es qu'un taré.

Shan reste immobile, le temps que le monte-charge les élève tous les trois de quelques mètres au-dessus du hangar. Un petit sourire effleure ses lèvres.

Passerelle, quatre-vingts mètres. Bloc D, appartement de Daza, des bureaux et le bloc A. LUI.

Shan avance vers la vitre, toujours encadrée par les officiers.

Peu à peu, son cœur remonte au fond de sa gorge. Elle sent les larmes jaillir, cette fois, sans les avoir commandées.

Le vaste bureau a été aménagé en chambre d'hôpital. Des rideaux masquent les ouvertures sur l'extérieur. Le lavabo et les W.-C. sont dans la même pièce, la cloison a été démontée. L'homme installé ici n'aura pas d'intimité.

Shan entend les bips donner la fréquence cardiaque du patient. À la forme que dessine le drap, elle devine son handicap.

Ses ongles s'enfoncent dans sa paume. L'idée qu'il ait pu ainsi souffrir dans sa chair lui est intolérable.

Les cheveux de Kurtz sont en bataille et une barbe de plusieurs jours lui mange les joues. Ses paupières sont fermées, son visage émacié. Ses bras nus sont collés le long de ses flancs. Il paraît fragile, terriblement vulnérable.

Shan entrevoit la main mutilée. Un autre frisson parcourt son échine.

– Alors, heureuse ? murmure Tomazello avec un rire jaune.

Kurtz tourne lentement la tête vers la paroi transparente et plonge son regard dans les yeux clairs de la jeune femme. Aucune expression ne déforme ses traits. Il la regarde si fixement, si intensément que ses genoux se dérobent sous elle. Puis il entrouvre la bouche et quelques syllabes muettes se forment sur ses lèvres desséchées.

Assis dans un angle de la pièce, l'infirmier Marcel Vermont se lève pour lui donner à boire dans un gobelet avec une paille. Cet homme est une montagne de muscles. Il pourrait broyer le crâne de Kurtz d'une seule main.

– Ça suffit. Vous avez eu ce que vous vouliez, maintenant on redescend, ordonne Seipel.

Shan se laisse emmener sans protester. Elle ne quittera pas Kurtz des yeux jusqu'à ce que le mur les sépare. Dans son esprit survolté, la petite phrase prononcée en roumain, ces quelques mots qu'elle appelait de ses vœux, résonnent encore. *Je vois que tu n'as plus rien à apprendre.*

88

Banlieue parisienne. Quatorzième jour.

Neuilly-sur-Seine dort dans la grisaille des derniers jours de l'année. Les illuminations de Noël égayent les artères principales, puis elles disparaissent peu à peu, à mesure que l'on s'éloigne des commerces.

Pour justifier son silence, Eliah Daza a expliqué à sa coéquipière qu'il devait se concentrer sur la circulation.

En fait, il a besoin de réfléchir.

Cela fait seulement cinq jours qu'il a découvert le cadavre de Rufus Baudenuit sur les hauteurs de Thollon-les-Mémises. Cinq jours qu'il a quitté l'Afrique et sa quiétude. Et tant de choses déjà se sont déroulées. Avec le stress et la fatigue accumulés et le peu de repos à venir, Daza craint de rater des évidences.

Alors qu'il s'apprête à rendre visite à Jean Dorléans, Daza ne sait plus très bien sur qui compter, qui croire. Il est ballotté entre deux hommes aux méthodes différentes, mais qui restent à ses yeux deux assassins de la pire espèce. L'un tue de ses propres mains, dresse des humains comme des bêtes, l'autre fait massacrer plus de cinquante personnes sur un simple coup de fil.

Depuis le début, il avait classé Kurtz dans la catégorie des psychopathes, des monstres en marge de l'humanité. Leurre. Gigantesque leurre dont il commence à entrevoir les contours. Car il a aussi éprouvé du plaisir à échanger avec le meurtrier de Rufus. Plus qu'il n'en a eu avec la plupart des hommes de l'entrepôt. C'est ce plaisir qui le rend malade.

Alors que ses enfants sont sur le point de naître, Daza éprouve des difficultés à accepter cette autre facette de lui-même.

La lisière du bois de Boulogne le sort de ses pensées.

120, boulevard Maurice-Barrès, Eliah Daza trouve un stationnement presque en face, côté nature, à la limite de la juridiction parisienne. Il coupe le moteur et se tourne vers Antonnella Esperanza.

– Ça va, je ne vous ai pas trop déconcentré ? lui reproche-t-elle aussitôt.

– C'est votre physique, ça m'impressionne.

– Vous, vous faites vieux beau, alors je laisse glisser.

Les deux policiers s'observent. Leurs yeux brillent d'une étincelle dont chacun s'interroge sur l'origine et le devenir. Eliah Daza se déride le premier.

– Apparemment, le chef est de votre avis, raconte-t-il en souriant. Il m'a fait la même remarque le jour de nos retrouvailles, et je n'ai pas trouvé ça drôle.

– Je fais souvent peur aux hommes, confie-t-elle soudain.

Antonnella Esperanza est grande et possède une musculature impressionnante. Son crâne rasé n'arrange rien au sentiment ambigu qu'elle inspire au premier coup d'œil. Pourtant, son visage est beau et sa tête très ronde porte la nudité à merveille.

– Je n'en doute pas, répond Daza, un peu embarrassé par la conversation.

– Détendez-vous, je n'essaie pas de vous charmer, mais plutôt de faire connaissance. Avouez que vous manquez de soutien à l'entrepôt.

Daza élude les commentaires de la jeune femme.

– Je ne me suis pas montré très liant, admet-il à contrecœur.

– C'est le moins qu'on puisse dire, renchérit Antonnella. Vous ne parlez à personne, ou alors c'est pour gueuler. Je ne connais pas beaucoup d'officiers qui apprécient ce genre de comportement. Quant aux autres, c'est pire ! Vous prenez Mlle Roussin pour une gourde et ça se voit, le toubib pour un infirmier, l'infirmier pour le balayeur et 2A, je ne la porte pourtant pas dans mon cœur, mais vous ne lui parlez pas, vous l'insultez ! Alors, ne vous plaignez pas.

– Je ne me plains pas ! s'insurge Daza en retirant la clé de contact.

– Macho, va ! Et ça, c'est international ! Bon, reprend-elle après un court silence, parlons boulot. Des nouvelles de la dernière liste ?

– Nous avons des gars sur place, répond-il la main sur la poignée de la portière. Mais je crains qu'il ne soit déjà trop tard. Les hommes de Kurtz ne s'embarrasseront pas d'otages.

– Pourquoi ont-ils fait appel à vous ? Pourquoi mettre un flic démissionnaire, exilé, en passe de devenir papa sur cette fichue affaire ? C'est quand même une drôle d'idée.

Eliah Daza s'extirpe de la voiture sans répondre.

– Je vous ai vexé ? s'inquiète la jeune femme en le rejoignant.

– Lorsque j'aurai la réponse, si je l'ai un jour, je vous la donnerai.

– Comment on l'attaque, votre lascar ? dit-elle en lançant un coup d'œil vers l'immeuble où réside Jean Dorléans.

– Il occupe la terrasse du dernier étage, dit Daza visiblement soulagé de changer de sujet, une villa sur le toit, avec piscine. C'est un malfaisant mais il ne tue pas lui-même.

La température extérieure est proche du point de gel. Antonnella boutonne son manteau et glisse un bonnet sur ses oreilles.

– Toute coquetterie a ses limites, la taquine Daza. Allons-y, ne faisons pas attendre notre homme.

Ils traversent le boulevard et se heurtent à une porte close.

Daza parcourt la liste des sonnettes et enfonce son doigt sur celle du régisseur.

– Police, dit-il, la bouche presque collée sur l'interphone.

Dix secondes plus tard, ils se retrouvent dans la loge du gardien.

– M. Dorléans est chez lui, confirme l'homme à tout faire en examinant l'écran de son ordinateur.

– L'accès se fait par… ?

– Ascenseur privé, clé magnétique. Je vais vous accompagner.

– Sans façons, oppose Daza. Donnez-moi ce passe.

– Pas avant d'avoir prévenu M. Dorléans, s'insurge le régisseur, les joues rubicondes.

Mais après quelques sonneries dans le vide, l'homme tend le passe aux policiers et appelle l'ascenseur.

– La cabine s'ouvre directement dans l'entrée, tente-t-il pour briser le silence.

C'est le moment que Daza choisit pour dégrafer son holster.

– Rappelez, ordonne-t-il.

L'appel aboutit quand l'ascenseur atteint le huitième et dernier étage. D'ailleurs, les trois nouveaux venus peuvent entendre retentir la sonnerie dans l'appartement.

D'un geste autoritaire, Antonnella Esperanza signifie au régisseur de rester à couvert dans l'ascenseur. Elle pénètre à la suite de Daza dans un vaste salon au mobilier cossu. Les murs sont recouverts d'étagères chargées de livres anciens, et diverses sculptures trônent sur des socles en marbre blanc.

– Il y en a pour une fortune…, murmure-t-elle. J'adore les bronzes et les vieux bouquins.

Sans répondre, Daza avance prudemment, son arme braquée devant lui. Un sombre pressentiment étreint sa poitrine. Leurs pas lents les dirigent jusqu'à une immense salle à manger richement décorée.

Là, au bout d'une table qui pourrait réunir vingt convives, sous un lustre de cristal, le corps décapité de Dorléans est attablé devant sa propre tête posée sur une grande assiette. Ses mains disposées de part et d'autre du plat serrent un couteau et une fourchette, et sa bouche est ouverte sur une pomme enrobée de caramel, coincée entre ses dents.

– *Che mierda!* laisse échapper l'officier Esperanza.

– Il y a de ça, murmure Daza, incapable de détourner son regard, un goût de bile dans la bouche.

Pour preuve de notre amitié toute nouvelle, que diriez-vous de sa tête? Sur un plateau, rien que pour vous, avec pomme d'amour et cochonnailles?

D'ailleurs, à cet instant précis, Daza ne sait pas ce qui lui répugne le plus.

Ces mots qui résonnent à ses oreilles jusqu'à la nausée.

Ces yeux ouverts, à l'iris bleu, au cristallin encore brillant malgré la paupière droite déjà affaissée. Ou cette pomme rouge coincée dans cette bouche d'où s'échappe un filet de sang mêlé de salive. Ou encore cette peau épaisse bordée de graisse, tranchée avec tant de métier et d'art que la base du cou semble naître de la porcelaine. Ou encore ces tranches de mortadelle et de saucisson autour de la gorge, telle une fraise carnée qu'aurait sans doute appréciée le malheureux. Ou ça.

Les yeux du policier finissent par glisser sur la table où les attend une carte. Avec des gestes lents, il enfile une paire de gants et la saisit. Ses mains tremblent.

À Eliah Daza, pour preuve de notre amitié toute nouvelle.

Votre dévoué,

W. E. Kurtz.

89

L'entrepôt. XIIIe arrondissement. Paris. Quatorzième jour.

Eliah Daza ne s'est jamais senti aussi acculé par le temps.

Malgré le gyrophare, la sirène lancée à sa puissance maximale et sa conduite nerveuse, son retour vers l'entrepôt a pris près d'une heure. La circulation parisienne stagne déjà depuis le milieu de matinée, victime de la grève des transports publics décidée suite à de nombreuses agressions sur le personnel roulant.

Depuis les vagues de meurtres, un vent de paranoïa déferle sur le territoire. Le pays entier semble en état de surchauffe, les gens se méfient de leurs voisins, de leurs amis, les enfants sont retirés des écoles et les commerces déserts.

Les graviers crissent sous les pneus quand Daza entre dans la cour de l'entrepôt. Un rapide coup d'œil lui permet de repérer le berger allemand assis sous la fenêtre d'une des cellules du rez-de-chaussée. Il dirige son véhicule vers la rampe qui s'ouvre sur un sous-sol désert. Les agents du groupe continuent leurs investigations sur d'autres affaires, même en pleine période de crise.

Daza se précipite vers le sas et gagne le bureau de Yann Chopelle. L'index sur la bouche, il le tire par le bras et fait signe à Angéla Agripi de les accompagner. Un instant interdite, elle les observe entrer dans le bloc toilettes, puis les rejoint.

– J'ai retrouvé la tête de Dorléans sur un plateau garni de rondelles de saucisson, explique Daza tout bas. Or Kurtz m'a offert sa tête ce matin. Vous comprenez ? Nous étions seuls ! Je suis persuadé que nous sommes sur écoute. Rappelez-vous, nous sommes allés perquisitionner ce pavillon et on nous attendait. Ce type ne pouvait pas savoir, c'est impossible. Faites immédiatement scanner les locaux, il y a des micros, c'est certain. Et ne me proposez pas de tourner ça à notre avantage, ajoute-t-il, laissant Agripi bouche bée. En m'offrant la tête de Dorléans, Kurtz a sacrifié les mouchards. C'est donc qu'il n'en a plus besoin.

Quelques minutes plus tard, les officiers sont réunis sur la passerelle, devant la chambre de Kurtz. Après avoir testé Chopelle et Agripi, Peter Seipel passe lentement son détecteur de fréquences radio le long du corps de Daza. Aussitôt, l'appareil émet une série de stridulations discontinues lorsqu'il arrive à proximité de la poche intérieure de son imperméable.

– Et voilà ! annonce Daza en exhibant un stylo. Ce n'est pas le mien…

Il n'achève pas sa phrase. L'image de l'aide-soignante traînant dans la chambre de Kurtz vient de le heurter.

– Quand je vous disais qu'il ne mentait pas et que c'était sa nouvelle politique ! gronde-t-il en ouvrant la porte de la chambre de Kurtz. Seipel, passez-moi le hangar au peigne fin ! Vous deux, avec moi !

Chopelle et Agripi retrouvent aussitôt Eliah Daza au pied du lit du patient. Il a les mains crispées sur les rebords, l'air menaçant et la voix sourde de colère.

– Pourquoi avoir fait assassiner Dorléans ?

– Nous avions notre petit arrangement, commence Kurtz d'une voix posée. Je vous avais bien dit que je vous offrais sa tête avec pomme d'amour et cochonnailles.

Il n'a pas l'air impressionné par la situation, ni par le nombre de ses visiteurs, au contraire. Il s'amuse de l'effet que vient de produire sa remarque sur Angéla Agripi dont la bouche s'arrondit déjà de stupeur.

– Ne jouez pas sur les mots, reprend Daza, déjà plus calme, votre petit jeu commence à m'agacer sérieusement.

– Baissez d'un ton, voulez-vous ? le sermonne Kurtz. (Puis il désigne Angéla Agripi d'un coup de menton.) Madame est beaucoup plus arrangeante que vous.

Le coup d'œil interrogateur de Daza vers Agripi achève de faire jubiler Kurtz.

– Elle ne vous a pas dit qu'elle m'avait laissé voir la ravissante Shan ?

Daza rougit d'un coup. Il évite le regard d'Angéla Agripi et se tourne vers la vitre.

– La communication dans le groupe est primordiale, poursuit Kurtz, plus que satisfait de semer la discorde. Cela rejoint ce que je vous disais sur l'art d'être général. Il est des principes essentiels qui ne se reconsidèrent pas.

Plutôt que de s'en prendre à Angéla Agripi devant Kurtz, Daza préfère quitter les lieux. Il longe la coursive au pas de course et s'engage dans le couloir menant aux studios. C'est là qu'il tombe nez à nez avec Peter Seipel et Malia, qui paraît bouleversée.

– Qu'y a-t-il ? demande Daza en attrapant les mains de sa femme.

– J'ai trouvé un micro dans son sac à main, répond aussitôt Seipel. Il était dissimulé dans cette petite peluche.

Daza récupère le porte-clés des doigts de l'officier allemand. Celui-ci hoche la tête d'un coup bref et emprunte d'un pas rapide les escaliers vers le hangar.

– D'où vient-il ?

– Une vendeuse me l'a donné au magasin, répond Malia vaguement inquiète. Je n'y ai pas vu de mal.

– Tu ne pouvais pas savoir, l'absout Daza avec un baiser. Moi aussi, je me suis fait piéger. Rentre à l'appartement, il n'y a pas que des gens bien ici.

– Tu ne peux pas rester un instant ?

Daza enlace Malia tendrement.

– Nous n'en avons plus pour très longtemps, sois patiente, murmure-t-il en lui caressant les cheveux.

– Ce matin, j'ai eu plusieurs contractions.

– Tu as appelé le médecin ?

– Pas encore, dit-elle en se détachant de son étreinte. Mais ça approche. Alors fais vite, de ton côté, parce que les filles n'attendront pas.

Eliah Daza regarde sa femme s'éloigner dans le couloir. Si seulement il pouvait tout lâcher, tout de suite…

Il fait brusquement demi-tour. En remontant la coursive, il bute sur Angéla Agripi et Yann Chopelle qui sortent de la chambre de Kurtz.

– Est-ce qu'ils se sont parlé ? demande-t-il calmement.

– Nous n'avons rien vu, mais c'est possible, concède Angéla. Je me suis fait avoir.

– Je suis certain qu'ils ont communiqué, d'une façon ou d'une autre. Dites-moi, qu'est-ce qui vous fait redescendre aussi vite ?

– Andréas Darblay, informe Yann Chopelle. Kurtz lui renvoie la balle. Je dois avouer que ce jeu de ping-pong commence à me lasser.

Le trio dévale les marches de l'escalier métallique en silence. Ils trouvent Peter Seipel en grande inspection des bureaux.

– Deux stylos et le bâton de rouge à lèvres de la demoiselle, dit-il en désignant la cellule où se trouve Shan. La poubelle du patron et le bureau de Tomazello. Ce type de matériel n'émet pas sur une grande distance. Peut-être trois cents mètres, pas plus. À moins qu'il y ait un relais dans les parages. Ça veut dire qu'on a du monde dans le coin, à moins de deux pâtés de maisons d'ici.

– Ça veut aussi dire des centaines d'appartements à perquisitionner, contrecarre Yann Chopelle. Continuez à chercher. On en sera débarrassés.

– Je sais où se trouve le relais, articule Daza, le collier du chien de Guenarec. Il erre autour de l'entrepôt depuis qu'elle est retenue ici. Et il bouffe un seau complet de barbaque par jour, ce salopard.

– Quoi ? s'exclame Angéla. Ne me dites pas que vous nourrissez cet animal !

Daza se met à rire.

– Qu'est-ce que vous voulez, je suis un sentimental !

Il se tourne vers Chopelle et ajoute :

– Trouvez-moi un fusil avec seringue hypodermique, ce molosse est un fauve.

– Pourquoi ne pas l'abattre ? suggère Angéla Agripi. Ce serait quand même plus simple. Je n'aime pas savoir que cette bestiole nous tourne autour.

– Essayez, menace Daza. Et je m'occupe personnellement de votre cas !

Andréas Darblay est en fâcheuse posture quand ils entrent dans la salle du sous-sol où Stefano Tomazello tente de le faire parler, depuis des heures. Le corps du prévenu est maintenu par des sangles sur un fauteuil de type dentaire. Son avant-bras gauche est dénudé et une goutte de sang perle sur sa peau. Mais les produits qui coulent dans ses veines n'ont pas l'effet escompté par son tortionnaire. Andréas est toxicomane depuis plus d'un an et son cerveau sait se saturer de dérivés morphiniques.

– A-t-il dit quelque chose qui pourrait nous intéresser ? demande Angéla en détournant les yeux.

– La Roumanie. C'est tout ce que j'ai pu en tirer. Vous m'avez demandé d'y aller mollo, commissaire.

Les yeux rivés sur Andréas Darblay, Tomazello a l'air embarrassé.

– Bravo, grimace Daza toujours aussi dégoûté par les méthodes de l'Italien. Darblay est passé dans les geôles de Kurtz, et vous me reprochez de ne pas vous laisser le torturer à votre guise !

– Et tout ça pour la Roumanie ! s'exclame Chopelle. Mais c'est pas un scoop, ça, la Roumanie !

– Vous avez mieux à proposer, sans doute, leur lance Agripi d'un ton acerbe.

– Pourquoi ? s'énerve de nouveau Daza. Parce que des violeurs, des pédophiles et des dealers se font égorger la nuit ? Parce qu'un groupe de meurtriers assainit la population française ! C'est pour ça que vous torturez cet homme ? Mais rendez-vous compte qu'il n'a pas cessé d'être torturé depuis que Kurtz l'a enlevé !

Un silence épais règne dans la petite pièce quand Daza achève de cracher son ressentiment. Agripi le fusille du regard, Chopelle cherche quelque chose au bout de ses chaussures, Tomazello attend les ordres, et les yeux de Darblay roulent de droite et de gauche.

– Vous avez terminé, commissaire ? s'agace Angéla Agripi. Parce que, si oui, je vais pouvoir contacter le ministère pour leur transmettre la bonne nouvelle. Certaines informations révélées par les carnets de Kurtz pouvaient être inexactes, vous en conviendrez. Vous seul, ici, prenez les élucubrations de Lavergne au pied de la lettre. Les Carpates s'étalent sur plus d'une dizaine de pays, nous nous devions de vérifier ces données. Et même si cela vous déplaît, le témoignage de Darblay confirme qu'il s'agit bien de la Roumanie.

– Qu'allez-vous faire de lui ?

– L'officier Tomazello va poursuivre l'interrogatoire, déclare Agripi d'un ton glacial. En fonction de ce qu'il nous dira, Darblay sera déféré devant le juge compétent et, je l'espère, écroué. Je vais immédiatement donner l'ordre de vous faire affréter un vol spécial pour la Roumanie. Ce pays faisant partie de l'espace de Schengen, nous avons des accords et un officier de liaison sur place. Allez vous préparer, vous partez dans l'heure.

Depuis qu'il y est entré, Eliah Daza n'a qu'une envie, quitter cet endroit et ce qui s'y passe. Alors, l'idée de s'envoler bientôt pour la Roumanie lui met presque du baume au cœur.

Mais il ne veut pas sortir de la pièce sans rien tenter. Il s'approche lentement d'Andréas, bouleversé par sa détresse. Le pauvre homme semble complètement perdu. De la bave s'échappe d'entre ses lèvres desséchées et sa peau a pris un teint jaunâtre.

– Parlez, nom de Dieu, parlez, Andréas, lui lance Daza avec un trémolo dans la voix. Vous vous battez contre des moulins à vent ! Il n'a pas hésité à vous balancer, lui.

Andréas Darblay le regarde comme s'il était transparent, mais une grosse larme roule sur sa joue piquée d'une barbe naissante.

– Andréas…

Avec au cœur la désagréable impression de ne pas valoir mieux qu'un Ponce Pilate, Daza s'éloigne, le pas lourd, incapable de poursuivre sa phrase. Il pose une main moite sur la poignée de la porte, mais un bruit le retient, un souffle où résonnent faiblement quelques mots.

– Que dit-il ? demande-t-il à Tomazello, le plus proche de Darblay.

L'officier italien s'incline vers le visage fatigué d'Andréas.

– Vous êtes tous morts, répète l'officier italien en se redressant. Il a dit : vous êtes tous morts !

IV

Les chiens

90

L'entrepôt. XIIIe arrondissement. Paris. Quatorzième jour. 20 heures GMT+1.

Malia achève de ranger les affaires des bébés dans un grand sac de voyage en cuir rouge. Elle a soigneusement plié les bodies, les gilets en laine, les minuscules bonnets, les couches, les bavoirs et les chaussons multicolores.

Eliah et elle ont déjà choisi les prénoms de leurs jumelles, bien entendu. Elles s'appelleront Ode et Lela. Les futurs parents ont également décidé d'éviter les peluches. Seule Sophie, la girafe en plastique « spécial gencives », a obtenu grâce à leurs yeux.

– Tout se passera bien, murmure Malia en comptabilisant pour la énième fois le change des enfants et le sien. Est-ce que je prends deux ou trois culottes par jour ? Et le tire-lait ? Les soutiens-gorge d'allaitement et…

Elle sourit, mais ses lèvres se crispent.

Pourquoi je fais tout ça ? Je n'aurai pas le temps d'aller à la maternité.

Les jours, monotones, ne défilent pas vite dans cet entrepôt déprimant. Maintenant que les albums photo et les agrandissements sont achevés, qu'elle a tout briqué du sol au plafond et que les préparatifs sont terminés, elle s'ennuie. Cette fois encore, Eliah est parti pour une destination lointaine. Elle n'a dormi que quelques heures à ses côtés la nuit précédente et sa présence lui manque terriblement.

Pourtant, elle sent que l'échéance approche. Bientôt, Eliah, les enfants et elle pourront admirer le lever du soleil sur l'océan, dans leur magnifique domaine sauvage. Ce qu'elle espère, c'est que son mari ne sera pas trop affecté par ces quelques jours de stress intense. Son ennemi est redoutable, elle le ressent dans toutes les fibres de son être. Il lui fait penser à une pieuvre maléfique dont les tentacules invisibles les étoufferaient tous.

Les tirages de l'oracle de Belline lui ont d'abord paru limpides, puis étranges. Trop étranges pour qu'elle puisse être certaine de leur interprétation.

– Je me suis rarement trompée, ajoute-t-elle en jetant un coup d'œil sur le paquet de cartes posé sur son sac à main. Sauf quand il s'agit de la mort. Je ne vois pas la mort…

Elle attrape son lourd bagage et le traîne jusqu'à la porte d'entrée. Puis elle l'abandonne dans le couloir, bien en vue sur la passerelle.

L'entrepôt s'affaire d'une façon peu commune.

Malgré l'heure tardive, Malia peut voir les occupants du hangar suspendus à leurs téléphones ou s'agitant en tous sens. Une angoisse fulgurante lui serre la poitrine. Plus le temps passe, plus elle sent enfler le danger.

Malia prend alors une grande inspiration et se dirige le long de la coursive, à l'opposé du monte-charge, en direction de la chambre de Kurtz.

Devant la porte close, Antonnella Esperanza est de garde. Son beau visage est gris comme les murs d'un bunker. Immobile, elle semble fixer un point invisible à travers la vitre, mais lorsque Malia n'est plus qu'à quelques mètres, elle fait subitement volte-face et la prévient avec fermeté :

– Madame Daza, ce n'est pas une bonne idée. Faites demi-tour, s'il vous plaît.

Bien décidée à ne pas céder, Malia accélère le pas vers l'Espagnole, un grand sourire aux lèvres.

– Cet homme a décidé de bouleverser ma vie, celle de mon mari et celle de nos enfants, avance-t-elle. Sans lui, ni vous ni moi ne serions ici à risquer nos vies. Sans parler de tous les autres.

La main sur son holster, l'officier Esperanza s'est postée devant Malia Daza, lui interdisant l'accès à la paroi vitrée. Un courant d'air glacé effleure leurs joues.

– Vous rendez-vous compte de ce qui se passe ici ? Je ne crois pas.

– Ne faites pas les questions et les réponses, rétorque Malia avec aplomb. Je sais que cet homme est dangereux. Je ne veux pas entrer, juste le regarder, une fois.

En parlant, elle s'est tant approchée d'Antonnella Esperanza que son ventre, énorme, frôle les mains de l'officier.

– Allez vous reposer, nous avons décidé de vous faire évacuer dès que possible.

– M'évacuer ? Pourquoi ?

– Le quartier devient dangereux, répond Esperanza, un brin agacée. Des informations sensibles circulent sur Internet. Reculez, s'il vous plaît. Vous me mettez mal à l'aise, à me coller comme ça.

– Quelles informations ? reprend Malia en se décalant.

– Ça ne vous regarde pas.

Malia secoue la tête. Elle affiche un air buté et volontaire.

– Vous ne comprenez pas. J'ai besoin de croiser son regard. Pour savoir.

Joignant le geste à la parole, elle se dirige crânement vers la chambre de Kurtz, bousculant Antonnella au passage. Cette dernière attrape son bras pour la retenir.

– Vous n'allez tout de même pas brutaliser une femme enceinte ! s'écrie Malia, mi-figue mi-raisin.

Elle se dégage de l'étreinte de l'officier.

Très irritée mais peu décidée à en découdre avec la femme du chef, Esperanza contacte le hangar par radio pour réclamer l'intervention du directeur de l'entrepôt. Puis elle ordonne à Malia de rester en arrière.

Cette dernière n'en a cure. Elle se plante devant la fenêtre, les paumes à plat sur la vitre blindée, le cœur battant.

Mais elle est déçue.

Le visage de l'homme assis dans le lit est masqué par le large dos du sous-officier Marcel Vermont. Courbé vers l'avant, il rase soigneusement le crâne et les joues de Kurtz.

Malia peut seulement distinguer ses doigts posés sur le matelas. Sa main valide est fine, presque féminine. Ses poignets entravés aux barres du lit sont étroits et racés. Cette main est belle et meurtrière. Comme le personnage à qui elle appartient.

Comprenant alors qu'elle a fait une erreur, Malia recule brusquement.

À cet instant précis, l'infirmier se lève et s'écarte du lit, lui dévoilant le visage de Kurtz.

Il est tourné vers elle.

La lumière crue du néon frappe de plein fouet ses joues creusées par la faim et brûlées par le froid. Ses yeux sombres semblent enfoncés dans leurs orbites et ses lèvres gercées se déforment en un sourire moqueur et terrifiant.

91

Roumanie. Région de Sibiu. Quatorzième jour.
Aux environs de 20 heures GMT.

Eliah Daza et Peter Seipel se cramponnent à deux mains. La jeep, qui les rapproche d'un ancien camp de l'armée roumaine devenu propriété de Kurtz, brinquebale dans des ornières géantes. La route goudronnée est maintenant à quelques kilomètres derrière eux, et le domaine estimé à plus d'une demi-heure. Daza ne peut s'empêcher de se demander si la faible luminosité leur permettra d'atteindre la cible dans les délais, même si les chauffeurs roumains paraissent aguerris aux caprices des sentiers.

Quelques minutes à peine après le départ de Daza pour la Roumanie, Andréas Darblay a craqué et donné le nom d'une petite ville située au centre du pays dans une vallée dominée par les Carpates méridionales. L'avion-cargo affrété par le ministère de l'Intérieur a mis trois heures trente environ pour rallier l'aéroport. Pendant ce temps, les policiers ont fait connaissance avec les hommes du 1er régiment étranger parachutiste. Une approche plutôt rapide, idéale pour Eliah Daza. En dehors de Peter Seipel, personne n'a montré d'appétit particulier pour le bavardage.

À Sibiu, trois hélicoptères gros porteurs de l'armée roumaine ont emporté et déposé hommes et matériels vers un point situé dans les montagnes, à quatre-vingts kilomètres au sud-ouest. L'opération, parfaitement organisée, a pris moins d'une heure. Les membres du 1er REP ont ainsi rejoint une unité de l'armée roumaine avec laquelle ils avaient déjà collaboré.

En liaison électronique quasi permanente avec la France, le commissaire Daza s'enquiert régulièrement des derniers événements. Malgré l'important dispositif policier et militaire déployé pour retrouver les disparus de la dernière liste, les autorités restent bredouilles. Et Daza sait bien que cela laisse peu d'espoir de revoir ces personnes vivantes. Les hommes de Kurtz ne font montre d'aucune pitié et appliquent à la lettre les termes de leur mission. Il est écrit que vingt-trois personnes doivent mourir chaque nuit, et c'est précisément ce qui arrivera.

Pourtant, dans ce genre de chantage à la terreur, l'ex-commissaire a toujours pu observer des reports d'exécution. Même les pires criminels savent donner une marge de manœuvre à leurs ennemis. Mais pas ceux-là. Ces terroristes, ces gamins élevés par Kurtz, n'ont aucun scrupule, aucune morale susceptible de les ralentir. En dehors de la sentence qu'ils ont eux-mêmes fixée, il n'y a rien à attendre d'eux.

Eliah Daza lance un coup d'œil vers Peter Seipel. Ce dernier prend lui aussi connaissance des informations en provenance de France. Il est livide. Cette violence programmée semble résonner en lui comme un poids porté par les hommes de sa famille depuis deux générations.

– Ça n'a rien à voir, lui glisse Daza. Vous ne pouvez pas comparer ces camps d'entraînement à l'idéologie SS.

Loin de le rassurer, l'intervention de son coéquipier met Seipel en colère.

– Vous ne savez pas de quoi vous parlez, siffle-t-il entre ses dents serrées. Vous avez le syndrome de la victime. Moi, celui du bourreau.

– Ce n'est pas votre main qui a appuyé sur la gâchette, insiste Daza. Et ce n'est pas moi qui ai pris la balle dans la tête.

– Oubliez-moi, voulez-vous ?

Seipel tourne la tête vers la vitre, cachant un visage tordu par la honte. Une honte cachée pendant des années, depuis le jour où il a appris la dévotion que son grand-père vouait à Hitler et son rôle dans l'application de la solution finale à Dachau.

Pendant quelques secondes, Daza est tenté de provoquer une réaction chez son collègue allemand, puis il abandonne. Cette douleur n'est pas la sienne, cette histoire non plus.

– Il n'y a pas de négociation possible avec les terroristes, explique-t-il à Iulan Iliu, l'officier de liaison. Et avec la France non plus. Je peux vous dire qu'on est dans un beau merdier.

Le Roumain hausse les épaules avec un geste d'impuissance.

Devant le silence de son interlocuteur et le visage sinistre de Seipel, Daza se renfrogne et laisse filer le cours de ses pensées. Rapidement, il peste contre Angéla Agripi qui refuse la libération de Kurtz, ne faisant que répercuter là ce qu'on lui impose plus haut. La France ne parlementera pas avec des terroristes.

Pourtant, le portrait de Kurtz qu'ont dressé les psychologues est particulièrement édifiant. Par son mode d'enseignement fondé sur l'apprentissage de la meute, Kurtz a transformé de jeunes enfants en machines à tuer. Rapides, discrets, sortant de nulle part pour commettre leurs forfaits avant de retourner dans l'ombre, ils peuvent être n'importe qui, âgés de vingt à vingt-cinq ans, infiltrés dans toutes les couches de la société. Une armée idéale, composée de soldats sans passé, sans casier judiciaire, sans famille en dehors de leur fratrie et surtout sans état d'âme.

Une perfection.

Le convoi ralentit enfin, et Daza en profite pour desserrer son étreinte autour de la poignée de la portière.

– Nous arrivons sur cible, l'informe Iulan Iliu, toujours aussi peu loquace.

– Pas de mouvement ? s'informe Daza.

– Non. Il y a huit zones de vie réparties sur six mille hectares.

– On ne tire que s'il y a du grabuge, précise Daza en ajustant son gilet pare-balles sous sa vareuse.

L'officier roumain hoche la tête, visiblement sceptique. Il s'emmitoufle, noue son chèche autour de sa tête, puis ajuste soigneusement son casque.

Les nuits dans les Carpates sont froides en cette saison, et les sommets environnants dépassent pour certains deux mille mètres d'altitude. Un silence ouaté d'humidité glacée entoure les hommes. Et dans cette ambiance feutrée, perturbée çà et là par des claquements secs de chargeurs, un hibou hulule au loin.

L'appareillage électronique à intensification de lumière s'adapte parfaitement sur le front de Daza. D'un clic, il le met en marche et apprécie le génie humain. La nuit s'illumine soudain, les détails s'affinent, le relief apparaît. Il tourne la tête à droite et à gauche pour régler la mise au point, puis se focalise sur l'objectif.

L'entrée du camp se situe à deux cents mètres environ, droit devant lui, au bout d'un large chemin qui trace une ligne droite à travers la forêt. Un portail très haut et de belle épaisseur en barre l'accès, prolongé sur les côtés par un grillage surmonté de fils barbelés. Sur le fronton du portail, trois mots gravés sur une longue plaque en métal attendent le visiteur.

– *Sklaverei macht frei*, prononce-t-il pour lui-même.

Il se tourne vers Seipel qui marche deux pas derrière lui.

– C'est de l'allemand, non ?

– *Sklaverei macht frei*, répète Seipel, manifestement bouleversé. C'est de l'allemand, celui que je déteste. Vous vous souvenez de l'entrée du camp d'Auschwitz ? ajoute-t-il après un silence. Eh bien, là, il est écrit que l'esclavage rend libre.

– Un contresens au postulat de George Orwell, commente Daza en sourdine.

Le silence de Seipel manifeste son ignorance.

– Vous n'avez pas lu *1984* ? insiste Daza. La liberté, c'est l'esclavage, ce genre de chose ne vous dit rien ?

Peter Seipel secoue la tête.

– Laissez tomber, mon vieux. On n'est pas là pour ça.

À quelques mètres devant eux, plusieurs hommes s'approchent du portail. L'un d'entre eux introduit un liquide à l'intérieur de l'impressionnante serrure, puis recule précipitamment. La réaction chimique survient après quelques secondes. La matière au contact de l'air s'est transformée en une pâte aux propriétés inflationnistes. La serrure claque, puis se disloque. La voie est libre.

Aussitôt, Daza s'introduit dans la file de silhouettes silencieuses, Seipel sur ses talons. En passant devant le portail, ils aperçoivent des miradors érigés autour du camp. Quelques hommes s'y précipitent pour sécuriser le périmètre.

Puis la colonne pénètre dans le domaine de Kurtz. Les hommes de tête communiquent par gestes, les yeux rivés sur les lentilles des intensificateurs de lumière, marchant dans une nuit de plus en plus épaisse.

Pendant une demi-heure, leur progression se fait ainsi, sans rencontrer âme qui vive, plongeant le cœur des hommes dans un climat de tension aigu.

Puis la routine s'installe, les taux d'adrénaline diminuent, jusqu'à ce qu'au détour du chemin apparaissent les pentes d'un toit de baraquement, d'une cheminée en fonction et qu'un sifflement léger déclenche l'enfer.

92

L'entrepôt. XIIIe arrondissement. Paris. Quatorzième jour. 20 h 15 GMT+1.

Les yeux de Kurtz expriment une cruauté sans pareille.

Malia chancelle. Son ventre semble subitement rempli de plomb.

Elle gémit et colle son dos contre la paroi de verre, les yeux tournés vers le vide du hangar. La lumière des larges néons suspendus aux poutrelles métalliques danse devant ses prunelles noires. Un liquide chaud coule le long de ses cuisses jusqu'au sol, traversant les caillebotis.

– Pellegrin ! Dépêche-toi, elle perd les eaux ! s'écrie Antonnella dans sa radio.

En contrebas, des regards curieux se lèvent.

L'officier Esperanza se précipite dans la chambre et attrape le fauteuil roulant. Marcel Vermont s'est placé près de la porte, les sens aux aguets.

Depuis la pièce ouverte, Malia, vacillante, peut entendre le rire de Kurtz.

– Les petits diables ont senti ma présence ! s'écrie-t-il. Les moricauds sont l'avenir du monde, madame la commissaire. Comme moi ! Eux et votre serviteur uniront leurs talents pour bâtir des lendemains florissants ! Ah ! Ah !

Malia respire plus fort.

Je vais garder mon calme. Et tout ira bien.

Avec des gestes à la fois fermes et doux, Esperanza installe Malia dans le fauteuil et la conduit au pas de course vers le monte-charge.

– Pas de panique, souffle la parturiente en s'accrochant aux accoudoirs. Les contractions sont encore très espacées.

– Avec les enfants, on ne sait jamais, râle Antonnella. Et il n'est pas question que vous accouchiez ici, n'est-ce pas ?

Malia sourit. Elle lève la tête vers l'officier qui lui fait face, à présent qu'elles sont dans l'ascenseur.

– Vous croyez au destin ? Eh bien, moi, oui. Et vous pourrez faire ce que vous voudrez, appeler un hélicoptère ou je ne sais quoi, je ne donnerai pas naissance à mes enfants à l'hôpital. Alors, ne courez pas, cela ne sert à rien.

– Qu'est-ce que vous racontez ?

– C'est comme votre liaison avec Akis, vous voyez ? C'est une évidence.

Antonnella Esperanza débloque les portes du monte-charge et conduit Malia vers l'infirmerie, toujours aussi rapidement.

Dans le hangar, Malia peut sentir l'angoisse ambiante. Les hommes sont silencieux, leurs traits sont tirés. Ceux qui ne sont pas reliés en permanence aux télécommunications s'affairent dans la réserve de munitions. Seul Stefano Tomazello, installé dans la cafétéria devant un sandwich, la regarde avec attention.

– Que se passe-t-il ? demande Malia en détournant les yeux.

– Comment savez-vous, pour Akis et moi ? lui murmure Antonnella à l'oreille.

Malia scrute le visage de l'officier Esperanza, ses pommettes hautes et ses lèvres ourlées. Elle paraît très contrariée.

– Ça se voit, je vous l'ai dit. Vous semblez tenir l'un à l'autre. Et c'est touchant.

Antonnella Esperanza est surprise. Elle pensait avoir été prudente. Plus que ça, même. Sa liaison avec Akis serait considérée comme une faute professionnelle si elle venait à s'ébruiter. Ici, dans l'entrepôt, il n'y a que des officiers sans attache. C'est une demande expresse de Chopelle pour intégrer le service.

– Je ne dirai rien, ne vous en faites pas.

– Il aimerait se marier, lâche Antonnella après une courte hésitation. Dès que tout ça sera terminé. Je n'ai pas encore dit oui.

– Vous en avez envie ?

– Je crois.

– Alors n'attendez pas.

Malia sent une larme rouler sur sa joue.

Quelque part, au fond de son cœur, une autre de ses intuitions lui souffle que cette belle histoire menace d'être fauchée en plein vol.

93

Roumanie. Quatorzième jour. Aux environs de 21 heures GMT.

Un sifflement léger s'est fait entendre dans la nuit glacée.

Puis un bruit mat, comme celui d'une pomme tranchée d'un coup.

L'homme qui précède Daza et Seipel se met à tituber. Il s'écroule lourdement sur le côté et roule sur le dos, la bouche ouverte sur un cri avorté.

D'abord plus intrigués qu'apeurés, les deux policiers accompagnent son mouvement du regard. Et le bruit se matérialise : une flèche en métal, presque entièrement fichée dans le front du malheureux.

Seipel pousse violemment Daza dans le fossé où les hommes du commando se sont déjà réfugiés, armes braquées dans toutes les directions.

Les coups de fusil claquent en rafale, les flèches meurtrières se multiplient et labourent la terre juste à côté des visages. Plusieurs hommes grièvement blessés hurlent dans le vacarme des armes automatiques.

Son arme pointée devant lui, Daza n'a toujours pas tiré. Le contact de la boue est désagréable et froid. En de rares endroits, des plaques de neige ont subsisté et créent des zones très lumineuses dans les intensificateurs de lumière.

Près de lui, entre deux vagues de tir, il devine le murmure des soldats roumains. L'un d'entre eux a décelé un mouvement dans d'épais buissons, juste devant eux. Il ordonne aux policiers de rester à couvert tant que la zone n'est pas entièrement sécurisée.

Pendant que trois commandos vident leurs chargeurs, d'autres courent vers le premier baraquement.

Les actions sont rapides, parfaitement coordonnées. Malgré cela, d'autres hommes tombent, sans parvenir à localiser leurs adversaires assez précisément pour riposter.

Le tir de barrage est à présent accompagné de grenades défensives. Des morceaux de métal volent à travers la forêt.

Peu coutumiers d'un tel déluge de feu et paralysés par la peur, Daza et Seipel n'ont pas quitté l'abri humide et glacé du fossé.

Quand, après quelques dizaines de secondes, les tirs cessent enfin, les bras de Daza sont si tétanisés autour de son casque lourd qu'ils en sont douloureux. Seipel, de son côté, a hurlé pour libérer sa frayeur, roulé en boule dans le fossé boueux.

Le souvenir des balles, des grenades et des flèches n'est pas près de se dissiper. Le pire sans doute pour les deux hommes, c'est de n'avoir pas vu l'ennemi. Aucune silhouette, aucun mouvement, rien qui puisse leur permettre de comprendre ce qui les a cloués là.

Ils osent à peine se regarder. Un sentiment de honte se mêle au bonheur d'être encore en vie. Seipel doit lutter contre de violentes nausées et Daza se fait violence pour déplier ses jambes endolories. Du regard, il suit

Iulan Iliu qui s'est redressé pour rejoindre en courant les hommes du commando.

Les deux officiers restent immobiles quelques secondes encore. Puis des voix résonnent dans leurs oreilles, des ordres brefs, presque gutturaux, leurs perceptions sont altérées. Les mouvements des soldats qui s'agitent devant eux se déroulent comme au ralenti.

– Commissaire Daza ! hurle une voix. Officier Seipel, venez avec moi !

Eliah Daza se secoue et tourne la tête vers le grand type accroupi à ses côtés. C'est Dragomir Volkov, le plus haut gradé des légionnaires engagés dans l'opération.

– Pour le moment, c'est fini, explique-t-il d'un ton qui se veut rassurant. C'est normal d'avoir la frousse dans un bordel pareil, ajoute-t-il. Venez.

Le capitaine les entraîne vers le baraquement le plus proche, une maison désertée par ses occupants. L'endroit a été préalablement inspecté et sécurisé par le commando. Aucun explosif ni piège n'y ont été détectés.

– La zone est sous contrôle, assure Volkov. L'ennemi s'est exfiltré pour une raison inconnue.

Toujours muets, les policiers débouchent dans la clairière où se trouvent les baraquements. Le sol est parcouru de tranchées d'un mètre cinquante de profondeur.

– Il y en a partout, continue Volkov avec un geste large. On ne risquait pas de les repérer. Nous nous sommes fait avoir comme à la fête foraine.

– Vous avez perdu combien d'hommes ? demande Daza en déglutissant avec difficulté.

– Trois, et je compte six blessures assez moches. Suivez-moi, ajoute-t-il après une courte hésitation. C'est autre chose que je voulais vous montrer.

Dans un silence de plomb, les trois hommes descendent au fond d'une large tranchée qu'ils longent sur plusieurs mètres.

Là, ils découvrent un petit corps étendu dans une épaisse couche de boue. Le garçonnet garde les yeux ouverts sur la frondaison. Son visage arbore encore les rondeurs de l'enfance. Il ne doit pas avoir dix ans. À ses côtés, la bandoulière coincée sous son bras traîne une arbalète et un couteau de survie. Trois grenades sont encore accrochées à sa ceinture.

94

L'entrepôt. XIIIe arrondissement. Paris. Quatorzième jour. 21 heures GMT+1.

La tête de Matthieu Pellegrin disparaît entre les jambes de Malia par intermittence. Du point de vue de la jeune femme, le spectacle serait presque drôle si la situation n'était aussi tendue. Le médecin a fixé des champs stériles contre les parois translucides de l'infirmerie et fabriqué des étriers de fortune pour examiner Malia. Ainsi, elle est convenablement installée, et Matthieu peut travailler loin des regards indiscrets.

– Le col est encore long, constate-t-il. C'est une bonne nouvelle ! Voyons comment vont les petites.

Le médecin change de gants et positionne les électrodes du moniteur cardiaque sur le ventre de la future maman. Aussitôt, le rythme effréné des deux cœurs minuscules envahit la pièce.

– Tout va bien de ce côté-là aussi, madame Daza. Les bébés se portent à merveille.

Malia sourit de bonheur en se redressant. Elle pivote sur ses fesses, descend prudemment de la table d'auscultation et se rhabille pendant que Matthieu Pellegrin range le matériel.

– Merci encore, dit la jeune femme. Je préfère ça.

– Je vais quand même leur demander d'activer votre transfert à l'institut Montsouris. La poche des eaux est rompue…

– Il y a un risque d'infection. Je sais.

– En attendant, restez ici et profitez du canapé pour vous reposer. Pas d'agitation inutile.

Malia opine et s'allonge sur le sofa marron disposé au fond de la pièce. Elle pose les jambes sur l'accoudoir et ferme les yeux.

– J'éteins ? demande Matthieu en la couvrant de sa veste.

– Oui, s'il vous plaît.

Il s'éclipse doucement et se dirige vers la cafétéria déserte où Stefano Tomazello entame sa nuit, avachi sur une chaise, la tête posée sur la table.

Le médecin commande trois cafés au distributeur et en avale un sur place avec une barre chocolatée. Il accomplit ces gestes près de dix fois par jour, lorsqu'il est de garde. Ces abus de chocolat et de biscuits lui valent un léger embonpoint qu'il masque en contractant ses abdominaux. Il rit de sa gourmandise, rentre le ventre, attrape les deux cafés et traverse l'entrepôt jusqu'aux bureaux de Chopelle et d'Agripi, qu'il dérange en pleine conversation.

– Il faut l'hospitaliser, dit-il en distribuant les gobelets. Maintenant.

– Impossible, rétorque Agripi en plantant son regard dans le sien. Pas tout de suite, en tout cas. Vous devrez assurer, mon vieux.

Elle semble lasse. De grands cernes descendent sur ses joues, et son visage habituellement avenant s'assombrit d'heure en heure. Elle trempe ses lèvres dans le breuvage chaud. Le médecin pourrait jurer avoir vu ses doigts trembler. Il se tourne vers Chopelle et n'obtient pour seule réponse qu'un haussement de sourcils.

– Les renseignements généraux annoncent de gros mouvements de foule, reprend Angéla Agripi en posant le gobelet vide. Il y a, à l'heure actuelle, déjà plus d'une dizaine de points sensibles dans Paris intra-muros. Je ne vous parle pas de la petite et de la grande couronne. Là-bas, ainsi qu'à Strasbourg, Lyon, Bordeaux, Toulouse et Marseille, c'est le bordel intégral. Alors, on ne mobilisera pas un hélico pour une femme, même enceinte. Il y a d'autres priorités.

– Je suis sûr qu'Eliah Daza aimerait entendre ça, rétorque Matthieu Pellegrin avec amertume.

– Il l'a amenée ici, se défend Angéla Agripi en tapant du plat de la main sur le bureau. Il connaissait les risques et, de toute façon, c'est trop tard. On verra ça avec l'hélico qui le ramènera. Il devrait arriver demain de très bonne heure. En attendant, je vais faire placer le quartier sous haute surveillance.

– Que s'est-il passé ? demande Pellegrin en vérifiant son arme.

– La liste des victimes a été publiée sur Internet par les terroristes en fin d'après-midi, juste après le départ de Daza. Les familles savent ainsi que les vingt-trois disparus vont être exécutés à minuit.

– Quel est le niveau d'urgence pour Malia ? demande Chopelle tout à coup.

Il sort d'une phase de contemplation muette durant laquelle il soufflait sur la mousse marronnasse de son café. Face à l'intérêt soudain de Chopelle, Pellegrin se décrispe légèrement.

– Elle a perdu les eaux, mais le col n'a pas bougé, explique le médecin. J'ignore quand elle accouchera. Ça peut aussi bien être dans trois heures que demain soir.

– Alors, l'affaire est entendue, assène le directeur de l'entrepôt en se levant. Elle accouchera demain et on n'en parle plus.

Matthieu Pellegrin regarde, atterré, son supérieur s'éloigner, puis il tourne son attention sur Angéla Agripi en frappant sa tempe de son index.

– Il est con ou quoi ? On ne dit pas à une femme quand elle doit accoucher.

Une ombre semble s'allonger sur son visage, mais elle esquisse rapidement un sourire moqueur, lisse sa veste du plat de la main et se lève à son tour.

– Vous devriez pourtant savoir que ce sont les célibataires dans son genre qui en parlent le mieux.

95

Bureau du juge d'instruction. Paris. Quatorzième jour. 22 heures GMT+1.

Le juge Armand Tillier ressemble à l'idée qu'Andréas Darblay se faisait d'un magistrat : un homme d'un certain âge, aux cheveux grisonnants, des lunettes rondes sur le bout du nez pour compenser une forte myopie, un regard sévère et autoritaire.

Le juge observe d'ailleurs le prévenu depuis de longues minutes tout en compulsant silencieusement un énorme dossier posé devant lui. À son air fermé, Andréas sait qu'il ne va pas être clément. C'est d'ailleurs ce qu'il espère, au fond de lui. Il ne voit plus l'intérêt d'une vie de solitaire, dans les affres d'une culpabilité certaine et d'une incapacité à se reprendre en charge. Ce qu'il veut, c'est dormir, oublier et purger sa peine. Finalement, il n'est rien d'autre qu'un ersatz du monstre, trop faible pour avoir su résister à l'influence de Kurtz, trop lâche pour assumer ses actes.

Il est temps qu'il paye pour ses erreurs.

Il ne regrette pas d'avoir donné les camps de Sibiu, prouvant ainsi sa complicité dans l'entreprise. Il a même fini par lâcher son implication dans l'affaire berlinoise et sa complicité dans le meurtre de Rufus. Du bout des lèvres, certes, mais il a ensuite signé sa déposition. Avec les charges qui pèsent sur lui, il devrait sortir d'ici vingt ans, au mieux. Il n'y a de circonstances atténuantes ni pour les terroristes ni pour les tueurs de flics.

Rufus Baudenuit.

Il a perdu les souvenirs du temps où ils avaient décidé de se requinquer au Touquet, chez les sœurs Debusschère. Il a oublié leur folle équipée jusqu'au pied des Alpes, dans la maison de Kurtz. Il a effacé les images de l'homme attaché par les chevilles et les poignets, torturé par un Rufus fou de douleur et constamment imbibé d'alcool.

Mais il se souvient avoir couru, les mains sur les oreilles, pour ne pas entendre le coup de feu, pour ne pas voir mourir son ami. Il se souvient avoir erré de longues heures pour finalement rejoindre Kurtz et s'allier à lui. Parce qu'il n'y avait pas d'autre issue. Plus d'existence normale possible et, surtout, plus de goût pour la vie de père et d'honnête travailleur.

Chaque soir, Andréas revisite la cave où ils ont disposé des coquilles Saint-Jacques autour du corps de Rufus, lui refusant une sépulture chrétienne, un dernier hommage.

Il ressent encore au fond de ses tripes cet attachement pervers pour celui qui a su le dresser. Au début, Andréas pensait que Kurtz l'avait révélé. Puis il a dû ouvrir les yeux et admettre que son passage par les geôles n'avait fait que le briser. Mais Andréas n'a pas de rancune, il admire encore Kurtz, malgré tout. Ce qu'il ne supporte pas, c'est sa propre déchéance, son incapacité à assumer des choix évidents. Partir ou passer de l'autre côté. Car il avait le choix. Il a toujours eu le choix.

– Monsieur Darblay, je vais maintenant vous faire lecture de l'acte d'accusation. Comprenez-vous bien ce que je vous dis ?

Andréas lève son visage bouffi de remords vers le juge et articule un « oui » clair. Il masse ses poignets douloureux avec l'application d'un enfant et arrache soigneusement les cuticules rosées de son pouce.

– Maître Thomassin ?

L'avocate commise d'office d'Andréas Darblay opine du chef et s'enfonce plus profondément dans son fauteuil. C'est une grosse dame d'une quarantaine d'années, aux cheveux courts et à la mine agréable.

– Le procureur du tribunal contre Andréas Antonin Darblay. Le procureur du tribunal, en vertu des pouvoirs que lui confère l'article 17 du statut du tribunal, accuse Andréas Darblay de complicité de meurtre, d'incitation au meurtre et de complicité de crime organisé en vertu des articles 2, 3 et 4 du statut du tribunal. L'accusé Andréas Darblay est né le…

Ses parents étaient de bons parents. La maison où il a grandi, ses camarades d'école, tout était parfait. Il n'en garde que des souvenirs gais, des images ensoleillées, des rires et des bêtises d'enfants.

Le noir s'est étendu sur sa vie à la mort de sa femme Sarah. Le jour de la naissance de Clara. Clara, qu'il abandonne encore une fois aux mains d'éducateurs, de foyer d'accueil en famille d'accueil, de galères en cauchemars. Tout ce qu'il avait rêvé lui épargner, un jour, alors qu'il était encore du côté des gentils.

Cette pensée lui arrache un sourire.

– Monsieur Darblay ? s'interrompt le juge. Quelque chose dans l'exposé des faits qui vous sont reprochés vous fait sourire ?

Andréas pousse un profond soupir.

– Faites votre boulot, monsieur le juge. Je plaide coupable pour tout.

L'avocate tend une main apaisante vers le bras d'Andréas.

– Vous avez encore le temps de choisir votre défense, monsieur Darblay. Je suis là pour vous conseiller. Nous devons entendre l'acte d'accusation d'abord, les différents chefs d'inculpation, puis nous travaillerons sur les preuves accumulées, vos conditions d'arrestation, de détention provisoire et…

– Madame, il y a un temps pour tout, râle le juge. Greffier, veuillez supprimer cet échange, et reprenons. Premier chef d'inculpation…

C'est vrai qu'organiser l'attentat de Berlin avait été somme toute passionnant. Placer les hommes sur la carte, choisir cette manifestation de néonazis, prévoir d'éliminer les blessés, tout ça à distance. Quelques mails, quelques textos pour mettre en branle une machinerie bien huilée. C'était comme un jeu de stratégie, de ceux qu'il affectionnait avec Sarah, du temps de la vie en amoureux, des week-ends sous la couette, des grignoteries devant la télévision et des projets d'avenir.

Et puis l'ombre s'est étendue. Bien après la disparition de Sarah, un après-midi dans le bois de Vincennes, au bord d'un étang, un inconnu, du jus d'orange…

… et puis les caves.

Clara prise au piège, loin, et lui devenu l'instrument et le jouet d'un homme sans scrupule, puis, peu à peu, son élève et son compagnon d'armes.

– Deuxième chef d'inculpation, crime en réunion…

La voix du juge résonne dans ses oreilles comme une litanie, un verbiage insensé. Il voudrait partir, mais il doit tenir. Cette nuit, il sera écroué, il retrouvera l'agréable cocon d'une cellule impersonnelle, loin de ces gens qui s'agitent pour décider de son destin. Andréas veut encore croire que s'il est ici, c'est qu'il l'a décidé. Il s'accroche à l'idée d'un improbable pardon, il évite l'image terrifiante de ce monceau de cadavres où ses victimes se seraient empilées comme pour lui adresser un dernier reproche.

– Je saisis donc la cour d'assises de Paris par la voie de cette ordonnance de mise en accusation, ânonne le juge.

Andréas lâche un sanglot à peine étranglé.

S'il lui reste un regret, c'est peut-être celui de n'avoir qu'entrevu Kurtz avant de quitter l'entrepôt. Il aurait voulu lui dire combien il aurait aimé être à la hauteur, combien il s'en voulait de l'avoir déçu.

Et pourtant, au fond de lui-même, il a une autre certitude. Celle que cet homme qui l'appelait Willard l'a oublié.

Et que déjà une autre personne est en train de prendre sa place.

96

Roumanie. Quatorzième jour. Peu après 22 heures GMT.

Posés à même la terre, quatre cadavres attendent dans la nuit, enveloppés d'une housse en plastique noir, parure des corps devenus inutiles. Ceux qui les ont laissés là sont partis s'affairer ailleurs, pour ne pas rester auprès de leurs camarades tombés. La nuit n'est pas terminée. Avant l'aube, d'autres hommes les rejoindront.

À des dizaines de mètres de là, le capitaine Volkov étudie les photographies satellite du camp. Les clichés arrivés sur son Pad depuis moins de dix minutes sont inquiétants et surprenants. Ils vont devoir affronter plus de quarante adversaires disséminés sur le domaine et regroupés par trois.

Un peu plus tôt, deux hélicoptères de combat ont survolé la zone en direction du nord, avec pour objectif le cœur de la propriété. C'est à cet endroit que se trouve l'université de ce camp – dit d'élevage, dans les carnets de Kurtz –, les archives, le stand de tir, les aires de combat et les ateliers de manufacture.

S'il y a quelque part des informations sur les terroristes, c'est là-bas qu'il les trouvera, Daza en est convaincu. Mais avant de s'y rendre, il veut terminer son étude des lieux. La maison qu'il visite n'a rien de particulier. Le frigo est rempli de nourriture, les placards croulent sous les conserves, la cuisine a des airs de cuisine. Le feu qui brûle encore dans la cheminée atteste d'une présence récente. Et à en croire l'odeur qui flotte dans les pièces et l'évier rempli de vaisselle, il semblerait même que les hôtes quittaient tout juste la table au moment de l'assaut.

De nombreux détails permettent à Daza de penser que « la famille » compte cinq individus. Mais rien en revanche ne donne la possibilité d'en déterminer le sexe. Tout est multiplié à l'identique, en cinq, dix, quinze ou vingt exemplaires. Au rez-de-chaussée, deux chambres se partagent l'arrière de la maison, l'étage est occupé par une vaste pièce comprenant trois lits et une salle de douche.

Ce qui happe aussitôt l'attention du visiteur est fixé sur la paroi opposée au pied des lits. Un immense portrait de Kurtz avec son nouveau visage à la Brando, souligné d'une maxime en lettres d'or empruntée à JFK, couvre une grande partie du mur en briques :

Ne te demande pas ce que le Maître peut faire pour toi, mais ce que tu peux faire pour le Maître.

Dans cet endroit, tout est impeccablement rangé, les chaussures de marche cirées, lustrées, les lits faits au carré et la poussière absente. En dehors de trois tenues civiles, la tringle de la penderie ne soutient que des treillis noirs.

C'est la même ambiance aseptisée et ordonnée qui attend Eliah Daza et Peter Seipel dans les autres lieux de vie. Le deuxième baraquement comprend une armurerie digne d'une garnison, dotée d'armes de tous calibres et de toutes provenances, le suivant abrite une salle de gymnastique.

– On a donc huit endroits comme celui-là, commente Eliah Daza, quand ils achèvent leur rapide inspection des lieux. Huit familles de cinq individus, dont vingt-quatre enfants. Je suppose que les autres sont des tuteurs et des gardiens.

Peter Seipel lance un regard sombre à son coéquipier et ressort le premier du gymnase, aussitôt rejoint par Daza.

Le moteur des jeeps ronronne dans la nuit.

Le dispositif d'attaque mis en place par Volkov est prêt à se déployer. Un officier roumain est posté à l'arrière du véhicule. Malgré ses appels répétés, sa radio crache un vide inquiétant qui le laisse sans nouvelles d'Iulan Iliu et de ses hommes envoyés en éclaireurs. Sans attendre, Seipel et Daza s'installent dans la jeep. Sous les ordres de Volkov, la colonne de véhicules s'ébranle aussitôt.

À hauteur d'un carrefour, mille mètres plus loin, elle se divise en trois unités. Il a été convenu que l'assaut sur la cible se ferait par les flancs de la colline et le versant opposé.

Une neige épaisse a commencé à tomber, sans vent, suffisamment dense pour gêner la vision des capteurs électroniques.

À l'arrière de la jeep, Eliah Daza a mal au ventre. Malgré quinze ans de carrière dans la police et les brigades spéciales, rien ne l'a jamais préparé à la guerre. D'autant que celle-ci est particulière. Il fait nuit, il fait froid. Et le camp adverse compte plus d'une vingtaine d'enfants et d'adultes capables de tuer les meilleurs soldats.

En réajustant ses gants, il jette un coup d'œil sur sa montre. Ils sont entrés dans le camp d'élevage de Kurtz depuis moins d'une demi-heure.

97

L'entrepôt. XIIIe arrondissement. Paris. Quinzième jour. 00h00 GMT+1.

Le hangar sommeille dans une pénombre angoissante.

Plusieurs membres du groupe se trouvent à leur poste, mais personne ne se parle. Yann Chopelle parcourt les dernières dépêches sur le site de l'AFP, Stefano Tomazello sort de sa sieste, la mine mâchée et le regard sombre. Debout sur la coursive, raide comme la justice, Antonnella Esperanza veille sur le corps endormi de Kurtz. À ses côtés, Akis Mitsotakis a les bras posés sur la balustrade et le regard perdu dans le vide. Il semblerait que tous les sujets de conversation ordinaires aient été épuisés et que personne n'ait envie de spéculer sur l'issue de la nuit.

C'est dans ce calme étonnant qu'Angéla Agripi quitte l'aquarium où elle s'était enfermée pour contacter son ministère.

– C'est un refus catégorique, assène-t-elle en brisant le silence. Nous ne serons pas évacués. Ni vous, ni moi, ni Kurtz, ni personne. Pour mes supérieurs, il ne reste pas beaucoup d'endroits sûrs dans la région, et l'entrepôt en fait partie.

– C'est une connerie, dit Yann Chopelle, les yeux rivés sur l'écran de son ordinateur. Si vous voulez mon avis.

– Merci, je m'en passe très bien. Leurs arguments sont recevables et je m'y attendais. Personne ne sait où est incarcéré Kurtz, et cette subdivision de l'OCPRF n'a jamais fait parler d'elle. Donc, pour eux, nous sommes en sécurité.

– Sécurité, mon cul, grogne Stefano Tomazello en s'approchant. Il suffit de pas grand-chose pour qu'un secret s'ébruite. Surtout dans la police française.

– Allez faire un tour dans les ateliers, lui conseille Chopelle d'un ton hargneux. Si vous n'avez pas d'autres conneries à raconter, fumez votre clope et calmez-vous.

L'officier italien ne se fait pas prier. Il débusque un paquet de Marlboro sous le désordre de son bureau et disparaît dans le sas qui mène au sous-sol.

– Désolé, reprend Chopelle. Angéla, je pense que nous devrions avoir une conversation, vous et moi.

Il fait un signe de tête vers les étages.

Quelques instants plus tard, après avoir gravi l'escalier, traversé la coursive et emprunté deux portes blindées, ils émergent sur le toit du hangar, tout près de l'héliport marqué d'un grand X.

Le ciel est presque jaune et de petits nuages de vapeur s'échappent de leurs lèvres entrouvertes.

– Tu voulais me parler en privé ?

Yann Chopelle est troublé. Ce tutoiement subit le déstabilise.

– Des nouvelles de Daza ? demande-t-il pour donner le change.

– Il est entré dans les camps. Volkov a déjà perdu quatre hommes, je ne connais pas encore les pertes du côté roumain. Tout ce que je peux te dire, c'est qu'ils sont face à des gosses armés jusqu'aux dents. Tu te rends compte ? Des gosses !

Yann Chopelle ne peut s'empêcher de penser aux enfants soldats du Moyen-Orient et d'Afrique noire, sans compter ceux de Saigon qui portaient les bombes sur cibles et mouraient déchiquetés par l'explosion. Mais il se tait, parce que des enfants, il en meurt tous les jours, qu'il n'y peut rien et qu'en d'autres circonstances il ne les aurait même pas plaints.

– Tu ne lui as rien dit pour Malia ?

– Tu plaisantes ? s'insurge Angéla d'une voix mal assurée.

Elle détourne son regard et s'éloigne de quelques pas. Depuis qu'elle est en poste au ministère, elle n'a jamais failli, jamais tremblé pour prendre les décisions difficiles. Elle a été choisie pour sa capacité à négocier, à analyser les pires situations et à les démêler. Mais cette fois, l'ennemi est différent. Il est invisible, amoral et capable de lever une armée de civils en colère.

– Angéla ?

En se rapprochant, Yann Chopelle saisit la main de son interlocutrice pour la serrer.

– J'ai ordonné aux hommes de renforcer la sécurité des bâtiments, dit-elle en retirant ses doigts. J'ai aussi essayé d'obtenir des renforts, tu étais là. Mais nos services sont débordés. Les compagnies de CRS, l'armée, tout le monde est mobilisé. Il suffira d'une bavure, une toute petite bavure, et le pays entier va s'embraser. Cette fois, Yann, je dois admettre que je n'ai pas la solution.

Le prénom employé par Angéla Agripi résonne agréablement aux oreilles du directeur de l'entrepôt. Cette seule syllabe lui renvoie de doux souvenirs. Lorsque Angéla et lui prenaient encore le petit déjeuner ensemble.

– Tant que personne ne sait où Kurtz est détenu, nous ne risquons rien.

– Personne ! Tu oublies les terroristes ! proteste Angéla en frissonnant. Le collier du chien était vraiment truffé de matériel électronique. Ils savent tout !

Elle resserre les pans de son manteau autour de sa taille et rentre la tête dans les épaules. Une nuit glaciale s'est installée sur Paris, la température s'est effondrée brutalement en dessous de zéro.

– Il y a du monde, tu entends ? murmure-t-elle soudain.

Des cris parviennent jusqu'à eux, ainsi qu'un chant presque ininterrompu de sirènes de police et de services d'urgence. De drôles de lueurs et des colonnes de fumée éclairée par les réverbères s'élèvent au-dessus des toits.

– Ils approchent. Partout où ils passent, les casseurs allument des incendies. Imagine qu'ils s'attaquent à nous.

– Il n'y a pas de raison, tente Chopelle sans grand succès. Et puis le bâtiment est sécurisé.

Angéla esquisse un petit sourire triste.

– Nous allons prendre l'hélico de Daza pour évacuer.

– Ça ne va pas être facile de décoller sans autorisation, lâche Chopelle, mais sache que j'approuve cette décision.

– De toute façon, constate amèrement Angéla, si j'obéis aux ordres, on va se faire massacrer.

– Je te suggère alors de rassembler Kurtz et Guenarec dans l'aquarium. On les aura à l'œil, ça libérera deux officiers et ça facilitera le transfert vers l'héliport.

L'attachée du ministère acquiesce, visiblement soulagée de laisser à Chopelle le contrôle de la situation et l'organisation de leur sauvetage.

– Une chance que Darblay ait été déféré. Ça va déjà être compliqué d'évacuer les deux autres…

– Il vient d'être écroué. L'Allemagne a demandé son extradition pour les attentats de Berlin. Pauvre bougre, c'est quand même…

Yann Chopelle hésite avant de continuer.

– Kurtz est un monstre. Je me demande si on ne devrait pas le laisser crever ici.

Lentement, Angéla Agripi s'avance vers le bord de la plate-forme et tend un doigt mal assuré devant elle.

– Regarde, tu vois, entre les voitures, là.

Elle indique une zone de la cour plongée dans la pénombre, loin de la lueur des réverbères. Yann Chopelle la rejoint et saisit ses mains. Cette fois, elle le laisse étreindre puissamment ses doigts rendus gourds par le froid.

– Le chien de Guenarec. C'est un drôle d'animal.

– Elle aussi, tu ne trouves pas ?

– Je voudrais tant que ce soit un cauchemar, soupire Angéla. Le ministère m'a informée que le président va faire un discours à sept heures, ce matin. Il va appeler la population au calme et instaurer le couvre-feu dans les zones sensibles pour la nuit prochaine. Ils ne céderont pas. Jamais. Ils ne veulent pas libérer Kurtz. Je crois même qu'ils préféreront l'abattre.

98

Roumanie. Quinzième jour. Aux environs de 00h00 GMT.

Les jeeps progressent à faible allure sous les chênes, les bouleaux et les sapins d'une forêt de plus en plus épaisse. Dans la nuit silencieuse, le ronron des moteurs diesels semble remplir tout l'espace. Un vent froid s'est levé. Daza et Seipel ont fermé leurs anoraks jusqu'en haut.

À quelques kilomètres de là, les hélicoptères de combat fournis par une base de l'OTAN mitraillent un point de résistance.

C'est la guerre. La guerre !

Eliah Daza sent une stupide exaltation le gagner, alors qu'une demi-heure plus tôt il tremblait de peur dans un fossé. Des images de trains remplis de soldats défilent devant ses yeux. Des gros plans de fleurs fichées dans des canons de fusil aussi.

Ce qui le navre le plus, c'est de s'amuser de la situation alors qu'au même moment le sol français est sans doute le lieu d'émeutes et d'assassinats programmés.

C'est la troisième nuit de cristal, songe-t-il tout à coup.

Il se tourne vers Seipel pour lui faire part de cette comparaison. Mais il se contente de lui adresser un sourire un peu crispé. L'officier allemand le fixe longuement et se retourne vers les éclairs qui zèbrent le ciel.

Par-dessus les branches dénudées, ils peuvent observer une large traînée orange qui monte dans un sifflement aigu vers l'un des hélicoptères. Quelques secondes plus tard, une explosion illumine la zone et projette une énorme boule de feu vers le sol. Des arbres s'embrasent aussitôt, éclairant la nuit.

Au bout du chemin, le convoi stoppe net et les hommes descendent de voiture. Devant eux s'ouvre la vallée. Ils viennent d'arriver au cœur de la propriété, une immense clairière. Une structure d'un seul niveau occupe le centre d'une constellation de plus petits bâtiments.

Immobile, Eliah Daza garde les yeux fixés sur les lueurs de l'incendie. L'hélicoptère en flammes vient de le débarrasser de toute envie de s'amuser.

– On doit faire face à une opposition plus importante que prévu, annonce Volkov avec gravité. Nous avons perdu Iliu et trois de ses hommes. Je ne veux pas vous vexer, mais j'ai aussi pour mission de vous ramener entiers. Suivez-moi, le temps presse.

D'abord ébranlés par l'annonce de la perte de leur camarade de l'OCPRF mais conscients qu'ils seront plus efficaces avec des armes que des regrets, Daza et Seipel proposent de se poster en lisière pour appuyer les équipiers de Volkov et couvrir leurs arrières.

C'est ainsi qu'à peine deux minutes plus tard les deux hommes sont allongés à plat ventre sur un sol moussu, cachés derrière des buissons de houx, l'œil rivé sur la lentille d'un viseur thermique, une dizaine de chargeurs chacun à portée de main.

Le dos des légionnaires disparaît peu à peu.

Cinq minutes passent sans qu'aucune détonation retentisse.

– RAS, entendent-ils alors dans leur oreillette. Vous pouvez rappliquer.

Soulagés que les combats n'aient pas eu lieu, même si cela ne laisse rien présager de bon pour la suite des événements, ils quittent leur cachette. Ils sont venus chercher des renseignements qui pourraient leur permettre de progresser dans leur enquête. La guerre, ils la laisseront aux soldats dès que leur mission aura été menée à bien.

Mais la déception est à la hauteur de l'ambition.

– Ils ne laissent aucun témoin derrière eux, les informe Volkov avant de les laisser pénétrer dans l'école. C'est moche à voir.

Une quinzaine de corps jonchent le sol dans une mare de sang. Il n'y a que des adultes, autant d'hommes que de femmes. Tous ont été endormis à l'aide de seringues hypodermiques et égorgés, ce qui évoque de sinistres souvenirs aux policiers.

La salle de classe ne leur apprend pas grand-chose. Dans ce local ouvert aux quatre vents, les enfants de Kurtz travaillaient sur des ardoises. Il ne reste rien de leurs études. Tout a été effacé au fur et à mesure. Il n'y a pas non plus de livres, ni d'ordinateurs. Le savoir dispensé ici s'est envolé avec ses dépositaires.

– Les tuteurs, sans doute, émet-il pour lui-même. Qui d'autre ?

Il se tourne vers le chef des légionnaires.

– J’ai la sale impression d’être venu pour rien.

Le capitaine Volkov vient de porter un doigt sur son oreillette et écoute manifestement une transmission.

– Peut-être pas, dit-il après quelques secondes. On vient de retrouver trois gosses dans une fosse.

99

L'entrepôt. XIIIe arrondissement. Paris. Dernier jour. Entre minuit et 1 heure GMT+1.

Akis Mitsotakis et Antonnella Esperanza enfilent leurs gilets pare-balles sans broncher, alors que Marcel Vermont récupère le fauteuil roulant utilisé pour descendre Malia au rez-de-chaussée.

– C'est l'heure de ma promenade ? pérore Kurtz, dressé sur son séant.

Mitsotakis libère le poignet du prisonnier, qui frotte un instant sa peau rougie en grimaçant. Puis il l'aide à enfiler ses vêtements avec le concours de l'infirmier. Les mains posées sur les hanches, Antonnella Esperanza regarde la scène d'un air goguenard.

– Il est pas tout frais, notre vilain monstre, souffle-t-elle en souriant.

– Vous serez moins hilare quand mes chiens viendront me chercher ! lui renvoie Kurtz.

– Encore faudrait-il qu'ils arrivent jusqu'ici, rétorque l'officier. Et avec le bordel que vous avez mis dehors, c'est pas gagné. Vous aurez de la chance si nous ne laissons pas la foule vous lyncher et balader votre sale gueule au bout d'une pique.

– C'est ce que vous voulez ? demande Kurtz en s'asseyant dans le fauteuil roulant. Réussirai-je à vous pousser dans ces derniers retranchements ? L'ultime rempart contre votre animalité cédera-t-il ? Savez-vous que, sous la Révolution, on mettait à mort non loin d'ici ? Ce serait une belle victoire si je vous permettais de renouer avec ce passé glorieux, non ?

– Ce n'est pas mon passé !

– Ah, oui ! C'est vrai, vous êtes espagnole. Mais qu'à cela ne tienne. L'image de la barbarie ibérique n'a rien à envier au coq gaulois. Le régime de Franco a été très inventif dans ce domaine. Raffiné, même. Je vous aurais enviés à l'époque, si j'avais été en âge de comprendre. Qu'il doit être doux pour les hommes éclairés de participer à une dictature de belle envergure !

Antonnella bouillonne intérieurement. Kurtz touche de plus en plus juste, quelle que soit sa cible. La jeune femme est sur le point de répondre, mais elle est interrompue par un geste de Mitsotakis.

– Arrête, lui conseille-t-il en faisant rouler le fauteuil jusqu'à la coursive. Tu ne peux pas gagner contre lui à ce jeu-là.

Kurtz se met à glousser.

– Comme ils sont mignons. Dites-moi, mon cher, savez-vous qu'elle a une jambe plus courte que l'autre ? Ça ne vous dérange pas quand vous fricotez ?

– Ça suffit !

Antonnella Esperanza reste en arrière. Elle lutte pour ne pas se lancer dans une conversation dont l'issue lui serait à coup sûr désagréable et ne pourrait tourner qu'à son désavantage.

Raides et muets, Yann Chopelle et Angéla Agripi regardent l'étrange équipage arriver au rez-de-chaussée.

Le silence est de plomb.

Tout sourire, Kurtz passe devant les chefs en inclinant la tête. Ainsi rasé de près et malgré sa pâleur, il fait vraiment penser à Marlon Brando.

– Encore un couple ! s'exclame-t-il en riant. Ce n'est plus un commissariat, c'est un baisodrome !

Mitsotakis pousse le fauteuil roulant jusque dans l'aquarium, Marcel Vermont sur ses talons. L'infirmier s'est débarrassé de son arme qu'il a posée sur le bureau de Chopelle. Shan Guenarec sera elle aussi dans la cage. Il ne veut prendre aucun risque. En revanche, il a emporté la morphine et le nécessaire pour nettoyer les plaies et changer les pansements de son patient.

– Puis-je avoir un café ? roucoule Kurtz, installé près de la table.

– Non. Pas de boisson chaude, réplique l'officier en entravant ses poignets. De l'eau ?

Mais Kurtz ne s'intéresse déjà plus à lui. Son attention est absorbée par ce qui se passe juste en face de lui, de l'autre côté du hangar.

Antonnella Esperanza s'est dirigée vers la cellule du coin et a ouvert la porte.

Le sourire de Kurtz s'élargit.

La silhouette élancée de Shan Guenarec apparaît derrière celle de l'officier. Elle marche avec difficulté, le visage penché vers ses pieds. Ses poignets et ses chevilles entravés l'embarrassent.

Mais lorsque Shan relève la tête pour entrer dans l'aquarium, ses belles prunelles bleu clair s'illuminent et ses traits s'apaisent.

Plantée au beau milieu de l'aquarium, elle se balance de droite à gauche, lentement, et la chanson interprétée par Fred Astaire s'échappe de ses lèvres :

– *Heaven, I'm in heaven, and my heart beats so that I can hardly speak. And I seem to find the happiness I seek, when we're out together dancing cheek to cheek.*

Après de longues secondes, Kurtz, qui avait fermé les yeux, ouvre les paupières et tend la main vers elle.

Au loin, les premiers coups de feu claquent.

100

Roumanie. Les camps. Dernier jour.
Entre 1 heure et 3 heures GMT.

Des fosses, Daza en a croisé trop souvent et il s'attend au pire. Cette fois, ce sont des gamins. Et même s'il s'agit des compagnons d'armes de ceux qui leur ont tiré dessus, des enfants restent des enfants.

Trois cents mètres à l'ouest du village école, il pénètre de nouveau dans la forêt, guidé par Volkov, et se trouve bientôt au bord d'un trou d'une dizaine de mètres de profondeur. La trappe en treillis de branches tressées a été rejetée au loin.

L'œil et le cœur préparés à l'indicible, Daza s'accroupit au bord de la fosse. Le rayon d'une lampe torche illumine alors trois visages crasseux tournés vers le ciel. Immobiles et silencieux, les enfants attendent de savoir ce qu'il va advenir d'eux.

– Ceux-là ont été abandonnés, assène Volkov. Les autres ont éliminé les adultes et se sont dispersés dans la nature. Aucun soldat ne laisse un camarade en arrière. Surtout s'il est sûr de le livrer à l'ennemi. Ils ne devaient pas faire partie de la bande.

– Laissez-moi descendre, exige Daza.

– Attention, vous risquez d'avoir affaire à des teignes.

– Ils sont désarmés et ce sont des gosses.

Aussitôt, Daza attrape une corde épaisse attachée au tronc d'un arbre proche, enjambe le bord de la fosse et se laisse glisser le long de la paroi, les yeux rivés sur les têtes hirsutes.

Lorsqu'il touche le fond, les enfants se sont pelotonnés les uns contre les autres. Il connaît, pour les avoir cherchés, le visage des petits séquestrés en Bavière et jamais retrouvés. Cette fois, Daza se met à espérer, pour lui-même, pour ces innocents et par respect pour la mémoire de leurs parents.

Perché au-dessus d'eux, Dragomir Volkov les observe attentivement. Son arme est braquée sur le front du plus grand qui n'a pas plus de douze ans.

– Je viens de France pour vous aider, dit Daza. Me comprenez-vous ?

Il se force à parler doucement, en modulant les basses de sa voix.

– Vous n'avez plus rien à craindre, ajoute-t-il. Nous allons vous remonter.

Il avance une main vers l'enfant le plus proche de lui et la retire aussitôt. Le gamin s'est mis à hurler comme si on allait l'égorger. Et puis il s'est plaqué contre la roche et a lancé à Daza un regard à glacer le sang. Pourtant, le policier en a vu, des gosses des rues, au cours de sa carrière. Mais celui-là a quelque chose de particulier dans les yeux.

Un fauve ! C'est ça, Kurtz les a transformés en bêtes féroces.

– Doucement, tempère-t-il aussitôt. Doucement. Est-ce que vous me comprenez ?

À ce qu'il lui semble, l'un des gosses, la fillette, a hoché la tête. Daza se sent encouragé et s'approche d'elle. Il lui soulève le menton et cherche dans ses souvenirs.

– Aurore ? articule-t-il au bout d'un moment. Tu es Aurore ?

Un terrible effroi passe dans les yeux de la fillette. Ce que vient de dire le policier n'a pourtant rien d'effrayant. Mais les deux autres tremblent si fort de peur qu'il peut les entendre claquer des dents.

– Je sais qui tu es, Aurore, reprend Daza en s'agenouillant. Ça fait longtemps que je te cherche…

– Seven ! dit très vite la fillette.

Puis elle cache son visage derrière ses mains.

– Aurore, répète pourtant Daza. Est-ce que tu veux me laisser te remonter ?

Il accompagne ses paroles de gestes tendres, mais la fillette ne veut pas se laisser enlacer. Elle se met à pousser des cris à fendre le cœur.

– Il va falloir les endormir pour les rapatrier, lance-t-il en se levant. Nous ne ferons que les blesser en les forçant.

Même si les armes se sont tues, Daza sait que l'enfer s'est de nouveau déchaîné sur le monde de Kurtz.

101

L'entrepôt. XIIIe arrondissement. Paris. Dernier jour.
Entre minuit et 1 heure GMT+1.

Shan a eu une seconde d'hésitation, une interminable seconde. Puis elle s'est avancée vers Kurtz, s'est agenouillée à ses pieds et a posé sa tête sur ses genoux. Sans un mot.

Elle a fermé les yeux. Il a fermé les yeux.

Et les minutes, puis les heures se sont écoulées sans que personne les sépare.

De temps à autre, ils ont échangé quelques phrases en roumain. Et puis Kurtz a parlé de Five, de Six et de Seven. Il a parlé des frères et des sœurs séparés, de l'ordre universel et de la pensée pure, rayonnante d'action et de matière. Puis il a abordé la question des préférences, de l'affection. Certains mots ont eu du mal à franchir ses lèvres, mais quand ils y sont arrivés, Shan a compris. Elle a bu ses paroles comme à une source de miel. Et elle a pleuré, pour son seul bénéfice, elle a pleuré de joie, d'une joie sauvage de comprendre enfin son obsession.

Heaven.

Ce n'était pas Heaven.

C'était Even, tout simplement. Parce qu'elle était la préférée du maître, son égale. Pour ne pas être une énième Seven. Mais l'unique Even.

Five, Six, Seven.

Five, Six,'Even.

Even.

Elle a éclaté de rire et il l'a imitée. Sans ouvrir les yeux, pour ne pas voir ces fâcheux qui les entourent. Rire pour le simple plaisir de le faire, là aussi.

Et puis ils se sont tus, goûtant l'un et l'autre la joie de se retrouver, dans l'atmosphère de cette pièce où les bruits infimes ne rebondissent pas comme ailleurs.

Alors, seulement, Kurtz a commencé à analyser la situation.

C'est un moment de plaisir qu'il ne comprend pas. Les racines du bonheur sont si profondément enfouies en lui qu'il ne parvient pas à les reconnaître encore. Car ce qu'il a rejeté pendant tant d'années a peut-être une chance de resurgir, là, dans cette pièce faite de verre dont la transparence le gagne peu à peu.

De son côté, Marcel Vermont a respecté les consignes. Il les a laissés faire mais n'a pas perdu une miette de leur conversation. Les mots en roumain, il les a laissés passer. Mais tout ce qui s'est dit en français ne lui a pas échappé. Depuis que Kurtz est arrivé au hangar, il a accepté la naissance d'un sentiment troublant. Cet homme le fascine, pour ce qu'il a fait, ce qu'il représente et ce qui reste encore à découvrir. Alors, le voir adulé par l'une de ses créatures est inouï et troublant.

L'audition discrète des conversations entre Shan et Kurtz ne lui a pas appris grand-chose. Marcel n'est pas assez au fait des camps roumains et du passé criminel de Kurtz. En revanche, elles sont une source d'inquiétude pour Yann Chopelle et Angéla Agripi, qui écoutent attentivement ce que les haut-parleurs retransmettent. Shan a été sans équivoque lorsque Kurtz s'est enquis de certaines modalités concernant leur sortie du hangar. Elle a affirmé que la meute répondrait sans faillir à l'appel du maître.

L'expression a réussi à couvrir la peau d'Angéla Agripi de plusieurs vagues de frissons.

Puis des nouvelles sont arrivées de Roumanie, annonçant le retour des petits Français enlevés trois ans plus tôt et restés introuvables malgré les appels à témoin et les avis de recherche. L'information aurait dû remonter le moral des policiers si elle n'avait été contrebalancée par l'ordre d'anéantir la meute en devenir. Paris a tranché, avec l'aval des autorités roumaines. Les petits Roumains ne doivent sortir du camp sous aucun prétexte. Dans les heures ou les jours qui suivent, Volkov et ses hommes auront un sang innocent sur les mains, au nom de la République française. Au nom de la sécurité de la majorité silencieuse.

La nuit s'est encore étirée, émaillée de quelques coups de feu, quelques lancers de pétards, peut-être, et de cris mêlés aux sirènes des pompiers. Une nuit de décembre bruyante comme un 14 juillet.

L'entrepôt est plongé dans une longue attente, jusqu'à ce qu'Angéla Agripi sorte d'une énième conversation téléphonique avec ses supérieurs, la mine défaite.

– Ils savent où nous sommes ! lâche-t-elle d'un air lugubre.

Puis elle s'assied et commence à fouiller nerveusement dans ses papiers.

– Tu veux dire que tout le monde sait où trouver Kurtz ? demande Chopelle en s'approchant d'elle.

Complètement retournée, Angéla Agripi grimace.

– Des posts par centaines sur des forums de connards ! lance-t-elle, les yeux ronds de nervosité mal contenue. Il y en a pour tous les goûts, les néonazis, les hackers, les extrême gauche et leurs pendants de droite, tout !

– Qui ?

– Mais j'en sais rien, moi ! hurle Angéla. Les terroristes qui nous fliquent depuis le début, des ripoux, les RG ou madame la ministre elle-même, pourquoi pas !

– Calme-toi, suggère en vain Yann Chopelle. Le Quai des Orfèvres va nous envoyer du monde. C'est Kurtz que veulent tous ces cinglés, alors…

– Justement pas, vocifère-t-elle. Et tu veux que je te dise ? Je crois qu'ils sont en train de nous lâcher comme des merdes. Je crois qu'ils ont trouvé la solution à leur problème : ils vont nous sacrifier, tous autant que nous sommes !

L'attachée du ministère a la voix qui chevrote et les mains qui tremblent.

– J'avais bien dit qu'il fallait mettre les voiles hier ! lance Stefano Tomazello, qui s'est rapproché du bureau de son patron. Putain ! Elle est aux ordres, vous ne le voyez pas ? C'est une incompétente. Si vous m'aviez écouté…

– On serait dans de beaux draps, le coupe Chopelle. Boucle-la, Tomazello. Ce n'est pas le moment de t'en prendre à qui que ce soit. Tu vas au stock et tu me fais un point sur les munitions dont on dispose.

Avec un air buté, l'officier Tomazello croise les bras et pose ses fesses sur le plateau d'un bureau.

– Exécution ! hurle Yann Chopelle. Tu te sors les doigts et tu fonces. On sera coincé quand on aura capitulé ! Daza est en route pour nous rejoindre et il est hors de question qu'on laisse son hélico repartir à vide.

Le visage de Tomazello se détend une seconde après la fin de la phrase de son directeur. Il se redresse et part vers les stocks en trottinant.

– Esperanza ! reprend Chopelle. Tu vas me réveiller le toubib et Malia Daza. Mitsotakis, distribution de gilets pare-balles pour tout le monde, Kurtz et la cinglée compris. En avant, au pas de course !

Les deux agents obéissent sans piper mot.

– Yann, dit alors Angéla, j'ai déjà demandé l'évacuation avec l'hélico de Daza. Tu sais, pour le plan de vol. Je ne voulais prendre aucun risque.

– Et ils ont encore refusé, comprend-il tout bas en passant une main sur son crâne. Ce n'est pas possible…

Une idée vient de germer dans sa tête.

– Attends, je vais contacter Eliah sur son cellulaire.

Chopelle sort son téléphone de sa poche et enclenche la touche Rappel.

C'est à cet instant qu'il croise le regard de Kurtz, toujours souriant, les doigts dans les cheveux de Shan agenouillée devant lui. Un regard où se mêlent intimement gourmandise et férocité.

102

Paris. Dernier jour. Entre 5 et 6 heures GMT+1.

Leur appareil à peine posé sur le tarmac de Roissy-Charles-de-Gaulle, Eliah Daza et Peter Seipel se sont engouffrés dans la cabine d'un hélicoptère de la gendarmerie, confiant les enfants arrachés aux camps à des membres du service de santé et des douanes de l'aéroport.

C'est par téléphone qu'Eliah Daza a pris connaissance des dernières nouvelles. D'une voix éteinte, Yann Chopelle lui a confirmé que la troisième nuit de cristal avait bien eu lieu. Alertés vers deux heures du matin par un message les invitant à se rendre dans une zone industrielle située dans le Val-d'Oise, les forces de l'ordre et la plupart des rédactions parisiennes ont retrouvé les vingt-trois victimes listées par les terroristes, assises en cercle, les mains liées contre un poteau, la gorge tranchée d'un coup de couteau.

Depuis, la nécessité de garantir la sécurité nationale invoquée par le ministère de l'Intérieur est tout simplement ignorée. Les radios et les télévisions diffusent l'information en boucle. En révélant à la presse tout ce que les autorités cherchaient absolument à dissimuler, les terroristes ont mis la main sur le quatrième pouvoir.

C'est avec une grande inquiétude que Daza apprend que les RG ont repéré de nouveaux messages sur les forums de groupuscules extrémistes indiquant sans aucune ambiguïté l'adresse de l'annexe de l'OCPRF. Des robots auraient ensuite relayé l'information par texto sur une liste de téléphones portables préétablie.

Les jours de l'entrepôt du XIIIe semblent comptés.

Et le ministère a refusé de faire évacuer sa femme, Malia.

Vues du ciel, les rues de la banlieue parisienne ont un air banal, gris sale dans les lumières artificielles. Tout en laissant vagabonder ses pensées pour chasser une angoisse grandissante, Eliah Daza traque l'inhabituel.

De loin en loin, des colonnes de fumée, des carcasses de voitures et des bâtiments noircis matérialisent les sinistres évoqués.

Après les toits de la banlieue, l'appareil survole à présent le boulevard périphérique. De rares véhicules y circulent. À cette heure très matinale, il n'y a pas grand monde. Le foyer des émeutes semble bien loin. Rassuré, Daza lâche un profond soupir.

Le ronronnement des turbines et les vibrations de l'appareil ankylosent ses perceptions. Eliah entame sa vingt-troisième heure de veille et se laisserait volontiers sombrer dans le sommeil. Mais il ne dispose que de quelques minutes avant d'atterrir, même pas le temps de s'endormir.

Alors, il tourne ses pensées vers William, Virginie, Aurore et Sébastien, les quatre disparus du château de Bavière. Il a formellement identifié Aurore. Les deux garçons sont peut-être William et Sébastien, mais il n'en est pas certain. Quant à la petite Virginie, elle ne sera sans doute jamais retrouvée. Ni morte ni vive.

Un goût amer traîne au fond de sa gorge. Bien sûr, sauver ces enfants est une formidable nouvelle, inattendue, et qui devrait lui mettre du baume au cœur, mais il imagine vers quelle sorte de vie ce retour en France va les expédier. Ces enfants n'ont plus de parents. Peut-être auront-ils encore un oncle, des grands-parents. Peut-être, mais Daza en doute fortement. Kurtz savait repérer ses proies en fonction de leur isolement familial. Il n'y a pas de raison pour que ceux-ci échappent à la règle. Et puis il va falloir les reconditionner à une vie à peu près normale.

Ces trois petits rejoindront les rangs déjà fournis des orphelins de la DDASS, comme Clara Darblay. Et Louis Cholet, dont la famille d'accueil a perdu la trace. Un enfant disparu, un visage de plus sur les affiches dans les halls de gare, mort ou exploité par des hommes sans scrupule.

Kurtz lui-même ne déroge pas aux règles qu'il a édictées.

Il a mis les autorités devant une situation impossible. Et c'est sans doute là l'objectif principal de son plan insensé. Il savait que le gouvernement ne pourrait pas plier. Pas tout de suite, pas officiellement.

Ni libéré, ni écouté. Mais il savait aussi que le temps jouerait pour lui, qu'il suffisait de titiller la population au bon endroit pour échauffer rapidement les esprits.

C'est un peu tard mais Daza comprend l'étendue du projet de Kurtz.

Il a été le premier à le subodorer, mais jamais il n'a pu se faire une idée précise de la réalité. Son court voyage en Roumanie l'illustre parfaitement. À présent, il sait que les terroristes ne reculeront pas. Daza a vu des gosses résister à une compagnie de légionnaires. Il ne peut qu'imaginer la force de frappe de leurs aînés. Cette pensée de l'ex-commissaire est tuée dans l'œuf par une vibration en provenance de sa poche.

– Daza, crie-t-il presque pour couvrir le bruit du moteur.

La voix de Yann Chopelle résonne dans l'écouteur de son téléphone satellite.

– Comment va Malia ?

Son visage se décompose presque aussitôt.

Pendant une minute, Eliah Daza écoute, muet, les explications du directeur de l'OCPRF, puis il raccroche, tâchant d'afficher un air serein.

– Un problème ? s'enquiert Peter Seipel.

– C'est Malia, ment à moitié Daza. Le travail a commencé.

Seipel accepte cette version édulcorée de la réalité. Son attention vient d'être attirée par autre chose.

Sous l'hélicoptère, quatre files de voitures bloquent le périphérique vers le sud. Deux portes plus loin, la raison s'en étale, brûlante et nauséabonde. Un camion-citerne a embrasé au moins deux dizaines de véhicules de tout gabarit. Des gens sont sortis de leur voiture. Certains se battent. En contresens, profitant de l'absence de circulation, trois camions de pompiers et deux voitures de police remontent à vive allure.

Le pilote ne détourne pas la trajectoire de son appareil.

Lorsqu'ils survolent le quartier de l'entrepôt, Daza et Seipel prennent enfin la mesure de la gravité de la situation. Ce que leur disait Yann Chopelle une heure plus tôt n'avait pas de sens véritable.

En dessous d'eux, sur le boulevard Kellermann, plusieurs tramways ont été incendiés. Leurs carcasses noircies et tordues fument encore. Des voitures par dizaines ont subi le même sort, et des agitateurs courent un peu partout dans les rues adjacentes. Mais c'est le site même du hangar qui a été envahi par des centaines de personnes cagoulées.

En amorçant sa descente vers la plate-forme, la carlingue de l'appareil résonne de petits chocs.

Eliah Daza sort alors brusquement son automatique, retire le cran de sûreté et pose le canon sur la joue du pilote.

– Vous nous attendez, ordonne-t-il sèchement, on évacue le personnel.

– *Scheisse !* hurle Seipel sur le qui-vive, la main sur son holster.

– Figure-toi que ces braves gens ont reçu l'ordre de nous larguer ici. Ils ont décidé de laisser Kurtz à la foule. Et nous aussi, par la même occasion.

Peter Seipel se penche aussitôt entre les sièges avant, désarme les deux militaires puis les tient en joue.

– Je reviens, dit Daza à l'officier allemand alors que l'appareil est enfin posé. S'ils tentent quelque chose, descends le copilote. Je vais chercher les autres. Et toi, hurle-t-il à l'intention du gendarme, laisse le rotor tourner. On ne va pas traîner ici longtemps.

103

L'entrepôt. XIIIe arrondissement. Paris. Dernier jour. 6 heures GMT+1.

Lorsque la porte de l'infirmerie s'ouvre, le premier geste de Malia est de ranger le chien bleu en peluche acheté lors de sa dernière sortie. Elle n'aime pas ces jouets mous et attrape-poussière, Eliah non plus, d'ailleurs. Mais elle ne résiste pas à la tentation de saisir et de caresser le velours soyeux de cette créature inerte aux yeux rieurs. Maintenant que l'accouchement est proche, cet objet la rassure, elle aime le serrer contre son cœur.

Elle sourit en agitant le chien bleu devant Matthieu Pellegrin. Un sourire qui se voudrait serein, mais qui ne parvient pas à masquer son inquiétude.

– Il est mignon ! Vous lui avez donné un nom ?

– Chien bleu, répond Malia en se levant.

– Quelle originalité ! s'exclame le médecin en enfilant des gants. Allez, Malia, je dois encore vous examiner pour vérifier l'état du col. Pouvez-vous me donner la fréquence des contractions ?

– Moins d'une dizaine par heure, dit la jeune femme en s'allongeant sur la table d'examen. C'est long.

– Et comment vous sentez-vous ?

– Honnêtement, je n'en sais rien, répond Malia en riant. La femme moderne s'inquiète, le gynécologue déclenche le jeudi pour partir en week-end. Ma mère et ses sœurs ont accouché accroupies, auprès d'autres femmes, avec une bassine d'eau chaude et un morceau de bois dans la bouche. Alors comment voulez-vous que je me sente ? Je n'en sais rien.

– Vous vous êtes bien renseignée sur les méthodes occidentales !

– Je me suis ennuyée. Et je suis curieuse de tout.

– Le col s'est raccourci, les contractions sont efficaces, c'est une bonne nouvelle, annonce le médecin en achevant l'examen. Rhabillez-vous, future maman. Nous allons devoir quitter l'entrepôt vite fait.

Matthieu s'installe au fond de la pièce, ouvre une mallette de premiers secours et y ajoute des compresses, un clamp et une paire de ciseaux.

– C'est au cas où, explique-t-il. J'ai prévu le nécessaire dans l'éventualité où le travail se déclencherait pendant le transfert.

– Que se passe-t-il ? demande Malia en enfilant son pantalon.

– Je n'ai pas de très bonnes nouvelles, malheureusement, lâche le médecin sans se retourner. Il est maintenant de notoriété publique que Kurtz se trouve ici. Alors on se prépare à faire front.

– Que voulez-vous dire ?

– Ça chauffe dehors. Les émeutiers se rapprochent. Nous allons devoir évacuer en hélicoptère.

– Eliah ? s'inquiète soudain Malia, la gorge serrée par l'appréhension. Vous avez de ses nouvelles ?

– Il vient d'atterrir, justement.

– Merci, Matthieu. Merci pour tout.

Soulagée, Malia enfile son gilet, fourre la peluche dans sa poche et sort de l'infirmerie. La scène qu'elle découvre alors la tétanise.

Stefano Tomazello vient de passer devant elle les bras chargés d'une caisse en plastique remplie d'armes de poing et de munitions en vrac. Des bâtons dont elle ignore la fonction se trouvent au milieu de cet assortiment. Il lui décoche un regard nerveux.

Puis, dans un silence de plomb, il distribue les armes aux officiers réunis pour la plupart autour du bureau de Chopelle.

Le chargeur des pistolets est vérifié, ils émettent un cliquetis particulier.

Les rebelles chargeaient leurs armes tout à côté des femmes en pleurs et des enfants massacrés.

Cette atmosphère lourde et annonciatrice de malheur bouleverse Malia. Des images de la guerre civile heurtent sa mémoire. C'est avec un air perdu sur le visage qu'elle avance entre les bureaux vides, sous l'œil attentif de Kurtz. Son regard amusé suit chacun de ses pas. Il la marque au fer rouge. Malia est humiliée, elle se sent ridicule.

Elle détourne alors brusquement la tête. L'officier Esperanza se dirige vers elle, deux gilets pare-balles dans chaque main.

– Malia, je venais vous chercher.

– Eliah est arrivé ?

– Oui. Venez, je vais vous aider à passer ce gilet.

Malia regarde l'objet que lui tend Antonnella Esperanza.

– Je ne vais jamais rentrer dedans, dit-elle avec un rire étranglé. Je suis trop grosse.

– Il le faudra bien, pourtant. Nous ne prendrons aucun risque. Je vous propose d'en enfiler un normalement et l'autre à l'envers sur votre ventre, pour protéger les bébés.

Malia sent un frisson d'horreur parcourir son échine.

Une violente contraction la plie en deux. Elle s'appuie sur Esperanza pour ne pas tomber. La gravité de la situation vient de lui apparaître. Et toutes ses craintes se matérialisent à nouveau.

Je n'aurai pas de médecin. Nombre d'entre nous vont mourir. Et je ne peux rien y faire !

De gros sanglots lui échappent. Touchée par la détresse de Malia, l'officier Esperanza lâche les gilets pare-balles et la serre contre elle.

– Tout va bien se passer, Malia. Je veillerai sur vous. Nous serons tous partis d'ici quelques minutes.

Comme pour lui donner raison, la porte d'accès à la plate-forme s'ouvre et un vent glacé tourbillonne en sifflant dans le hangar.

Eliah Daza longe la coursive à petites foulées, dévale l'escalier et se précipite vers Malia. Il a les traits tirés, la barbe en broussaille et ses cheveux sales flottent sur ses épaules.

– Enfile ça, vite, dit-il à sa femme en ramassant les gilets. Comment vas-tu ? Les bébés ? Où est le toubib ?

– Il est en train de préparer le nécessaire au cas où, le rassure Malia. Mais si nous partons vite, je tiendrai le coup. Les bébés ont encore un peu le…

Une autre contraction, plus violente cette fois, lui mord le bas du dos. Malia serre les dents pour ne pas crier de douleur. Elle respire profondément et enfile les gilets pare-balles avec l'aide d'Eliah.

– Elle a l'air d'une affreuse baudruche, la négresse, s'étrangle Kurtz en riant à gorge déployée.

Littéralement collée à la paroi, les mains posées devant elle, Shan Guenarec observe avec attention les va-et-vient dans le hangar. Elle a un drôle de sourire quand son regard transparent croise celui de Malia.

Indifférent aux moqueries de Kurtz, Daza propose à sa femme de s'asseoir, pendant qu'il s'équipe lui-même d'un gilet pare-balles.

– J'ai peur, murmure Malia, les larmes aux yeux.

– Je sais.

En s'éloignant vers la réserve, il croise Chopelle et Angéla Agripi harnachés de la même façon. Il retient un sourire. Les hauts talons de l'attachée du ministère et le tissu précieux de son tailleur déformé par le gilet lui donnent l'air ridicule.

– Je vais rester avec votre femme, annonce celle-ci tout de go. Je l'aiderai à monter sur la passerelle. Faites ce que vous avez à faire.

Eliah Daza hoche rapidement la tête et s'engouffre dans la réserve.

– Tout le monde en piste, hurle Yann Chopelle en gravissant les marches vers la plate-forme. Préparez-vous ! On fait monter Kurtz et sa donzelle en premier. Enchaînez-le à son fauteuil. Toubib ! Suivez-moi.

Tout juste sorti de l'infirmerie, Matthieu Pellegrin regarde son supérieur sans comprendre, les bras chargés de ravitaillement, de matériel médical et de plusieurs couvertures.

– Au pas de course, l'encourage Chopelle en attrapant la mallette et les bouteilles d'eau. Et oubliez cette histoire de chaise roulante, sous-officier Vermont ! ajoute-t-il en se tournant vers l'infirmier. Vous enveloppez le bébé et le montez sur votre dos.

Yann Chopelle s'aperçoit aussitôt de la comparaison malvenue entre Kurtz et un nourrisson. Il pense à s'excuser, lance un sourire contrit à Malia et disparaît sur la coursive.

Il peine à ouvrir la porte extérieure tant la masse d'air brassée par les pales de l'hélicoptère s'additionne au vent qui s'est levé peu de temps auparavant.

En contrebas, plus aucun lampadaire n'éclaire les rues, mais il devine dans l'obscurité une masse mouvante qui recouvre le sol et gronde comme un monstre.

Nom de Dieu ! Ils sont combien là-dessous ?...

Chopelle ne s'attarde pas, il a envie de vomir.

Il rejoint l'appareil au pas de course et charge la mallette et les bouteilles d'eau. Quelques secondes plus tard, Matthieu Pellegrin s'installe au fond de la cabine.

– Je vais chercher les autres, crie Chopelle à l'adresse de Peter Seipel.

L'Allemand lui répond d'un signe de tête sans quitter le pilote des yeux.

Yann Chopelle fait demi-tour, le dos courbé pour échapper au tranchant des pales.

Des coups de feu claquent dans le vacarme.

Le moteur de l'hélicoptère monte subitement en puissance. Stupéfait, il se retourne juste à temps pour voir décoller l'appareil.

Le corps inerte de Matthieu Pellegrin gît sur le sol de la cabine, la gorge ensanglantée.

L'hélicoptère vire alors brusquement et s'engage dans une direction libre.

Peter Seipel fait de grands gestes désespérés.

Plusieurs impacts de balles lézardent le pare-brise.

L'appareil tangue de gauche à droite et s'écrase presque aussitôt sur la façade d'un immeuble tout proche.

Le kérosène s'enflamme. Une énorme boule de feu monte alors dans le ciel enténébré de Paris qui s'illumine.

104

L'entrepôt. XIIIe arrondissement. Paris. Dernier jour. 6 h 30 GMT+1.

Quand Yann Chopelle revient sur la coursive, la mine défaite et les yeux brillants de larmes, plus personne ne peut encore douter. L'explosion a fait trembler les vitres du hangar. Un énorme rugissement a ébranlé les murs pendant quelques secondes. Puis les débris sont tombés sur le toit de l'entrepôt dans un vacarme assourdissant. Quelques secondes pendant lesquelles les hommes et les femmes présents sont restés tétanisés par la peur, dans un silence terrifiant.

Manifestement choqué, Chopelle descend l'escalier en se tenant à la rampe.

– Un sniper sur le toit d'en face, articule-t-il en arrivant sur le palier. Je n'ai pas eu le temps de tirer, mais…

– Ami ou ennemi ? demande Tomazello, le premier à réagir.

– Ça ne rime à rien de savoir. Peter Seipel et le toubib étaient dans l'hélico.

Malia étouffe un cri, Angéla s'accroupit près d'elle et lui serre les mains. Mitsotakis et Esperanza rejoignent le petit groupe au pas de course. Ils ont le visage fermé et les mains crispées sur leur fusil-mitrailleur.

– Je ne suis pas d'accord, intervient Daza en sortant du stock d'armes.

Il se dirige directement vers Yann Chopelle et les officiers. Il n'a pas un regard pour Malia, pourtant assise à quelques mètres.

– L'officier Tomazello a raison, ajoute-t-il avec force. Si c'est l'un des nôtres, alors maintenant, nous savons à quoi nous en tenir.

Le directeur de l'entrepôt se laisse tomber sur un fauteuil de bureau et tourne sur lui-même. Il rassemble ses souvenirs, l'effort paraît difficile. Il tremble de tout son corps.

– Je n'ai vu que la signature du fusil. À deux cents mètres, peut-être moins. C'était un professionnel, j'en suis sûr. Une balle perforante, certainement. Putain de merde ! ajoute-t-il en couvrant son visage de ses paumes. On est dans de beaux draps.

– Ouais, eh bien, on ne va pas rester à attendre qu'ils trouvent une façon d'entrer ! beugle l'officier italien, fou de rage.

– Le bâtiment est solide, intervient Angéla Agripi, ses doigts toujours mêlés à ceux de Malia. Le sas véhicule n'est pas près de céder.

– On est surarmés et on a l'avantage d'être dans les lieux, avance Tomazello. Moi, je suis sûr qu'ils arriveront à entrer, tôt ou tard. Alors, comme on n'a aucun moyen de sortir, il reste une seule solution : monter dans les étages. Là-haut, on sera invulnérables.

– Le feu, rétorque aussitôt Chopelle. Ils pourront nous enfumer ou nous faire brûler vifs, au choix. Ça dépendra de ce qu'ils auront à faire cramer ! Mais ça ne sera qu'une question de temps.

– L'explosion a certainement fait de nombreuses victimes, tente Malia. Le quartier va bientôt être envahi de pompiers et d'ambulances, non ?

Eliah Daza sourit à sa femme avec tendresse.

– Vous n'avez pas vu ce qu'il y a dehors, bafouille Yann Chopelle en relevant la tête. Une bande de cinglés prêts à tout pour étriper Kurtz. Il y a eu trop de morts, déjà, beaucoup trop de morts… Nous sommes faits comme des rats.

– Non, affirme Daza en fronçant les sourcils. On ne va pas flancher maintenant. Yann, il est temps de vous ressaisir, les hommes ont besoin de vous. Je prends la direction des opérations, dit-il en se tournant vers Angéla, puis vers Mitsotakis et sa coéquipière. Vous deux, restez sur la plate-forme et surveillez ce qui se passe en bas. Mais attention, ne vous mettez pas à découvert. On va avoir besoin de savoir ce qu'ils font.

Mitsotakis jette un regard vers Antonnella Esperanza.

– Pas de problème, dit-il en attrapant une radio laissée là par Tomazello. Fréquence 2, on vous tient informés. Il va y avoir du grabuge !

– Hé là ! proteste Angéla Agripi. Vous ne comptez pas faire un carton sur la foule ? Pas de bavure, c'est clair ?

– C'est pas le moment de nous gaver avec tes directives à la con, Angéla, proteste Yann Chopelle. On n'est plus dans l'affrontement de rue entre gamins et CRS. En bas, il y a des centaines de dingues chauffés à blanc, venus pour foutre le feu partout.

Stefano Tomazello en profite aussitôt.

– Et puis vous appelez ça une foule ?! Cette bande de branleurs, de délinquants et d'assassins ! Il n'y a qu'à tirer dans le tas et on sera débarrassés !

Les propos de l'Italien jettent aussitôt un froid parmi les policiers.

– Tomazello ! s'écrie Mitsotakis. Ferme-la, tu veux ?

Esperanza et Mitsotakis enfilent chacun un casque et gravissent d'un pas rapide les marches vers la coursive. Arrivés en haut, ils se retournent pour faire un bref salut aux hommes et femmes restés dans le hangar avant de disparaître dans les escaliers.

Les yeux levés vers eux, Daza serre les poings. Lorsque Esperanza a porté la main à son cœur, il a eu la sourde impression qu'il ne la reverrait jamais.

– Vous, dit-il en pointant son index vers Tomazello, vous descendez préparer la camionnette. On pourra peut-être tenter une sortie par là.

– Foutaises, râle l'officier italien en se dirigeant vers le sas une cigarette aux lèvres. Vous allez tous nous faire crever avec vos conneries.

Ignorant la remarque, Daza s'approche de Malia pour l'embrasser. Ses traits habituellement doux se déforment dans un masque de douleur.

– Les contractions, murmure-t-elle.

C'est à cet instant que Marcel Vermont sort de l'aquarium. Il arbore un air sombre et semble très agité. Alerté par son comportement étrange, Daza rejoint immédiatement le bureau de Chopelle, abandonnant encore une fois Malia à son ventre tendu.

– Il veut vous parler, confie l'infirmier d'une voix étonnamment fluette pour sa forte corpulence.

– Je viens de vous dire que c'est pas le moment, s'énerve Yann Chopelle. Dégagez !

Mais il ne peut s'empêcher de regarder en direction de l'aquarium. Kurtz a un sourire confit sur le visage. Shan se tient debout derrière lui. Elle fixe le directeur de l'entrepôt. Ses yeux clament une volonté sans borne.

– Allons écouter ce qu'il a à nous raconter, propose Daza en bouclant son gilet pare-balles. Ça m'étonnerait que ce soit simplement pour se foutre de notre gueule. Lui aussi va avoir le feu au cul si le bâtiment cède.

– Coupez les micros, exige Kurtz, lorsque les deux policiers le rejoignent. C'est ma seule condition.

Yann Chopelle adresse un bref signe de tête à Angéla Agripi qui coupe immédiatement le volume des haut-parleurs et s'assied à côté de Malia, le talkie-walkie posé sur les genoux.

– Nous avons la solution à votre problème d'insurrection, commence Kurtz, un petit air satisfait sur le visage.

Daza s'est assis si près qu'il peut sentir son haleine.

– Bien sûr, vous devrez commencer par la libérer de ses entraves, poursuit Kurtz en désignant Shan. Mais vous n'avez pas vraiment le choix, n'est-ce pas ?

Toujours tout sourire, il laisse traîner la fin de sa phrase.

– Votre femme risque de ne pas pouvoir courir assez vite.

Les traits aussi impassibles que possible, Daza inspire profondément pour ne pas lui envoyer son poing dans la figure et reste muet.

Mais Kurtz se tait lui aussi.

Pendant d'interminables secondes, l'esprit d'Eliah Daza bouillonne pour trouver une issue à la situation tandis que celui de Kurtz égrène un simple compte à rebours.

– Pourquoi ? lâche enfin Daza. Que peut faire Mlle Guenarec ?

Kurtz rit. Il agite son poignet, l'observe comme s'il portait une montre.

– Tic-tac. Tic-tac !

Eliah Daza passe ses doigts dans les longues boucles noires qui tombent devant ses yeux et frotte énergiquement les poils de sa barbe. Puis il se lève subitement et libère Shan Guenarec.

Kurtz sourit de plus belle.

– Savez-vous ce que représentent des années de labeur sans jamais avoir la certitude d'œuvrer dans la bonne direction, cher commissaire ? Savez-vous cela ? Non, vous ne le pouvez pas. Vous souvenez-vous de ce que je vous ai dit lorsque vous êtes venu me voir à l'hôpital ?

– Vous m'avez dit beaucoup de choses…

– Je vous parle du premier mot. Celui que j'ai prononcé quand vous êtes entré dans ma chambre.

Eliah Daza tente de se concentrer. Son front basané se couvre de dizaines de rides. Il hait ce genre de joute verbale inutile et vaine. Mais le temps presse et, paradoxalement, il va devoir sacrifier quelques minutes aux délires de Kurtz pour en gagner.

– Je vous ai traité de petit commis, l'éclaire Kurtz. Et je n'avais pas tort. Vous êtes un commis, et c'est pourquoi vous ne pouvez répondre à ma question. Vous avez travaillé en attendant votre salaire de misère à la fin de chaque mois, alors que moi, j'œuvrais en silence pour parfaire un acte de pure création.

– Nous n'avons pas le temps d'entendre vos discours, s'agace subitement Yann Chopelle.

– Comme c'est dommage, soupire Kurtz d'un air navré. Vous me privez d'une partie du plaisir, mais je peux comprendre.

De fortes vibrations secouent le hangar. Puis des éclats de briques se fracassent à l'intérieur de l'entrepôt, accompagnés de bris de verre.

– Ils essaient d'entrer ! hurle Angéla Agripi.

Affolée, elle bondit sur ses pieds et entraîne Malia dans l'une des réserves ouvertes.

– Even a plus d'un tour dans son sac, s'exclame Kurtz, indifférent à l'agitation ambiante. Et elle aurait pu vous donner beaucoup de fil à retordre si elle ne s'était pas livrée à vous. Tout comme ses frères et ses sœurs d'armes, d'ailleurs. Mais vous le savez, vous les avez vus à l'œuvre…

Kurtz passe sa langue sur ses lèvres. Il aime cet instant où rien n'est encore conclu, où tout est possible.

– Ma petite Even connaît tous les sous-sols de cette jolie ville. Par cœur. Elle a appris cette noble discipline pendant près de dix ans. Les yeux fermés, elle pourrait vous mener n'importe où.

– Il n'y a pas d'issue souterraine, affirme Chopelle, sur des charbons ardents. Vous nous faites perdre notre temps…

– Que vous dites, monsieur le gratte-papier. Vous êtes tous si… prévisibles ! Il suffira de quelques explosifs pour venir à bout de notre problème, marchandise dont vos réserves regorgent nécessairement.

D'autres coups font vibrer le bâtiment. Yann Chopelle reste un instant interdit, puis son regard dérive du visage de Kurtz vers celui de Daza.

– Métro, réseau des égouts peut-être, avance ce dernier. Est-ce que vous avez des plans, ici ?

– Mais non ! explose Chopelle. C'est pas une succursale de la DDE ! Qu'est-ce que vous croyez ? Vous saviez, vous, ce qu'il y avait sous votre commissariat ?

Vexé et furieux, Daza se rue hors de l'aquarium pour rejoindre Malia.

– L'animal acculé va bientôt mordre, taquine Kurtz d'un ton potache. Dépêchez-vous, monsieur le directeur, cessez d'atermoyer et donnez un téléphone à Even, que nous en finissions.

Yann Chopelle pivote vers la paroi vitrée. Il se sent impuissant, incompétent et inutile. Accepter la proposition de Kurtz revient à lui confier les clés de l'entrepôt, la destinée de ses hommes et la sienne. Sans compter Malia et Angéla Agripi. Le choix qui s'offre à lui est tout bonnement intenable. À contrecœur, le directeur fait volte-face et tend son téléphone portable à Shan Guenarec.

Alors que de nouvelles secousses ébranlent l'entrepôt, un cri de douleur retentit depuis la réserve.

105

L'entrepôt. XIIIe arrondissement. Paris. Dernier jour. 6 h 45 GMT+1.

Antonnella Esperanza entre précipitamment dans le stock d'armes. Elle y trouve Eliah Daza agenouillé aux côtés de sa femme. Près du couple, Angéla Agripi se cramponne à son talkie-walkie comme s'il s'agissait d'une bouée de sauvetage.

– Il n'y a aucune lumière dans la rue, explique-t-elle à Daza qui, visiblement contrarié, ne répond pas.

Sans autre commentaire, l'officier Esperanza attrape une caisse et y fourre rapidement des munitions pour fusil à pompe et plusieurs fusées éclairantes.

Puis elle jette un dernier regard dans le hangar avant de s'engager dans l'escalier. Chopelle discute avec Kurtz. Shan Guenarec, libérée de ses entraves, semble envoyer des messages avec un téléphone mobile.

– *Coños*, gronde-t-elle entre ses dents.

Elle ne s'attarde pas. Akis est sur la plate-forme, seul. Sa place est à ses côtés. Alors elle remonte au pas de course. Les escaliers, la coursive, le couloir, la porte d'accès vers l'extérieur.

Le vent a encore forci. Il est froid, mordant. Les joues semblent se durcir aussitôt à son contact.

Akis Mitsotakis s'est allongé au bord de la plate-forme. Antonnella le rejoint et glisse une fusée dans sa main.

Les rues du quartier disparaissent dans une poix impénétrable. Tous les lampadaires ont été vandalisés, et les rares fenêtres qui ouvrent sur des appartements éclairés sont l'objet de jets de pierres, de canettes, parfois de cocktails Molotov.

De hautes flammes orange embrasent le quatrième et le cinquième étage de l'immeuble touché par l'hélicoptère et menacent les bâtiments voisins. Bloqués par des émeutiers à quelques rues, les véhicules de pompiers sont pour l'instant incapables d'accéder au lieu du sinistre.

– Tu as vu, on va tous griller, murmure Antonnella. En plus, ils ont détaché la fille.

L'œil rivé derrière le viseur, Akis reste laconique, comme à son habitude.

– Pourquoi ? dit-il sans lever la tête.

– J'en sais rien.

Elle glisse son visage dans le vide.

Les flammes de l'incendie dispensent une lumière mouvante sur les toits et dans le ciel. Trop éloignée, la cour de l'entrepôt reste plongée dans une obscurité épaisse. Antonnella écarquille les yeux sans parvenir à distinguer quoi que ce soit. En revanche, elle entend la clameur, le rugissement ininterrompu de la foule en liesse. Dans le brouhaha, elle isole des mots dans diverses langues.

– Préparez-vous, là-haut ! résonne la voix d'Eliah Daza dans le talkie-walkie. On va se regrouper pour descendre au sous-sol.

Akis s'empare de l'émetteur.

– OK, crie-t-il pour couvrir le bruit du vent et de la foule. On vient dès que vous êtes prêts.

Puis il relâche la pression sur le bouton.

– Qu'est-ce qu'ils veulent faire en bas ? demande Antonnella. On va se faire coincer comme des rats !

– Je sais que tu n'apprécies pas Daza, mon ange. Mais il n'est pas fou. Peter lui faisait confiance.

À l'évocation de leur ami, Antonnella s'assombrit.

– *Me las van a pagar esos hijos de putas !*

– *Oti thélisis, glykià mou*, mais plus tard. D'ici, on ne peut rien faire.

La jeune femme dégoupille une fusée éclairante et la dirige vers le ciel, à la perpendiculaire de sa position. Le projectile, expédié cent mètres au-dessus de la scène, s'embrase en redescendant, ralenti par le déploiement d'un parachute en papier.

Et la lumière se fait.

La scène est terrifiante.

La foule rassemblée juste en dessous d'eux déborde des rues adjacentes, noires de monde. La place de Rungis a disparu sous les centaines de silhouettes sombres et anonymes. Les têtes disparaissent sous des capuches, des écharpes et des bonnets. Certains visages sont grimés, comme à la guerre.

Cette masse humaine bouge, hurle et gronde, pressant ses bords contre les murs et les palissades. Le vide s'est naturellement fait autour de l'immeuble en flammes, et le côté est de la rue Kuss paraît encore accessible.

C'est dans cette direction que les deux policiers peuvent distinguer de nouvelles formes. Encouragées par les vivats d'une multitude affamée, de hautes et robustes silhouettes traînent derrière elles des madriers et des planches.

Akis et Antonnella les regardent s'approcher du hangar, puis empiler leurs charges à quelques mètres du mur nord du bâtiment où la carcasse encore fumante d'une voiture s'est encastrée. Ils observent, d'abord interdits, puis curieux et intrigués, pour finalement comprendre, trop tard.

106

L'entrepôt. XIIIe arrondissement. Paris. Dernier jour. 6 h 50 GMT+1.

Le calme est revenu. Les murs de l'entrepôt ne tremblent plus.

Et les yeux clairs de Shan Guenarec ne perdent pas une miette des faits et gestes des policiers.

Stefano Tomazello, qui vient de remonter du sous-sol, fume une cigarette, assis sur le bureau de Chopelle, un automatique posé sur les genoux.

La jeune femme déteste cet homme au teint olivâtre qui pue le tabac froid.

Première cible. L'éliminer au plus vite.

Deuxième cible, Chopelle ?

Immédiatement après avoir quitté l'aquarium, le directeur s'est rendu auprès des femmes, toujours à l'abri dans la réserve.

Troisième cible, Agripi ? Les poids morts.

Shan imagine Malia et Agripi la tête dans une mare de sang, puis elle cherche rapidement Daza du regard. Il fouille dans les tiroirs de l'armoire de l'infirmerie.

Et lui ? Combien de temps lui reste-t-il ?

Au même moment, Marcel Vermont traverse la cafétéria les mains remplies de barres chocolatées qu'il vient de dérober au distributeur.

Ce garçon-là a de la ressource ! Cible numéro cinq ? Six ? Que va décider le maître ?

Kurtz est à ses côtés et le sourire qu'il affiche depuis quelques minutes ne le quitte pas. Shan le trouve magnifique. Et terriblement triste. Elle peut sentir sa douleur à l'autre bout du fil invisible qui la relie à lui, sa colère et son impuissance.

La jeune femme attrape les doigts de Kurtz, s'agenouille pour y poser les lèvres. Leurs regards se croisent et s'accrochent quelques secondes.

Puis elle se redresse, se tourne vers la vitre, plisse les paupières et se concentre à nouveau sur les mouvements des policiers.

Daza est sorti de l'infirmerie. Il a rangé des compresses, de la gaze et une bouteille d'éosine dans un sac en plastique transparent. Trop éloignée, Shan ne voit pas tout, mais elle est déjà certaine qu'il a oublié les clamps.

Il n'a songé qu'à la mère.

Dans un bel ensemble, Chopelle, Agripi, Malia et Daza se retrouvent dans le hangar. Ce dernier enlace sa femme, lui parle un court instant, puis se dirige vers l'entrée de l'aquarium. Dans le même temps, Yann Chopelle accompagne les femmes jusqu'au sas.

Ça y est, cette fois, nous avons le contrôle.

– Je prends plus de risques à vous emmener qu'à vous laisser ici, déclare Eliah Daza en ouvrant la porte. Alors, tenez-vous à carreau, c'est clair ?

Kurtz émet un petit rire de gorge.

– Vous mentez mal, dit-il après quelques secondes.

– Je ne comprends pas.

– Si on me demandait de vous comparer à un animal, cher commissaire, c'est sans aucune hésitation que je vous apparenterais à un saint-bernard.

Eliah soupire.

– C'est surtout à vous que je m'adressais, mademoiselle.

En appelant Shan ainsi, Daza se sent un peu stupide. Dans son esprit, le mot qu'il vient d'employer ne lui convient pas du tout.

– En dehors de certains individus dont les compétences s'apparentent plutôt à celles des boulets, répond-elle avec fermeté, nous aurons tous besoin les uns des autres.

– Alors, venez ! ordonne Daza en négligeant la pique. Nous sommes encerclés par des centaines de casseurs qui vous feraient volontiers la peau.

Il s'apprête à poser les mains sur le fauteuil roulant de Kurtz, mais Shan le repousse brutalement.

– Ceci me revient, prévient-elle sur un ton qui ne souffre aucune contradiction. Allez plutôt voir à l'infirmerie si vous trouvez du salbutamol, un anti-inflammatoire ou un inhibiteur calcique. Ce n'est pas avec de l'éosine qu'on calme les contractions.

– Voyez-vous, commissaire, pérore encore Kurtz tandis qu'ils sortent de l'aquarium, cette bonté d'âme vous embarrasse. Elle risque même de vous perdre. Avec un peu de chance et la tenue vestimentaire adéquate, vous pourriez vous glisser à l'extérieur et vous mêler à la foule. Votre visage n'est pas connu, pas plus que celui d'aucun de vos collaborateurs. On verrait peut-être d'un drôle d'œil une négresse pleine jusqu'aux yeux dans une foule de lyncheurs, mais les casseurs en question resserreraient les rangs aussitôt. Je gage qu'il doit traîner à l'extérieur de curieuses couleurs de peau.

– Fermez votre gueule ! vocifère Daza en rejoignant sa femme.

Puis il s'adresse à Marcel Vermont.

– Allez chercher ce qu'il faut à la pharmacie. Après, vous le prendrez sur votre dos, lui ordonne-t-il en désignant Kurtz d'un signe de tête. Le fauteuil ne passera pas là où nous allons.

Le visage de l'infirmier se crispe légèrement avant de retrouver son expression joviale. Il tend son arme à Daza et se précipite vers l'infirmerie, d'où il ressort quelques secondes plus tard avec une boîte de comprimés d'Adalate et un verre d'eau.

– Prenez-en un tout de suite. Ça devrait ralentir un peu le travail.

Confiante, Malia avale aussitôt le médicament et s'approche du sas, sous le regard de Kurtz affalé sur le dos de l'infirmier.

– Au moins, elle nous fera pas ses petits en chemin !

Au moment où Yann Chopelle entre les codes d'accès sur le clavier mural, le talkie-walkie émet des mots incompréhensibles.

– Répétez, nous n'avons rien compris ! s'écrie Daza après avoir arraché le récepteur des mains inexpérimentées d'Angéla Agripi.

Une série de sons stridents se succèdent, puis la voix d'Akis retentit, pleinement audible.

– … une voiture bélier ! Attention !

La voix s'éteint, couverte par un vacarme assourdissant.

Tous se retournent et voient avec stupéfaction un énorme 4 x 4 s'écraser sur les bureaux à l'autre bout du hangar. Il a perforé le mur de briques, à un mètre au-dessus du sol, et projeté son conducteur contre le pare-brise où une tache rouge s'incruste dans la brisure en étoile.

Yann Chopelle est le premier à réagir. Il achève de composer le code d'accès, libérant l'ouverture du sas.

– Dépêchez-vous d'entrer ! dit-il en poussant Angéla et Malia au fond du monte-charge.

Déjà, plusieurs silhouettes hurlantes se dessinent derrière l'écran de fumée et de poussière qui s'élève du tas de gravats. Marcel Vermont, Kurtz sur le dos, et Shan entrent à leur tour. Avant de les rejoindre, Daza jette un dernier coup d'œil vers la coursive. Mitsotakis et Esperanza restent invisibles.

Ils ont dû choisir de se planquer là-haut.

À l'instant où il referme la porte, une ombre jaillit vers lui et une main se pose sur la sienne.

C'est celle de Shan.

Daza comprend aussitôt. L'ombre qui s'agite de l'autre côté de la vitre blindée est prolongée d'un museau humide. Il entrouvre la porte pour laisser Nassau entrer malgré les protestations d'Agripi et bloque le sas.

Au même moment, à quelques kilomètres de là, dans un salon du palais de l'Élysée, le président s'installe devant les caméras. Le compte à rebours de la régie est lancé. Dans une poignée de secondes, les Français vont découvrir que le couvre-feu est décrété dans le pays tout entier.

107

L'entrepôt. XIIIe arrondissement. Paris. Dernier jour. 7 heures GMT+1.

Cela fait une minute à peine que le groupe de fuyards a atteint les sous-sols de l'entrepôt. Marcel s'est accroupi à côté de Kurtz qu'il a déposé par terre contre un mur. Ce dernier n'est plus que l'ombre de lui-même. Ses plaies et ses côtes fêlées le font terriblement souffrir, mais l'infirmier refuse de lui administrer sa dose de morphine tant qu'ils ne sont pas à l'abri. Inconscient, Kurtz deviendrait un poids bien trop lourd à porter.

À quelques mètres de là, assise entre Chopelle et Agripi derrière d'un véhicule, Malia fixe le sas d'un air terrifié, certaine que la vitre blindée ne résistera pas indéfiniment. Très étouffés par deux épaisseurs de verre et un étage, les coups portés sur la paroi du premier sas et les cris leur parviennent encore. Tous écoutent ce staccato annonciateur de tempête avec la même frayeur qu'un gibier piégé. Tous sauf Daza.

Agenouillé à côté d'une plaque en fonte estampillée Pont-à-Mousson SA, il fouille l'obscurité de la bouche d'égout où Shan vient de disparaître. Pour la première fois depuis le début des émeutes, il prend conscience de l'ampleur du désastre et du peu de chances qu'ils ont de s'en sortir vivants. Une femme sur le point d'accoucher, un psychopathe estropié, une bureaucrate en talons aiguilles et une tueuse redoutable dans les égouts, une horde de casseurs aux trousses… tous les ingrédients d'un drame absolu sont réunis.

Le sort de Kurtz et de Shan l'indiffère. Celui de Chopelle, d'Angéla, de Tomazello ou de Marcel presque autant. Et il est bien trop préoccupé pour se soucier du devenir immédiat d'Esperanza et de Mitsotakis, livrés à la vindicte des pillards. Pourtant, il n'a jamais lâché ses hommes. Mais il y a Malia. Et il ne voit pas comment sa femme pourrait descendre dans ce puits de cinquante centimètres de largeur, sur des échelons scellés dans le mur.

Le vacarme s'amplifie soudain. Eliah sort de ses pensées et s'introduit dans le conduit vertical.

Six échelons scellés dans un cylindre en béton lui permettent de disparaître à la vue des autres. Puis le revêtement récent s'efface, rapidement remplacé par de vieilles briques marron-rouge. Trois mètres sous le niveau du local technique, Eliah Daza atteint un nouveau sol. L'endroit est minuscule et clos par une porte basse en acier épais.

– Il y avait ici une blanchisserie industrielle. Bien avant que l'entrepôt ne serve de stock à une société de déménagement. Juste après-guerre, en fait.

Le visage de Shan émerge de l'obscurité. Il a changé. Ses yeux se sont allumés. Elle le frôle, très attirante, féline.

– Vous êtes bien renseignée, rétorque Daza en soutenant son regard. Qu'y a-t-il derrière cette porte ?

– Un plan incliné de seize mètres, bas de plafond. Je dirais qu'aucun d'entre nous ne pourra y tenir debout.

Mais ensuite, nous accéderons au réseau d'égout de la ville.

Les lèvres de Shan s'étirent en un sourire. Deux infimes fossettes naissent aux plis de sa bouche.

– Merci pour Malia, souffle-t-il. Les comprimés…

– La survie de chacun dépend uniquement de chacun.

Quelques minutes plus tard, Stefano Tomazello enfonce un détonateur dans la matière molle de l'explosif appliquée sur la porte au niveau de la serrure. Puis il place le dispositif sous tension et remonte rapidement s'abriter avec les autres.

Yann Chopelle retire aussitôt la sécurité sur le boîtier émetteur et enclenche la mise à feu à distance.

La détonation est sourde, presque décevante. Une fumée blanchâtre soufflée par l'explosion jaillit du trou, avant de retomber mollement sur le capot des voitures.

Daza enrobe le visage de sa femme entre ses mains. Au-dessus d'eux, les cris de leurs agresseurs montent en puissance. La première paroi du sas vient de céder. Déjà, des masses, des barres en métal cognent contre le verre de la seconde protection. À ce rythme, ils entreront d'ici deux à trois minutes.

– Tu sais que je n'imaginais pas ça, lui dit-il d'un air grave. Mais c'est le seul moyen.

Malia quitte l'abri du fourgon et s'approche lentement du trou. Une légère fumée s'en échappe encore et des effluves douceâtres montent à leurs narines.

– Tout se passera bien, déclare-t-elle en s'agenouillant. Descends le premier, comme ça, tu me rattraperas si je tombe.

Admiratif, Eliah Daza l'observe un instant, puis il gagne le bord du puits et s'y engage.

– Prenez tous les explosifs que vous pouvez, crie-t-il à Chopelle depuis sa position inconfortable. On risque d'en avoir besoin. Et n'oubliez pas les détonateurs !

Il n'attend pas la réponse et descend dans le conduit vertical.

Quelques secondes plus tard, Malia l'a rejoint dans l'espace exigu.

– Homme de peu de foi ! s'exclame-t-elle en atteignant le sol poussiéreux. Sache que seul un feu de brousse peut arrêter une Africaine.

Trop interloqué pour répondre, Eliah plante un baiser sur ses lèvres et se tourne vers la porte. Le métal a cédé en plusieurs endroits, et les gonds ont encaissé les vibrations en se tordant. La serrure gît par terre en plusieurs morceaux. Eliah attrape la matière épaisse de la porte et tire dessus. La pièce de métal vient à lui sans effort, laissant pénétrer dans le local une forte odeur de moisissure et de putréfaction.

Yann Chopelle laisse tomber une dizaine de pains de plastic dans un sac à dos, puis récupère dans le coffre les détonateurs restants. Lorsqu'il a fini, Marcel et Kurtz sont déjà dans les égouts.

C'est à présent au tour d'Angéla Agripi.

À en juger par ses yeux écarquillés, la quadragénaire n'en mène pas large. Ses chaussures à talon ne l'aident pas. Les semelles glissent sur le métal humide des échelons. Un petit cri lui échappe. Mais elle se rétablit et, bientôt, sa tête disparaît à son tour sous le béton.

Debout, arme au poing, Tomazello indique la bouche d'égout à Shan d'un geste de la tête. La jeune femme s'accroupit, se penche en avant et appelle Nassau. Le berger allemand se précipite vers elle et se couche sur ses épaules, les pattes coincées sous ses aisselles. Sous le regard interloqué de l'officier italien qui la suit de près, elle descend rapidement dans le puits. Totalement confiant, le chien renifle les parois humides recouvertes d'un champignon verdâtre et malodorant.

Lorsque Yann Chopelle s'y glisse à son tour et que la plaque d'égout ripe dans son logement, une nuit absolue tombe sur les fuyards.

La lumière jaillit de la main de Shan, qui s'assure aussitôt du bien-être de Kurtz. D'autres lampes passent alors du sac de Tomazello vers les paumes de ses compagnons d'infortune. Des rayons naissent dans l'obscurité, scrutant le sol, les parois.

Au même moment, la porte du sas cède sous les coups de dizaines de forcenés. En quelques secondes, les agresseurs anonymes descendent au sous-sol et se répandent dans toutes les directions.

108

L'entrepôt. XIIIe arrondissement. Paris. Dernier jour. 7 h 15 GMT+1.

Une clameur est montée de la rue. Une clameur comme seuls les événements sportifs majeurs en provoquent encore. Akis et Antonnella ont senti le bâtiment trembler. Puis la foule s'est amassée autour du hangar. Il y a eu quelques échanges avec Eliah Daza par l'intermédiaire du talkie-walkie, et ils se sont retrouvés seuls au monde, derniers vivants perdus au milieu d'une marée hostile, sauvage et mue par un formidable sentiment d'impunité. Aucun soldat, aucun groupe d'hommes armés cachés derrière un bouclier, pas de char ni de lance à eau pour les arrêter.

Alors la masse laisse parler sa fureur. Trop de morts, trop de crimes impunis. Gamins des quartiers, fils esseulés bourrés de coke, adolescents désœuvrés, voyous, assassins, ils sont tous réunis pour brûler ce pays qui les a trahis. Ce pays qui n'a pas su les protéger contre la folie d'un seul homme et leur propre désespoir.

Les deux policiers le savent. À défaut de mettre la main sur Kurtz, la foule voudra en découdre avec les forces de l'ordre.

– Je crois bien que bouffer du flic est au menu du jour, et on n'a que deux cents cartouches, déclare Antonnella. J'ai pris tout ce qui restait.

Le visage de son coéquipier est fermé. Mille cartouches ne suffiraient pas à lutter contre ce qui ne tardera pas à grimper dans les étages. Les premiers coups retentissent déjà derrière la porte en métal qui ferme l'accès aux toits, bientôt remplacés par des décharges de chevrotine. Bloquée à l'aide d'une barre en fer, la porte vibre et se déforme dans un fracas épouvantable.

– On n'est pas de taille ! hurle Akis en rechargeant son fusil à pompe. Il vaudrait mieux trouver un autre moyen.

– Lequel ? Tu veux aller où ?

– Il y a peut-être une chance en se mêlant à la foule. Il suffirait de se laisser tomber là où le toit est le moins élevé.

– C'est toi qui es tombé sur la tête, s'écrie la jeune femme effarée.

Son fusil pèse lourdement dans ses mains. Antonnella tente de se calmer et scrute les alentours à la recherche d'une position de repli.

L'espace sur lequel ils se trouvent n'est pas grand. Le tiers de la charpente originelle du hangar a été remplacé par une structure résistante en béton armé. Une passerelle rallie l'ancien toit à l'héliport. L'unique endroit qui présente une protection relative se trouve là, à la jonction de la passerelle et de la porte donnant accès aux appartements, un couloir long de quatre mètres et large de deux. Un garde-fou métallique d'un mètre trente garantit la sécurité des personnes. Les deux policiers s'y précipitent, courbés en avant.

– Prépare-toi à défourailler ! crie Antonnella en se mettant en position.

Le vantail métallique de la porte cède au même moment et claque brutalement contre le mur.

Aussitôt, Esperanza et Mitsotakis font feu au jugé, touchant un homme d'une vingtaine d'années. La hache d'incendie qu'il tenait dans une main rebondit sur le sol dans une gerbe d'étincelles.

Ils ont juste le temps de réarmer, les canons vomissent une deuxième salve. Une autre silhouette est projetée en arrière, une jambe en partie emportée par les projectiles meurtriers. Trois secondes plus tard, d'autres formes jaillissent et des balles sifflent aux oreilles des officiers paniqués qui ripostent, réarment et tirent encore et encore.

Quelques instants seulement, Akis et Antonnella pensent avoir impressionné durablement leurs adversaires. Trois d'entre eux sont tombés. Le gamin à la hache est mort, la gorge ouverte, et deux blessés graves gémissent sur le palier.

Mais un premier cocktail Molotov explose contre le parapet, à un mètre de l'endroit où se tient Antonnella. Puis un autre et un autre encore, chaque fois plus près des policiers. Un quatrième se brise sur le chambranle. Le liquide enflammé retombe sur les corps avachis devant la porte, sur le mort et les vivants.

– On ne peut pas les laisser cramer devant nous sans rien faire !

D'abord incapables d'agir, Akis et Antonnella regardent, incrédules et choqués, la pluie de projectiles incendiaires s'abattre autour d'eux et brûler les blessés. Puis ils se précipitent vers les deux hommes hurlant à terre et tentent de les soustraire aux flammes.

Mais plusieurs émeutiers embusqués dans le couloir d'accès, armés de fusils de chasse, tirent aussitôt sur eux.

Touché à l'épaule, Akis riposte, mais il est projeté au sol par une nouvelle rafale qui l'a heurté en pleine poitrine. Avec un long hurlement de rage, Antonnella vide alors son arme en direction du couloir tout en reculant, Akis appuyé contre elle. Puis elle attrape le fusil de son coéquipier et le vide à son tour sur un de leurs assaillants. Le corps tressaute comme un pantin sous les balles de 12 mm et s'écroule face contre terre.

Des bruits de cavalcade montent encore du couloir, puis un lourd silence s'installe sur le toit de l'entrepôt, interrompu çà et là par des cris et des jets de pierre.

Les deux hommes atteints par les cocktails Molotov se sont tus. Une odeur épouvantable s'échappe de leur chair racornie par les flammes. Retenant un haut-le-cœur, Antonnella détourne le regard et se penche vers Akis pour examiner ses blessures.

– C'est du petit calibre, articule-t-elle en épongeant le sang sur son épaule. Il n'y a pas d'artère touchée, heureusement.

Elle dégrafe ensuite le gilet pare-balles. Le torse d'Akis est rouge et boursouflé. Il grimace de douleur en observant sa poitrine, mais ses yeux pétillent sitôt que ceux d'Antonnella croisent les siens.

– C'est oui, dit-elle encore en rechargeant son fusil. Si tu es toujours partant pour la grande aventure à deux.

– *Prépi na rotiso tin mama mou*, répond-il en souriant.

– Traduis, s'il te plaît, dit-elle, les yeux fixés vers un point lointain dans le ciel de Paris. Ce n'est pas le moment de partir sur des quiproquos.

Le vrombissement d'un hélicoptère en approche les interrompt. Puis une voix monocorde sortie d'un haut-parleur embarqué égrène un texte enregistré.

– Par suite de décret ministériel, les attroupements de plus de trois personnes sont interdits jusqu'à nouvel ordre. Tout individu ne respectant pas le décret sera interpellé, immédiatement déféré devant un juge et écroué.

Antonnella attrape une fusée éclairante dans la caisse à munitions et la déclenche. À la lumière du projectile incandescent, elle devine qu'un mouvement s'organise sur la gauche du hangar. Il semble que la foule des émeutiers reflue enfin vers la place de Rungis.

L'hélicoptère passe au-dessus des policiers, les accrochant quelques secondes dans la lumière de son projecteur. Puis il reprend de l'altitude, survole les immeubles en flammes et fait demi-tour pour s'immobiliser au-dessus de la place. En contrebas, les manifestants s'enfuient dans toutes les directions, tentant d'échapper aux convois de véhicules anti-émeute.

Les deux officiers assis côte à côte observent la scène, traversés de sombres sentiments. D'énormes jets d'eau sous pression expulsent les silhouettes, comme s'il s'agissait de détritus. En cet instant, toute propension à garantir la sécurité de la population a déserté leurs cœurs.

– Akis, je voudrais les voir mourir, tous autant qu'ils sont. J'ai honte…

En quelques minutes, le quartier se vide. Ils restent pourtant blottis l'un contre l'autre, appuyés contre le parapet et bien décidés à rester dans leur cachette tant que le hangar ne sera pas sécurisé par les forces de l'ordre.

Les sirènes hurlent, plus proches, des gyrophares éclairent les murs en contrebas. Les secours peuvent enfin investir le quartier dévasté.

109

Paris. Dernier jour. 7 h 15 GMT+1.

Shan Guenarec et Nassau ouvrent la marche.

Le tunnel est si étranglé et bas que Marcel a posé Kurtz. À présent, il le soutient par les aisselles et l'aide à marcher à cloche-pied. Mais, affaibli par la douleur et le stress, Kurtz gémit à chaque pas, provoquant la colère de Tomazello.

– Il ne peut pas la fermer, ce connard ! hurle-t-il.

– Fermez-la vous-même ! s'emporte Eliah Daza. C'est pas le moment !

Le petit groupe progresse dans une ambiance délétère, rythmée par les plaintes de Kurtz et les jurons de l'officier italien.

D'après la direction prise sous le hangar, Daza juge qu'ils se dirigent vers la place de Rungis. Pour les avoir fréquentées à de nombreuses reprises au cours de sa carrière, l'ancien policier sait que les conduites des eaux usées empruntent des itinéraires voisins de ceux des rues. La déclivité parle dans le même sens. Pour le moment, elle est faible et tend à croître, si Daza peut se fier au bruit du ruissellement qu'il devine à peine.

Après quelques minutes, l'étroite galerie s'ouvre enfin sur un passage plus large. Le sol, constitué de deux aplats en béton, entoure une rigole remplie d'eau noire. L'odeur de pourriture, de fèces et de moisissure vient de là. À droite comme à gauche, les ténèbres s'éloignent et les sons sont happés par cette noirceur absolue que les faisceaux des lampes peinent à forcer.

Sur les indications de Shan postée au croisement, Eliah Daza bifurque à droite, dans le sens de la pente, ses doigts emmêlés à ceux de Malia. Derrière eux, Chopelle et Agripi précèdent Marcel Vermont qui a repris Kurtz sur son dos.

– C'est quoi le plan, commissaire ? On suit cette greluche jusqu'en enfer ?

Refusant d'affronter Tomazello pour une histoire de pouvoir et de prise de décision, Daza accélère le pas. Il préfère aussi éloigner Malia des vociférations de l'Italien. Mais, épuisée par les contractions, elle ne parvient pas à le suivre et lâche un premier sanglot.

– Oh ! Tu comptes aller où avec ta gonzesse dans cet état ?

Trop fatigué et trop excédé pour contenir sa colère, Daza lâche la main de Malia, fait volte-face et marche d'un pas décidé vers Tomazello, la main sur son holster.

Les autres membres du groupe se sont éloignés, formant un rempart entre l'ancien policier et sa femme. Cette dernière tient son ventre à deux mains et pleure doucement. Angéla Agripi lui glisse quelques paroles maladroites et essaie de détourner son attention, mais les prunelles noires de Malia restent fixées sur le dos de son mari et le visage de Tomazello.

– *Porca troia !* braille celui-ci, frondeur. On n'a pas assez de trimballer Kurtz ! Il faut en plus obéir aux ordres de sa chienne !

– Tu vas où tu veux, camarade ! Je t'ai rien demandé, surtout pas de me suivre. C'est clair ?

Stefano Tomazello ne cille pas. Il nargue le commissaire, un sourire narquois aux lèvres.

– Il faut être beau joueur, claironne soudain Kurtz d'une voix de fausset. La défaite devient une victoire, pour peu qu'on tire les leçons de ses erreurs !

Après d'interminables secondes, Daza fait demi-tour et s'éloigne en direction du petit groupe. Il évite Marcel et son patient, puis regagne le croisement où l'attendent, inquiets, Malia, Angéla et Yann Chopelle.

Stefano Tomazello fixe les silhouettes un court instant. La forme massive de l'infirmier chargé de son fardeau bavard fait une tache claire juste devant lui. Il pose son sac à dos et en extirpe un automatique qu'il braque aussitôt sur la tête de Kurtz.

Mais il n'ira jamais au bout de son geste.

Un étau s'est emparé de sa nuque. Sa vision se voile. Son corps devient flasque et s'effondre sur le béton poussiéreux avec un bruit de carcasse de poulet écrasée.

110

Paris. Dernier jour. 7 h 20 GMT+1.

D'un bond, Shan se redresse et ramasse le sac et l'arme de l'Italien avant de rejoindre le groupe. Des éclats de voix lui parviennent du premier tunnel. Leur chemin de fuite vient d'être découvert. Ils ne progressent pas assez vite.

À la hauteur d'une nouvelle intersection plus vaste encore, plusieurs tuyaux parviennent jusqu'à une plateforme d'où partent deux égouts collecteurs.

– On est sous la place de Rungis, explique Chopelle en braquant le rayon de sa torche vers une plaque scellée au mur. Le mieux serait de prendre le tunnel de droite. De là, on gagnera la place d'Italie en un quart d'heure.

– Et vous vous trouverez coincés par des bassins de réserve, corrige la voix de Shan dans leur dos.

– On ne pourra pas passer ?

– Vous peut-être, mais pas elle, précise Shan en désignant Malia. Et puis, je ne voudrais pas me montrer pessimiste, mais nous avons deux problèmes : eux, dit-elle en montrant l'obscurité qui les suit, et eux.

Elle pointe du doigt le ventre de Malia.

De grosses gouttes de sueur perlent au front de la jeune femme et ses yeux sont rougis de larmes contenues.

– Alors on prend Bobillot sur deux cents mètres, ordonne Shan. Après, on bifurquera à gauche sous Tolbiac.

– Qu'est-ce qu'on aura de plus ? interroge Chopelle. Il n'y a rien par là. Si, Sainte-Anne, mais je ne vois pas bien…

– Le réservoir d'eau de Montsouris, glisse Angéla Agripi, qui s'habitue peu à peu à la peur. C'est ça ?

Shan acquiesce d'un signe de tête.

– Ou les catacombes, précise-t-elle. Même si je doute que madame soit en état.

– Le réservoir est un lieu placé sous haute sécurité, proteste Yann Chopelle. Personne ne peut y pénétrer. Et je ne sais pas si…

– C'est justement votre problème, l'ignorance, rétorque Shan crânement. La meilleure des solutions est le réservoir. Ou alors on attend qu'ils arrivent pour leur demander ce qu'ils en pensent, ajoute-t-elle en agitant la main derrière elle.

L'écho leur renvoie des cris et des bruits de pas.

– Pas le temps de tergiverser, tranche Daza avec autorité.

Il reprend sa marche dans la direction indiquée par Shan.

Le petit groupe s'ébranle à nouveau. Nassau s'élance, le nez collé au sol et, la tête dodelinant sur les épaules de Marcel, Kurtz chantonne d'une voix étranglée.

– Quelques grammes de chimie et paf ! Quelques centimètres d'acier et plouf ! Mais ne vous inquiétez pas, j'essaierai de ne pas faire mal ! Oh, qu'il est gentil, le joli papa Kurtz ! Ah ! Qu'il est gentil et il est bien content !

Ses côtes fêlées, plaquées contre le dos de l'infirmier, lui coupent la respiration, ses plaies lancent de violents signaux et ses poignets pris dans l'étau des larges paumes de Marcel le lancent terriblement. Mais il chante, cassant de sa voix éraillée un silence effrayant.

Restée à l'arrière, Shan extirpe une grenade fumigène du sac de Tomazello qu'elle dégoupille et lance à quelques mètres, dans le boyau qu'ils viennent d'utiliser. Une épaisse fumée irritante commence alors à envahir l'égout. Elle se précipite ensuite dans la direction opposée et reprend la tête du groupe, talonnée par Nassau.

Deux cents mètres plus loin, ils empruntent le grand collecteur de la rue de Tolbiac. Un ruisseau d'eaux usées s'écoule à peu près librement en son milieu, ralenti de temps à autre par des arrêtoirs verdâtres. La pestilence est telle que Malia, épuisée et à bout de nerfs, ne peut se retenir de vomir.

Dans leur dos, les éclats de voix se sont encore rapprochés. Les fumigènes ont à peine ralenti leurs poursuivants.

Avec beaucoup de douceur, Daza relève sa femme, essuie les contours de sa bouche et l'emporte dans ses bras. Elle s'accroche à son cou et blottit son visage dans ses cheveux.

– Allez-y, vite ! leur crie Shan. Je vais les arrêter. Yann Chopelle, j'ai besoin de vous !

Le directeur de l'entrepôt revient aussitôt sur ses pas, alors que les autres s'éloignent vers Montsouris d'un pas rapide.

– C'est vous qui avez les détonateurs et les systèmes de mise à feu à distance, je crois. Passez-les-moi, exige Shan en sortant deux pains de plastic du sac.

Chopelle s'exécute et assiste à l'installation ultra-rapide des explosifs sur les parois. Les poursuivants se rapprochent si rapidement qu'il peut maintenant distinguer des mots dans leurs cris.

– Allez ! ordonne Shan. Nassau, file !

Sa voix résonne étrangement contre la roche humide.

Cent mètres plus loin, profitant d'un recoin dans le tunnel, Chopelle active les dispositifs de mise à feu.

Une formidable explosion roule contre les parois. La détonation est douloureuse, malgré la protection de leurs mains plaquées sur leurs oreilles. Terrifié, Nassau lance un long hurlement aigu et plaintif et détale vers le groupe de tête.

Lorsque le silence est enfin revenu dans l'égout principal, plus aucun son ne leur parvient. Les émeutiers sont durablement séparés d'eux par des mètres cubes de béton, de terre et d'asphalte.

111

Paris. Dernier jour. 7 h 30 GMT+1.

Au moment où l'écho de la déflagration l'atteint, Eliah Daza est presque arrivé sous l'angle formé par la rue de Tolbiac et l'avenue Reille. Nassau est juste derrière lui. Il trottine à côté de Marcel et de Kurtz, la langue pendante.

Mais à quelques mètres derrière eux, surprise par l'explosion, Angéla a trébuché dans sa course et s'est écroulée sur le sol crasseux. Un hurlement s'échappe de sa gorge et sa cheville fait un drôle d'angle avec son pied.

Eliah Daza pose délicatement Malia pour lui venir en aide quand le rayon de sa lampe effleure une forme au-dessus de lui. Soudain, il a du mal à respirer.

Plusieurs silhouettes perchées sur des coursives entourant un puits d'une dizaine de mètres de hauteur le dominent, visages cachés sous des cagoules aussi noires que leurs vêtements. Seul le blanc de leurs yeux accroche un éclat dans cet environnement de nuit et de miasmes.

Dans cette obscurité épaisse, Daza est incapable d'estimer le nombre de ces curieux visiteurs. Peut-être cinq sur la galerie de droite, quatre sur celle de gauche et trois autres sur un escalier, mais il n'en est pas certain.

Curieusement, les silhouettes immobiles se laissent observer. Mais elles ressemblent trop aux descriptions des terroristes de Berlin pour qu'il ait le moindre doute à leur sujet.

– Voilà notre joker ! s'exclame Kurtz en les apercevant à son tour. Ne vous avais-je pas dit que tout était prévu ? Doucement, mes fidèles, je ne risque rien ! ajoute-t-il la tête tournée vers le plafond. Laissez vivre ces gens ou nous ne connaîtrons aucune postérité !

– C'est à ça que nous vous devons la vie sauve ! s'exclame Daza, abasourdi. Nous sommes des témoins ?

Seule, au bord de la syncope, Angéla Agripi pousse un nouveau cri strident.

– Et alors ? Où est le mal ? glousse Kurtz. C'est une noble tâche de témoigner pour moi. Et ne pensez pas que vous me retiendrez, commissaire ! Posez-moi, ordonne-t-il à l'infirmier. Et allez voir ce qu'a votre patronne. Elle gueule comme une truie et c'est extrêmement désagréable.

Kurtz s'est métamorphosé. Toute douleur, tout deuil de son membre semblent s'être envolés depuis qu'il a vu ceux qu'il appelle ses chiens.

– Pas question de rester là, s'interpose Shan alors que Chopelle se précipite auprès d'Angéla. Vous, vous sécurisez les accès, intime-t-elle en levant le visage vers les coursives enténébrées. J'ai un mauvais pressentiment. Je ne crois pas que nous les ayons tous arrêtés.

Une à une, les silhouettes se laissent tomber aux pieds de Guenarec et se postent dans les quatre directions du carrefour. À leur passage, Eliah découvre qu'elles sont quinze, armées et chargées d'un lourd sac à dos.

Pendant les quelques secondes que dure ce va-et-vient, aucune parole n'est échangée entre Shan et ses frères et sœurs d'armes. Ce délai écoulé, on pourrait croire qu'ils ne sont jamais venus dans cet égout.

Pendant que Marcel Vermont et Chopelle s'occupent de rassurer Angéla et d'immobiliser sa cheville à l'aide d'un bandage bien serré, Shan et Daza s'enfoncent au-delà du carrefour, sous l'avenue Reille.

Adossé contre la paroi glacée à côté de Malia, Kurtz multiplie soudain les regards curieux vers le ventre de la jeune femme. Perturbée, elle baisse les yeux et glisse sa main dans la poche de son gilet pour y chercher la douceur du chien bleu. Puis, au bord de la nausée, elle cache son nez dans sa manche.

Le ruisseau qui coule au milieu du collecteur se jette un peu plus loin dans un bassin où convergent d'autres égouts. L'odeur nauséabonde s'est amplifiée à un point tel que tous, en cet instant, ont le sentiment de respirer des matières malsaines.

– Arrêtez de me fixer ! aboie-t-elle soudain en direction de Kurtz.

Surpris et froissé par l'attitude de Malia, Kurtz fait le dos rond. Il râle et reporte son attention vers les larges épaules de Marcel.

Une centaine de mètres plus loin, Shan dépose son sac, étale les détonateurs et s'affaire à sectionner les explosifs avec son Leatherman.

– C'est un secteur sensible, murmure Daza accroupi derrière elle. Il sera forcément sécurisé.

– On passe déjà à la télé, si c'est ce qui vous chagrine, riposte Shan en souriant. Au-dessus de la porte.

En levant la tête, il découvre deux caméras fixes qui croisent leurs axes pour couvrir une dizaine de mètres de tunnel de part et d'autre de la porte.

– Vous craignez de voir rappliquer la milice ?

Sans répondre, Daza s'empare de deux pains de plastic. Shan le laisse agir, mais elle interrompt un instant sa besogne pour observer le savoir-faire du policier.

– Un poil plus bas, propose-t-elle.

Daza se plie sans protester aux ordres de la jeune femme. Shan a sans doute manipulé des explosifs bien plus souvent que lui.

– Qu'allez-vous faire de nous ensuite ? murmure-t-il après avoir appliqué les deux pains.

– Représentez-vous un danger ?

– Je ne crois pas.

– Il faut en être certain. Pensez-vous représenter un danger pour lui ?

– Non, lâche-t-il enfin. Je n'essaierai pas de le retenir.

– Alors vous vivrez.

– C'est aussi simple que ça ? Laisser vivre ce qui ne vous nuit pas…

Brusquement, Shan se jette sur Daza et plaque la main sur sa bouche. Dans son dos, un bruit de métal frotté vient de retentir. Puis un autre résonne un peu plus loin, et encore un autre.

– Coupez votre lampe ! murmure-t-elle à l'oreille du policier.

Des taches de lumière naissent sur la voûte en trois endroits, deux à gauche de la porte, un à droite. Puis des faisceaux de torche s'agitent et des silhouettes apparaissent. Mais elles n'ont pas le temps de faire un pas dans le souterrain.

Des traînées de poudre enflammée lancent de brefs éclairs dans la nuit. Les chiens sont à l'œuvre. Leurs armes équipées de silencieux murmurent à peine.

Une étrange sensation de puissance étreint alors Daza. Ces gens anormaux, élevés pour servir Kurtz, sont aussi là pour les protéger.

Pendant près d'une minute, des corps vont tomber devant Daza et Shan, et plus loin, en arrière, entre l'endroit où l'égout s'est effondré et celui où stationnent Kurtz, Malia et les autres.

Dès que cesse le tir nourri, Shan rallume sa torche et se précipite sur la porte pour enfoncer les détonateurs dans la matière molle des explosifs. Elle enclenche le dispositif de réception HF et entraîne Daza vers un recoin du tunnel.

L'explosion souffle littéralement le chambranle et le vantail blindé. Shan ne perd pas une seconde. Elle s'introduit dans le corridor d'une quinzaine de mètres et réitère l'opération sur une seconde porte.

Moins de vingt secondes plus tard, elle regagne le recoin où patiente Daza. Le doigt du policier appuie sur le bouton de l'émetteur et les pains de plastic explosent aussitôt.

La voie est libre.

Shan siffle trois coups, deux longs et un court, puis elle ajuste les bretelles de son sac sur ses épaules et s'élance dans le couloir.

Elle jubile. L'opération n'a pas pris plus de trois minutes.

Mais son bonheur est de courte durée. L'explosif a soufflé la base d'un escalier en colimaçon situé juste derrière la porte blindée. Leur unique axe de retraite est condamné.

112

Paris. Dernier jour. 7 h 45 GMT+1.

Shan Guenarec réagit dans la seconde. Elle rebrousse chemin.

Aucune idée de défaite ne peut naître dans son esprit, tout au plus imagine-t-elle là un simple contretemps. Nassau est sur ses talons, la queue frétillante et le museau au ras du sol.

Elle frôle Daza en sortant du corridor. Malia est appuyée sur son épaule et peine à marcher.

– Changement d'objectif, murmure-t-elle en passant près de lui. La charge de plastic était un peu trop forte.

Shan ne précise pas davantage ses projets et bondit dans la nuit. Tout le monde à sa suite fait demi-tour sans demander son reste. Une peur sans nom commence à parasiter les esprits.

– Tu vas où ? hurle Daza. Malia ne tiendra pas ce rythme…

Mais il s'interrompt au milieu de sa phrase. Shan et les siens ne s'embarrasseront pas de boulets humains. Les parturientes et les blessées devront se débrouiller sans eux.

– On va y arriver, lui souffle Malia dans l'oreille. Sors-moi de cette puanteur, mon amour.

Sa voix est rauque. Daza pressent que Malia tente de lui cacher sa souffrance. Il serre les poings et soulève sa femme dans ses bras. Lui sait que derrière les plaques de numéros fixés sur les murs des égouts se trouvent des accès vers des caves d'immeubles. Il suffirait de quelques coups de masse bien placés pour qu'ils s'y introduisent tous. Mais il comprend aussi que si Shan ne s'y aventure pas, c'est qu'elle a en tête un plan plus approprié à leur situation.

En passant devant Kurtz, Shan s'est arrêtée.

Daza les observe du faisceau de sa lampe. Ils ont un bref échange. Shan paraît contrariée, mais elle obtempère et repart devant d'un pas rapide. Soufflant comme une forge, Marcel la suit aussitôt, Kurtz dans les bras.

– Ça va aller ? demande Chopelle derrière lui.

Mais il n'obtient pas de réponse. Deux cocktails Molotov explosent devant eux, libérant par les regards d'accès des coulées enflammées.

Les bras de Malia se crispent autour du cou de son mari qui se hâte de rejoindre Shan, l'infirmier et Kurtz. Il connaît la réactivité de ceux qui leur en veulent, juste au-dessus de leurs têtes.

Sans doute les réservoirs des voitures stationnées rue de Tolbiac font-ils l'objet de siphonnages en règle, c'est en tout cas ce que Daza imagine aussitôt, car des torrents d'essence coulent bientôt par les regards. Une partie se mêle à l'eau des égouts, mais une grande quantité ruisselle sur la banquette et s'enflamme au contact des précédents écoulements. L'égout s'illumine d'orange et de jaune, et une fumée âcre se répand dans toutes les directions.

La voie vers l'est est coupée.

En tête, Shan profite d'une passerelle qui franchit le collecteur principal pour gagner la rive nord de l'égout.

– Vite ! s'écrie-t-elle plusieurs fois en désignant une échelle métallique fixée au mur.

Elle aide Marcel à passer, soutenant Kurtz au cours de la manœuvre, puis elle hisse Nassau sur ses épaules et gagne à son tour un étroit couloir qui s'enfonce dans les ténèbres.

À bout de forces, Malia est incapable de se hisser sur les échelons. Alors, avec l'aide de Marcel qui la tire vers le haut, Daza hisse sa femme dans le puits, à la force des épaules.

Yann Chopelle et Angéla Agripi sont les derniers à franchir l'obstacle. Après eux, il ne reste plus qu'une demi-douzaine de soldats de Kurtz, anonymes et silencieux. Les autres ont disparu devant le groupe. Personne en dehors de Shan n'a pu les suivre ni imaginer vers quoi ils étaient partis.

Mais le directeur de l'entrepôt ne possède pas la force nécessaire pour aider Angéla Agripi, beaucoup trop grande et trop lourde pour lui.

– Stop ! clame-t-il au bas de l'échelle. On ne peut pas aller plus loin ! Pas comme ça !

Indifférente, Shan poursuit son chemin, avec l'aval discret de Kurtz.

– Vous entendez ? intervient Daza. Ils n'en peuvent plus. Nous devons les aider.

Alors Kurtz siffle et Shan s'immobilise. Puis elle revient sur ses pas et s'approche du bord du puits.

– Je vous laisse trois de mes frères et vous trouvez un endroit pour vous cacher, dit-elle en se penchant. Ça vous va ?

Soulagé, Yann Chopelle accepte aussitôt. Manifestement, Angéla Agripi est incapable de faire un pas de plus.

– C'est d'accord, dit-il d'une voix qu'il aimerait plus ferme.

Shan désigne trois silhouettes noires et repart au pas de course.

– Allez-y, lance Chopelle en levant la tête vers Daza. Je ne sais pas où elle vous emmène, mais vous avez les faveurs de Kurtz, et Malia ne peut pas accoucher ici.

Une plaque de rue passe dans le faisceau de sa lampe.

– Nous sommes sous la rue Barrault. Je vous envoie du monde dès que je le pourrai.

Eliah Daza reprend Malia dans ses bras et s'éloigne rapidement dans le petit égout. Le bruit de ses pas disparaît, plongeant le tunnel dans un silence angoissant.

– Je suis désolée, Yann, chuchote Angéla. Si je n'avais pas mis ces fichus talons…

– Nous n'aurions pas eu un tel moment d'intimité ! Et chaperonné, avec ça, ajoute Chopelle avec un sourire forcé. Allez viens, je vais t'installer sur ce tuyau.

Appuyée contre le mur, Angéla se laisse glisser dans ses bras.

Leurs regards se croisent et se figent.

Les deux têtes se heurtent, le sang gicle sur les visages.

Ils s'effondrent l'un sur l'autre.

Trois ombres se meuvent et se fondent dans l'obscurité.

113

Paris. Dernier jour. 7 h 55 GMT+1.

L'égout est large d'un mètre cinquante et haut de deux. Situé sous la rue Barrault, il descend vers le nord, en direction de la Seine. Le niveau de l'eau au-dessus du radier ne dépasse pas vingt centimètres, mais c'est suffisant pour déborder sur la berge.

Les fuyards n'ont donc pas d'autre choix que marcher dans cette eau répugnante sur un épais tapis de matière molle. Chaque pas crève des poches de gaz de putréfaction. L'odeur est insoutenable.

– Il faut vite que nous sortions d'ici, s'inquiète Marcel. Les bébés ne sont plus protégés et elle non plus !

– Allons, mon petit, le taquine Kurtz. Vous n'allez pas tourner de l'œil pour si peu, un si grand jeune homme !

Il trouve encore le moyen de plaisanter, mais sa main plaquée contre sa bouche montre qu'il n'en mène pas large dans cet environnement d'odeurs si fortes qu'elles en paraissent épaisses à respirer.

À la tête du groupe, Shan braque le rayon de sa lampe devant elle. Une silhouette y entre de temps à autre, puis disparaît dans l'obscurité. La route est ouverte et sécurisée.

Après deux cents mètres de cette pénible marche, l'égout se déverse dans un nouveau collecteur principal situé sous le boulevard Auguste-Blanqui.

Tous peuvent à présent poser les pieds sur un sol plus sec.

– Nous y sommes presque, les informe-t-elle en accélérant le pas.

– Où, bordel ? gronde Daza. Mais où ?

La réponse arrive bientôt. Un bassin de décantation des déchets les plus lourds apparaît devant eux, à l'intersection de plusieurs collecteurs principaux. Sur un mur, une grande plaque émaillée indique la situation géographique : place d'Italie.

– Reculez, conseille Shan en posant un pain de plastic sur une paroi, juste en dessous d'une indication « ateliers » barrée d'une croix rouge.

Elle y fiche un détonateur, l'active et recule rapidement.

L'explosion pulvérise plusieurs mètres cubes de parpaings et de ciment, ouvrant une large brèche dans un local entièrement dallé de carrelages d'un bleu très fade où se ruent une demi-douzaine de silhouettes surgissant de nulle part.

Quelques cris, suivis d'une série de crépitements d'armes automatiques, retentissent, puis le calme revient dans le collecteur où seul un bruit léger d'eau en mouvement se fait entendre.

Shan quitte le mur où elle avait trouvé protection et entre la première dans le local. Derrière elle, Marcel semble hésiter, mais Kurtz frappe sa cuisse de son talon.

– C'est plus le moment d'y penser, murmure-t-il avec un gloussement. Votre vie est entre mes mains.

114

Paris. Dernier jour. 8 h 05 GMT+1.

Dès qu'il pénètre dans le local au dallage bleuté, Eliah Daza comprend où Shan les a emmenés.

– On est dans le vestiaire des égoutiers du XIIIe, lui dit-il pour occuper l'esprit de sa femme. Tu vas pouvoir te reposer.

Malia ôte ses chaussures maculées et s'allonge sur le banc qui court le long du mur, sous des patères à la peinture écaillée.

– Il n'est plus question de me reposer, murmure-t-elle. Les enfants arrivent.

Elle a le souffle court, et son visage luisant de sueur est enflé par l'effort et la douleur.

Dans la pièce principale, le calme est revenu. Marcel a déposé Kurtz sur une chaise et s'est employé à laver les pieds et les chaussures de tout le monde avec un tuyau prévu à cet effet.

À présent, il remplit lentement une seringue d'un liquide transparent. Puis il enfonce l'aiguille dans la jambe de Kurtz, qui ferme les yeux et grimace comme un enfant.

Assis à côté de Malia, Daza fixe son attention sur les trois chiens de Kurtz qui bloquent l'accès aux égouts, armes pointées vers l'obscurité du collecteur. Deux nouvelles silhouettes émergent de la nuit, chargées du corps ensanglanté d'un égoutier surpris par l'explosion. Deux hommes, apparemment. Ils déposent le malheureux dans une remise où s'entassent des cuissardes en caoutchouc. Le cadavre rebondit mollement sur la matière élastique.

Incapable de réagir, Daza le regarde. Ses réflexes de flic ont disparu. En cet instant, il pourrait se passer n'importe quoi, il ne quitterait pas le chevet de sa femme. Il imagine alors Yann Chopelle et Angéla Agripi, coincés plus bas, à la merci des soldats de Kurtz.

La porte qui s'ouvre sur Shan le sort brutalement de ses pensées. Elle est toujours aussi alerte. Ses gestes sont vifs et ses yeux indiquent une vigilance extrême.

– Des nouvelles des autres ? lui demande Daza.

– Le danger a été éliminé, lâche-t-elle en s'approchant de Malia qui semble à la limite de la syncope. Son regard erre dans le vague et elle pousse de petits gémissements plaintifs.

– Vous les avez… ?

– … éliminés, achève Shan sans la moindre émotion dans la voix. Aidez-moi, maintenant.

– Éliminés, répète Daza, comme si ses facultés cognitives étaient absentes. Éliminés ? Que je vous aide à faire quoi ?

– À installer votre femme dans la salle de derrière.

– Non, oppose Daza bouleversé. L'hôpital de la Salpêtrière est à cinq cents mètres d'ici. Nous…

– Vous n'avez pas compris, le coupe Shan en désignant Malia d'un geste de la tête. Elle n'ira pas plus loin.

– Et Tomazello ? Lui aussi vous l'avez… éliminé ?

– Maintenant ! insiste Shan.

– Répondez-moi…

– Il m'a demandé de vous aider, alors je vais le faire, mais à ma façon. Soulevez son pull, ordonne Shan.

D'abord hésitant, Daza s'exécute.

La rondeur magnifique de la fertilité épanouie a cédé la place à un ventre difforme, et le pantalon de Malia est déjà souillé. Inexpérimenté, Daza laisse échapper un juron.

– Pas de panique, le tranquillise Shan. C'est normal, mais il ne faut plus tarder, alors aidez-moi. Écoutez, ajoute-t-elle avec une soudaine douceur. Je suis allée voir ce qui se passe à la surface. Ce n'est vraiment pas le moment de sortir.

Un regard de Malia suffit à convaincre définitivement Eliah. Il la soulève alors dans ses bras et se redresse.

– Allongez-la sur la table ! dit Shan en ouvrant la porte du fond qui donne dans un grand débarras. On va la nettoyer et la décontaminer.

La situation le dépasse tellement que Daza obéit comme un automate.

– Vous voyez les néons violets au-dessus, là ?

Il lève les yeux et acquiesce d'un signe de tête.

– Ce sont des UV. Les égoutiers s'en servent pour tuer les germes sur leurs tenues. On va s'en servir pour nous, OK !

– Ce n'est pas dangereux pour elle ?

– Beaucoup moins que les saloperies qu'on a ramenées des égouts, croyez-moi. Allez me chercher le sac et l'infirmier !

Occupé à fixer le bandage autour du moignon d'un Kurtz complètement groggy, Marcel ronchonne.

– J'ai jamais accouché personne, prévient-il. Je ne sais pas si…

– Ne discutez pas ! lance Shan depuis l'autre salle. J'ai besoin de vous !

Marcel Vermont part se laver les mains dans les vestiaires et rejoint Shan et Malia. Cette dernière a retiré son pantalon et s'est assise sur le bord de la table.

– J'accoucherai comme une Africaine, dit-elle. Accroupie et sans aide. Trouvez-moi des linges propres et laissez-moi tranquille.

– C'est son choix, ajoute Shan. Mais nous resterons avec elle, au cas où.

Désemparé, Eliah Daza s'approche de Malia et prend ses mains dans les siennes.

– Je… elle est vétérinaire, bafouille-t-il, stupide. Elle saura peut-être…

Le visage de Daza est presque aussi marqué que celui de sa femme. On dirait que des années de tourment s'abattent d'un coup sur ses épaules. Malia se glisse vers son homme. Un sourire étire ses lèvres charnues.

– C'est une affaire de femmes, dit-elle tout bas. Tu n'as pas à t'en inquiéter et tu ne peux rien faire. Ne reste pas là. Je ne veux pas que tu me voies comme ça.

Eliah Daza ouvre la bouche pour protester, mais Malia l'en dissuade aussitôt.

– C'est un truc de Blancs, ça, d'assister à l'accouchement.

Son ton devient plus sec. Une violente contraction la plie en deux.

– Va-t'en, parvient-elle à articuler après quelques secondes. Elle viendra te chercher quand ce sera fini. Attends ! Prends ça !

Abasourdi par la réaction de sa femme, Eliah Daza attrape machinalement le chien bleu en peluche qu'elle lui tend d'une main tremblante et tourne les talons.

– Ta libido n'en sera que meilleure ! lui serine Kurtz, hilare, quand il retourne dans la pièce principale. C'est sûr qu'une femelle écartelée qui se chie dessus, c'est pas très bandant…

Pour un peu, on le prendrait pour un clochard ivre qui se serait trouvé un coin au chaud pendant l'hiver. Nassau s'est roulé en boule à ses pieds et garde les paupières mi-closes sur son environnement.

– Il ne m'a pas raté, le sodomite, braille encore Kurtz en se grattant la cuisse.

Planté devant lui, Daza le contemple, interdit.

Puis, le chien bleu serré contre lui, il s'installe sur un banc, de l'autre côté de la salle, et ferme les yeux.

115

Paris. Dernier jour. 8 h 25 GMT+1.

Malia a crié.

Malia a hurlé.

Et tout ce temps, Daza a serré les poings. Il n'avait pas imaginé connaître un jour un tel sentiment d'impuissance.

Dix minutes après qu'il s'est retrouvé seul avec Kurtz dans la salle commune, ce dernier s'est endormi. La morphine injectée par Marcel a eu raison de sa vigilance.

Un instant écrasé par l'angoisse, Daza a pensé remonter à l'air libre, malgré les recommandations de Shan. Il s'est levé, a erré dans la grande pièce, puis s'est approché de la porte. Mais les chiens de Kurtz, gardiens des accès, n'ont pas bougé.

Alors il est revenu s'asseoir. De nouveau, il a entendu Malia souffrir pour libérer Ode et Lela de son ventre.

Ode, *née sur la route.*

Lela, *la nuit.*

Le hasard donne subitement aux prénoms des petites un nouveau sens. Si tout se passe bien, elles vont arriver sur terre, sous terre, dans un endroit dédié à la boue et aux déchets organiques. Elles vont naître sur un infâme carrelage, recueillies par des mains meurtrières.

En lui proposant de l'accompagner en France, Eliah pensait protéger Malia. Il aurait dû s'en douter. La vie ne se livre pas comme ça. Mais comment aurait-il pu envisager pareille situation ?

Sa femme et lui, bloqués sous la place d'Italie par les efforts conjugués de machines à tuer et de jeunes rendus fous de haine par l'inaptitude et le laxisme de la République.

Avec pour seuls accoucheurs une vétérinaire psychopathe et un infirmier pataud, pour seule nourriture des barres chocolatées dérobées à la cafétéria de l'entrepôt et pour seule compagnie le cerveau dérangé de Kurtz lui-même ?

Surréaliste !

C'est le mot qui ne cesse de revenir dans l'esprit d'Eliah.

À quelques centaines de mètres seulement gisent les cadavres de son supérieur et de l'attachée du ministère. Plus loin encore, ceux de ses coéquipiers, tous morts dans la nuit, massacrés au nom d'une guerre qui n'est pas la sienne.

Et pourtant. La femme qui retient ses cris à quelques mètres de lui est bien la sienne, les enfants sur le point de déployer leurs poumons bien les siens. Deux métisses qui devront trouver leur place, leur légitimité, dans ce monde manifestement cruel.

Vindicatif.

Daza ne regrette pas ses choix. Il n'en a pas eu le loisir.

Alors, il laisse le temps fuir lentement dans cette salle horriblement insipide et bleue. Les ombres à la solde de Kurtz se relaient dans un ballet silencieux et furtif.

En d'autres temps, Daza aurait consulté sa montre. À présent, l'amertume qui marque son âme dénature le goût des autres et de leurs facéties.

Une fois, la porte face à lui s'est ouverte sur Shan qui cherchait de nouveaux linges propres. Eliah a pu apercevoir Malia accroupie face à la table sur laquelle il l'avait allongée. Elle mordait dans quelque chose, et ses maxillaires étaient si contractés qu'il a failli ne pas la reconnaître.

La vision a été furtive, mais il a compris pourquoi elle ne voulait pas qu'il reste à ses côtés. Alors il a observé le bout de ses chaussures.

Lorsque Shan Guenarec a reparu les bras chargés de bleus de travail neufs et de rouleaux de papier absorbant, Daza a relevé la tête et lancé au hasard, pour troubler un silence devenu pesant :

– Finalement, cette histoire d'amnésie, c'était du flan !

Un court instant, Shan l'a toisé avec curiosité, puis elle s'en est retournée dans la salle voisine, et Daza a repris l'examen méticuleux du bout de ses chaussures en croquant du chocolat.

Si tout est sur le point de basculer, il ne voit vraiment pas pourquoi il se préoccuperait de procédure policière, de preuves envolées ou de faux témoignages.

Puisque tout semble basculer.

116

Paris. Dernier jour. 10 h 45 GMT+1.

Shan a disparu dans la salle depuis plus de deux heures.

Les cris se sont espacés, puis le calme est revenu, interrompu çà et là par de longs gémissements. À tel point qu'Eliah s'est assoupi. Il a glissé sans s'en rendre compte dans une apaisante inconscience.

Animé d'un inhabituel sentiment de bienveillance, Kurtz, réveillé depuis quelques minutes, l'observe. Le visage du policier est agité de tressautements nerveux. Il s'est avachi contre un angle de la salle, les bras croisés sur la poitrine, le chien bleu sur les genoux.

La voix de Shan le fait sursauter.

– Maintenant, crie-t-elle avec enthousiasme. Allez-y, poussez ! Encore !

En une seconde, Daza est sur ses pieds, le cœur battant et les yeux écarquillés.

– C'est l'hallali, commente Kurtz, goguenard.

– Quoi ? s'écrie-t-il, encore hébété par son réveil subit. Quoi ?

– La bête est sur le point de se rendre !

Alors que Daza se précipite vers la porte, Nassau gronde sans ouvrir les paupières. Agacé, l'ancien commissaire dégaine son arme et la pointe vers le museau de l'animal. Le berger allemand se lève et aboie une fois, les babines retroussées. Les gardiens des accès, sombres et muets, sont restés immobiles en apparence. Mais déjà, le canon de leurs armes vise la nuque de Daza.

– Allons, commissaire ! Vous voulez vraiment que ce soit le premier son qu'entendront vos enfants en arrivant au monde ? lui demande Kurtz avec douceur. Ou, devrais-je dire, tenez-vous vraiment à vous faire croquer les testicules ? Ces derniers temps, vous avez tendance à braquer votre flingue plus vite que vous pensez, mon cher ! Et cela ne vous ressemble guère !

Impuissant, Daza glisse aussitôt son automatique dans son holster et retourne s'asseoir la tête basse.

– Even vous appellera. Cette petite fait toujours ce qu'elle dit.

– Vous êtes si imprévisibles, regrette Daza dans un souffle.

– Ça me réjouit, évidemment, et pourtant ! s'exclame Kurtz en se tortillant sur sa chaise pour se tourner vers le policier. Cette fois, je ne suis pas d'accord avec vous. Il est logique que je vous laisse la vie sauve ! Imaginez un instant qu'un obscur alchimiste ait découvert la pierre philosophale au fond de son étude et qu'il soit mort avant d'avoir pu en apporter la preuve ! Quel lamentable échec ! Il faut témoigner pour la multitude et les temps à venir. Témoigner ! C'est primordial. Il n'y a pas de génie sans témoin. Pas de Jésus sans apôtres ! Imaginez-vous, même Dieu a besoin de témoins pour exister.

Peu intéressé par les discours mégalomaniaques de Kurtz, Eliah Daza lâche un profond soupir. Mais son interlocuteur semble s'en moquer. Il poursuit son propos, sur le ton enthousiaste de l'homme satisfait.

– Je n'aurais jamais pensé faire appel à un commissaire de police. Ex-commissaire, c'est peut-être pour ça. Allez savoir où la vie vous mène parfois !... Dites-moi, Eliah, vous permettez que je vous appelle Eliah, n'est-ce pas ? Vous allez être père, c'est peut-être le moment de vous poser certaines questions.

– Très franchement, parvient à dire Daza, je ne suis pas certain d'avoir envie de discuter de ce sujet avec vous.

– C'est parce que vous ne maîtrisez pas encore la question, rétorque Kurtz tout sourire.

– La morphine a décidément de drôles d'effets sur vous.

– J'en raffole ! Ah, je regretterai ce bon Marcel et ses seringues. Mais écoutez-moi un instant. Vous allez être en charge de petits en devenir. Vous êtes-vous demandé qui vous étiez ?

– Je ne vois pas bien...

– Qui suis-je ? Voilà une question que personne ne se pose jamais. Nous demandons à longueur de journée aux autres de dire qui ils sont, mais nous, personnellement, intimement, sommes-nous capables de répondre à cette question élémentaire ? Et ne me déclinez pas votre identité, ça, ce n'est pas qui vous êtes, c'est la façon dont vous vous faites appeler. Nuance, énorme nuance !

– Foutez-moi la paix, élude Daza. Et vous, vous savez qui vous êtes ?

Kurtz se redresse sur son séant. Le geste le fait grimacer.

– Vous êtes vexé, je me trompe ? Peu de gens se posent cette question. Pour ma part, je l'ai fait, souvent. Peut-être trop.

– Et alors, quel résultat ? Pour autant qu'il y en ait un… Vous vous êtes fait faire la gueule d'une star hollywoodienne ! ajoute Daza d'un ton acerbe.

Visiblement piqué au vif, Kurtz émet un drôle de glapissement et s'agite sur sa chaise.

– Je suis celui qui aime jouer avec les autres, glisse-t-il après un long silence. Cette réponse vous convient-elle ?

– J'ai la roulette russe en horreur.

– Comment allez-vous dresser des enfants si vous ne savez pas répondre à cette question ? Vous ne ferez pas mieux que les autres.

Eliah Daza est sur le point de répondre quand un vagissement retentit. Cette fois, Nassau le laisse regagner la porte, mais quelque chose bloque le vantail, lui interdisant l'accès à Malia.

– Pas maintenant ! hurle Shan. Laissez-moi travailler !

De rage, Daza écrase son poing sur le mur. Il y a bien longtemps qu'il n'a pas éprouvé une telle frustration.

– Revenons à nos moutons, déclare alors Kurtz d'un ton badin. Nous disposons d'un sursis inespéré.

– La ferme ! Votre philosophie de bastringue, vous savez où vous pouvez vous la coller ?

– Et gracieux, avec ça ! s'indigne faussement Kurtz.

Après quelques minutes marquées par un silence pesant entre les deux hommes, une deuxième série de vagissements vient se mêler aux premiers.

– Alléluia !

Il faut que Daza patiente encore près d'un quart d'heure pour voir enfin la porte s'ouvrir sur un Marcel hilare, un nourrisson dans chaque bras.

– Ode, la première ! s'exclame l'infirmier, la voix tremblante et les larmes aux yeux. Et Lela !

Pétrifié, Eliah n'ose d'abord rien dire.

Toute son attention est accaparée par deux paires d'immenses prunelles bleues. Il ne comprend pas comment ces toutes petites têtes peuvent contenir des yeux aussi grands.

– J'avais imaginé cet instant autrement, murmure-t-il enfin avec un sanglot dans la voix.

– Lela a mis un moment avant de pleurer, explique Marcel, s'approchant plus près. Il a fallu la pincer pour qu'elle respire. Mais elle va bien.

Daza tend des mains tremblantes vers les petits êtres emmaillotés dans un bleu de travail. Délicatement, il place ses paumes sous la tête et les fesses de Lela et la cale contre lui. Elle est si minuscule qu'elle tient presque dans une main. Se sentant trop maladroit pour rester debout, il s'installe sur une chaise et fait signe à Marcel de lui donner Ode qu'il niche entre ses cuisses.

Le nourrisson le regarde d'un œil oblique et gigote en braillant.

– Elles ont déjà tété, indique l'infirmier pour rassurer le jeune père. Elles devraient être sages.

Cloué sur son séant, Kurtz ne peut que se contorsionner pour apercevoir les nourrissons. Il tente de rapprocher sa chaise en s'appuyant sur son pied. C'est à cet instant que Shan réapparaît à son tour. Ses mains et une partie de ses vêtements sont maculés de sang.

– Il faut l'emmener à la Salpêtrière, énonce-t-elle froidement. Sinon, elle va mourir.

117

Paris. Dernier jour. 11 h 05 GMT+1.

Shan accompagne Marcel qui a pris Malia dans ses bras.

Le bruit de leur cavalcade s'évanouit peu à peu.

C'est comme si l'énorme collecteur situé sous le boulevard de l'Hôpital les avait happés. Daza ne peut s'empêcher de penser qu'il ne reverra jamais Malia, que ce serpent aveugle et souterrain ne recrache pas les corps, vifs ou morts. Au bout du tunnel aussi long que le boulevard, un gigantesque siphon permet de faire passer les eaux usées sous la Seine, pour les expédier ensuite vers les usines de traitement logées en banlieue. Et quand le serpent se métamorphose en sangsue, tout espoir se meurt dans l'esprit d'Eliah.

Contre lui, Ode et Lela s'agitent. Identiques et si différentes. L'angoisse de leur père passe déjà la barrière de leur affect quasi vierge. Ode braille encore de longues notes aiguës, alors que Lela se contente de vagir en tétant un mamelon imaginaire.

– Vous allez nous les traumatiser, à vous inquiéter comme ça, le prévient Kurtz, tout près. Dans dix minutes tout au plus, votre belle négresse sera entre des mains expertes. Laissez couler et profitez !

Pour joindre le geste à la parole, Kurtz étire ses bras en poussant un long bâillement.

– Vous n'avez pas vu de machine à café ?

Daza répond à la question incongrue de Kurtz par un regard inexpressif.

– Dommage. Je n'aime pas commencer une journée sans un petit noir.

Les yeux de Kurtz brillent de malice, mais Eliah ne s'en aperçoit pas.

Lela s'agite soudain. Ses gestes sont désordonnés, et de sa bouche entrouverte s'échappe un son braillard qui va crescendo. Daza est aussitôt décontenancé par cette manifestation sonore. D'autant plus que Lela ne fait qu'ajouter ses propres décibels à ceux déjà stridents de sa jumelle.

– Vous n'avez jamais pris de nouveau-né dans les bras ? demande Kurtz d'une voix enjôleuse.

La tentative du jeune père de bercer les nourrissons est si maladroite que ses mouvements simultanés se conjuguent mal, et sa grande carrure devient l'objet d'un curieux trémoussement.

– Moi non plus, poursuit Kurtz, tout sourire. Je crois que j'apprécierais. Vous m'en passez un ?

Trop ébranlé par les hurlements des nourrissons, Daza ne réagit pas à la demande de son interlocuteur et poursuit son curieux manège. Mais, malgré ses efforts répétés pour calmer Ode et Lela, les vagissements montent encore d'un cran.

À présent, le visage des poupons, encore recouvert de vernix, rougit à vue d'œil, et leur petit thorax se soulève à un rythme effréné.

– Allez ! insiste Kurtz. Je suis sûr qu'à deux on va s'en sortir.

Daza convient de la justesse de l'argument, mais il ne peut se résoudre à confier l'une de ses filles à cet homme qu'il a si longtemps jugé monstrueux. Outre le fait qu'il le sait responsable de la mort de nombreux êtres humains, il ne peut accepter qu'un être ayant mangé de la chair humaine touche ses fillettes.

Mais Ode et Lela braillent de plus belle.

– Ce n'est pas grave, confie Kurtz. Ils se font la voix.

– Elles, corrige Daza.

– Elle ?

– Elles !

Ces cris devenus intolérables mettent rapidement à mal la patience du jeune père. Il parvient cependant à lutter de longues minutes contre une rage impuissante, tout en évitant soigneusement le regard de Kurtz.

– Vous n'imaginez tout de même pas que je vais leur faire du mal ! s'insurge ce dernier, excédé lui aussi par le concert de hurlements. Vous avez lu mes carnets, vous savez tout le bien que je pense de cette humanité non corrodée…

– C'est d'accord ! s'écrie Daza débordé. C'est d'accord ! Prenez…

Paniqué, il ne sait laquelle tendre à l'homme assis en face de lui.

Ode ? Lela ?

Qui de ses filles va recevoir les caresses de Kurtz comme cadeau de bienvenue ?

Devant l'hésitation de Daza, Kurtz tend sa main valide pour saisir le petit corps d'Ode. Puis il cale la tête de l'enfant sous le bandage de l'autre et la dépose sur ses genoux.

Les cris cessent aussitôt. Le visage du bambin se fige et ses paupières s'ouvrent. À son tour, Kurtz est happé par cette paire d'yeux presque entièrement colorés d'un bleu aussi sombre que les abysses.

– C'est si… minuscule, chuchote-t-il pour lui-même.

Dans les bras de Daza, les plaintes diminuent à leur tour.

Le bercement d'un seul enfant est aisé et, bientôt, plus aucun bruit ne vient déranger cette scène idéale.

Les petites se sont endormies.

Quand Kurtz relève les yeux, il se rend compte que son vis-à-vis l'observe.

– Vous avez de la chance, déclare-t-il avant que Daza ait eu le temps de s'exprimer. Il faudra savoir en profiter.

118

Paris. Dernier jour. 11 h 45 GMT+1.

L'instant est interminable, inattendu et si saugrenu qu'Eliah Daza, absorbé par le visage fripé de Lela, son nez ridiculement petit et ses lèvres fines et ourlées, garde le silence. Elle semble un peu plus grande que sa sœur, moins ronde aussi. Ses doigts et ses orteils paraissent presque trop longs. Le jeune père observe chaque millimètre de la peau de ce nouveau-né issu de sa chair et de celle de sa magnifique épouse, traquant le détail qui pourra la différencier de sa jumelle.

– Vous pouvez compter sur Even pour protéger votre femme, murmure Kurtz, le visage penché sur celui du nourrisson. Elle n'a jamais échoué.

– Votre version personnelle du paradis. Si j'ai bien compris vos carnets.

Kurtz apprécie la compagnie de l'ancien policier. *A fortiori* depuis qu'il tient l'une des petites entre ses mains.

– Elle est mienne, mais pas comme le croiront les imbéciles et les pleutres. Even est à moi comme ces enfants sont à vous. Il n'y a là aucune forme de péché.

Les yeux fixés sur son enfant recroquevillé sur les cuisses de Kurtz, Daza murmure :

– Qu'allez-vous faire ?

– Il m'est hélas impossible de vous répondre. Cela pourrait vous échapper et je ne tiens pas à être poursuivi par la milice. Quoi que vous fassiez pour contrer le moule dans lequel vous avez été élevé, vous serez toujours assujetti à la morale, je le crains. Le papa d'Ode et de Lela y échappera-t-il, en revanche ? J'aimerais le savoir.

Kurtz passe un doigt délicat sur le front du nourrisson et sur ses cheveux noirs, doux comme de la soie. Lorsqu'il relève les yeux, Daza pourrait jurer y avoir vu briller une larme.

– La vie des uns, la mort des autres, soupire-t-il tristement. C'est comme les marées, c'est un rythme incessant. On n'y peut rien.

– Ne vous moquez pas de moi, lui reproche Daza. Vous auriez pu empêcher celle de Yann Chopelle et…

– Even répond à un programme, comme vous et moi. Je l'ai moi-même conçu, alors vous admettrez que je n'allais pas me dédire. Il le fallait, c'est tout.

Incapable de suivre son interlocuteur sur ce chemin, Eliah Daza se retranche dans le silence.

– Vous allez très certainement servir de bouc émissaire dans cette affaire, relance Kurtz. La tête de ce vaste merdier désignera un coupable pour ne pas tomber.

– Je sais.

– Que pourront-ils vous reprocher ?

– En dehors de laisser partir l'ennemi public numéro un après l'avoir sauvé d'une mort certaine ?

Kurtz étouffe maladroitement un ricanement.

– Non-respect des procédures policières, énonce Daza, perquisition illégale de domiciles…

– Broutilles !

– Responsabilité patente dans la mort de plusieurs officiers de police judiciaire, du directeur de l'OCPRF et de l'attachée du ministère de l'Intérieur…

– Votre femme est sauve et vos enfants ont l'air de se porter à merveille.

– J'ai accepté l'affaire, malgré l'imminence de la naissance d'Ode et de Lela, parce que je refusais de les voir vivre sur la même planète que vous. Maintenant, vous bercez l'une d'entre elles et je risque de ne pas les voir grandir, oppose Daza avec amertume. C'est le bonheur, ajoute-t-il en posant un baiser léger sur le front plissé de Lela.

La queue de Nassau se met soudain à frétiller. Et un bruit de pas retentit bientôt.

– C'est maintenant que nous allons devoir nous séparer, regrette Kurtz. Connaissez-vous un certain Patrick Etchévaria ?

Les sourcils froncés, Daza secoue la tête. Ce nom évoque en lui un souvenir si diffus qu'il en est presque effacé.

– Qui est-ce ?

– La seule personne sur qui j'ai pu compter étant enfant. Je peux ? demande-t-il en se penchant vers Ode pour effleurer sa joue du bout des lèvres.

– Cela a-t-il quelque chose à voir avec moi ? articule Daza, éberlué par le comportement de Kurtz.

– Vous devriez le lui demander. Il se pourrait qu'il ait gardé en sa possession des documents… de type explosif.

L'arrivée de Shan met immédiatement fin à l'échange.

– Elle a fait une hémorragie lente, lâche-t-elle d'un ton lugubre. Mais ça ira. J'ai vu ça sur une génisse pendant mes études, il a fallu tronçonner le veau pour aider la mère, mais on l'a sauvée.

Elle disparaît aussitôt par la brèche du mur qui bée sur le grand collecteur, Nassau sur les talons.

Avec une douceur infinie, Kurtz installe Ode sur les genoux de Daza et caresse la menotte fermée de Lela.

Puis, d'un simple geste, il ordonne à l'un de ses chiens de l'emporter. L'homme, dont le visage est masqué par une cagoule, lance un bref coup d'œil vers Daza avant d'enlever Kurtz dans ses bras. Ce regard venimeux mêlé d'une pointe de regret semble traverser le crâne du policier de part en part.

– Souvenez-vous, Eliah, annonce alors Kurtz comme s'il voulait déguster les derniers instants. Le sens de la vie et l'utilité de l'être. Je le ferai, je viendrai chercher vos réponses.

En les regardant s'éloigner, Eliah Daza sourit amèrement. Les bruits en provenance de l'égout s'estompent, puis disparaissent tout à fait.

La solitude s'abat sur ses épaules comme une chape de plomb.

Malia est en sécurité et les enfants dorment tranquillement. Il n'y a rien de plus à espérer.

Des larmes roulent sur ses joues. Il s'abandonne enfin à la joie, au soulagement et au remords mêlés.

119

Extrait d'un article publié sur Internet par un anonyme.

« Le long du mur des Fédérés, l'allée circulaire était noire de monde. Une foule, où se mêlaient proches et anonymes, journalistes et curieux, s'est amassée autour du carré 97. Il paraît que Yann Chopelle n'aimait pas les enterrements. Pourtant, lors de son dernier voyage, le cimetière du Père-Lachaise était comble.

[…]

Pour Angéla Agripi, attachée du ministère de l'Intérieur, et Yann Chopelle, directeur émérite de la section spéciale de l'OCPRF, la cérémonie précédant l'inhumation a été somptueuse. Monsieur le président en personne, ainsi que madame le ministre et deux intellectuels et philosophes en vogue ont apporté leur contribution au verbiage ambiant.

Pour les autres disparus, c'est le préfet de police de Paris qui s'est exprimé dans la cour d'honneur du quai des Orfèvres. Bravoure, héroïsme, êtres d'exception, éternels regrets… Quant au discours étalant leurs vies, des scribes consciencieux ont surenchéri jusqu'à l'écœurement.

Rufus Baudenuit, Stefano Tomazello, Peter Seipel, Matthieu Pellegrin, Iulan Iliu et quelques dizaines d'autres gendarmes et policiers, morts dans l'exercice de leurs fonctions lors des émeutes, ont reçu la médaille du mérite à titre posthume.

Comme toujours, la République s'est occupée de ses morts avec brio.

[…]

La minute de silence réclamée par le dernier orateur a traîné en longueur. Le ciel était très bas et d'une grisaille de fin du monde. Personne n'avait envie de rester davantage. Les silhouettes s'agitaient dans les rangs innombrables. La perspective de n'avoir plus qu'à jeter une poignée de terre sur le cercueil avant de rentrer excitait les impatients. C'est vrai que la Terre ne s'arrêtera pas de tourner pour si peu.

[…]

La mise à sac d'un des entrepôts de la police remonte à cinq jours.

Juste le temps de remonter les cadavres des égouts et d'autopsier le corps des policiers. Pour identifier les autres, il faudra probablement des semaines.

En plus des soixante-neuf victimes de ce que nous appelons les « nuits de cristal », les forces de l'ordre ont comptabilisé six cent soixante-douze morts sur l'ensemble du territoire, assassinés par les terroristes… et des psychopathes en devenir. Mais cette dernière information, trop sensible, restera probablement loin de la connaissance du commun des mortels.

Officiellement, l'instigateur de ce massacre, Olivier Lavergne, est mort au cours de ce qu'il convient maintenant de nommer « les événements de décembre ».

Kurtz n'est plus.

Lui et ses chiens, dont la plupart sont censés avoir été définitivement neutralisés par les forces de l'ordre, ne dérangeront plus la nation.

[…]

Le beau mensonge n'a pas dupé tout le monde, il ne vous dupera pas non plus, mais les esprits critiques ont compris l'intérêt de ne pas jeter de l'huile sur ce feu-là. Le pays a besoin de se reconstruire et de comprendre comment il a pu en arriver là.

Une dépouille a même été présentée à la presse.

Le corps méconnaissable présentait tout de même un magnifique dragon tatoué sur l'abdomen. Alors ? Mort ? Pas mort ?

Ce détail a certainement fait frémir dans les chaumières et permis d'approcher cette imposture d'État au plus près d'une réalité passée et largement étalée dans la presse de l'époque.

Les autorités assurent que les derniers chiens de Kurtz seront neutralisés sous peu, vifs ou morts. Et chacun espère que les interpellations tourneront mal.

[…]

Il restera à clarifier les responsabilités des uns et des autres dans cette dramatique affaire. Comme l'avaient prédit certains initiés, l'ex-commissaire Eliah Daza, rappelé d'urgence en France quelques jours plus tôt, est en première ligne. Dernier survivant, il risque gros. Lui, sa femme et leurs deux filles. Quelque part dans la hiérarchie de l'État, on cherche une tête à faire tomber, et Daza se présente idéalement. Aux yeux du monde, il n'est personne. Le sous-officier Marcel Vermont ayant été aussitôt mis hors de cause pour n'avoir pas pris part aux décisions.

[…]

La foule s'est disloquée rapidement, échappant au rituel de la poignée de terre. »

on the Web again…

120

Paris. Cinq jours après les événements.

La foule a déserté le Père-Lachaise, mais Daza demeure, sans pouvoir se décider à partir. Le regard vide et les mains calées au fond des poches de son imperméable, il rumine.

Au cours des quatre-vingt-seize dernières heures, à l'exception de quatre visites auprès de Malia, Ode et Lela, Eliah Daza n'a pratiquement pas quitté les enquêteurs du quai des Orfèvres. Les questions se sont succédé, croisées, implacables, vicieuses, parfois si perverses que Daza, pourtant rompu à l'art de l'interrogatoire, s'est laissé surprendre.

– Commandant ? Nous avons ordre de vous escorter jusqu'au 36. Suivez-nous, s'il vous plaît.

La voix d'Antonnella Esperanza sort Daza de ses pensées. Elle se trouve à quelques mètres de lui, devant la porte de la Réunion, flanquée d'Akis Mitsotakis, le bras en écharpe. Bien qu'ils aient assisté ensemble à l'inhumation de Yann Chopelle, ce sont les premiers mots qu'ils échangent depuis la nuit de l'attaque du hangar.

– Bien sûr, répond Eliah Daza d'une voix grave aux intonations lentes. Le 36, je n'avais que ça en tête.

Si elle n'avait pas des allures d'ordre, il apprécierait la proposition.

Les trois policiers marchent en silence jusqu'à une voiture de location garée un peu plus loin. Daza s'installe à l'arrière de la berline aux vitres teintées, surpris que les deux officiers n'utilisent pas leur véhicule de service.

– J'ai appris que tous les petits soldats de Kurtz n'ont pas été attrapés en Roumanie, lâche-t-il alors qu'Antonnella prend place derrière le volant. Les troupes roumaines ont eu des pertes non négligeables et les légionnaires aussi.

Eliah Daza redoute plus que tout un long silence, alors il parle, même si, au fond, ce qu'il raconte ne le passionne pas.

– Vous en saviez quelque chose? ajoute-t-il sans conviction.

– On est en disponibilité tous les deux, répond Akis au bout de quelques secondes. Alors, on laisse filer et on essaie d'en profiter.

– Je ferais sans doute la même chose, murmure Daza, très mal à l'aise.

Il comprend soudain que quelque chose cloche dans l'attitude de ses anciens coéquipiers, qu'ils n'ont pas pu recevoir l'ordre de l'escorter. Pas s'ils sont en congé.

Le silence s'installe dans l'habitacle.

Pas une seconde, Eliah n'envisage de leur poser de questions ou de parler du temps qu'il fait.

Il décide d'attendre.

Il aimerait tant retrouver la paix, celle dont il se délectait dix ou onze jours plus tôt en compagnie de Malia. À ce moment-là, la perspective d'être père offrait de magnifiques espérances. La vie promettait une moisson de plaisirs.

Aujourd'hui, demain et les autres jours, il devra répondre de ses actes et de ses choix. Mais qu'a-t-il vraiment décidé ? N'a-t-il pas été le jouet d'un petit soldat dressé pour récupérer son mentor ? Son maître ? Son père…

– Ici reposent Charles et Michèle Marieck, dit-il alors que la voiture est stoppée au feu rouge à l'angle du cimetière. Adrien Béranger aussi, et demain ce sera au tour de Rufus Baudenuit.

Devant le silence des deux policiers, Daza aimerait ajouter qu'il manque un cadavre, que Kurtz a encore réussi à s'échapper, cette fois avec l'aide de ceux qui le traquaient quelques jours plus tôt. Mais il ne le peut pas. Lui aussi s'est trouvé englobé dans le mensonge d'État. C'est même une condition à sa liberté provisoire. Kurtz doit être mort pour le reste du monde.

– Antonnella, Akis, ajoute-t-il d'une voix étranglée par l'émotion, je n'ai pas voulu vous abandonner. Je n'ai jamais voulu ça.

– Elle m'a dit oui, l'autre soir, sur le toit. Antonnella m'a dit oui, annonce l'officier grec en se tournant vers Daza. J'attendais ça depuis des mois.

Esperanza lance un coup d'œil amusé à l'ex-commissaire par le biais du rétroviseur, puis remonte le boulevard de Ménilmontant et bifurque à droite vers le nord, direction place de la République. Le long mur d'enceinte du cimetière se reflète dans les iris sombres d'Eliah. Les mentions « défense d'afficher » restent à peine visibles.

Trois cents mètres plus loin, la jeune femme s'engage dans l'avenue Gambetta et file directement vers la porte de Bagnolet.

– Nous n'avons jamais cru que vous nous aviez abandonnés, commandant, dit Akis avec un profond respect.

– Vous allez me dire où on va ? demande Daza, soulagé et inquiet à la fois. Je suis convoqué au 36 dans une heure et…

– Avez-vous pensé aux ennuis qui vous attendent si vous ne filez pas tout de suite chez Patrick Etchévaria ?

Daza n'a parlé de la confession de Kurtz qu'à une seule personne, Malia. Se peut-il qu'ils aient été sous surveillance tout ce temps ?

– Vous savez, poursuit Antonnella Esperanza, ils nous ont cuisinés aussi. Mais comme nous étions coincés sur le toit du hangar, ils n'ont pas pu nous rendre responsables de ce qui s'est passé dans les égouts.

– Comment ?

– Comment j'ai su pour Etchévaria ? Votre maison s'écroule, commissaire ?

– Arrête avec ça ! intervient Akis en se tournant encore vers Daza. Elle abuse un peu, je crois.

Mais Eliah s'en moque. Il veut comprendre.

– Quel est votre intérêt, Antonnella ?

– Ce n'est vraiment pas très compliqué. Figurez-vous que, depuis notre rencontre, je m'entends bien avec Malia !

121

Saint-Benoît. Région de Poitiers.

Beaucoup de souvenirs affluent dans l'esprit d'Eliah Daza tandis qu'il quitte la berline pour se rendre jusqu'à la grille d'un modeste pavillon situé à Saint-Benoît, dans la périphérie de Poitiers.

S'il n'avait choisi un chemin plus obscur, Rufus Baudenuit aurait pu être à ses côtés. L'instant aurait été différent, bien différent. Daza ne saurait dire s'il jubile, s'il est impressionné ou simplement soulagé que tout soit terminé.

Curieusement, il n'éprouve aucune peur. Si Kurtz avait voulu se débarrasser de lui, ce serait déjà fait. À moins que la perversité de cet homme ne soit sans limite et qu'une trappe ne se referme sur lui dès qu'il aura franchi le perron de cette bicoque discrète.

Un muret couvert de lierre s'achève sur une double porte à la peinture écaillée. Il y a longtemps que le propriétaire n'a pas entretenu les ferrures. Les gonds dégoulinent de rouille.

Ce détail l'interpelle, mais il chasse rapidement cette idée. Kurtz a bien d'autres chats à fouetter. Au pire, il trouvera Patrick Etchévaria desséché au fond d'une cave. Il en a vu d'autres.

Le pavillon se trouve à deux mètres de la grille.

Un câble relie une clochette fixée sur la façade à une poignée ouvragée. Eliah Daza la tire, et le mécanisme carillonne joliment dans l'air frais de ce début d'après-midi. Le visage d'un homme d'une soixantaine d'années apparaît derrière une vitre.

Patrick Etchévaria, l'infirmier chargé de l'adolescent Olivier Lavergne lors de son séjour à l'hôpital psychiatrique où l'avait envoyé le juge. Peut-être le seul humain qui lui soit réellement venu en aide.

La porte s'ouvre sur une silhouette trapue aux cheveux blanchissants.

– Ravi, monsieur Daza, dit l'homme en lui tendant une main chaude et sèche. Entrez et prenez place, je vous prie. Un café ?

– Non, merci, refuse poliment Eliah en découvrant la pièce de vie de la maison.

Il s'assied dans un canapé en rotin, tandis que les pas de son hôte s'évanouissent dans la cage d'escalier. Le salon est embarrassé par une quantité incroyable d'objets hétéroclites. Patrick Etchévaria doit être collectionneur dans l'âme.

Sur une table basse, unique meuble de la salle à ne pas crouler sous un monticule de papiers en tout genre, un ordinateur portable fermé et une enveloppe à son nom.

Sans attendre, Daza la saisit et la décachette.

« Cher Eliah, Patrick est un innocent presque aveugle. Régalez-vous et préparez votre guerre.

Votre dévoué,

W. E. Kurtz. »

Lorsque Daza lève les yeux, Patrick Etchévaria l'observe depuis le palier, les bras chargés d'une vieille caisse à savon.

– Quand est-ce arrivé ?

– Avant-hier matin, répond l'infirmier. Dans un mot, Olivier m'informait de votre visite.

– C'est à l'intérieur ?

Patrick Etchévaria dépose enfin l'objet sur la table basse, juste devant son invité. Sur le couvercle, la silhouette d'un chat se distingue encore au-dessus des dernières lettres visibles du slogan.

Alors que son hôte s'est éclipsé dans la cuisine, Eliah ouvre d'une main impatiente la caisse en bois. Il découvre une pile de DVD dont le premier porte le numéro 5. Il y en a sept identiques, le dernier semble être une authentique version longue d'*Apocalypse Now*.

Intrigué, un peu déçu, Daza choisit un disque au hasard et allume l'ordinateur posé devant lui. À vrai dire, il ne sait pas vraiment à quoi il s'attendait, mais en tout cas pas à ça.

De retour avec un café, Etchévaria s'assied de l'autre côté de la table basse. Il plonge deux morceaux de sucre dans sa tasse, puis tourne sa cuiller avec application.

En attendant que l'interface démarre, Daza garde les yeux fixés sur l'écran. Ses doigts pianotent nerveusement sur le couvercle de la boîte.

– Je n'ai pas vu grand monde, ces derniers temps, dit soudain le vieil homme. Enfin, depuis que je suis à la retraite.

Daza lève la tête. Ses paumes sont moites.

Il regarde Patrick Etchévaria, mais ne sait pas quoi lui dire. Tout son être est focalisé sur ce que contiennent ces DVD.

– Faites ce que vous avez à faire. Ne vous occupez pas de moi.

Cette fois, l'ordinateur est prêt.

Une bouffée de stress monte dans la poitrine de Daza et le fait hésiter quelques secondes.

Et si…

La phrase de Kurtz lui revient en mémoire.

Il se pourrait qu'il ait gardé en sa possession des documents… de type explosif.

– Foutaises ! râle Daza tout haut. Il n'a aucune raison de me faire ça.

Les doigts gourds, il insère le premier DVD dans son logement et patiente quelques secondes.

Deux dossiers numérotés s'affichent tout d'abord sur l'écran.

Et la boîte de Pandore s'ouvre.

Épilogue

Les tamariniers se balancent dans le vent tiède. Il est dix-huit heures, le soleil ne tardera plus à se coucher. La paillote ouverte aux quatre vents sent le citron vert et la fleur de vanille. Tout au long du jour, le soleil a caressé le toit. À présent que la chaleur tombe, se tenir sous les pentes en tôle est un ravissement.

Jamais Shan n'aurait pensé que la vie puisse se résumer à une succession de tout petits plaisirs. Ici, dans cette île perdue parmi d'innombrables autres îlots de l'archipel, elle n'a en théorie pas même besoin de se tenir sur ses gardes. Ici, au bout du monde, personne ne la connaît, personne ne la reconnaît. Et surtout, le visage de son maître n'évoque rien à personne. Les natifs du coin sont bien loin de se douter qu'ils hébergent dans leur communauté l'un des plus grands visionnaires vivants.

Mais Shan s'interdit ce bonheur. Le maître ne va pas bien.

Les premiers temps de leur installation dans l'île, il a paru affairé. Et ses blessures l'accaparaient aussi beaucoup.

Puis, au fil des jours et des marées, une ombre s'est glissée dans ses yeux. Une ombre qui s'est installée.

Shan a pensé pouvoir changer les choses.

Mais le maître est devenu avare en paroles. Il passe une grande partie de son temps à écrire et à dessiner sous une tonnelle de feuilles tressées qu'elle lui a installée à quelques mètres des flots.

C'est d'ailleurs à cet endroit qu'il se trouve, malgré la luminosité déclinante.

Shan abandonne ces pensées détestables et attrape une lampe à pétrole. Il va avoir besoin de lumière et il répugne à lui demander quoi que ce soit.

Alors, elle devance ses désirs et imagine ses besoins.

Le sable est encore délicieusement chaud.

Les hanches de la jeune femme chaloupent jusqu'à la tonnelle.

Une allumette s'embrase et la mèche imbibée diffuse une lumière jaune.

Les ombres dansent sur la feuille de papier. Celles de la main de Kurtz et de son stylo. Celle aussi, plus floue et moins sage, d'un éphémère attiré par ce soleil miniature instantané.

Shan se penche au-dessus de l'épaule de son maître. Elle n'en a pas le droit. Elle le sait, mais il flotte dans l'air comme un parfum de nostalgie qu'elle n'aime pas. Qu'a-t-il pu écrire de si passionnant pour y consacrer l'après-midi entier ? Le bord du chapeau de brousse qui ne le quitte plus la gêne.

Shan se décale légèrement et commence à lire :

« … on me refuse la presse, mais je sais, à les voir se déchirer, qu'ils doutent, chacun leur tour. Je les connais, ces satrapes, pour en avoir trop fréquenté par obligation et parce qu'ils ont investi toutes les couches de la société.

Ces porcs sont partout, à tous les niveaux. Ce sont eux qui salissent le monde avec leur politique de demi-mesure.

Je les connais, ces donneurs de leçons, ces faiseurs de morale, ces bien-pensants que je conchie encore bien moins qu'il ne le faudrait.

Ils me refusent ce que je demande parce qu'ils croient penser comme moi, ces pleutres. Et qu'ils n'assument pas de ressentir ce que leur morale réprouve.

Ils m'ont traité de monstre parce que me catégoriser comme tel leur évite de comprendre que nous appartenons à la même espèce, quoi qu'il puisse m'en coûter de dire une chose pareille.

Ils m'ont traité de monstre pour ne pas regarder l'humanité rebelle, pleine et entière, qui coule en moi.

Et qu'ils rejettent chez eux par manque d'envergure.

Les lâches.

Ils m'ont traité de monstre parce que je dois être un des rares humains à s'assumer comme tel, finalement.

Toute la question, toutes les questions se résument à des querelles de termes.

Définir, c'est encadrer, sérier, amoindrir.

Mais définir est obligatoire, sitôt qu'on est plus d'un.

À deux commencent les possibilités de mésententes, de quiproquos, de faux-semblants.

À trois, il faut déjà un chef.

Et à quatre, on organise les quarts de veille et les parcours des patrouilles de surveillance.

Alors, quand les individus se comptent par dizaines de millions, il ne reste de place qu'au vacarme et à la gabegie. D'autant plus qu'ils sont gouvernés par des pleutres, eux-mêmes représentés auprès du peuple par des sous-pleutres, exécutants chefaillons à la petite semaine, jusqu'aux plus ridicules instances, aux moindres des pouvoirs de chef de quai ou de guérite.

Tout autre point de vue sur cette société ne peut être dicté que par les conséquences du manque d'envergure généralisé.

Ce monde est une friche et ils le croient policé.

C'est pour ça qu'ils s'éreintent à vouloir le maintenir en l'état, retenir de leurs petites mains paniquées cet ordre qu'ils pensent lui avoir appliqué.

Vanités !

Et c'est aussi pour ces raisons qu'ils m'ont tué.

Pour que je ne puisse pas admirer jusqu'où s'enfoncent les conséquences de ma victoire. »

Tout à coup, Shan éprouve une infinie tristesse.

Ces lignes l'attestent : le maître décline, jour après jour.

Elle qui pensait partager sa prochaine œuvre ne peut qu'accepter l'échec évident.

Kurtz est en train de faillir.

Et elle ne le supporte pas.

Choisie par le maître, élevée selon ses préceptes, Shan n'avait qu'un objectif. Et elle aussi a échoué. Servir le maître signifie également favoriser son épanouissement.

Ici, il se dessèche, son esprit se délite comme le soubassement d'un édifice ancestral.

Pourtant, il a eu des sources de satisfaction. Son recueil de pensées a été édité en France. Il s'en est procuré un exemplaire, qui trône en permanence sur sa table de travail.

Sans un bruit, elle s'écarte de quelques centimètres et contourne la table. Dans la lumière du soleil couchant,

Kurtz est magnifique. À présent que sa peau est hâlée, la ressemblance avec Marlon Brando est frappante.

Shan effleure discrètement la crosse de son automatique.

Il y a bien une solution. Elle y a déjà pensé.

Mais elle n'en a reçu l'ordre qu'une fois, il y a bien longtemps, et elle n'est pas allée au bout. Cette fois, il ne faudrait pas qu'elle échoue.

Le contact dur et froid de son arme est rassurant.

Comme s'il lisait dans ses pensées, Kurtz redresse la tête. Ses lèvres s'entrouvrent et il fredonne :

– *Heaven, I'm in heaven.*

Alors Shan s'apaise, pour un temps.

C'est la première fois depuis des mois qu'il a l'air d'être heureux. Un sourire presque enfantin fend d'une ligne courbe son visage un peu trop gras.

ANNEXES

Avertissement

Sont reproduits ci-après des extraits significatifs et déchiffrables des carnets illustrés d'Olivier Lavergne, alias Kurtz. Ils ont été rédigés sur une période de vingt ans, entre sa sortie de l'hôpital psychiatrique à sa majorité et sa disparition présumée à l'âge de trente-huit ans (plus ou moins deux ans selon les spécialistes du dossier).

Ils sont au nombre de quarante-six et ont été retrouvés pour partie lors de la perquisition de son repaire en région parisienne et pour partie gravés sur des DVD adressés de façon anonyme au parquet de Paris.

Kurtz lui-même semble les avoir classés en quatre catégories, ou époques :

– les carnets de l'Époque Héroïque,

– les carnets de l'Époque de la Grande Cohérence,

– les carnets surnuméraires de l'Époque de la Grande Cohérence,

– les carnets de la Période des Petits et des Grands Tâtonnements.

Ces carnets déclinent les couleurs de l'arc-en-ciel. Il en existe sept séries de sept couleurs.

En voici la teneur.

Portrait de Marlon Brando dessiné par Kurtz.

LES CARNETS MULTICOLORES

de W. E. Kurtz

(ou les missives édifiantes adressées à Willard)
De l'autre côté du rideau de feu...

Première introduction au premier carnet rouge

Trop longtemps, j'ai repoussé cet entêtant projet, trop longtemps j'ai cherché à me parfaire. Mais je sens bien qu'aujourd'hui est. Et qu'il me faut m'envoler maintenant, ou bien disparaître.

Là est le postulat, Willard.

Là est ma flagrance.

M'envoler ou disparaître.

C'est pourquoi je pose en quelques lignes les deux axes de ma vie de visionnaire :

L'Œuvre du troupeau et l'Œuvre de la meute.

Deux œuvres simultanées dont je serai le berger en même temps que le super prédateur.

J'aime cette vision de la vie, Ma vision, celle qui n'aura pour le moment été comprise par personne.

...

C'est à toi, Willard, qu'il reviendra de témoigner pour ma postérité. Car je le sens au fond de mon âme. Il n'existe pas d'œuvre sans un tabellion. Le jour venu, il te faudra l'expliquer aux masses. Je ne saurai pas. Je ne pourrai m'astreindre à me vulgariser moi-même. Cette simple pensée est en soi presque indécente.

J'ai approché là une vérité essentielle, le stade ultime de l'évidence : les générations futures auront besoin de toucher pour croire. Jamais elles n'oseront accepter ma réalité sans un maximum de matériau comptable des jours passés.

Ainsi ces carnets débutent-ils au seuil de ma projection du monde.

Ici, dans cette France prénatale où rien n'est simple mais où tout est possible, j'ai compris qu'il n'existait pas de place pour moi, qu'il me fallait la créer, sans quoi je passerai le reste de ma vie dans une impasse décidée par d'autres.

Pour bien conduire sa raison et trouver la vérité dans les actes.

CQFD

Deuxième introduction au premier carnet rouge

J'aimerais tant me jeter directement dans le cœur de l'Œuvre, mais il me faut avant tout procéder à l'élaboration du projet. Que dis-je, l'élaboration, je devrais plutôt parler de construction. Entreprise

pharaonique, Willard !

Bien malin celui qui pourrait me donner la solution tout de suite.

Ce n'est pas rien, tout de même. Imagine ne serait-ce qu'un instant l'endroit presque inaccessible où je désire nous rendre.

Imagine !

Élever des prédateurs dans un monde de brebis.

Des loups au milieu de la bergerie.

Je me régale, Willard, rien qu'en y pensant.

...

Et dire que bientôt cet endroit existera vraiment.

...

La France d'abord, ensuite l'Allemagne, quelques jours en Autriche, aussi.

Ces voyages sont pour moi une perpétuelle source d'expériences.

De désillusions aussi. Partout les populations sont guidées par les mêmes chimères.

Je ne peux m'embarrasser de ces pleurnichards.

L'ordre, l'ordre et encore l'ordre. Ce monde n'est gouverné par ces lois de masse que pour engendrer la coopération de ces mêmes masses. Et ça bêle, ça cancane aux quatre coins de l'Europe. À tel point qu'il est presque intolérable de poser un pied dehors. Mais je poursuis pourtant mon chemin. Je regarde, j'observe, je me nourris de toutes ces bontés offertes aux miliciens que je fréquente par devoir d'appréhender les chiens, au même titre que les moutons. Et puis je tisse ici des liens qui me serviront demain. Qui serviront l'Œuvre !

Un jour arrivera où je régurgiterai ce savoir-faire, ces comportements acquis, ce sera mon bouquet final, Willard. Entends-tu ce que je dis ? Nous nous nourrirons des lauriers de l'humain en

assistant chaque soir au plus beau des bouquets finals.

...

Il est nécessaire, il est même essentiel, de couper l'humain de ses géniteurs, de le sevrer, comme on le ferait d'un chiot, pour qu'il demeure animal et passe par le crible de ma volonté.

Il est absolument vital que les petits humains n'aient pas été pervertis par le besoin de croire.

C'est pourquoi j'ai pris la décision primordiale, celle qui consistera à acquérir un cheptel. Par tous les moyens en ma possession.

Car plus les petits seront proches de la bête, plus ils seront faciles à briser.

...

J'ai fini par comprendre ce qui me fera sans doute basculer.

Pas de visionnaire sans peuple !

C'est un éclairage nouveau.

Il appartient néanmoins au visionnaire de choisir son peuple.

Je serai comme Moïse, mon bon Willard. Je trouverai ce peuple, je le confectionnerai, le pétrirai à partir d'une glaise sans doute malodorante. Je ne puis me priver de la matière. Mes ouailles, mes sujets sortiront nécessairement du sexe de leur mère et seront presque obligatoirement le fruit de viols, d'incestes, de fornications plus ou moins consenties.

Et pourtant...

Ai-je le choix ?

L'homme est un matériau résistant que je saurai parfaire.

...

Quand je te trouverai, Willard, tu sauras peut-être. Toi qui deviendras un lien entre l'humain et moi auras assez de cette bassesse pour me l'expliquer.

...

Quelle joie, Willard ! Quelle belle façon de croquer dans la vie depuis que j'ai compris cela !

Il n'y a plus rien sur mon passage. Rien ne saura me ralentir à présent.

Le Système se met en place, et mes premiers deniers seront pour la meute, ma chère meute.

Ah ! Est-il nécessaire de te dire mon impatience ?

Je pars dans le mois courant poser la première pierre.

Et sur cette pierre je bâtirai mon Grand Œuvre.

...

Les jours s'égrènent si vite. Le temps est un juge implacable. L'humanité est une espèce globalement nuisible, un ramassis de pleutres et de fainéants. Il n'y a qu'à regarder où les cinq mille dernières années l'ont conduite. C'est un constat navrant, quel que soit le point de vue choisi par l'observateur.

Il m'est impossible de me sentir dans le même camp que ces gens.

Je dois admettre que je partage un héritage chromosomique qui me cousine avec l'ensemble des habitants bipèdes de la planète, mais la comparaison cesse aussitôt.

Ces bons docteurs de l'internat l'auront bien dit : je n'appartiens à aucune catégorie connue de leur belle science.

Il n'en demeure pas moins !

J'aime cette expression.

Il n'en demeure pas moins, c'est comme si on roulait une pelle à son interlocuteur. Ça en jette et ça ne veut rien dire.

...

J'aime ces faux-semblants, ces ronds de flan de trous du cul en complet trois pièces. C'est en apprenant à parler comme ça que l'on devient trou du cul à son tour.

Il y a grand intérêt à pouvoir jouer sur tous les tableaux, passer pour un trou du cul avec les trous du cul, pour un commis avec les commis, un prédateur avec les prédateurs. Se camoufler, réagir,

expérimenter et vaincre, voici les quatre maîtres mots du moteur de l'existence.

Sans eux, nul salut.

La plus grande jouissance en ce monde, Willard : c'est de dresser un trou du cul à devenir ma chose d'attaque.

Singer à la perfection est un art majeur. L'imitation peut confiner à la dualité. Et c'est une bonne chose.

...

Ce sera la Roumanie.

J'ai reçu ce matin un appel de Vlad Iblescu. Un ancien camp militaire déserté par une armée communiste en déroute. Un haut gradé prêt à fermer les yeux sur un transfert de domaine et le tour sera joué. Cinquante mille malheureux dollars. Plus sa commission.

J'ai connu Iblescu lors d'un de mes séjours en Allemagne. C'est un salopard comme je les aime, prêt à tout, d'aucune confiance, mais terriblement attiré par l'argent. C'est dire si je le tiens par les bourses.

Vlad Iblescu tuerait père et mère pour empiler quelques dollars de plus. Je me demande d'ailleurs s'il ne l'a pas fait.

Mais là n'est pas la question. Que les Roumains s'entretuent n'est pas mon affaire. Iblescu a bien travaillé.

…

Je pars demain.

…

Grand comme une chasse royale, 6 334 hectares avec un barbelé sur tout le périmètre et des miradors tous les 300 mètres.

Tu aurais dû voir ça, Willard. J'en avais les larmes aux yeux.

Il n'existe pas de plus belle chose en ce monde qu'une terre d'apprentissage, un domaine où se jouera le destin de beaucoup.

Je suis confiant. L'avenir est radieux.

…

Ici, le système se met en place. J'ai retrouvé deux anciens de l'internat, deux hommes de mains potentiels qu'il va me falloir tester et piloter.

Un jour, dans des années, la milice finira bien par se rendre compte que j'existe. Non qu'ils me repéreront, je pense plutôt qu'ils déduiront mon existence par les conséquences de mes actes. Un peu comme les astrophysiciens déduisent l'existence d'un trou noir sans pouvoir l'observer directement.

C'est exactement cela, mon ami, un trou noir. Je suis cela. Mais à la différence des singularités célestes, je suis une singularité pensante, consciente, visionnaire. Je suis tout cela en même temps.

L'un et la multitude. Et c'est ce que la milice cherchera. Une association, un groupe terroriste, une bande, mais jamais un individu isolé.

Ou alors, les malfaisants penseront l'inverse. C'est ce qu'ont déduit ces bons docteurs, que j'étais un être asocial, incapable de la moindre activité de groupe, agressif et incontrôlable.

Les pleutres, les cuistres, les imperfections négligeables, tous ont tort, personne ne peut avoir raison.

Je conchie la Terre entière et ses milliards de parasites. Mais j'ai la clairvoyance de savoir que, seul, je n'y arriverai pas. La sueur de la multitude est nécessaire au Grand Œuvre. Je suis la conscience éclairée, mais aussi belle soit ma lumière, elle ne peut briller pour elle seule.

Je suis celui que l'on n'attend pas ! Et que se taisent ceux qui prétendront que je n'existe pas, qu'un être tel que moi ne peut œuvrer que seul. Ceux-là sont des couards, des dommages collatéraux. Qu'ils disparaissent ces jean-foutre, ces psychos à la petite semaine qui n'envisagent le monde qu'à la lueur misérable de leur trou de balle. Je les conchie et les nie !

Moi, Kurtz, celui qui fait éclater tous les profils.

…

Ces Roumains ont des noms épouvantables et une façon de parler aussi peu orthodoxe que je suis agnostique.

Pourtant, ils recèlent une certaine animalité affichée qui manque aux Occidentaux.

Détail qui n'en est pas un et qui me plaît.

Mes chiens auront de ce simple fait moins de barrières à transgresser.

Derrière la ligne de feu, le 13 janvier.

Berlin année 47,

Ton très honoré, W. E. Kurtz.

Époque Héroïque

Les transports ferroviaires roumains sont d'insupportables caissons surchauffés, pas même ventilés et puants d'un bout à l'autre de la rame. Impossible d'y dénicher ne serait-ce qu'une minuscule aire d'intimité. Les femmes sont laides et grosses, les jeunes femmes transpirent leur lubricité dès la prépuberté. Quant aux hommes !... Dire qu'il faut appeler cela des hommes ! Dire aussi que nous appartenons à la même espèce.

Quel drôle d'effet ça me fait de prétendre une chose pareille. J'ai toujours versé dans la délicatesse. Au dire de certains docteurs ès psychiatrie, j'aurais même été précieux. Parfois.

C'est la vindicte des bouffons.

Ce qui reste de ma personne de cette époque transitoire, période de profonde métamorphose personnelle, est parti en fumée avec la maison de mon père. Le cadavre de la grosse Irma a servi de combustible à mon élévation au-dessus des masses. Ses graisses ont brûlé comme du saindoux, elles ont même dû roussir, atteindre le point d'ébullition.

Fahrenheit XXL.

...

Mais le jeu en valait la peine.

...

Vlad Iblescu m'accompagne dans chacun de mes déplacements. J'apprécie ce bonhomme. Il est vicieux comme pas deux et connaît toutes les combines. Il sait ce que vaut un général, sa femme ou son mignon.

Seul, je pêcherais en eaux troubles. Sans parler de la barrière de la langue. Le roumain s'éructe en plein visage.

Sans penser à mal.

Sans panser à mal.

Nous avons visité ce matin un premier orphelinat.

Ces gosses sont en état de friche avancé, et cela augure de bonnes choses. D'excellentes choses, même. Tous ont un regard en coin, une façon de vous observer sans en avoir l'air. De véritables petites frappes. Il faudra remédier à cela. L'Œuvre ne peut s'embarrasser d'unités sur lesquelles l'ensemble ne pourra compter.

Car c'est cela que nous allons former.

Une famille, un clan d'attaque, une tourmente pour la collectivité.

...

Aujourd'hui est à marquer d'une croix blanche dans l'agenda du monde.

Avec Vlad Iblescu comme guide et interprète.

Tu ne peux imaginer l'état de délabrement de cet orphelinat roumain. Les gosses y dorment à quarante par dortoir, et encore ne les mélangent-ils pas par genre. Ce serait pire que Sodome et Gomorrhe. Mais non, l'administration roumaine m'a épargné cela.

J'ai ouï-dire qu'il n'était tout de même pas rare qu'une fillette s'y retrouve engrossée. Mais bien malin qui pourrait dire si le géniteur se trouve être un orphelin ou un cadre.

L'espèce humaine n'a pas son pareil, Willard. Elle se reproduit dans toutes les conditions. Il n'y a bien que les cloportes pour l'imiter. Et eux survivront à l'ère atomique !

...

Je me rends compte que je ne t'ai toujours pas parlé de cette visite. Je vais donc te la livrer par le menu :

À huit heures précises, je suis entré dans le bureau du directeur. J'ai déposé une enveloppe sur la table, comme nous en étions convenus. Mais je devais être le seul à m'en souvenir, à en croire les yeux gourmands de ce pourceau bolchevique.

Il ne paraissait pas en revenir. Qu'on vienne de si loin pour adopter trois de ses pensionnaires était tout bonnement incompréhensible. Alors, que tant de billets verts achèvent leur course dans sa poche, et dans sa seule poche, ne cessait de le fasciner. Au seuil de mon Œuvre principale, j'ai goûté chaque seconde de ces instants. Et tout en me repaissant, j'ai égrené mes conditions :

Les enfants resteraient virtuellement à la charge de l'orphelinat. Officiellement, ils ne devraient jamais avoir quitté l'enceinte de l'établissement. Jamais. Personne ne devrait jamais parler de ma venue, ni faire une description de moi. Et de fait, le directeur s'est débrouillé pour être seul toute la matinée.

Ce salopard n'a pas cherché à imaginer ce qu'il adviendrait des enfants. Le pire, sans doute. Mais dans les orphelinats roumains, le pire est une norme quotidiennement renouvelée.

Au diable, a-t-il dû se dire.

La police politique avait vécu. Il ne risquait pas grand-chose.

…

Sa patrie part à vau-l'eau. Seuls les plus débrouillards s'en sortiront, et il compte bien appartenir à ce camp.

Soudard de la pire des espèces. Ce porc lubrique doit être allé fêter ça, sans doute a-t-il enfoui son groin crotté entre les seins ou les cuisses d'une catin.

Il faut te dire, Willard, que deux semaines plus tôt j'avais déjà rendu visite à cet orphelinat. J'y ai rencontré chaque pensionnaire âgé de moins de dix ans. Je n'ai eu nul besoin de toucher pour connaître la qualité de la marchandise. Je connais bien les hommes, et ces enfants cachent mal leur nature profonde.

Non, je n'en ai pas eu besoin.

J'ai écarté les débiles, qui sont pléthore sur cette Terre abandonnée de Dieu, et me suis concentré sur les autres, les moins fourbes, les plus purs. Car c'est bien de cela que je vais avoir besoin, de pureté. C'est avec cette pureté comme matériau de base que je pourrai modeler mes golems. Personne ne saura. Personne ne pourra savoir d'où provient l'étincelle qui leur donnera vie, et pourtant, ils seront bien là, à guetter le moindre signe de ma part.

Égorgez, lacérez, trucidez, mes beaux chiens !

C'est le fond qui manque le moins.

...

Jusqu'à ce qu'enfin le jour de l'échange arrive.

...

Le directeur s'est levé et a fourré la liasse dans sa poche. La somme avoisinait dix ans de son salaire. Pas question de la laisser traîner, pas même dans le coffre-fort, bureau fermé à double tour. Cet argent-là exhale une odeur si appétissante qu'il ferait naître la traîtrise dans le cœur des plus purs.

Et des purs, je n'en ai pas vu.

...

À l'étage, dans les dortoirs, j'ai trouvé quarante-huit enfants au garde-à-vous. Pour faire de la place, ils avaient repoussé les lits contre les murs, entassé les sommiers rouillés et les matelas défoncés. Et une odeur, avec ça ! Une odeur, Willard, ah, si tu avais pu être là. Qu'une telle pestilence sorte de corps si petits est difficile à croire. Mais force est de l'admettre.

Il fallait en finir.

Le directeur a commencé à dire les prénoms des enfants.

– Non ! ai-je dit. Pas de noms ! Traduis, toi !

J'avais pourtant précisé que je ne voulais rien connaître de ces marmots. Quand les gens ne veulent rien comprendre ! Je les... Mais il n'est pas possible de s'en débarrasser à chaque fois. Il y a tant d'incapables.

...

– Eux trois ! ai-je désigné.

Deux garçons et une fille, comme je l'ai voulu. Deux aînés mâles et une petite femelle, la fratrie idéale.

Les deux garçons sont respectivement âgés de six et sept ans. Leurs crânes rasés luisent comme des œufs.

La fillette va fêter ses cinq ans. En tout cas va-t-elle sous peu franchir le jour de son anniversaire. Le jour de son abandon. À la différence des autres, elle porte des yeux d'un bleu très clair. Ses cheveux coupés court n'offrent pas de reflets à la lumière tant ils sont sales.

Un joli visage se devine sous la crasse des jeux de la matinée. Et peut-être même de ceux de la veille, de l'avant-veille et de Dieu sait combien de jours encore.

Je les ai regardés chacun quelques instants, pour les jauger, les évaluer, appréhender les qualités intrinsèques de leurs personnalités et apprécier ce qu'il faudra corriger, inverser, purger.

Ce sont des spécimens formidables ! J'ai de la chance de posséder un tel talent de vie. Je crois que ma route sera pavée de merveilles, Willard.

Je n'ai pas pu les toucher, ça non. Ils étaient trop sales, trop répugnants. Quoi qu'il en soit, je pense que je ne les toucherai jamais. Il n'est pas bon que le maître ait des contacts avec ses créatures. Je dois rester une énigme pour eux, un fantasme. Ils ne doivent pas devenir mes esclaves, ils doivent être mes chiens. Cela seul compte dorénavant.

Donc, pas de contact.

…

Je ne peux me permettre de me fourvoyer. Chacun de mes spécimens, chaque individu de la meute que je mets en place me coûtera très cher d'ici qu'il soit en âge de patrouiller pour mon compte. En argent, certes, mais aussi et surtout en temps, en énergie, en réflexion, en concentration de ma part pour faire de ces êtres si proches de rien quelque chose avoisinant le super prédateur.

C'est une gageure. Plus encore, c'est une Œuvre.

L'Œuvre de la meute. Ici, elle prendra vie, matière, forme et esprit, sur cette terre roumaine qui ne demande qu'à s'effriter sous les assauts d'une Europe toujours plus gourmande.

…

Je suis descendu au rez-de-chaussée, en attendant que les trois préparent leurs quelques affaires.

Je me suis installé sous une véranda en triste état. Sa structure en fer portait plus de matière rouillée que de métal sain, ses vitres n'avaient pas dû être nettoyées depuis le milieu des années Ceausescu. Mais une lumière curieuse y parvenait malgré tout et créait une atmosphère de fin du monde qui m'a beaucoup plu, je dois bien l'avouer.

Cet endroit sentait la misère et le renoncement comme je n'en avais pas goûté depuis mes années d'internat.

Mes trois premiers chiens m'y ont rejoint et je les ai laissés mariner dans cette ambiance de fin du monde ou de début de l'hiver éternel.

J'ai vu de la peur dans leurs yeux. Il a dû se dire les pires abominations sur ce qui les attendait. Ces enfants connaissent donc la peur. Malgré leurs airs de petites frappes, leurs yeux durs et leurs cheveux ras, ils crèvent de trouille.

La peur est sage conseillère, dit-on. Mais elle est surtout le moteur principal de l'adversité. Un climat de vie que ces enfants vont connaître pendant des années encore avant de pouvoir prétendre voler de leurs propres ailes.

Je n'ai pas pu laisser durer ce plaisir, ce premier test des petites personnes.

Je devais me hâter.

Sept orphelinats attendaient encore ma visite.

Voilà, Willard. Pour la petite histoire, celle dont personne ne pourra se souvenir faute de témoin digne de foi ou suffisamment vivant pour en parler à quiconque.

Ainsi commence mon monde. Ainsi a débuté la plus passionnante aventure humaine, gouvernée par un homme hors norme et peuplée de héros, de numéros et de chiens.

En route pour le conditionnement, le déconditionnement et la préparation des instructeurs.

Là où le vent nous mène, Willard, toujours !

Je me souviendrai de ce temps comme on se rappelle les soubresauts, les préambules, les questionnements qui ont fondé les grandes civilisations. Comme le métal en fusion coule, comme la rouille se forme sur la matière noble, ma pensée ne se sera pas perdue en chemin, mon point à atteindre n'aura pas été perverti par d'immondes mésalliances.

Nous venons de connaître nos temps héroïques, le temps des grandes choses.

Quelles légendes resteront après cette époque ? Nul ne le sait, nul ne peut le savoir. Pas même moi. J'aurai tout prévu, tout disséqué avant même l'exécution du moindre acte, mais cela, ce qui restera dans des âges lointains m'échappe en totalité. C'est la part du peuple et de l'inconscient collectif, Willard. Ni plus ni moins. Une part formidable que je ne connaîtrai sans doute pas, hélas.

Aux maîtres ne reviennent pas tous les honneurs.

Mais aux chiens, les coudées franches, appartiennent toutes les carcasses.

JE SUIS CELUI QUE L'ON NE PEUT ENVISAGER !

Quelque part dans le ciel européen.
La lune ici semble bien grosse.
Le 21 décembre de cette année de changements,

Ton très dévoué, W. E. Kurtz.

Période de la Grande Cohérence

Tout d'abord, je dois te décrire MON DOMAINE, il est un peu comme l'une des facettes de mon caractère.

Un peu plus de six mille hectares, t'ai-je déjà dit. Nous ne sommes pas à quelques terrains de football près.

Six mille hectares calés contre les monts des Carpates méridionales. Et quand je dis calés, je devrais utiliser le mot « enchâssé ».

Pas de Roumanie sans montagne, à vrai dire.

Elles sont partout, comme le dos d'un dragon gigantesque ou d'un serpent. Elles s'élèvent pour s'enfouir un peu plus loin sous une longue plaine et se dressent à nouveau, plus hautes encore, traversent les frontières sans vergogne et partent faire la nique à d'autres populations.

…

C'est un élément libre, inaliénable.

J'apprécie cet endroit plus que nul autre.

Les forêts y sont sombres et épaisses, constituées d'une multitude d'essences. Le gibier y foisonne, et des ermites y vivent encore.

Pas étonnant que des ahuris y aient vu le lieu idéal pour accueillir ce comte si mal né. Mais là n'est pas la question, et puis le château de cet homme et mon domaine ne sont pas du tout dans la même région.

Brisons !

…

C'est un ancien camp de l'armée roumaine, une armée en telle déroute qu'elle n'a su comptabiliser ses moyens et qu'un général à l'agonie l'a transféré du trésor national à mes mains sans l'ombre d'une gêne. Un sac d'or en contrepartie du détournement et un bel acte de propriété au nom d'une société de préservation de la faune et de la flore des Carpates, le tour était joué.

Pas de fumée sans feu.

Mais pas de feu non plus sans combustible.

La poudre ne s'enflammera pas, les mauvaises gens ne parleront pas car plus personne ne peut témoigner de cette transaction. Ce cher Vlad Iblescu a veillé au grain. Et je pense que le sac d'or a par la même occasion changé d'escarcelle. Tout tourne ici-bas, la Terre, les gens qui vivent dessus et les valeurs aurifères.

…

Les six mille hectares sont entièrement ceints d'un double grillage haut de quatre mètres, de près de quatre-vingts kilomètres de longueur. Tu vois, ce n'est pas rien. Et selon le relief du terrain, des miradors sont posés tout au long de son pourtour, à vue, de loin en loin.

…

Il existait une belle entrée en l'état. Double grille avec guérite et poste de contrôle. Tout est resté ainsi. Mais j'y ai personnellement apporté un petit embellissement.

Tu verras tout cela quand tu me rejoindras. À présent et pour les siècles à venir, une plaque de six mètres de long surplombe l'entrée. J'y ai fait peindre une belle maxime de mon cru, quoique en partie empruntée à l'histoire du monde.

SKLAVEREI MACHT FREI !

…

(Je sais que tu apprécieras.)

…

Cinq baraquements originaux sont disséminés à travers le domaine. J'en ai fait construire deux de plus et réhabiliter les autres. Ces lieux de vie, tu l'auras compris, serviront d'unités d'élevage.

Huit orphelinats visités pour huit unités d'élevage.

Nous avons donc parlé du matériel et du matériau.

Reste à aborder le sujet des cadres instructeurs.

…

La réunion s'est déroulée dans une salle de mon bunker.

Tu aimeras cet endroit, j'en suis certain. Le talent de constructeurs des militaires roumains est évident.

Largement influencé par les bolcheviques, qui ont eux-mêmes utilisé les transfuges nazis, ou plutôt devrais-je dire les officiers réquisitionnés au titre de prise de guerre. La guerre qui a suivi est plus d'ordre sémantique qu'autre chose. L'Histoire a été écrite par des paltoquets.

Mon bunker, mon blockhaus échappe à cette querelle de termes.

Fort heureusement.

Il est presque totalement enfoui sous la terre, seule son entrée est visible. Et encore est-elle magnifiquement camouflée dans le relief et la végétation.

Le résultat abuse l'œil. À moins de l'y chercher, nul ne peut déceler la présence de cette porte blindée sertie dans son sarcophage de béton. D'autant qu'elle se situe sous le couvert d'une épaisse frondaison de conifères.

Je n'en utilise finalement qu'une infime partie, mais j'ai fait réhabiliter le dispositif de surveillance et rajeunir le matériel. De la sorte, secondé par une cinquantaine de caméras reliées au centre vidéo, je peux observer les parties névralgiques du domaine. Avec le temps, je compléterai le dispositif pour couvrir une plus grande partie des six mille hectares de forêts et de landes. Un véritable bijou de technologie comme j'en raffole, je dois bien l'avouer.

Mais passons cette petite dérive et intéressons-nous aux cadres instructeurs.

Tous ont été recrutés par Iblescu. Sur des critères drastiques. Ils devaient tous maîtriser la langue française, afin de pouvoir élever les chiens dans ce sens. Ils ont donc été trouvés dans les rangs des

anciennes polices politiques et autres groupements de fonctionnaires et d'agents de renseignements rapatriés de France après la fin du communisme. Il y a même un couple de diplomates, tu vois : que du beau monde, au domaine ! Mais la maîtrise de notre belle langue n'était pas la seule condition, je les voulais aussi irréprochables, de mon point de vue, qui ne semble pas être le même que celui de la masse.

J'ai donc réuni les seize couples d'instructeurs dans la grande salle du bunker. Impressionnante salle austère pour un moment clé de la vie du domaine.

Et quand je dis « couples », c'est utiliser un vocable inapproprié, car à l'exception de ces diplomates, ces paires d'individus des deux sexes ne fricotent pas. Et c'est très bien ainsi. Le couple revient finalement à la création d'une communauté d'intérêts. Tout échange de fluides corporels n'a rien à voir dans ce projet.

Donc, pas de libations d'ordre sexuel au domaine, en général.

Et en particulier.

Je fermerai les yeux sur les agissements dans ce sens des ex-diplomates, mais tout devra se dérouler dans la plus stricte intimité, de préférence lorsque les numéros assisteront à leurs cours à l'extérieur.

Je me suis montré sur ce sujet et bien d'autres de la plus extrême fermeté.

Il est bon qu'ils connaissent le pouvoir de leur employeur. Ainsi, ils me craindront sans que j'aie à me fâcher. C'est volontairement que j'utilise ce vocable, conscient d'incarner le rôle du père, leur père à tous, ses chères petites têtes blondes ou brunes et leurs parents de substitution. Seul le père peut se fâcher et punir correctement. Seul le père a un droit de vie et de mort.

…

Juste avant d'entrer dans la salle, je me suis inspecté dans le miroir du poste de contrôle. Une mèche traînait quelque peu sur mon front, je l'ai remise en ordre, mais en dehors de ce détail, la vision était parfaite. Je me suis fait faire pour l'occasion un costume gris au pantalon bouffant qui est du plus bel effet.

Tout était impeccable, comme d'habitude.

– Bonjour, monsieur et madame Smith, asseyez-vous, je vous prie.

Il me faut te dire, mon cher Willard, que ces Roumains ont des patronymes impossibles à prononcer. J'ai coupé court à cette pantomime en les intitulant tous de la même façon. Les Smith se sont très bien faits à cette idée.

Je n'hésiterai jamais en les croisant et pourrai même les remplacer à volonté sans générer l'ombre d'une modification dans mon univers savamment huilé.

Les seize M. et Mme Smith ont donc pris place sur des chaises et ont écouté mon discours sans broncher.

– Je vous ai tous rencontrés individuellement. Il n'y aura donc pas de surprise. Je veux juste procéder à quelques précisions, voire à certains ajustements.

À partir d'aujourd'hui, l'usage du roumain est interdit dans l'enceinte de la propriété. Les spécimens que vous recevrez bientôt seront sans doute désorientés, mais c'est ainsi. Vous ne leur parlerez qu'en français, ainsi qu'entre vous. Je rappelle que tout écart sera dans un premier temps taxé sur vos salaires, puis puni. Je préciserai ultérieurement la nature des punitions, mais je suis certain que nous n'en arriverons pas là.

Les enfants dont vous avez reçu la charge par paire de cadres instructeurs vont arriver dans un petit mois. Je vous rappelle que vous en êtes les tuteurs et que vous appliquerez l'éducation que j'ai choisie. Mais en aucun cas ils ne vous appelleront papa ou maman. J'insiste particulièrement sur ce point.

...

– Vous recevrez la charge de deux garçons et d'une fille. Traitez-les comme une seule et même entité à trois têtes. L'aîné sera nommé Five, le cadet, Six, la benjamine, Seven.

Ils seront prévenus de cette nouvelle identité. À aucun moment vous ne devrez les appeler autrement. Pas de prénom de leur ancienne vie, pas de surnom, pas de diminutif ni de petits noms doux. Il vous est de toute façon interdit de prodiguer la moindre affection à mes ouailles.

...

– Tout désordre de nature sexuelle sera puni de la peine maximale.

Vous trouverez sous vos chaises un petit manuel que j'ai mis au point à votre intention. Ce sera votre bible pour les années à venir. Connaissez-le sur le bout des doigts. Vous n'aurez de la sorte aucun doute sur chacun de vos actes, pas plus que sur ceux de vos élèves.

Chaque matin sera réservé à l'étude du français et des disciplines exposées dans le manuel.

Les après-midi seront destinés intégralement au sport, à la pratique du tir, au maniement des armes, aux techniques de concentration et de survie au combat.

Un esprit sain dans un corps sain !

Je ne saurai trop vous conseiller de vous entretenir aussi. Il est bon que les éducateurs surpassent les élèves. Au moins au début.

Le dimanche, jour de repos hebdomadaire. Five, Six et Seven ne feront rien. Apprentissage du repos, aussi important que celui du labeur.

Il est bien évident que j'ai placé parmi vous des espions. Je ne vous apprendrai pas comment fonctionnent les groupes humains, pas à vous ! Le communisme a perverti vos aînés pendant des décennies, et vous en êtes les dignes héritiers.

Je n'insisterai jamais assez sur le secret absolu qui devra couvrir ce qui se passe ici. Moins vous vous rendrez à l'extérieur, mieux ce sera pour tous.

Pour tous vos besoins matériels, vous devrez vous tourner vers l'économe qui arrivera prochainement et me représentera lorsque je serai absent.

Si d'aventure vous deviez quitter le domaine, n'oubliez pas que votre fortune ne se fera que si vous accompagnez le projet jusqu'au bout. Et ce bout, comme je l'ai confié à chacun d'entre vous, arrivera d'ici une dizaine d'années, quinze au plus. La réussite de tous résidera donc dans la discrétion de chacun !

…

Voilà, avoue que ce n'est pas mal du tout !

Si une appréhension me tiraillait les entrailles en entrant dans la salle, je dois admettre que j'ai en cours de route pris beaucoup de plaisir à leur expliquer les règles du domaine. Et je suis certain qu'ils les respecteront. Tout d'abord parce qu'ils sont des éléments de valeur, certifiés par Iblescu, et parce que, ensuite, leur paye versée mensuellement est triplée sur un compte bancaire suisse. Cet argent, ils ne le toucheront que s'ils vont jusqu'au bout du programme. Mais peut-il exister quoi que ce soit de plus passionnant que cette expérience ?

Je gage que non. Elle me fait vibrer depuis des années, depuis qu'en secret je l'ai fantasmée, érigée pièce par pièce et dans la plus grande solitude. Mais mes affaires parisiennes, berlinoises et autres me permettent aujourd'hui de me lancer sans peur du lendemain. Il faut bien que cette prétendue valeur travail serve à quelque chose.

L'œuf et la poule, voilà qui me satisfait au plus haut point !

...

18 mai.

Me voici de retour au domaine. Les affaires m'ont distrait plus longtemps que je ne l'aurais voulu. Mais rien n'aurait pu me retenir loin de mon Œuvre en ce jour où j'accueille les chiens.

Quel bonheur de les voir arriver, en colonne par deux, déjà dressés à l'obéissance par un mois de forêt et de débrouille. Le groupe, l'esprit du groupe sera déterminant pour chacun d'entre eux.

Il est plus que nécessaire qu'ils désapprennent ensemble cette habitude de ne penser qu'à soi.

Je suis arrivé la veille, c'est-à-dire hier, et j'ai fixé au mur de la salle d'apprentissage une belle plaque en métal sur laquelle est gravé ce texte extraordinaire. Chaque fratrie d'élevage le récitera tous les matins, et aucun cours ne commencera sans que la meute tout entière s'époumone à le scander :

Je, Tu, Nous, Sommes la meute.

Seule la meute compte,

Tout ce qui n'est pas nous doit ignorer notre existence,

Tout ce qui s'oppose à nous doit être éliminé, par tous les moyens.

Jusqu'à ce que notre destin s'accomplisse.

Et que le Maître vienne.

Nous sommes la meute, Nous, Tu, Je.

Ils vont apprendre tout ce qui est nécessaire à l'accomplissement du Grand Œuvre de la meute. Les techniques de combat à mains nues, le maniement des armes de tout calibre, les explosifs et la survie en milieu hostile. Voilà pour la totalité. Ensuite, les uns et les autres se spécialiseront en fonction de leur place dans la fratrie. Ainsi les Five seront-ils maîtres dans l'art de modeler la matière, n'importe quelle matière. La chimie n'aura que peu de secrets pour eux. Ils seront les pourvoyeurs d'armes absolument non identifiables. Entre autres.

Les Six maîtriseront les réseaux informatiques, apprendront à s'introduire dans les systèmes les mieux protégés. Je ferai venir de bons hackers pour les former.

Les Seven connaîtront les grandes villes sur le bout des doigts, toutes les grandes villes où nous devrons œuvrer. Les rues, les réseaux souterrains de tout ordre, les connexions de ces réseaux, les faiblesses et les forces de ces agglomérations.

...

Personne ne pourra nous vaincre. Les fratries seront ensuite disséminées à travers le pays, pour pouvoir frapper partout, sans connexion les unes avec les autres, en attendant le grand acte, celui qui verra la nation basculer dans le jugement dernier de ses élus et s'en remettre à moi pour que, dans ma grandeur d'âme, je retire mes troupes et lui permette de respirer un peu.

…

Car nous sommes la meute.

Nous sommes les prédateurs de demain, ceux à qui les villes seront livrées en pâture.

Nous, les maîtres de nous.

Avec pour seul guide, moi, Kurtz, leur grand rédempteur.

Et dès que tu auras rallié ta base, Willard, tu attesteras de cette réalité historique pour les générations futures.

Derrière la ligne de feu, le 18 mai. Belle nuit étoilée sur les Carpates.

Le domaine s'endort dans les murmures des grillons.

Ton très dévoué, W. E. Kurtz.

Période dite de la Grande Cohérence 2

JE SUIS CELUI AUQUEL ON NE CROIT PAS !

Il faut laisser aux vents dominants la possibilité de gonfler nos grands-voiles. Se laisser inspirer, ne pas changer de cap pour autant, mais prétendre, accepter qu'il puisse exister des influences, des courants d'âmes.

Ne pas écouter. Entendre l'inspiration du monde, ce qui monte de manière brute, vers nous, les vecteurs.

La cohérence doit être mon principal moteur.

J'ai appris cela de l'examen de ma vie. La cohérence est mère d'acceptation.

Il n'existe pas d'autre chemin.

Être dur, être intransigeant même, absolument sans aucune sorte de pitié pour ces animaux pensants. C'est nécessaire, vital. Mais cette dureté doit avoir son égale en terme de cohérence. Mes chiens recevront cela. Cela et bien plus encore. Et je sais qu'ils ne me décevront pas. Car des êtres parfaits sortiront de mon domaine. Ils auront été conçus dans un seul but et ne vivront que pour lui, avec lui et en lui.

Nous ferons cela, Willard.

Ceci est ma profession de foi, ceci est mon éructation d'âme, mon credo, et je veux que ce soit aussi mon épitaphe. Car il faut bien que je pense au jour où je cesserai de respirer sur cette Terre. Au jour où tout se délitera dans les limbes de mon absence.

...

Patrick m'a tendu la main, c'était il y a longtemps, au cours de mes années d'internat. Je ne l'oublierai pas. Il sera celui qui conservera mon trésor de guerre, l'apôtre bienveillant du messie des Carpates.

…

Il est nécessaire, il est absolument nécessaire de n'être entravé par aucune sorte de morale si l'on veut réussir en ce monde. C'est là le postulat de la meute. Point de départ de ma vision globale.

…

C'est un bonheur inégalable que de voir à quel point ils sont volontaires, pugnaces, désireux de réussir. Je les ai sortis du ruisseau, cela comptera beaucoup. Ils ont en main tout ce que j'aurais rêvé d'avoir à leur âge : un référent solide, cohérent ; une famille idéalisée dans la fratrie ; un groupe solidaire ; le sentiment d'exister ; un but lointain et qui prend de l'épaisseur chaque jour.

Ils grandissent vite. Je l'avais prévu, mais il était difficile de se faire une idée réaliste de ce que ce serait vraiment. Ils poussent de dix centimètres par an, pour certains davantage. L'un des Five aura des proportions de géant, s'il continue ainsi.

…

Les Carpates sont peuplées de loups, de beaux loups gris et d'ours bruns. Il y a aussi des lynx et de gras chats sauvages. C'est un plaisir de les observer. Le bunker est un endroit parfait pour se livrer à cette étude.

J'ai compris que la mauvaise réputation des loups est totalement surfaite, erronée, absurde, qu'il existe peu d'animaux plus sociables que ceux-là.

Ce constat en dit long sur ce que l'on peut croire des connaissances des sociétés évoluées, ou qui se prétendent telles. Qui peut-on croire ? Le sais-tu, Willard ? Toi qui as côtoyé le quotidien dans la première phase de ta vie, as-tu pu croire quelqu'un ? Ne serait-ce qu'une fois. L'internat ne peut être pris en compte. Mes codétenus et les surveillants ne sont pas des gens ordinaires. C'est certain.

…

Je ne viens pas assez souvent ici, ni assez longtemps, et cela me chagrine.

Mais j'ai sur les épaules une telle masse de travail, là-bas, dans le gris ordinaire du béton flamboyant.

D'autant qu'il m'a fallu récemment réviser une partie de mes procédures. L'utilisation de couples a fonctionné un temps, mais ce principe trouve ses limites peu à peu. Il y a fort à parier que les mâles aiment davantage leur liberté et leur envie de vivre que leurs femelles.

Ils sont de plus en plus nombreux à ne pas revenir. Et je me retrouve avec leur femelle sur les bras. À force, cela va se voir. Bien sûr, mes aides de camp se chargent de les retrouver pour les empêcher de livrer des renseignements importants derrière les lignes ennemies, mais un problème surviendra tôt ou tard.

C'est la loi des grands nombres, inévitablement inscrite dans les théories qui gouvernent l'univers. Aussi ingénieux soit le Système qui régit l'Œuvre du Troupeau, je ne puis échapper au principe régulateur du Grand Tout.

J'ai donc décidé de m'adapter.

Quoi de plus fidèle qu'un géniteur ? Il suffit de laisser de côté ceux qui n'ont aucune fibre paternelle, ou maternelle, et se concentrer sur cet instinct protecteur qui sommeille en presque toute la population.

Une belle idée que voilà ! Et sur le point d'être mise en pratique. Je ne pourrai malheureusement pas me contenter de cette nouvelle version du Système. Les disparitions d'enfants sont infiniment plus contrôlées que celles des adultes. Ineptie des Occidentaux, car qu'est-ce qu'un adulte si ce n'est un enfant qui a grandi ? Et qu'est-ce qu'un enfant si ce n'est un adulte en devenir ?

Nous atteignons là une faiblesse du monde des hommes. Ils se focalisent sur la protection de leurs petites têtes blondes et oublient de les éduquer comme ils le doivent.

Ainsi va la vie, Willard.

Mais il demeurera toujours des prédateurs de mon espèce pour aider à remettre les vraies valeurs à leur place.

Il restera une question à résoudre : que faire des enfants surnuméraires ?

Je, Tu, Nous, Sommes la meute.

Seule la meute compte,

Tout ce qui n'est pas nous doit ignorer notre existence,

Tout ce qui s'oppose à nous doit être éliminé, par tous les moyens.

Jusqu'à ce que notre destin s'accomplisse.

Et que le Maître vienne.

Nous sommes la meute, Nous, Tu, Je.

Ne l'oublions pas !

N'as-tu pas rêvé, Willard, de posséder, comme on possède une chose, une meute prête au carnage au moindre de tes gestes ? N'as-tu pas rêvé de pouvoir te débarrasser des malfaisants sans te surcharger de pesantes procédures ? Ose me dire que tu n'en as jamais rêvé ?

Jette aux orties, ou mieux, au feu, tes dernières réticences et accepte cette grande idée comme une merveilleuse révolution que jamais encore personne n'a su s'offrir.

Derrière la ligne de feu, le 10 septembre.

Le principe essentiel est d'avancer. Mais la plupart ignorent

que le point à atteindre est le même pour tous.

Bien à toi,

Ton très dévoué, W. E. Kurtz.

Période dite des Petits et des Grands Tâtonnements

Ils m'ont traité de bête, de sanguinaire, et je n'ai pas compris. J'ai essayé pourtant. Oh, oui, j'ai essayé. Mais comment le lion pourrait-il connaître la peur de la gazelle ? Comment celui qui est taxé d'amoralité pourrait-il comprendre le désarroi mental des gens normaux ?

C'est un cas complexe que je ne saurais résoudre.

J'ai écouté les médecins, lorsque j'étais à l'internat. J'ai écouté, je n'ai même fait presque que ça. J'ai appris d'eux que j'étais différent. Ils ne se méfient pas en général et parlent devant moi.

« Olivier est ceci, Olivier est cela, Olivier devrait être placé sous tel ou tel produit. Qu'en pensez-vous, cher confrère ? Rien, parfait, moi non plus. Continuons de ne rien faire en prenant nos airs savants. Si ça se trouve, personne n'y verra rien ! »

Que signifie la morale ? J'ai regardé le monde, j'ai cherché à comprendre. Et je n'y suis pas arrivé. Je n'ai pas réussi à savoir pourquoi j'aurais dû épouser le code des autres.

Alors que je n'en ai pas besoin.

Aucun besoin. C'est stupide. D'autant plus que cette morale qu'ils chérissent tant ne leur convient pas. Mais alors, pas du tout. Et là encore, je ne peux pas comprendre. Qu'un si grand nombre de personnes acceptent comme allant de soi des idées prédéfinies sur la quasi-totalité des sujets de la vie est un phénomène qui me sidère.

L'absence de cohérence parfaite entre la morale et ce qu'ils désirent vraiment les expédie vers des affres d'angoisse exubérantes.

La culpabilité des bons docteurs.

La culpabilité du monde.

La culpabilité tout court.

Moi, je m'en fous !

...

Alors nous nous sommes cachés, nous nous sommes enfouis. Sous le domaine s'arrête la loi des hommes et commence la mienne, non entachée de leurs misérables principes, codes, lois et soubresauts éthiques.

Vos misérables principes.

J'organiserai un jour cette grande joute entre vous et moi, avec ma meute pour unique armée.

À vingt-cinq contre des dizaines de millions, nous vous ferons plier.

Parce que nous serons organisés, entraînés, motivés. Parce que notre cœur ne faiblira pas quand il s'agira de verser le sang de la veuve ou de l'orphelin, pas plus quand les gorges des flics, des mendiants ou des assassins s'ouvriront sous le fil de nos lames.

À vingt-cinq contre cent millions, nous gagnerons encore, parce que vous ne connaissez aucune solidarité, que vos chaumières ne sont ouvertes qu'à vos fils et vos filles, et encore, pas toujours.

À vingt-cinq contre deux cents millions, cela ne changera toujours rien.

Puissiez-vous être un milliard, vous ne nous trouverez toujours pas.

Parce que vous ne pourrez pas entrer dans nos têtes.

Et ce que vous ne pourrez jamais comprendre, c'est qu'aucune idéologie ne se cache derrière nos actes de prédation. Non, aucune. Nous sommes des prédateurs, vous êtes des proies en puissance. Non par ce que vous représentez, mais à cause de ce que nous sommes.

Nous vous ferons plier, courber l'échine jusqu'à ce que vos langues mensongères lèchent le caniveau.

Je vous ferai plier.

Je vous ferai plier, moi, Kurtz, l'éclairé des visionnaires.

Et ce faisant, je vous ouvrirai la voie. Car le futur sera solidaire ou il ne sera pas.

N'oubliez pas que l'esclavage rend libre !

...

L'initiation de Seven a eu lieu. La première des Seven, celle qui a des yeux presque gris tant ils sont clairs.

Ça a été en tout point un moment inégalable.

Seven a tenu trois jours. Pendant ces trois jours, elle a semé ses poursuivants et en a éliminé une dizaine.

Mais elle a triché. Je l'ai su aussitôt. Son forfait a été filmé de bout en bout. Pour revenir rapidement vers un endroit élevé du domaine, elle a franchi la barrière et est sortie des limites physiques autorisées.

Je l'ai perdue quelques minutes sur les écrans, puis je l'ai retrouvée.

Article numéro 6 : il est interdit de sortir des limites du domaine.

La punition est en général égale au numéro de l'article et additionnée de l'âge du délinquant, puis traduite en nombre de coups de fouet.

Mais j'ai eu une autre idée.

Pour marquer à jamais les esprits de tous, et au détriment d'un seul, j'ai demandé à Seven de tuer son préféré. La première balle est passée à un cheveu de mon crâne. Après quoi, elle a retourné l'arme vers la meute et a liquidé le plus grand des Five.

Cette fille en a plus dans la cervelle que toute la meute réunie.

Nous avons enterré Five au pied d'un chêne. Elle a planté des herbes aromatiques. Personne n'a versé une larme.

Je dois admettre que les affaires parisiennes prospèrent. Et que le système père-enfant est une belle idée. Mais les enfants en question posent problème. Ils sont difficiles à conditionner, plus difficiles que les orphelins roumains. Si le conditionnement initial est le même, il doit en revanche, pour les petits Français, être répété plusieurs fois si l'on veut obtenir un résultat probant.

C'est un problème dont je me serai passé. Il faudra réfléchir sérieusement à un autre usage de ces petites recrues.

Les humains ont donc de réelles différences psychologiques en fonction de leur origine. Cette chère influence du milieu qui tenait tant au cœur de Darwin !

Je peux personnellement attester de la véracité de sa théorie pour ce qui est de l'espèce humaine.

Bien à vous,

W. E. KURTZ

Des mêmes auteurs :

Jérôme Camut

Le Trait d'union des mondes, Malhorne, tome 1, éditions Bragelonne, 2004.
Les Eaux d'Aratta, Malhome, tome 2, éditions Bragelonne, 2004.
Anasdahala, Malhome, tome 3, éditions Bragelonne, 2005.
La Matière des Songes, Malhome, tome 4, éditions Bragelonne, 2006.

Jérôme Camut et Nathalie Hug

EspylaCopa, nouvelle dans « Fantasy 2006 », éditions Bragelonne, 2006.
Prédation, Les Voies de l'ombre, tome 1, éditions Télémaque, 2006.
Stigmate, Les Voies de l'ombre, tome 2, éditions Télémaque, 2007.
Instinct, Les Voies de l'ombre, tome 3, éditions Télémaque, 2008.
Les Éveillés, éditions Calmann-Lévy, 2008.

Pour en savoir plus sur
Jérôme Camut et Nathalie Hug :
www.jeromecamut.com
www.nathaliehug.com

Jérôme Camut et Nathalie Hug dans Le Livre de Poche

Les Éveillés nº 31719

Infirmière dans un centre pour polytraumatisés, Élise souffre depuis des mois d'insomnie. Dans le service, les gens racontent qu'elle a le don de réveiller les comateux. Cela semble impossible… et pourtant, Élise a ranimé Stanislas Opalikha. Lorsqu'elle est enlevée par ce redoutable assassin, c'est un inconnu guidé par d'effrayantes visions qui va retrouver leurs traces. Un terrible compte à rebours commence alors, suscitant des questions aussi redoutées que fascinantes. Qui sont les Éveillés, ces femmes et ces hommes dont les origines semblent remonter à la nuit des temps ? Un conte initiatique, entre rêve et réalité…

Les Voies de l'ombre

1. *Prédation* nº 37255

Un cadavre dénudé est découvert dans une friche industrielle, la main droite déchiquetée. Un homme se tire une balle en pleine tête dans un centre commercial bondé. Un jeune père, dressé comme un chien, est tourmenté sans relâche au fond d'un cachot sans porte ni fenêtre. Aucune piste, aucun lien, aucun mobile… Qui sont ces hommes ? Pourquoi ont-ils été choisis ? Pour quelle mise à mort aberrante ? *Prédation* entrouvre la porte d'un univers imprévisible et angoissant, étrangement en prise avec les faits divers les plus choquants de notre époque.

2. *Stigmate* nº 37287

Quand les victimes d'un monstre fascinant et obscène se lancent sur les traces du prédateur qui a dévasté leur vie, elles ignorent qu'elles n'auront pour seules issues que la fuite, la mort ou… les voies de l'ombre. Écoutez Kurtz : « J'ai de l'amour pour mes chiens d'attaque. Certains il a fallu les tabasser, d'autres pas. Il n'y a pas de règles. C'est ça l'extraordinaire chimie de la nature humaine. C'est passionnant. Approche-toi, ami voyeur. Et n'aie pas honte de ton vice. Viens pénétrer le monde d'un artiste du crime. Il est temps que je me présente et que j'offre ma réflexion à la multitude. » Jérôme Camut et Nathalie Hug replongent en plein cauchemar les principaux personnages de *Prédation.*

3 fois plus loin nº 31921

Dans les années 1950, quatre scientifiques traversent la jungle vénézuélienne en quête d'une espèce de singes muets. Ce qu'ils vont découvrir va changer le cours de leur vie. Amazonie, de nos jours : Nina Scott dirige une équipe de cueilleurs d'essences rares pour l'industrie américaine, dans une région contrôlée par les braconniers et les trafiquants de drogue. En s'éloignant du groupe, Nina tombe sur les vestiges d'un site magnifique, où les singes sont silencieux et où les arbres dissimulent des charniers. Alors que la mort frappe ses compagnons, elle est miraculeusement épargnée. Des mines d'émeraudes colombiennes aux bidonvilles de Caracas, des palaces de la Côte d'Azur aux confins du désert marocain, Nina va alors s'embarquer dans une aventure qui pourrait mettre en péril sa vie et bien plus encore.

Jérôme Camut dans Le Livre de Poche

MALHORNE

1. *Le Trait d'union des mondes* nº 27052

Un homme assis armé d'une épée, telle est l'étrange statue datant du XVe siècle que l'ethnologue Franklin Adamov découvre au fin fond de l'Amazonie. Pourtant, ce n'est que le premier indice. En effet, peu après, Franklin est contacté par une fondation appartenant à un riche financier, qui lui offre des moyens illimités pour résoudre cette énigme. Le mystère s'épaissit lorsqu'une statue identique est découverte à l'autre bout du monde. Qui se cache derrière ces monuments ? Qui a laissé ces signes, et pourquoi ? Le récit fabuleux d'une quête initiatique à travers cultures, histoire et religions.

2. *Les Eaux d'Arrata* nº 27053

Il s'appelait Malhorne. Il avait vécu plusieurs vies à travers l'histoire et s'était décidé à les révéler au monde pour essayer de déchiffrer sa propre énigme… avant de mettre fin à ses jours. Pourtant, il n'a pas disparu. Il s'est réincarné dans une petite fille, que l'ethnologue Franklin, Tara et les compagnons de Malhorne ont soustraite aux griffes de Denis Craig et de sa Fondation Prométhée. Ils sont réfugiés en Amazonie, où l'enfant retrouve peu à peu la mémoire d'avant sa naissance et répète un premier mot mystérieux : « Aratta ». C'est alors que leur village est sauvagement massacré, et qu'un groupe d'archéologues met au jour une nécropole sumérienne où le même nom apparaît.

3. *Anasdahala* nº 31380

Londres : le corps d'un homme assassiné est découvert dans les bas-fonds de la ville. La communauté scientifique est stupéfaite. Il s'agit d'un néandertalien, une race humaine éteinte depuis près de 40 000 ans ! Quel est ce prodige ? Europe continentale : des milliers d'hommes et de femmes disparaissent mystérieusement, rayés de la surface de la Terre. Certains d'entre eux sont retrouvés morts ou à moitié fous, une croix solaire tatouée sur le ventre. Existe-t-il un lien avec le massacre des cathares par l'Inquisition au XIIIe siècle ? Alors qu'Ilis, Franklin et leurs compagnons se sont volatilisés dans le désert turc, la quête initiée par Malhorne continue, menée simultanément par la fondation Prométhée, la police européenne et des émissaires du Vatican. Et un mot, un mythe, une réalité extraordinaire, revient sans cesse : l'Aratta. Dans ces lieux où se mêlent tous les possibles, où rôdent tous les dangers, Ilis va s'approcher de la vérité et découvrir les plus anciens secrets de l'humanité…

4. *La Matière des songes* nº 27055

Tout a commencé avec la découverte, par l'ethnologue Franklin Adamov, d'une statue en Amazonie. Puis, la rencontre inoubliable avec Malhorne, l'horreur de sa disparition, le retour d'Ilis et la révélation d'Anasdahala, la reine sumérienne aux deux visages. Éternels, ils perpétuent le souvenir d'un secret enfoui depuis près de quarante mille ans : l'Aratta, le pouvoir des eaux du monde, la matière des songes. Un trésor inestimable dont ils ont oublié jusqu'aux origines. Car de l'évolution des espèces à la naissance des religions, de l'extinction des hommes de Neandertal aux civilisations disparues, des mystères de l'univers aux arcanes de l'inconscient collectif, toutes ces énigmes trouvent leur réponse dans l'Aratta. À présent, Franklin et ses compagnons n'ont jamais été aussi proches de l'ultime vérité. Mais un homme veille. Un meurtrier sanguinaire qui n'a pas intérêt à ce que l'Aratta soit révélée à la multitude. Un monstre capable de semer la terreur et la mort aux quatre coins de la planète. Alors, pour tenter de donner une dernière chance à l'humanité, Franklin Adamov devra faire des choix, fuir ou se battre, tuer et peut-être même mourir…

Composition réalisée par Datagrafix

Achevé d'imprimer en décembre 2010, en France sur Presse Offset par
MAURY Imprimeur - 45330 Malesherbes
N° d'imprimeur : 160539
Dépôt légal 1re publication : mai 2009
Édition 03 - décembre 2010
LIBRAIRIE GÉNÉRALE FRANÇAISE - 31, rue de Fleurus - 75278 Paris Cedex 06